ちくま文庫

バートン版

千夜一夜物語

I

大場正史 訳

筑摩書房

目次

まえがき

リチャード・F・バートン

　この訳業は非常に苦心を要したようにみえても、実は好きでやった仕事で、わたしにとっては慰めと満足のくんでもつきない泉であった。長年のあいだ西アフリカの、草木のおい茂った、人気《ひとけ》のない荒野や、南アメリカの単調でものさびしい半開拓地へ公務をおびて追放されていた身にとっては、[*1]倦怠と失意をふせいでくれるお守りであり、護符《ごふ》であった。この書物のページを開きさえすれば、いつもきまって、あるまぼろしがこつぜんとして眼前にうかびあがり、脳裏《のうり》の絵画館《ピナコシーク》から一枚の絵がはがれ、広く旅をした旅行者でも、ふつうはもっていない、おびただしい追憶や思い出がよみがえってくるのであった。

　ものうい、平凡で、〈お上品〉なわたしの環境から、魔神《ジン》はたちまちわたしをともなって、あこがれの国アラビアへとつれ去った。この国はわたしの心にとっては、たいへんなじみ深い国だったから、初めて見たときでさえも、遠い昔の輪廻《りんね》の生命を思いおこさせるような気がした。ふたたびわたしはすきとおった青空の下に、エーテルのように輝く大気に包まれて、つっ立った。大気の息吹きは、泡立つぶどう酒のように、人々の心をふるいたたせてくれるのである。そしてまた、ふたたび、わたしは西方の蒼穹《そうきゅう》のまっ正面に、ひとつはめの宝石のようにかかっている宵《よい》の明星を眺めた。すると、にわかに、さながら魔法にかけられたように、飾り気のない、凸凹した土地の相貌が夕ばえをうけて、ほかの土地や海を照らすことのない光線で輝きわたった、おとぎの国へうつり変わっていった。それからまた朽葉《くちば》色の粘土や褐色の砂利のはてしない荒地《あれち》の中に、黒点のようにちらばっている本物のバダウィ族[*2]の、低く黒い毛布の天幕やぽちっと蛍火《ほたるび》のように部落のまん中に輝いているかがり火も、きまってあらわれてきた。

やがて、黄昏《たそがれ》をぬって羊や山羊をかり立てていく、というよりむしろ、なぐりつけて追っていく若い男女の荒々しい、聞きなれない歌声や、あずかった駱駝《らくだ》のうしろからゆったりと大股《おおまた》に歩いていく槍使いたちの調子のそろった歌声が、羊の群れの鳴き声と瘤《こぶ》をもった獣[*3]の群れの咆哮《ほうこう》にいりまじって、遠く離れているためか、いっそう快い響きとなって、わたしの耳に伝わってきた。また、いっぽうでは、頭上をとびまわる栗鼠《りす》のかわいい鳴き声、しだいに濃くなっていく夕闇をつんざいて響きわたる豺《やまいぬ》の怒号、それに——音楽の中でも、いちばん旋律的であったが——流れ落ちる水の、たいそうやさしい調べをもって夜の微風のささやきに答える棕櫚《しゅろ》の葉ずれの音、こういったものも、きまって聞こえてくるのであった。

それから、舞台が一変すると、アラブ人の老人《シャイフ》や〈白髯《はくぜん》の翁《おきな》〉がおごそかにいれ替わり、かがり火をかこんで、アラブ人の形容によると、草原の塚さながらに服の裾をひらいて坐りこんでいる。そのあいだ、わたしは一同の款待《かんたい》に報い、いつまでもその款待をつづけてもらうため、みなの好きな物語を少しばかり読んだり、暗誦してやったりする。女も子供も車座の外側に影法師のようにじっとたたずみ、耳をすませて、息をのんでいる。耳だけではあきたらず、目からも口からも話をのみこもうとしているように思われる。どんなにばからしい、奔放な空想でも、どんなに奇々怪々な事柄でも、不可能事の中のもっとも不可能な事柄でも、彼らにとっては、ごく自然な、日常茶飯《さはん》のことのように見えるのである。

作者がつぎつぎにわき立たせていく感情の起伏の中へ、彼らはすっかりはいりこんでしまい、タジ・アル・ムルク[*4]の任侠精神や騎士道的な武勇をわがことのように誇り、アジザー[*5]の献身的な愛情に感動して、ほろりとする。また、うず高く積んだ千金の黄金を土くれのようにチップとしてふるまう話をきくと、口から涎《よだれ》を流し、判官《カジ》または托鉢僧《ファキル》が荒野の下品なおどけ者から浅ましいあしらいをうけるたびに、くすくす笑い興じる。なおまた、ふだんはまじめくさった顔をし、感情を表面に出さないけれど、おしゃべり床屋[*6]やアリやクルド人のいかさま師[*7]といった話になると、みんなどっと、腹をかかえて笑い、時には地面をころがりまわるくらいである。読むほうでさえ、しかつめらしい相好《そうごう》をくずして、あやうくふき出したくなる。

こういった心楽しい雰囲気も、稀れにではあるが、破られる時がある。それは、時には祈禱も唱える、人なみ以上にすぐれた嗜《たしな》みを身につけたバダウィ人がとっぴょうしもなく「アスタグファルラー」――アラーよ、許したまえ――という叫び声をあげるときである。つまり、これは、みながカーライルのいわゆる〈まっ赤なでたらめ話〉に耳をかしたからではなく、砂漠の貴族のあいだでは決して聞けないセックスの話をちょっとばかり耳にはさんだためなのである。

この万代不朽の『夜話』がそのようにたいそうわたしに役立ったのは、なにもアラビアにいるときだけではなかった。ソマリランド[*8]の野人たちも、同じように『夜話』のおしえに耳をかたむけることをわたしは知った。だれひとり、その魅力に耳をかさぬものはなかった。わたしの旅隊にいたふたりの女炊事番は、ハラル[*9]へむかう途中、部下の男たちにすぐさま〈シャーラザッド〉と〈ドゥニャザッド〉の名前をつけられた。[*10]

この翻訳は、わたしの『アル・メディナとメッカへの巡礼』*Pilgrimage to Al-Medinah and Meccah*[*11] から生まれた、当然の産物であることをここに書きしるしてもさしつかえあるまい。一八五二年の（いわゆる）冬に、わたしは古い親友のシュタインホイザー Stein-haeuser と宿をともにした（ちなみに、本書は彼の霊にささげられている）。そして、アラビアやアラブ人のことを語りあっているうち、たちまちふたりは同じ結論に達した。つまり回教民族の民間伝承《フォーク・ロア》という、このすばらしい宝の名は、ほとんどすべてのイギリスの児童にも親しまれておりながら、一般読者はその貴重な中味を知らないし、またじっさい、その扉はアラビア語学者以外には開かれもしないということである。

別れぎわにわたしたちは〈協力して〉この偉大な原典の完全な、ありのままの、手加減しない訳本をこしらえようということに意見が一致し、友は散文を、わたしは韻文の部をうけもつことになった。それから数年のあいだ、ふたりはこの問題について、手紙をかわしあった。ところが、わたしがブラジルにいるあいだに、シュタインホイザーはスイスのベルンでにわかに卒中におそわれて逝去した。アデンに残してあった彼の貴重な草稿は、英印の風習に従って、ちりぢりばらばらになり、わたしの手に、その労作はいくらもはいらなかった。

こんなわけで、わたしはひとり仕事にとり残されたかたちになり、いろいろと障害にぶつかって、仕事は断続的にしかすすまなかった。が、とうとう一八七九年の春になって、やっかいな清書の仕事がはじまり、この書物もやっと仕上げの体裁をとり出した。

ところが、一八八一—八二年の冬に、わたしはたまたま文芸雑誌の中で、ジョン・ペイン John Payne 氏の手になる新訳の近刊予告を見た。彼は英詩にすぐれた天分を見せ、ことに『詩匠《ししょう》フランソワ・ヴィヨンの詩集』(パリ発行) *The Poems of Master François Villon* の翻訳によって学者間に広く名を知られていた。当時わたしは数カ月かかる見こみの黄金《ゴールド》海岸《コースト》への遠征準備(金もうけのため)に忙しかったから、『アシニアム』*Athenaeum* 誌(一八八一年十一月十三日)にあてて、それから、またわたしたちが同じ仕事に従事していることをぜんぜん知らないペイン氏にあてて、書面をしたため、この分野に関するわたしの優先権や所有権を、その必要がなくなるまで、ご自由にお使いくださいといってやったのである。氏はこの申し出を同じようにあっさり受けいれた。かようにペイン氏に優先権を与えたため、わたしのほうは一八八五年の春までふたたびのばさざるをえなかった。拙訳の刊行がおくれたことは、部分的には、このようないきさつによって説明がつこう。

が、なおほかに、もひとつの原因がある。それは、庶民や教育程度の低い人々にうけの悪い文学的労作は立身出世の役には立ちそうにもないという、職業上の野心の示唆《しさ》であった。けれども、すぐに常識はわたしにこうささやいた。職業的には成功しないにしても、同時に、自分の失敗をはじる理由など少しもない、と。

われわれは現今、秀逸なものだけは決して認めることのできない、低級な〈中産階級〉の俗物どもの専制下に住んでいる。競争的作物の褒賞《ほうしょう》は、凡庸《ぼんよう》政治 Médiocratie の〈秘蔵っ子ども〉によって、また、嫉妬深くて、勢力のある大多数者——〈勲功なるもののばかばかしさ〉を全く知らない凡人ども——の大《だい》のお気に入りによって独りじめにされている。

こうした時勢のもとでは、局外者には、凡庸なものの独りじめがどんなに完璧《かんぺき》であるかを悟ることはむずかしいし、また、あえて独力で物を考えたり、あるいはほとんどなにも知らず、なにもしない殿方雇い主たちの烏合《うごう》の衆にくらべてよけいに物を知り、よけいに仕事をしたりする人の成功をはばむ障害物がどんなに致命的であるか、を理解することも困難である。

アントワーヌ・ガラン Antoine Galland 教授の楽しい抄訳翻案（一七〇四年）から始まった一世紀間の通俗的な英語訳は、決して東洋の原典を正しく伝えていない。その間においていちばん優秀で、もっとも新しいフォスター師 Rev. Foster のものとて散漫でくどいし、また、G・モア・ブッシー G. Moir Bussey 氏の訳本（改訂版）には文体や語法のフランス語風（ガリシズム）がありすぎる。以上の訳本はどれもこれも、みんな、人類学上、また土俗学上、最高度の興味と重要性をもつこの傑作を、子供らの単なるおとぎ話、気のきいた贈物にまで、堕落させている。

その後、ほぼ百年たってから、ジョナサン・スコット博士 Jonathan Scott（法学博士、東インド会社評議員、G・G・ベンガルのペルシャ語書記官、東洋学教授など）は『物語、逸話および書簡。アラビア語およびペルシャ語原典より翻訳』*Tales, Anecdotes, and Letters, translated from the Arabic and Persian* (Cadell and Davies, London, A. D. 1800) を上梓《じょうし》し、つづいて一八一一年に、エドワード・ウォートリー・モンターギュ Edward Wortley Montague の写本によって『アラビア夜話』*The Arabian Nights' Entertainments* (6 vols., small 8 vo., London: Longmans etc.) を出版した。[*12]

この作品は、彼によると（しかも、彼だけだが）「慎重に校訂し、時にはアラビア語原典にもとづいて訂正した」ものである。読者大衆はこの訳本をいちがいに排斥したりはしなかった。このスコット訳を底本として種々雑多な題名の書があらわれ、また同版そのものも、のちに不完全ながら再版されたのである (4 vols., 8 vo., Nimmo and Bain, London, 1883)。

しかし、たいていの人々は自分たちの読んでいるのが原典のわずかな部分であることを夢にも知らないで、英仏語の抄訳や直訳で満足していた。が、とうとう一八三八年にいたって、ヘンリイ・トレンズ Henry Torrens 氏という文学得業士で、アイルランド人で、（「インナー・テムプル」[*13]の）弁護士であるとともにベンガル文官でもあった人が正しい方向へ一歩前進し、ウィリアム・H・マックナーテン William H. Macnaghten 氏（あとにサーに叙される）の編纂《へんさん》したエジプト（！）稿本のアラビア語原典から『千夜一夜物語』*The Book of the Thousand Nights and One Night* を翻訳しはじめた（1 vol., 8 vo., Calcutta : W. Thacker and Co.）。

この企て、もしくは意図はたいそうりっぱであった。訳本は注意深く原本にもとづいて作られ、逐語訳文体《ヴェルバティム・エト・リテラティム》の好個の手本を示した。しかし、この元気のよい訳者はほとんどアラビア語を知らず、さらにもっとも必要であるエジプトやシリアの方言にいたってはなにも知るところがなかった。彼の散文は文字の祭壇へ精神を殺してそなえるほどに末節にこだわっていたし、また、その韻文は常に気まぐれで、時としては、感傷的であるべきはずの場合に、一種のアイルランド人特有の狂声をおびたりしている。最後に、完成の暁には九巻から十巻になるはずの叢書《そうしょ》のうち、わずか一巻を出しただけであった。

かの温雅で、熱心なアラビア語学者の故エドワード・ウィリアム・レイン Edward William Lane も、その『新訳千一夜物語』*New Translation of the Tales of a Thousand and One Nights* (London : Charles Knight and Co., 1839) において成功していない。この訳にはアメリカ版のほか、四種のイギリス版があり、うちふたつはE・S・プール Poole が編纂している。

レインは簡約されたブラック版 Bulak Edition を底本に選んで、二百の物語の中からおよそ半分を、しかも、はるかによりいっそう特色のある半分を、削ってしまった。訳書も〈応接室のテーブル〉むきをねらっており、したがって、訳者は〈好ましくないもの〉や〈わいせつに近い〉ものはみんな避けざるをえなかった。また、レインはかってに物語の分け方を変えて夜を章にし、さらにひどいことには、いくつかの章を注に変えている。韻文を散文に訳して、韻文をすっかり省かなかったことのいいわけにしている。さらに、彼は半諧音《アソナント》を無視している。彼はあまりに東洋的であると同時に、十分に東洋的ではないのである。

　レインはその当時アラビア語の蘊蓄《うんちく》があまり深くなかった。つまり、夜話のレインは辞書のレインでないのだ。[14] 内容は多くの幼稚な誤謬《ごびゅう》によって傷つけられている。いちばん悪いことには、美しい三巻の書物がセイル Sale 訳『コーラン』[15]のように、英語化されたラテン語、長さ一フィート半もある非英語的な単語、今から半世紀の昔われわれの散文がたぶんヨーロッパじゅうでもっとも拙劣であった当時の、生硬な、誇張的な文体などのために、読めなくなっているのである。回教的学識という荷物は、なるほど、研究者にとってはこのうえなく貴重であった。しかし、『夜話』の読者にとっては、まるっきりやっかいな代物《しろもの》であった。右の注釈[16]が別個に再版[17]されたように、この新訳夜話も再版され (London, Chatto, 1883)、人種学上のテキストになっている。

　ジョン・ペイン氏はヴィヨン協会の限定版用として、最初の、唯一の完訳を上梓した。これは「ガランのそれのおよそ四倍、その他の訳者のものより三倍も多く包含していて」、わたしはペインがこの『千夜一夜物語』*The Book of the Thousand Nights and One Night* をわたしに捧げてくれたことを光栄に思わざるをえない。

ペインの訳文は非常に読みやすい。その英語はマビノジオン的擬古体のおもむきを多少加味して素晴しく、[18]またその文体は、しばしば内容の重々しすぎる九巻に生彩と明るさを与えている。彼はもっとも困難な文節においてもりっぱに成功し、しばしば、素晴しい特殊用言や原語に相当する正確な訳語を探しあてている。その点まことに適切無比で、今後の翻訳者はみんなぜひ、たとえ口惜しくとも、同じ表現を用いなければならない。けれども、この博学多才な訳者はわずか五百部に発行部数を限定し、さらに「その完全な、無削除の形で労作を再刊するわけにいかなかった」。[19]だから、彼のすぐれた訳書も一般人にとっては高嶺《たかね》の花で、実際に入手ができないのである。

さて、ここで、わたしはとりあえず、上記の三種の訳本を十二分に活用し、そのことごとくを、巧みな集大成《カリダ・ユンクトゥラ》によって、同質的なものにまとめあげたことを告白しておきたい。しかし、わたしより以前に大勢の先輩がいるのだから、訳者としては新しい翻訳に対する、なんらかの存在理由《レーゾン・デートル》を示さなければならない。そこで、つぎに、わたしはひかえめながら、新訳の存在理由をあげておこう。

ひと口にいうと、この訳書の目的は、『千夜一夜物語』が実際にどんなものであるかを示すことにある。しかし、あとの巻末論文《ターミナル・エッセイ》[20]でもっと詳しく説くはずの、いろいろな理由があって、逐語的翻訳 verbum reddere verbo をむりにおしとおすことによってではなく、アラブ人が英語でならば、こうも書くと思われるように訳出することによって、所期の目的をはたすつもりである。この点についてはわたしは聖ジェローム Saint Jerome[21]（ヨブ記の序言）

と同意見である。

「言葉には言葉を、情緒には情緒を、あるいはまた両者に対しては融合された、かなり穏健な種類の翻訳を」Vel verbum e verbo, vel sensum e sensu, vel ex utroque commixtum, et medie temperatum genus translationis.

わたしの訳業はただ精神ばかりではなく、手法《メカニク》、様式、内容さえもそっくり保存して、この東洋の偉大な伝説《サガ・ブック》を忠実に伝えようとするものである。だから、形式がどんなにつきなみで冗長《じょうちょう》であろうとも、原典の一大特色であるから、夜別の構成を保存した。暗誦者またはラウィ Rawi は――彼らに細部を補う仕事が残されているわけだが――十分に夜の価値を知っている。つまり、一夜一夜の冒頭で注意深く登場人物の名前をくり返し、聴き手の記憶に深く、その名をきざみこませている。夜なくして、アラビア夜話は存在しないのである。

全体の道具立てをそのままにしておくことが肝要である。ジョナサン・スコット博士がやったように、こった頭飾りや尻飾りで、夜を飾るという妙な細工や、ガランのようにただ〈夜〉Nuit を頭につけて物語を分割し、しかも第二百三十四夜で終わらせるというやり方ほど愚かしいものはない。だが、これは明らかに一流アラビア学者のシルヴェストル・ド・サシ Sylvestre de Sacy (Paris, Ernest Bourdin)[*22] の承認をえておこなわれたものである。

さらにまた、翻訳者の光栄とするところは自国語になにものかを寄与することである、とわたしは考えたので、トレンズのいまわしい鬼婆のような露骨さや、レインの拙劣《せつれつ》な直訳主義を避けて、原典の、非常に異国風ないきいきしたいいまわしや斬新《ざんしん》な表現を丹念《たんねん》に英語化した。たとえば、どしどし歩く群衆のために土けむりが立つ場合、〈地平線を壁でさえぎる〉walling the horizon と形容した。したがって、アラビア語がしばしばただ一語につづめている比喩《ひゆ》的語法と言葉の彩《あや》に対しても、特別の注意をはらった。

また、たとえば、「女は鼻をならし、へんてこな音を立てた」she snorted and snarked のように、原典を十分に生かすために必要とあらば、あえて新語をつくることも辞さなかった。[*23] これらの言葉はラブレー Rabelais[*24] の多くの言葉と同じように、一般に用いられないかぎり、単なる不純語である。しかし、一般化すれば、純化され、普通の通用語になる。

いろいろ反対があったけれども、わたしは文章の均衡や、東洋人がただの音楽と見ているところの散文の韻とリズムを保存した。このSajʿa[*25]、すなわちくーくー鳴く鳩の韻律は、アラビア語では特別な役めをおびている。それは描与に光彩をそえ、格言や警句や対話に妙味を加えるものである。また、それは、われわれの〈技巧的な頭韻法《アリタレイション》〉（ところどころでわたしはこれを代用したが）にあたるもので、一般的にいえば、夜話の中でせりあっているマビノジオン的擬古体と口語体の限界を決定するものである。

もし時に、韻をふんだ散文のならいとして、無理や不自然さがあるようにみえるとしても、これを研究すれば、アラビア語には半諧音《アソナント》や子音《コンソナント》が実にたくさんあるけれども、その旋律は、ちょうどダンテや漫遊詩人《トルバドール》の重押韻《リムス・カルス》とおなじように、しばしば、わざと加えられていることが認められるだろう。この押韻した散文は〈非英語的〉であるかもしれないし、イギリス人の耳には不愉快に、いらだたしくさえ響くかもしれない。それでも、なお、わたしはこれを原典の完全な再現には不可欠な要件とみなしている。巻末論文で、わたしはもういちど、この問題を論ずるつもりである。

　これに反して、総数一万行にのぼる詩歌の部分を扱うさいには、わたしは必ずしもアラビア詩の韻律上の制約にしばられなかった。それは極端に技巧的で、英語に移した場合は、強いて読む以外、読むにたえないていのものである。わたしは特に各行同韻詩《モノライム》、つまりRim continuat（連続韻）、またはTirade monorime（延長単韻）のことをさしているわけで、漫遊詩人はその単調な単純さを挽歌《ばんか》のために好んだのである。

　この韻は三、四の二行連句《カプリット》にはりっぱに役立つと思うが、たとえば抒情短詩Ghazal canzonのように十八行にわたるとか、またKasidahすなわち挽歌、またはオードのように、それ以上にわたるとかする場合には、陳腐《ちんぷ》な韻語で満足しなければならない。そして、その場合は、半諧音[*26]は原則として明瞭で、強勢的なものであるべきである。でなかったら、独創的な工夫を、油の臭みを発揮しなければならない。

　だが、そんなまねをしても、読者の楽しみをますようなことはあるまい。おそらく、そのような押韻はやればできるし、また、やるべきでもあろう。しかし、わたしにとってはそんな仕事はなんの興味もなかった。つまり、わたしは木靴をはくよりも靴をはいたほうが、よりりっぱに剣を使うことができるのである。最後に、わたしはアラビア的形式の二行連句を印刷する場合に、半行ごとにアステリスク（星じるし＊）でひきはなした。

さて、こんどは、本訳書についての特に重要な事柄——猥褻さ《テュルピロキウム》——を考察しよう。この障害物は絶対に明白な二種類のものから成っている。ひとつは単純素朴な子供っぽい淫猥さで、タンジェル[*27]から日本のはてまで、今日では上下を問わず、あらゆる人々の日常会話に出てくるものである。それはヘブライ人の聖書のように、〈自然な状況をすなおに描く〉表現を用いるし、また、ふだんはおたがい同士の黙約で口にされない事柄を、因襲にとらわれないで、自由な、露骨な方法でとり扱う。

サー・ウィリアム・ジョーンズ Sir William Jones[*28] が昔言ったように、「自然なものはどんなものでも、いやらしいほどに淫猥になりうるということを、インド人も、あるいはその立法者たちも、一度も考えつかなかったらしい。ある奇異なもの（？）が彼らの書きものや会話にしみわたっているが、これは道義の頽廃を証拠立てるものではない」。また、別のある人も正しく喝破《かっぱ》している。「原始人は悪意を解しない。彼らは物を呼ぶにその名をもってし、自然なものをとがめるべきだとは考えない」Les peuples primitifs n'y entendent pas malice : ils appellent les choses par leurs noms et ne trouvent pas condamnable ce qui est naturel.

それにまた、原始人は子供のようにせんさく好きである。たとえば、ヨーロッパの小説家は主人公や女主人を結婚させると、それからさきは勝手に、ひそかに床入りをさせる。トム・ジョーンズ[*29]でさえ扉の鍵をおろすくらいの作法は心得ている。ところが、東洋の物語作者、ことに、この名の知れない[*30]〈散文のシェイクスピア〉になると、美辞麗句を書きつらねて諸君を新婦の閨房《けいぼう》へ案内し、非常にこころよげに、見たり聞いたりするいっさいの事柄を語ってきかせなければ、気がすまないのだ。

なおまた、わたしたちは野卑とか淫猥とかが、実のところは、下劣な行ない les turpitudes も、時と場所の問題であることに気づかなくてはならない。イギリスでいやらしいことも、エジプトではそうでない。今日わたしたちがけしからんと思うことも、エリサの時代にはつきなみな冗談《じょうだん》であったろう。[31] そのうえ、夜話は、この点では、シェイクスピアやスターンやスイフトの多くの章句ほどに卑猥ではないだろうし、またその淫らさも、〈聖職者で、恐るべき好色漢〉アルコフリバ・ナジエー Alcofribas Nasier[32] の完璧《かんぺき》さにはめったに達していない。

もひとつの要素は絶対的な淫猥さである。これは、時には、必ずしもそうではないが、奇知、ユーモア、滑稽《こっけい》などで適度に薄められることもある。この点でも、わたしたちはペトロニウス・アルビテル Petronius Arbiter[33] の誇大な著作や、いろいろな作家の作品をもっているわけで、彼らの祖先は、つまり人類の中でももっとも敬神の念があつく、もっとも淫逸《いんいつ》であった人々は、かつてキャノプスの神々[34]を祀《まつ》った神殿の前で、ありとあらゆる醜行をほしいままにしたのである。

少年少女のための物語としてではなく、できるだけ完全な姿で夜話を再現しようというわたしの初志に従って、わたしはどんなに低級であろうと、あるいは上品な耳にとって、どんなに〈ショッキング〉であろうと、あらゆるアラビア語に対する英語の同意語を丹念にあさった。そのいっぽうでは、淫猥さが故意によるものでない場合には、できるだけ上品《デリカシー》さを失わないようにした。それにまた、ある友人の助言もあって、実際にほとんど誇張もできない卑俗さや淫らさをいたずらに誇張するようなまねはしなかった。というのも、卑猥さや野卑は、絵の陰影にほかならないもので、この陰影がなかったならば、全体がみんな光になるだろうから。

夜話をつらぬく全体の調子はなみはずれて高級であり、純粋である。献身の情熱はしばしば狂信《ファナティズム》の沸騰点まで沸《わ》きあがっていく。その哀愁《ペイソス》は甘く、深く、清純であり、また、やさしく、純朴《じゅんぼく》誠実で、現代の安ぴか作品の多くとは似ても似つかないものである。その生命は、強靭《きょうじん》で、華麗で、多彩であるけれど、どんなに明るい空の下でも、深く地中に根を張り、

人の命とはなんであろうか？　滅亡の緑の花か、のぼる東の太陽は、逝《ゆ》く西の太陽。

Vita quid est hominis? Viridis floriscula mortis;
Sole Oriente oriens, sols cadente cadens.

と、天をあおいで長嘆する、あの素朴な厭世観と体質的な憂愁さがすみずみまで浸透している。

文学上の判官《カジ》は、模範的な公正さと厳格さをもって勧善懲悪を行ない、〈悪人を非難し、

りっぱな行為をほめたたえる〉。風紀は正しく、健全である。時としては、奢侈《しゃし》逸楽の遊蕩的な画面をとおして、超絶的な道義が、プラトンにおけるソクラテスの道義が、みとめられる。巧妙をきわめた背徳《はいとく》行為やひそかな淫乱は全くない。

わたしたちはかえって、たとえば『椿姫』*La Dame aux Camélias*[*35] のようなフランスの短編小説の多くに、また現代の少なからざるイギリス小説の中に、数千ページのアラビア原典に見うけるよりも多くの、真の〈悪徳〉を発見するのである。夜話には、なんの含みもないのに、隠れた含みをせんさくする、あのもっとも図々しい、近代的なたしなみとか、礼節がふみにじられたわけでもないのに、〈みだらな〉ことを暗示するとかいったことは、みじんも見られない。

また、十九世紀風な高尚とか、思想のうえはとにかく、言葉だけの無邪気さ、腹はとにかく、舌さきばかりの道徳、完全な偽善を装った美徳礼賛とかいったものにも出会わない。

夜話は全くのところ、いっぷう変わった類《たぐ》いない対照《コントラスト》なのである。子供っぽい浅はかさや子供部屋のみだらな行ないや〈たわいない色欲的な〉言葉が、人生と人格に関する、もっとも美しく、高邁《こうまい》な見方とせりあっている。そして、この対照は、〈物語の主張に含まれた豊かな真実〉をもった素晴しい画面の、千変万化の動きの中に写し出されているし、また〈奇知〉wut にくらべて遜色《そんしょく》のないところの、荒々しいドライ・ユーモアによって、深い妙味が添えられているのだ。

この対照はまた、強さと弱さの、哀愁をさそう調子（ペイソス）と荘重から滑稽への転落

（ベイソス）との、もっとも大胆な詩（ヨブの詩法）ともっとも無味な散文（今日のエジプトの）との、交錯であり、アフリカのアプレイウスApuleius[*36]やペトロニウス・アルビテルの遊興ぶりとの、宗教や道徳の渡り合い――時には読者をはっとさせ、固唾《かたず》をのませることもある――である。そして最後にいいたいのは、全体があらゆる点で、すばらしい東洋的な空想に支配されているということで、その空想の中では、精神的なものや超自然的なものが、物質的なものや自然的なものと同様に、ありふれたものとなっている。

かさねていえば、夜話のいちばん大きな魅力をなしているもの、夜話にもっとも著しい独創性を与えているもの、夜話をして中世回教徒の精神の完全な解説者となしているものは、実にこの対照《コントラスト》にほかならないのである。

ペイン氏は説明的な注釈を自分の計画に加えなかったが、わたしはこれをとりいれることにした。わたしとしては、西欧の人々が注釈なしで夜話を読んでも、なんら裨益《ひえき》するところはあるまい、と考えたからである。わたしの注釈では、ただひとつの問題を、つまりヨーロッパの民話や古詩体物語《ファブリオウ》を比較対照することを、避けた。どんなにおもしろいものであっても、一々比較対照したら、人類学の研究をこととする本書のページ数をいたずらにふやすことになるだろう。わたしの生涯の数奇な運命や、うぬぼれではないが、アラブ人その他の回教徒との長いあいだの交渉、さらに、彼らの言葉だけでなく、思想傾向や表現しにくい民族的特性まで熟知していることなどは、一般の研究家にくらべて――たとえどんなに深く研究しておられようと——いろいろ有利な地歩をわたしに与えてくれたのである。

そのうえ、わたしはこの訳書によって、全人類にとって興味があり、〈上流社会の人々〉が耳をかたむけたがらない風俗慣習を紹介するという、長年求めてやまなかった機会を与えられたのである。歴史家のグロート Grote[*37]も、小説家のサッカレーも、自国民の淑《しと》やかさ bégueulerie のおかげで、発表の必要がある場合にも、口をとじていなければならないことをこぼし、さらにフィールディングやスモーレットのような作家たちが享有した部分的な自由行動を要求することすらできない、と言って嘆いた[*38]。

そこでわたしは、今から二十年ばかりまえ、人類学会の創立にあたっては故ジェイムズ・ハント博士 James Hunt[*39] をできるかぎり後援し、わたしがその初代理事長をつとめたのである (pp. 2-4, *Anthropologia*, London: Balliere, vol. i, No. 1, 1873)。わたしの動機は旅行者にひとつの機関を提供することにあったわけで、この機関は筆写本の外面的な不備不明のため旅行者の観察が誤まるようなことがないようにするとともに、お上品な方々目あての通俗書にむかないもので、一般に公開しないほうがよいといった、社会的・性的事柄に関する旅行者の珍しい見聞を印刷することになっていた。

しかし、仕事を始めるか始めないうちに、〈君子《くんし》〉という、あの、あらゆる不浄にみちみちた白塗りの墓《ホワイテッド・セファルカー》[*40]がわたしたちに反対して立ちあがった。〈礼節〉なるものが黄色い、やかましい声を立てて、わたしたちをののしった。そのため、腰の弱い仲間は落伍していった。けれども、この種の機関はかつても大いに必要であったし、今日もなお、必要とされているのである。

　理性によって本能をおおいかくしていない、アフリカ、アメリカ、オーストラリアの奥地のあらゆる野蛮な種族のあいだでは、いわゆる〈一人前の男にする〉儀式が行なわれている。少年が思春期に達した徴候をあらわすやいなや、その少年や同じ年ごろの少年たちは医者兼魔術師《フェティシャ》の手にあずけられる。そして、宗教的な薫陶《くんとう》をうけながら、〈藪《やぶ》〉の中で数カ月をすごすのである。少年たちは社会関係や性関係の〈理と術〉theorick and practick をすっかり会得《えとく》してしまうまで、決して忘れられないような難行苦行をたえしのぶのである。

　文明人のあいだでは、この知識の木の実は、すこぶる苦い経験を払って購《あがな》われねばならないし、無知の結果はことのほか悲惨である。したがって、こうした点に、わたしは読者の見落としそうな原典の多くの細部《ディテイル》を、解説的な注釈の形で、説明するという好機をついに見いだしたわけである。これらの注釈が秘伝的形式の東洋知識の宝庫となることをわたしは信じて疑わない。わたしのものにレインの注釈（“Arabian Society” etc.）を加えて研究されれば、わたしたちと同じ程度に、半生を東洋諸国で送った多くのヨーロッパ人以上に、回教東洋について知るところがあるであろう。参照上の便宜をはかって、人類学的注釈に関する索引も各巻末に付した。

　読者はつぎのような翻訳技術上の詳細《ディテイル》にも留意してほしい。

　シュタインホイザーとわたしは回教紀元一二五一年＝西暦一八三五年にカイロ港で印刷さ

れたブラック版 Bulak (略称 "Bul") の初版によって終始仕事をつづけた。しかし、印刷するための訳稿の整理にあたっていたやさき、この原典が不完全であり、物語のうちの多くが梗概《こうがい》だけで、無慈悲に頭を切られたり、またはしり切れとんぼになっているのも少なくないことを発見した。たいていの東洋の写字生と同じく、この版の編者も〈改良〉を加えずにはおれなかったわけだが、それはかえって原典の価値を貶《おと》しめてしまったにすぎない。ただひとつ、右の編者にも申し開きの立つ点がある。それは第二版のブラック版 (四巻、回教紀元一二七九年＝西暦一八六三年) が〈シェイク・マホメッド・クォッチ・アル・アデウィ Sheik Mahommed Qotch Al-Adewi の校訂〉を経たにもかかわらず、ますます悪くなっていることである。

同じことがカイロ版 (四巻、回教紀元一二九七年＝西暦一八八一年) についてもいえよう。編者アーメッド・アル・シルワニ Ahmed al-Shirwani の十行のペルシャ語序文がついたカルカッタ版 (略称 "Calc" 西暦一八一四年) は最初の二百夜話の末尾のところでしり切れとんぼになっていて、このため、一八三九—四二年のサー・ウィリアム・ヘイ・マックナーテン版 (四巻、ロイヤル四つ折判) が出現する余地が生じたのである。

このマック版 ("Mac") はもっとも誤謬が少なく、もっとも完全なものであるから、わたしの底本にし、時たまブレスラウ版 ("Bres") を参照することにした。このブレス版はマクシミリアン・ハビヒト博士 Maximilian Habicht (一八二五—四三年) の手で世にもおそるべきエジプト稿本から不手ぎわに編纂されたものである。

ベイルート原典《テキスト》という『アリフ・ライラ・ウィ・ライラ』Alif-Leila we Leila[41]（四巻、天金、八つ折判、ベイルート、一八八一―八三年）は、ハリル・サルキスとかいう人の編纂にかかり、ことごとくブラック版によった夜話の憂鬱《ゆううつ》な見本である。しかも、内容はキリスト教に改められていて、ビスミラー Bismillah[42]の言葉もなくはじまり、中途は丹念に削除訂正してあり、最後は倦怠と失望のうちに幕切れとなっている。わたしはこの伝道用の作品を一度も利用したことがない。

アラビア語の音訳法についていうと、わたしは科学的な近代東洋学者が好んで用いるところの、技巧的で、複雑な、しかも醜悪で、ぎごちない方法をわざととらない。また、彼らの最大目標、つまり、他のすべてを廃して、ローマ字をあてはめようとする意図にも、わたしは同情しない。言語を学ぶ人たちは――しかも多くは耳からと同様に目から学ぶのである――たとえばアラビア語からシリア語を、マラティ語からグジラティ語を区別するうえに、特別な文字のあるほうが好都合であることを十分に知っている。

なおまた、このローマ字書体は純粋に科学的な、学問的な著作にあっては、有効であるかもしれない。けれども、その目的が小説にあって、教えるよりもむしろ楽しませようとする作品にあっては、全く不適当である。そのうえ、そんな細工は無学な人々を迷わせると同時に、学問ある人々になんら益するところがない。

読者はアラビア語を知っているか、もしくは、知らないかである。知っている場合には、ギリシャ文字、イタリック、〈大文字盤《アッパー・ケース》〉、同一文字の異なる発音を示す発音符号、その他同様の活字上の変てこなものは、だいたいのところ、いくらかの異例はあるとしても、不必要である。アラビア語を知らなければ、こうした便宜上のものは読者になにひとつ役に立たないであろう。実のところは、どういう音訳法を選ぶかということは二義的な問題であって、読者を迷わせることのない、首尾一貫した方針をたてて、どこまでも同じ音訳法に従ってゆけばよいのである。

わたしはペイン氏が採用したレイン氏の音訳法を特別の理由でことさらに避けた。彼らの方法を反駁《はんばく》してみたが、効果はなかった。この方法でいくと、エジプトの、あるいはむしろカイロの、賤《いや》しい訛《なまり》言葉を表示することになる。そしてまた、Kemer (ez-Zeman) のような言葉はバダウィ人にはぜんぜん発音ができないだろうと思う。

また、わたしは横線と揚音符を混用している、わたしの畏友《いゆう》G・P・バッジャー師 Badger*43のやり方にも従わなかった。横線のほうは例のいまいましい揚抑抑格《ダクテイル》〔—◡◡〕や揚々格《スポンデイ》〔——〕を不快にも思い出させるし、後の揚音符〔—〕は卑見によれば、長母音に適用されるべきで、これによってアラビア語の短母音の長さは倍になるか、あるいは倍になるべきである。バッジャー博士はこの鋭音符をアクセントまたは強勢《ストレス》を示すために使用している。

しかし、このような装飾音《アポジオ》は、きわめて純粋明晰《めいせき》な発音でしゃべる人たちには知られていない。例えば、ヨーロッパ人はマス・キャット Mus-cat'（芳香性のぶどう）、アラブ人の田舎者はMaś-katと発音し、〈その口の上にアラーがおり立ちたもうた〉荒野の子供たち[*44]はMaś-katと発音する。したがって、わたしは拙著『巡礼』の中で採用した単純な音訳法に従い、最初に使うときだけアラビア語にアクセント符号をつけた。それというのも、読者の目ざわりになり、印刷者のやっかいものであるものを、なにも終始一貫保存する必要はないと考えたからである。わたしは主として『リチャードスンに準じたジョンスン』*Johnson on Richardson*[*45]に従ったが、この著書はイギリスのあらゆる東洋学者にとって、生涯にわたる研究の好伴侶《はんりょ》となったので有名である。それでもなお、わたしは巻末論文で説明するはずの、いろいろな理由から、さまざまな脱線をあえてした。

言葉は観念の具体的表現であり、文章は言葉の具象化であると同様に、言葉は話される言葉である。だから、われわれは発音どおりに言葉を表記すべきである。厳密にいえば、e音やo音（すなわち、われわれ独特の、他のどんな言語にもない英語のo音ではなく、イタリア語のo音）は、形《イマーラー》がその音を強いる場合以外に、アラビア語には見あたらないのである。[*46]そのため、このふたつの音は〈ヤ・アル・マジュール〉〈ウォウ・アル・マジュール〉すなわち未知のy（i）と未知のuと呼ばれる。[*47]

だが、あらゆる言語にあって、言語の骨（子音）をつつむ肉ともいうべき母音は、それにさき立つ、また、特にあとにつづく子音によって影響をうけ、発音が堅くなったり、柔らかくなったりする。そしてより太い音が、ちょうどサッド（ص）がシン（س）に対照されるように、ある種の文字にともなうのである。[*48]不完全な耳以外には、Maulid（誕生日）は〈いっそう正しい発音の Molid〉と聞こえはしないと思う。レインはそう聞いたのである。が、わたしは Khukh（梨）や Jukh（広幅羅紗《らしゃ》）よりも Khokh や Jokh[*49] を、Uhud（山）より Ohod を、Ubayd（小さな奴隷）より Obayd を、Husayn（小堡《しょうほ》、人名の Al-Husayn でない）より Hosayn を好む。

また、Mamlūk（白人奴隷）に対する Memlūk、Asha（夕食）に対する Eshe、Al-Yaman に対する Yemen[*50] のような単語の短母音 e は、味気ないエジプト訛《なま》りと考える。バダウィ族の発音に感心する耳にとっては、聞くにたえないものである。それでもなお、わたしは Shalabi（しゃれ者）よりもトルコ語の Chelebi から出た Shelebi を、Zabdani（シリアの村）よりも Zebdani を、Fās や Miknas つまり、われわれの Fez や Mequinez よりも、Fes や Miknes（その形のため）をとる。[*51]

固有名詞や訳出しないアラビア語についていうと、わたしは常識に従うことにして、あらゆる音訳法を排した。ある言葉がすでにわが国語の中に融合している場合には、わたしは純正癖家《ピュアリスト》のやり方をならったり、びっくりするような新奇なまねをして、読者を苦しめたりなどしない。

たとえば、ハラブ Halab カヒラー Kahirah アル・バスラー Al-Basrah などとしないで、アレッポ Aleppo カイロ Cairo バッソラー Bassorah としておいた。Alcoran または Koran、Bashaw または Pasha（フランス人は Pacha と綴る）、Mahomet または Mohamed（Mu-hammad の代わりに）のような、半ば帰化している言葉の場合は、よりなじみ深い理由で、新しい形態（つまり後者）をとった。

とはいえ、“Roc”*52（Rukh に対して）、Khalif*53（Khalifah の誤りで、むしろ Caliph と綴るほうがよい）、genie（＝Jinn）〔魔神〕、Bedowin（Badawi）*54（genie のほうは Bedowin ほどにひどくはなく、単なるゴール人の訛りである）などの言葉は、そのままの形を保存してもなんの益もない。なぜなら、過去の世代の誤りであるにすぎないからである。

また同じようにわたしは、Khuff（乗馬用の靴）、Mikra'ah（しゅろの鞭）その他の多くの言葉のようなアラビア語を読者に押しつけたレイン氏のまねもしたくない。そうした言葉に対しては、それに相当するりっぱな英語があるからである。

これに反して、わたしは Bismillah（アラーの名において！）とか、Inshallah（アラーよ、願わくば！）のような、いくつかのアラビア語の間投詞を使用した。もっとも、稀れにしか使わなかったけれど——。この種の言葉には特別の用法があると共に、フレイザー Fraser やモーリス Morice（後出）の天才によって、イギリス人の耳にも親しまれているのである。

わたしは、ここに、とりとめのない、だが、欠くことのできない細目の説明を終わるにあたって、もう二、三、最後の言葉を読者にはむなけしておきたい。いまいちど、くり返していえば、研究者はレインの注釈を参照しながら、わたしの注釈に頼られるならば、一般の東洋学者にも負けないくらい回教徒の風俗習慣や法律や宗教の知識をらくらくと、楽しく修められるであろうし、また、もしわたしの労作を機縁として、夜話の原典を読むことになれば、普通のアラブ人が自負するよりもはるかに深く、アラビア語を修得したことになるだろう。

こういったからとて、読者はわたしの訳業を軽んずるようなことはないだろう。

本書は現下の緊急な時代に、わが国の同胞へのこしてゆくわたしの形見にほかならない。インド教徒に対する、ことにサンスクリット文典に対する、過度の執着によって、いつのまにか、わが国民は（いわゆる）〈セム語系〉の研究をなおざりにするようになった。しかし、この研究こそは、異教徒の中でももっとも有力な種族——回教徒《モスレム》——に接して、どういう態度や処置に出たらよいかを教えてくれるのであるから、わたしたちにとっては、それだけに、よりいっそう不可欠なわけである。

明らかにイギリスは、自国が世界最大の回教国であることをしだいに忘れかけているようだ。また最近は、組織的にアラビア語研究を軽視し、ギリシャ語やラテン語などにくらべて比較にならぬほど有用であるのに、インド文官の任用試験でも、少しも重視していない。そのため、過去のアフガニスタン、現在のエジプトがよい例であるが、とつぜん回教国で統治権をにぎらざるをえなくなると、わずかな（ごくわずかな）味方をさえ憤慨させてしまうような結果になって、失敗をなめる。

また、当然もっとも強い関心を示さねばならぬはずの東洋民族についてははなはだしく無知なため、ヨーロッパはもとより、東洋諸国の侮蔑をまねくようになる。自国と宗教の神聖な大義のため、またトルコの虐政家やエジプトの収税吏からまぬかれようとして戦いつつあった勇壮なスダンの黒人種、すなわち、サワキンのはるか遠くに住むビシャリン Bisharin[*55] 族に対し、一八八三—八四年に悲しむべき襲撃が行なわれ、ついにトカル、テブ、タマシの悲惨事をひき起こすにいたった当時のことだが、あの雄々しい故モーリス少佐の没後には、英軍陣営の中でアラビア語を話せる将校などはひとりもいなかった。

ところで、回教徒を支配するものは、重大な責任と報酬をともなうような地位についていないで、むしろ学校にでもいれておくべき程度の未熟な若輩《じゃくはい》であってはいけない。彼らとの交渉に成功をおさめるような人物は、第一に、誠実真摯《しんし》でなければならず、第二に、相手方の法律や宗教は別としても、風俗習慣に通暁し、これに好意をいだかなければならない。今日のイギリスの大をつくったあの初期の美徳、あの気品と気質をイギリスのため復活させることは、おそらく困難であろう。だが、とにかく、わたしたちは、(わたし自身も他の多くの人々も)たえず接触している東洋人種についてのイギリスの無知を払拭《ふっしょく》するため、その手段を提供することはできるわけだ。

最後に、忘れずに書きしるさねばならないことは、本書のアラビア風装幀はカイロの文部省にいるわたしのすぐれた知己ヤコウブ・アルティン・パシャの考案にかかり、これを助けたのはカイロ人の知名な書家シャイク・モハメッド・ムウニスであるということである。わたしの変名 Al-Hajj Abdullah[*56](巡礼者アブズラー)は、スエズの見えるところで不慮の死をとげたイギリスの書家故パーマー Palmer[*57] 教授の手になったのである。

一八八五年八月十五日

ウォンダラーズ・クラブにおいて

【訳注】

＊1 東洋学者のバートンが一八六五年にブラジル領事という、ひどい閑職に任命されて、不遇をかこったからである。
＊2 砂漠の遊牧アラブ人。
＊3 駱駝のこと。
＊4 第百七夜以下の物語に出てくる。
＊5 第百十二夜以下に「アジズとアジザーの話」がある。
＊6 第三十一夜以下の「床屋の身の上話」参照。
＊7 アリやクルド人のいかさま師については第二百九十五夜の「ペルシャ人アリ」参照。
＊8 東アフリカの半島。
＊9 エチオピア中東部の都。
＊10 前者は千夜一夜の語り手で、後者は聞き手のひとりで、妹である。
＊11 これは一八五五年、夜話よりずっとまえに、三巻となって出た。その後いろいろな版が出ている。
＊12 モンターギュ稿本七巻については、バートン版原書十巻の末尾に詳しい説明がある。また既出の英訳本その他や、後出のものについても、第十巻付録二にW・F・カービイ Kirby が詳しく注釈している。
＊13 弁護士の任命権をにぎるロンドン四法学協会のひとつ。
＊14 のちレインは『アラビア語辞典』を著わしたから。
＊15 最初の英訳『コーラン』で、のちのロッドウェルのそれとならび称された。

＊16 レインが夜話に付したもので、この中には勝手にダイジェストした物語もかなり含まれている。
＊17 一八四五年刊『アラビア物語および逸話、新訳千一夜の注釈より抜粋』全一巻。
＊18 『マビノジオン』は古代ウェールズの伝説話集で、ゲスト女史はこれを一八四九年に現代英語に移した。〈サクソン・イングリッシュ〉の香りを保存した名訳である。
＊19 ちなみにペイン版は、一八八二年から一八八四年にわたって、ロンドンで出版された。全九巻、五百部限定。
＊20 バートン版の原書第十巻の末尾に付したもの。秘蔵版の第七巻に収載。
＊21 本名をヒエロニムスといい、ギリシャ、ラテン語によく通じ、聖書のラテン語訳をおこなったことで有名、四二〇年没。
＊22 東洋言語学会のアラビア語、ペルシャ語教授。またアジア協会の創立者、一七五八―一八三八年。
＊23 snark は普通の辞典にない言葉で、ルイス・キャロルの『スナーク狩り』(一八七六)より出たもの。得体の知れないふしぎな動物。バートンはこれをさらに動詞化したわけ。
＊24 十六世紀のフランスの諷刺作家。
＊25 アル・サジャのこと。普通は韻のある散文。
＊26 夜ふかしを行なった苦心の跡の意。
＊27 アフリカの北西端にある港市。
＊28 イギリスの東洋学者、ペルシャ語文典のほか諸訳書あり。とりわけ古代アラビア詩七編の英訳は有名である。一七四六―九四年。
＊29 フィールディングの同題の作品の主人公。
＊30 千夜一夜の作者は不明であるから。
＊31 エリサはディドウともいい、バビロンの創建者ベルスの娘で、カルタゴの創建者。

＊32　ナジエーはラブレーの換字変名といわれる。
＊33　ガイウス・ペトロニウスの筆名で、ネロ時代のローマの諷刺作家。
＊34　エジプト古代の神々。
＊35　デュマ・フィスの作品。
＊36　同名人が他にあるのでアフリカを冠したもの。紀元一三〇年ころマズラに生まれたローマの作家。
＊37　十九世紀のイギリスの史家、『ギリシャ史』の著者。
＊38　フィールディングもスモーレットも十八世紀前半の作家で、サッカレーはそれより百年後の作家。
＊39　イギリスの人類学者、ロンドン人類学会を創設（一八六三）した。一八三三―六九年。
＊40　マタイ伝から出た言葉で、偽善者の意味に用いられる。
＊41　千夜一夜。アリフは千を、ウィは英語の and を、ライラは一夜を意味するアラビア語。
＊42　直訳すると、「アラーの名において」の意。
＊43　イギリスの東洋学者、通訳官としてインド、アラビア、ペルシャに駐在、一八一五―八八年。
＊44　純粋なアラブ人であるバダウィ族のこと。
＊45　リチャードスンはイギリスの東洋通で『ペルシャ語・アラビア語・英語辞典』を著わした。その辞典を改訂したのがジョンスンだが、この辞典名は不明。
＊46　英語のアルファベットOおよびEに相当するアラビア文字も存在しない。
＊47　ヤは（ي）ｖの、ウォウは（و）ｕの読み方で、これをもってｅとｏの音に代用させることがある。
＊48　サッドは硬音でｓの発音、シンは sh の発音。
＊49　ちなみに kh はドイツ語の ch に相当する喉気音《こうき》、したがって Khokh はホッホと発音する。
＊50　これは地名。ちなみに Al または El は英語の the に相当するアラビア語の定冠詞。
＊51　フェスとミクネスはモロッコの町の名。

＊52　アラビアやペルシャの物語によく出てくる大鵬で、『千夜一夜物語』でも第四百五夜の「マグリビ人の大鵬」、第五百三十七夜以下の「船乗りシンドバッド」に出てくる。
＊53　回教国王の称号で、カリフ。現在は中絶。
＊54　バダウィ族はアラブ人の遊牧民で、皮膚は黒いが、白人に属する。家郷はアラビアであるが、エジプト、サハラ砂漠、メソポタミアなどに分布し、純粋なアラビア語を話す。フランス語の文献ではみんなベドウィン族となっているが、これはバートンによれば誤り。
＊55　ナイル河と紅海のあいだの砂漠に住む一大種族で、来客に未婚の娘を提供するといわれる。レイン著『近代エジプト人の風俗習慣概説』エヴリマンズ叢書二九七ページ参照（拙訳では『エジプトの生活』と改題）。
＊56　原書の三角形の背文字がそれである。
＊57　エドワード・H・パーマーはイギリスの東洋学者、ケムブリッジのアラビア語教授。一八八二年エジプト戦争勃発《ぼっぱつ》に際して、バダウィ族を宣撫《せんぶ》するためスエズから砂漠にはいり、ワディ・スドルで殺害された。バートンはトリエスト領事であったころ、本国政府の命でパーマーの死体を探しに出かけたが、ついに発見できなかった。

バートン版　千夜一夜物語　1

憐《あわれ》みをかけたもう神、

憐み深い神、アラーの御名において！

アラーをたたえよ。恵み深い王、宇宙の造物主、三界の王、そこに柱のない天界を建てたもうた者、臥床《ふしど》のように平らかな大地をのべたもうた者をたたえよ。われらの主モハメッド、使徒の大君、その一族同胞《はらから》の上に神の恵みと祝福のあらんことを。最後の審判の日まで渝《かわ》ることない永遠の祝福と恵みのあらんことを。かくあらせたまえ！　おお、三界の大君よ！

シャーリヤル王とその弟の物語

さて、それからのちのことであるが、わたしどもにさきだって逝《い》った人々の行ないや言葉は、まことに今の世の人々に教える手本となっている。それゆえ、教えとなる出来事が他の人々の身の上にふりかかったありさまを眺めて、そこから教訓をくみとることができるし、また、その昔の人々の年代記をつぶさに読んで、その人たちにふりかかった出来事をあますところなく知り、わが身の行ないをおさえ、つつしむこともできよう。――それゆえ、すぎし昔の歴史を今の世の教えとした神をたたえよ！

さてここに、右のような見本のひとつとして、名高い伝説と不思議な物語をおりこんだ『千夜一夜』とよばれる物語があり、その中にはつぎのような物語がある。（しかし、アラーは隠れたものを知る神、物を統《す》べ、崇《あが》められ、物を与え、恵みを施《ほどこ》し、あわれみをかけたもう全知全能の神である！）(1)

今は昔、インドとシナの島々にササン王朝(2)の大王があり、軍隊を擁《よう》し、奴婢《ぬひ》や従者をかかえていた。この王はただふたりの王子を残して世を去った。兄はすっかり成人していたが、弟はまだ年若い青年であった。どちらも武勇の誉《ほま》れが高い騎士で、兄は弟よりもひときわ勇猛であった。そこで、兄が王位をおそった。ひとたび国の統治につくと、たいそう正しく臣下にのぞんだので、都をはじめ、国内のあらゆる民草から愛された。王の名はシャーリヤルといい、シャー・ザマンとよぶ弟を夷狄《いてき》の地サマルカンドの王に封じた。

このふたりは自分の数カ国の領土から一歩も外へ出ずに宰領し、領内にはいつも法令が行なわれていた。また、おのおのの王は臣民に対して公明正大な政事《まつりごと》を行なって自分の王国を治めたから、民心はこのうえなく安堵《あんど》して生活を楽しんだ。このような状態が二十年のあいだつづいた。

けれども、二十年めの十二月もおし迫ったころ、兄の王はしきりと弟の顔が見たくなり、いちどたずねなければならないと思った。そこで、王は弟を訪問することについて、大臣《ワジル》(3)に相談した。ところが、大臣はこの企ては不得策だと考えて、弟王に手紙をおしたためになり、兄君をおたずねになるようにとのお誘い状といっしょに、贈物をおつかわしになれば、わたしめがこれを宰領してまいりましょう、とすすめた。

この忠告を聞きいれて、王はすぐさま宝石のちりばめてある黄金の鞍《くら》をおいた馬、奴僕《ぬぼく》つまり白人奴隷、美しい侍女、胸のふくよかな処女、目もあざむくばかりの高価な品々といった、みごとな贈物をととのえるように命じた。それからシャー・ザマンに一通の書面をしたため、心からの愛情をこめ、会いたくてならぬむねをのべて、つぎのような言葉でむすんだ。

「そういうわけで、余は愛する兄弟の誼《よし》みと愛情から、ご足労でも余のほうへ顔をむけられることを期待します。なお、余は大臣をさし遣《つか》わして、旅の指図をいっさいとりはからうようにしました。この世のただひとつの望みは、死ぬまえにいちど貴君に会いたいことです。もし貴君がなかなかやってこなかったり、余を失望させたりするならば、余はその不幸にたえられないだろうと思う。ご健勝を祈る」

それから、シャーリヤル王は書信の封をして、さきにあげた数々の土産《みやげ》物といっしょにこれを大臣に渡し、服の裾を短くつめ、全力をつくして、できるだけ往復をいそぐようにと言い渡した。

「かしこまりました！」と大臣は答えて、すぐ用意にかかり、即刻荷をまとめ、道中に必要ないっさいの準備をととのえた。支度に三日かかって、四日めの明け方に大臣は王に暇《いとま》ごいをつげ、ただちに出発した。

砂漠を横ぎり、山路をふみこえ、石ころの多い荒地やすがすがしい草原を通りすぎて、昼夜の別なく、先きをいそいだ。けれど、王の支配していた領主の領土にはいるたびに、金銀の素晴しい贈物や、ありとあらゆる珍奇な献上物をさし出されて款待《かんたい》をつくされたので、賓《ひん》客《かく》の儀礼の日数として三日のあいだ(4)、足をとめるならいだった。四日めに出立するときには、その日一日、警護の従者たちにつきそわれた。

大臣はサマルカンドのシャー・ザマンの宮廷に近づくと、さっそく身分の高い役人を派遣して、到着のおもむきを伝えさせた。役人は王の前にまかり出ると、両手をまげて床にひれふし、そのよしを奏上した。王はこれを聞いて、領内の貴顕高官たちに出発を命じ、兄の大臣をまる一日の道程《みちのり》のところで出迎えさせた。一同は大臣をうやうやしく迎え、道中つつがなく安着されたことを祝い、護衛となって長い行列をつくった。

都にはいると、まっすぐ王宮にむかい、大臣はそこで王の謁見《えっけん》をたまわった。大臣は床にひれふして、まず王の健康と幸福と、そしてまた敵をことごとく征服して勝利をえられんことを祈ってから、兄君がしきりに会いたがっておられること、ご来訪の御意《ぎょい》を求めておられるむねなどを言上《ごんじょう》した。ついで、兄王の手紙をさし出したが、シャー・ザマンは大臣の手からこれをうけとって読んだ。その中には、首をかしげるような、いろいろな暗示や引喩《いんゆ》が書いてあったが、王はその意味を十分に諒解《りょうかい》すると、こう言った。

「わかりました。愛する兄上のおおせに従います」それからつけ加えて、「しかし、三日めの款待が終わるまではたつまい」と言った。

王は王宮のなかのふさわしい部屋を大臣にあてがった。そしてまた、一行の軍隊には天幕を張ってやったり、食事や飲み物などの必要な品をなんでも支給した。四日めに、王は旅の支度をととのえ、兄王の威厳にふさわしい豪奢《ごうしゃ》な土産物を集め、留守中は宰相を副王にすることに定めた。それから、王は天幕を運び出させ、駱駝や騾馬をかり出させて、荷物や梱《こり》、従者や護衛兵といっしょに、都の見えるところに野営した。それは、あくる朝、すぐさま兄王の都へむかって進発するための手はずだった。

しかし、夜中になってから、持っていくはずの品物を王宮に忘れてきたことに気がついた。そこで、こっそり王宮へひきかえし、自分の部屋へはいった。そこには、妻の王妃が、台所の脂と煤《すす》によごれた、みにくい黒人の料理人を両腕にだきかかえて、王自身の絨毯《じゅうたん》の寝床に眠っていた。王はこのありさまを見ると、目の前の世界がまっ暗になった。そして、こう言った。

「まだ都が見えるところにいるうちに、こんなことがもちあがるとすれば、自分が兄の宮廷に長く滞在して留守にしているあいだには、この売女《ばいた》めなにをしでかすかわかったものでない」

そこで、王は太刀《たち》をひきぬいて、一刀のもとにふたりを四つにし、死体は絨毯の上に残したまま、すぐ野営に帰り、だれにも事の顚末《てんまつ》を明かさなかった。ついで、時を移さず、出発の命令をくだして旅にのぼった。しかし、王は妻の不貞をつくづく考えないではおられなかった。道々たえずひとりごとを言いつづけた。

「どうしてあれは、このおれに対して、あんなまねをしでかしたのだろう？　どうして自分から死を招くようなことをしたのだろう？」

とかくするうちに、王はおさえきれぬ悲しみにうたれ、顔色は黄色くなり、体は衰え、人の命を奪うような危険な病いにとりつかれそうになった。そこで、大臣は一日の旅程をちぢめ、水飲み場では長く休息して、できるだけ王をねぎらった。

さて、シャー・ザマンは兄王の都に近づくと、よい便りの急使や飛脚をたてて、到着のおもむきを伝えた。すると、シャーリヤルは大臣連はもとより、領内の太守や重臣大官をひき従えて、出迎えにおもむいた。兄王はひさかたぶりの対面に涙を流さんばかりに喜び、弟王の歓迎のため、都を美しく飾るように指図した。けれど、ふたりが顔をあわせたとき、兄王は弟の顔色がすぐれないのを見のがすはずはなかった。子細をたずねると、その問いに対し、弟はこう答えた。

「旅の疲れのせいですから、養生しなければなりません。水や空気が変わったために、ぐあいが悪くなったのです！　それはさておき、いとしい、ふたりとない兄上にふたたびお目にかかれたことをアラーに感謝しましょう！」

こんなふうに、弟王はうわべをつくろい、胸に秘密をいだいたまま、さらにつけ加えた。

「おお、現世《うつしよ》の王よ、時世《ときよ》の教主《カリフ》よ、わたしの顔が胆汁で黄色くなり、目が落ちくぼんだのは、ただ体を無理したからですよ」

それからふたりは祝いさざめいている都にはいり、兄王は遊園地にのぞんだ王宮の中に弟を逗留《とうりゅう》させた。しばらくたってからも、弟のぐあいがいっこうによくならないのを見て、兄王は家郷を離れ、王国を後にしてきたからだと考えた。そこで、なにごとも弟の気随気ままにさせ、なにひとつ子細をたずねようともしなかった。が、とうとうある日のこと、兄王はふたたび言った。

「ねえ、弟、どうやらだんだん体が衰え、顔色が黄ばんでゆくようだね」「おお、兄上」とシャー・ザマンは答えた。「わたしは心が傷《ま》ついているのです」

それでもなお、自分の妻について目のあたりに見たことを口には出さなかった。すると、シャーリヤルはいろいろな医者をよびよせて、弟の看病に手をつくすように命じた。医者たちの介抱はまるひと月つづいた。しかし、シャーベット水にしても、薬にしても、なんのききめもなかった。というのも、弟王は妻の不貞な行ないをいつまでも考えつづけていたからだった。絶望落胆の気持ちは薄らいでいくどころか、いよいよつのるばかりで、医者の手当てなどいっこうにきかなかった。

ある日、兄王は弟に、「わしは狩猟に出かけて、気晴らしに遊ぼうと思っている。たぶん、そうすればおまえの気分だって軽くなるよ」と言った。ところが、シャー・ザマンはこう言って断わった。「おお、兄上、わたしは少しもそんな遊びをする気になれません。どうか、ここにじっとさせておいてくださいませんか。すっかり病いにとりつかれてしまいましたから」

そんなわけで、シャー・ザマン王はその夜は王宮ですごし、あくる朝兄王が出かけてしまうと、自分の部屋から出て、遊園地を眼下に見おろしている格子《こうし》窓のところに腰をおろした。そして、またとない悲しい思いで妻の不義を考えつづけていた。苦悩にせめさいなまれた胸からは、燃えるように熱い吐息がもれた。

そんなふうに悩みつづけていると、これはまたなんとしたことか！　用心深くとざされていた王宮の裏門がぱっと開いて、二十人の女奴隷《どれい》が、兄王の妃《きさき》をとりかこんで現われた。王妃はたぐいまれな美人で、美貌と、優艶《ゆうえん》と、均斉と、申し分ない愛らしさの典型であった。そして、冷たい流れを慕い求める羚羊《かもしか》のように、しとやかに歩みを運んできた。

そこで、シャー・ザマンは窓口から身をひいて、人目につかない場所から女人《にょにん》の群れをこっそりうち眺めた。女たちは格子窓のすぐ下を通り、少しすすんで花園へはいると、やがて大きな池の中にしつらえた噴水のところにたどりついた。それから、一同は着物をぬぎすてたが、なんと、そのうちの十人は兄王の妻妾《さいしょう》で、ほかの十人は白人の男奴隷ではないか。それからみんなはふたりずつ組みあって、離ればなれになった。いっぽう、ひとりぽっちになった妃は、すぐさま大きな声をはりあげて叫んだ。

「ここへおいで、サイードさま！」すると、木立の中の一本の樹から、さっと飛びおりて、目をぎょろつかせ、涎《よだれ》を流した大きな黒人が現われたが、白人にとってはまことにいまわしい姿だった。(5) くだんの黒人は大胆不敵にも妃に近づいて、腕をその首にまきつけた。妃も同じように男をひしとばかりかきいだいた。つぎに、男は荒々しく接吻《くちづけ》し、まるでボタン孔《あな》がボタンをしめるように、自分の脚を相手の脚にからみつけ、地上におし倒して、女を楽しんだ。

ほかの奴隷たちも女どもを相手に同じまねをし、だれも彼も淫欲を満たした。接吻し、抱擁し、交会《とぼ》し、ふざけあいなどして、いつはてるともみえなかったが、陽《ひ》ざしがかげりはじめるころになって、白人の奴隷らはやっと女たちの胸から立ちあがり、また黒人も妃の胸から体を起こした。男たちはふたたび女に身をやつし、樹によじ登った黒人のほか、みんな王宮にはいり、もとどおりに裏門をとざした。

さて、シャー・ザマンは嫂《あによめ》のふるまいを見て、ひとりごとをつぶやいた。

「アラーにかけて、おれの不幸はこれよりも軽いぞ！　兄上はおれなどにくらべてはるかに偉い王者の中の王者だ。それでいて、この浅ましい出来事が、兄上の王宮そのもので行なわれ、嫂はけがらわしい奴隷の中でも、いちばんけがらわしいやつと恋におちいっているのだ。だがしかし、これもただ、みながみなそうやっていること、(6)間男をして夫の顔に泥をぬらない女などひとりもいないということを教えているだけだ。ひとりのこらず女どもの上にアラーの呪いがあればいい。女どもに内助を求めたり、行ないの手綱を女どもの手にゆだねたりするばか者どもにだって、呪いがふりかかればいい」

そんなわけで、シャー・ザマンは自分の憂いも失意も悔恨も不平もはらいのけて、「おれはかたく信じている、この世の男で、女の仇心《あだしごころ》に苦しめられない者はひとりもないのだ！」とひっきりなしにくり返しながら、悲しみを静めてしまった。

夕餉《ゆうげ》の時刻になって、食膳が運ばれると、シャー・ザマンはむさぼるようにたいらげた。それまでは、どんな珍味佳肴《かこう》でも口にする気がしなかったので、長いあいだ食べ物をひかえてきたのだった。それから、全能のアラーに心からの感謝をささげ、これをほめたたえ、祝福してから、今までにない安らかな夜をすごした。眠りという、おいしい食べ物を口にしたのも、実にひさしぶりだった。

あくる日も、シャー・ザマンは腹いっぱい朝食をしたため、しだいに元気と体力を回復しはじめ、やがてまもなく上々の調子になった。兄王は十日たつと狩猟から帰ってきた。弟王は馬をかって出迎え、おたがいに挨拶をかわしあった。シャーリヤル王はシャー・ザマン王をよく見ると、血色はすぐれ、頬に赤味がさしているのに気がついた。また、最近まであんなに少食であったのに、うまそうにむさぼり食べるありさまを眺めて、たいへん驚いた。

「ねえ、弟、わしはおまえが狩猟に加わって、わしの国でうさ晴らしに遊んでもらいたかったになあ！」すると、弟王は兄王に感謝して、どうもすみませんでした、と言った。ふたりはうちつれ立って馬にまたがり、都にはいった。王宮にたどりついてうちくつろぐと、ふたりの前に食膳がならべられ、ふたりとも腹いっぱい食べた。そのあとかたづけもすんで、手を洗い終わると、シャーリヤル王は弟にむかって言った。

「わしはすっかり驚いたよ、おまえの体の調子がいいのには。わしはいっしょに狩りにつれていきたかったのだ。ところが、おまえの顔色は悪く、見る目にも青ざめてやつれていたし、それにまた、心の中でたいそう悩んでいるようすだった。ところが、アラームドリラー[*1]――神に栄えあれ！――今では、ふだんの顔色にもどり、またすっかり元気になったじゃないか。わしはね、おまえの病いが妻子や友だちと袂《たもと》をわかって、都や郷士を後にしてきたせいだとばかり信じていたから、いろいろうるさく質問するのを、ひかえていたわけだ。だが、こんなによくなったのだから、おまえの心配事の原因や、顔色が悪くなったこと、またどうして元気をとり返して、日ごろ見なれている赤みがかった血色をとりもどしたかを説明してくれないかね。つつみかくさず、ありのまま正直にうちあけておくれ！」

シャー・ザマンはこれを聞くと、しばらくのあいだうつむいていたが、やがて面をあげて言った。「心配事の起こったいきさつや、血の気をなくしたしだいは、お話しいたしましょう。けれども、血の気がもどり、全快した理由のほうはきかないでください。ぜひとも、返

事をおせがみにならないように願います」

この返答を聞いて、たいそう驚いたシャーリヤル王は、「ではまず、顔色をなくし、体ぐあいが悪くなった事のしだいを聞かしてもらおうか」と言った。

「では、兄上、こういうしだいなのです」シャー・ザマンが答えた。「兄上が大臣をおつかわしになって、兄上をおたずねするようにとのお話があったさい、わたしはすぐに用意をととのえて、都を離れました。しかし、まもなく、兄上に贈るつもりの、ひとさしの宝石を王宮に忘れてきたことを思い出しました。そこで、たったひとりでこれをとりにもどりますと、はからずも、妻がわたしの絨毯《じゅうたん》の寝床で、いまわしい黒人の料理人に抱かれて寝ているのを見つけてしまいました。それで、わたしはふたりを切りすてて、兄上のところへやってまいりましたが、そのことで、いろいろ思い悩んだため、気力はなくなり、やみ衰えたのです。ですけれど、わたしの顔色がもとどおりになった理由については、やっぱりうち明けられません。どうかごかんべんを願います」

シャーリヤル王はあまりの意外さに、ただびっくりして、頭をふった。そして、心から燃えあがってくる烈火の怒りに、「いやはや、女の仇心というものはすさまじいなあ！」と叫んだ。それから、アラーの御名を唱えて、女の邪心をまぬかれるようにと祈ってから、こういった。

「全くのところ、妻を殺して、おまえはいろいろの災厄をのがれたというものだ。おまえのような国王には、いまだかつて、いちどもふりかかったことのない不幸なのだから、怒ったり、嘆いたりするのもむりはない。わしがそんなめにあったら、アラーに誓っても、千人の女を殺さずば、虫が納まらなかったろうし、気もふれたろうよ！　だが、おまえの苦悩をやわらげたもうたアラーをたたえよう。そこで、こんどは、ぜひとも、きゅうに血色や体がよくなった理由をうちあけてくれなきゃいけない。そんなにひた隠しにするのは、いったいどうしたというわけかね？」

「おお、現世の王よ、もいちどお願いします。どうかそればかりはご容赦ください！」「いや、ぜひともうちあけておくれ」「わたしは心配なのです、兄上。わたしの話を聞かれて、あなたがわたし以上のお腹立ちと悲しみをおうけになってはと思うと」

「それじゃよけいに、一部始終をうちあけてもよい理由があるではないか」とシャーリヤルが言った。「アラーにかけて、どうか、なにも隠しだてしないで、話してくれないか」

そこで、シャー・ザマンは自分の目で見たいっさいの事柄を、はじめからしまいまで語ってきかせ、最後に言った。

「兄上、わたしがあなたの災難と、あなたの妻の不義を眺め、またわたしよりもあなたが年長者で、ひときわすぐれた主権者であることを思いあわせたとき、わたし自身の悲しみはそのためずっと軽くなり、気分ももとの調子にもどってしまいました。それで、憂いも落胆もさらりとかなぐり捨てて、食べたり、飲んだり、眠ったりすることができました。そんなわけで、わたしはみるみるうちに体も元気も回復しました。これがほんとうの話です。隠しだてのないところです」

シャーリヤル王はこの話をきくと烈火のようにいきどおり、怒りのあまり息もとまらんばかりのありさまだった。しかし、やがて心を落ちつけて言った。「なあ、弟よ、わしはこのことで、おまえが嘘をついているなどと言いはしない。けれど、自分の目でしかと見とどけないうちは信じられないのだ」

「あなたが、ご自分の災厄を眺めたいと言われるなら」とシャー・ザマンは言った。「すぐさま、もいちど狩猟の支度をととのえたうえで、わたしといっしょに身をおかくしなさい。そうすれば、あなたはそのありさまを目撃し、われとわが目で、しかと確かめられるでしょう」「なるほどそうだ」と兄王は言った。

そこで、旅に出るという布令を出させ、軍隊や天幕を都の外に移して、都の見えるところに露営させた。シャーリヤルは一行とともに城外に出ると、軍兵どものただ中に陣どって、奴隷たちにはなに人をも自分のもとへ通してはならぬ、と命じた。夜になると、王は大臣《ワジル》を招いて、「わしの代わりにここに坐り、三日のあいだ、わしのいないことをだれにも知らせるな」といい渡した。

それから、兄弟は身をやつし、夜陰に乗じて、こっそり王宮へ帰り、夜のあいだ、そこですごした。夜があけると、遊園地にのぞんだ例の格子窓のところに腰をおろした。と、やがて、王妃と侍女たちがまえのように現われ、窓の下を通って、噴水のほうへ進んでいった。そこで一同は服をぬいで、男十人に女十人となった。妃は叫んだ。「ねえ、サイードさま、どこにいるの？」

すると、あの見るもけがらわしい黒人が樹からまっすぐ飛びおり、たちまちのうちに女の腕の中に飛びこんできて、大きな声でどなった。「おれさまがサアド・アル・ディン・サウードさまだ！(7)」

妃は心から笑った。一同はみんな欲情を満たしにかかった。二時間ほどそんなありさまをつづけてから、白人の男奴隷は侍女の胸から立ちあがり、黒人も妃の腕から身を起こした。それから、一同は池の中へ飛びこんで、全身沐浴《グースル》を行なったのち、着物をまとい、まえと同じようにひきあげていった。

シャーリヤル王は妻と妾《めかけ》のこのような醜行を見て、気ちがいのようになって、どなった。

「すっかりひとり身にならなくては、この浅ましい世のならいからのがれるわけにはいかん！アラーにかけて、人の世はひとつの大きな悪にすぎぬわい」そして、すぐまた言いたした。「これ、弟よ、わしの言い出すことに反対してはいけないよ」弟王は「反対はいたしません」と答えた。すると、兄王が言うには、「このまますぐ、ここを発《た》とう。われわれには王位などどうでもいいのだ。全能の神をあがめながら、アラーの大地を遍歴しようじゃないか。そのうち、同じような不幸なめにあった人間にめぐりあおう。もしめぐりあわなければ、この世に生きているより、死んだほうがよっぽどましだ」

そこで、ふたりの兄弟は王宮の、第二の秘密の裏門からぬけ出した。そして、夜も昼もかた時も休まずに進んでいくうちに、海辺の、とある牧場のまん中に立っている、一本の大木のところへやってきた。かたわらには美しい水をたたえた泉があった。ふたりはその水を飲んで、腰をおろして休んだ。一時間もすると、なんとしたことか！　さながら天界が地上に落ちかかってくるかのように、海原のただ中から、凄《すさま》じい轟音《ごうおん》がわきあがるのが聞こえた。海はふたりの眼前で波をさかまき、その中から真っ黒い柱がそそり立つと、天にむかってしだいに大きくのびて、牧場のほうへ動き出した。このありさまを見て、ふたりはひどく胆《きも》をつぶし、かたわらの高い木のてっぺんによじ登って、そこからなにごとであろうかと瞳をこらしていた。

と、こはそもいかに、姿を現わしたのはひとりの魔神《ジニー》(8)で、背の丈は見あげるほど高く、腕も胸も非常にたくましく、額は広く、肌の色はまっ黒で、頭には水晶の櫃《ひつ》をのせていた。魔神は深海を渡って陸にあがり、ふたりの王が隠れている木のところまでくると、その下にどっかと腰をすえた。それから櫃をおろして、中から七つの鋼《はがね》の海老錠《えびじょう》のついた小箱をとり出し、腿《もも》のあたりからつかみ出した七つの鋼の鍵でこれを開いた。中から現われ出たのは、うら若いひとりの女だった。肌は雪肌、物腰は﨟《ろう》たけて、すんなりとしたきゃしゃな体つきをし、十四夜の月か、さんさんとふりそそぐ太陽にまごうばかりの美しさであった。まさしくそのとおりで、詩人のウタイヤーはいみじくも、こう歌っている。

　乙女は立ちぬ、夜の闇を
照らして輝く朝のよう。

眉目《みめ》うるわしき姿もて
森の木立ちを彩《いろど》りぬ。
面紗《かおあみ》とれば、照りわたる
月さえはじろうその風情《ふぜい》、
太陽《ひ》もまた乙女の輝きに
いよいよ明るくなりまさる。
面紗《かおあみ》とりて、美しき
　顔《かんばせ》あらわに示しなば、
よろずのものはうなだれて
乙女のもろ手にいだかれん。
さっと一閃《せん》、稲妻の
きらめく瞳を投ぐるとき。
あわれ、都の人々は
しとど涙にあふれなん。

魔神はかたわらの木かげに女を坐らせて、じっとその顔を眺めながら言った。
「ああ、このおれの心の、いちばん貴い恋人よ！　やんごとない血筋の女よ！　おれは婚礼の晩におまえをかすめ去ったが、それというのも、だれもおまえの処女を奪えないようにしたり、おれより先きにおまえをひっくり返すことができないようにするためだった。おれよりほか、だれも、おまえを愛したり、楽しんだりしたものはいないんだ。なあ、かわいい女め！ おれはちょっとひと眠りしたいよ」

そういって魔神は女の腿《もも》に頭をのせ、海までとどくほど脚をのばして眠りにおちると、雷のようないびきや唸り声をたてた。

ほどなく女は梢《こずえ》をふりあおいで、てっぺん近くにふたりの王が隠れているのを認めた。すると、女は魔神の膝枕にあきあきしていたやさきだったから、その頭をそっと膝からはずして、地面に移した。それから、立ちあがってふたりのほうへ合図した。「おりていらっしゃい、ふたりとも。この魔神《アイフリット》[9]をこわがることなんかありませんよ」女に見つかったことがわかると、ふたりはちぢみあがって、同じように答えた。「どうかお願いです[10]。あなたのお情け深いお心をもちまして、おりるのはごかんべんください！」

けれども、女は「お願いだからすぐおりていらっしゃい。もしおりていらっしゃらなければ、わたしの夫の、この魔神をゆり起こしますよ。そうすれば、あなた方を、このうえない惨めな死にめにあわせますよ」といって、相変わらずおりろという合図をしつづけた。ふたりは恐ろしくなって、女のところへおりてきた。すると、女はふたりの前に立って言った。「ぐずぐずしないで、さあ、ぐっとひとつきして、埒《らち》をあけてちょうだい。さもないと、この魔神を起こして、あなた方にけしかけますよ。すぐと殺されますよ」ふたりは言った。「あなた、どうかお願いですから、そんなまねはさせないでください。わたしどもはそうい

うことがいやなので逃げているのです。それに、ここにおられる、あなたのご主人がこわくてたまりません。どうして、あなたのおっしゃるようなことができましょう?」

「そんなおしゃべりはおやめなさい。どうでも、そうしなくてはいけません」と女は言った。そして、支《ささ》えも柱もなく天界を高くもちあげた神にかけて、(11)もしふたりが自分の思いをとげさせてくれないならば、ふたりを殺させて、海へ投げこませてしまうと誓った。そこで、シャーリヤル王は恐ろしさのあまり、シャー・ザマンにむかって言った。「ねえ、弟、この女《ひと》のいうとおりにしなさい」しかし、弟は答えた。「あなたがさきになされば、わたしもやりましょう」ふたりは女と交わることについて、押し問答をはじめた。すると、女がふたりに言った。

「どうしたんですか? ふたりで言い争ったり、ためらったりして? ふたりとも男らしくさっさと前に出て、交会《まじわり》をなさらないと、魔神をおこしますよ」そこで、やむなく、ただただ魔神が恐ろしいばかりに、ふたりとも言いつけられたとおりにした。ふたりが女の体からおりると、女は「おじょうずね!」と言った。

それから、かくしの中から財布をとり出して、結びめのある糸をひっぱり出したが、それには印形《いんぎょう》をきざんだ指輪が五百七十(12)もさしてあった。女がたずねた。「これはなんだかごぞんじ?」ふたりは「知りません!」と返事した。すると、女は言った。「これはね、この醜い、愚かな、けがらわしい魔神《アイフリット》の枕もとで、わたしと交わった五百七十人の男の印形ですわ。だから、あなた方ご兄弟も、印形の指輪を出してください」

ふたりが指からぬきとって、これをさし出すと、女は言った。

「ほんとうですわ、この魔神が、婚礼の晩にわたしをかどわかして、小箱につめたうえ、櫃《ひつ》の中にその箱を入れてしまったのは。櫃にはがんじょうな鋼の海老錠を七つもかけて、大波がとうとうと立ち騒ぐ荒海の底へとわたしを沈めました。そんなふうに用心に用心をかさねて、わたしがみさお正しく、純潔であるように、ほんとうにそうだわ！　自分よりほかにだれともまじわることのないように、したのです。ですけれど、わたしは好きほうだいに、だれとでも寝ました。でも、かわいそうなことに、この魔神は、宿命というものが避けられないことも、どんなにしてもふせぎようのないことも、知りませんし、また、女という者はいったんこうと思いつめると、男がどんなに拒もうと、思いをとげるものだということも知りませんの。ほんとに、そのとおりで、ある人はこんなふうに歌っています。

女を頼るな、信ずるな、
女ごころは仇《あだ》心。
うれし悲しもなんのその、
女の一儀《いちぎ》ただひとつ。
女の誓いは仇情《あだなさ》け、
たゆることなき口車《くちぐるま》。
ユスフ(13)を手本にしやさんせ、

手管《てくだ》、泣きごと気をつけて！
悪魔《イブリス》(14)がアダムを追うたのも
(ごぞんじないのか？)手管ゆえ。

もひとりはこう歌っています。

とがめなさるな、殿方《とのがた》よ！
腹を立てれば、きりがない。
あなたが腹を立てるほど、
わたしの罪は重くない。
たとえわたしが心から
恋する女になろうとも、
今は昔の世の中で
多くの女《ひと》の味わいし
浮気《うわき》心はやむまいに。
まこと讃美の的《まと》となり、
世にたぐいなき殿方は、
女の手管《てくだ》にのらざりし

道心堅固な男なり。

この言葉をきいて、ふたりはただもうあきれかえった。女はふたりのもとを去って魔神のところへもどると、もとどおりに頭を膝の上にのせて、やさしくこう言った。「さあ、お帰りなさい。この人の邪念のとどかないところへ、いっておしまいなさいよ」

ふたりはそこを立ち去り、口々に「アラーよ！　アラーよ」と唱えて、言った。「栄えある神、偉大な神、アラーのほかに主権《ちから》なく、権力なし。アラーの力をかりて、女の邪心と手管をのがれよう。まことに、アラーの力におよぶものとてない。われわれよりずっと力のある魔神を、あの不思議な女がどんなふうに手玉にとったか考えてもごらん。われわれにふりかかった不幸よりもっと大きな不幸に魔神はあっているのだ。われわれの気持ちも大いにおさまったわけさ。さあ、郷里《くに》へ、都へ帰ろう。こんごは女どもと決して結婚しないようにしようではないか。そのうち、女どもには、われわれのやり方をしかと見せてやるぞ」

ふたりはシャーリヤル王の天幕へと足をむけ、三日めの朝、そこに到着した。シャーリヤル王は大臣や太守から侍従や大官たちまで集めた。そして、副王には御衣《ぎょい》を授けておいて、すぐさま都へひき返すように命令した。

都へ帰ると、シャーリヤル王は玉座におさまり、（神の思召《インシャラー》にそえば！）あとにふれるつもりのふたりの娘の父である大臣《ワジル》をよんで申しつけた。「そなたに、わしの妃を召し捕え、うち殺すように命ずる。誓いにそむいて、みさおを破ったからだ」

大臣は妃を刑場にひき出して、死罪に処した。ついで、シャーリヤル王は剣を手にとって、後宮《セラグリオ》におもむき、妻妾と白人奴隷をことごとく切りすててしまった。⑮王はまたみずから堅い誓いを立てて、どんな女をめとるにしても、夜半に処女を奪って、あくる朝は切り殺し、自分の名誉が傷つくことのないようにしようと思った。

「なぜならば」と王は言った。「この大地の表面《おもて》には、今も昔も貞節な女などひとりもいないからだ」

しばらくして、シャー・ザマンは帰国の許しを求め、用意万端をととのえると、護衛兵にまもられて旅をつづけ、ついに自分の故国にたどりついた。

いっぽう、シャーリヤル王は大臣《ワジル》に命じて、一夜の枕をかわすため花嫁をつれてくるように申しつけた。大臣が、世にも稀れな美しい少女で、さる太守の娘をともなってくると、王は夕刻から床にはいってこの少女を抱き、夜があけると、大臣に首をはねるように命じた。大臣は王《サルタン》をおそれて、命令に従った。

こんな調子が三年のあいだつづいた。夜ごとひとりの処女と交わっては、あくる朝になると殺したので、しまいに人民も怨嗟《えんさ》の声を放ち、国王を呪って、王もその御世《みよ》も滅びることをアラーに祈るようになった。女たちはかまびすしく騒ぎたて、母親は涙を流し、親たちは娘をつれて逃げ出したので、ついには、都にはまともに交会のできるような若い娘はひとりもいなくなってしまった。

やがてまた、王は日ごろ刑の執行を担当している同じ大臣にむかって、いつものように処女をひとりつれてくるように言いつけた。大臣は外に出かけて探しまわった。が、ひとりも見あたらなかった。そのため、命を召し上げられるのではないかという不安におののきながら、悲しみにうち沈んで、家へ帰った。

ところで、この大臣にはシャーラザッドとドゥニャザッド(16)と呼ぶふたりの娘があった。中でも姉のほうは、先王たちについての書物や年代記や伝説に精通し、また古《いにしえ》の人々や文化についてもさまざまな物語、口碑、教訓などを読んでいた。また実際、古代の民族やその昔の統治者に関する史書の類もおびただしく集めているといわれた。詩人の作品をつぶさに読んでは、これをそらんじ、さらに哲学、科学、芸術をはじめ、芸ごとの末にいたるまで究めつくしていた。しかも、快活でやさしく、聡明で奇知に富み、博覧強記なうえに、たいそうしつけもよかった。さて、その日に、この姉娘は父親にむいて言った。

「お父さまは顔色がお悪いし、心配ごとでふさいでいらっしゃるようですが、どうなさいましたの？　気苦労や心配ごとでしたら、詩人のひとりはこう歌っていますわ。

　憂いある者に告げよ、
　嘆きはやがてつきて、
　歓楽にあすなきごとく
　悩みもやがて去りゆくものを、と。

大臣は、娘からこの言葉をきくと、自分と王とのあいだに起こった一部始終を語ってきかせた。すると、娘は言った。「アラーに誓っても、まあ、お父さま、いつまでこんな女殺しがつづきましょうか？ 王さまも処女《おとめ》たちのほうも、どちらも身の破滅から救うため、わたしの胸にはちゃんと成算がございます。おきかせしましょうか？」「そうか、きかせておくれ」と大臣は言った。すると、娘は「わたしをシャーリヤル王と結婚させてくださいませ。ぶじに生きのびるか、それとも、回教徒の処女たちの身代わりとなって命をすて、王さまやお父さまの手から処女たちを救い出す捨て石になりましょう」と言った。「とんでもないこと！」父親はおのずとこみあげてくる怒りを感じて、叫んだ。

「ばかなことを言うでない。自分の命を、そんな危いめにあわすでない！ おまえは、なんでまた、そんなばかげた、愚かしいことを口にするのじゃ？ 世事《せじ》にうとい者はたちまち不幸におちいるということを知るがいい。末を考えない者は、世間の人たちから相手になってもらえないぞ。俗にこういっているではないか、『のんきに暮らしていたのに、よけいなおせっかいをしたばかりに、不幸なめにあった』とな」

「どんなことがあっても、そうしてくださらねばいけませんわ」と娘は父の言葉をさえぎった。「わたしにこの善行をやらせてください。もし王さまがどうしても殺すとおっしゃれば、王さまの手にかかって死なせてください。わたしは他の人たちの身代わりになって死にます」「のう、娘」と大臣はたずねた。「それで、いったい、おまえが命を投げ出したからとて、どれだけ得になるのかね？」娘は答えた。「ねえ、お父さま、どうでも、ぜひそうしてくださいませ」

大臣はまたもはげしく怒って、娘の不心得をしかったり、責めたりした。そして、最後にこうつけ加えた。「ほんとのところ、わしは心配なんだよ。おまえが、農夫のところの、例の牡牛と驢馬が出会ったようなひどいめに、あいはしないかと思って」「お父さま、どういうめにあったのですか?」と娘がきいたので、大臣はこんな話をはじめた。

牡牛と驢馬の話

――のう、娘、むかし、ひとりの大金持ちの商人《あきんど》がいて、おおぜいの召使をかかえ、牛や駱駝も、たくさん飼っていた。この男には妻子があって、ともども田舎に住んでいた。農事にもなかなか巧みだったから、せっせと土地をたがやして、働いていた。ところで、最高至上のアラーはこの男にありとあらゆる獣《けもの》や鳥の言葉がわかる力を授けられていたのだ。もっとも、万一アラーから授かったこの力を他人にもらしでもしようものなら、命はないというご託宣《たくせん》をうけていた。

そこで、この男は恐ろしさのあまりだれにも秘密を口外しなかった。牛舎には牡牛と驢馬が一頭ずついて、めいめい隣りあった自分の小屋につながれていた。ある日のこと、くだんの商人が召使たちといっしょに牛舎のそばに腰をおろし、子供たちがかたわらで遊びたわむれていると、牡牛が驢馬にむかって、こんなことを言っているのが耳にはいった。

「おめでとう、驢馬君、朝起きの父《と》っさん[17]！　だって、なかなかごきげんがいいからね。君のところの床《ゆか》は、隅から隅まできれいに掃除がゆきとどいていて、うち水も新しいね。召使はつきっきりで、食事の面倒はみるし、君の食べるものは篩《ふるい》をかけた大麦、飲みものはきれいなわき水ときてらあ。それにひきかえ、おれなどは（かわいそうなもんだよ！）ま夜中にひっぱり出されて、首っ玉に鋤《すき》だとか、軛《くびき》とかいうしろ物をつけられるんだ。朝から晩まで、地面をかきまわしてへとへとさ。おれはね、できないことまでむりにやらせられたうえ、夜な夜なありったけの、ひどい仕うちを辛抱しなきゃならないのさ。仕事が終わってつれもどされるときにゃ、わきっ腹は裂け、首の皮はすりむけ、足はずきずき痛むし、瞼は涙でまっ赤にただれっちゃうんだ。それから小屋の中にとじこめられると、ごみや籾殻《もみがら》のまじった豆だとか、きざんだ藁[18]を投げこんでもらう。糞《くそ》や汚れ物や臭い匂いの中で、ひと晩じゅう寝ころぶという始末さ。

ところが、君なんかはきれいに掃除をして、水をふりまいた部屋にいて、しょっちゅう、らくらくと寝そべっていられるじゃないか。たまに（ほんとに、めったにそんなことはありゃしない！）ご主人が用事でもできて、君の背中にまたがって町に出かけ、すぐと帰ってくるときは別だがね。つまり、こういうことになるのさ。おれがあくせく働いて惨めなめにあっているのに、君は楽をして寝そべっておられるし、君が眠っているあいだ、こっちは眠れもしないのさ。こっちがいつもひもじい思いをしているのに、君はたらふくって、こっちがこづきまわされているのに、君は人からちやほやされてさ」

牡牛が口をつぐむと、驢馬は相手のほうにむいて言った。

「おお、額の広い牡牛さん、迷《ま》い子さん！　おまえが、石頭といわれるのはもっとも千万な話だね。というのはね、牡牛の父《と》っさん、おまえには深い考えもなければ、工夫《くふう》の才覚もないからだよ。うすばかの三太郎で、りこうな人たちがどんなことを言ったかちっとも知りゃしない。おまえさん、知恵者の言った言葉をきいたことがないのかい？

　他人《ひと》のためつらい仕事をたえしのび
　人は楽しみ、わが身は苦労、
　まるで漂白屋《さらしや》、太陽《ひ》に顔焼いて、
　他人《ひと》の着物をさらすだけ。

けれど、ばかだね、おまえさんは。主人の前では熱心にあくせく働くが、それじゃ他人さまを安楽にさせるため、涙を流したり、やせ細ったりして、われとわが身を台無しにしているわけじゃないかね。おまえさんは聞いたことがないのかい。『導く者がなければ、道にふみ迷う』という諺を。朝の祈禱をする時刻に出かけて、夕日が沈むまで帰ってこない。日がな一日、ありったけの苦労をなめつくしているわけだ。つまり、ぶたれたり、なぐられたり、ののしられたりしてさ。

そこで、おれの言うことをよく聞きたまえ、牡牛殿！　おまえさんは臭い秣槽《かいばおけ》のところへゆわえられると、前足で土間《どま》をひっかき、後足の蹄《ひづめ》でけとばし、角《つの》をつき出して、大声でもうもう鳴くね。それだから、みんなはおまえさんが満足してると思うんだ。秣《まぐさ》が投げこまれると、すぐとがつがつくいつき、いそいでおまえのその、かなり太ったお腹《なか》につめこもうとする。だがね、もしおまえさんがおれの言うことをきけば、自分のためにもなるし、おれの暮らしなんかよりもっと楽な暮らしができようというものさ。いいかい、野良へ出かけるとき、軛《くびき》というやつがおまえさんの首ったまにつけられるね。そのとき、おまえさんは横になって、よしんばこっぴどくなぐられても、起きあがるんじゃない。起きあがったら、またもういっぺん横になるんだ。小屋へもどってきて、豆があてがわれたら、あとずさりして、餌《えさ》を鼻さきでかぐだけで、体を遠ざけて口にしちゃいけない。そして、きざみ藁《わら》と籾殻《もみがら》でがまんするんだね。といったぐあいにして、仮病《けびょう》をつかうのさ。一日か二日、さもなけりゃ三日でも、そんなふうにつづけてやってみるがいい。そうすりゃ、おまえさんはあくせく働かないで、のんびり休めるさ」

　牡牛はこれを聞いて、驢馬が自分の味方であることを知り、お礼を言った。

「君の言うことはまちがいないよ」そして、友があらゆる祝福をうけるようにと祈ってから、叫んだ。「おお、朝起きの父《と》っさんよ、君のおかげでおれは救われたよ」（ところが、商人は、のう、娘、牡牛と驢馬のあいだでとりかわされた話をすっかり聞いてしまったのだ）

　あくる日、牛使いは牡牛をひっぱり出し、首に鋤《すき》をつけていつものとおりに働かせようとした。けれども、牡牛は驢馬におそわったとおり仕事を怠け出した。そこで、この農夫は牡牛が軛《くびき》を折って逃げるまでしたたかなぐりつけたうえ、またひっとらえると、もう命はない、と思うほど革紐《かわひも》でぶちのめした。それでも、牡牛は夕方までただじっとたたずんだり、うずくまるばかりで、なにもしようとしなかった。

それから、この牧人は牡牛をつれて帰り、牛舎の中につないだ。けれども、牡牛は秣槽《かいばおけ》からあとすざりして、ふだんのように床をふみ鳴らしたり、後足で立ちあがったり、もうもう鳴いたりはしなかった。このありさまを見て、くだんの男はけげんに思った。豆や籾殻《もみがら》をもっていってやっても、牡牛は鼻さきで匂いをかぐばかりでふりむきもせず、できるだけ遠くのほうに寝そべり、ひと晩じゅうなんにも口にしなかった。

あくる朝、農夫がやってきて見ると、秣槽には豆がいっぱいはいっており、きざみ藁《わら》も減っていなかった。それに牡牛は四つ足をぐっとのばし、腹をふくらませて、またとないほど哀れなありさまであおむきにひっくり返っているので、牡牛のことが心配になり、ひとりごとを言った。「きっと加減が悪いんだな。だから、きのうは働こうとしなかったんだ」それから商人のもとへいって、このことを告げた。「旦那さま、牡牛めが病気でございます。ゆうべは秣をくいませんし、けさもけさとて、ひと口も口にしておりませんが」

さて、その前に牡牛と驢馬の会話《はなし》を立ち聞きしていたから、この主人には、その意味がすっかりのみこめた。そこで、商人は言った。「あの驢馬の野郎をひき出し、首ったまに軛《くびき》をつけて鋤に結びつけ、牛にやらせる仕事をやらすがよい」

これを聞いて、農夫は驢馬をひき出し、日がな一日牛のやる野良《のら》仕事をやらせた。そして、驢馬がへたばると、肋骨《ろっこつ》の辺が赤くすりむけ、横っ腹がへこみ、軛で首の皮がすりむけるまで、棍棒《こんぼう》をくらわした。夕方になって小屋へ帰るころには、前足にしても後足にしても、とにかく足をひきずって歩けないくらいまいっていた。

いっぽう、牡牛はどうかというと、その日一日、のびのびと寝そべり、思いきり腹いっぱい秣をくらい、自分のために驢馬がどういうめにあったかも知らないで、いい知恵を貸してくれた驢馬に神さまの祝福があるように、と祈ってやまなかった。それで、暗くなって、驢馬が小屋にもどってくると、牡牛はうやうやしく相手の前に立ちあがっていった。「朝起きの父っさん！ よい便りがあるんだ。喜んでくれよ。おれはきょう一日、君のおかげで体を休め、のんびりと食事をしたよ」

けれども、驢馬のほうは、返事どころの騒ぎじゃない。腹が立つやら、不平やら、疲れやら、それに、体にうけた打身《うちみ》やらでね。そして、ひどく後悔しながら、こんなふうにひとりごとをつぶやいた。

「入れ知恵をするようなばかなまねをしたので、こんなことになったんだ。世間でもよく言うじゃないか、幸福にひたっていたのに、おせっかいをしたばっかりに、こんなひどいめにあってしまった、と。だがね、おれさまは生まれつきの自分の値うちや、気高い性質をゆめゆめ忘れやしないぞ。だって、詩人はなんと歌った？

よし甲虫《こうちゅう》が冠草《かんむりぐさ》(19)をはいまわるとも、

冠草のげに美しき色はうせまじ。
よし蜘蛛《くも》や蠅《はえ》王宮の間《ま》に住みつけばとて、
王宮の間に汚名をとどむことなからん。
世の人々は、よしこやす貝[20]もてはやすとも、
すき透りたる真珠の玉はとわに貴し。

こんどは、じっくり考えて、あいつをだまし、もとの杢阿弥《もくあみ》にしてやらないことにゃ、こっちがくたばってしまうぞ」

驢馬はぐったりとなって秣槽のところへ帰っていったが、そのあいだも、牡牛は相変わらずお礼をいい、お世辞をつかっていた。ちょうどこんなぐあいに、娘よ、おまえも才覚がたりないと身を滅ぼしてしまうぞ、だから、じっと家にいて、なにもいわんことだ。そんな難儀なめにあって、あたら一生を台無しにするではない。アラーに誓って言うが、これがわしとしては精いっぱいの助言のつもりだ。それもこれもみな、おまえに対するわしの愛情と心やりからだよ。

「お父さま」とシャーラザッドは答えた。「どうしても、わたしは王さまのもとへとつぐ覚悟でございます」「そんなまねは許さん」「いいえ、どうしてもまいりますわ」この言葉を聞いて、大臣は答えた。

「もしおまえがいうことをきかないで、これ以上さからう気なら、わしは商人《あきんど》が自分の細君をこらしめたように、おまえをこらしめてやるぞ」「では、商人はどんなことをなさいましたの？」とシャーラザッドがたずねると、それはこうだ、と大臣は答えて、話をつづけた。

――驢馬がもどってから、商人は妻や子供をつれて平屋根に出た。その晩は月夜で、満月が照り輝いていた。ところで、この平屋根からは下のほうの牛舎が見おろせたが、そばで遊んでいる子供たちといっしょに坐っていると、やがて商人の耳に、驢馬が牡牛に話しかけている声が聞こえてきた。「おい、額の広い父っさん、あしたはどうするつもりだい？」すると、牡牛が答えた。「驢馬さん、やっぱり君からおそわったとおりにやるほか手はないさ。全くもってあんなに有難いことはなかったよ。おかげでのんびり休めたわけだ。これからだって、だんぜん君のご説をまもりとおすよ。だから、おれに食事をもってきてくれたら、ロをつけないで、腹をふくらまし、仮病を使うつもりさ」

驢馬は頭をふって言った。「気をつけなきゃいけないぜ、牡牛の父っさん」すると、牡牛が「どうして？」ときいたので、驢馬はまた返事した。

「いいかい、おれはおまえさんにまたとない知恵をかしてやろうというんだよ。というのはね、実はおれはさっき、主人が牛使いにこう言ってるのを聞きこんだんだ。牡牛のやつがけさも起きあがって仕事をしないようなら、きょうも秣《まぐさ》を食べないようだったら、肉屋に渡してしまいな。肉屋にあいつを殺させて、肉は貧乏人にくれてやり、その皮でなめし革[21]でもこしらえようってね。おれはそのことで、おまえさんのために心配してるのさ。だから、災難に見舞われないうちに、おれのいうことを聞いたほうがいいよ。秣を出してもらったら、それを食べて起きあがり、もうもう鳴いて床《ゆか》をかき鳴らすがいい。さもないと、旦那はきっとおまえさんを殺してしまうぞ。では、ご機嫌よう！」そこで、牡牛は立ちあがると、声高く鳴いて、驢馬にお礼を言った。「あしたは、こっちからすすんで、畠についていくよ」それから、さっそく食事をきれいにたいらげ、秣槽のすみずみまでなめずりさえした。（持主の商人はそうした一部始終を眺め、話も残らず聞いていたのさ）

あくる朝、商人と細君は牛小屋へいって、腰をおろした。牛使いがやってきて牡牛をひき出すと、牡牛は持主のほうを見て、尾をふりまわし、屁《へ》をひって、たいへん元気よくはねまわったので、商人はからからと笑い、あおむけにひっくりかえるまで、いつまでも笑いこけた。

かたわらの細君が「そんな大声でなにを笑っているの？」ときくと、亭主は答えた。「わしが聞いたり、見たりした内証ごとを笑ったのさ。だがね、死ぬのがこわいから人には言えないよ」細君は言いかえした。「おまえさんが死んだってかまやしないから、ぜひともわたしにうちあけて、笑ったわけをきかせておくれ！」けれども、商人は言った。「わしは死ぬのがこわいから、獣や鳥がなにをしゃべっているか教えるわけにはいかないよ」

「おまえさんの嘘つき！　そりゃ、ただの言いのがれじゃないか。おまえさんはこのわたしを笑ったんだ。なにかわたしにかくしだてをしてるんだね。でもね、天にましますも神さまもご覧ください！ もしおまえさんがわけを話してくれないというのなら、わたしゃもうおまえさんなんかといっしょに暮らすのはいやだ。すぐ出ていくよ」女は坐りこんで泣いた。そこで、商人は言った。

「いまいましいやつだ！ 泣いてどうするつもりなのだ？ アラーをおそれて、そんな言葉を口に出すんじゃないよ。もうなにも聞きなさんな」「いいえ、どうあっても、笑ったわけをうち明けてくれなきゃいやですよ」「今も言ったとおり、わしはな、アラーに獣や鳥の言葉がわかる力を授けていただきたいとお願いしたとき、この秘密を決してだれにももらしませんという誓いを立てたのだ。万が一にもこれを破れば、即座に命はなくなるのだ」

「かまやしませんよ」と細君は叫んだ。「牡牛と驢馬のあいだにどんな内証話があったか、教えてちょうだい。そして、おまえさんがその気なら、たった今死んだっていいよ」相手がどこまでもうるさく責めるので、商人は身も心もつかれて、すっかり弱ってしまった。とうとう、商人は言った。

「おまえの両親《ふたおや》をはじめ、親戚縁者《しんせきえんじゃ》や、隣近所の人たちをよび集めなさい」

細君はいわれたとおりにした。商人は、そこで、遺言状をつくった。また、細君に秘密をうちあけて死んでいくつもりだったから、判官《カジ》(22)と立会人をよびにやった。それというのも、商人は細君をたいそう愛していたからだった。この女は商人の従姉妹で、父の兄弟の娘にあたり、子供たちの実の母であったし、百二十年ものあいだ、つれそった仲だったのである。家族の人たちや、隣近所の人々がすっかり集まると、商人は言った。「わしは不思議な話を知っていますが、この秘密を他人にもらすと、命がなくなるのです」これを聞いて、いならぶ人たちはみんな相手の細君にむかって言った。

「どうかお願いだから、そんな罪深い強情はおやめになって、事の条理をよくわきまえ、あなたのご亭主で、お子さんのお父さんに、万一のことがないようになさい」けれど、細君は「家の人が死んだって、わたしは教えてもらうまで、あきらめるわけにいきませんよ」と答えたので、一同はもうこの女になにも言わなかった。商人は一座のあいだから立ちあがり、小沐浴《ウズ》(23)をしに離れ家へ出かけた。それをすませてから席にもどり、みんなに秘密をうちあけたうえ、死んでいこうというつもりだったのだ。

ところが、シャーラザッドよ、商人《あきんど》はこの離れ家の中に、雄鶏一羽におよそ五十羽ばかりの雌鶏を飼っていた。商人が最後の別れの支度をしていると、たくさん飼っている仕事犬の中の一匹が雄鶏にむかって話しかけている言葉が耳にはいった。雄鶏はちょうどそのとき、羽ばたきしながら元気にときをつくって、こちらの雌鶏からあちらの雌鶏へととびまわり、かわるがわるみんなと番《つが》っているところだった。「おい、雄鶏さん！　君の知恵はなんて浅はかで、君のふるまいはなんて図々しいんだろう！(24)　君を育てた人はがっかりするだろうな？　よりによってこんな日に、そのざまはなんだい、恥ずかしくはないのかい？」「じゃ」と雄鶏がたずねた。「きょうは、なにごとがあったんだい？」すると、犬は答えた。「君は旦那がきょう、死んでいく身支度をしているのを知らないのか？　細君がね、アラーから旦那に授けられた秘密をうちあけろといってきかないんだよ。うちあけたら最後、きっと命はないんだ。われわれ犬どもは、みんな悲しんでいるところさ、それだのに、君はどうだい、羽ばたきしたり、とてつもなく大きな鳴き声を出したり、雌鶏どもと番《つが》ったりしてさ。ふざけたり、楽しんだりする場合じゃないじゃないかね？　君は自分というものが恥ずかしくないのかい？(25)」

「それじゃ、アラーにかけても」と雄鶏が言った。「おれたちの旦那は能なしで、もののわからん人間だよ。たったひとりの女房に手こずってるくらいなら、旦那の命はこれ以上生き長らえる値うちがないよ。おれにはな、五十羽ばかりの雌鶏がいるんだ。こっちをうれしがらせるかと思うと、あっちのやつをじらしたり、こっちを飢えさせるかと思うと、別のやつをたんのうさせたり、という寸法でね。おれさまのうまいさばきぐあいで、みんなおれの手に牛耳《ぎゅうじ》られて、おさまっているんだ。このおれたちの旦那は、知恵も才覚もあるようにうぬぼれていながら、それに女房だってひとりしかないくせに、女房のあやつり方さえ知らないじゃないか」犬はたずねた。「それでは、ねえ、雄鶏君、この瀬戸際を切りぬけるために、旦那はどうすりゃいいのかね？」

「今からすぐと」と雄鶏は答えた。「あそこの桑《くわ》の木から枝を切ってきて、いやというほど背中をどやしつけ、あばらっ骨をへし折ってやるんだよ。しまいに、細君は泣いて、『ああ、旦那さま！　わたしめが悪うございました。これからさき、二度とあなたにお聞きいたしません！』と言うだろうよ。そしたら、もういっぺん、こっぴどくなぐるんだ。そうしておけば、安心して眠れ、楽しく一生をすごせるさ。でも、おれたちの旦那ときたら、分別もなきゃ、物のけじめもつかねえじゃないか」

「これさ、シャーラザッド」と大臣は言葉をつづけた。「わしは、のう、このご亭主が細君を扱ったように、おまえを扱うつもりだよ」シャーラザッドはたずねた。「それで、そのご主人はどうなさいましたの？」大臣は話しつづけた。

――商人は、雄鶏が犬に話した分別のある言葉を耳にすると、いそいで立ちあがって、桑の枝をいく本か切ってから、妻の部屋に忍びこみ、枝をそこに隠した。それから、細君をよんで「部屋にはいりなさい。だれも見ていないうちに秘密を教えて、死にたいから」といった。細君がいっしょにはいっていくと、商人は戸に錠をおろすなり、細君に襲いかかり、背中から肩、肋《あばら》から腕、脚というぐあいに、ところきらわず、したたか打ちすえた。なぐりながら、商人は「自分にかかわりのないことを、どこまでつべこべせんさくするんだ？」と叫んだ。とうとう細君はいまにも気を失いそうになって、叫び出した。「悪うございました！アラーに誓って、今後なにもおたずねいたしません。ほんとうに心から後悔しました」

それから、細君はご亭主の手や足に接吻したので、ご亭主は世間なみの女房らしくおとなしくなったこの女を部屋からつれ出した。女の両親も、一座の人々も、すっかり有頂天になって、悲しみも嘆きもたちまち喜びに変わってしまった。こうして、商人は雄鶏から女房の操縦法を学んだわけで、それからのちは夫婦仲よく、死ぬまでたいそうしあわせな余生を送ったということだ。

大臣はさらにつづけて言った。「これ、娘よ、わしもな、おまえがもしこのご亭主の話に耳をかさないなら、商人が自分の細君を折檻したようにおまえを折檻してやるぞ」けれども、シャーラザッドはきっぱりと答えた。

「お父さま、わたしは諦めません。このお話をうかがっても、わたしの気持ちはちっとも変わりませんわ。もう、そんなお話などおやめになってください。お父さまのおっしゃることなど聞きたくございません。たとえお父さまがいけないとおっしゃっても、わたしはお父さまの反対をおしきって、王さまのもとへまいるつもりです。まず、わたしひとりで王さまの前に伺候して、こう申しあげましょう。父にあなたさまのもとへとつがせていただこうと頼みましたところ、父は許してくれません。あなたさまのような方にわたくしのような女を添わせるのは不承知でして、王さまをがっかりさせるつもりなのです、と」

「どうしてもいく気かね？」と父がきくと、娘は「はい、おっしゃるとおりです」と返事した。大臣は嘆いたり、言い争ったり、また、いろいろ言いきかせたりするのがいやになった。それに、少しもそのかいがなかったので、大臣はシャーリヤル王に拝顔して、祝福を与え、うやうやしく平伏してから、娘と言い争ったいきさつをすっかりうちあけ、今夜にも娘をつれて参上いたすつもりです、と言上した。国王はひどく驚いた。それというのも、かねがね大臣の娘は特別な待遇をすることにしていたからである。そこで、王はたずねた。

「おお、忠誠無比の大臣《おとど》よ、どうしたというのじゃ？　そのほうも知ってのとおり、わしは今晩そのほうの娘と交わりをとげたら、明朝は、そやつをつれていって、殺せ、と命ずるぞ。神明に誓っても、これは間違いなしじゃ。また、そのほうが娘を殺さなければ、必ずとも身代わりにそのほうの命を申しうけるぞ」

「アラーよ、わが君を栄えに導き、わが君の寿命を長らえさせたまえ。おお、現世の大君よ」と大臣は答えた。「かように決心いたしましたのは娘でございます。わたしはなにもかもすっかり娘に語り聞かせましたが、当人はわたしの言葉に耳を傾けず、どこまでも今夜王さまといっしょにすごすといってききいれません」すると、シャーリヤル王は非常に喜んで、

「よろしい、支度をととのえたうえ、今夜こちらへつれてまいれ」といった。大臣は姉娘のもとへ帰ると、そのことを伝えて、「アラーよ、なにとぞ、この娘《こ》を失って父親が孤独に嘆くことのないようにしてくださいませ！」と祈った。

いっぽう、シャーラザッドはたいそう喜んだ。そして、必要なものをすっかりととのえてから、妹のドゥニャザッドにむかって言った。

「わたしがお頼みする事柄をよく覚えておいてくださいね。わたしは、王さまのもとへいったら、あなたをよびにやりますよ。そして、あなたがわたしのもとへいらっして、あの方がわたしの肌身をなぐさんだと知ったら、わたしにこう言ってちょうだい。ねえ、お姉さま、もしお眠くなかったら、なにか楽しくて、おもしろい、これまでついぞ聞いたことのないような、お話を聞かせてくださらない？　そうすれば、おきている時間が早くたってしまいますから、とね。そこで、わたしは、あなたにお話をしてあげるはずですが、もし神さまの思《おぼし》

召《めし》にそえば、そのお話のため、わたしたちも救われ、王さまの血に飢えたならいもやむことになるでしょう」ドゥニャザッドは「喜んでおひきうけいたしますわ」と答えた。

夜になると、父の大臣はシャーラザッドをともなって、シャーリヤル王の前に伺候した。王は大臣を見ると、面《おも》をかがやかしてたずねた。「そのほうはわしの入用なものをつれてまいったか？」大臣は答えた。「つれてまいりました」けれども、シャーリヤル王が娘を寝床へともなって、たわむれはじめ、いざ、一儀《いちぎ》におよぼうとすると、娘は涙を流した。そこで、王が「なにが悲しいのだ？」とたずねると、娘は「もし、現世の王さま、わたくしには妹がひとりございます。今晩、夜の明けないうちに、妹に別れを告げたいのです」と答えた。

国王は、そこで、さっそくドゥニャザッドをよびにやった。妹娘は参上すると、手をまげて床にひれ伏した。王は寝台の足もと近くに妹を坐らせた。それから、王は立ちあがって、花嫁の新鉢《あらばち》を割り、三人とも眠りについた。けれども、夜半になると、シャーラザッドは目を覚まし、妹のドゥニャザッドに合図した。すると、妹は身を起こして言った。

「ねえ、お姉さま、どうか楽しくて、おもしろい、㉖これまでついぞ聞いたことのない、お話をしてください。お話をうかがっておれば、残った夜の、眠れぬ時間も早くたっていきますから」

「ええ、ようございます。喜んでお話ししましょう」とシャーラザッドは答えた。「情け深い、おやさしい王さまが許してくださるならば」「話すがよいぞ」と王は言った。たまたま王も眠れずに、輾転《てんてん》としていたやさきだったので、この女の物語を聞くのはうれしかった。

シャーラザッドは胸をおどらせて、「千夜一夜」の最初の夜に、つぎのような物語を語り出した。

【原注】

(1) アラホ・アアラム。これは……のなからんことを祈る、といった災難よけのきまり文句である。ここに用いられたのは、物語作者がおそらく真実とは思えないような、さまざまな事柄を、これからのべようとしているからである。

(2) バヌ・ササン Banu Sasan は〈ササンの息子たち〉の意で、有名なササン朝をいい、その王朝は西暦紀元六四一年のアラブ人の征服と共に終わった。〔古代ペルシャを統一した王朝で、紀元二〇〇年ごろに創建された。〕

(3) Shahriyar でなくて Shahryar（ペルシャ語）＝都の友。ブル版はこれをシャールバズ（都の鷹）に、ブレス版はシャールバン、すなわち〈都の守護者〉に改悪している。

アル・アジャム〔夷狄《いてき》の地と邦訳〕はアラビアでない、すべての地域、殊にペルシャをさす。アジャミ（アジャムの人）はギリシャ語のバルバロス βαρβαρος〔異国人、蛮人〕と同意語である。

ワジル Wazir〔大臣または宰相〕の語原は、一般にウィズル wizr（荷物）であるとされ、意味は〈大臣〉で、ワジル・アル・ウザラは〈宰相〉の意である。『コーラン』(第二十章三十節）の中で、モーゼは「わが兄弟ハルン（アアロン）よ、わが家のワジルを与えよ」といっている。

〔マックス・ミューラー監修、E・H・パーマー Palmer 訳のオックスフォード版『ザ・コーラン』には「わがためにわが家族の者より長を作れ」とあって、脚注に長を説明し、職務の責任を負う者と注し

ている。〕

セイル Sale 〔『コーラン』の訳者〕は〈助言者〉と訳し、〈王侯の下で主な政務をみる者〉と解しており、J・M・ロッドウェル Rodwell 師のすぐれた訳書〔同じく『コーラン』〕もこれを踏襲している。しかし、この博学なふたりのコーラン学者は、ロンドンで東洋学を修めたため、東洋に古く住んでいる人ならば、だれでも心得ているような、もっとも平明な事柄について誤謬をおかしている。

(4) この三日の期間（休憩日、着服日、出発日）は客を款待する場合に、本能的につくられた習慣であるように思われる。回教徒のあいだでは、これは予言者モハメッドの慣行（スンナト）である。

(5) 淫蕩な女たちが黒人を好むのは、彼らの陰茎が大きいからである。わたしはかつてソマリランドで、ある黒人のものを測ったが、平時に、ほぼ六インチあった。これは黒人種やアフリカ産動物、たとえば、馬の一特徴である。これに反して、純アラブ族――人も動物も――はヨーロッパの平均水準にも達しない。ついでながら、エジプト人がアラブ人種でなく、いくぶん肌の色の白い黒人であることは、右の事実がもっともよく証拠立てている。しかも、この巨陽は勃起中、もとの大きさに比例して、太くなるわけではない。したがって〈性行為〉は非常に長い時間がかかり、大いに女の愉悦《ゆえつ》を高める。わたしの逗留《とうりゅう》中、インドのまじめな回教徒はだれも女たちをつれてザンジバルへ出かけようとしなかったが、それはかの土地で、女たちが大きな魅力や非常な誘惑をうけるからであった。イムサック＝射精保留と〈喜悦《きえつ》の延引〉という問題については、さきでもっとつけ加える必要があるだろう。

(6) この同じ言葉は最近イギリスでも口にされているが、『千夜一夜物語』の永遠の真実性を証拠立てるものである。

(7) マック版では、この黒人は Mas'ūd と呼ばれている。ここでは、彼は一種の鯨波《とき》をあげて、Saad, Said, Saud、それから Mas'ud などの名を使って、しゃれたのである。これらの語はみな語原は同じで、〈めでたいこと〉〈繁栄〉の意である。

（8） ジニー Jinni〔魔神〕はアラビア語で、単数（これから仏語の génie が出る）。女性名詞はジンニヤー Jinniyah。古代拝火教国のディヴ Div〔ペルシャ神話の魔神〕とラクシャー、さらにインド教のラクシャサまたはヤクシャにあたる。

われわれは回教前期の、つまり異教的アラブ人の間で、ジンがどういう地位を占めていたか全く知らない。

〔パーマー訳『コーラン』の序文に、これに関する若干の説明があるので、ジンの重要性にかんがみて、つぎに訳出しておく。「アラブ人は茫漠とした荒野に住み、そのただ中で、超自然的な存在といっしょに暮らし、あらゆる岩、木、洞穴などがそれぞれジン ginn を、ジーニアスをもっているものと想像した。これらの存在は善良であると同時に悪意をいだいていて、それらの助けを求めたり、危害をまぬかれたりするために崇拝された。こうした自然力の化身の崇拝から、ある種族の、またはある場所のジーニアスの崇拝へ移ることはわけないことで、したがって、われわれは各自の種族が各自の守護神をもち、その神の祭祀に種族の利害が密接に結びついていることを知るのである。この漠とした民族的祭祀の中心的な神こそアラーであった。そして、たいていの種族は自分だけの特別な神のためにも、アラーのためにも、寺院を建てた」。それから、パーマーはアラー以下三百六十五の偶像が、モハメッドの生存中に存在していたとのべて、この種の代表的な守護神の名をあげている。〕

回教徒はジンを超自然的な、人間に似た存在とみると共に、人間のように土からでなく、神秘な火からできたもので、強大な諸王によって支配されていると考えた。『コーラン』第十五章二十七節、第五十五章十四節参照。〔「われらはかつて煙なき火をもってジンをつくりたり」――第十五章。「神は煙なき火をもってジンをつくりたり」第五十五章。〕

最後のジンはジャン・ビン・ジャンといい、予言者たちの布教をうけたが、殺されて、最後の審判をうける身となった。

(9) Ifrit は、アイフリットと発音し、アフリットではない。これはジンの変種ともいうべきもので、あとでわかるように、人類と同じくふたつの種族に分けられる。必ずしもそうではないにしても、一般に、邪悪な存在で、人類に敵意をもち、危害を加える（『コーラン』第二十七章三十九節参照）。〔ここでは、邪悪でないジンが現われている。〕

(10) Allah upon thee. つまり「わたしはアラーにかけてあなたに頼む」の意。

(11) こんなふうに、みだらな話の中にアラーの名を入れる話法は、本質的にはエジプト的で、カイロ的である。

(12) マック版にはこうあり、他の版には〈九十〉とある。誇張はユーモアの一部だから、わたしは数の多いほうをとる。

ヒンズー語の "Katha Sarit Sagara"『物語の流れの海』では、指輪は百で、結末はもっと道徳的である。つまり、ヤショダーラは不貞な女の甘言をしりぞける、女が水の魔物をおこすと、魔物は彼を殺そうとする、しかし指輪が証拠として示され、みだらな若い女は当然のことながら、鼻を切り落とされる（本書はインド文庫としてC・H・トウニイ Tawney 教授のすぐれた訳業がある。五十八章八〇ページ、カルカッタ、一八八一年）。ソマデヴァ（十一世紀）の手になる同書はグナジヤ Gunadhya（六世紀）の『偉大な物語』*Vrihat Katha* という散文の物語を詩文に訳したもの。

〔『カター・サリット・サーガラ』岩本裕訳、岩波文庫全四冊参照。バートンは秘蔵版の第七巻巻末に収めた〝ターミナル・エッセイ〟で『千夜一夜物語』とこの古典とを比較している。なお、この『カター』はがんらい婆羅門《バラモン》の高僧ヴィシュヌ・シャルマがある王侯の息子たちに物語った寓話や逸話を集めたもので、このヒンズー語の原典から換骨奪胎したものが世界各国にいろいろ行なわれている。サンスクリット語の『パンチャタントラ』*Panchatantra* を初め、古代ペルシャ語の『ジャヴィダン・ヒラッド』（時代の知恵）、アラビア語、ヘブライ語、シリア語の『カリラーとディムナー』*Kalilah wa Dim-*

nah その他である。ちなみにカリラーとディムナーは物語の主人公豺《やまいぬ》の名から出ている。今後これらの書名がさかんに出てくるので、簡単に、一括して、ここに訳注をつけたわけである。」

(13)『コーラン』のジョージフ＝ユスフと、『創世記』のヨセフはたいそう異なっている。

(14) Iblis〔悪魔〕は俗にエブリスとも書き、〈絶望させる者〉を意味する語原から出ている。イブリスはアダムとイヴをして楽園を失わしめた（『コーラン』第二章三十四節）。いまだに人類を裏切っている（同書第二十五章三十一節）。けっきょくイブリスは他の悪魔どもといっしょに「よび集められ、地獄の周囲にひざまずかん」（同書第十九章六十九節）。

(15) 恐ろしい〈虐殺者〉ジャザル・パシャ Jazzar (Djezzar) Pasha についての同じような話が、いまなおアッカ Akka（セント・ジョン・ダクレ）では語られている。〔つまりアクレ＝ダクレのパシャであるダーメッドの異名で、ジェザルは〈残酷な人〉を意味する。一七三五―一八〇四。〕
エステの侯爵ニッコロ〔エステ家はイタリアの有名な王族である〕はパリシナの首をはねてから、フェラーラ〔イタリア北部の州名〕の不貞な妻を残らず、同じように処断するように命じたという。

(16) シャーラザッド Shahrazad（ペルシャ語）は〈都の解放者〉。古い訳ではシェヘラザード Shehe-razade となっている（たぶん、どちらもシルザッド＝〈獅子から生まれた〉から派生したものらしい）。ドゥニャザッド Dunyazad は〈世界の解放者〉。
ブレス版は前者を Shahrzad または Shahrazad と訛《なま》らせ、マック版とカルク版は Shahrzad または Shehrzad と訛らせている。わたしは思いきって本来の名を復元させた。

(17)〈朝起きの父っさん〉はアブ・ヤクザン〈目を覚まさせる者〉の意。というのは、驢馬は夜明けに鳴くから。

(18) 大きなハンマーでくだいた藁のことで、アラビア語でティブン。エジプト、アラビア、シリアなどの秣《まぐさ》。古い田舎の習慣では、根こそぎに穀物をひっこぬき、地上になにも残さない。

(19) Ocymum basilicum つまり“royal herb”。〔バズルはめぼうき属で、ギリシャ語のバジリコン βασιλικον＝royal から出る。ここではその意をくんで、冠草と訳した。〕
この草は、東洋では、ことにインドでは、あまねく珍重されている。インドではトウルシと呼ばれて、陽気な神クリシュナ〔インド神話に出る〕に捧げられる。わたしは夜話の一稿本の写本でこの詩を発見した。

(20) こやす貝 Cowrie はマルダイヴやラックダイヴ諸島から産する。〔いずれもインド半島の南西にあり、珊瑚《さんご》島《とう》。後者はふつうラカダイヴ Laccadive という。〕
『カムス』*Kamus*〔アラビア語辞典〕によれば、「このワダ Wada またはコンチャ・ヴェネリス Concha Veneris は白い貝で、海からとれ、その割れめはなつめ椰子の核のそれのように白く、悪魔の目を防ぐために首のぐるりにかける」という。

(21) アラビア語のカトア（皮きれ）。ナトアと読む者もある。これはテーブル・クロースとして用いられる皮革である。しかし、決して牡牛の皮ではつくられない。

(22) カジ Kazi つまり判官はより古くは Cadi といい、宗教上の事柄を審判する裁判官。シュフッドすなわち補佐役〔立会人または証人と訳出〕はマーカマー、つまり〈カジの法廷〉の吏員である。

(23) 小沐浴 Wuzu-ablution については先きで詳しく説明するつもりである。この男は、こんなぐあいに、死ぬまえに、儀式どおりにわが身を清めたのである。

(24) この言い方は回教的というより、むしろキリスト教的である。

(25) エジプト人がよく口にする文句。犬も雄鶏も百姓のようにしゃべる。

(26) すなわち最後の眠りと、起きて顔を洗い、祈りをする明け方とのあいだ。

【訳注】

＊1　悪魔の目（災厄）を避けるために用いられる呪文。

商人と魔神の物語

おお、恵み深い王さま、むかし、たいそうゆたかで、いろいろな都で商売《あきない》をしている、ひとりの商人がおりました。さて、ある日のこと、商人は馬に乗って、ある町へ勘定とりに出かけました。ところが、ひどい暑さでたまらなくなった商人は、とある木かげに腰をおろして、鞍袋《くらぶくろ》の中に手をつっこむと、パン切れと乾《ほ》し棗《なつめ》をとり出し、朝ご飯を食べ始めました。食べ終わると、商人は力まかせに、棗の核《さね》をほうり投げました。すると、どうでしょう！　雲をつくばかりの大きな魔神《アイフリット》が抜刀《ぬきみ》をふりかざして現われ、商人に近づいて、こう申しました。

「こら、立て、おれの倅《せがれ》を殺したからには、おれもきさまを生かしてはおけん！」商人が「どうしてわたしがあなたのご子息を殺したんでしょう？」とたずねると、魔神は「きさまが棗《なつめ》をくって核を投げたとき(1)、倅が通りかかって、ちょうど胸にあたったんだ。そのため倅はその場で死んだのだ！」と答えました。そこで、商人は申しました。

「まことにわれらはアラーより出て、アラーへ還《かえ》る者なり、慈悲深く偉大なアラーのほかに、主権なく、権力なし！ てまえがあなたのご子息を殺したとしても、それはほんとのあやまちですよ。どうかお許しください」けれども、魔神は「きさまを殺す以外に道はないわい」といって、商人をひっつかみ、ひきずって、地面に投げ倒すと、刀をふりあげて今にもふりおろそうとしました。そこで、商人は泣いて申しました。「こうなれば、アラーにおすがりするよりしかたがない」そして、つぎのような歌をくちずさみました。

歳月にふたつの日あり
祝福とわざわいの日と。
人の世もあい半《なか》ばして
喜びと悲しみとあり。
君知るや、颶《ぐ》風《ふう》おこりて
げに強く吹きまくるとき、
森に立つ巨木のみ
はげしき嵐に悶《もだ》えるは。
枯れ草の、また緑なす
大地より木々は育てど、
実をむすぶ樹木よりほか
つぶての痛手かこつものなし。

君知るや、潮《うしお》の面《おも》に
屍《しかばね》がただようさまを、
されど、貴き真珠の玉は
海原《うなばら》の底深くうもれたり。
大空にかがやく星は
数知れず、はてしなけれど、
日輪と月よりほかに
蝕《しょく》をもつ星くずはなし。
そのかみの楽しかりし
よき日々を思いおこして、
運命の好みてやまぬ
悩みごと忘るるはよし。
君夜ごと安らかに寝て
誇らかに胸を張るとも、
夜の至福やがては生まん、
もろもろのわざわいのもと。

商人が歌い終わると、魔神は言いました。「おしゃべりをやめろ！　どうあっても、きさまの命はもらわにゃならん」けれども、商人はこんなふうに魔神に頼みました。「もし、魔神《アイフリット》さま、実はてまえには払わねばならない借財がありますし、それにまた財産も、妻や子供も、いろいろな約束事もございます。ですから、ひとまず家へ帰らせて、貸主に負債を返させてください。来春早々、あなたのところへもどってまいりますから。アラーを証人として、必ずここへ帰ってきます。そのときこそ、あなたのお好きなように、てまえを処分してください。神かけて、てまえの言葉に嘘いつわりはございません」

魔神は固い約束をとったうえで、商人をはなしてやりました。

そこで、商人は自分の都に帰って仕事をすませ、みんなにそれぞれの分け前を与えました。そして妻や子供たちにも一部始終を話してから、後見人を定め、まる一年のあいだ家族といっしょに暮らしました。それから、商人は沐浴して、死の門出《かどで》にわが身を洗い清め、経帷子《きょうかたびら》をかかえて、家族の者をはじめ、隣り近所の人たち、さては親戚縁者にも別れを告げ、いやいやながら家を出ました。一同はわれとわが胸をたたいて、商人の身の上を嘆き悲しみました。

いっぽう、商人は旅をつづけて、とうとう例の場所までやってまいりました。そこへたどりついた日はちょうど新年の元旦でした。商人が坐ったまま、わが身にふりかかった出来事を思って泣いておりますと、思いがけなく、ひとりの老人が(2)、たいそう年老いた男が、鎖でつないだ一頭の羚羊《かもしか》を従えながら近づいてきて、商人に会釈すると、長寿を祈ってから、申しました。

「こんなところに、たったおひとり、しかも、悪霊《あくりょう》の出る場所に、お坐りになっておられるとは、どうしたわけですか？」商人が魔神とのあいだに起こったいきさつを語ってきかせますと、羚羊の持主である老人は驚いて、言いました。

「アラーにかけて、のう、ご兄弟、あなたのご信仰は見あげたものだし、このお話もまことに珍しい話ですわい。目の片隅に針師の手で彫《ほ》りつけておけば、ちくりと痛いめにあってもよい人間どもには、よい薬になりましょうにな」それから、商人のかたわらに腰をおろして、言葉をつづけました。「アラーに誓って、のう、ご兄弟、わしはここにいて、あなたと、その魔神がどういうことになるか、なりゆきを見とどけましょう」

　老人が腰をおろして、ふたりで語りあっているうちに、商人のほうはひどい恐怖と救いようもない悲しみにうたれ、だんだん不安をまして、深い絶望におそわれました。羚羊の持主は相手のそば近くにより添いました。

　と、そのとき、思いがけなく、二番めの老人がふたりのところへ近づいてきました。いっしょに、二匹の犬もついてきましたが、どちらも猟犬で、毛なみは真黒でした。二番めの老人はふたりに額手礼《サラーム》をしてから、めいめいの機嫌をうかがって言いました。「おふた方とも、悪霊(3)の住んでいるこんなところに、どうして坐っていらっしゃるのじゃ？」

　そこでふたりは初めからしまいまで、事の顚末《てんまつ》を話してきかせました。まもなく、そこへ三番めの老人がやってきました。この老人は目も覚めるような栗毛の牝騾馬をつれていましたが、三人に会釈すると、どうしてこんな場所に坐っておられるのか、とたずねました。そこで、みんなはすっかり子細を話しました。もし、王さま、くり返してお話しするまでもないことと思います!

三番めの老人も一同のそばに腰をおろしていました。と、驚くではありませんか、砂塵《さじん》の雲が動いたかと思うと、すさまじい砂嵐が砂漠のまん中でまきおこったのです。やがて雲が裂けると、なんと、その中に抜刀《ぬきみ》をひっさげた例の魔神が立ちはだかって、両の目からは怒りの火花を散らしておりました。魔神は一同のそばへ近づくと、商人をぐいとひっぱり出し、大声で叫びました。「さあ、立て。きさまがおれの肝《きも》(4)のいちばん大事な倅を殺したからには、命をもらいうけにゃならんのだ」商人は嘆き悲しみました。三人の老人もいっしょになって、溜息《ためいき》をついたり、泣いたり、悲しんだりしました。やがて、最初の老人(羚羊の持主)が進み出ると、魔神の手に接吻《くちづけ》して申しました。

「もし、魔神さま、悪霊の王の中の王さま! これからわたしが自分の身の上と、この羚羊のことをお話し申しあげ、あなたさまがこれはなるほど不思議な話だと思召《おぼしめ》されたら、この商人の血を三分の一だけわたしにいただかせてくださされませぬか?」「いいとも、爺さん! おまえの話が素晴しいと思ったら、こいつの血を三分の一おまえにやるとしよう」そこで、老人は語りはじめました。

一番めの老人の話

実は、魔神さま！　この羚羊《かもしか》はわたしの父方の伯父《おじ》の娘で、血を分けた者でございます。これがまだうら若い娘のころ、結婚いたしまして、もうかれこれ、三十年からいっしょに暮らしてまいりました。ところが、不幸にして、子宝に恵まれません。そこで、妾(5)をかこいましたところ、男の子をひとりめぐまれました。それはそれは満月のように麗わしい子で、目は愛くるしく輝き、両の眉は線をひいたようにつながり、手足のかっこうも申し分ございませんでした。

やがて、背丈ものび、大きくなりましたが、その子が十五の時、わたしは都へ出かけなくてはならぬ用事ができましたので、品物をどっさりもって、旅にのぼりました。けれど、伯父の娘は（この羚羊は）幼いころから魔法のたぐいや占いごとを習い覚えていましたので、魔法の力で息子を子牛に変え、妾を（その児の母を）牝牛に変えて、牧夫の手にわたしてしまったのです。だいぶんたってから、わたしが旅さきからもどってまいりまして、息子や母親の安否をたずねますと、この女は「おまえさんの奴隷女は死んでしまい、子供のほうは家からとび出したっきり、どこへいったかさっぱりわからないよ」と答えました。

そこで、わたしはまる一年というもの、悲しい心をいだいて、泣いておりましたが、そのうち、アラーの大祭(6)がやってきました。わたしは、お祭の日に、牛飼《か》いに使いをやって、ふとった牝牛を選んでつれてくるように言いました。すると、牛飼いは一匹の牝牛をひっぱってきました。実は、その牛こそはわたしの妾で、この羚羊が魔法をかけていたのです。わたしが袖や裾をまくりあげて、包丁を手にとり、牝牛ののどもとをかき切ろうとしますと、牝牛は声高く鳴いて、さめざめと涙をこぼしました。そのさまを見て、わたしはびっくりするとともに、かわいそうになりましたので、手をとめて、牛飼いに言いました。「ほかの牛をつれてきてくれ」すると、わたしの従姉妹は、「こいつを殺しておくれよ！家にゃ、これよりふとったのもいないし、これよりりっぱなのもいやしないからね」と叫びました。わたしはもいちど前に進み出て、牝牛を犠牲にしようとしましたが、またしても、牝牛が大声でもうもう鳴きますので、かわいそうになって手をくだすのをやめ、牛飼いに殺させて、その皮をはがさせました。牛飼いが殺して、皮をむきますと、脂肪もなければ、肉もありません。ただあるものは骨と皮ばかりだったので、悔いても詮《せん》ないことでしたが、わたしは後悔しました。

それで、わたしは牛飼いにそれをやって、「ふとった子牛をつれてこい」と言いつけました。すると、牛飼いは魔法にかけられたわたしの息子をひっぱってきました。子牛はわたしを見ると、縄を切って走りより、甘えてみたり、泣いてみたり、涙を流したりしました。わたしはかわいそうになったので、牛飼いに言いました。「この子牛をはなして、若い牝牛をつれてきてくれ！」

すると、わたしの従姉妹は（この羚羊は）「どうしてもこの子牛を殺さないといけないよ。きょうはおめでたい祭日じゃありませんか。こんな日には、ほんとに清らかなものしか供物《くもつ》にできないよ。家にゃ、これよりふとった、りっぱな子牛などいやしないよ！」と大声をはりあげて申しました。わたしが「おまえの言うことをきいてさっき殺した牝牛が、どんなだったく見たろう。あの牛にはがっかりしたうえ、ちっとも役に立たなかったじゃないか。わしはあれを殺したのをえらく後悔してるんだ。だから、こんどこそは、この子牛を殺せと言ったって、おまえの言うとおりにゃならんぞ」と言いますと、女房は申しました。「最高至上の神、恵み深く、慈悲をたれたもうアラーに誓って！　どうにもしかたがないさね。きょうのお祭にゃ、殺すよりほかしょうがないよ。もしおまえさんが殺してくれなきゃ、おまえさんは夫じゃないし、わたしゃ女房でもありません」わたしは女の下心が読めなかったので、この激しい言葉を聞くと、包丁を手にして子牛に近づきました。

――シャーラザッドは夜がしらじらと明けてきたのを知って、許された物語(7)をやめた。すると、妹がシャーラザッドにむかって、「まあなんとお姉さまのお話はすてきで、おもしろいんでしょう。ほんとに美しくて、奥ゆかしいお話ですわ！」と言ったので、シャーラザッドは答えた。「王さまがわたしの命を助けてくだされば、あすの晩はもっとおもしろい話をお聞かせできるわ」王はそのとき、ひとりごとをもらした。「あとの話を聞いてしまうまで、断じてこの女を殺すまい」

そんなわけで、ふたりは抱きあって、日が高くさしのぼるまで、眠った。それから、王は謁見室《えっけん》(8)へおもむいた。大臣《ワジル》のほうは娘の経帷子《きょうかたびら》をかかえて参上した。王は日暮れまでいろいろ指図を出したり、人々を陞叙《しょうじょ》したり、しりぞけたりしたが、大臣には前夜のことを少しもうち明けなかった。大臣はたいそう怪訝《けげん》に思った。謁見の式が終わると、シャーリヤル王は宮殿にはいった。

さて第二夜になると

ドゥニャザッドは姉のシャーラザッドに言った。「ねえ、お姉さま、商人と魔神の話のつづきをしてくださいな」シャーラザッドが「王さまさえお許しくだされば、喜んで話しますわ」と答えると、王は「話しなさい」と言った。そこで、シャーラザッドはつぎのように語り出した。

おお、恵み深い王さま、神のさだめたもうた大君さま！ くだんの商人は子牛を犠牲《いけにえ》にしようと思いましたが、子牛が泣いているのを見ると、不憫《ふびん》を感じて、牛飼いに申しました。「この子牛はほかの牛といっしょにしておいてくれ」ここまで老人が魔神に物語りますと、魔神は不思議な話にすっかりたまげてしまいました。それからまた、羚羊の持主は話をつづけたのでございます。

――おお、魔族《ジャン》の王の中の王さま、さて、そんなふうなことになりましたが、わたしの伯父の娘のこの羚羊はじっとそばで眺めていて、言いました。「この子牛を殺しなさいよ。だって、まるまるふとっているんだもの」けれども、わたしが牛飼いにつれていけと命じましたので、牛飼いは子牛をひっぱって、面《おも》を家路のほうへむけました。あくる日わたしが家の中に閉じこもっておりますと、思いがけなく牛飼いがやってきて、わたしの前にたたずんで言いました。

「あのう、旦那さま、わっしはあなたのお喜びなさることを教えてあげましょう。よい便りをもってきたご褒美(9)もいただけると思いますがね」「よかろう」とわたしが返事しますと、牛飼いは話しました。

「あのう、商人《あきんど》さま、わっしには娘がひとりあって、こいつはわしらのところに住んどった婆さんから、子供んとき魔法を習い覚えたのでございます。きのう、わっしによこされた子牛をつれて家へ帰り、娘んとこへいきました。すると、娘は子牛を眺めるなり、いきなり顔をかくしては、泣いたり、笑ったりする始末でした。しまいに、娘はこう言いますんで。『ねえ、お父さま、わたしの顔もこんなに安っぽくなったんでしょうか、見も知らぬ男の方をわたしのところへつれていらっしゃるなんて』で、わっしはきいたんで、『見も知らぬ男だなんて、どこにいるんだい？　なんだって、笑ったり、泣いたりしたんだ？』とね。すると、娘の返事はこうなんで。『ほんとうはね、お父さんのつれていらっしゃるこの子牛は、わたしたちの旦那さまの、商人さまの、息子さんですよ。でも、この方は継母《ままはは》のため魔法をかけられたんです。あの女《ひと》は息子さんもそのお母さんも、ふたりとも魔法にかけたのよ。わたしが笑ったのはそのせいだわ。でも、泣いたのはお母さんのためだわ。だって、旦那さまは知らないで、母親を殺してしまったんですもの』わっしはこれを聞いておったまげてしまいました。だから、夜があけたかどうかもわからねえうちに飛び出して、あなたにお知らせしにきたんで」

もし、魔神さま、わたしはこの話を聞いて、牛飼いといっしょに表にとび出しました。思いがけない喜びが舞いこんできたので、わたしはうれしさのあまり酒も飲まないのに酔いごこちとなって、牛飼いの家にたどりつきました。娘はわたしを喜んで迎え、わたしの手に接吻しました。子牛もさっそくやってきて、まえと同じように、わたしにあまえました。

牛飼いの娘に、「この子牛のことについて、おまえさんが話したことはほんとうかね？」とわたしがききますと、娘は「まあ、旦那さま、ほんとうでございますとも。この方はご子息で、あなたさまの命より大切な方でございますわ」と答えました。わたしはすっかりうれしくなって、申しました。「ねえ、娘さん、おまえさんがこの子の魔法をといてくれるなら、おまえさんの父にあずけてあるわたしの牛でも、財産でも、なんでも、おまえさんにしんぜよう」すると、娘はにっこり笑って、答えました。

「あの、旦那さま、わたしは品物など少しも欲しくはございませんが、いただくとしましても、条件がふたつございます。ひとつは、ご子息とめあわせていただくこと、二番めの条件は、ご子息を魔法にかけた女に魔法をかけて、自由を奪ってしまうことです。そうしませんと、わたしまで、あの女の恨みや悪だくみのため、ひどいめにあうかもしれません」

おお、魔神さま、わたしはこの牛飼いの娘の言葉を聞くと、すぐ返事しました。「おまえさんの要求はむろん承知したよ。なおそのうえ、おまえさんの父にあずけてある牛とか家財とかは全部さしあげよう。伯父の娘については、あれの命も自由にするがいいさ」わたしの言葉が終わると、娘はコップを手にとって水をいっぱいはりました。それから、その上に呪文を唱えて、子牛にふりかけながら、言いました。「万能のアラーがあなたを子牛につくりたもうたならば、そのままの姿で、変わらないでいなさい。けれど、もしあなたが魔法にかかっているならば、最高至上のアラーの命によって、もとの姿にかえりなさい！」

するとどうでしょう！　子牛はぶるぶる身をふるわせたかと思うと、たちまち人間の姿になったではありませんか。そこで、わたしは息子の首を抱いて、「お願いだから、伯父の娘の女房がおまえやおまえのお母さんにどんなことをしたか、すっかり話してくれないか」と言いました。息子はみんなのあいだに起こったことを逐一《ちくいち》話してくれましたので、わたしは言いました。「のう、倅や、アラーはおまえにある女を授けられたので、もとの姿になれたのだ。おまえのほんとうの姿がかえってきたのだよ」

それから、おお、魔神さま、わたしは牛飼いの娘を倅にめあわせましたが、娘は「その姿は美しく、決していとわしくない」と言いながら、わたしの女房をこの羚羊に変えてしまいました。それ以来、嫁《よめ》は朝な夕な毎日わたしたちといっしょに寝起きいたしましたが、とうとう全能の神さまのもとへつれていかれました。嫁が死にますと、倅はインドのさまざまな都へ出かけました。あなたさまになにやらしたという(10)この方の都へもまいりました。

わたしはわたしで、この羚羊（従姉妹）をつれて、倅の消息をたずねながら、町から町をさまよい歩いてきました。すると、はからずも、ここを通りがかって、涙をうかべて坐っておられる商人にお目にかかりました。わたしの物語はこれでおしまいでございます！

魔神は申しました。「こりゃ実に不思議な話だ。商人の血は三分の一おまえにやろう」

すると、二匹の猟犬をつれていた二番めの老人が進み出て言いました。「おお、魔神さま、こんどはわたしが兄弟であるこの二匹の犬のため、わたしの身の上にどんなことが起こったかをあなたさまにお話しいたし、この話が今お聞きになった話よりもずっとおもしろく、不思議だと思召になりますれば、わたしにも、この方の血を三分の一分けてくださいますか？」魔神は、「よいとも、約束した。おまえの物語がもっと素晴しく、不思議な話ならばだ」そこで、老人はつぎのように語りはじめました。

二番めの老人の話

おお、魔族の王の中の王さまよ！　実は、ここにおります二匹の犬はわたしの兄で、わたしは三番めの弟でございます。ところで、父親はわたしどもに金貨三千枚[11]の資本《もとで》をのこして亡《な》くなりましたので、わたしはこの遺産の分け前で、店を開いて商売《あきない》をしておりました。ほかの兄弟たちも同じように、それぞれ店をかまえて商売をいたしました。けれど、わたしが商売をはじめてからまもなく、いちばん上の兄は持ちあわせの品物を一千ディナールで売り払い、旅に必要な品々や商品を買いこんで、異国へ出かけていきました。まる一年というもの、隊商といっしょに歩きまわって帰ってまいりませんでした。

ある日のこと、わたしが店さきに出ておりますと、思いがけなくひとりの乞食《こじき》が目の前にやってきて、施し物を求めました。わたしが「アラーのお恵みでほかの戸口が開かれるように[12]！」といいますと、この男は泣きながら、答えました。「あまり変わりはてたので、おれがわからないのかい？」つくづく相手をうち眺めると、意外にも、それはわたしの兄だったのです。わたしはさっそく、立ちあがっていって兄を迎え、店に坐らせると、兄の境遇についていろいろたずねました。「いや、きいてくれるな」と兄は言いました。「財産はすっかりすってしまい、今ではぶらぶらしているんだ！」そこで、わたしは兄を銭湯《ハマム》[13]へつれていき、自分の着物を着せたうえ、家に住まわせました。

それからまた、仕入品の計算や売上高の勘定に目をとおしますと、懸命に働いたおかげで一千ディナールの利益があがり、資本《もとで》の元金は二千ディナールにふえていることを知りましたから、わたしはその半分を兄にわけてやって、言いました。「異国などへ旅をなさらないで、今までずっと故郷《くに》にいたと思うんですね。不幸なめにあったからとて、気を落としちゃいけませんよ」兄はたいへん喜んでこの分け前を受けとり、独立して店を開きました。その後、数日のあいだはなにごともなくすぎました。

ところが、ほどなく二番めの兄もまた（このもう一匹の犬ですが）、旅を思い立って、手持ちの品を売り払いました。わたしどもがひきとめても、いっかな聞きいれません。旅の支度をととのえると、ほかの旅人らとうちつれだって出かけました。そして、まる一年郷里を留守にしてから、ちょうど前の兄と同じようなかっこうで帰ってまいりました。

わたしが「兄さん、だから旅などおよしなさい、と言ったじゃありませんか」と言いますと、当人は涙を流して叫びました。「ああ、弟よ、これも運命の定めだよ。おれは文無し[14]の乞食《こじき》になってしまったよ。着るシャツもないんだ」そこで、わたしは銭湯へ案内し、わたしの着るさらの着物をきせて、いっしょに店へ帰ると、食事や飲み物をふるまいました。そのうえ、わたしは言いました。「ねえ、兄さん、わたしは毎年、年の初めに店の勘定を清算することにしています。もうけがあれば、わたしとあなたとふたりでわけましょうよ[15]」

もし、魔神さま、そこで、わたしは貸借の決済にかかり、二千ディナールの利益があることがわかったので、神さまに感謝してから（神をほめたたえん！）、半分は兄に分け、半分は自分がとりました。兄は金を受けとると、店を開くため、忙しく立ち働いておりました。こんな調子で長い月日をすごしていましたが、やがて、ふたりの兄はいっしょに旅に出ないかと言って、わたしにうるさく迫り出しました。わたしは

「旅に出てもうかるとおっしゃるけど、あなた方はいったいどれだけ得《とく》をしたんです？」と言って、断わりました。わたしがどうあってもふたりの言葉に耳をかしませんので、兄たちはめいめい自分の店に帰り、まえと同じように商売をしておりました。

ふたりの兄はまる一年のあいだというもの、旅に出ないかと言って、わたしを口説《くど》きつづけましたが、わたしはどうしても応じませんでした。が、まる六年の月日がたってから、とうとうわたしは承知して、こう言いました。「兄さん方、とうとうやってきましたよ。あなた方の旅のおともをしましょう。ところで、あなた方がどれだけお金を持ちあわせておられるか、見せてください」

けれども、ふたりは贅沢三昧《ぜいたくざんまい》な飲みくいや、みだらな逸楽に財産を使いはたして、びた一文持っていないことを知りました。それでも、わたしはひとことも咎《とが》めはしませんでした。いや、それどころか、もういっぺん店の帳簿に目をとおして、店にある在庫の品を売り払ってしまいました。こうして、六千ダカットの金をにぎりましたので、わたしは自分からすすんでこれをふたつにわけ、ふたりの兄に言いました。「この三千枚の金貨はわたしやあなた方の商売の資本《もとで》にしましょう」それから「あとの半分は、もしものことがあった場合に役にたてるように、土の中にうめておこうじゃありませんか。そうなった場合には、めいめい一千枚ずつとって、店を始める資本にしましょう」とつけ加えました。「そりゃいい考えだ」ふたりとも、そう答えました。

そこで、わたしは千枚ずつ金貨を分けてやり、自分の分としてもおなじ額だけ、つまり一千ディナールだけとりました。それから、適当な品々をととのえ、船を一そう借りうけて、商品を積みこんでしまうと、航海に出ました。くる日もくる日も、航海をつづけ、まるひと月たって、やっとある都につきましたので、わたしたちはそこで思惑《おもわく》の品を売りさばき、金貨一枚について十枚の利益をえました。

それから、もういちど航海に出ようとしていると、たまたま、ぼろをまとった、ひとりの少女が海辺にいるのを見つけました。少女はわたしの手に接吻して申しました。「もし、旦那さま、あなたさまにはおやさしい、情け深いお気持ちがございますか？　それ相応のご恩返しはいたしますけど」わたしは答えました。「あるとも。たとえおまえさんが恩返しをしてくれんでも、きっと情けをかけ、よいことをしてあげるさ」すると、少女は言いました。
「では、旦那さま、わたしをあなたの妻にして、都へつれていってくださいませ。わたしはあなたのものでございますから。お情けをかけてやってくだされば、決してお慈悲やお情けにそむきはいたしません。きっとそれ相応のご恩返しをいたします。こんなむさ苦しいかっこうをしておりますが、どうか赤面なさいませぬように」

これを聞いて、わたしの心は、アラーのみ心のままに（神をほめたたえん！）、この少女をいとしく思うようになりました。そこで、少女をともなって船に乗り、着物を与えたり、きれいな寝室をあてがって、ねんごろにもてなしました。航海をつづけているうちに、わたしの気持ちはすっかりこの少女に惹きつけられてしまい、夜も昼も一日じゅう、かたわらにより添って離れませんでした。兄よりも、この少女に深い愛情をよせたのでございます。とかくするうちに、ふたりの兄はわたしに疎々《うとうと》しくなり、わたしの持っているお金やたくさんの品物に妬《ねた》みを感じ出しました。こうして、ふたりはわたしの持物を欲深い目でねらうようになったのです。

そんなわけで、ふたりは「弟をやっつけようじゃないか。あれのお金はそっくりおれたちの手にはいるぞ」と言って、わたしを殺して財産を奪う相談をしました。悪魔にみいられて、こんな悪業もふたりの目には正しく映ったのでございます。そこで、兄たちは部屋にとじこもっているわたしを探し出し（わたしは妻のそばで眠っていました）、ふたりともひっかかえて、海へ投げこみました。妻はびっくりして目を覚ますと、すぐさま魔女神《アイフリター》(16)に変わり、わたしを海中からひきあげて、ある島へ運びました。それから、しばらくのあいだ、姿を見せませんでした。けれど、朝になって、もどってくると、こう申しました。

「ただいま帰りました。全能の神の思召《おぼしめし》で、わたしはあなたの忠実な奴隷《しもべ》で、こんどはりっぱにご恩返しをいたしました。わたしはあなたを海の中からひきあげ、命をお助けしましたものね。実は、わたしは魔女神なのです。でも、あなたにお目にかかったときから、アラーのみ心でお慕い申したのです。わたしはこれでもアラーや使徒(天よ、使徒を祝福し、守りたまえ！)を信じております。それから、あなたのお目にふれたようなかっこうで、わたしがあなたのもとへまいりますと、あなたはほんとうにわたしを妻としてくださいました。ですから、ご存じのとおり、わたしはあなたが溺れようとしていたのをお助けしたのです。でも、わたしはあなたのご兄弟には腹が立ってなりません。きっと生かしてはおきません」

この話を聞いて、わたしはびっくりしましたが、これまでのいろいろな心づくしにあつくお礼をのべてから、言いました。「だが、兄たちを殺すことは、それだけは、ぜひとも思いとどまっておくれ」それから、わたしはわれわれ兄弟が生まれ落ちてから今日にいたるまでの、身の上話をして聞かせました。女は聞き終わると、言いました。

「今晩、わたしは鳥になって飛んでいって、船を沈めたうえ、殺してしまいましょう」だが、わたしは言いました。「後生《ごしょう》だから、それだけはやめておくれ。諺にも『罪を犯す者に善を報いる者よ、悪人には悪事をさせておけ』というからね。それに、あれでもやはりわたしの兄弟だから」けれども、女は「アラーに誓っても、殺すよりほかしかたがありません」と言いはるので、わたしは女の前に腰をかがめて、兄たちの命乞いをしました。これを見て、魔女神はわたしをつれて空へ舞いあがり、どんどん飛んでいきましたが、しまいにはわたしの家の陸屋根《ろく》におろしてくれました。

わたしは戸をあけ、土の中に埋めておいたお金を掘り出し、親戚の人たちに挨拶をしてから、店を開いて、いろいろ商品を仕入れました。そして、夜になって店からもどると、この二匹の犬が縛りつけてありました。犬どもはわたしの姿を認めると、起きあがって、くんくん鼻を鳴らし、甘えかかってきました。わけもわからないでいるうちに、わたしの女房は「この二匹の犬はあなたの兄さん方ですよ！」と言いました。「では、だれがこんなまねをしたのだい？」ときくと、女房は「わたしが妹に伝言《ことづて》をすると、妹はこんなふうにしてしまったんです。十年たつまで、ふたりはもとの姿へ返れやしませんよ」と答えました。

さて、この犬どもは十年のあいだ辛抱しましたので、わたしはもとの姿にかえしてもらうため、女房の妹をたずねようとして、ここまでまいったのです。すると、この若いお方が目にとまったので、身の上話を聞かせてもらいました。話を聞いて、あなたさまとこの方とのあいだにどういうことがもちあがるかを見とどけるまでは、ここを去るまいと心に決めたのです。わたしの話はこれでおしまいです！

すると、魔神は言いました。「たしかに、不思議な話だ。それではこの商人の血と罪の三分の一をおまえにやるぞ」

この時、牝騾馬の持主である三番めの老人が魔神に申しますには、「わたしはこのおふた方よりも、もっと不思議な物語をお聞かせすることができます。どうか、わたしにも商人の血と罪の残った分をくださいますよう」「よし、よし！」と魔神が返事しましたので、この老人は語りはじめました。

三番めの老人の話

おお、魔族の王さま、おかしらさま、実は、この騾馬《らば》はわたしの女房でございました。たまたまわたしは旅に出て、まる一年というもの家を留守にいたしました。旅からもどって、晩に女房のところへまいりますと、絨毯《じゅうたん》の寝床の上に黒ん坊の奴隷が女房といっしょに横になっているではありませんか。ふたりは仲むつまじく喋々喃々《ちょうちょうなんなん》し、ふざけるかと思うと、笑ったり、接吻《くちづけ》したり、尻とりごっこをやったりしておりました。

女房はわたしの姿を見ると、土製の水差し(17)を手にして、急いでわたしのほうへやってきました。そして、なにやらぶつぶつ呪文《じゅもん》を唱えながら、わたしに水をふりかけて言いました。「このおまえの姿を変えて犬の姿になれ」すると、たちまちわたしは犬になってしまいました。

女房に追いまくられて、わたしは戸口から逃げ出し、どんどん走りつづけましたが、とある肉屋の店さきにさしかかったので、足をとめて、そこらに散らばっている骨をしゃぶり出しました。店の主人はわたしを見ると、つかまえて、自分の家へつれていきました。ところが、その家の娘はわたしをながめると、いきなり顔をおおって、大声で叫びました。「お父さまは男の方をつれていらっしたのね。男の方といっしょにわたしのところへいらっしたのね」女の父親が「男の方って、いったいどこにいるんだい？」とたずねますと、娘は答えました。「この犬は、妻に魔法をかけられた夫ですよ。わたしにはその魔法がとけますわ」父親は娘の言葉を聞くと、「では、おまえ、その方の魔法をといてやってはくれんかね」と言いました。

そこで、娘は水差しを手にとり、なにか呪文を唱えてから、わたしの体に水を二、三滴ふりかけて申しました。「その姿を去って、もとの姿にかえれ」するると、わたしは生まれながらの人間の姿にかえりました。わたしは娘に接吻して、「わたしの女房の姿を変えていただけませんか。あれがわたしの姿を変えたように」と言いますと、娘はわたしに水をさし出して、言いました。

「おかみさんが眠っているところへいって、この水をふりかけ、さっきお聞きになったとおりの言葉を口になさい。そうなされば、思いどおりに変わってしまいますから」

家へ帰ると、女房はぐっすり寝こんでいました。わたしは水をふりかけながら、「その姿を去って、牝騾馬《めらば》の姿になれ」と唱えますと、女房はたちどころに牝騾馬になりました。

「もし、魔族の王さま、族長さま！　今、あなたがご自分でごらんになっている、これがわたしの女房なのでございますよ」すると、魔神は牝騾馬にむかい「今の話はほんとうか?」とたずねました。騾馬はうなずいて、身ぶりで「ほんとうにそうでございます。わたしの身の上は全くそのとおりでございます」と返事しました。さて、老人が語り終わると、魔神はうれしさに体をゆすりながら、くだんの商人の血を三分の一与えました。

――シャーラザッドは夜がしらんできたのを知って、許された物語をやめた。すると、ドゥニャザッドが言った。「まあ、お姉さん、なんとおもしろくて、おもむきの深いお話でしょう。ほんとうに美しくて、楽しいお話ですこと!」シャーラザッドは答えた。「明晩、お聞かせできるはずの話にくらべると、今晩の話など問題ではありませんわ。ただ王さまさえわたしの命をお助けくださいますならね」

シャーリヤル王は思った。「アラーに誓って、後の話を聞いてしまうまでこの女を殺すまい。じつに不思議な話だから」そこで、ふたりは夜が明けるまで、抱きあって休んだ。それから、王は謁見《えっけん》室へ出かけた。大臣《ワジル》以下一同の者も集まって、謁見室は人々でいっぱいになった。国王は命令を発し、裁きを行ない、任官罷免《ひめん》のさたをし、指令や禁令を出したりして、一日をすごした。謁見が終わると、王は自分の宮殿にはいった。

さて第三夜になると

国王が大臣の姉娘を意のままにしてしまうと、妹のドゥニャザッドは姉にむかっていった。「さあ、お話をしまいまで聞かせてください」姉は返事した。「いいですとも、喜んで！」

――おお、恵み深い王さま、三番めの老人が魔神の前にふたりよりもずっとおもしろい物語をして聞かせますと、魔神はたいへん驚き、うれしさのあまり身をゆすりながら、叫びました。「ほら！　おまえに商人の残った血をやってしまったぞ。おまえたちに免じて、おれは商人を許してやったわけだ」

これを聞くと、商人は老人《シャイフ》たちを抱きしめて、お礼を言いました。三人の老人も命拾いした商人にお祝いの言葉をのべて、めいめいの都をさして立ち去りました。でも、このお話は漁師の話ほどおもしろくはございませんわ。

王が「漁師の話とはどんな話かね？」とたずねたので、シャーラザッドは返事の代わりに、つぎのような物語を語りはじめた。

【原注】

(1)　旅行家たちの談話には、なつめ椰子の核を投げるという、妙な癖が出てくる。つまり、この癖のため核を力まかせにたたきつけるのである。

(2)　アラビア語のシャイフ Shaykh は本来は老人の意。だが、年長者、長（種族、組合などの）でもあり、さらに、どんな男に対しても使われる敬称でもある。ラテン語 Senior から出た近世ラテン語系の Sieur〔仏〕Signore〔伊〕Señor〔西〕Senhor〔ポル〕などに比較せよ。これから、わが国の Sire〔祖先、長老、主人など〕や Sir が派生した。

アラビア語の中の多くの言葉と同じように、シャイフという語もまた、いろいろ異なった意義をもち、その大半はやがて、『千夜一夜物語』の中に出てくるであろう。イブラヒム（アブラハム）は最初のシャイフ、または、白髪になった男であった。アラブ人の歴史家タバリによると、イブラヒムは頭髪を分け、口ひげをかりこみ、爪楊枝で歯をきれいにし、爪を切り、陰毛をそり、鼻で水を吸い〔小沐浴のさい〕、排便後水を使い、シャツを着用した最初の男であった。

(3) Jann〔悪霊〕は多くの場合、複数で、Jinnis（魔神たち）と同じ。また単数に用いれば、悪魔の意味。

(4) われわれ現代人は〈肝臓〉liver といえば、病気のことしか考えない。しかし、アラビアやペルシャの文学では、ヨーロッパの古典文学におけると同様、肝臓は感情の源で、心臓は愛情の源である。〔中国でも、父母は愛児に〈我的心肝児〉と呼びかけるそうである――村上知行氏。〕

(5) 回教国ではがんらい妾《めかけ》（スリヤトその他）は戦争中に捕らえられた捕虜で、『コーラン』も奴隷女を買うことについては一言も反対していない。しかし、その捕虜が真の信者であれば、回教徒はこれをたくわえずに、結婚するようにと命ぜられた。近世では、蓄妾は大きな問題になっている。実際に不都合なのは、奴隷女は自分が主人の財産の一部であることを意識して、主人といっしょに寝なければならぬ義務があると考える点だ。むろん、妻は決してそうは見ていない。

しかし、妻の中には、老齢で子供がいないと、サライ〔アブラハムの妻、『創世記』第十六章二節参照〕の流儀に従って、夫に若い妾をたくわえ、娘のようにとり扱うようにすすめるものがないでもない。これは異例である。『千夜一夜物語』には妾または側女《そばめ》の話がたくさん出てくるが、それらは主として、勝手なふるまいができる教主や高官によって所有されている。この制度の唯一の取柄といえば、近代社会の最大の弊害である売春の必要を除いたという点であろう。

(6) アラビア語のイド・アル・カビル＝大祝祭。詳しいことは、拙著『メディナとメッカ巡礼見聞記』*Personal Narrative of a Pilgrimage to El-Medinah and Meccah*（三巻、八つ折判、ロンドン、ロングマンズ、一八五五年）を参照していただきたい。わたしは今後しばしばこの書に言及するはずである。〔同書については秘蔵版第八巻付録「バートン小伝」を参照されたい。〕

(7) 「許された物語」とは、つまり国王である夫によってシャーラザッドに許された物語。

(8) 回教国の国王は、古い拝火教徒の君主と同じように、一日に少なくとも二回、朝と夕べに、ダルバルを開く（つまり、謁見式を行なう）ことになっている。この儀式を怠ったがため、教主政治 Caliphate や、ペルシャおよびモグールの諸帝国は滅亡した。つまり、大官連の統率が乱れ、臣下たちが反逆して、実権をにぎろうとしたのである。

拝火教〔ゾロアスター教、ペルシャ教ともいう〕徒の諸王は引見の場所をふたつもち、ロジスタン Rozistan（昼の場）とシャビスタン Shabistan（夜の場）と呼ばれた（ちなみにイスタンまたはスタンは、たとえば Hindo-stan のように、動詞の立つ＝istadan の名詞形である）。さらに週一回、君主はムフティ、すなわち最高裁判官として勤めをはたした。

(9) 東洋でも、またボッカチオのイタリアでも、よい便りをもってくる者が要求する褒美である。反対に、悪い便りをもってくる者は、しこたまつるし刑のうきめをみる。

(10) 不快な事柄を口にするのを避けるために用いる婉曲語法。

(11) アラビア語のディナール Dinar はギリシャ語ドナリオン δηνάριον を通じて、ラテン語の denarius（真鍮十オンスに価する銀貨）から出た。これはコーラン用語で（『コーラン』第三章）、アラビア語では〈ミスカル〉という〔同章六十八節。なおパーマーは十シリングに価する金貨と注している〕。まえに引例した『カターー』中にも現われ、明瞭にその由来を示している。『カリラーとディムナーの物語』

Book of Kalilah and Dimnah の中では、Dara＝王から出たDaric〔アラビア語〕またはペルシャ語Dinarやダレイコス δαρεικος などがディナールの代わりに用いられている。〔ちなみにDariusはペルシャ王の名としてしばしば用いられる。〕

ディナール、セキンsequinあるいはダカットducatなどは、時代を異にするに従って価値が違い、十ないし十二ディルハムまたはドラクマから、二十もしくは二十五ディルハムまでの開きがある。衡量としては、一ドラクマ半に相当した。〔dirhamもdrachmaも同じで、常衡としてのドラクマは十六分の一オンスである。〕

ディナールの価値には大きな開きがあったが、ここでは九シリングまたは十フランから半ポンドまでにおよぶものと仮定してよかろう。ディナールに関する精細な論説としては、ユールYule著『支那および支那への道』*Cathay and the Way Thither* (ii., pp. 439-443) を参照のこと。〔ヘンリイ・ユールはイギリスの東洋学者、一八二〇—一八九。〕

(12)〈物乞い〉に施し物を拒むとか、わずかな寄進をはねつけるとかする場合に用いられるきまり文句として、「アラーはおまえさんに開いてくれよう！」（どこかの有利な門口へいけ——わたしのところじゃないよ、の意）があり、他に好んで用いられる文句「アラー・カリム」は、「アラーはもっとも慈悲深い！」で、〈アラーに求めよ、わたしにじゃない〉の意味である。

(13) アラビア語のハマムHammamは公衆風呂。

(14) アラビア語ディルハムDirham（複数形dirahim、お金つまり〈銀貨〉の意味でも用いられる）はギリシャ語ドラクム δραχμη であり、プラウトゥスPlautusのドラクーマdrachumaでもある。〔プラウトゥスとは紀元前一八〇年ごろに死んだローマの有名な喜劇詩人。〕

この語は『パンチャタントラ』の中でもまた同じ語原を示している。けれども、古シリア語の『カリラー・ワ・ディムナー』では、"Zuz"となっている。なおこの銀貨は六オボルobol〔古代ギリシャの銀貨〕すなわち九ペンス四分の三で、常衡としては六十六グレイン半であった。夜話のディルハムは六〈ダニック〉に相当し、一ダニックは一ペニーよりわずかに多い額である。現代ギリシャの一ドラクマは一フランである。

(15) アラビア語では、たとえ王さまにむかって話をする場合でも、話し手は常に自分をまっさきにあげるわけである。それは非礼とはならない。

(16) Ifritah は魔神の女性名詞。必ずしも邪悪な霊ではない。

(17) アラビア語のクラー Kullah（エジプトでは gulleh と発音される）。口の広い水差しで、ダウラク daurak は口の細い水差しである。水かシャーベット水をいれるのに用いられ、また素焼の土製であるから、酒類にも使用され、中味はいつも冷え冷えとしている。したがって、エジプトに居住するあらゆる英人は罎からではなく、この水差しから飲む。

その優美な形体については、レイン著『近代エジプト人の習俗慣習概説』*Account of the Manners and Customs of the Modern Egyptians*（第五章）を参照されたい。わたしがここで、また、その他のところで、引例しているのは、第五版、ロンドン、マレイ発行、一八六〇年のものである。〔同書の拙訳『エジプトの生活』桃源社刊では、一一四頁を見られたい。〕

漁師と魔神の物語

おお、恵み深い王さま、昔たいへん年をとった、ひとりの漁師《りょうし》がおりました。妻と三人の子供をかかえて、貧乏なくらしをしていました。さて、この漁師は毎日四回投網《とあみ》をうち、それ以上は決してうたないならわしでした。ある日のこと、昼ごろ海辺に出かけ、笊《ざる》をおろして、肌着《はだぎ》をまくりあげると、海の中へ飛びこんで網を投げ、底へ沈みきるのを待ちかねていました。

やがて、紐《ひも》をたぐりよせて、ぐいと引きますと、ばかに重たいのです。力まかせに陸のほうへ引っぱっても、たぐりよせることができません。そこで、紐のはしをにぎったまま、陸にあがり、地面に一本の杭《くい》をたたきこむと、これにしっかり紐をゆわえつけました。それから、着物をぬいで、網のすぐそばへもぐってゆき、さんざっぱら骨を折ったあげく、やっと網をひきあげました。漁師は大喜びで、着物をひっかけるなり、網のところへ走りよりましたが、見ると、中には牡騾馬の死体がはいっており、網目も破れているではありませんか。このさまを見て、漁師は情けなくなって、叫びました。

「栄えある神、偉大な神、アラーのほかに主権《ちから》なく、権力なし！」それから、「こりゃ全くとんだ食料《かて》だわい」とつぶやいて、即興の歌をくちずさみました。

闇夜《やみよ》にとざされ、夜もすがら
危い中に身をさらし
苦しみ、あえいで働く者よ！
日々の食料《かて》をば得んとして
励《はげ》みはすれど、かぎりあり、
ああ、いたましき力業《ちからわざ》！
君は見ざるや？　荒海に
漁夫はうかびて食料求む。
おりしも星はきらきらと
夜空に乱れて輝けり。
さかまく波も、なにかはと、
身をおどらせて海に入り
瞳《ひとみ》をこらしてふくらめる
網をば見まもるその風情《ふぜい》。
夜の獲物に喜びて

一尾の魚をもち帰り、
その咽喉《のど》もとを〈運命〉の
鉤《かぎ》につるしてまっぷたつ。
闇にも雨にも、寒さにも
少しもめげずに、いそいそと
夜どおし働く漁師から
魚をあがなうその時は、
与うも拒むも意のままに、
労して獲物を得る者と
求めてこれを食う者と、
定めたまいし神をたたえよ。

それから、漁師はまた言いました。「さあ、さあ、仕事だ。わしは神さまのお情けを信じているんだ。インシャラー！[*1]」そしてまた歌いつづけました。

不運につかれたその時は、
くよくよしないで、考えよ、
高貴な方にも悩みはあると。

人事をつくせば、それでよい。
人に不平をかこつまい。
げに慈悲深きアラーこそ
世にも無慈悲な人々に
不平不満をかこつのは。

漁師は騾馬の死体をしみじみと眺めてから、網からはずすと、また、網をひろげました。そして、「アラーの御名において！」と唱えながら、海のなかへざぶざぶとはいっていくと、ぱっと網をうって、引きあげようとしました。けれども、手ごたえが重たくて、まえよりいっそうしっかと地底にくっついたまま離れません。漁師は、てっきり魚がはいったものと思い、杭《くい》にしっかり結びつけると、着物をぬいで水中に飛びこみ、もぐるやらひっぱるやらして、やっとこさで陸までひきあげました。中をのぞくと、砂や泥のつまった大きな土製の壺《つぼ》(1)がはいっています。これを見ると、漁師はすっかりしおれて、こんな歌を歌い出しました。

ひかえておくれ、浮世の苦労、
ひかえてくれなきゃ、ゆるしておくれ。
きょうの食い扶持《ぶち》、探しに出たが、
食料《かて》を手にせず、帰らにゃならぬ、

手技《てわざ》使ったかいもなく。
運命《さだめ》も分け前くれませぬ。
賢く、さとい世の人々が
闇にひしがれ悩んでいても、
多くのばか者手をこまぬいて、
昴星《すばる》でさえも手に入れる。

漁師はアラーの許しを求めてから、壺《つぼ》を投げ捨て、網をしぼって洗い清めました。三度めに海にはいって網を投げると、底に沈むまで待っていました。それから手もとにたぐりよせましたが、中には瀬戸物のかけらやガラスの破片がはいっているばかりでした。このさまを見て、漁師はつぎのような詩をくちずさみました。

おのが手で思いのままに
ならぬもの、日々の食料なり。
筆とりて文字しるすとも、
日々の食料得るによしなし。
喜びも、糊口《ここう》の道も、
与えるは運命《さだめ》のみ心。

荒れはてしやせ地もあれば、
作男《さくおとこ》喜ぶ地もあり。
人の世の運命の矢柄《やがら》に
有為《うい》の人あまた滅びて
品性のいやしき人々
いと高き位《くらい》につけり。
さらば、死よ、きたれ、わが命
わら屑《くず》のあたいもなければ。
空高く野鴨は飛べど
あわれ、地に鷹は舞い落つ。
げに、さなり、心貴き
人々は貧苦に沈み
心なき田夫野人《でんぷやじん》は
幸運の高みへのぼる。
この鳥は翼《つばさ》休めず
東より西へと飛べど、
かの鳥はただ巣にありて
ありとある望みをとげん。

それから、漁師は天を仰いで、言いました。「おお、神さま！[2] あなたさまはきっとご存じのはずです、わたしが毎日四度しか網をうたないことを。[3] もう三度めの網も投げましたが、まだあなたさまはわたしになにも恵んでくださいません。それで、こんどこそは、おお、神さま、どうぞわたしの日々の食料《かて》を恵んでくださいまし」

それから、アラーの名を呼んで、[4] もいちど網を投げ、底へ沈んでしまうまで待っていました。やがて、網を強くひっぱりましたが、底のほうになにやらからんでいるので、なかなかたぐれません。漁師は無念やるかたなく、大声で叫びました。「アラーのほかに主権なく、権力なし！」そして、また歌い出しました。

いまいましいぞ、畜生め、
この浅ましい世の中め、
この悲しみと惨めさに
うちのめされるに違いない。
夜明けにゃみんな楽しいが、
まだ日も暮れぬやさきから、
嘆きの 盃《さかずき》 飲みほして。
むかしはわしも果報者、

「だれがいちばん幸福か？」

「そりゃこのわしさ！」と言うたほど。

漁師は着物をぬぐと、網のところへもぐりこみ、一生懸命になって、やっと陸へ引きあげました。さっそく網を開いてみると、そこには黄色い銅でこしらえ、胡瓜《きゅうり》のかっこうをした壺《つぼ》がひとつはいっており、見たところ、なにかいっぱいつまっている様子でした。壺の口のところは、鉛の蓋《ふた》がしっかりかぶせてあり、ダヴィデの子スライマン王（アラーよ、おふた方に恵みをたれたまえ！）の印形付きの指輪がおしてあります。

これを見て、漁師は喜んで言いました。「真鍮市《しんちゅういち》でこれを売れば、ディナール金貨十枚にはなるぞ」壺をふってみると、重たいので、またこう言いました。「中味を知りたいなあ。そうだ、あけてみよう。中味を調べたうえ、袋の中にしまっておき、壺だけ真鍮市で売りはらおう」

小刀をとり出すと、漁師は鉛の蓋をこじり、やがて壺の蓋をとりはずしました。それから、地面に椀《わん》をすえ、中味をこれにあけようと思って壺をさかさまにふりました。ところが、なにもはいっておりませんので、漁師はたいそう驚きました。けれども、しばらくすると、壺の中からひとすじの煙が立ちのぼり、ぐんぐん青空へのぼっていきました（漁師はこのありさまを見て、びっくり仰天しました）。煙は地面をはって、やがて非常に高くのぼりきると、もやもやしていた煙がひとところに凝《こ》りかたまって、魔神《アイフリット》になってしまいました。見あげ

るばかりの大きな魔神で、頭は雲にふれ、足は大地をふんまえていました。また、頭はさながら円屋根、手は熊手のようで、脚は帆柱《ほばしら》のように長く、口は洞穴《ほらあな》のように大きゅうございました。歯はまるで大石のようで、鼻孔は水瓶《みずがめ》に似、目はランプを思わせるばかり、目ざし《まな》はけわしく、不機嫌でした。

さて、漁師は魔神を眺めると、胴はふるい、歯の根はあわず、唾《つば》はひからびるといったぐあいで、どうしてよいか、さっぱり見当がつきませんでした。すると、魔神は相手をじっと見つめて、叫びました。「アラーのほかに神なく、スライマンは神の予言者なり」それからまた、すぐとつけ加えました。「おお、アラーの使徒よ、わしを殺してはいけない。わしは今後二度と言葉のうえでも、行ないのうえでも、あなたにさからうつもりはない(5)」漁師は言いました。

「おお、魔神《マリッド》さま(6)、あなたはいまアラーの使徒スライマンの名を口に出されましたが、スライマンはいまから千八百年ほどまえに死にました(7)。だから、もうこの世界も最後の日に近づいているのです。いったいあなたはどんな身の上の方ですか? どうしてまた、こんなひょうたん甕《がめ》の中におはいりになったのです?」悪霊は漁師の言葉を聞くと、「アラーのほかに神なし。おい、漁師よ、力を落とすでないぞ!」と言いますので、漁師が「なぜ力を落とすなとおっしゃるんです?」とたずねると、相手は答えました。

「気の毒だが、たった今、おまえに死んでもらわにゃならないんだ」「よいお便りを知らせてあげたのに、そんな報いをなさるとは、神明のご加護をうけられませんぞ。もし、よそよそしい方！(8)　どうして殺そうというのです？　殺されるようなことを、なにをしたというんです？　あなたを壺から出してやり、海の底から助け出して、この陸にひきあげてやったこのわたしが」魔神は返事しました。「おれにききたくば、どんな死にざまをしたいか、どんな方法で殺してもらいたいか、それだけきくがいい」漁師は申しました。「わたしはどんな罪を犯し、なぜそんな報いをうけるのです？」「おい、漁師！　まあ、おれの身の上話を聞け」と魔神が言いましたので、漁師は、「さあ、手みじかに話してください。全くのところ、わたしの命は鼻さきにひっかかっているんですから」(9)と答えました。

そこで、魔神は語り出しました。「実は、おれは異端の魔族の中のひとりで、あの名高いサフルという魔神とぐるになって、ダヴィデの子スライマン(10)（おふた方とも安らかに冥福《めいふく》されんことを！）に背いて悪事をはたらいたのだ。すると、この予言者はバルヒヤの子アサフという大臣を遣《つか》わしておれを召し捕えさせた。大臣はむりやりにおれを引き立て、縄目にかけたままスライマンの前につれていった（おれはしょうことなく、うちしおれていたさ）。そして、まるで物乞いでもするようなかっこうで、相手の前に立たせられたのだ。スライマンはおれを見ると、アラーの威光を笠《かさ》にきて、正しい道にはいり、命令に従うように命じた。だが、おれは断わったよ。すると、このひょうたん甕(11)をとりよせて、おれをその中にとじこめ、鉛の蓋をすると、その上に最高至上の御名をおして、悪霊のひとりに指図を出したのだ。そこで、こいつはおれを運び出して、海のまったただ中にほうりこんでしまった。

おれはそこに百年間住んでいたが、そのあいだ、『おれを救い出してくれる者があれば、おれは一生金持ちにしてやろう』と心のうちでは考えていたのさ。だが、まる百年たっても、だれもおれを助け出してくれないので、『おれを救い出してくれる者があれば、大地の宝庫を開いてやろう』と言いながら、二度めの百年めを迎えた。それでもなお、だれひとりおれを救ってくれる者もなく、そのまま四百年の歳月《としつき》が流れた。

　そこで、おれは言った。『おれを救い出してくれる者があれば、三つの望みをかなえてやろう』それでも、だれもおれを救ってくれない。で、さすがのおれもひどく腹が立ってきて、ひとりごとを言ったのさ。『これからさき、おれを救い出してくれる者があったら、おれはそいつを殺してやろう。ただ相手に死に方だけは選ばせてやる』そこでだ、おまえがおれを救い出したのだから、どんな死にざまでも、勝手に選ばせてやる」

　漁師は魔神の言葉を聞いて、申しました。「おや、おや！　よりによって、今ごろになってあなたを救いにきたというのは、実に妙なめぐりあわせだ！」それから、「わたしの命を助けてください。そうすれば、アラーもあなたの命を助けてくれます。アラーの手にかかって殺されるのがおいやなら、わたしを殺してはいけません」とつけ加えました。

　けれど、この頑固な魔神は言いました。「しかたがないさ。おまえは死なにゃならん。頼みはきいてやろう、どんな死に方をしたいんだ」そんなふうだったので、漁師はいよいよ命は助からないと観念しましたが、もういちど魔神にすがりつきました。「あなたを助けてあげたお礼に、命ばかりは助けてください」「いや、助けてくれたからこそ、おまえを殺すのだ」「おお、魔神の頭領さま」と漁師は言いました。「よい事をしてあげたのに、あなたは仇を報いるんですね！　古い諺にこんなことをいっているが、全く嘘じゃない。

人に恵みをほどこして
恩を仇にて返されぬ。
これぞ、誓って！　ありとある
極道者の所業なり。
くだらぬ人に恵んでも、
ウンミ・アミル[12]の隣人と
同じ不幸に見舞われん。

さて、魔神はこの言葉を聞くと、「もうそんなたわごとはやめろ。どうしても、おれは命をもらわにゃならん」と言ったので、漁師はひとりごとを言いました。「こいつは魔神、おれはアラーからけっこう賢い知恵をさずかっている人間さまだ。よし、それではひとつ、魔神めが自分の悪心と理不尽《りふじん》ばかりを頼みにしているなら、こっちも大いに知恵をしぼって、きゃつの破滅をたくらんでやろう[13]」

漁師はまず魔神にたずねました。「ほんとうにわたしを殺すつもりですか？」「そうだ」という返事を聞くと、漁師は叫びました。「では、ダヴィデの子スライマン（この尊いおふた方の霊に平安あれ！）の印形付きの指輪にきざまれた、もっとも偉大な神の御名において、少々おうかがいしたいことがありますが、ほんとうの返事をしてくださいますか？」

魔神は「うん」と返事しましたが、もっとも偉大な神の名を耳にすると、心をかきみだされて、ふるえながら言いました。「手みじかにきいてくれ」そこで、漁師はまずたずねました。「あなたの手もはいらぬような、いや、足だってとてもはいらぬような、この甕にどうしてはいりこんだのですか？　どうしてあなたの体が全部はいるくらいに大きくなったんです？」

魔神は答えました。「なんだと！　おれがすっぽりその中にはいっていたのを信じないか？」漁師は「信じませんよ！　この目で、中にはいっているあなたをしかと確かめないうちは、信じやしません」と返事しました。

——シャーラザッドは夜がしらんできたのを知って、許された物語をやめた。

さて第四夜になると

妹は姉にむかっていった。「もしお眠くなかったら、どうぞお話のつづきを聞かせてください！」そこで、シャーラザッドはふたたび語りはじめた。

──おお、恵み深い王さま、漁師が魔神にむかって、「わたしがこの目で、中にはいっているあなたをたしかめないうちは、決して、決してあなたの言うことなど信じやしませんよ」と申しますと、悪霊はすぐその場で体をふるわせて、煙になってしまいました。煙はひとところにこり固まると、少しずつ壺の中へ流れこみ、しまいに、すっかり中に収まってしまいました。と、漁師は大急ぎで封印のついた鉛の蓋を手にし、壺の口をふさいでから、大声で魔神に呼びかけました。

「頼みがあるなら聞いてやるぞ、どういう死に方がしたいかね。アラーに誓って、おれはきさまを目の前の海にほうりこみ、小屋を一軒建てるんだ。そして、ここへやってくる者があれば、漁《りょう》をしないように注意してやったうえ、こういってやるつもりさ。『このへんの水の中には、魔神がひとり沈んでいて、こいつは自分の命を救ってくれた恩人に、この世の見おさめに、死にざまや殺し方を好きに選ばしてくれます』とな」

いっぽう、魔神は漁師の言葉を聞き、また、自分の身が壺の中にとじこめられているのを知って、逃げ出そうと思いましたが、ソロモンの封印があるため、うまくいきませんでした。そして、魔神は、相手にうまうまと出しぬかれたと悟ると、腰を低めて、すなおになりました。そして、へりくだって言いました。「今のはちょっとおまえさんをからかってみただけさ」

けれども、漁師は答えました。「うそをつけ、やい、いちばん卑劣な魔神め、いちばん賤《いや》しい、いちばんけがらわしい魔神め！」それから、壺をひっさげて、波打ちぎわへ出ました。魔神が「だめだ！　だめだ！」と大声で叫ぶと、漁師は「いいさ！　いいさ！」とどなり返しました。すると、悪霊は声をやわらげ、言葉も丁重に、へりくだって申しました。「ねえ、漁師さん、あなたはわたしをどうなさるおつもりですか？」

「わしはもとの海へ投げこむつもりさ。千八百年のあいだ、おまえがわが家《や》としてきた海へさ。審判《さばき》の日がやってくるまで、おまえをそこにおいてやるよ。わしはおまえにあれほど頼んだじゃないか？『許してください、そうすれば、アラーはあなたを許してくださいますよ。アラーの手にかかって殺されるのがいやなら、わたしを殺してはいけません』とね。だが、おまえはわしの頼みをはねつけ、ただもうむごたらしく扱ったじゃないか。こんどは、アラーがおまえをわしの手にまかされたのだ。わしはね、おまえなどより利口なんだよ」

「あけてください、あなたをしあわせにいたしますから」と魔神が言うと、漁師は「うそをつけ、呪われたやつめ！　おまえとわしの間柄は、ちょうど、賢人ズバン(14)とユナン王の大臣《ワジル》の間柄に似ているよ」と答えました。「ユナン王の大臣とはどういう方で、また賢人のズバンとはどなたのことです？　その人たちの話というのはどういうお話ですか？」と魔神がたずねたので、漁師はつぎのような話をはじめました。

大臣と賢人ズバンの話

実はなあ、魔神よ、昔々、大昔のこと、ユナンと呼ばれる王さまが、ロウムの国のファルスという都を治めていた(15)。なかなか羽振りのよい金持ちの統治者で、軍隊や護衛兵を擁《よう》し、あらゆる国人《くにびと》と同盟を結んでいた。しかし、王さまの体は癩病《らいびょう》にむしばまれていて、医者も学者も手におえなかった。水薬を飲み、散薬《こなぐすり》を口にし、膏薬《こうやく》を使ったりしたけれど、なんのききめもあらわれなかった。また侍医も大勢いたが、だれひとりその業病《ごうびょう》をほんとうになおしきるものもいなかった。

ところが、この都へ、ひとりのえらい名医がやってきた。たいそう年老《お》いた男で、賢人ズバンと呼ばれていた。この人はギリシャ、ペルシャ、ローマ、アラビア、シリアなどのさまざまな書物をひもどき、天文学はむろんのこと、薬学についても学理と実際の両方に通じていた。だから、体をすこやかにしたり、害《そこな》ったりする万般の事柄に深い体験をもち、ありとあらゆる草木の効能や、それが有毒であるかどうかについても、たいへん明るかった。それに、哲学を究め、医学のあらゆる分野はもとより、その他の知識の分野まで修めつくしていた。

都にやってきて二、三日もたたないうちに、この医者は国王が病気であることを耳にした。神さまに授けられた癩病のため、王さまの体が蝕《むし》ばまれていることや、あらゆる医者や賢者がさじを投げていることなどを伝え聞いた。

そこで、賢人ズバンは夜もすがら寝ないで深い思いに沈んでいたが、夜がしらんで朝の光がさしはじめ、太陽が信仰のあつい者(この人たちの美しさでこの世はよそわれているが)に会釈すると、いちばんりっぱな服を身につけた。それからユナン王の前に伺候して、床《ゆか》にひれ伏し、またとなく美しい言葉で王の名誉と隆昌がいつまでもつづくようにと祈って、こう申しあげた。

「おお、王さま、もれうけたまわるところによりますと、あなたさまのお体にはご不調があり、数多《あまた》の医者が手をつくしてもそのかいがないとの由でございますが、ごらんください、わたしは、そのご病気をなおしてしんぜることができます。と申しましても、わたしはお薬を飲ませたり、膏薬《こうやく》を塗ろうというのではございません」

ユナン王はこれを聞いて、たいそう驚いた。「どうしてなおすつもりじゃ？　アラーに誓って、もしおまえがわしをなおしてくれるなら、わしはおまえを孫の代まで金持ちにしてやろう。どのように高価な物でもつかわそう。望みがあればなんでもかなえてやり、わしの盃《さかずき》⑯相手にも、親友にもしてやろう」王さまはそう言って、御衣《ぎょい》をまとわせ、ねんごろに遇してから、さらに「おまえはほんとうに、飲み薬や膏薬を使わないで、この病いをなおすことができるのかな？」とたずねた。

「はい！　医薬の苦しみや祟《たた》りなどをおうけにならないで、なおしてしんぜます」王さまはいよいよ驚いて、「のう、医者よ、いつになるかな？　いく日たつとなおるかな？　急いでくれ！」と申しますと、相手は答えた。「かしこまりました。さっそくあすからお手当てをはじめます」そう言って、ズバンはご前《ぜん》をひきさがると、すぐ町中《まちなか》に一軒の家を借りうけた。それは書物や巻物、薬や香料の根などを保存しておくためだった。

それから仕事にとりかかり、いちばんききめのある薬と薬草を選んだり、がらんどうの打球棒をこしらえて、外に把手《とって》をつけたりした。また球もひとつ作った。このふたつの品は申し分のない手ぎわでしあがった。あくる日、ふたつの品がいつでも使えるように用意ができると、それだけをもって、ズバンはさっそく王のもとに伺候し、両手をおりまげてひれふした。それから、練兵場(17)へ馬をお進めになり、打球戯《ベル・メル》の遊びをなさいますように、と願い出た。王は家来の太守や侍従をはじめ大臣や諸侯を引きつれて練兵場へおもむいたが、まだ腰もおろさぬうちに、ズバンが前に進み出て、くだんの打球棒をさし出しながら、こう言った。

「この棒をお手にとって、わたしが握《にぎ》っておりますように、しっかと握りしめてくださいませ。そのとおりでございます！　さてこんどは、広場へ馬を進め、馬上からお体を前こごみになさって、力いっぱい、掌《てのひら》が汗ににじみ、体から汗が出るまで、この球をお打ちなさいませ。そうなされば、自然と薬が掌からしみこんで、お体にもすっかりまわってしまいます。遊びが終わって、薬がきいたようなお気持ちがしましたならば、御殿へお帰りになり、風呂で沐浴《もくよく》(18)をなさってから、おやすみなさいませ。それでご病気は全快いたします。では、ご大切に！」

そこで、ユナン王は、賢人ズバンから打球棒を受け取り、これをしっかと握りしめると、馬に跨って、目の前の球を打った。それからまた、馬を飛ばして追いかけ、打球棒の把手《とって》をぐっと握りしめながら、力いっぱい球を打った。なんべんとなく球を打っているうちに、掌はぐしょぐしょにぬれ、肌はびっしょり汗をかいて、棒きれの薬がしみこんでしまった。

賢人ズバンは薬が体の中までしみこんだことを知ると、御殿へひきあげて、すぐさま風呂を召されるように、と言上した。ユナン王はさっそくたち帰ると、風呂の掃除を命じた。奴《ど》隷《れい》たちは風呂の支度をととのえるやら、大急ぎで絨毯《じゅうたん》をひろげるやら、王さまのお召し替えの用意をするやらで、忙しくたち働いた。王さまは風呂にはいり、念入りに全身の沐浴をすると、風呂の中で着物をつけ、そこからふたたび馬で御殿へ帰って、寝床についた。

ユナン王のほうはそんなぐあいであったが、賢人ズバンは家へ帰ると、ふだんのように寝床にはいり、夜があけると、王宮へ出むいて、拝謁《はいえつ》を願った。王さまからお目どおりを許されると、賢人は床《ゆか》にひれ伏して、それとなく王さまをさしながら、調子の重々しい対句《ついく》をよみ出した。

しあわせなるかな、〈能弁〉は
君が主人《あるじ》となるときは。
されど、よそ人主《しゅ》となれば、
深く嘆いて悲しまん。
おお、うるわしき大君よ、
その輝ける光もて
誉《ほま》れも高き善行を
包む疑惑の雲を払えり。
君が顔《かんばせ》、〈曙《あけぼの》〉と
〈朝日〉のごとく照りはえて、

とこしえにやむことなかれ！
〈時〉の顔《かんばせ》、いつの日も
はげしき怒りに燃え立つなかれ！
君の慈悲にて、このわれら
恵みをうけぬ、もろもろの。
そは雨雲が山々に
雨をそそぐに似たるかな。
君惜しみなく財宝を
分かちてのぼりぬ、いや高く。
かくて、〈時〉よりかちえしは
君の威光がねらいたる
天《あま》つひつぎの高御座《たかみくら》。

さて、賢者が歌い終わると、王さまはすぐさま立ちあがって、相手の首をかきいだいた。それから、自分のかたわらにはべらせると、目もあざむくばかりの衣装をまとうように言った。それというのは、王さまが風呂を出てから、ふと体に目をやると、癩病《らいびょう》の跡かたはすっかり消えうせ、肌はけがれのない白銀《しろがね》のように清らかになっていたからだった。王さまはこのありさまを見て、このうえなく喜び、喜びのため胸はふくらみ、(19)有頂天になってしまった。

やがて、日が高くのぼると、王さまは謁見室《えっけん》にはいり、玉座についた。すると、侍従や大官たちにまじって、賢人ズバンも拝謁《はいえつ》にやってきた。医者の姿をみとめると、王さまはうやうやしく立ちあがって、自分のかたわらに坐らせた。ついで、山海珍味の食べ物を盛った食膳が出ると、この医者は王さまといっしょに相伴《しょうばん》したばかりか、その日は一日王さまの相手をしてすごした。そのうえ、日が暮れると、王さまは賢人ズバンに金貨二十枚のほか、いつものお召し物や御下賜品など山と積んでたまわり、自分の愛馬に乗せて、家まで送りとどけた。⑳

賢者が立ち去ると、ユナン王はまたしても名医の腕前に感嘆していった。「あの男は外からわしの体に薬をほどこしてくれたが、別に膏薬《こうやく》のようなものを塗りつけたわけでもない。アラーに誓って、こりゃ、まことにあっぱれな腕前だわい！　あの男にはあつく恩賞をとらせ、これからさきわしが死ぬまで、盃をくみかわす友としなけりゃならん」

ユナン王は体がすっかり癒《い》え、命にかかわる業病《ごうびょう》をふり落としたことを喜んで、心楽しくその夜をすごした。あくる朝、王さまが後宮《セラグリオ》を出て、玉座につくと、領内の諸侯はぐるりにたたずみ、太守《エミル》や大臣たちはいつものように王の左右にはべった。王さまが賢人ズバンをよびにやると、ズバンはまもなく、やって来て、御前にぬかずいた。王さまは立ちあがって迎え、かたわらに坐らせると、ともどもに食事をしたため、相手の長寿を祈った。それからまた、お召し物を着せ、ご下賜品を授けて、夕刻まで語りあった。最後に王さまは俸禄《ほうろく》として、五重ねの御衣《ぎょい》と一千ディナールの金子《きんす》を与えるように、家臣に申しつけた。医者は王さまに深く感謝しながら、自分の家へ帰っていった。

夜が明けると、王さまは謁見室へ出かけた。諸侯や貴顕高官をはじめ、侍従や大臣たちは、いさながら眼《まなこ》の白味が黒い瞳をおし包むように、王さまをとりまいて坐った。ところで、いならぶ大臣の中に、容貌の醜い、縁起のよくない面構《つら》えをしたひとりの大臣がいた。その心根はいやしく、度量も狭く、ねたみと悪意にみちみちていた。この大臣はユナン王が医者をそば近くはべらせて、今いったような贈物を授けているのをながめると、相手がねたましくなり、なんとかして危害を加えようとたくらんだ。ちょうど、諺にもあるように、『嫉妬《ねたみ》はあらゆる人の心に宿る』し、『圧制はあらゆる人の心にひそみ、力ある者はこれを表に現わし、力弱き者はこれを秘めかくす』わけだ。くだんの大臣は、そこで、王さまの前にまかり出ると、両手をまげて床《ゆか》にひれ伏して、こう言った。

「おお、現世の、永遠の王者よ、わたしはあなたさまの恵みに浴して成人いたしましたが、実はぜひともお耳に入れておきたいご忠告がございます。もしこれを隠しておきますれば、わたしは不義の子となり、素性の正しい人間とは申されません。そんなしだいで、もしあなたさまが申してみよ、とおっしゃいますならば、さっそくうちあけたく存じます」王さまは（大臣の言葉を聞いて不安になったので）言った。「その忠告とはいったいどんなことか？」

すると、大臣は答えた。

「おお、栄えある大君よ、昔の賢人はこう申されました。『終わりを思わぬ者には、運命は味方しない』と。実のところ、近ごろわたしめが見まするところでは、王さまは正しい道をふまれてはおりません。なぜかと申せば、ご自分の敵におしげなく物を施しておられますから。あやつめはあなたさまのご衰亡と没落をたくらんでいるのでございます。あんな男に王さまは好意を寄せ、過分の名誉を授け、親しい友だちづきあいをなさっていらっしゃるのです。それゆえ、わたしめは、ただ王さまのお身の上をご案じ申しあげているのでございます」

王さまはますます不安になり、顔色を変えてたずねた。「おまえはだれを疑っているのだ？　だれのことを言うているのだ？」「おお、王さま、もし眠っていらっしゃるのでしたら、目をお開きくださいませ！　わたしは医者のズバンのことを言っておるのでございます」すると、王は答えた。「ばからしい話だ！　あれは真実《まこと》の友だよ。だれにもましてわしが好意をよせている人だ。というのも、手に握った棒きれでなおしてくれたではないか。いかなる医者も手におえないわしの癩病を癒やしてくれたではないか。全く、ああした人物は当世には珍しいぞ。いや、ほんとうに、東のはてから西のはてまで、世界じゅう探しまわったとて、見つかりはせんぞ！　そういう方にむかって、おまえは悪態をつこうというのか。きょうより以後、わしはあの人に一定の俸禄《ほうろく》と手当てを定め、毎月金貨一千枚を支給することにしよう。わしの領地を分かち与えてもかまわん。わしは、おまえがそんなふうに悪口をつくのは、ただの嫉妬とやきもちからだと思わざるをえないぞ。シンディバッド王の話にもあるようにな」

――シャーラザッドは夜がしらんできたのを知って、許された物語をやめた。すると、ドゥニャザッドが言った。「まあ、お姉さま、あなたのお話はなんておもしろいんでしょう、おもむきがあって、美しくって、とても愉快でしたわ！」シャーラザッドは答えた。「あしたの晩お話しする物語にくらべたら、問題になりませんわ。もし王さまがわたしの命をお許しくださいますならばね」すると、王はひとりでつぶやいた。「アラーに誓って、おしまいまで聞いてしまうまでは殺すまい。実におもしろい話だわい」

ふたりは夜が明けるまで、たがいに抱きあって眠った。朝になると、シャーリヤル王は政《まつり》事《ごと》の間《ま》に出かけ、大臣のほか多くの人たちが参上して、謁見室はいっぱいになった。すると、王は命令を出したり、裁判や任免を行なったり、禁令を申し渡したりして一日をすごし、会議がとじると、御殿へ帰った。

さて第五夜になると

妹は言った。「お眠くなかったら、話のつづきをしてくださいまし」そこで、シャーラザッドはふたたび話をはじめた。

――おお、恵み深い王さま、力ある大君さま、ユナン王が大臣にむかって、「おお、大臣よ、おまえはあの医者のため嫉妬という悪霊《あくりょう》にとり憑《つ》かれたのだな。おまえはわしがあの方を殺すようにとたくらんでいるが、もし殺しでもしようものなら、シンディバッド王が自分の鷹を殺したのを悔いたように、わしもさだめし後悔するだろう」と申しますと、大臣は「どうぞお許しください。おお、現世の王者よ、それはどういうお話でございますか？」とたずねました。そこで、王さまはこんな物語を話し出しました。

シンディバッド王と鷹の話

昔、ファルスに王者の中の王者と呼ばれ、遊びごとの好きな、とりわけ狩猟を好んだ、ひとりの王があったということだ（しかし、アラーは全知全能である！(21)）。この王は一羽の鷹を飼い育て、夜も夜どおし自分の拳《こぶし》にとまらせていた。狩りに出るときは、いつでも必ずこの鳥をいっしょにつれていった。王は、この鳥のため首のぐるりにつりさげる黄金の盃《さかずき》をこしらえるように命じたが、それはこの盃から水を飲ませるためであった。

ある日、王が静かに王宮に坐っていると、不意に鷹匠頭《たかじょうがしら》が現われていった。「おお、現世の王さま、きょうはまことに鷹狩りにはもってこいの、よい日和《ひより》でございます」そこで、王は指図を与え、拳に鷹をとまらせて出発した。一行は笑いさざめきながら進んでいったが、とある川筋《ワディ》(22)までくると、猟網をまるく張った。すると、思いがけなく！　一匹の羚羊《かもしか》がおとし網の中に飛びこんできた。王は声をあげて叫んだ。「あの羚羊に頭をとび越えられて、逃がしたやつは死刑にするぞ」

一同が羚羊をとりまいて網をせばめてゆくと、羚羊はだんだん王のほうへ近づいていった。

そして、後脚《あとあし》で身を起こすと、さながら王の前の地上にぬかずかんばかりにして、前脚を胸の上に組んだ。王は頭を下げて、この獣《けもの》に会釈を返したが、そのとたんに羚羊は王の頭上をさっととび越え、荒野をいっさんにかけ去った。

そこで、王は一同のほうをふりむいたが、みなの者が自分にむかって目くばせしたり、指さしたりしているのを見て、たずねた。「おお、大臣、家来どもはなんと言うているのか？」すると、大臣は答えた。「あなたさまが羚羊に頭をとび越えられてとり逃がした者は死刑だぞ、とおおせられたことでございます」「よし、わしの首にかけて！ 追いつめてつれもどしてみせるぞ」王はそう言って、全速力で馬をとばすと羚羊の跡を追い、どこまでも追跡の手をゆるめなかった。そのうちに、山々の麓《ふもと》までくると、目ざす獲物が洞穴のある方角へ走っていくのをみとめた。そこで、王は羚羊めがけて鷹を放つと、鷹はたちまちこれに追いつき、舞いおりて爪を羚羊の目に突き立て、盲目にしてしまった。王は鎚矛《つちほこ》をぬいて、一撃を加えたので、獲物は地上に倒れてころがった。それから、王は馬をおりて、羚羊ののどをえぐり、皮をはいで、鞍《くら》の前橋につるした。

それはちょうど午睡《ひるね》の時刻㉓であったから、野は焼けて乾きあがり、どこを探しても、水は一滴も見あたらなかった。王ものどが渇くし、馬も水に飢えていた。あちこち探しまわっていると、やっとのことで、大枝から水がしたたり落ちている一本の木を見つけた。それはまるでとろけたバターのような水であった。そこで、毒よけの革の長手袋をはめていた王は、鷹の首から盃をはずし、これに水を満たして、鷹の前においた。

と、なんとしたことか！　鷹は盃に爪をかけて水をひっくり返してしまった。王は、鷹ものどが渇いていると思ったから、もいちど盃にしたたり落ちる水をくんでやった。しかし、鷹はまたも爪を盃にかけ、その水をひっくり返した。王は鷹のやり方に立腹し、三度めに盃を満たすと、馬のほうへさし出した。ところが、鷹は急に羽ばたきして、この水までひっくり返したのだ。王はさけんだ。「アラーに呪われろ、縁起《えんぎ》の悪い鳥め！　きさまはわしに水を飲ませぬばかりか、自分でも飲まず、馬にまで邪魔だてして飲ませなんだな」王は刀をぬいて鷹の翼を切り落とした。だが、鷹は頭をもちあげて、そぶりでこう言った。「その木にぶらさがっているのをごらんください！」

王が瞳をあげて眺めると、そこにはひと腹の蝮蛇《まむし》が巣くうていた。水だと思ったのは蝮蛇の毒液だったのだ。それと知って、王は鷹の翼を切り落としたことを後悔し、しとめた羚羊を持って馬に跨り、帰途についた。最初に飛び出した陣営までたどりつくと、獲物を料理番のほうへ投げ出し、「そら、こいつを焼いてくれ」と言い捨てて、腰掛に坐った。鷹はまだ王の拳《こぶし》の上にとまっていたが、急にあえぎ出して、死んでしまった。王は自分の命を救ってくれた鷹を殺したことを悔い悲しんで、大声をあげて泣いた。

シンディバッド王の身の上に起こった話というのはこれだ。わしがおまえの望みどおりのことをしたら、かならず、鸚鵡《おうむ》を殺した男のように後悔するにきまっている。

大臣が「それはどういうお話ですか？」とたずねると、王さまは語り出した。

亭主と鸚鵡の話㉔

商人のある男が美しい妻を迎えた。申し分のないほど美しく、やさしく、眉目《みめ》かたちもよくととのった、愛らしい女だった。亭主は非常に嫉妬深い男であったから、女のほうでもなるべく亭主を旅に出さないようにしていた。

ところが、とうとう、ある用件でどうしても旅に出なければならなくなると、亭主は鳥市へ出かけていって、金貨百枚で一羽の雌の鸚鵡を買いこんだ。これをお目付役《めつけやく》として家の中におき、帰ってから留守中起こった一部始終を聞きとろうという寸法だった。というのは、この鳥はもの知りで、利口で、見たり聞いたりしたことをいちども忘れたことがないからである。

さて、この美しい細君は、それ以前から、ある若いトルコ人㉕に惚れこんでいて、恋人が毎日のように細君のもとにたずねてきた。すると、細君は昼間はご馳走《ちそう》を出してもてなし、夜は男といっしょに寝床にはいった。

亭主はやがて旅を終わり、用事をすませると、家へ帰ってきた。そして、さっそく鸚鵡を手もとにつれてこさせると、異国に出ていたあいだの細君の行状について問いただした。鸚鵡が「あなたの奥さまには男の友だちがあって、お留守のあいだ、毎晩奥さまはその方とおすごしになりました」と答えたので、亭主は猛烈に怒って、細君のところへ出かけ、どんな者でも得心がいくくらい、したたか打擲《ちょうちゃく》した。

細君は奴隷《どれい》女のひとりが亭主に告げ口したのだと思って、みんなをよび集めたうえで、いちいち誓いを立てさせてから詮議《せんぎ》した。けれど、奴隷女たちは秘密をもらした覚えはないが、鸚鵡は別だ、と答え、「それに、わたしどもは鸚鵡がおしゃべりしているのをこの耳でじかに聞きました」とつけ加えた。

これを聞くと、細君は女奴隷のひとりにいいつけて、鳥籠の下に手臼《てうす》をおき、これをごろごろとひかせた。それから、もひとりの女には鳥籠の屋根に水をふりまかせ、三番めの女にはあちこち駆けまわらせて、ひと晩中光った鋼《はがね》の鏡をぴかぴか照らさせた。あくる朝、友だちの款待《かんたい》をうけて家をあけた亭主が帰ってくると、さっそく鸚鵡を自分の前につれてこさせ、留守中に起こったことを問いただした。すると、鸚鵡は「おお、旦那さま、お許しください。夕べは夜っぴて、まっくらで、雷は鳴るし、稲光はするし、なんにも見えも聞こえもしませんでした」と答えた。

それはちょうど夏のことだったから、亭主は仰天して、叫んだ。「だって、今はタムズ(26)の半ばじゃないか。雨が降ったり、嵐《あらし》がおこったりする時期じゃないぞ」「でも、アラーに誓いまして」と鳥は答えた。「わたしはこのふたつの目で、今申しあげたとおりのことを見たのでございます」

これを聞いて亭主は、事情もわからずに、また細君のたくらみがあるとも感づかずに、まっ赤になって怒った。そして、留守中の女房のことも、鸚鵡が出まかせに悪態をついたのだと考えて、手をのばして籠から鸚鵡をひっぱり出すと、力まかせに地面にたたきつけたので、鸚鵡はその場ですぐ死んでしまった。

それから数日たって、奴隷女のひとりがなにもかもほんとうのことを白状したが、それでも、亭主はなかなか信じようとしなかった。けれども、とうとう、細君の情夫の若いトルコ(27)人が女の寝室から出てくるところを見つけてしまった。亭主はやにわに短刀の鞘《さや》をはらって、うしろから相手の首筋に一刀をあびせ、つづいて、不義の妻も同じように切り殺した。こうして、ふたりの男女は大罪を背負って、まっすぐ〈永遠の劫火《ごうか》〉へ落ちていった。そのときになって、商人は鸚鵡がほんとうに見たことをすっかり語ってくれたことを知り、嘆いてもせんないものを、たいそう嘆き悲しんだということだ。

大臣はユナン王の物語を聞いて、言った。「おお、御稜威《みいつ》高き大君さま、あのズバンにわたしがどんな危害を加えたというのでしょう？　どんな怨《うら》みをうけたというのでしょう？　わたしはあの人を亡《な》き者にしようなどとたくらんだおぼえはございません。あなたさまのおためでなくば、なんでそんなまねをいたしましょうか。いずれは、わたしの申しあげたことが間違いでないことがおわかりになりましょう。わたしのお諫《いさ》めをうけてくださいますならば、あなたさまの御身もご安泰でございましょうが、そうでなければ、若い王子を裏切ったある大臣のように、御身を滅ぼすことになりましょう」「それはどういう話だ？」とユナン王がたずねると、大臣はこう語り出した。

王子と食人鬼の話

ある王さまに狩猟《かり》のたいそう好きな王子がいましたので、王さまは大臣のひとりに、どこへいくときにもそばを離れずつき添うように、と申し渡しました。ある日、若い王子はその大臣にともなわれて、狩りに出かけました。ふたりがどんどん進んでいくと、大きな野獣の姿が見えました。大臣は王子に向かって、「それ、あの素晴しい獲物をおしとめなされ！」と叫びましたので、王子はその後を追いかけました。するうちに、野獣は荒野の中へ逃げ去って、ぜんぜん見えなくなってしまいました。

王子は途方にくれて、どちらの方角へいってよいのかわかりませんでした。すると、ひょっこり、ひとりの娘が目の前に現われ、涙を流して泣いているではありませんか。王子が「あなたはどなたです？」とききますと、娘は「わたしはインドのある王の娘でございます。隊商といっしょに砂漠を旅しておりますと、ひどく眠気がさしてまいり、知らないうちに駱《らく》駝《だ》から落ちてしまいました。そのためつれの人たちからとり残され、ほとほと困りぬいている始末でございます」と答えました。

王子はこの言葉を聞くと、女を気の毒に思い、自分の馬のうしろに乗せて、先きへ進みました。やがて、とある廃墟《しろあと》(28)のそばを通りかかると、この娘は言いました。「もし、ちょっとご不浄にいきたいのでございますが」そこで、王子はその廃墟のところに女をおろしてやりました。ところが、娘はいつまでたっても姿を見せませんので、なにをぐずぐずしているのだろうと考えて、こっそり跡をつけてみました。すると、どうでしょう、その娘は性質《たち》の悪い食人女鬼《グーラ》[29]ではありませんか。自分の子供たちにむかってこう言っているのです。「これ、子供たちよ、きょうはね、夕ご飯にきれいな、太った若者[30]をもってきてあげるよ」すると、子供たちは「早くもってきてちょうだい。ねえ、お母さん、そいつをたいらげて、お腹をいっぱいにしたいからね」と答えました。

　王子はその話を聞いて、もう命は助からないと思いました。脇っ腹の筋肉が恐ろしさのあまりぶるぶる震えるので、身をひるがえして逃げようとしました。そのとたんに、食人鬼が出てきて、王子がすっかりちぢみあがっているありさまを眺めると（と申しますのは、手足をぶるぶるふるわせておりましたから）、こう叫びました。「なぜこわがっていらっしゃいますの？」王子が「実はひょっこり、たいへん恐ろしい敵に出会ったものですから」と答えますと、食人鬼は重ねて問い返しました。「あなたさまは、王さまの子だとおっしゃったではありませんか？」「そうです」「では、なぜその敵にいくらかお金をやって、おなだめにならないのですか？」「その敵は、わたしの財布などではとても承知しません。わたしの命をとらなければ、満足しないんですよ。だから、ひどくこわいんです。ああ、これはたまらん」「あなたのご様子では、たいそうお困りになっていらっしゃるようですが、もしそうでしたら、アラーの助けをお祈りになってごらんなさいませ。きっと、アラーは敵の悪事から、あなたのこわがっていらっしゃるわざわいから、守ってくださいますわ」と女が返事しましたので、王子は天をふりあおいで、叫びました。

「おお、神さま、悩める者が祈れば、答えたまい、その悩みをはらいたもう君よ！　わが敵をうち滅ぼし、退散させたまえ。万物の統《す》べたもう君は全能なれば」食人鬼は王子の祈禱を聞くと、退散してしまいました。王子は父のもとに帰ると、くだんの大臣の話をしました。すると、王さまは大臣を呼び出して、その場で殺してしまいました。

おお、王さま、あなたさまとて、あの医者めをどこまでもご信用あそばせば、同じようにむごたらしい死にめに会うは必定のこと。あなたさまがたいへん寵愛《ちょうあい》し、親しいお友だちとして扱っておられるあの男は、きっと御身の破滅をたくらみます。あの男は、なにか妙なものを手に握らせて、お体の外側からご病気をなおしたではありませんか？　ですから、それと同じに、なにか手に握らせてお命を奪いとらないとはかぎりません。そうお考えになりませんか？

ユナン王は答えた。「うん、大臣、なるほどそうだ。おまえの言うとおりにならんともかぎらん。おまえはなかなかよいことを言うぞ。たぶん、あの賢人はわしを殺しに間者《かんじゃ》としてはいりこんだのかもしれん。なるほど、わしの手に物を握らせて病いをなおしたとすれば、なにかちょっと嗅《か》がせるだけでも、命をとることができるわけだ」

そこで、ユナン王はきいた。「では、大臣、あの男をなんとすればよいかな？」「たった今、使いをたててご前にお召しなさいませ。やってまいりましたら、首をはねておしまいなさい。そうしますれば、きゃつめも、きゃつめの悪だくみもすっかり厄払《やくばら》いができるというもので、だまされぬうちに、こちらからだましてやるわけでございます」と大臣が答えると、王は「それももっともしごくな話だ」といって、賢人をよびにやらせた。ズバンは、憐み深い神が自分のためどんな運命を用意してくれたかも知るよしなく、うれしそうに参上した。ある詩人はそのさまをたとえて、こう歌っている。

〈運命《さだめ》〉を恐れる君よ、
この世をつくりしかの神に
なべてをゆだねて、心より
信じつつ、ゆきて、待て。
〈あれ〉という運命の言葉に
なべて必ず現われん！
君はいままだ定まらぬ
〈運命〉の手から
まぬかれてつつがなし。

医者のズバンははいってくると、つぎのような詩をよんで、王さまに挨拶した。

日々大君に感謝せざれば、

たがために詩や文作《ふみ》り
たがために詩歌を読まん。
君おしみなく物分かち
求めもせぬに、いいとして
恵みたまいぬ、すみやかに。
さらば、ひそかに、また公然と
なにとて君の賛辞をおしまん。
君の恵みをとこしえに
ほめて、たたえてやまざらん。
げに、ありがたき君が情《なさ》けよ、
君の情けはいと深く
心と口には軽けれど、
重くこたえん、わが背には。

ズバンは同じ題目について、さらに歌いつづけた。

くよくよしないで、嘆きなさるな！
困ったときには運まかせ、

今のひと時、よく楽しんで
過ぎた昔はさらりと忘れ。
悪く見えても、そのうちに
またよいこともあろうもの。
神の御心《みこころ》、なにごとも、
神の意《こころ》にそむきなさるな。

それからまた、

浮世の俗事は全能の
神にまかせておくがよい。
世の俗人のたわごとに
心つかわず、耳かさず。
よくよく悟れ、なにごとも
思いどおりにならぬもの、
みんな王者の王者たる
アラーひとりの思召《おぼしめし》。

そして、最後に、

心楽しく、うきうきと、
あらゆる悩みをお忘れなさい。
賢者の心も常日《つね》ごろ、
嘆く涙にすり減らされる。
か弱い奴隷がくよくよと
悩んでみても詮《せん》はない。
悩みを捨てりゃ、いつまでも
未来永劫《えいごう》救われる。

と、歌うと、王さまはただ「わしがなぜおまえをよんだか、承知しているのか？」と答えたばかりだった。賢人ズバンが「最高至上のアラーのほか秘め事を知っているものはございません」と答えると、王さまは言った。「おまえをよんだのはほかでもない、おまえの命を所望し、おまえをなきものにしたいからだ」
思いがけないこの言葉を聞くと、賢人ズバンはひどく怪しんで、「おお、王さま、どうしてわたしを殺そうとなさるのですか？　どんな悪いことをしたというのでしょう？」とたずねた。すると、王さまは「噂《うわさ》によると、おまえはわしの命を狙《ねら》って入りこんだ間者《かんじゃ》だということだ。そら！　いいか、わしは殺されぬうちにおまえを殺してやるんだ」と答えて、首切り役人をよび出した。「この裏切り者の首をはね、陰謀のあとを断ってしまえ」

すると、賢人は「わたしをお助けくだされば、アラーはあなたさまをお助けになります。わたしを殺してはいけません。さもないと、アラーはあなたさまの命を召しあげられます」と言って、なあ、魔神よ、ちょうどわしがおまえに頼んだように、おなじことをくり返して頼んだのだ。が、おまえはわしを許してくれず、どうしても殺すと言ってきかなかったな。

ユナン王も、ただこう言うばかりだった。

「わしはおまえを生かしておいては、枕《まくら》を高くして眠れん。それというのも、おまえは手になにか握らせて病いをなおしてくれたが、こんどはなにか嗅《か》がせるかどうかするだけで、わしの命をとらないともかぎらんからだ」「それでは、王さま、これがあなたさまのご返礼ですか。善に悪をもって報いられるのですか」と医者が言うと、王さまは「いたし方ない。即刻命はもらいうけねばならん」と答えた。

さて、医者のズバンは王さまがその場で自分を殺すつもりだと知ると、涙を流して、よからぬ人に親切をほどこしたことを後悔した。ちょうど、こういったことを、ある人が歌っているようにな。

マイムナー(31)には知恵才覚もないけれど、
祖先代々だれにも負けぬ知恵者ぶり。

人はだれでも泥、あくた、または粘土を踏むときは、
分別つかって気をつけないと、足をすべらせ、ころびます。

すると、首切り役人は前へ進み出て、賢人ズバンの両目をおおいかくし、刀の鞘《さや》をはらって、王さまに言った。「では、よろしければ」けれど、ズバンは泣いて叫んだ。「わたしをお助けくだされば、アラーもあなたさまをお助けなさいます。わたしを殺してはいけません。さもなければ、アラーがあなたさまの命を召しあげます」それから、こんな歌をうたいはじめた。

情《なさ》けをかけたが、死をまぬかれぬ、
無情の人が死をまぬかれて。
かけた情けが仇となり、
わたしはひかれる〈破滅の家〉へ。
命があらば、このさき二度と
人に情けはかけまいぞ。
わたしが死ねば、まねする人も
みんな滅びて、われとわが
情け心を呪うだろう。

ズバンはさらにつづけて言った。「これがわたしのうけるお礼なのですか？　あなたさまは鰐《わに》に情けを与えておられるようにしか思えません」「鰐の話とは、いったいどんな話だ？」と王さまがきくと、「こんなありさまでは、とてもお話などできません。どうかわたしの命をお助けくださいませ。あなたさまがアラーのお助けをお望みになりますならば」と答えて、ズバンはさめざめと泣いた。

すると、このとき寵臣《ちょうしん》のひとりが立ちあがって言った。

「おお、王さま！　わたしにこの医者の命をおあずけください。わたしどもが見たところでは、あなたさまになにも罪を犯したわけでもございませんし、侍医も学者も見離したご病気をなおしただけではございませんか」と言うと、王さまは答えた。

「おまえたちはどういう子細《しさい》でこの医者を殺すか知らないのだ。ひとつ、その子細を聞かせてやろう。わしがこやつを助ければ、わし自身の身があぶないのだ。それというのは、棒きれをわしの手に握らせてあれほどのわずらいをなおしてくれた男であれば、わしの鼻さきになにか嗅がせて命を奪うことなどはたやすい仕事ではないか。おそらくこやつは敵の間者で、ここに忍びこんで、ただわしの身の破滅を狙っているのだ。わしが恐れるのは、こやつが恩賞にあずかるため、わしを殺しかねないということじゃ。だから、いたし方はない。こやつの命はぜひとももらわねばならん。そうなって初めて、わしは枕を高うして眠れるというものだ」

ズバンはふたたび、「わたしをお助けください、アラーもあなたさまをお助けなさいますから。殺してはいけません、さもないと、アラーはあなたさまの命を召しあげてしまいます」と叫んだが、なんのかいもなかった。

なあ、魔神よ、医者のズバンは王さまに殺されることが間違いないと知ると、こういった。「もし、王さま、どうあってもご助命がないとおっしゃるのでございますれば、ほんのしばらく、ご猶予をお願い申しあげます。家へ帰って約束ごとをはたし、家族の者や近所の人に葬式の指図をしたり、医学の書物を整理したいと存じます。書物の中には、世にも稀れな珍書が一冊ございますが、これはあなたさまに献上いたしますから、宝物としてお庫にご保存のほどをお願いいたします」

「その本にはなにが書いてあるのだ?」と王さまがたずねると、賢人は「思いもおよばぬことばかりでございます。ただひとつ、秘密でもなんでもない点を申しあげておきましょう。あなたさまがわたしの首をおはねになってすぐ、この本を三枚めくり、左のほうの三行だけお読みになれば、わたしの首が口を開いて、おたずねになることには、なんでもご返事いたします」

王さまはひどくうち驚き、思いもおよばぬ、不思議な話に身をふるわせて喜んだ。「これ、医者よ、おまえの首をはねると、首がわしにものを言うのは嘘ではないな?」「はい、王さま、おおせのとおりです」「それは実に不思議な話だ!」と王さまは言って、ただちに厳重な護衛をつけて、医者を家へ送らせた。

ズバンはさっそく、なにもかも仕事を片づけてしまった。あくる日ズバンが王さまの謁見室へ参上すると、太守や大臣はもとより、侍従も総督も、領内の貴顕高官連もずらりといならび、引見室はさながら百花撩乱《りょうらん》として艶を競《きそ》う花園のような華やかさであった。かの医者はつと進み出て王さまの前にたたずんだが、その手にはぼろぼろにすり切れた一冊の古書と、瞼《まぶた》の化粧に使うような粉(32)がいっぱいはいった小箱を握っていた。それから、腰をおろして、「お盆《ぼん》をひとつください」と言った。盆を持ってくると、ズバンはその上に粉をあけて平らにし、ようやく口を開いた。

「王さま、この本をお受け取りください。しかし、わたしの首が落ちるまで、本をあけてはいけません。首が落ちましたならば、首をこの盆の上にのせて、強く粉の上におさえつけるように命じてください。そうしますと、すぐ血が止まってしまいますから。そのときに初めて、本を開いてごらんください」そこで、王さまは書物を受け取って、首切り役人に合図をすると、首切り役人は立ちあがって、医者の首をはねた。それから、盆のまん中に首をおいて、粉の上に強くおしつけると、血が出なくなった。賢人ズバンはかっと目をみひらいて、「王さま！　さあ、本をお開きなさい」と言った。王さまは本を開こうとしたが、紙がぺったりくっついているので、指先きを口に入れてぬらし、まず第一ページはなんなく開いた。それから第二、第三、とたいそう骨を折りながらあけていった。六枚めくってみたが、なにも書いてないので、「これ、医者よ、なにも書いてはないぞ！」と王さまは言った。ズバンは「もっとめくりなさい」と返事した。そこで、王さまは同じように、また三枚めくった。

ところで、この書物には毒液が塗ってあったからたまらない。まもなく毒は五体にめぐり、はげしい痙攣《けいれん》が起こったかと思うと、王さまは「毒にやられた！」と絶叫した。このさまを見て、賢人ズバンは即興の歌をよみはじめた。

暴虐《ぼうぎゃく》無ざんの力もて
民《たみ》をおさめし王者あり。
されど、たちまち、ついえさり、
名残りとどめず、あともなく。
まさしく因果の掟《おきて》なり、
民おさえれば、おさえられ。
破滅と呪いと悲運もて
こらしめたるは〈運命《さだめ》〉なり。
滅びてはかなき朝の露、
よろずの人は言わんかな、
「因果はめぐる火の車、
運命をうらむことなかれ」

ズバンの頭が口をつぐむかつぐまないうちに、王さまはのたうちまわって死んでしまった。

おい、魔神よ、だから、こんどは、わしがおまえに思い知らせてやるんだ。ユナン王が賢人ズバンの命を許していたなら、アラーは王の命を助けたろう。だが、王はぜがひでもズバンを殺そうとした。だから、アラーは王を殺してしまったんだ。おまえにしたところで、わしを許していてくれりゃ、アラーもおまえをお許しになったろうよ。

——シャーラザッドは夜がしらじらと明けてきたのを知って、許された物語をやめた。すると、ドゥニャザッドは言った。「まあ、お姉さま、あなたのお話はなんとおもしろくて、おもむきが深いんでしょう。ほんとに楽しくて、奥ゆかしいお話ですわ」シャーラザッドが「王さまがわたしの命をお助けくだされば、あすの晩はもっともっと、おもしろいお話をお聞かせすることができますよ」と返事すると、シャーリヤル王はひとりでつぶやいていた。「アラーに誓って、話の先きを聞くまで殺すまい。全く素晴しい話だ」

ふたりは夜が明けるまで、抱きあって寝た。それから、国王は引見室《タルバル》へ出かけたが、大臣以下一同のものが伺候して、広間はいっぱいになった。王は命令を出し、裁きを行ない、任免のさたをしたりして、一日じゅう政務に従い、会議が終わると、自分の王宮にはいった。

さて第六夜になると

妹のドゥニャザッドはシャーラザッドにむかって「どうぞ、お話のつづきをしてくださいませ」と言った。姉が「王さまが許してくださいますならば」と答えると、「話しなさい」と王は言った。そこで、シャーラザッドは話をつづけた。

――おお、恵み深い王さま、くだんの漁師が魔神《アイフリット》にむかって、「おまえがわしの命を許してくれていたら、わしとておまえを助けてやったろう。ところが、おまえはどうあっても、わしを殺すと言ってきかなかった。だから、わしはこの壺《つぼ》におまえをおしこめて殺してやる。海の中へ投げこんでやるんだ」と言いますと、魔物《マリッド》は大声で泣き叫びました。「どうかご慈悲ですから、漁師さま、こらえてくださいな。お助けください。さっきのわたしの仕うちを許してやってください。わたしがひどいしぐさをいたしましたように、あなたさまは寛大なふるまいをしてください。世間でよくいう諺に『悪事をなした者に恵みをかける者よ、悪人の罰には悪事だけでこと足りる』というのがあります。ウマーマがアティカー(33)にしたようなことは、わたしになさらないでください」

漁師が「いったい、どういうことかね?」とたずねますと、魔神は答えました。「今はそんな話をするどころの騒ぎじゃありません。わたしは壺に閉じこめられているんですから、出してさえくだされば、その話をしてあげましょう」漁師は言いました。

「つべこべ言うな。海の中へほうりこむよりしかたがないんだ。(34)そうなると、未来永劫おまえは外へ出られやしないぞ。わしはおまえの手の中へ飛びこんで、涙を流しながら、平身低頭したじゃないか。それだのにおまえはわしを殺すと言ってきかなかった。おまえからそんなめにあわされるようなことを、なにひとつした覚えもないのにな、いや、おまえに悪いことをしたどころか、壺の中から出してやって、いいことばかりしてやったんだ。とにかく、あんなふうにわしをあしらったんだから、おまえは悪党に違いない。いいかい、わしがこの海へおまえをほうりこんだら、だれかがまた網にかけて拾いあげるかもわからん。その時はおまえとわしとのあいだに起こった一部始終を聞かせてやって、おまえをもとの海へほうり返すように言ってやるぞ。そうなりゃ〈この世の終わり〉がきて始末がつくまで、海の底に住むことになるんだ」

　けれども、魔神は大声で叫びました。「どうか出してやってください。任俠《おとこぎ》を出すのはこんな場合じゃございませんか。わたしはあなたにお約束しますよ、誓いますよ、今後決して悪いことはしないと。いや、あなたのしあわせになることなら、ひと肌ぬぐつもりです」

　漁師は魔神の約束をうけいれました。ただ、さっきのように自分を苦しめないこと、いえ、それどころか、自分のために働いてくれること、このふたつを条件につけたのでございます。そこで、最高至上の神アラーにかけて、絶対に約束をたがえないと誓わせてから、漁師は壺をあけてやりました。すると、煙の柱が立ちのぼり、すっかり外に出てしまうと、しだいに濃くかたまって、またしても、身の毛もよだつような魔神になりました。魔神はすぐさま、壺を足蹴《あしげ》にして、海の中へふっとばしてしまいました。

　漁師は壺が足蹴にされたありさまを見て、自分の命ももはやこれまでと観念し、着物を着たまま小用をもらし、「こりゃ、さいさきが悪いぞ」とひとりごとをつぶやきました。けれども、気をとり直して、叫びました。「おい、魔神よ、アラーはこういわれているぞ。『誓約を守るべし、誓約を守りしや否やは、あとに至りて問い質《ただ》されるがゆえなり』おまえはわしを決してだまさないという、堅い誓いをたてたんだよ。それを破れば、アラーもおまえを裏切るだろう。それというのも、アラーはほんとうにねたみ深い神さまで、罪を犯した者を一時は許してくれても、決して見のがしはなさらんからね。賢人ズバンがユナン王に言ったように、わしはおまえに頼むよ。『わたしをお許しください。アラーもあなたをお許しになりましょうから』」

魔神は不意に笑い出し「ついてこい」と言いながら、大股《おおまた》で歩き出しました。漁師はかなり離れて（無事に命が助かるかどうかわからなかったので）後からついていきましたが、やがて、ふたりは都の町はずれもすぎて、荒れはてた土地へ出、そこを横ぎると、広々とした荒野へおり立っていきました。と、どうでしょう！　そのまん中に小さな湖がありました。魔神は水にはいって、湖のまん中まで進み、もういちど「ついてこい」と叫びました。漁師がついていくと、魔神はちょうど湖のまん中へんにつっ立ったまま、漁師に網をうって魚をとれ、と命じました。漁師が水の中をのぞくと、白や赤や青や黄色などの、色とりどりの魚が泳いでいるので、たいそうびっくりしました。投網をうって、たぐり寄せて見ると、ひとつひとつ、色の違った魚が四尾はいっておりました。これを見て、漁師はたいへん喜びましたが、魔神は「この魚を王さまのもとへ持っていってさしあげるがいい。そうすれば、どっさりお金がもらえて、金持ちになれるだろう。まあ、これで我慢してくれ。おれはアラーに誓っても、今のところ、これよりほかおまえさんのために恩返しをする方法を知らないんだよ。千八百年ものあいだ海の底にいて、この世の顔を拝んだのもつい今しがたなんだからね。だが、ここで魚をとるのは一日一回にしてもらいたいな」と言ったので、なおさら、うれしくなってしまいました。魔神は別れの挨拶をのべてから、「アラーのおひきあわせでまた会おう[35]」と言うと、片足で大地を蹴りました。すると、大地はまっぷたつに裂けて、魔神をのみこんでしまいました。

漁師は自分と魔神とのあいだにおこったいろいろな出来事をたいそう不思議に思いながら、魚をもって都へむかいました。家に帰ってすぐ、土鉢《どばち》に水をはって魚を放ちますと、魚は身をくねらして、泳ぎ出しました。それから、漁師は鉢を頭にのせて（魔神にいわれたとおり）王宮へ出かけ、魚を王さまに献上しました。

型《かた》といい、色合いといい、王さまはついぞこれまで、こんなに珍しい魚を見たことがなかったので、その驚きようはひととおりではございませんでした。王さまはさっそく「今度きた料理番の、他国者《よそもの》の奴隷女のところへ、この魚をもっていけ」と申しつけました。この女は、ロウムの国王がつい三日まえに送ってよこしたばかりの奴婢《ぬひ》で、まだ料理の腕前をためしたことがなかったからでございます。大臣は魚を料理女のところへもっていき、油で揚げるように申しつけました[36]。

「これ、婢《おんな》よ、王さまはな、こういう、まさかの場合に役立てようとて、おまえを大事にしてきたと言われるのだ。だからきょうこそ、ひとつ、うんと腕によりをかけて、素晴しくおいしい料理をこしらえてくれ。この魚は、王さまへの献上物ではあり、まごうかたない珍魚だからな」

大臣がこまごまと指図をしたうえ、王さまのもとへもどりますと、王さまは漁師に四百ディナール与えるように命じましたので、大臣はそのとおりにしました。漁師はお金を懐《ふところ》にしますと、なにもかも夢ではないかと思いながら、途中なんども転んだり起きたりして、かけ去りました。それでも、妻や子供のために入用なものを途中ですっかり買い求めて、最後に喜び勇んで女房のもとへ帰ったのでございます。

漁師のことはそれだけにしまして、料理女のほうはどうしたかと申しますと、まず魚を手にしてきれいに洗い、これをフライ鍋《なべ》の中に入れて、油を塗って片側を焼いておりました。やがて、ひっくり返そうとしますと、なんと、そのとたんに台所がふたつに割れて、若い女がひとり現われました。姿は美しく、顔は瓜実顔《うりざね》で、物腰はこのうえなくしとやかで、瞼《まぶた》にはコール粉があざやかに塗ってありました。(37) 頭には青糸の縁と房飾りがついた絹の頭巾《ずきん》をまとい、両の耳朶《みみたぶ》からは大きな耳飾りがたれさがっていて、手首には腕輪、指には高価な宝石をちりばめた指輪をはめておりました。この女は長い籐竿《とうざお》をもっていて、フライ鍋の中にその竿をつきこんで言いました。

「これ、これ、魚どもよ！　おまえさんたちは約束を守らないの？」料理女はこの妖女《ようじょ》を見て、気絶してしまいました。くだんの若い女が二度、三度と、同じ言葉をくり返していますと、とうとう魚は鍋から頭をもちあげて、はっきりと「はい、はい」と答え、声をそろえて、歌い出しました。

帰れとあれば、帰りましょうよ！
守れとあれば、守りましょうよ！
もしもあなたが見捨てるならば、
あいこになるまで、お返報《かえし》しましょ！

それから、若い女はフライ鍋をひっくり返して、はいってきたところから出ていくと、台所の壁はもとどおりにふさがりました。料理女が正気に返ってみると、四匹の魚は炭のようにまっ黒に焦《こ》げているので、大声をあげて叫びました。「あの人の刀が最初の一番で折れてしまった(38)」それからまた、うーんと気を失って、床《ゆか》に倒れました。

こんなありさまのところへ、大臣は魚のできぐあいを見にやってまいりました。料理女がぐったりと横たわっているのを見ると、さっぱりわけがわからないので、片足をあげて、女をぐっとおしやり、「さあ、王さまに魚をさしあげろ！」と申しました。女は息をふき返すと、泣きながら、一部始終を話しました。大臣はたいそう驚いて「こんな不思議なことはまたとないわい！」と叫んで、例の漁師をよびにやりました。漁師がやってくると、「これ、漁師、お前がさっき持ってきたような魚を四匹、ぜひともつかまえてきてくれ」と申しました。

そこで、漁師は湖のところへいって網をおろし、ひきあげて見ると、なんと！ 前とすっかり同じ魚が四匹はいっておりました。さっそく、大臣のもとへ持参しますと、大臣はこれをもって料理女のところへいき、こう申しつけました。「さあ、起きて、わしがいる前で、魚をいためなさい。料理をするところを見ていようから」

女は立ちあがって魚をきれいに洗い、フライ鍋に入れて火にかけました。そうこうしているうちに、まもなく壁がふたつに裂けて、まえと同じ身装《みなり》で、手に竿をもった若い女が現われ、竿を鍋の中につっこむと、言いました。「これ、これ、魚どもよ！ おまえたちは昔の約束を守っているの？」と、驚くではありませんか、魚どもは頭をもちあげて「はい！ はい！」と答え、こんな対句を歌いました。

帰れとあれば、帰りましょうよ！
守れとあれば、守りましょうよ！
もしもあなたが見捨てるならば、
あいこになるまで、お返報《かえし》しましょ！

シャーラザッドは夜がしらんできたのを知って、許された物語をやめた。

さて第七夜になると

シャーラザッドはまた話をつづけた。

――おお、恵み深い王さま、魚どもが歌い終わると、若い女は竿さきで鍋をひっくり返して、もときたところから立ち去りました。壁がとじてしまうと、大臣《ワジル》は叫びました。「こりゃ王さまにかくしてはおけぬ一大事じゃ」そこで、さっそくご前に伺候して、事の子細を言上しました。王さまはこれを聞くと、「わしがこの目で見とどけるほかにしかたがない」と言って、例の漁師をよびよせ、まえのと同じ魚をとってくるように、また、証人として三人の男をいっしょにつれていくように、と命じました。

漁師はすぐと魚をとってきましたので、王さまはこの男に金貨四百枚を与えるように言いつけてから、大臣のほうをふりむいて、申されました。「さあ、ここで、わしの目の前で、魚をあげてくれ！」大臣は「かしこまりました」と答えて、フライ鍋をもってくるように命じ、その中へ洗った魚をいれて、火にかけました。と、どうでしょう！　壁がふたつにはり裂けて、現われ出たのは、大きな岩か、アド族(39)の生き残りか、と思われるほどの黒人奴隷ではありませんか。手には緑の木の枝を握っていて、声も高々に、恐ろしい声で叫びました。「おい、魚ども！　おまえらはみな昔の約束を守っているな？」すると、魚どもはフライ鍋から頭をもちあげ、「はい！　はい！　わたしたちは誓いを守っていますとも」と答えて、またしても、例の対句を歌いました。

帰れとあれば、帰りましょうよ！
守れとあれば、守りましょうよ！
もしもあなたが見捨てるならば
あいこになるまで、お返報しましょ！

それから、この大きな黒人奴隷は鍋に近づいて、枝のさきでひっくり返すと、もと出てきたところから立ち去りました。その姿が見えなくなってから、王さまが魚を調べてみますと、みんな炭のように黒焦げになっていますので、すっかりまごついて、大臣に申しました。「これは全く、捨ててはおかれん一大事じゃ。この魚には、きっとなにか不思議な曰《いわ》くがあるに違いない」

そこで、王さまは漁師を迎えにやり、「こりゃ、そのほうは、いったいどこからこの魚をとってきたのだ？」とたずねますと、漁師は「この町から見えます、あの山のむこうに四つの丘がありますが、その中にかこまれた湖からとってまいりました」と答えました。「どれくらいあるか？」と王さまがたずねると、「はい、王さま、歩いて半時間ばかりでございます」と漁師は申しました。

王さまは不審に思い、すぐさま家来に出発を命じ、騎士には馬に跨らせて、漁師を先頭に立てて、出かけました。漁師は案内役として、まっ先きに進みましたが、心の中では例の魔神を呪わずにおられませんでした。一行はどんどん先きへ進んで山を登り、これまで見たことのない広々とした荒野へおりていきました。国王も、ともの家来たちも、四つの山にかこまれたまん中に野原がひらけ、湖があって、その中に赤、白、黄、青の四色の魚がいるのを見て、たいそうびっくりしました。王さまは驚きのあまり、その場に釘づけにされていましたが、やがて、いならぶ部下の者にむかって、たずねました。

「そのほうたちの中で、これまでこの池を見たものがあるか？」すると、一同の者はいっせいに答えました。「おお、現世の王さま、まだ生まれてこの方、いちども見たことがございません」一同はまた、通りがかりのいちばん古い土地の老人たちに問いただしてみましたが、みんな口をそろえて「こんな池は、このへんに、ついぞ見かけませんでしたが」と答えました。そこで、王さまは申しました。「この池と魚の曰《いわ》くがわかるまでは、わしは都へ帰らず、先祖代々の玉座にも坐るまいぞ」

王さまはそれから家来たちに馬をおりて、山のぐるりに野営するように命じました。それがすむと、深い経験を積み、利発で、鋭い知恵を備え、なにごとによらず万事たいそう明るかった大臣をよんで申しました。「わしはある事をやってみたいと思っているが、おまえにだけ打ちあけておこう。わしは今夜ひとりで出かけて、この湖と魚の秘密をあばいてやるつもりなのだ。おまえはわしの天幕の入口に腰をおろして、太守や大臣や領主や侍従、そのほか、おまえにものをたずねる者にはみんな、『王さまはご不快ですから、面会はいっさい断わるようにと申されました』と言うのだ。わしの計画をだれにももらさんように気をつけてくれ」大臣はこの言葉に従うほかありませんでした。(40)

王さまはそれから着物や飾り物を変え、刀を肩につるして、山々のひとつに通じている小《こ》道《みち》をたどって、夜が明けるまで、先きへ、先きへと夜どおし歩きつづけました。途中、少しも足をとめませんでしたが、いよいよ暑さにたえられなくなると、しばらくのあいだ休息し、それからまた、歩き出し、ふた晩めも、夜が明けるまで、先きへ進んでいきました。すると、不意に、はるか遠くに、黒い点がひとつ現われました。これを見ると、王さまは喜んでつぶやきました。「もしかすると、あそこで、だれかが湖と魚の秘密をわしに教えてくれるかもしれない」

やがて、黒い物に近づいていくと、それは鉄板でおおわれた黒石作りの宮殿であることがわかりました。正門の片方の扉はすっかりあいていましたが、片方の扉は閉じたままでした。王さまは門の前に立つと、にわかに元気づいて、軽くこつこつとたたきました。けれども、返事がありませんので、二度、三度とたたきました。それでも、人の出てくる気配がありません。しまいに扉が破れんばかりにたたきましたが、それでもやっぱり、なんのおとさたもないのです。

「きっとだれもいないのだな」と、王さまは勇気をふるい起こして、大胆にも正門から玄関先きの広間にはいり、声高く呼ばわりました。「もし、もし、御殿《ごてん》の方々よ！　わしは旅の者だが、なにか食べるものはありませんか？」二度、三度、どなりましたが、なんのさたもありません。そこで、王さまはついに勇気を鼓舞《こぶ》し、意《こころ》を決して、控えの間を通りぬけ、宮殿のまん中まで進みました。が、それでも、人のいるような気配は少しもありません。

けれど、そのあたりには黄金の星屑をちらした絹布が敷いてあり、戸口の上のほうには帳《とばり》がおろしてありました。中央には、広い中庭があって、少し離れて高座づきの開いた広間《サロン》が四つむかい合わせに設けられていました。そして、中庭は天蓋《てんがい》で日ざしをよけ、まん中に赤い黄金製の四頭の獅子《しし》がついた噴水があって、その口から真珠か透明な宝石かと思われるばかりの清水がほとばしり出ていました。宮殿のぐるりには小鳥が放ってありましたが、空高く黄金の金網が張りめぐらしてあるので、逃げることはできませんでした。ひと口に申しあげますと、なにからなにまでそろっていましたが、人っ子だけは影も形もなかったのでございます。

王さまはこのありさまを見て、たいそう不思議に思いましたが、心の中では、荒野のことはもとより、湖や魚、山々、それに宮殿のことなどについて、だれも説明してくれるものがいないので、がっかりいたしました。やがて、もの思いにふけりながら、戸のあいだに腰をおろしていますと、思いがけなく、悲嘆にかきくれ、胸の底からしぼり出されるような、悲しげな声がどこからともなく、耳に伝わってきました。その声はこんな歌をうたっていたのです。

かの人(41)ゆえに忍びしを
隠せども隠しおわせず、
わが瞼より眠りは去りて

夜ごと眠れぬ身とはなりぬ。
おお、現世《うつしよ》よ、宿命よ、
あだなすことをやめたまえ、
悲嘆と恐れにうち沈む
幸《さち》なき魂《たま》をとくと見よ。
恋路《こいじ》に迷い、名利すて
身は貴けれど、どん底に
おちぶれはてし若者に
たれか情《なさ》けをかけざるや。
われはねたみぬ、西風の、
君の肌吹く、その息吹きさえ。
なれど、〈運命《さだめ》〉のくだるとき、
盲目《めしい》となるは人の眼《まなこ》よ。
弓射る人が敵むかえ
弓折りまげしそのせつな
たるみし弦《つる》に気がつけば、
あわれ、射手はいかにせん。
心もひろき若者が

重き苦悩を背負うとき
いかで運命をまぬかれん。
いずこに逃《のが》れる道あらん。

さて、王さまはこの哀れな歌声を聞くと、思わずとびあがって、声のするほうへと進みました。そして、とうとう入口に帳がさがっている部屋を見つけました。帳をもちあげると、そこには若い男がひとり、高さ一腕尺《キュビット》*2ばかりの寝床に腰をおろしていました。見る目にも美しい若者で、姿は端麗で、魅力にあふれ、額は花のように白く、頬はばら色に輝いて、ひとつまみの竜涎香《りゅうぜんこう》のようなほくろがついておりました。ちょうど詩人もこう歌っています。

腰細き　若き男《お》の子は
髪と額に
明暗の　世界を宿せり。
万物の天地の中に
これにまさりし
絶妙の　眺めあるまじ。
茶褐色の　ほくろはひとつ
真紅《しんく》の頬に

漆黒《しっこく》の　瞳の下に。[42]

王さまはすすんで会釈をしましたが、若者はエジプト金の縁飾りがある、絹の長袖下着《カフタン》をつけ、宝石をちりばめた冠《かんむり》をかぶったまま、身動きもしませんでした。面は憂いのあとをのこして、うち沈んでいました。やがて、若者はこのうえなくねんごろに、挨拶を返して、「ああ、これはようこそ。お客人には席を立ってご挨拶するのがほんとうですが、どうか、なにぶんともお許しください」とつけ加えました。「いや、どうぞそのまま。お若い方、わしを特別に用事があってうかがった客人だと思ってください。わしが教えていただきたいのは、あの湖や魚、それにこの宮殿のことと、また、そなたがただひとりここにおられて、嘆き悲しんでおられる子細などです」若者はこの言葉を聞くと、さめざめと涙を流し、[43]涙で胸を濡らしてしまいました。それから、歌い出しました。

いざ、問わん、安らかに眠れる者に、
〈運命《さだめ》〉の矢飛びゆくあいだに
定めなき現世《うつしよ》のため
浮き沈みする人々のいかに多きか。
君の目はとじて眠るも、
うつりゆく時世をさばき

正しくも運命を分かつ
全能の神は眠らじ。

それからまた、若者は深い吐息をついて、歌いました。

君の身は人をつくりし
神の手にゆだねたまえ、
もろもろの憂いを捨て
満ちたりし心つちかえ。
すぎた昔を問うなかれ、
ことのおこりを問うなかれ。
この世はすべて宿命の
さだむるところ、是非もなし。

王さまは怪訝《けげん》に思ってたずねました。「これ、お若い方、なぜ泣きなさるのじゃ？」若者は「こんなありさまになっては、どうして泣かないでおられましょう！」と、手をのばして、着物の裾をかきあげました。すると、まあ、どうでしょう！　若者の下半身は足のつまさきまで、石のように変わっていて、ただ臍《へそ》から頭のてっぺんの毛髪までが人間の姿だったのでございます。王さまはそのありさまを見て、ひどく悲しみ、深い憐愍《れんびん》の情をおさえきれないで、叫びました。

「ああ、お気の毒なことだ！ ほんとうに、あなたはわしの悲しみの上に悲しみをお重ねになったわけだ。わしはただ魚の曰《いわ》くをききたいと思っていたが、こんどは魚の話といっしょに、あなたの身の上まで聞かせてもらわねば気がすまん。だが、栄えある、大いなる神アラーのほかに、主権なく、権力なし(44)！ お若い方、さっそくだが、あなたの身の上をすっかり話してくだされ」「あなたさまの耳はもとより、目も心もかたむけて、わたしのお話をお聞きくださいませ」「よいとも、なにもかもかたむけつくそう！」

そこで、若者は語りはじめました。「わたしの身の上話も、魚の話も、世にも珍しい不思議な話でございまして、針師の手で目の片隅に彫《ほ》りつけておけば、痛い目にあってもよい人たちには薬になりましょう」「いったいどういう話かね？」と王さまがたずねますと、若者はこんな話をはじめました。

魔法にかかった王子の話

実は、お客さま、わたしの父はもとこの都の王で、その名をマームッド、またの名を黒島の王といって、現在四つの山がある地方を宰領しておりました。父は七十年間王位についていましたが、ついに天に召されましたので、わたしがその後をついで、国王として統治をいたしました。妻には父方の叔父の娘である従妹㊺を迎えたのですが、この女はわたしをかぎりなく愛してくれました。わたしが家をあけたりしますと、妻はわたしの姿を見るまで、飲みも食べもしないくらいでした。

　こうして五年間夫婦の生活をともにしてきましたが、ある日のこと、妻は風呂へ出かけました。そこで、わたしは料理人に命じて、急いで夕食の用意万端をととのえさせ、この王宮にはいって、いつも寝るこの寝床に身を横たえたのです。それから、ふたりの侍女にわたしの顔を扇ぐように言いつけますと、ひとりは枕もとに、ひとりは足もとに坐りました。けれど、わたしは妻がいないので、心が乱れ、気持ちも落ちつかず、なかなか眠れませんでした。つまり、瞼《まぶた》こそ閉じていましたが、心も思いも、はっきり目覚めていたわけです。とかくするうち、枕もとの女奴隷が足もとの相手にむかって、こんなふうに話しかけているのが耳につきました。

「ねえ、マスウダー、旦那さまはなんて気の毒なんだろう。若い身空をつまらなくすごすなんて。ああ、あの奥さまに、白首《ごけ》(46)に、裏切られるなんて、ずいぶんかわいそうなもんだね！」相手は答えました。「ほんとうだねえ。アラーは道にはずれた女や、ふしだらな女を呪いなさるよ。でも、旦那さまみたいな、ごりっぱな人が、毎晩外で寝泊《ねとま》りするような、あんな淫売女なんかといっしょだなんて、もったいないねえ」

　枕もとの女が、「旦那さまは口がきけないのかね？　それとも、もぐもぐ口の中でやるだけなのかしら？　なんにも奥さまにきこうとしないなんて」と言うと、相手は「ばかを言うのはおよしよ！　旦那さまは奥さまのやってることを知ってるわけじゃなし、また、奥さまだって旦那さまを勝手にさせてるわけじゃないよ。それどころじゃないのさ。毎晩寝るまえに、奥さまは旦那さまの飲むコップの中に薬を盛っているんだよ。バーング[47]を入れているんだよ。だから、旦那さまは眠っちまって、奥さまがどこへいこうと、なにをしようと気がつかないのさ。でも、わたしたちは百も承知さ。薬を盛った酒を飲ませてから、いちばん上等な着物を着こんで香水をふりかけ、こっそり部屋からぬけ出して、夜が明けるまで帰ってこないっていうことだね。帰ってくると、旦那さまの鼻さきで香《こう》をたいて、死んだように眠ってなさるのを起こすんだよ」

　わたしは奴隷女の話を聞くと、目の前がまっくらになり、もう二度と夜はやってこまいとさえ思いました。やがて、叔父の娘が風呂からあがってきましたので、召使たちは食卓を用意しました。わたしたちは食べ終わると、いつものように酒をがぶがぶ飲みながら、半時ぁまりもいっしょに坐っていました。それから、妻は寝るまえに飲むことにしている特別な酒をとりよせて、わたしにコップをさし出しました。しかし、わたしはふだんのように飲むふりをして、中味は懐《ふところ》の中へあけ、すぐ寝床に横たわると、寝いったように思わせました。すると、どうでしょう、妻はこう叫びました。「夜っぴてお休み、目を覚ますんじゃないよ。アラーに誓って、わたしゃおまえさんが大嫌いだ。おまえさんの体なんか、どこもかしこも、好かないんだよ。おまえさんなんかといっしょに寝ると、胸がむかむかするよ。いつになったら、アラーはおまえさんの命を召されるんだろうね？」

それから立ちあがって、いちばんきれいな衣装をまとい、体に香水をふりかけて、わたしの刀を肩につるすと、王宮の門をあけて、出ていこうとしました。わたしも起きあがって、王宮から出ていく妻の後をつけました。いろいろな道を拾って歩いていくうちに、都の城門のところへやってきました。門のところで、妻はわたしにはさっぱりわからない言葉を口にしました。すると、まるでこわれでもしたかのように、錠がひとりでにはずれ、扉がぱっと開きました。

妻はどんどん先きへ進んでいきましたが、（むろん、わたしも気づかれないように跡をつけていました）とうとう街はずれの塵塚(48)のところまできてしまいました。そこには、泥煉瓦でこしらえたまる屋根の小屋があり、その周囲に蘆の柵《さく》がめぐらしてありました。妻が戸口からはいったので、わたしは屋根にのぼりましたが、そこからは中のようすがまる見えなのです。

見れば、わたしの妻は黒人のぞっとするような奴隷をたずねてきたのです。その黒人はというと、上唇はさながら壺の蓋のようで、下唇は開いた壺かと思われるくらいに大きく、砂利を敷いた小屋の床の砂も掃きよせることができそうでした。それに、癩病やみで、中風にかかっており、甘蔗《さとうきび》のしめ滓《かす》を敷いた上に、古い毛布とひどくきたならしいぼろをかけて寝ていました。妻は黒人の前までくると、床に頭をすりつけました。相手は頭をあげて女のほうをうかがいながら、どなりました。

「ちくしょうめ！　なんだって、いつまでもやってこねえんだ？　ついさっきまで、いろんな黒ん坊仲間がいっしょにいてな。やつらはめいめい若い女を相手に酒を飲んでたんだ。おれはおまえがいねえばっかりに、飲んだっておもしろくなかったんだぞ」すると、妻は、「おお、わが殿よ、心の恋人よ、わが瞳の涼しさよ。[49]わたしが従兄の妻になっているのをご存じではありませんか？　わたしはあの男の顔を見るのもいやだし、いっしょにいると、自分までがにくらしくなります。あなたのことが心配でさえなければ、わたしは夜の明けるのも待たないで、この都をたたき潰《つぶ》してごらんにいれますよ。烏《からす》や梟《ふくろう》が鳴き、豺《やまいぬ》や狼が荒れまわるように廃墟にして見せますわ。いいえ、それどころか、この都の石そのものまで、カフ山[50]のむこうがわに移してごらんにいれますよ」と言いました。

「うそつきめ！　くたばっちまえ！　いいか、おれは黒人の勇気と名誉にかけて誓うぞ（おれたちの勇気を白人のけちな勇気とはき違えるなよ）、これからさき、こんな時間になるまでやってこなけりゃ、おまえの相手などご免だし、体をくっつけあわしたり、なでまわして、つっこんだりするのもまっぴらだ。ぐずぐずしねえで、さっさとやっちまいな。この破《か》け壺《つぼ》め、おまえのきたねえ淫欲とやらを満足させてやろうよ。あなぐまめ！　売女《ばいた》め！　下司《げす》な白人の中でもいのいちばんの下司女め！」

わたしはこの言葉を聞き、また自分の目でこの恥知らずな者どもの様子を眺めたとき、目の前の世界はまっくらになり、身も魂もどこにあるやら覚えませんでした。それでも、妻は前と同じように、泣いて奴隷をとりなしながら、おずおず立ちあがって言いました。「ああ、わたしの恋人よ、心の実《み》よ、いとしいあなたよりほか、わたしを慰めてくれる者はひとりもありませんわ。もしあなたがわたしをお捨てになったら、いったいだれがわたしを拾ってくれるでしょう？　ねえ、わたしの瞳の光よ」

いつまでも泣いたり、とりすがったりするものですから、とうとう黒人も折れて仲直りをしました。すると、妻は心からうれしそうにして、立ちあがるなり、着物をぬぎ、下袴《したばかま》まではいでしまいました。「旦那さま、あなたの側女《そばめ》の食べるものがなにかございますか？」と妻がたずねますと、「鉢の蓋をとってみろ」と相手はつぶやきました。「底のところに、鼠《ねずみ》の骨をあぶったのがあるぜ、おれたちのくい残しだ。そいつをつまんだら、水こぼしの中にビール[51]が残っているから、飲むがいい」

妻は食べたり飲んだりしてから、手を洗い、黒人のそばの、甘蔗《さとうきび》のしめ滓《かす》の上に身を横たえました。そして、一糸もまとわぬ裸になって、汚い毛布とぼろをかぶった男のところへはいこみました。

わたしの妻で、従妹にあたる叔父の娘がこんなまね[52]をしているのを見て、わたしはすっかり気も転倒してしまいました。そこで、屋根からかけおりるなり、部屋におし入り、妻のもってきた刀をつかんで鞘《さや》を払うと、ふたりの息の根をとめてしまおうと決心しました。わたしはまず、ひと太刀《たち》を奴隷の首にあびせ、息の根をとめたものと思いました。

――シャーラザッドは夜がしらじらと明けはじめたのを知って、許された物語をやめた。

さて第八夜になると

おお、恵み深い王さま、あとに魔法にかけられた、この若い王子は王さまにむかって、語りつづけました。

——相手の首を切り落とすつもりで、奴隷にひと太刀あびせたとき、わたしは首尾《しゅび》よくしとめたものと考えました。相手が鋭いうめき声を立てたからです。けれど、実はのどもとの皮と肉と、それから動脈を二本傷つけたばかりでした！　うめき声でわたしの妻が目を覚ましましたので、わたしは刀を鞘におさめると、都へひき返しました。そして、王宮にはいると、すぐ寝床に横になり、朝まで眠ってしまいました。

朝になって妻におこされてみると、妻は毛髪を切って、喪服《もふく》をつけているではありませんか。妻が言いますには、「おお、従兄よ、こんなかっこうをしたからとて、おしかりになってはいけません。ただいま聞いたばかりですが、わたしの母がなくなり、父は聖戦で落命し、兄弟の中のひとりは毒蛇にかまれて命を失い、もひとりは崖から落ちて死んでしまいました。わたしとしましては、泣いて悲しむよりほかどうにもいたし方がございません」その言葉を聞くと、わたしは叱責《しっせき》の言葉をおさえて、ただこう言いました。「おまえのいいようになさい。わたしはなにもじゃまはしないから」

それからまる一年というもの、年の初めから終わりまで、妻は悲しんだり、泣いたり、嘆いたりしました。その年も暮れると、妻はわたしに「御殿の中にまる屋根の塋穴《つかあな》をこしらえていただきたいのです。〈嘆きの家〉[53]と名づけて、別になって、喪に服そうと思います」と申しますので、わたしはまた「いいようになさい！」と返事しました。

妻は中にはいって嘆き悲しむために、石碑をひとつ建て、中央にまる天井をおき、その下に隠者《サントン》の墓のような塋穴をこしらえたのです。そこへ、妻は例の奴隷をつれてきて、住まわせました。けれど、この黒人は傷をうけたために、たいそう体が弱り、色ごとのつとめをはたす力もありませんでした。酒を飲むだけがやっとで、傷を負うてからは、ひとことも口をききませんでした。それでも、命数はまだつきないと見えて、生きながらえておりました。

毎日、朝な夕な、妻は黒人のもとへいき、泣いたり悲しんだりして、酒や濃い吸物を与えていました。こんなぐあいにして、二年めの年もたちましたが、わたしはじっと辛抱して、妻に対して少しもとやかく言いませんでした。しかし、ある日のこと、だしぬけに、妻のいるところへはいっていくと、妻は泣いて、自分の顔をたたきながら「あなたはもうだめなの？　おお、わたしの心の喜びよ、口をきいてちょうだい。おお、わたしの命、いっしょにお話ししてよ、おお、わたしの恋人」と叫んでいるのです。それから、こんな歌をうたい出しました。

君恋しくてたえられぬ、
君はわたしを忘れても
忘れはしない、このわたし、

ほかの恋にもなびきはしない。
いずこへ君がいこうとも、
この身もいっしょに、この魂《たま》も、
どうかお伴をさせたまえ。
君がいずこに野営をしても、
わが軀《むくろ》君が近くにうめたまえ。
墓の上からわが名を呼べば、
墓の中から答えましょう。
君が呼ぶ声聞きつけて
軀《むくろ》の骨がうめきましょう。(54)

そしてまた、さめざめと泣きながら、こう歌いました。

君より添う日はわが喜びの日なり、
君去りゆく日はわが憂いの日なり。
死を恐れて、夜もすがらおののくとも
君を腕《かいな》にいだけば、憂いは去りて楽し。

さらに、

朝目覚めれば、すべての幸福《さち》をわが手におさめ、
浮世はわがもの、キスラの王者(55)さながらに。
君が姿を見ぬときは、空《むな》しく君を待つときは、
なべてのものが値せず、蚋《ぶよ》の小羽根の値うちほど。

しばしのあいだ妻が口をつぐみ、泣きやんだのを見て、わたしは言葉をかけました。「これ、従妹よ、それほど悲しんだら、もうよかろう。涙を流したとてなんのかいもなかろうに！」「じゃまをしないでちょうだい」と妻は答えました。「わたしのやることにとやかく言わないで。さもないとわたしは自分で自分の身を殺してしまいますよ！」

そこで、わたしは黙って、妻のなすがままにさせておきました。すると、そのつぎの年も、妻は相変わらず泣いたりわめいたりして、涙に溺《おぼ》れておりました。三年めの終わりになると、わたしはとうとう、いつまでたってもきりがない妻の嘆きに、どうにもがまんがならなくなりました。

たまたま、ある日のこと、その日は思わしくない問題があって、気持ちがいらいらしていましたが、わたしは例の石碑の中へはいっていきました。すると、とつぜん、妻がこんなことを言っているのが耳にはいりました。「ああ、あなた、まだいちども、わたしにひとこと

も口をきいてくださらないじゃありませんか！　なぜご返事なさらないの？　旦那さま？」

それから、歌い出しました。

おお、汝《なんじ》、奥津城《おくつき》よ！
美しきかの君を
とざせしや、暗闇に？
日輪をあざむくばかりの
かの顔を黒く塗りしや？
おお、汝、奥津城よ！
われには天も地もなけれど、
わが日輪とわが月は
なにゆえ天地に宿りしや？

わたしはこうした歌を聞いて、ますます腹立たしくなり、大声で叫びました。「さてさて、なんたるざまだ！　このような悲しみを、いつまでつづけようというのだ？」それから、わたしも歌をよみはじめました。

おお、汝、奥津城よ！

恐ろしきかの君を
とざせしや、毒気の中に？
むかつくばかりの
かの顔を黒く塗りしや？
おお、汝、奥津城よ！
われには、きたなき水だめも土びんもなけれど、
どろと炭、
なにゆえそこに宿りしや？

妻はわたしの声を聞くと、とびあがって、叫びました。「ちくしょう、ろくでなしめ！なにもかもみんなおまえさんのせいなんだ。おまえさんはわたしの恋人を傷つけ、わたしを悲しいめにあわせたうえ、あの人の若い身そらを台無しにしたから、この三年というもの、まるで死んだようになって床についているんだ！」

わたしは腹立ちのあまり、叫びました。「おい、お金で相手になる黒人の奴隷と乳くりあう娼婦[56]の中で、きさまなぞはいちばんけがらわしい白首《ごけ》だぞ、いちばん浅ましい淫売女だぞ！　ほんとうにそうだ、こんな功徳《くどく》をかけてやったのはたしかに、このおれだ」わたしはやにわに刀をひっつかみ、鞘をはらうと、切り捨てようと思って、妻に切りかかりました。しかし、妻はわたしの言葉を、侮辱しようとするわたしの心を、あざ笑って、叫びました。

「さあ、あとからついておいで、おまえさんは犬だからね！　ああ、すぎた昔はもはや帰らぬし、だれも死んだ者を甦《よみがえ》らせることもできまい。今こそアラーは、こんなめにあわせた男を、消えぬ火と滅びぬ劫火《ごうか》でわたしの心を焼くようなまねをした男を、わたしの手にゆだねてくださったのだ！」

それから、立ちあがって、わけのわからない言葉をつぶやくと、こう言いました。「あたしの魔法の力で、半身石に、半身人間になれ」すると、わたしはごらんのとおりの姿に変わり、立つことも、腰をおろすこともかなわず、死んでいるやら、生きているやら、わからぬ身となりました。それに、あの女は市《まち》全体に、町にも庭にも、魔法をかけて、四つの島も四つの山に変えたのです。さきほどおたずねになった、湖のぐるりの山がそれなのです。それからまた、回教、キリスト教、ユダヤ教、マージ教と四つの違った宗教を信じていた人民を、魔術にかけて、魚にしてしまいました。回教徒は白い魚、マージ教徒は赤い魚、キリスト教徒は青い魚、ユダヤ教徒は黄色い[57]魚といったふうに。そして、毎日あの女はわたしを責めさいなみ、百回も鞭《むち》をくれますが、そのたびに、血がほとばしり、肩の皮膚がちぎれてしまいます。そして、最後には、わたしの上半身を毛髪の布で包み、その上にこの着物を投げかけてくれるのです。

ここで、若者はまたも涙を流し、歌をよみはじめました。

おお、わが神よ、われはただ

ひたすら忍ぶ、わが宿命《さだめ》、
わがゆくすえはわかたねど、
汝《なれ》のみ心そのままに
たえて忍ばん、わが宿命。
いかな責苦《せめく》に会うとても、
わが現身《うつしみ》がたちまちに
苦悩の淵《ふち》に沈むとも、
天の至福は、おそらくは
償いたまわん、わが悩み。
さなり、あだなす人々の
憎しみゆえにわが命
虐《しいた》げられつ、苦しめど、
ムスタファならびにムルタザ(58)は
天の扉をわがために
開きたまわん、いつの日か。

これを聞いて、国王《サルタン》は若い王子のほうをふりむいて、たずねました。「のう、お若い方よ、嘆きの種《たね》をひとつ除いたはいいが、また別のなげきの種をふやされたわけじゃ。して、友よ、その女はどこにいるのかな？　傷ついた奴隷が身を横たえている廟《びょう》はどこにあるのかな？」「奴隷はあのまる屋根の下に寝ています」と若者は答えました。「女のほうはあの扉のむかい側の部屋にいます。毎日、朝日がのぼると出てきて、まっさきにわたしを裸にし、皮の鞭《むち》で百回もたたきます。わたしは泣いたり悲鳴をあげたりしますが、いかにせん、それを防ぐだけの力が腰から下にないのです。わたしの折檻が終わると、酒や蒸した肉をもって奴隷のところへいきます。あしたも朝早く、ここへやってくるはずです」「お若い方よ、アラーに誓って、わしは必ず、世上の人々が永久に忘れることのないような善いことをしてあげよう。わしが死んでも、後世に長くのこるような、思いきった荒療治をしてあげるよ」と言って、王さまは若い王子のかたわらに坐り、いろいろ話しあいました。

王さまは夜になると、身を横たえて寝ましたが、うその曙(59)がさしはじめるかはじめないうちに、身を起こして外衣をぬぎ、刀の鞘をはらって、奴隷の寝所へと急ぎました。すると、燃えているローソクやランプ、また香や膏薬などの匂いがしてきましたので、それを手がかりにして、奴隷のそばへ近づき、その場で一刀のもとに切りすててしまいました。そして、死骸はかつぎあげて、御殿の中の井戸へ投げこみました。やがて、王さまはもとのところへひき返すと、奴隷の着物をつけ、抜刀《ぬきみ》を体の脇にひきよせて、廟の中に身を横たえました。

ひと時ばかりしますと、あの呪うべき魔女が部屋から出てきましたが、最初に夫のもとへいってその着物をはぎとり、鞭を手にとると、容赦《ようしゃ》なくなぐりました。夫は大声で叫びました。「ああ！　もうそんなに苦しめないでくれ！　ふびんだと思ってくれ！　従妹よ！」けれども、相手は「おまえさんはわたしをふびんだと思ってくれたことがあるかえ？　わたしがぞっこん惚れていたほんとうの恋人の命を助けてくれたかえ？」と答えて、赤くただれて血のにじんだ肌の上に毛衣をひっかけ、その上に外衣をかぶせると、そのまま一杯の酒と一椀の肉汁を手にして、奴隷のほうへ立ち去りました。

女はまる屋根の下をくぐると、「ああ、悲しい！」と言って嘆き悲しみ、「わが殿よ、ひとことでいいから、口をきいて！　旦那さま、ちょっとでいいから、お話をしてちょうだい！」と叫びました。それから、こんな対句を歌いはじめました。

　こんなに酷《むご》い、つれない仕うち
　いったい、いつまでつづくのでしょうか。
　泣いて涙があふれても、
　あなたは見ぬふり、知らぬ顔。
　あなたはわざと別れをのばし
　敵がよろこびゃ、ご満足。

女はまた、泣いて言いました。「もし、わが殿よ、言葉をかけてください。わたしとお話ししてちょうだい！」王さまは声を低め、舌をまいて、黒ん坊のまねをしながら、「ああ！　ああ！　栄えある、大いなる神アラーのほかに主権《ちから》なく、権力なし！」と言いました。女はこの声を聞くと、うれしさのあまり悲鳴をあげ、気を失って、床に倒れてしまいました。

やがて、正気に返ると、たずねました。「まあ、あなた、お話ができるなんて、ほんとうかしら？」すると、王さまは細い、かすかな声で、「ろくでなしめ！　おれが口をきいたり、いっしょに話をしてやったりするだけの値うちはきさまにゃなかろうが」と答えましたので、「それはまたどういうわけですの？」と女はききました。

「なぜかって、おまえは日がな一日、自分の亭主をいじめどおしじゃねえか。ご亭主はしょっちゅう神さまのお助けを祈ってる。だからおれは眠れねえんだ。日暮れから明け方までも。祈ったり呪ったり、このふたりを、おれとおまえを呪ってさ。おれはやかましくて落ちついておれねえし、うるさくてたまらねえのさ。それさえなきゃ、おれはずっと昔に、元気になれたろうよ。おまえに返事しなかったのもそのせいだ」

「あなたさえよければ、あいつにかかっている魔法をといてやりますわ」と女が言うと、「といてやれよ、少しゆっくり休もうじゃねえか！」王さまは答えました。「かしこまりました」と女は叫ぶと、廟から出て、御殿へいき、金鉢を手にして水をいっぱい張り、なにやら口で呪文《じゅもん》を唱えました。すると、中の水は、まるで火にかけた大釜《おおがま》が煮えたつように、泡《あわ》をたてて沸騰《ふっとう》しました。女はこれを夫にふりかけながら、言いました。「わたしが口にした恐ろしい呪文の力で、わたしの魔法で、こんな姿になったのならば、その形を去って、もとの自分の姿になれ」と、これは意外ではありませんか！　若者は身をふるわせて、すっくと立ちあがりました。そして、魔法をとかれたうれしさに、大声で叫びました。「わたしは断言する、アラーのほかに神なく、まことにモハメッドはアラーの祝福したもう神の使徒である！」

すると、女は「出ていけ、二度とここへ帰ってくるではない。帰ってきたら、きっと殺してやるから」と、かん高い声で、相手の顔にまともにどなりつけました。若者は女の手から逃れて、立ち去りました。女はすぐ墓穴へひき返してきて、言いました。「あなた、出ていらっしゃいませ。あなたのお姿を、美しいお姿を拝ませてくださいな！」王さまはかすかな、低い声で「おまえはなんてえことをしたんだい？　枝は刈《か》ってくれたが、根もとはそのままじゃねえか」と言いますと、女はたずねました。「おお、恋人よ、愛らしい黒人さま、根もととはいったいなんですの？」

「ばか野郎、ちくしょうめ！　この都と四つの島の人民どもは、毎晩夜中になると、池から頭をもちあげてな――おまえがやつらを魚にしたんだぞ。――天を仰いでおれとおまえの上に天罰がくだるようにと泣きわめくんだ。おれの体が達者にならんのも、そのせいなんだ。すぐいって、魔法をといてこい。それがすんだら、おれの手をとって、起こしてくれ。もうちったあ、元気がついてきたからな」女は王さまの言葉を聞くと（まだ王さまを奴隷とばかり思いこんでいました）、うれしそうに叫びました。(60)「おお、旦那さま、頭と目に誓っても、ご言いつけどおりにいたします。ビスミラー」女はすっくと立ちあがると、喜びに面を輝かして池へいそぎ、その水を少しばかり掌《てのひら》にすくいあげました。

――シャーラザッドは夜がしらんできたのを知って、許された物語をやめた。

さて第九夜になると

おお、恵み深い王さま、魔法使いの若い女が池の水を少し掌にすくって、わけのわからぬ言葉をつぶやきますと、都の人々の魔法がとけて、魚どもは頭をもたげ、たちまち人間の姿に変わって立ちあがりました。今まで湖水であったところが、またもにぎやかな首都になり、市場は売り買いする人たちでひしめきあい、都の住民はそれぞれ自分の仕事について、四つの山ももとのように島になってしまいました。

それから、若い女は、この心のまがった魔法使は、王さまのもとへ帰ってきて（まだ黒ん坊だと思っていましたから）、「おお、恋人よ！　あなたのお手をさし出してください。起してあげますから」と言いました。「もっと近くによれ」と、王さまが弱々しいつくり声で言いますと、女は王さまを抱きかかえようと身をよせました。王さまはその時、やにわに、かたわらの刀をひっつかんで、女の胸に突きさしましたので、その刃さきは背中を突きとおしてぎらりと光りました。つづいて、二の太刀《たち》をあびせて、まっぷたつにすると、死骸は半分ずつ、地上へ投げすてました。

それから、出かけていって、若者を見つけましたが、若者のほうは魔法をとかれて、とっくに自由な身になり、王さまの出てくるのを待っていたのでございます。王さまが自由になったのを祝いますと、王子は心からお礼を言って、王さまの手に接吻しました。

「この都にとどまるか、それともわたしの都へいっしょにいくか？」王さまがたずねると、若者は「おお、現世の王さま、あなたは都までどのくらいの道のりがあるかご存じないのですか？」と言いました。「二日半だよ」これを聞くと若者は、「王さま、眠っていらっしゃるのでしたら、お目をあけてください！　あなたの都までは、旅支度を十分にして出かけたとしても、一年はかかります。この都が魔法にかかっていなかったら、とても二日半ではおいでになれなかったでしょう。でも、王さま、わたしはあなたのおそばから決して離れません。ただのひと時だって、離れません」と返事しました。王さまはその返事を聞いて喜び、「おまえをわしに授けてくれたアラーにお礼を言おう！　きょうからおまえはわしの倅《せがれ》だ、ひとり息子だ。わしはこれまで子宝に恵まれていないからね」と申しました。

　そこで、ふたりは抱きあって、有頂天になって喜びました。王宮にはいると、魔法にかかっていた王子は、領主や高官たちに、巡礼となって聖地をめぐり歩くから、行脚《あんぎゃ》に必要ないっさいのものをそろえるようにと命じました。準備に十日かかって、王子は国王といっしょに出発いたしました。国王はまる一年のあいだ留守にしていた都が恋しくてなりませんでした。ふたりは一隊の白人奴隷[61]の護衛兵に守られ、ありとあらゆる種類の高価な土産物や珍品をたずさえて旅にのぼり、まる一年、夜も昼も、旅をしつづけたのでございます。首都へ近づくと、使者をつかわして、国王の帰還を知らせました。すると、大臣以下の全軍がこおどりして出迎えにまいりました。それというのも、もう王さまに二度とはお目にかかれまい、とみな諦めていたからでございます。将兵どもは王さまの前にぬかずいて、無事な身の上を祝いました。

王さまが御殿にはいって、玉座につくと、さっそく大臣が参上しました。そして、若い王子の身の上にふりかかった一部始終を聞かされると、あやうく難をまぬかれたことを喜んで、王子を祝福しました。やがて国のすみずみまで威令が行なわれるようになると、王さまは多くの民草に施し物をたまわり、大臣《ワジル》にこう申されました。「魚を持参した、いつぞやの漁師をよんでまいれ！」

そこで、大臣は都や民草を魔法から救った、いのいちばんの因《もと》である漁師をよびにやりました。漁師がご前に出ると、国王《サルタン》は御衣《ぎょい》をたまわって、暮らしむきのことや子供があるかないかなどをたずねました。漁師がふたりの娘に、ひとりの倅がある旨を言上しますと、王さまはさっそく子供たちを迎えにやって、娘のひとりを王妃とし、もひとりを若い王子にめあわせ、息子のほうは御《お》座《くら》頭に任命しました。

それからまた、若い王子のもとの所領であった〈黒島〉の都の統治権を大臣に授け、武具をつけた五十人の奴隷を護衛につけて派遣することになりました。それといっしょに、黒島の藩侯や大官には御衣を贈られたのでございます。大臣は王さまの手に口づけして、旅だちました。いっぽう、国王と王子はこの世のありとあらゆる慰めと喜びを味わいながら、王宮ですごしました。また、漁師は当世随一の大金持ちとなり、娘たちは死ぬまで、ふたりの王さまといっしょに暮らしました。

でも、王さま！　いまのお話はつぎの物語ほど不思議ではございません。

【原注】

(1) 文字どおりに訳出すれば、「漁師は詩を語り〈または誦し〉はじめた」となる。このような即興的詩は、あとにも注するが、バダウィ族のあいだでは、現今でも珍しくない。古くは、作者の死後まで、韻文は紙に書かれなかった。わたしは〈インシャド〉を〈歌によむ〉とか〈くり返す〉とか〈くちずさむ〉と訳したが、その詩作が原作であるかどうかは疑わしいのである。しかし、所々では明らかに即興的に作られており、しかも、概して、そんな詩は代表的な悪詩である。

(2) O my God! はアラビア語のアラーフムマ＝ヤ・アラー〈おお、アラー〉であるが、強意的に用いられている。かような場合は、呼びかけにかわるものである。

(3) おそらく誓いをたてた結果なのであろう。こうした迷信はなにも東洋の下層階級だけにかぎられているわけではない。

(4) つまり〈ビスミラー！〉ということである。あらゆる行為をはじめるまえに口に出す敬虔《けいけん》な叫びである。

(5) この話は有名な悪魔サフル・アル・ジンニーの伝説を暗にほのめかしている。この悪魔はダヴィデの子ソロモンによってティベリアス湖に投げこまれた。これから、世界じゅうに知れ渡っている民間伝承の架空話〈壺の小鬼〉Bottle imp が生まれた。ルイス・ヴェレス・デ・ゲヴァラ〔戯作家、小説家、一五七〇―一六四四〕のスペイン小説『跛の悪魔』*El Diablo Cojuelo* から借用したル・サージ〔有名な『ジル・ブラス』の作者、一六六八―一七四七〕の『跛の悪魔』*Diable Boiteux* を読者に思い起こさせる必要はまずあるまい。

(6) マリッド Marid (ヘブライ語の語原 Marad すなわち〈逆らう〉から出た言葉で、字義どおりには〈頑迷な〉の意。後期セム語の〈狩猟の好きな人〉Nimrod もこれから派生している) はジンすなわち魔神の諸族のひとつで、一般に、必ずしもそうではないが、人類に敵意をいだいている。女性は Maridah。

(7) スライマンは (俗間の年代測定によると) 西暦紀元前一〇一五年に王位についたから、本文によれば、この物語はおよそ西暦七八五年=回教紀元一六九年ごろのものとなる。しかし、ただの空想の所産かもしれないような、こうした年代を重視することはできない。

(8) ここでは、ひどく口ぎたない言葉の使用をさけるために用いられた婉曲語法。

(9) つまり〈いまにも鼻さきから飛び出ようとしている〉こと。

(10) スライマン=ソロモンは気晴らしに外出しようとして、王国の運命を左右する印形付き指輪を妾のアミナー〈忠実な者〉の手にあずけた。すると、王の姿に身をやつしたサフル〔既出〕が忍びこんで、これを奪い去った。予言者スライマンは乞食にまでおちぶれたが、四十日ののち、この悪魔は指輪を海へほうりこんで逃亡した。指輪は魚にのみこまれたが、しまいにスライマンの手に帰った。『タルマッド』から出たこの話は『コーラン』(第三十八章) の中でも示唆され、注訳者たちはひどく粉飾を加えた。〔パーマーの注はバートンとだいたい同じであるが、なぜサフルが指輪を盗んだかの説明が加えてある。〕ユダヤ法典的・コーラン的架空話を歴然としてうけついでいるのは『ローマ人武勲譚』*Gesta Romanorum* の中の「ジョヴィニアン皇帝の物語」(第五十四章) である。なお、本書は十三世紀の末葉ごろ (イギリス、もしくはドイツで) 生まれたもので、中世ヨーロッパの最も人気のある書物であった。〔右書は短い話を集めたもので、かつて金子健二訳で『ジェスタ・ロマノーラム』――イギリス中世今昔物語――と題し、刊行されたことがある。〕

(11) アラビア語のクムクム、ひょうたん形の罎で、金属や陶器またはガラス製のもの。いまなお香水をふりまくため使用されている。〔拙訳『エジプトの生活』一六六頁の図版参照。〕

(12) 餌を与える者の手を嚙む鬣狗（ハイエナ）の別名である。〔そのことから、ハイエナは〈裏切者〉の意味で用いられる。〕

(13) 人間の知力はジニーのそれより強大である。とはいえ、この魔神は単に愚かなゆえに壺にはいったのではなく、最高至上の神の名によって祈求されたからはいったのである。ユダヤの法律博士（ラビ）によると、ソロモンの印形付き指輪には、浮彫りのある石がはめてあって、この石は知りたいことをなんでもソロモンに告げたという。

(14) この名は空想上のもので、意味はない。

(15) この地理的記述はシェイクスピアはだしである。ファルス（これからペルシャが出る）は、現在は単なる廃墟にすぎないところの、古代の大帝国の中心地域である。アラビア語ルム Rum（ジャマイカとの混同をさけるためわたしはロウム Roum と書く）は新ローマ帝国、もしくはビザンチン帝国のことである。これに反し、ユナン Yunan はギリシャ（イオニア）に対する古典的なアラビア名である。無学な回教徒たちは、この国は現在海底に没し去ったものと信じている。

(16) アラビア語のナディム Nadim で、しばしば出てくる語。教主《カリフ》といっしょに酒をくむほどに親しい人をさす。これは非常に高い名誉であると共に、危険な名誉でもある。ヌダマ Nudama〔ナディムの複数形〕と酒席を共にした最後のアッバス朝教主はアル・ラジ・ビラー（回教紀元三二九年＝西暦九四〇没）であった。アル・シュテイの有名な『教主の歴史』*History of the Caliphs* を見よ。この書はビブリオシーカ・インディカ（インド文庫）のためH・S・ジャレット Jarrett 少佐が英訳し、素晴しい注釈を加えている。一八八〇年、カルカッタ発行。

(17) アラビア語のマイダン Maydan（ペルシャ語から出ている）。レインはだいたいこれを〈競馬場〉

horse-course と訳し、ペインは〈馬上槍試合場〉tilting-yard としている。どちらでもあると同時に、それ以上でもある。つまり都内または郊外の空地で、閲兵、競技、ジェリド（竹槍）試合その他の運動競技をするため用いられる場所である。そんなわけで、アル・マイダンはギリシャ語の hippodrome〔競馬場〕にあたる。

この物語にのべてある遊戯は polo〔馬上競技〕もしくは馬上ホッケーで、『王書』または『ペルシャ王物語』*Shahnamah* の古い挿図が示しているように、歴代ペルシャ王の大好きな遊びであった。〔ちなみに『シャーナマー』というのはイブン・アル・ハレスという人がペルシャで購入した古代伝説の本で、のちペルシャの詩人フィルダウシの手で右の題名のもとに編纂《へんさん》されたもの。シャーはペルシャ王、ナマーは物語の意。〕

(18) グースル〔大沐浴〕についての詳細は、第四十四夜を参照。

(19) よく一般に用いられる、非常に適切な慣用語句である。ちょうどうぬぼれた男のしゃんとまっすぐした姿勢と、惨めな人々のうつむいた姿勢や、悲嘆に沈んだ女の裾の引きずりなどが対照されるのと同断である。

(20) こうした最高度の恩寵のしるしはすべて、東洋の物語や東洋の生活では、目前に迫っている最も苛酷な没落を予示している。恩寵が大きすぎると、朝臣全体の嫉妬を買うわけである。

(21) わたしはまえにこのきまり文句について注釈した。つまり、ある大きな非現実をのべようとする際に、会話でも用いられる。

(22) われわれはこの wady また wadi に〈渓谷〉valley という英語をあてるほかはないが、それはちょうど〈小川ケドロン〉brook Kedron〔エルサレムの東北部の川〕が最も陰惨な山峡にあてられると同じ程度のもので、非常に不正確である。

ワディは（古代のコプト語の wah, oah で、これからオアシス Oasis が派生）雨が降ったあとだけに水の流れる水路の川床である。わたしはフィウマラ Fiumara と訳したこともあるが（『巡礼』i, 5, ii, 196）、これはイタリア語もしくはシシリー語で、ワディの意を正確につたえている。〔日本語にも適訳がない。スペイン語には、このアラビア語から出た Guad, Guadi があり、イベリア半島の川名として、これがかなり使用されている。たとえば Guadiana, Guadalquivir。なお、ボーン版『巡礼』では第一巻一五〇ページ参照。〕

(23) 午睡はアラビア語のカイルラーで、ま昼の睡眠のこと。英語でシエスタ siesta〔原意は六番め〕と呼ばれるのは教会法できめられた第六の聖務日課定時になっているから。

(24) この鸚鵡《おうむ》の話は民話として世界的にひろがっており、霊魂再生の信仰を示すものである。この信仰は多少とも東洋一帯にわたっており、その点でこの話にもっともらしさをそえている。『シンディバッド物語』*The Book of Sindibad*（第五百七十四夜参照）はこの話を「お菓子屋とその女房と鸚鵡の話」に作り変えている。これにもとづいて生まれたのが、ヒンドゥスタン語教本『トタ・カハニ』（鸚鵡のおしゃべり）や、ナフシャビ（およそ紀元一三〇〇年）の『ツチナマー』（鸚鵡物語）の抄本で、またサンスクリット語の『スカ・サプタティ』（鸚鵡七十話）も同種のものである。〔最後の書は田中於菟弥訳で平凡社刊東洋文庫に収められている。〕

この物語はブル版にはのっていないが、ブレス版には（i, pp. 90, 91）ひどく不完全な形ではいっている。カルク版のはずっとよい。ここで、わたしは、ブレス版の十二巻がどんなに拙劣に編纂されているかということを付言せざるをえない。

(25) 若い〈トルコ人〉はたぶん後世につけ加えられたものであろう。この女房は普通は鳥籠の上に布をかぶせる。トルコ語訳では皮ぎれになっている。

(26) ヘブライ・シリアの七月という月は真夏をいい表わすために用いられる。ヘロドトゥス Herodotus〔ギリシャの有名な史家〕も言っているように（ii, 4）、エジプト人は、太陽年を発見し、一年を十二分

したのは自分たちだと主張した。〔上記の第二巻四章はヘロドトゥスの『歴史』。〕
(27) 最近まで、近東の商人や店主たちはみな剣を帯び、家を武装しておかないのを恥だと考えていた。
(28) ブレス版は愚劣にもジャジラー(島)としている。
(29) グーラー Ghulah (グール Ghul の女性形) は〈食人鬼〉で、ヘブライ語のリリス Lilith、または Lilis、古典語のラミア Lamia、インド教徒のヨギニとダキニ、カルデヤ語のウトゥグとギギム (砂漠の悪魔の意。なお、これはマス〈山の悪魔〉、テラル〈町へ忍びこむ者〉に対する)、わが国の物語の ogress、ロシヤ民話のバラ・ヤガ (老婆の魔法使い) などにあたる。語原学上からいうと、グールは災厄、恐慌で、この妖怪は明らかに墓標や墓地の恐怖が具象化されたものである。
(30) 若者はアラビア語のシャッブ Shabb で、思春期から四十歳、人によっては五十歳までのあいだをいう。
(31) いまでは忘れられた、ある有名人の名。
(32) アラビア語の Kohl〔コール粉または瞼染粉〕で、インドではスルマーという、目薬《コリリアム》ではなくて、瞼につけるアンチモニーの粉である。東洋の市場で売っているのはアンチモニーのほんとうの灰色の鉱ではなく、方鉛鉱もしくは硫酸鉛である。コールが使用されるようになった由来はつぎのとおりである。アラーがシナイ山で針くらいの大きさの穴からモーゼの前にその姿を現わしたとき、予言者モーゼは気絶し、山は火事になった。そこで、アラーは言った。「これより以後、おまえとおまえの子孫はこの山の土を砕いて、おまえらの目に塗るべし！」この粉末はマハラーという小箱に保存され、太い、さきの尖っていない針で、瞼の内側に、その縁に沿うて、塗りつけられる。このことから、小箱と探針は性的に *rem in re*〔大切な物〕を意味することになり、姦通の問題が起こると、「おまえはコール箱のなかの針を見たか？」という尋問が発せられる。〔拙訳『エジプトの生活』三四—三六頁の三種の図版参照。〕

婦人はたいてい煤《すす》もしくは油煙を材料とした調製品を用いるが、その色あいはひと目でコール粉のそれと見わけがつく。定冠詞をつけたアル・コール Al-Kohl は英語のアルコール alcohol の語原である。もっともリットレ Littré 氏〔有名な『フランス語辞典』の編者〕さえ、どうして〈細かい粉末〉が〈酒精〉になったか説明できないけれども——。わたしの経験では、砂漠を旅行中この粉末は眼炎の予防にたいそう役立った。インドでは広く一般に用いられていたが、昨今ではヨーロッパ風の慣例のため、コール粉はしだいにすたれつつある。

(33) このふたりの女の物語は、いまでは忘れ去られている。

(34) 危険が迫ると、人の着物の裾をつかんで、「ダヒル・アク！」（あなたの庇護の下へ）と叫ぶのがならわしである。高潔な種族の中でも、とくにバダウィ族は、こんなふうに助けを求められると、命をかけても、見知らぬ者を守る。

(35) 文字どおりには〈アラーよ、どうかわたしをさびしがらせないでください〉。これは今日でもよく用いられる文句である。ラ・タワイシュナ La tawahishna！（あまり長く留守にして、わたしをさびしがらせるな！）

(36) 宰相が魚をもって、料理女のもとへいくなどとは、美しい素朴な風俗である。『ジェスタ・ロマノーラム』〔原注(10)参照〕にも、これほど純朴な場面はない。

(37) 文字どおりには〈コールでくまどった瞼〉の意。比喩的には、〈黒い睫毛《まつげ》とものうい表情をした〉の意。これは『千夜一夜物語』にしばしば出てくる文句で、人間はもとより〈より低級な動物〉にもあてはまるように思われる。

中央アフリカの回教徒は瞼の睫毛のあるところではなく、外側の両瞼にコールを塗り、脂肪の類で落ちないようにする。まっ黒い睫毛のどぎつい縁どりをした、特異なエジプト的（またシリア的）な目は、煤で描いた黒い線のように見え、容易にこの比喩を思い起こさせる。

(38) むろん彼女みずからのことである。

(39) アド族は背丈六十ないし百キュビットあった有史前のアラブ人。『コーラン』第二十六章その他参照。〔アド族については、『コーラン』第七章六十三節以下随所に、異端者として云々されている。〕今後もしばしば『千夜一夜物語』の中に出てくる。

(40) アラビア語のダストゥル Dastur（ペルシャ語より）は許し、許可。この語は二様の意味をもち（ブルクハルト編の『アラビア俚諺集』六〇九番を参照）、頻繁に使用される。たとえば階段をあがるまえとか、見知らぬ婦人に出会いそうな部屋にはいるまえとかに用いられる。「道をあけよ」の〈タリク〉という語もそうである。昔ペルシャ人がエジプトを占領したことが、俗語の中にそうしたペルシャ語系の言葉を多く残したのである。そのひとつに、旅行者の非常におそれるもの——バフシシ Bakhshish——がある。発音はバフ・シーシ bakh-sheesh で、つづめてシシともいい、ペルシャ語の bakhshish から出ている。

〔英印語として、たいていの英和辞典には採録されている。けれども、綴《つづ》りはみな bakshish, bak-sheesh となっている。要するに、チップ、心付けのこと。ついでながら、あとのクリスマス・ボックスに言及しているのは岩崎氏の『簡約英和』だけのようである。〕

わが国のクリスマス・ボックス Christmas box〔クリスマス・プレゼントの意〕は、そんな必要など全くないのに、この同じ語からとられている。もっともわれわれはこう発音するわけである。〔バフシシとは発音しないの意。〕

子供はうれしげに、手にクリスマス・ボックスもって〔傍点邦訳者〕

また、あとでわかるように、ペルシャ人は、外の世界に、悪い言葉以上に悪いもの、たとえば、異教や男色《ソドミイ》をのこした。

(41) この歌声の主である男は自分の妻のことをいっているのだが、婉曲語法として男性にしたのである。

(42)　ブル版から。

(43)　こんなふうにすぐ涙を流すのは、近代文明の外面的な冷静《ストイシズム》さと著しい好対照をなしている。しかし、それはアラブ人の性格を忠実に示している。また、東洋人は、ホメロスの英雄やボッカチオのイタリア人などと同様に、われわれが女のヒステリーとみているもの、つまり〈思うぞんぶんに泣くこと〉を恥じないのである。

(44)　このきまり文句（回教徒がいつも用いる）はここでは不快の念、どうすればよいかについての疑念などを表わしている。

(45)　アラブ人は初従姉妹《いとこ》つまり父の兄弟の娘、と結婚する権利があると考えている。したがって、もしもだれかがこの女を彼の手から奪うならば、相手を殺しかねないし、そうでなくとも、ふたりの間はけっきょく血を見ずにはすまぬような仲になる。形こそ変わっていても、ユダヤ人のあいだでも同様であった。

この両種族にあっては、血縁結婚をしても、イギリス人や英米人 Anglo-American のような混血人種にみられる、悪い結果（痴呆性、先天的聾など）を伴なわなかった。バダウィ族が〈わたしの伯（叔）父の娘〉といえば、妻のことである。そして、この呼び方がいっそう親しい呼び方である。というのは、ただの妻ならば離婚できるが、〈血は水よりも濃い〉からである。

(46)　アラビア語のカーバー Kahbah は、同じ売春婦をさしても、これ以上の言葉はないくらいに卑猥な言葉。

(47)　アラビア語のバンジ Banj、ヒンズー語のバーング Bhang（わたしは中でも後者を通俗語として採用する）などはいずれも、大麻（*Cannabis sativa* または *Cannabis Indica*）で作った調剤を意味する、古代コプト語のニバンジ Nibanj から派生したものである。この点でまた、ホメロスの Nepenthe〔うつぼかずら属の植物で〈憂悶を忘れる薬〉が作られた〕もすぐ思い出せよう。

アル・カズウィニ Al-Kazwini〔十三世紀のアラビア作家で、代表作は『マフルカットの奇譚』*Ajaib al-Makhlukat*〕はバーングを〈庭作りの大麻〉(Kinnab bostani あるいは Shahda naj) であると説明している。これに反して、中世ヨーロッパでさかんに用いられたひよす (*hyoscyamus niger*)〔茄子科の有毒植物〕に、この語をあてる人も少なからずいる。

麻酔用には常に大麻が用いられ (少なくともわたしはひよすが用いられたことなど聞いたことがない)、これをいろいろ調合したものがカイロのある特別市場で売買されている。ボッカチオ (iii, 8, iv, 10) の〈まか不思議な効能をもつ粉末〉を見られたい。

この種の、人を酔わせるものについては、先きにいって、もっと説明を加えねばならないだろう。バーングが使用され出したのは疑いもなく文明の当初からで、もっとも初期の社会的慰みは、とにかく人々を酔わせるものであったろう。ヘロドトゥス (第四部第七十五章) はスキタイ人 Scythians が礼拝ちゅうに種子 (葉と朔) を燃して、その煙に酔ったと記述しており、現今の南アフリカのブッシュマンもそういうまねをしている。これはおそらく、最も初期の喫煙形式であろうか。もっともパイプが使用されたかどうかは、今日でも不明である。

ガレノス〔ギリシャの医師、一三〇―二〇〇?〕もまた、大麻による酩酊を云々している。回教徒のあいだでも、ペルシャ人はこの飲料を忘我の境に誘うものとして用い、また西暦十三世紀ごろには、この風習をはじめたエジプトがたくさんの薬を輸入した。いずれそのことは『千夜一夜物語』が進むうちに言及するつもりである。

(48) 東洋の諸都市の郊外にある塵埃の山で、中には (カイロ付近のもの) 高さ百フィートをこえるのがある。

(49) この〈目の涼しさ〉は熱い目、すなわち涙で赤くなった目に対する。この語は適切で真に迫っているから、わたしは直訳した。あらゆる涼味は酷熱の地方に住む人々にとっては快いのである。アラビア最高の詩人アル・ハリリの中で〔彼の傑作『集会』のことであろう〕アブ・ザイドはバッソラーについてこう言っている。「わたしはその地に、瞳《ひとみ》を涼味で満たすものをなにもかも発見した」

(50) カフ Kaf 山は一般にコーカサスと訳される（第四百九十六夜を参照）。そして〈偽りの曙《あけぼの》〉〔あとにこの物語に出てくる〕は山の穴または間隙のために生ずる。

(51) ビールはアラビア語のミズル Mizr またはミザルで、俗語は Buzah である。これから、医学上のラテン語 Buza、ロシヤ語の buza（稗のビール）〔ウシャコフの『露語辞典』によれば、ブザは燕麦や蕎麦や大麦でこしらえた軽い酒類とある〕、わが国の酒 booze、古代オランダ語の buyzen、ドイツ語の Busen などが出た。これはまた、アフリカの黒人や黒人系種族の古代神酒、ポトス・セイオス ποτος θεοις つまりオシリス〔古代エジプトの主神〕のビールでもあり、その乾燥した遺物はエジプト人の墓にある壺の中から発見された。

赤道アフリカでは〈ポムベ〉という名で知られ、上ナイルでは〈メリッサ〉または〈ミリシ〉、カフィル族 Kafirs (Caffers)〔南アフリカバントゥ族の種族〕のあいだでは〈トゥシュアラ〉〈オアラ〉〈ボヤラ〉という名でとおっている。わたしはまた中央アフリカで〈ブスワ〉Buswa という語を聞いたことがあるが、これがたぶんブザーの語原かもしれない。

西欧では、ガムブリヌス Gambrinus 王の時代よりはるか以前にジソス ξυθος（近世ギリシャ語のピルラ πιρρα）、Xythum, cerevisia または cervisia〔?〕、humor ex bordeo〔ラテン語で〈大麦で作った液〉〕となった。中央アフリカ人はこれを多量に飲む。ホップは知られていない。たいていはホルクスという穀物を発芽させ、それから、砕いて煮て、発酵させるのである。

エジプトでは主としてベルベル人〔北アフリカのバルバリ地方土人〕、ヌビア人〔北アフリカのヌビアに住む種族〕、上ナイル出の奴隷などがこの飲料を好むが、〈ポムベ〉よりもずっと上等な品で、ヨーロッパの飲料に近いものである。わたしは『中央アフリカの湖水地方』*The Lake Regions of Central*

Africa の第二巻二八六ページに製法を掲げた。〔ちなみに、一九六一年、ニューヨーク、ホライゾン社刊の同書でも同じである。また、前述のガムブリヌスはビールの発明者と称されるフランデルの伝説的王。〕

(52) この諷刺には恐ろしい真理がふくまれている。これを読むとわれわれは、ナヴァル〔ヨーロッパ南西部の中世王国〕の女王マルガレット〔左の物語の作者〕の、好男子の亭主より醜怪きわまる馬丁を好んだ貴婦人の話を思い出す（『七日物語』*Heptameron* 第二十話）。われわれはいわば最下等のつまらぬ男のため、いつのまにかすべてを犠牲にした、あらゆる知名な女たちを知っている。世間の者は目をまるくし、非難し、さっぱりわけがわからない。

あらゆる女にはひとりの男がある。その男のためならば〈いつでも喜んで床さえ清めるくらい〉のただひとりの男がいるのだ。運命の神はたいていそんな男に女を会わせないけれど、いちど会うと、亭主も子供も、名誉も宗教も、生命も魂もおさらばなのだ。それに自然（人性）は、美しいものと醜いもの、暗いものと明るいもの、背の高いものと低いもの、といった、好対照の取組みを命ずるわけで、さもなければ、人類は犬族のように、極端なものの種族に、すなわち愛玩用のテリヤのように小さいもの、番犬マルティフのように大きいもの、中国の〈救急犬〉のように頭のはげたもの、あるいはまたニューファウンドランド犬のように毛むくじゃらなものになるだろう。

かの有名なウィルクス Wilkes〔ジョン・ウィルクス、一七二七—九七、英の政治家、蕩児《とうじ》、『女性論』の著あり〕が、わずか一時間のことでイギリス随一の好男子をむこうにまわして、はりあったときに言った言葉は、単に半面の真理しかふくんでいない。じつは彼の異常な、すさまじい醜さ（イタリア人がいうように *un bel brutto*〔酷い醜男〕だったのだ）こそが、美女たちの目にはこのうえない魅力だったのである。

(53) 回教徒の埋葬所にはすべて、貴婦人たちが衆人の目につかないで泣くことのできるような場所が一個所ある。使徒はそこへ訪れるようにとつぎのように命じている。「墓地をしばしば訪れよ。そうすれば、君らは来世を考えるようになるだろう！」また「金曜日ごとに父母の墓を訪れる者は、敬虔なる子と書きしるされよう。たとえ以前には不孝な子供であっても」（『巡礼』ii, 71）。その建物はヨーロッパ風の墓地付属礼拝堂“mortuary chapels”に似ている。

（54）荒野の人々は部落を眺め渡すことのできる丘の傾斜面に埋められることを好む。そして、彼らはいままでも、〈自分の種族〉や恋人のために〈死んでいくバダウィ族〉はわたしにとって非常に哀れに思われる。墓地のそばを通るときは、縁者や友人の名前を呼ぶ。

（55）アカシラー Akasirah（カスラ Kasra＝Chosroës の複数形）はここではペルシャ王の四大王朝の称号である。一、ペシュダ族 Peshdadian Race またはアッシリア族、彼らの古代の史実については時代が明らかでない。二、紀元前三三一年のアレキサンダー大王の侵入とともに終わったカヤニヤまたはアケメネス王朝 Kayanian（メジア人 Medes またはペルシャ人）。三、紀元二〇二年まで支配したアシュカニ王朝 Ashkanian（パルチア朝 Parthenians またはアルサセス朝 Arsacides）。四、さきにのべたササン王朝 Sassanides。しかし、厳密にいうと、キスリもカスラも後期の王朝にだけ、とくに偉大なアヌシルワン王 Anurshirwan にあてはまる称号である。〔第三百八十九夜に「キスラ・アヌシルワン王と村の娘」の話があり、注も付してあるから、説明を省く。〕

この称号とフースラウ Khusrau（固有名詞シルス Cyrus〔ペルシャ帝国の創建者〕、Ahasuerus?〔古代ペルシャ王〕Chosroës?〔コスロー一、二世のこと〕）とを混同してはならない。が、以上三つはシーザー Caesar、カイゼル Kayser、ツアル Czar〔いずれも王の意〕の中に結合をとげたものらしい。とくにゾロアスター教に関連した詳細は、『ダビスタン』*Dabistan* すなわち『作法道場』*School of Manners*（デヴィッド・シー David Shea ならびにアンソニー・トロヤー Anthony Troyer 共訳、一八四三年、パリ発行）の第一巻三八〇ページを参照のこと。この書は非常に貴重なものであるが、固有名詞が不注意に、不正確に印刷されているため、研究者はたえず誤謬《ごびゅう》におちいってしまう。

(56) 言葉使いははなはだしく下品で、卑猥であるが、この場面はアラブ人の生活をよく活写している。

(57) レイン（第一巻一三四ページ）はこの文句の中に『千夜一夜』の生まれた時代を発見している。〔この書はレイン訳『千夜一夜』のことで、一九一二年版では第一巻一一九ページにあたる。〕エジプトの王モハメッド・イブン・カラウンは八世紀初葉（回教暦。西暦では十四世紀）に奢侈《しゃし》禁止法を出して、キリスト教徒とユダヤ教徒には青藍色と橙黄色のターバンをつけることを強制し、回教徒には白いターバンを着用させた。しかし、この習慣はもっとずっと古くから行なわれていて、マンデヴィル（第九章）〔Sir John Mandeville はイギリス人旅行家、一三七二没、その『旅行記』はヨーロッパ各国語に翻訳され、広く読まれた。拙訳『東方旅行記』平凡社刊では五四頁に、バダウィ族たちが頭や首に白いリンネルを巻いているという記述がみえる〕は西暦一三三二年すでに法規と化していたころに、この慣習に言及している。

そして、いまでもこの習慣は存続している。都市ではすたれているが、少なくともエジプトやシリアの田舎では、キリスト教徒はこの慣習に従っている。だから、わたしは、こんな章句を切りはなしてみても、年代学にとって絶対的に無益であることをここに付記したい。

(58) 古代のムスタファは〈選ばれた者〉（予言者すなわちモハメッド）で、アル・ムジタバすなわち〈認められた者〉という尊称もつけられた（『巡礼』第二巻三〇九ページ）。〔ボーン版第二巻三七ページ注。〕ムルタザは同じく〈選《よ》り出された者〉すなわち教主アリで、もっと古くは、オックレイ Ockley や同時代の人々が用いた〈モルタダ〉または〈モルタディ〉で、〈アラーの好みたもう（または認めたもう）者〉の意味であった。さらに古い著述家たちは、モルタディを〈モルティス・アリ〉と訛《なま》らせたので、読者は教主アリの名前だと想像した。〔シモン・オックレイはイギリスの東洋学者、一六七八―一七二〇。〕

(59) ほんとうの曙光にさきだつ光（黄道光）。ペルシャ人は後者をスブ・イ・カジブ（うその、虚偽の曙《あけぼの》）とよび、スブ・イ・サディック（真の曙）に対立させているし、また、それは世界をとり巻くカフ山の穴から太陽が輝くためにおこる、と想像している。

(60) ビスミラーは〈アラーの御名において！〉の意。ここでは、行動に移るまえに口にされている。

(61) アラビア語のマムルック Mamluk（複数形 Mamalik）は字義どおりには動産のこと。『千夜一夜物語』では、武器の取扱いができるように訓練された、白人奴隷の意。

エジプトのいわゆる〈マメリューク・ベイ〉"Mameluke Beys"〔もと白人奴隷であった軍人で、十三―十四世紀にかけて多くのマムルックがエジプトを支配した。その支配者の敬称がベイである〕はある地方ではグーズ Ghuzz と呼ばれた。わたしはこの便利な語を古い通俗的な意味で用いる。

歌にもあるは、雄々しきマメリューク、異邦の地では（サー・リューク）と呼ばれたり。

――『ヒュディブラス』*Hudibras*

また、たぶん、これからモリエール〔一六二二―七三〕のママムウシ "Mamamouchi" が出ているらしい。現代のフランス人は、"Mamaluc" を使う。

〔『ヒュディブラス』とは一六六三年に発行されたサミュエル・バトラー Samuel Butler の詩集である。〕

【訳注】

＊1　〈神の思召にかなうならば〉の意で、キリスト教のVDにあたる。

＊2　この古代の尺度は約一尺五寸から一尺八寸、聖書などにもさかんに使用されている。

バグダッドの軽子と三人の女

昔々バグダッドにひとりの軽子《かるこ》がいました。ひとり者で、妻をめとろうとはしませんでした。ある日のこと、たまたま町に出て、ぼんやりと枝編《えだあ》みの笊《ざる》によりかかりながら、たたずんでおりますと、目の前にりっぱな女が立ちどまりました。面にたらしたモスル(1)絹の面紗《ベール》には金の刺繍《ししゅう》をほどこし、金襴《きんらん》の縁飾りがついていて、靴(2)にもまた黄金の縁飾りをそえ、髪毛は長く編みあわせてさげておりました。面紗をあげて、黒玉色の睫毛《まつげ》にふちどられた瞳をのぞかせますと、目《ま》ざしはやさしく悩ましげで、その申し分のない美しさは、魂をうっとりさせるくらいでございました。

この美しい女は軽子に会釈して、いとも柔和な、慇懃《いんぎん》な言葉つきで、こう申しました。

「籠《かご》をもってついていらっしゃい」軽子は目もくらむばかりだったので、いま聞いたのはほんとかしら、とわが耳を疑いました。が、あわてふためいて軽籠《かるこ》を肩にすると、ひとりごとをつぶやきました。「おお、しあわせな日よ！　アラーの恵みある日よ！」そして、女のうしろからついていきますと、女はとある家の入口に足をとめて、戸をたたきました。まもなくして、ナザレ人の老人が出てまいりますと、女は相手に金貨一枚を与え、代わりにオリーヴ油のように透明な漉《こ》し酒をうけとりました。女はそっと籠の中にこれを入れて、「かついで、ついていらっしゃい」と言いました。

軽子は「アラーに誓って、きょうはほんとうに縁起のいい日だ。人の望みがなんでもかなう、さいさきのいい日だ」と言いながら、また籠をひっかついで、後ろからついていきました。やがて、女は果実《くだもの》屋の店さきに立ちどまって、シャム(3)の林檎、オスマンのまるめろ、オマン(4)の桃、ナイル産の胡瓜《きゅうり》、エジプトのライム果、スルタンの蜜柑とシトロン、そのほかアレッポの素馨《ジャスミン》、香り高い天人花の実、ダマスクスの白睡蓮《すいれん》、水蠟樹《いぼたのき》(5)の花、かみつれ、真紅《しんく》のアネモネ、すみれ、柘榴《ざくろ》の花、エグランタイン、水仙などを買い求め、これをみんな軽子の籠に入れて、「さあ、かつぎあげなさい」と言いました。

そこで、軽子は籠をかついであとについていきましたが、こんどは、女は肉屋の店さきに足をとめて「羊肉を十斤《きん》切ってくださいな」と申しました。お金を払うと、肉屋はそれをバナナの葉に包んでくれましたので、女は籠の中に入れて言いました。「さあ、かついで、軽子さん」軽子は言われたとおりに、これをかつぎあげて、ついていきました。

女はさっさと歩いていきましたが、乾物《かんぶつ》屋の前に足をとめると、乾《ほ》し果実、ふすだしゅうの実、ティハマーの乾しぶどう、皮をむいた巴旦杏《はたんきょう》をはじめ、デザートに必要なあらゆる品を買いこんで、軽子に言いました。「さあ、もちあげて、ついていらっしゃいな」

そこで、軽子がかつぎあげてついていくと、こんどは女はお菓子屋のところで立ちどまり、土製の大浅皿を買って、そのうえに、この店にある、ありとあらゆるお菓子を盛りあげました。つまり、透《すかし》作りの果物入りパイ、麝香《じゃこう》の匂いをつけた揚物、〈シォボン菓子〉、レモン入りパン、メロンの漬物、(6)〈ザイナブの櫛《くし》〉〈貴婦人の指〉〈判官のひと口菓子〉、さらに、あらゆる種類の砂糖菓子などでございました。女はこの大浅皿を籠の中に入れました。そこで、軽子は（もともと陽気な質《たち》の男でしたから）「はじめからそうおっしゃってくだされば、小馬か牝の駱駝をつれてきて、この品を運ばせたでしょうに」と言いました。女はにっこり笑って、相手の襟首を平手でかるくたたきながら、申しました。「さっさとお歩き。むだ口をたたくんじゃありませんよ。だって（都合がよければ）、お駄賃はたんまりあげますからね」

それから、女は香料商のもとに足をとめて、麝香の匂いのついたばら、オレンジの花、睡《すい》蓮《れん》、柳《りゅう》絮《じょ》、すみれ、そのほか五つ、合わせて十種の香水をあがない、さらに、ふた塊《かたま》りの砂糖、香水壜、男臭い香料のひと塊り、沈香《じんこう》、竜涎香《りゅうぜんこう》、麝香に、アレキサンドリア蠟《ろう》でこしらえたローソクまで、買いこみました。そして、「さあ、かつぎあげて、ついていらっしゃい」と言いながら、品物をすっかり籠の中に入れました。

軽子は言われたとおりについていきますと、女は八百屋の前にきて立ちどまり、塩水や油につけた紅藍《べにばな》やオリーヴをはじめ、かわらよもぎ、クリーム乾酪《チーズ》、堅いシリア乾酪などを買って、籠にしまいながら、軽子に、また、申しました。「籠をもって、ついておいで」

軽子がそのとおりにしてついていくと、とうとう女はある美しい邸宅にたどりつきました。前方には、だだっ広い庭がひかえていて、いくつかの円柱がこの高くそびえたりっぱな屋敷に、力強い、優美なおもむきをそえていました。また、正門には、燃えるような黄金の板金《いたがね》をはめこんだ黒檀《こくたん》の扉が二枚ついていました。

　くだんの婦人はその戸口にたたずみ、面紗をわきへはらいのけて、こぶしで軽くたたきました。軽子はそのあいだ、女の後ろに立っていましたが、ただもう、女の美しさに心を奪われておりました。やがて、両の扉がさっと後ろにおし開かれましたので、軽子は、だれがあけたのかしらと見まもりました。と、これはまた驚くではありませんか。背のすらりとした、およそ身の丈五尺ばかりの女で、器量といい、愛くるしさといい、ひときわすぐれ、まさしく豊艶と均斉と、たとえようもない優雅さの雛形《ひながた》でした。

　額は花のように白く、頰はアネモネのように紅《くれない》に輝き、目は野生の若い牝牛か、羚羊《かもしか》のそれを思わせ、眉は第八月《シャアバン》を終わり、第九月《ラマザン》(7)を迎える三日月のようでございました。また、口はといえば、スライマンの指輪(8)にまごうばかりで、唇は珊瑚《さんご》のように赤く、歯並びは真珠かかみつれの花びらを横にならべたようで、のどもとは羚羊をしのばせ、乳房は同じ大きさのふたつの柘榴に似て、いわば人に歯むかうように、つき出ていました(9)。体は着物の下で、丸めた金襴の錦のように、波をうって起伏し、お臍(10)には一オンスの安息香油もはいりそうでした。詩人がつぎのように歌ったのも、まさにこういう女でございます。

　宮居《みやい》の〈月〉と〈日輪〉に
瞳をそそぎ、とくと見よ、

花の顔《かんばせ》、かぐわしき
光に、心をなぐさめよ。
いと清らかな純白の
額をかざりし黒髪を
ふたたび君は目にすまじ。
たたえてやまぬ美女の名は
たとえはかなく消えるとも、
ばらさながらの赤き頬
これぞ女の身上《しんじょう》ぞ。
足どり軽く身をゆれば、
太き臀《いしき》にわれは笑《え》み、
臀をささうやさ腰に
涙流してわれは泣く。

軽子はこの女を眺めてぼーっとなり、ひどく欲情が動いて、あやうく頭の籠を落としそうになりました。そして、「おれはこれまでついぞ、きょうほど恵まれた日に出会ったことがない！」と、ひとりごとをもらしました。

門番の女が賄《まかな》い方の女にむかって、「さあ、この門からはいって、早くこの人の荷をおろしてあげなさい」と言いましたので、賄い女と軽子は門番女について中へはいり、どんどんさきへ進んでいきますと、広々とした地階の広間に出ました。この広間は巧みをこらしてしつらえたもので、あらゆる種類の色彩と彫刻がほどこしてありました。また、上方の露台《バルコニー》のほか、十字栱《きょう》の緑門やら廻廊、戸棚、カーテンのたれた密室などがありました。まん中には、美しい噴水を中心に、満々と水を張った池があり、高座の上手《かみて》の端には杜松《むろのき》づくりの寝椅子があって、これには宝石や真珠がちりばめてあるほか、榛《はしばみ》の実くらいのものや、もっと大きい真珠で縁どりした、さながら蚊帳《かや》のような紅繻珍《べにしゅちん》の天蓋《てんがい》がついていました。

その上に、面を輝かせたひとりの女が坐っていましたが、額は目もあやに輝き、まるで哲学の夢そのものでございました。目はバベルの塔(11)の魔力にあふれ、眉毛は弓なりに弧《こ》をえがき、口もとからもれる息は竜涎香その他の香料の匂いをただよわせ、また、その唇は、味わえば、砂糖のようで、眺《は》めれば、肉紅玉髄《にっこうぎょくずい》のようです。容姿はアリフ(12)のようにすんなりとし、その顔は真昼の太陽も羞じろうくらいに、鮮かに照り輝いていました。ともかく、天の銀河か、金色の模様をきざんだ円蓋《えんがい》か、装いこらした花嫁か、さてはまたアラビアの高貴な姫君(13)を思わせるばかりでした。詩人はこんな歌をよんでいますが、これはほんとうに、このような女人《にょにん》を歌ったものでありましょうか。

ほほえめば、真珠の玉のふたならび、
かみつれの蕾か、霜おく細枝《さえだ》か。

夜はふけて、黒髪みだれ、
君輝けば、暁の光も暗し。

三番めの女は寝椅子から身を起こして、しとやかな足どりで客間の中央まで進み出ると、姉妹にむいて、言葉をかけました。「なぜそんなところにじっとしているの？　かわいそうに、早くこの方の頭の荷物をおろしておあげなさい！」すると、賄い女は軽子の前に、門番女は後ろにまわり、三番めの女も手をかして、軽子の頭から荷をおろしました。そして、中味をすっかりあけて、なにもかも、きちんと納めてしまいました。

最後に、女たちは「さあ、お帰り、軽子さん」と言いながら、二枚の金貨をさし出しました。けれども、軽子は立ち去りません。女たちをつくづく眺めながら、世にも稀れな器量のよさや、快いふるまい、柔和な気質などに、ただもう感心してたたずんでおりました（まったく、これまでにこんなきれいな女たちを見たことはなかったのでございます）。それからまた、軽子はたくさんの酒、香りのいい花や果物、そのほかいろいろなものをものほしそうに眺めやりました。なかでも、軽子がたいへんいぶかしく思ったのは、この邸宅にひとりも男衆の姿が見えないことでした。

それやこれやで、なかなか立ち去ろうとしませんので、いちばん年上の女が申しました。「どうして出ていかないの？　お駄賃でも少ないというわけ？」そして、賄い方の妹にむかって「もう一ディナールあげなさい！」と言いました。

けれど、軽子は「奥さん、アラーに誓って、その、お駄賃がたらぬのではございません。わたしの給金は二ディルハムにもなりません。実を申せば、あなた方や、あなた方のご様子に身も心も奪われてしまいました。不思議でなりませんのは、あなた方がひとり身で、お相手になる殿方がひとりもいないことでございます。申すまでもありませんが、お寺の塔も台が四つありませんと、ひっくり返ってしまいますが、あなた方にもこの四つめのものがないわけです。殿方のないご婦人の楽しみごとには、詩人も歌っていますように、なにやら足りません。

ご存じないのか、楽しみに
なくてはならぬ四つのものを、
それは竪琴《たてごと》、ルートと横笛《フルート》、
最後のひとつはフラジオレット。
それに添えましょ、四つの香り、
ばら、天人花、アネモネ、すみれ。
これで八つはそろったが、
酒に青春、金に恋、
これがなくては楽しめませぬ。

「あなた方は三人ですが、四人めには分別があって、用心深くて、物わかりが早く、内証ごとを人にもらさないような殿方が必要なんですよ」女たちはこの言葉を聞いてたいそう喜びました。そして、軽子を見て、笑いながら申しました。「でも、どなたがそんなことを保証してくださるの？　わたしたちは娘ですからね。秘密が守れそうにもない場合に、うちあけるのはこわいんですよ。それにイブン・アル・スマムとかいう人の歌った詩を、ある年代記で読んだこともありますわ。

ひめごとは堅く守りて
ゆめ、人にもらすなかれ。
ひめごとを人にもらさば、
ひめごとはもはや帰らず。
ひめごとを、なが胸深く
いつまでも、とどめえざれば、
いかにして、よそ人の胸
ひめごとをかくしおわせん。

また、アブ・ノワス(14)も同じことをうまく歌っていますわ。

秘密守らず、よそ人の
耳にこっそりもらす者、
極悪人の烙印《らくいん》を
額にうけてもあたりまえ。

軽子は女たちの言葉を聞いて、答えました。「あなた方の命にかけても、このわしはな、分別もわきまえ、考えもある男で、書物をひもとき、年代記もよく読んだことがあります。わしは美しいものを世にひろめ、醜いものは心にかくして、詩人のすすめるとおりにふるまっておりますよ」

ひめごと守るは善き人ばかり、
善き人胸にひめたたむ。
そはしまりも堅き家に似て、
鍵はなくとも、あきませぬ。

娘たちは相手の歌を聞いて、その歌が自分たちにどんな意味あいがあるかを悟りましたので、こう申しました。「いいですか、わたしたちはこの家に、あるだけの金をすっかりかけてしまいましたの。それでも、おもてなしはしますけれど、その代わりに、おまえさんはなにをわたしたちにくださいますか？　といいますのはね、おまえさんをお酒の相手にして、わたしたちのこんなきれいな、臈《ろう》たげな顔を拝ませたうえで、まさか無料《ただ》ではこまりますからね。[15]こんな諺をご存じゃないかしら？」

なにか手に入るみこみがなけりゃ
恋など毛ほどの値うちもないよ。

すると、門番女もつけ加えました。「なにか出してくだされば、おまえさんも少しは話せる男だけど、なんにもなければ、無用の長物だわ。さっさとお帰りなさい」けれど、賄い方の女が口をはさんで「いいえ、お姉さま方、この人をいじめるのはおやめなすってよ。だって、この方はきょうはわたしたちのため、よく手伝ってくれましたもの。ほかの者だったら、とても辛抱してくれなかったでしょうよ。ですから、この方の割前がいくらになりましょうと、わたしがお引きうけしますわ」と言いましたので、軽子は有頂天になって喜び、この女の前にぬかずいて、礼を言いました。「アラーに誓って、今いただいたお鳥目《ちょうもく》がきょう初めてもうけた収入《みいり》です」

これを聞いて、女たちが「まあ、どうぞ、おかけなさい」と申しますと、いちばん年上の女はさらにつけ加えました。「アラーにかけて、おまえさんを仲間に入れてあげるのはいいんですが、ただひとつ条件がありますよ。つまりですね。自分にかかわりのないことについては、なにも質問をしないことです。出しゃばると、いやというほど、鞭で打たれますからね」軽子は答えました。「いかにも承知いたしました。わしの頭と目にかけても、間違いございません！　このとおり、わしはおしで、舌がないんでして」

それから、賄《まかな》い女は立ちあがって、腰紐を堅くしめ、噴水のそばに食卓をおくと、花や美しい草をいろいろな瓶にさしました。酒を漉《こ》したり、壜をきちんと並べたりして、すっかり支度をととのえたのでございます。やがて、賄い女も、ほかのふたりも腰をおろし、まん中に軽子をすえましたが、この男はさきほどから、ただもう夢心地でした。賄い女はまず酒壜をとりあげて、最初の盃《さかずき》にそそぎ、これを飲みほし、同じように第二、第三の盃もあけてしまいました[16]。それが終わると、第四の盃を満たして、姉妹のひとりに手渡しました。また、いちばんしまいに、台付きの盃になみなみとついで、つぎのように歌いながら、これを軽子の手に渡しました。

　ひと息に、のみほしたまえ、
　気随気ままに、召したまえ、
　酒のめば、なべての憂い
　苦しみも、とく癒やされん。

軽子は盃を手にして、低く頭をたれながら、心からお礼を返し、即座にこんな歌をうたいました。

酒をくむなら、うちとけし
友をあいてに、人も知る
血筋すぐれし、よき友と。
酒は空吹く風のよう、
花をなでれば、香り吸い、
汚穢《おわい》をなでれば、げにくさし。

また、こうも歌いました。

盃《さかずき》ほすなら、君の手のよな、いとしい手から、
盃に思いおこすは君の徳、君にしのぶは酒の徳。

この対句《ついく》をくり返してから、軽子は女たちの手に口づけし、酒をあおって酔い心地になりました。そして、坐ったまま、体を左右にゆすっては、さらに歌いつづけたのでございます。

血をまじえたる飲みものは

〈掟《おきて》〉によれば、不浄物、
なれど、ぶどうの血潮《ちしお》なら
同じ血でも清き酒。
いざ、つぎたまえ！　くみたまえ！
儲けた金《かね》も、もらった金も
いとしい子鹿よ、よろこんで
君が瞳にしんぜよう。

それから、賄い女が盃を満たして、門番女に手渡すと、こちらはその手から盃をとって、礼をのべ、飲みほしてしまいました。すると、こんどはもう一杯ついで、寝椅子の上に坐っているいちばん年嵩《としかさ》の女にまわし、さらに、もう一杯ついで軽子にも渡しました。軽子は女たちの前に膝まずいて、飲み終わると、お礼を言い、また歌をくちずさみはじめました。

そら、そら！　そら、神かけて！
いとしいお方の盃だ！
あふれるばかり注《つ》ぎたまえ。
命《いのち》の泉をのみほそう。

それから、軽子は女主人の前に立って、「おお、姫よ、わしはあなたの下僕《しもべ》、白い奴隷でございます。なにごとにつけ、お指図に従いまする」と言って、また歌い出しました。

君の門辺《かどべ》にたたずむは、
奴隷《どれい》の中の奴隷にて、
君が情けや、もろもろの
功徳《くどく》をたたえてやみませぬ。
眉目《みめ》よき女《ひと》よ！　麗わしき
君の姿を拝むため、
迎えたまえよ、家の中、
思いこがれしこの心
いつ消ゆるともみえざれば。

女が軽子に「さあ、飲みなさい。すこやかで、しあわせでありますように」と言いますと、男は盃をかたむけて、女の手に接吻し、つぎのような歌をよみました。

われ、かの女《ひと》に捧げしは
頬さながらに燃えたちて

いろりの炎《ほのお》を思わする
世に素晴しき、古き酒。
さかずきとりて口づけし、
かの女笑みて、言いけるは、
「いかなるゆえぞ、人の頬
人に吸わせたまいしは」
「いざ、ほしたまえ！」（われは答えぬ）
「赤きしずくはわが涙、
血潮の吐息さかずきで
煮《に》つめしものと知りたまえ」

女は、これに答えて、対句を歌いました。

友よ、わがため血の涙
そそぎたまわば、君の目と
頭にかけて、その涙
われに吸わせたまえかし。

それから、女は盃をとって、妹たちの健康を祝しました。一同は（軽子をまん中にはさんで）飲めや踊れや笑えやで、歌を歌ったり、小唄を口ずさんだりして、いつはてるともなく楽しみつづけました。そのあいだ、軽子は女たちに接吻したり、たわむれたり、噛みついたり、手をふれたり、まさぐったり、いじくりまわしたりしておりました。ひとりが男の口の中へご馳走をつきこむと、いまひとりは平手でたたいたりしました。こっちの女が男の頰をなぐるかと思うと、あっちの女はきれいな花をなげつけました。男は楽園の処女《おとめ》(17)にかこまれて、さながら第七天国にでも坐っているように、快楽《けらく》の園《その》のまっただ中にいたのでございます。

こんなふうにさんざめきをつづけているうちに、お酒がきいて頭の調子が狂い、みんな分別などをすっかりなくしてしまいました。したたか酔いがまわると、門番女は立ちあがって着物をぬぎ、一糸まとわぬ素肌となりました。けれども、下着のかわりに毛髪を体にたらすと、池の中にざんぶと飛びこんで、ふざけながら、家鴨《あひる》のようにもぐってみたり、あちこちと泳ぎまわりました。そして、口に水をふくんで軽子に吹きかけたり、また、手足や乳房のあいだや腿《もも》の内側や臍のぐるりを洗ったりしました。それから、池を出て、軽子の膝に身を投げ出して、申しました。

「もし、殿よ、わたしの恋人よ、この品物はなんというの？」そして、細長い切れめ、つまり裂け口を指さしました。「それは玉門といいます」と軽子が返事しますと、女は言い返しました。「ほっ、ほっ、そんな言葉をつかっても、恥ずかしくないの？」それから、相手の襟首をつかんで、さんざんなぐりました。

男がまた、「子つぼですよ、おまんこですよ」と言うと、女は二回めの平手打ちをくわせて言いました。「まあ、いやだわ。それもいやらしい言葉だこと。おまえさんは恥をしらないの？」男が「ぼぼです」と言うと、女は「まあ、ひどいこと！　それじゃ、ちっとも慎しみがないじゃないの？」と叫んで、男を打って、はずかしめました。

軽子が「核《さね》(18)です」と叫ぶと、いちばん年上の女がそばにやってきて、これまでにないほど、したたか打ちすえたうえ、「違うわ」と申しました。軽子は「そうですよ」と言って、同じしろ物をいろいろほかの名前で呼びました。が、男がなにか言うと、女たちはますますひどくなぐりましたので、しまいには首筋が痛くなり、はれあがってしまいました。こんなふうにして、女たちは男をすっかりなぶりものにし、笑いものにしたのでございます。

とうとう男は女たちにむかってたずねました。「あなた方ご婦人は、この道具をなんとおっしゃるのですか？」すると、若い娘は答えました。「橋のめぼうき(19)というんです」軽子はこれを聞いて、叫びました。「やれありがたや。これでほっとしたわい。おお、橋のめぼうきよ、助けたまえ、おまえさまに幸《さち》あれ！」一同は盃をまわし、また飲みほしました。

すると、二番めの女が立ちあがり、すっかり着物をぬぎ捨てて、池の中へ飛びこむと、最初の女と同じようにふるまいました。それから、水を出ると、素肌の体を軽子の膝に投げ出して、自分の道具をさしながら、言いました。「おお、わたしの瞳の光よ、さあ、おっしゃいな、これはなんというの？」

男はまえと同じように「ぼぼです」と答えましたが、女は「そんな言葉をつかって恥ずかしくはないの？」と言いながら、客間にひびきわたるくらい、ひどく男を打擲《ちょうちゃく》しました。それから、女は「まあ、いやだ！　よくも図々しくそんなことがいえるわね？」と申しました。男が「橋のめぼうき」という言葉を口にしても、女は「違うわ！　違うわ！」と言って、どうしても承知せず、襟首をぴしゃりぴしゃりたたきつづけました。そこで、男は知っているだけの、あらゆる名前を大声で並べ出しました。「朱門《しゅもん》、子つぼ、おまんこ、さね」それでも、女は「違うわ！　違うわ！」と言いつづけました。それで、男が「どうでもこうでも、橋のめぼうきに違いありません」と言うと、三人の女はあおむけにひっくりかえるほど、笑いこけ、さらに、男の首筋を平手でたたきながら、言いました。「いいえ！　いいえ！　それはほんとうの名じゃありませんわ」そこで、軽子が「では、みなさん、その名はなんといいますか！」と叫ぶと、女たちは答えました。「莢《さや》をむいた胡麻《ごま》の実ではいかが？」

それから、賄い女は着物をつけ、またしても、飲めや歌えのさんざめきをはじめました。けれども、軽子は首や肩の痛さに、「うー！　うー！」とうめきつづけました。酒の盃は楽しげに手から手へとまわり、たっぷり一時間もつづきました。それが終わると、いちばん年上の、いちばんきれいな女が立ちあがって、衣服をぬぎすてました。軽子は自分の首をおさえて、さすったりもんだりしながら、「わしの首や肩はアラーのみ心しだいですわい！」(20)と申しました。

すると、女は池の中へ身をなげ、泳いだりもぐったり、戯れたり洗ったりしました。軽子

はまるでお月さまを薄く切りとったような女の素肌を眺めたり、満月の光のように、でなければ、曙《あけぼの》のように輝いている女の顔に目を細めました。また、女のみごとな容姿や、動くたびに波うつ、すばらしい肢体にも、瞳をこらしました。といいますのも、女は神さまのおつくりになったままのすっ裸だったからでございます。それから「やれ！　やれ！」と叫んで、つぎのような対句をこしらえて、女にささげました。

君が姿をたとえれば、
緑したたる木の枝か、
いな、わが喩《たと》え、あやまてり、
思いちがいも、はなはだし。
いと緑濃き、そのときに、
いと麗わしき枝なれど、
君は一糸もおびぬとき、
麗わしきかな、たぐいなく。

女はこの歌を聞くと、泉の中から出て、男の膝に腰をおろし、自分の奥の院をさして、言いました。「ねえ、かわいい殿ご、この名前はなんといいますの？」「橋のめぼうき」けれども、女は「だめ、だめ！」と言うだけです。男が「莢をむいた胡麻」と言いますと、女は

「ふーん、ふーん！」と言い、男が「子つぼですよ」と言いますと、女は「まあ、いやらしい！　おまえさんは自分が恥ずかしくはないの？」と叫んで、襟首のところをなぐりました。男が「それはこうです」と言っていろんな名前をあげても、女は男をたたいて「いいえ！いいえ！」の一点ばりでした。

とうとう男は「みなさんその名はいったいなんというんですか？」とたずねました。すると、女は答えました。「旅人の宿[21]といいますの」これを聞いた軽子は「わっはっは！　ありがたや、やっと助かりました！　これもアラーのおかげです。おお、旅人の宿よ！」と叫びました。

すると、女は前に歩み出て、着物をつけ、またしても、たっぷり一時間は盃のやりとりがつづきました。しまいに、こんどは軽子が立ちあがって、すっ裸になり、池に飛びこみ、泳ぎまわって、ちょうど女たちがしたように、毛むくじゃらな顎《あご》や腋の下を洗いました。それから、外に出ると、一番めの女の膝に身を投げかけ、手を門番女の膝にかけ、脚を賄い女の膝のあいだにおいて、自分の陽根[22]をさしてたずねました。「みなさん、この品はなんといいます？」これを聞いて、一同はひっくり返るまで笑い、そのひとりが申しました。「ちんぼこよ」けれど、男は「いいや！」といって、ひとりびとりに仕返しのつもりで、嚙みつきました。すると、女たちは言いました。「へのこよ！」けれども、男は「いいや」と叫んで、ひとりびとりを抱きしめたのでございます。

——シャーラザッドは夜がしらじらと明けてきたのを知って、許された物語をやめた。

さて第十夜になると

妹のドゥニャザッドはいった。「お話のつづきをしてくださいな」すると、シャーラザッドは「いいわ、喜んで」と答えた。

——おお、恵み深い王さま、女たちは相変わらず軽子にむかって「ちんぽこよ、へのこよ、魔羅よ」と言いつづけ、男のほうはいつまでも接吻したり、嚙みついたり、抱きかかえたりしておりました。が、しまいには、すっかり堪能してしまいました。みんなは笑えなくなるまで、お腹をかかえて笑いました。最後に、ひとりがたずねました。「ねえ、お兄さま、では、いったい、それはなんですの？」「あなたはご存じないかな？」「知りませんの」「そのほんとうの名前は」と軽子が言いました。「あばれん坊の騾馬というんです。橋のめぼうきの嫩葉《わかば》をくい、莢をむいた胡麻をかじり、旅人の宿で夜を明かすのです」

すると、みんなはあおむけにひっくり返るまで、笑いこけて、また酒宴《うたげ》にもどりました。こんなふうに飲めや騒げやをつづけているうちに、とうとう夜になってしまいました。そこで、女たちは軽子に申しました。「ビスミラー[23]、ねえ、殿方よ、あのみすぼらしい古靴をはき、顔をねじむけて、肩幅をわたしたちに見せてくださいな！」すると、男は言いました。

「アラーにかけても、あなた方とお別れするよりも、わしの魂と別れるほうがやさしいくらいです。さあ、さあ、日に夜をついで騒ぎましょうや。あすの朝、おたがいにひきあげましょう」

「どうか、お願いですから」と賄い女が申しました。「この人をここにおいてあげてください。笑いものにしようではありませんか。わたしたちもくよくよしないで、暮らしましょうよ。こんな殿方はめったにございませんわ。ほんとうに陽気で、気のきいた方ですわ(24)」そこで、女たちはこう言いました。「おまえさんは今晩わたしたちといっしょにいてもいいけど、条件がありますよ。わたしたちの言いつけに背かないことと、なにを見ても、質問したり、わけをきいたりしないことです」

「ようございますとも」と男が答えると、さらに、女たちは申しました。「あそこの扉に書いてある文字を読んでいらっしゃい」そこで、軽子が立ちあがって、入口へいきますと、なるほど金箔《きんぱく》の文字でこんなふうに書いてありました。『自分にかかわりのないことをしゃべるものは、好ましくないことを耳にするだろう(25)』軽子は言いました。「あなた方が証人になってください。わしは自分にかかわりのないことなどしゃべりはしませんから」

それから、賄い女が立ちあがって、一同の前にご馳走を並べたので、みんなはこれを食べました。食事がすむと、めいめい酒席をとり替えました。賄い女はランプやローソクをともし、また、竜涎香《りゅうぜんこう》や伽羅《きゃら》をたき、新鮮な果物や酒の支度をととのえました。一同はまたまた酒宴にかかって、自分たちの恋人の話をしたりしました。まる一時間というもの、食べたり飲んだりしゃべったり、また、乾した果実をかんだり、笑いさざめいたり、悪ふざけをしたりしていましたが、そのとき、不意に、門をたたく音が聞えました。その音も決して一座の宴《うたげ》のさまたげとはなりませんでした。けれども、ひとりだけ立ちあがって、だれがきたか見にいきました。そして、まもなくもどってきて言いました。「ほんとうに、今晩の酒もりはすてきなものになりますわ」「どうして？」一同がたずねますと、その女は答えました。「門のところに、鬚《あごひげ》も髪の毛も眉毛もそり落としたペルシャ人の托鉢僧《カランダル》(26)が三人立ってますの。それがまた妙なめぐりあわせで、三人が三人とも、左の目がつぶれているのです。ロウムの国の異人さんで、旅をしてきたあとはありありと身なりに出てますわ。たった今、バグダッドに足をふみ入れたばかりで、この町も初めてだそうです。家《うち》の戸をたたいたわけというのは、ほかでもなく、宿が見つからないからだそうですの。中のひとりがわたしに言いますには、たぶんこのお屋敷のご主人は厩舎《うまや》か古い離れ家をあけて、わたしどもに一夜の宿をお貸しくださることと存じます、とね。思いがけないうちに闇にとじこめられ、しかも、不案内な土地で、あの人たちは宿を貸すような人を知らないんですわ。ねえ、お姉さま、どの人もいっぷう変わった、おもしろいかっこうをしてますの。ここへお通ししたら、わたしたちの慰みになるでしょうよ」女は熱心にみんなを納得させようとしますので、とうとう、ほかのふたりも言いました。「お通ししなさい。ただかかわりのないことはしゃべらないこと、さもないと、好ましくないことを耳にするという、いつもの条件を聞かせてやってちょうだい」

そこで、女は喜んで戸口へ出ていき、ほどなく三人の隻眼《かため》をともなってもどってきました。男たちは鬚も口髭《ひげ》も、きれいにそり落としていました。(27)一同は額手礼《サラーム》の挨拶をしてから、敬意を表して遠くに立ちどまっていましたが、三人の女は男たちのほうへ近づいてあいそよく迎え、ようこそ無事におつきなされました、と祝いの言葉をのべて、一同を席につかせました。

托鉢僧《たくはつそう》たちは部屋の中をしげしげと眺めました。それは、きれいにはき清められ、美しい花々で飾った、まことに快い部屋でした。ランプは燃えさかり、香《こう》の煙は高く立ちのぼっていました。お菓子や果物やぶどう酒のかたわらには、処女とおぼしい三人の佳人がいました。このありさまを見て、托鉢僧たちは声をそろえて、叫びました。「アラーにかけて、こりゃ実に素晴しい！」

それから、軽子のほうへ目をやり、決してしらふでもなく、たたかれて肌までが赤くなってはいましたが、愛きょうのある男だ、と思いました。それで、自分たちの仲間だと考えて、「わしらのような乞食《こじき》僧じゃよ！　アラブ人か、異国者(28)かはわからぬけど」と言いました。この言葉を耳にはさんだ軽子はすっくと立って、けわしい目をして三人をにらみつけながら、どなりました。「よけいなことはしゃべらずに、じっと坐っていろ！　おまえたちは扉の文字を読まなかったのか？　乞食のようなみなりでやってきて、つべこべ言うなんて、まったくけしからんぞ」「おお、托鉢僧殿《ファキル》(29)、どうぞ、ひらにご容赦ください」三人は謝《あやま》りました。「わたしどもはあなたのご命令に従います」

女たちはこの言い争いを聞いて、お腹をかかえて笑いました。そして、托鉢僧と軽子の仲をとりなして、新来の客を食卓につけると、みんなはご馳走を食べました。それから、三人がいっしょに並んで坐ると、門番女が酒をついでさし出しました。盃がさかんにまわり出したころ、軽子は門《かど》づけの僧たちにむかって、言いました。「時に兄弟、おまえさん方はわれわれを楽しませてくれるような話か、珍談奇談とかいうようなものを、ご存じないかね？」もうだいぶん酒の酔いも頭にまわっていましたので、三人は楽器を所望しました。そこで、門番女がモスルのタンバリンとイラクの笛と、ペルシャの竪琴をもってきて与えますと、乞食僧たちはめいめいそのひとつを手にとって、調子を合わせました。ひとりがタンバリンで、ほかのふたりが笛と竪琴で、浮かれるような音《ね》をかき鳴らすと、女たちはたいそう元気よく歌いましたので、それはそれはたいへんな騒ぎ[30]になりました。

みながこうしてうち興じているやさき、思いがけなく、だれかが門をたたきました。門番女はなにごとかと思って、様子を見にいきました。

さて、王さま（とシャーラザッドは語りつづけた）、だれやらが門をたたきましたのは、こういうしだいでございます。教主《カリフ》のハルン・アル・ラシッドは町に出て、憂《う》さをはらしたり、目新しい出来事でも見聞きしようと、その晩も王宮をお出ましになりました。時おり、そういうおしのびをなさるならわしがあったのでございます。ご当人は商人の服装《なり》に身をやつし、従者としては大臣のジャアファルと、「返報の剣士」マスルール[31]のふたりがお供をしました。

都を歩きまわっているうちに、いつしか三人の女の屋敷へやってまいりました。すると、歌舞管弦やにぎやかなさんざめきが耳に伝わってきました。そこで、教主はジャアファルにむかって「この家へはいって、歌を聞いたり、歌い手の顔を見たいものじゃ」と言いました。ジャアファルはおしとどめました。「おお、忠良な者の大君さま、あれどもはきっと酔うているに違いありません。あれどものお仲間にはいられて、なにか間違いでも起こりましては――」「どうあってもはいりたいが」と教主は答えました。「中にはいる口実をこしらえてくれぬか」「かしこまりました[32]」とジャアファルはそう言って、戸をたたきましたが、この音を聞くと、門番女が戸をあけに出てまいりました。そこで、ジャアファルは前に進み出て、女の前に平伏して申しました。

「もし、奥さま、わたしどもはチベリアスの町からやってきた商人でございます。十日まえにバグダッドにつきましたが、隊商宿に泊って、わたしどもの商品はみな売りさばいてしまいました。ところが、ある商人が今夜わたしどもを宴会に招待してくれましたので、酒席にはべり、小一時間もご馳走にあずかって、その家を出たのでございます。ところが、一歩出ますと、暗がりのことで、また、あいにくと道に不案内なため、宿へ帰る道がわからなくなってしまいました。そこで、まことに恐れいりますが、今晩お宿をお貸し願えれば、ありがたいしあわせと存じますが、あなたさまに天の神さまのお報いもありましょうほどに[33]！」

門番の女は三人をうち眺めて、みなが商人のなりをし、まじめで、堅気な様子をしているのを見てとると、姉妹たちのところへとって返し、ジャアファルの語った子細をくり返しました。女たちは異国の人々を不憫《ふびん》に思い、「入れてあげなさい」と申しました。門番の女が戸をあけてやりますと、三人は言いました。「はいってもよろしゅうございますか？」「さあ、どうぞおはいりくださいませ」と女は言いました。

そこで、教主はジャアファルとマスルールをともなって、中へはいりました。女たちは三人を眺めると、会釈して立ちあがり、席をあたえて、なにくれと思いやりを示しながら、言いました。「これは、これは、ようこそ、お越しくださいました。ですけど、ひとつ守っていただかねばならないことがございますの！」「どういうことでしょうか？」三人がたずねますと、女のひとりは「ご自分にかかわりのないことは口になさらないでください。好ましくないことをお耳にするといけませんから」と申しました。「承知いたしました」三人はそう答えて、酒席に腰をおろし、ぐっと盃をあけました。

やがて、教主は三人の托鉢僧に目をやり、そろいもそろって、左の目がつぶれているのを見て驚きました。また、女たちをつくづく眺めて、その美しくて、愛らしい容姿に胆《きも》をつぶすくらい、びっくりしました。女たちは相変わらず宴をつづけ、しゃべりあっていましたが、教主へも、「さあ、おあけなさいまし！」と酒をすすめました。が、教主は「わたしは巡礼の儀式を守っておりますから」(34)と答えて、酒を辞退しました。すると、門番女は立ちあがって、金の刺繡をほどこした食卓掛けを教主の前にひろげ、その上に磁器の茶碗をおくと、ひと塊りの雪と、ひと匙《さじ》の糖果といっしょに柳絮《りゅうじょ》の水を注ぎました。教主は女にお礼を言い、ひとりごとをつぶやきました。「あすはこの女のやさしいふるまいに報いてやろう」

ほかの者たちはまたも、飲んだり騒いだりしはじめました。酔いがまわってくると、この家の女主人であるいちばん年かさの婦人が立ちあがって、一同に会釈しながら、賄い女の手をとり、「さあ、妹よ、お立ち。わたしたちのお勤めをやりましょう」と言いました。ふたりが「承知いたしました！」と答えると、門番女は身を起こし、食卓を片づけて、残ったご馳走をもち去りました。そして、あらたに香《こう》をたいて、客間の中央をきれいに掃除しました。それから、托鉢僧たちを高座の片側の長椅子に坐らせ、もういっぽうの側に、教主をはじめ、ジャアファルとマスルールを腰かけさせました。

それがすむと、軽子をよんで、申しました。「あなたは礼儀をあまりご存じないのね！　もう、お客さまではありませんよ。いいえ、それどころか、家の人じゃありませんか」そこで、軽子は身を起こして、褌《ふんどし》をしめなおしながら、たずねました。「なにをいたしましょうか？」女は「そこにじっとしていらっしゃい」と答えました。それから、賄い女は客間のまん中に低い腰掛をもち出し、小部屋をあけながら、軽子にむいて叫びました。「ちょっときて、手を貸してちょうだい」男がすぐ手伝いにいきますと、二匹の黒い牝犬が首に鎖をつけられていました。女は「つかまえて離さないでね」と言いますので、男は犬をつかまえたまま、客間の中央へつれ出しました。

すると、女主人は立ちあがって、手首の上まで袖をまくると、鞭をつかんで、軽子に言いつけました。「前へ一匹つれておいで」軽子が鎖をひっぱって前につれていきますと、犬は悲しげにほえ、女のほうにむいて頭をふり立てました。けれど、女主人は犬の頭をぴしゃり

ぴしゃりと打ちすえました。犬がどんなにほえ立てても、女は手を休めずに、打ちつづけましたが、とうとう両の腕の力がぬけて、それ以上には打てなくなってしまいました。すると、鞭を投げすてて、牝犬を胸にかきいだき、犬の涙を掌《てのひら》でぬぐってやりながら、首に接吻しました。それから軽子にむいて、「これはあっちへつれていって、も一匹のほうをつれておいで」と申しました。軽子がつれていきますと、女主人はまえと同じように鞭をくれました。

さて、教主はこうした残酷な仕うちを眺めて、いたく心を痛め、胸苦しくなって、どうして二匹の牝犬がそんなにひどく打擲されるのか、そのわけを知りたくてたまらなくなりました。ジャアファルにわけをきいてくれと目くばせしましたが、当の大臣は教主のほうにむいて、やはり合図で、「黙っていらっしゃい！」と返事をしました。

するうちに、門番女は女主人に「ねえ、お姉さま、お席におかえりなさいませ。こんどは、わたしがお勤めをいたしますから」と申しました。女主人は「いいわ」と答えて、金や銀を塗ってある杜松《むろのき》の寝椅子に腰をおろしながら、門番女と賄《まかな》い女に言いました。「さあ、あなた方のお勤めをはたしなさい」

すると、門番の女は寝椅子のそばの低い腰掛に坐りましたが、賄い方の女のほうは小部屋へはいって、緑の縁どりをし、黄金の飾りふさをふたつつけた繻珍《しゅちん》の袋をもってまいりました。女は女主人の前にたたずんで、袋の中からルートをとり出し、ねじを締めて、調子をあわせました。そして、すっかり調子がととのうと、つぎのような四行詩を歌いはじめました。

げに君こそはわが望み、
ああ、恋人よ、君を見るとき
天界の館《やかた》開(35)かれ、
会わざれば、冥府《めいふ》見るのみ。
君がため心は狂い、
いと深き喜悦は去りぬ。
君を慕えば、恥もとがめも
憎しみも、われ恐れまじ。
わが胸に恋の宿れば、
羞恥《しゅうち》のベールをかなぐり捨てん。
そしりの矢われにふるとも、
われはベールを裂きてやまじ。
わがまといたる病いの衣《ころも》
ちぎれはてしをだれか知る。
さらば、わがこがれる胸は
君の至高の力を求めん。
わが頬つとう涙のしずく
やぶれしわが身の素姓《すじょう》語りて

ひめごとはなべて知られぬ、
なべての謎《なぞ》もときつくされぬ。
いざ、わが病い癒やしたまえよ、
げに君こそは病いと救い。
君が手に救いあるとも、
われはそしりをまぬかれざらん。
いざ、輝く目もて焼きたまえ、
幻《まぼろし》の剣《つるぎ》もて刺したまえ、
恋の剣にたおれしは
数知れず、貴き人も。
されど、われひたすらこがれ
忘却の彼方《かなた》へ逃げまじ。
恋こそはわが力とまこと、わが喜びぞ、
公私の恋も、正邪の恋も。
うるわしく輝く君を
うちまもる瞳めでたし！
さなり、われ心より
恋のやっこと呼ばれなん、

とこしえに。

門番女はこの四行詩の、悲恋の歌を聞くと、「ああ、悲しい！」と声をはりあげて、衣服をひき裂き、息もたえだえになって、床《ゆか》に倒れてしまいました。教主は女の背中に棕櫚《しゅろ》の鞭[36]の傷あとや鞭でこしらえたみみずばれがあるのを目にとめ、ひどく驚きました。そのとき、賄い女が立ちあがって、女の体に水をふりまき、新しい、たいそうきれいな着物をもってきて着せました。一座の者はこうしたしぐさを見て、ただただ心を痛ませるばかりでございました。それと申しますのも、事情がさっぱりのみこめず、ことの子細がかいもくわからなかったからでございます。

そこで、教主はジャアファルに言いました。「あの女の体に傷のあとがあったのを見たな？　わしはあの女の身の上や、ほかの娘たちの身の上、それに二匹の黒い牝犬の曰《いわ》くを知るまでは、黙ってもおられんし、落着いてもおられんわい」けれど、ジャアファルは答えました。「おお、わが君さま、わたしたちはかかわりのないことを口に出せば、好ましくないことを耳にするという、約束ごとをしたではありませんか」そのとき、門番の女が言いました。「どうぞ、妹よ、わたしのところへきて、代わりにこの役めをやってちょうだい」賄い方の女は「はい、よろしゅうございます」と答えて、ルートを手にとり、胸にあてると、指さきで弦をかき鳴らしながら、こんな歌をうたいはじめました。

そのむかしわが瞳より
奪いし熟睡《うまい》とく返し
教えたまえ、わが分別
いずこのかたへ消え去りし。
われ知りぬ、君をこがれる
わが恋に宿をかしなば、
わがまぶた熟睡をついに
おそろしき仇となしぬ。
世の人われに「君こそは
清き乙女と思いしに、
君が心をたれぞ奪いし」
かく問わば、われは答えん、
「かの人の瞳に問えかし」
かの人はわが血流せど、
そはくさぐさの悩みゆえ、
よぎなく流せしものなれば、
われは許さん、かの人を。
かの君なげし日輪の

輝く光わが胸の
鏡にはえて、灼《や》くごとき
光に燃えぬ、わが五体。
アラーの神は意のままに
〈命の水〉を流せども、
われには足れり、露おきし
真紅《しんく》の唇ひとつにて。
君もしわれの恋人に
言葉かけなば、悲しみと
涙と憂いと欲情の
生まれしいわれをよく知らん。
よし盃はあらずとも、
ぶどうの酒はくまずとも、
かの恋人の面影は
水にうつりて君を迎えん。

それからまた、同じ頌詩《しょうし》の中から、こんな歌をうたいました。

われ飲みほしぬ、酒ならで
かのよき人のまなざしを、
たゆとう足のゆらぎゆえ
この目は眠りさそわれぬ。
わが魂を奪いしは
酒にはあらで、思い出、
したたかわれを酔わせしは
盃ならで、贈物。
かのよき人の捲毛《まきげ》ゆえ
わが魂はとらわれて、
われは狂いぬ、かの人の
つれなき心になぶられて。(37)

しばらく休んで、またも、女は歌いつづけました。

君いまさずして、かこつとも
なにをかこってよいものか？
たとえ苦悩になやむとも

いずこのかたへ逃れえん？
使い(38)を雇い、わが胸の
思いのたけを伝えても
恋するものの愚痴《ぐち》などは
とてもお金じゃ伝わらぬ。
たとえ辛抱してみても、
恋をなくした恋人の
命はひと日つづくまい。
今のわたしにゃ、ただひとつ
後悔だけがのこるだけ、
頬を伝うて流れるは
涙のしずく、はてしなく。
かわいい女捨てさりし
君はつれなし、さりながら、
わが胸にすむ君こそは
どこへもいかじ、とこしえに。
川の流れがいつまでも
流れるかぎり、変わらじと、

固く誓った、妹背《いもせ》のちぎり、
君その誓い守りしや？
さなくば、君は泣きぬれし
恋のやっこを忘れしや？
悩みにもだえ、悲しみに
うちのめされしこのわれを。
ああ、いつの日かあい会うて
ともによりそい眠るとき
心なき君の仕うちと
おごれる心、われは責めなん。

ところが、門番の女は二度めの歌を聞くと、かん高い声をあげて、「アラーに誓っても、ほんとうにそうだわ！」と叫びました。そして、着物をひっつかんで、さっきと同じようにひき裂くと、息もたえだえになって、床に倒れました。すると、賄い方の女が立ちあがって、水をふりかけてから、二度めの着替えをもってまいりました。当の女は正気に返って身を起こすと、妹の賄いの女に言いました。「さあ、それからさきをつづけて。わたしのお勤めを手伝ってください。もう歌は、たったひとつしか残っていませんから」そこで、賄い方の女はルートをとり出して、こんな歌をうたい出しました。

いつの日までか、いつまでか
悩みにみちし、つれなき業《わざ》は？
しとどに落ちる、この涙見て
君の心は足らざるや？
君ことさらに、つれなくも、
会う日をさきにのばせども、
そはねたむ敵の心を
楽しませるにあらざるや？
このいつわりの浮世とて、
ひとたびなりとも、まこと示さば、
嘆きの涙に泣きぬれて
眠れぬ夜を迎えまじ。
心なき君が情けに
しいたげられし、このわれを
あわれみたまえ、わが君よ。
いまぞ、不憫《ふびん》を示す時。
わがうけし仇《あだ》だれに示さん、

ああ、われを殺《あや》めし君よ、
悲しからずや、破れたる
契《ちぎ》りのゆえに、いたつきの
うずきをなめる、このわれは！
君あこがれる恋心
日ごと夜ごとにつのりゆき、
さすらいの日は遅々《ちち》として
歩みはおそく、はてもなし。
おお、モスレムよ、恋のやっこに
「報復の権利(39)」求めよ、
恋ゆえに眠りうばわれ
恋ゆえに耐えがたければ。
おお、恋人よ、情人の
腕にだかれて、このわれに
「去れ」と叫ぶは、色恋の
掟《おきて》のゆるせし業《わざ》なるや？
わが恋いしたうかの君が
あわれ、わが恋破りすて

つれなきときに、このわれは
いかなる喜び味わわん？

門番女は三度めの歌を聞くと、声高く叫んで、着物をぐっとつかむなり裾のへんまでひき裂き、三度めに息もたえだえとなって、床に倒れました。そのおりにも鞭の傷跡がありありと目につきました。そこで、三人の托鉢僧は言いました。「この家にはいらないで、町はずれの丘にでも寝たほうがずっとよかったになあ！　全く、この家にきたばかりに、腸《はらわた》をちぎられるようなありさまを見せつけられてしまったわい！」

教主が三人にむいて「なぜですか？」と問いますと、托鉢僧たちは「わたしどもの気持ちはこの出来事でひどくかき乱されましたので」と返事しました。教主が「そこもとたちはこの家の方ではないのですか？」とたずねると、「はい、それどころか、実は、つい先刻まで、この家を見たこともありませんでした」という答えでした。これを聞いて、教主はいぶかしく思い、「あなたがたのそばにおられるご仁《じん》は、ことの子細をご存じではなかろうか？」と言いながら、軽子に目くばせしたり、合図したりしました。

そこで、托鉢僧たちは軽子に問いただしてみましたが、相手はこんなふうに答えました。「全能のアラーにかけて、全くもって、わしもみなさんとご同様なんです！　わしはバグダッドの生まれですが、きょうが日まで、この家の閾《しきい》をまたいだことなど、ついぞいちどもありません。この娘さん方のお相手をしているのは、妙なめぐりあわせからでして」「おや、そうですか」と一同は言いました。

「わたしたちはお家《うち》の方だとばかり思ってましたが。では、あなたもわたしどもと、おんなじなのですね」教主は申しました。「わたしたちは男七人だし、相手はたかが女三人、しかも助太刀《すけだち》をしそうなものもほかにないようだ。事情をきいてみようじゃないかね。もし返事をしなければ、力ずくでもきくとしよう」

みんなは賛成しましたが、ジャアファルだけは言いました。[40]「これはわたしたちにかかわりのないこと。うっちゃっておきなさい。わたしたちはみな客人です。ご存じのとおり、この家の人々と結んだとりきめや約束ごとがあり、わたしたちはそれを守ると約束をしたのですから。黙っているにこしたことはありません。もう夜の明けるのもまがありませんから、めいめい帰ることにいたしましょう」それから、教主に目くばせしてささやきました。「一時間もすれば夜があけます。あす、殿のご前《ぜん》に召しつれますから、その節に、思うぞんぶん、ことの顚末《てんまつ》をおたずねなさいませ」けれど、教主はなにを言うかとばかり、顔をきっとあげ、腹立ちまぎれに、どなりました。「わしは聞きたくて、もうがまんできん！　托鉢僧たちにさっそくたずねさせるがよいぞ」が、ジャアファルは「わたしにはできません」と断りました。

話し声はだんだん高まって、つぎからつぎへと、言い争いがつづきました。そして、だれが最初に質問するかという点で、もめていましたが、とうとう軽子に決まりました。話し声がそうぞうしくなると、女主人もそれに気づかぬはずはなく、一同にむかってたずねました。

「まあ！　みなさん！　そんなにやかましく、いったいなんのお話をなさっていますの？」

するると、軽子が女の前にうやうやしく立ちあがって言いました。「あの、ご主人さま、一同の者はしきりと知りたがっているのでございます。あの二匹の牝犬のいわれと、なぜあんなにむごたらしくいじめられたかということ、また、なぜ犬をかかえて泣いたり、口づけされたかということです。そして、おしまいに、みなの者が知りたがっているのは、あなたのお妹さんの身の上で、どういういきさつで、男のように、棕櫚の棒きれで折檻されたかということでございます。これが、みなさんからきいてくれと頼まれた不審な点なのです。あなたさまのご安泰を祈ります(41)」

この家の主人である女は客人たちにむいてたずねました。「この人が言ったのはほんとうでございますか？」一同は「ほんとうです！」と答えましたが、ジャアファルだけは黙っておりました。女主人はこの言葉を聞くと、叫びました。「アラーにかけて、あなた方は裏切りましたね。ひどい裏切りようですわ。あなた方がおこしになったとき、わたしたちはあなたがたと、かかわりのないことを口になさると、好ましくないことを耳にする、というとりきめや約束ごとをいたしました。あなた方を家《うち》へお入れして、とびきり上等のご馳走をしてあげただけでは、まだ不足なのですか？　けれど、いけなかったのはあなた方より、むしろ中にお入れしたこのわたしたちですわ」それから手首の袖をまくりあげて、床《ゆか》を三度手でたたき「早く出ておいで！」と叫びました。

と、これはまたなんと意外なことでしょう！　小部屋の扉がぱっと開いて、姿を現わしたのは手に手に抜刀《ぬきみ》をひっさげた七人の黒人奴隷でございました。女が「このおしゃべりどもの肘《ひじ》を縛って、数珠《じゅず》つなぎになさい」と言いつけると、奴隷たちは言われたとおりにしてから、たずねました。「おお、隠れた、操正《みさお》しいお方よ、こやつらの首をはねよ、とのご命令でござりますか？」けれど、女は答えました。「しばらくそのままにしておいておくれ。首を落とすまえに、身の上をたずねてやりましょうから」「どうか、わたしのご主人さま！」と軽子は叫びました。「他人《ひと》さまの罪のために、わしの命をとらんでくだされ。この人たちはみんな罪を犯したのですから、罰をうけるのもあたりまえです。が、わしばかりはちがいます。そうですとも、アラーに誓って、この片目の托鉢僧さえ邪魔だてしなけりゃ、今宵《こよい》はずいぶん楽しかったでしょうに。こいつらがやってきたばかりに、にぎやかな都も寂しい荒野に変わりましたわい」それから、こんな歌をくり返しました。

うるわしきかな、猛《たけ》き男の
にじみ出る情け心は！
いとうるわし、力も弱き
仲間にかけし情け心は。
われらふたりの聖《きよ》らなる
愛のきずなに誓っても、
他人《ひと》のとがにて、このわれを

苦しめたもうことなかれ。

軽子が歌い終わると、女主人は笑いました。

――ここで、シャーラザッドは夜がしらんできたのに気がついて、許された物語をやめた。

さて第十一夜になると

シャーラザッドは語った。おお、恵み深い王さま、女主人は腹を立ててはいましたが、軽子を見て笑い、一同のそばへ歩みよって言いました。「おまえさん方は何者であるかおっしゃい。たった一時間の命しかありませんよ。地位のある人か、一族のなかでも身分の高い人ででもなかったら、こんなに出すぎたまねはしなかったでしょうし、こちらもすぐと、首をはねたはずですけど」

すると、教主は「おお、ジャアファル、これはなんとしたことじゃ。間違えて殺されるといけぬから、わしらの身分を教えてやってくれ。さあ、恐ろしいめにあわぬうち、ありのまま話してくれ」と言いました。けれども、相手は「これも因果応報でございます」と答えました。教主はこれを聞くと、大声でどなりつけました。「時と場合で、冗談を言ってよい時と、まじめでなけりゃならん時があるぞ」

その時、女主人は三人の托鉢僧に言葉をかけました。「おまえさん方は兄弟ですか？」この問いに、托鉢僧は答えました。「いいえ、めっそうな、わたしどもはただの僧侶で、異国の者です」すると、女はその中のひとりに「おまえさんは生まれつき片目なの？」とききました。「いいえ、どういたしまして、ほんとうに不思議な出来事のため、珍しい災難のため、片目をえぐり出されたのでございます。わたしの身の上話を針師の手で目の片隅に彫《ほ》りこんでおけば、痛いめにあってもよいような人たちには、よい薬となりましょう[42]」

女はつづいて二番め、三番めの僧に問いただしましたが、ふたりとも最初の僧と同じように、答えました。「アラーに誓って、ご主人さま、わたしどもはそれぞれ生国が違っております。三人ともみな藩主や首都を治めている君主の息子、つまり王子なのでございます」これを聞いて、女主人は三人のほうにふりむき、「では、めいめい順序よく身の上話をして、わたしの家へやってきたいきさつをお話しなさい。もしその話がおもしろかったら、頭をなでて帰ってもようござんす[43]」

いのいちばんに進み出たのは軽子でございます。「もし、ご主人さま、わたしめは一介の荷《に》担《か》きにすぎません。この賄い方の娘さんに雇われて荷物を運んだだけで、最初は酒屋へ、それから果実屋へ、それから肉屋の店さきへ、それから、乾し果物を売っている乾物屋へ、さてまたそれから、お菓子屋や香料商兼薬屋へとつれだって、最後にこのお屋敷へとまいり、ここで、はからずもこんな始末になってしまいました。わしの身の上話は、ざっとまあこれだけでございます」

この言葉を聞くと、女主人は笑って、「頭をさすって、とっととお帰りなさい！」と申しました。けれども、軽子は「いえ、いえ、アラーにかけても、わしは仲間の身の上話を聞くまでは、決してここから去りません」と叫びました。

つぎに、片目の托鉢僧のひとりが進み出て、こんなふうに語りはじめました。

最初の托鉢僧《カランダル》の話

実は、ご主人さま、わたしが鬚《ひげ》をそり、片目をくりぬかれたいきさつはつぎのようなしだいでございます。

わたしの父は国王で、父にはひとりの兄があり、この兄もまた国王としてほかの都を治めていました。ところが、偶然のことながら、わたしと、この伯父の息子、つまり従兄《いとこ》とは、おんなじ日に生まれました。長い年月《としつき》をへて大きくなってからは、わたしはちょいちょい伯父のもとをたずね、いく月となく、従兄といっしょにすごすことがありました。従兄とわたしはすっかり仲のよい友だちになってしまいましたが、それというのも、従兄はいつもわたしにたいそう親切にしてくれたからです。わたしのためにいちばん肥った羊を殺してくれたり、極上のぶどう酒を漉《こ》してくれたりして、毎日長いあいだ、雑談をしたり、酒もりをしたりしました。

ある日のこと、酒の酔いがまわった時分に、従兄はこう言いました。「ねえ、従弟よ、君にひとつ大切な頼みごとがあるんだがね。でも、わたしのやりたいと思ってることについちゃ、反対してもらいたくないんだよ！」「いいですとも」とわたしが答えると、従兄はわたしに堅い、堅い、数々の誓いを立てさせてから、立ち去りました。

それからほどなくして、従兄は面紗《かおあみ》をかぶり、高価な飾りをつけた、身なりのりっぱな女をつれてもどってきました。従兄はさっそくわたしにむかって（女はまだ相手の後ろにひかえていました）、「この婦人をつれて、ひと足さきに墓地へいってくれたまえ」（わたしがのみこめるように細々《こまごま》とその場所を説明したうえで）「そして、いっしょにこれこれの埋葬所(44)へはいって、わたしがいくまで、待っていてくれないか」と言うのです。

先刻の誓いもあることで、いまさらとやかく言えませんので、わたしは黙っておりました。それから、わたしは婦人を墓地へ案内し、ふたりで埋葬所の中へはいって腰をおろしました。わたしたちが腰をおろすかおろさないうちに、従兄《いとこ》もこちらへやってきましたが、その手には水を入れた椀と、ひと袋の漆喰《しっくい》と、ちょっと鍬《くわ》に似た手斧をもっていました。従兄はまっすぐ埋葬所のまん中の墓石のところへいくと、手斧でたたいて開き、石をかたわらにはねのけました。それから、墓の土を掘りはじめましたが、やがて、くぐり戸くらいの大きな鉄の板が出てきました。これをもちあげると、その下には、円天井作りの、まがりくねった階段が見えました。

すると、従兄は女のほうをふり返って、「さあ、これが最後です。あなたのお気に召すようになさい！」と言いました。女はすぐさま階段をおりて姿を消しました。それから、従兄はわたしに言いました。「ねえ、従弟よ、迷惑だろうが、ご親切のついでに、わたしがこの中へおりていったら、揚蓋《あげぶた》をもとどおりにして、まえとおんなじに土をかけてくれたまえ。それから、お手数だが、袋の中の乾いた漆喰に椀の水をまぜて、石をかぶせたら、外側にこれを塗り、だれが見ても〈古い墓を近ごろあばいた〉などと言われんようにしてくれたまえ。わたしはまる一年というもの、ここで仕事をしてきたんだが、アラー以外にだれも気がついたものはいないのさ。お願いというのはこのことだよ」そして、すぐつけ加えました。「アラーよ、どうか従弟から友だちを奪い去ることのないように、また従弟がいなくなって友だちを寂しがらせることのないように、お祈りします。おお、わたしの愛する従弟よ!」従兄は階段をおりて、それっきり姿を見せませんでした。わたしは相手の姿が見えなくなると、鉄の板をもとへ返し、言いつけられたとおりに、墓をすっかりまえのようにしました。酒に酔って頭がぼーっとしていたので、わたしはほとんど無意識のうちにやってしまったのです。伯父の御殿へもどってまいりますと、伯父は狩りに出たとのことでしたから、その晩は会わないで、眠りました。

あくる朝になりますと、きのうの夕刻のいろいろな光景、従兄とわたしのあいだに起こった、さまざまな出来事が頭に浮かんで、相手のいうなりになったことを後悔しましたが、後悔さきに立たずで、詮《せん》ない話でした。それでも、まだ夢ではないかしらと考えていました。そこで、わたしは従兄の消息をたずねてみましたが、だれひとり知っているものはありません。墓地や埋葬所のところへ出かけて、従兄が中にはいった墓石を探しましたが、それも見つかりません。埋葬所から埋葬所へ、墓石から墓石へと、さ迷ってたずねまわりましたが、それもみなむだ骨折りとなって、とうとう日が暮れてしまいました。

わたしはそこで都へひき返しましたが、食べものも飲みもののどを通りません。ただもう杳《よう》としてゆくえの知れない従兄のことで、胸はいっぱいでした。悲しみに悲しみぬいて、夜があけるまでまんじりともせず、また一夜をすごしました。あくる日、もいちど墓地へいき、従兄のやったことをつくづく思案してみました。そして、相手のいうなりになった自分の愚かさを悔いながら、墓という墓のあいだをくまなく歩きまわりましたが、どうしても求める墓は探しあたりませんでした。

わたしはすぎた昔を思っては嘆き悲しみ、七日間というもの、墓をたずねては、そのたびに道に迷いながら、涙にかきくれておりました。良心の呵責《かしやく》はつのるいっぽうで、いまにも気が狂いそうになりましたので、けっきょく旅に出て、父のもとへ帰るよりほかに、悲しみをまぎらわす方法はないと思いました。

そこで、わたしは故郷へ旅立ちました。けれど、父の都に足をふみ入れたとたんに、一味の暴漢がわたしにおそいかかって、うしろ手にしばってしまいました。わたしの身分は王子で、その暴漢どもは父の家来であり、しかも、その中にはわたし自身の奴隷もいくたりかまざっておりましたので、ことの意外さにわたしは驚き、あきれました。にわかに恐怖におそわれて、わたしはわれとわが心にたずねました。「父上はいったいどうなされたか、知りたいものだ！」

わたしを縛った連中にことの子細をただしてみましたが、ろくに返事もしてくれません。けれども、しばらくしてから、その中のひとり（家の召使でした）が申すには、「あなたさまのお父上に、とんだことが起こりました。軍隊が反乱を起こし、父上を殺した大臣が王位についております。わたしどもはその命令で、あなたさまを召し捕えるため待ちぶせしていたのです」わたしは父の不慮の死を聞いて、気も狂い、いまにも気絶しそうになりました。そのとき、一行はわたしをひきたて、王位を簒奪《さんだつ》した大臣の前につれていきました。

ところで、かねてから、この男はわたしに遺恨《いこん》をいだいておりました。といいますのは、こういうしだいでございます。わたしは石弓(45)が好きだったので、ある日のこと、王宮の平屋根に立って、獲物をさがしていました。すると、一羽の鳥が大臣《ワジル》の屋敷のてっぺんにきてとまりました。ちょうどおりあしくその時、大臣も家にいたのです。わたしが鳥にねらいをつけて矢を放つと、的をはずれて、運命の定めとはこのことでしょう、ところもあろうに、大臣の目にあたり、目の玉がとび出してしまいました。詩人もこう歌っています。

われらは歩む、宿命に
定められたる道をふみ、
われらは運命《さだめ》のしるしたる
道をふむほか、せんもなし。

ある人ある地で死すべしの
宿命ならば、その人は
いかなる土地へいくとても、
さだめの地にて逝《ゆ》かんのみ。

また、別の詩人も同じように歌っています。

運命は気まぐれ、さからうな、
気をおとさずに御意《ぎょい》にそえ、
なにが起ころと、喜ぶな、
なにか起ころと、泣くじゃない、
なべてのものは流れ去る、
変わらぬものはなにもない。

さて、わたしは大臣の片目をつぶしましたが、相手はひとことも苦情が言えませんでした。それは父が都の王者だったからです。けれども、それからというものは、大臣はわたしを憎みました。そんなわけで、大臣がわたしにいだいていた鬱憤《うっぷん》はそら恐ろしいくらいでした。ですから、わたしが手をいましめられ、羽交《はが》いにされて、面前にひきすえられると、大臣は言下にわたしの首をはねよ、と命じました。わたしが「どういう罪で死罪にしようというのか？」とただしますと、相手は「これほど大きな罪がまたとあるか？」と、かつて目のあったところをさしました。

そこで、わたしは言いました。「あやまちでやったことで、悪意でやったのではない」すると「きさまはあやまちでやったかもしれんが、わしは故意に仕返し[46]をしてやるぞ」と答え、「きゃつを前にひき出せ」とどなりました。家来の者がわたしを前にひき出すと、大臣はわたしの左の目に指をさしこんで、目玉をえぐり出しました。こうして、ごらんのとおりの片目になったのでございます。

それから、大臣はわたしの手足をしばり、大箱の中に入れるように命じて、首切り役人に言いつけました。「こいつをひき渡すから、都のそばの荒野へつれていき、刀をぬいてたたき切り、死体は鳥や獣の餌食《えじき》とせよ」そこで、首切り役人は大箱をかついで出かけましたが、砂漠のまん中までくると、箱の中からわたしを出して（わたしは両の小手をうしろにしばりあげられ、両足を堅くつながれていましたが）、目かくしをし、いまにも首をたたき落とそうとしました。わたしはあまりの悲しさに泣きました。そのうちに、首切り役人も涙にさそわれて泣きました。わたしは相手をじっと見まもって、つぎのような対句《ついく》をくちずさみました。

君こそは鎖帷子《くさりかたびら》、

敵の矢もかいなしと思いしに。
はからざりしよ、その君は
敵の手にある松明《たいまつ》とは。
たとえ左手《ゆんで》が右の手を
救いえずとも、君こそは
ことあるごとに、このわれを
救わんものと思いしに。
君はつめたく、敵方の
ののしる声をきき流し、
われは群がる敵の中
矢柄《やがら》の雨を身にうけて。
君もし敵の手中より
われを守るにあらざれば、
いざ、そこのきて、道をあけ、
敵も味方も救うなかれ！

さらに、わたしはこういう歌もうたいました。

われは思いぬ、わが同胞《はらから》は
鋼《はがね》作りの鎖帷子、
正しくさなり、わが槍そらし
敵を守りぬ、つつがなく。
われは思いぬ、わが同胞の
弓矢の狙い、ゆめたがわじと、
正しくさなり、わが胸板《むないた》を
狙いて射てしその時に。

首切り役人はわたしの歌を聞いて（もとは父の家来の剣士で、わたしにもたいへんな恩顧をうけていましたので）叫びました。「おお、わが君、ただただ主命を奉ずるばかりのこの身に、いったいなにができましょうか？」しかし、すぐつけ加えました。「お逃げなさい。この土地に二度ともどってはいけません。さもないと、あなたさまもわたしも殺されてしまいます。ちょうど詩人もこう言っているではありませんか」

わざわいかからば、すみやかに
命をおしみてのがるべし、
朽ちたる家に語らせよ

主人《あるじ》のたどりし運命を。
古き土地をば捨て去れば
やがて新たな土地をえん、
されど、おのれの魂に
代わるべき魂世にあらじ。
アラーの世界はいと広く
げに大らかなものなれば、
汚辱《おじょく》の家にいつまでも
足をとどむはいとおかし！
大事はとくと考えて
他人《ひと》に頼むな、まかせるな。
この世は憂き世、ひたすらに
おのが命ぞ頼みなる。
たてがみおきし獅子とても、
人の救いか、助太刀《すけだち》を
えられるならば、こそこそと
餌をあさってさまよわじ。

一命を助けられようとは夢にも思いませんでしたから、わたしは相手の手に口づけしました。そして、斬首《ざんしゅ》の刑をまぬかれたことにくらべれば、片目を失ったことなどは、なんでもないと思いました。わたしは伯父の都につくと、さっそく面会して、父やわたし自身にふりかかった出来事を一部始終話しました。これを聞くと、伯父はひどく嘆き悲しんで、「そなたの不幸で、わしの悲しみはますます深まるばかりじゃ！　ああ、悲しいことだ！　それというのも、そなたの従兄にあたる倅はこのところずっと行方《ゆくえ》不明で、どうなりおったかさっぱりわからん。だれひとりとして消息を伝えてくれる者もない」と言いました。そして、息もたえんばかりに、悲嘆の涙にかきくれました。わたしも伯父といっしょに、悲しんだのでございます。

伯父はわたしの目に薬をつけてやりたいと思いましたが、見れば、中味のない胡桃《くるみ》の殻のようになっているので、こう言いました。「のう、わしの倅よ、片目はなくしても、命が助かってなによりだったよ！」

そんなことがあってからは、わたしはもはや、伯父のひとり息子で、いたくかわいがられていた従兄のことについて、口をつぐんでいるわけにはまいりませんでした。そこで、ことの子細をすっかり伯父にうちあけました。伯父は息子の消息を聞いて、とびあがらんばかりに喜び、「さあ、すぐその墓に案内してくれんか」と言いました。「アラーに誓って、伯父上さま、わたしにはその所在《ありか》がわかりません。いくたびとなく念入りに探してみましたが、けっきょくその場所は見つかりませんでした」

けれども、わたしと伯父は墓地へ出かけて、あちらこちらを探しまわっているうち、とうとう例の見覚えのある墓を探しあてたので、ふたりともこおどりして喜びました。わたしどもは埋葬所の中へはいって、墓石の上の土をかき分け、それから、揚蓋をもちあげて、階段をおよそ五十段もおりたころ、いちばん下に達しました。と、なんたることでしょう！　もうもうとした煙は目もあけられぬほどで、ふたりはしばし足をとめてたたずみました。そこで、伯父は「栄えある偉大な神、アラーのほかに主権なく、権力なし！」と、これを唱えれば、恐ろしい災難にはあわないという、祈りの文句を口にしました。

それから、さらにさきへ進んでいくと、思いがけなく広間にぶつかりました。床《ゆか》には篩《ふるい》粉《こ》や米粒や食べ物、それにまた、あらゆる種類の日用品がとりちらしてありました。部屋のまん中に、寝台をおおった天蓋《てんがい》がありましたので、伯父はつかつかと寝台に近づいて調べますと、息子と、いっしょに墓の中へおりていった例の女が抱きあって、横たわっていました。けれども、ふたりとも炭のようにまっ黒こげになっていて、さながら焦熱《しょうねつ》地獄にでも投げこまれたかのようでございます。伯父はこのさまを見ると、息子の顔に唾《つば》をはきかけて言いました。

「おお、この豚め[47]、因果応報じゃ！　現世の裁きはこれだが、来世の裁きはもっと苦しい、もっと長い裁きだぞ」

――シャーラザッドは夜がしらじらと明けてきたのに気がついて、許された物語をやめた。

さて第十二夜になると

シャーラザッドは語りつづけた。おお、恵み深い王さま、托鉢僧は女主人と教主《カリフ》とジャアファルを前にして、こんなふうに身の上話を進めていきました。

――伯父はまっ黒い炭の塊りとなって横たわっている息子をはっしとばかり上靴(48)でなぐりました。わたしは伯父の冷酷な仕うちに驚くとともに、従兄や女がかわいそうになって、言いました。「伯父さま、どうかお腹立ちをしずめてください。わたしが心の中で、ただこの不幸な出来事ばかりを気づかっているのがおわかりになりませんか？　あなたのご子息にふりかかったわざわいのため、わたしはとても悲しくてなりません！　まっ黒い炭の塊りしか残っていないということは、なんと恐ろしいことでしょう！　上靴でなぐるようなことはなさらんでも、それだけで、もう十分ではありませんか？」

すると、伯父は言いました。「のう、甥《おい》ごよ、こいつは子供の時分から、自分の妹に夢中になっていたのだ(49)。わしはなんども、なんども、ふたりのあいだを裂こうとしたが、それでも、内心では『まだ子供同士のことだから』と思っていたものだ。ところが、大きくなってから、ふたりは罪をおかしてしまった。まさかと信じかねたものの、とにかく、わしは倅を監視し、しかりつけ、さんざんにおどかしてやった。それに宦官《かんがん》や召使たちまで口をそろえて、『あとにもさきにも、だれもやったことのないような、けがらわしいことはおやめください。当代の王さま方のあいだに、末代までも恥をさらすことのないように、くれぐれもご注意なさいませ』といさめてくれた。また、わしも『こういう噂は隊商の手で国外へひろまっていく。噂の種をまかぬようにせいぜい気をつけることじゃ。さもないと、わしは必ずおまえを呪い殺してやるぞ』とさとしたのだ。

それからというもの、わしはふたりを別々に住まわせ、妹のほうをとじこめてしまった。けれど、この呪われた娘は夢中になって兄を慕ってやまないのだ。兄妹そろって悪魔にみいられ、ふたりの目には人の道にもとるおこないも正しいように見えたわけだ。ところで、倅はわしがふたりの仲を裂いたとみるや、こっそりこの地下道をこしらえ、見るとおり、家具を備えつけたり、食物まで運びこんだのだ。そして、わしが狩りに出かけていない留守に、妹といっしょにここへやってきて、わしの目から姿を消してしまったのだ。それから、神さまの正しい裁きにあって、天罰の炎で焼きつくされたというわけじゃ。最後の審判には、もっと苦しい、もっと長い苦痛を受けるはずだよ！」

そう言って、伯父は涙を流し、わたしもいっしょに泣きました。やがて、伯父はわたしを見まもって「おまえはあれの代わりにわしの息子となるんだよ」と言いました。わたしはしばし、諸行無常《しょぎょうむじょう》の定めない浮世のことを思ったり、また、大臣が父を殺して王位を奪い、わたしの片目をつぶしたいきさつや、従兄が世にも不思議な因縁《いんねん》で不測の死をとげたことなどを思いめぐらして、新たな涙にかきぬれました。伯父もいっしょに泣いてくれました。

それから、階段をのぼって鉄の板をはめ、土をふりかけて墓石をもとどおりにしてから、王宮へもどりました。しかし、ふたりが席に坐るか坐らないうちに、鑵鼓《かんこ》の響きや嚠喨《りゅうりょう》たる角笛の音、鐃鈸《にょうはち》のなりひびく音などが聞こえたかと思うと、敵の軍勢が槍を鳴らし、おたけびをあげ、轡《くつわ》をひびかせ、軍馬をいななかせて押しよせてくるのが耳にはいり、馬蹄《ばてい》にあがる、もうもうたる砂塵《さじん》の煙に、天も地もすっかりおおわれてしまいました。(50)

わたしどもはこの光景を見、この騒ぎを聞いてびっくりしましたが、どうしたわけか見当もつきませんでした。だが、さっそく問いただしてみますと、わたしの父の王国を簒奪した大臣が、兵馬を進めてきたこと、配下の兵員を召集したうえ、荒野のアラブ人の軍勢を加え(51)て、浜の砂《まさご》のような大軍を擁《よう》して攻めかかってきたこと、その兵力はとても数えきれぬほどで、だれもこれにうち勝てまい、というような報告をうけました。敵軍は都を不意打ちしたので、都の人々はふせぎとめる力もなく、都を明け渡してしまいました。

伯父は敵の手で殺されましたが、わたしは「この悪人どもの手に落ちたがさいご、もう助かりっこはない」と心のうちで考え、都のはずれへと落ちのびました。そんなわけで、わたしの難儀がまたまたあらたに生まれたのでございます。父や伯父にふりかかった災難を思うにつけても、どうしてよいやらわかりませんでした。と申しますのも、都の人々にせよ、父の兵隊にせよ、万が一わたしを見かけたならば、わたしを殺して恩賞にあずかろうと、やっきになっていたからです。ぶじに逃げおおせるためには、鬚《ひげ》や眉毛をそり落とすほかに手段《てだて》がないと考えました。

そこで、わたしは鬚や眉毛をそり、綺羅をぬぎ棄てて、托鉢僧《たくはっそう》のぼろ衣をまとい、伯父の都をあとにして、この都へとやってまいりました。万が一にも、だれかのとりなしで忠良な民草の大君、(52)この世のアラーの代理であらせられる教主《カリフ》さまにお目どおりがかなわないでもあるまい、と思いまして――。そういうしだいで、わたしがこちらへまいりましたのは教主さまに身の上をお話し、この問題を裁いていただくためでございます。

都に着きましたのはほんの今夜のことで、どこへいこうかと迷っておりました。そこへ、思いがけなくこの二番めのご坊がおみえになったのです。わたしが額手礼《サラーム》の会釈をして、拙《せっ》僧《そう》は異国の者ですがと申しますと、この方もやはり同じ旅の者だとおっしゃって、いっしょに語りあっておりました。すると、また不意に、この三番めの雲水が近づいていらっしゃって「わしは旅の沙門《しゃもん》ですが」と言いながら会釈しました。わたしどもも旅の者ですと答えて、それから三人でうちつれ立って歩いていくうちに、日はとっぷり暮れ、はからずもお宅へたどりついたようなわけでございます。わたしが鬚や口髭を、それに眉毛までもそり落とし、左の目をなくしたいきさつはかようなしだいでございます。

一同はこの話を聞いてたいへん驚き、中でも、教主はジャアファルに申しました。「アラーに誓って、わしはこの托鉢僧の身の上にふりかかったような出来事をついぞこれまで聞いたことも、見たこともないわい！」女主人が「頭をなでて、お帰りなさい」と言いますと、当人は「いや、わたしは帰りません、おふたりのご出家の来歴話を聞くまでは」と返事しました。すると、二番めの雲水《うんすい》が前にすすみ出て、床に平伏してから、語りはじめました。

二番めの托鉢僧《カランダル》の話

おお、ご主人さま、実は、わたしは生まれながらの片目ではありません。わたしにも不思議な身の上話がございまして、この話を針師の手で目の片隅にでも彫《ほ》りつけますれば、ちくりと痛いめにあってもよさそうなご仁《じん》にはよい薬となりましょう。

わたしは国王を父にもち、幼い時から、王者らしくしつけられました。七つの流派(53)について経典《コーラン》の詠誦を習いおぼえたり、あらゆる種類の書物をひもといて、博士や学者とその内容を論じあいました。そのほか、占星《せんせい》術とか詩人の美しい詩句を学び、あらゆる方面の学問を修めましたので、当今のどんな人物にもひけをとらぬようになりました。

書法の点でも、わたしの能筆はあらゆる書家をしのいで、名声はあまねく内外に知れわたり、王という王はわたしの名を知るようになりました。中でも、インドの国王は、わたしのことを伝え聞いて、王者の身分にふさわしい土産物や贈物や珍品をおくってよこし、わたしをインドの王宮に迎えたい、と父に申してよこしました。

父はわたしと家来のために六隻の船を用意してくれましたので、わたしども一行は航海へ出ました。まるひと月のあいだ、海上をただよって、ようやく陸にあがりましたが、それから、船に乗せてきた馬をおろし、王さまへの贈物を駱駝に積んで、奥地へと出発しました。けれど、まだほんの少ししか進まないうちに、不意にもうもうたる砂けむりがぱっと立ちのぼり、しだいにひどくなって、ついには壁のように(54)地平線をさえぎってしまいました。ひと時かそこらで、砂塵の帳《とばり》は消えていきましたが、その下から鋼《はがね》の鎧《よろい》をよそおい、さながら飢え狂う獅子《しし》のような騎馬武者が五十人たちあらわれました。よく見れば、なんと！ それは荒野のアラブ人に劣らぬくらい、あらくれた野盗ではありませんか。わたしどもの人数が四人で、贈物を積んだ十頭の駱駝しかいないのを見てとると、野盗どもは槍をかまえて、襲いかかってきました。

こちらは指さきで、「わたしども一行はインド大王の使いの者だから、危害を加えるな！」と合図しましたが、相手も同じように手まねで、「おれたちはインド王の領土の者でもなければ、その支配をうけてもいないぞ」と答えました。それから、わたしどもへ打ってかかり、いく人かの奴隷を殺したり、追いちらしたりしました。わたしもまた、したたか深傷《ふかで》をおいましたので、アラブ人どもが所持品の金子《きんす》や贈物に心を奪われているすきに、逃げ出しました。

まえには勢いさかんな身の上であっただけに、ひとしおうらぶれた気持になって、ただどこへともなく、とぼとぼ歩いていきました。やがて、とある山の頂にたどりつきましたので、その夜は洞穴《ほらあな》の中であかしました。あくる朝になると、ふたたび歩き出し、こんな調子でどこまでも進んでいくうち、美しい、にぎやかな都に着きました。それはちょうど白い霜といっしょに冬が去り、百花撩乱《りょうらん》として、世はまさに春を迎えようとしていた季節で、みずみずしい花が蕾をほころばせ、小川はさらさらと流れ、小鳥は美しい声で歌っておりました。詩人はある都をこんなふうに歌っておりますが、ちょうどそれと同じでございました。

憂いのかげもたえてなき
安けき都ここにあり、
とこしえに変わることなき
安泰と平和の都。
そのうるわしき風光に
都の民もうるわしく、
天国にあるかのごとく
民草に幸《さち》多きかな。

わたしは長い道中でつかれはて、困苦と飢えのため顔の色も黄ばんでいましたから、都にたどりついて、ほっといたしました。けれど、わたしの風采《ふうさい》はまことにみすぼらしく、どこへいくにも、そのあてさえありません。そこで、狭い店さきに坐っている仕立屋に言葉をかけて、会釈しました。相手もわたしの額手礼《サラーム》にこたえて、心から歓迎し、わたしのためを思って、やさしくいたわってくれたうえ、どうしてそんな奇態な風体《ふうてい》をなさっておいでかね、とたずねました。

わたしがこれまでの一部始終を語って聞かせますと、わたしのことを、たいそう心配してくれて、こう言いました。「これ、若いお方、その秘密はだれにもうちあけてはいけません。この都の王さまはおまえさまのお父さまのいちばんの敵で、ふたりは仇同士です。ご自分の命を用心なさることだ」それから、わたしの前に食べ物や飲み物を並べてくれましたので、いっしょに食べたり飲んだりしました。日暮れまでよもやまの話をいたしましたが、夜になると、仕立屋は店の片隅をとりかたづけて、敷物や小蒲団《こぶとん》を出してくれました。

わたしは三日のあいだ、仕立屋のもとにじっと滞在しておりましたが、最後の日になって、仕立屋は「おまえさまは暮らしのたつような商売をご存じかね？」とききました。わたしが「法典を学んでおりますし、経典《コーラン》の教義では博士です。また、学芸や教理にも明るく、書家としても名が売れています」と言いますと、相手は答えて「おまえさまの商売はこの都じゃ、ちっとも役に立ちませんな。だれひとり学問とか読み書きのわかるものはいないんですからね。知っているのは金もうけばかりですよ」と申しました。「でもほんとうに、今あげたことのほかはなにも知りません」

すると、仕立屋は「さあ、身支度をして、斧《おの》と縄をもって山に入り、木をきって、日々の食料《かて》をえるようになさい。そのうち、アラーのお救いもありましょう。ご自分の身分は口外《こうがい》なさいますな。殺されるといけませんから」と言って、斧と縄を買い求めたうえ、樵夫《きこり》たちにわたしのことを頼んでくれました。そこで、わたしはこの後見役の人々に案内されて山に入り、一日じゅう薪《たきぎ》をきって、夕方になると、その束《たば》を頭にのせてもどりました。そして、薪を半ディナールで売って、一部を食費に使い、残りは貯えておきました。

こんな仕事をしながら、わたしはまる一年すごしました。ある日のこと、わたしはいつものように荒れ地へはいっていきました。そして、仲間たちから離れてさ迷い歩いておりますと、たまたま草木のおい茂っている低地(55)に出ました。そこには、ふんだんに薪がありました。中へはいりますと、大木の節くれだった幹が見つかったので、さっそくぐるりの土をほぐして、斧ではねのけました。

やがて、斧が銅の輪にあたって、かちっと音を立てました。そこで、泥を払いのけてみると、なんと、その輪は木で作った揚蓋《あげぶた》にくっついているではありませんか。これを持ちあげると、下に階段が現われましたので、階段をおりきって、扉のところまで進んでいきました。扉を開くと、がっしりした、こぎれいな造りの、りっぱな広間があり、そこには高価な真珠にまごうばかりの乙女がひとりおりました。

そのあでやかな姿を見ているうちに、あらゆる悲しみも、憂いも、苦しみも、胸から消えてしまいました。乙女のやさしい言葉つきには、絶望にうち沈んだ魂も癒やされ、聖人賢者も、心をうばわれたでありましょう。身の丈は五尺ばかり、乳房はひきしまって高く、頬は歓楽の園《その》のようで、肌の色はいきいきと輝いていました。また、うばたまの闇のように黒い巻き毛の下から、その顔が曙《あけぼの》のようにひらめき、雪肌の胸の上には、真珠のように白い歯が光っていました。詩人が歌っているのはちょうどこんな女のことでございます。

げに愛らしき、やさ腰の

うば玉色の髪おきし、
砂丘に立てる青柳《あおやぎ》の
細枝《さえだ》にまごう乙女なり。

ほかの詩人はこう歌っています。

めったに揃《そろ》わぬ四つのものが
ここにはすっかり揃ってる、
そのためわたしは血潮をわかし、
心は千々にくだける思い。
輝く額は目もあやに、
黒き髪毛は艶《つや》ふくみ、
頬はくれないばらの色、
背丈はすんなりあだ姿。

わたしは乙女を眺めたとき、この女をつくりたもうた神の前に手をついてぬかずきましたが、それと申しますのも、神がこの女をあまりに臈《ろう》たく、あまりに愛らしく、つくりたもうたからでございます。女はわたしを見て言いました。「あなたは人間なの？　それとも魔神なの？」「わたしは人間です」と答えますと、女は「だれがあなたをここへつれてきましたの？　わたしは二十五年ものあいだ、人間の姿など、一度も見かけないで、ここに住んでいます」と言うので、わたしは言いました（ほんとうに女の言葉は美しく、それを耳にすると、胸の奥底までとろける心地がしました）。「おお、娘さん、心配や苦労を追いはらってくれるため、運命の神さまがここへ導いてくださったのです」それから、わたしの数々の不幸をすっかり語ってきかせますと、女はわたしの身の上話にいたく心をうたれたようすで、涙を流して、申しました。

「こんどはわたしの身の上をお聞かせしますわ。わたしはアブヌス諸島(56)の君主イフィタムス王の娘でございますが、父はわたしの伯父の息子、つまり従兄《いとこ》にわたしをめあわせました。けれども、婚礼の晩に、悪魔イブリスの本従弟、つまり母の妹の息子ジルジス・ビン・ラジムスと呼ぶ魔神《アイフリット》がわたしをさらって、鳥のように空へ舞いあがり、ここにとじこめてしまいました。魔神はわたしの必要なものはなにもかも、美しい織物も衣装も宝石も家具も食物も飲み物も、ここへ移してくれました。そして、十日に一度やってきて、一夜だけわたしとそい寝して帰っていきます。それと申しますのも、家の人たちの承諾を得ないで、さらってきたからです。わたしどもふたりのあいだには約束がありまして、もし夜でも昼でも用があれば、あそこの床の間の上に彫《ほ》ってある二本の線に手をふれると、その手がまだ離れないうちに、魔神がここへ現われることになっております。魔神がまいりましたのは四日まえのことですから、こんどくるまでにはまだ六日の間《ま》があります。ねえ、あなた、わたしといっしょに五日間お暮らしになって、魔神のやってくるまえの日にお帰りになっては？」

わたしが「ええ、ようございますとも！　ああ、ほんとうに夢でさえなければ、素晴しいが！」と答えると、女はたいへん喜んで、とびあがってわたしの手をにぎり、弓形の戸口を通って、美しく飾った、広々とした風呂場へ案内してくれました。わたしも女も着物をぬいで風呂にはいり、女に体を洗ってもらいました。洗い終わって風呂からあがると、女は背の高い長椅子の上にわたしを坐らせてよりそい、麝香《じゃこう》の匂いをつけたシャーベット水を出してくれました。湯ざめで肌寒くなると、食べ物をととのえていっしょに食べ、いろいろ話をしはじめました。が、ほどなく、女は申しました。「横になって、お休みなさいな。きっとお疲れになっていらっしゃるにちがいありませんわ」そこで、わたしは礼を言って横になり、これまでわたしの身にふりかかったことなどなにもかもうち忘れて、ぐっすり眠ってしまいました。

目を覚ますと、女はわたしの足をさすったり揉《も》んだりしていました。で、わたしはもいちどお礼と祝福の言葉をのべて、しばらくのあいだ語りあいました。女は言いました。「ほんとうに、わたしはしんからさびしくてなりませんでしたわ。この二十と五年のあいだ、たったひとり地の底で暮らしてきたんですもの。お話し相手になれる方をおつかわしなされた神さまをほめたたえましょう！」それから、さらに言葉をついで、「ねえ、あなた、お酒はいかがですか？」ときくので、わたしは「どうぞ、あなたのお好きなように」と答えました。

女は戸棚のところへいって、封蠟《ふうろう》のしてある、生粋《きっすい》の古ぶどう酒を一本とり出し、食卓には花やかぐわしい草を飾って、こんな詩を歌いはじめました。

あなたのくるのがわかっていたら、胸の奥底、
瞳の玉も、ひろげて見せる心意気。
あなた迎えて、わたしの頰は、床《ゆか》のしとねになりましょう、
まぶたもひろげ、踏まれましょうよ、あなたの足に。

歌が終わると、わたしは女に感謝の言葉をのべました。といいますのも、女を恋いしたう気持ちで胸がいっぱいになり、悲しみも悩みも跡かたなく消え去っていたからでございます。ふたりは夜になるまで、語りあったり酒をくみかわしたりしました。そして、その夜はいっしょに寝ました。——生まれてこのかた、あんなに楽しい晩はまだ一度もありませんでした！

あくる日も、夢うつつのうちに、昼まで歓楽がつづきました。その時分になると、わたしは、したたかお酒をあおっていたので、すっかり分別を失っていました。そこで、立ちあがって、体を左右にふらつかせながら、申しました。「ねえ、おまえ、わたしはこの地の底の穴蔵《あなぐら》からおまえをつれ出し、魔神の呪いをといてあげるよ」女は笑って「よけいなことはおっしゃらないで、これでがまんなさい。十日のうち一日が魔神のもので、あとの九日はあなたのものじゃありませんか」それでも、わたしは（ほんとうのところ、すっかり酔っぱらっ

ていたのです)「たったいま、おれは呪文の彫ってある床の間をぶちこわして、魔神とやらをよび出して殺してやるぞ。魔神退治はおれの日ごろのならいだからな」女はこの言葉を聞くなり、真青《まつさお》になって、「後生《ごしょう》だからやめてちょうだい!」と叫んで、こんな歌をうたい出しました。

とんでもないぞえ、そりゃ身の破滅、
およしなさいよ、正気なら。

また、こうも歌いました。

別れをいそぐわが君よ、
君の駿馬《しゅんめ》の手綱《たづな》をば
よくひきしめて、いたずらに
はやりていそぐことなかれ。
いざ、とどまりたまえ!
浮世はあてにならぬもの、
甘い逢う瀬も終わり告げ、
離別とならん、つかのまに。

わたしは女の歌声を聞いても、その文句など少しも気にかけませんでした。いや、それどころか、いきなり足をあげて、床の間を力まかせに蹴とばしました。

――シャーラザッドは夜がしらんできたのを知って、許された物語をやめた。

さて第十三夜になると

シャーラザッドは、おお、恵み深い王さま、この二番めの托鉢僧は、つづいて、女主人につぎのように物語ったということでございます、と話し出した。

――ご主人さま、ところが、わたしが床の間を力まかせに足蹴《あしげ》にしますと、これはまたなんとしたことか、周囲の気配はにわかに緊張して、暗くなり、雷がとどろき、稲妻がひらめいたかと思うと、大地がぐらぐらゆらいで、なにもかも見えなくなってしまいました。酒の酔いもたちまちさめて、わたしは女にむかって叫びました。「どうしたんだろう？」すると、女は「魔神がやってくるんです！　だから、そう言ったではありませんか？　ほんとうに、あなたのため、わたしの身は破滅です。でも、あなたはお逃げなさい。はいってきた道からお逃げなさい！」と言いました。

そこで、わたしは階段へとびあがりました。しかし、恐ろしさのあまり、履物《サンダル》と斧をおき忘れたのです。階段を二段のぼってから、ふりむいて、忘れ物をさがそうとしたとたん、こはそもいかに！　大地がまっぷたつに裂け、いまわしい姿をした怪物の魔神がとび出してきて、女に言いました。「わしを騒がすとは、いったいなにごとだ？　なにかよからんことでも起こったのか？」

「なにも悪いことなど起こりはしませんの」と、女は返事しました。「ただ胸がしめつけられ、[58]悲しくて、気分が重いだけよ。それで、気分を軽くして、力をつけようと思って、少しお酒を飲みましたの。それから、ご不浄へいこうとして立ちあがったんですが、酔いがまわっていたので、床の間につまずいて倒れてしまったんだわ」「うそをつけ！　きさまは売女《ばいた》みたいなやつだ！」と魔神はかん高い声でどなりました。そして、広間をあちこちと眺めまわしていましたが、とうとうわたしの斧と履物《はきもの》が目にとまり、女にただしました。「こいつは、おまえとねんごろにしていた人間の持物でなくって、いったいなんだというんだ？」「わたしは今が今まで、そんなものを見た覚えはありません。あなたが着物にくっつけて、持ってらっしたに違いありませんわ」すると、魔神は「ばかげたことを言うな！　淫売め！　白首《ごけ》め！」とどなりつけ、女をまる裸にし、床の上にころがして、十字架にはりつけたように、手足を四本の柱にしばりつけました。[59]それから、責めさいなんで、白状させようとしました。

こちらは、女の悲鳴やうめき声を、とてもじっとして聞いてはおれませんでした。そこで、恐ろしさにぶるぶる慄《ふる》えながら、階段をのぼっていきました。てっぺんまでのぼりきると、揚蓋をはめて、泥をかけました。それから、自分のやったことを、歯がみして、後悔しました。あくまでも美しく、愛くるしい女が、二十五年も静かな生活を送ってきたあげくに、呪われた魔神のため、現に拷問《ごうもん》にかけられているさまを思いうかべました。

それもこれも、みんなわたしのせいだったのです。また、父のことや王領のこと、樵夫《きこり》になったいきさつ、平穏無事に暮らしたのもほんのつかの間、いままた世の中は濁《にご》りきって、やっかいなものになったことなど、いろいろ思いおこしたのでございます。わたしはむしょうに泣きながら、こんな対句《ついく》を歌いました。

とく思うべし、暴虐の
〈運命《さだめ》〉ゆえ、汝《なれ》いつの日か
いたましくしいたげられんと。
歓楽の一夜のあとに
悲しみの一夜迎えん。

それから、わたしは友だちの仕立屋の家まで歩いて帰りました。この友だちはひどく心配しながら、わたしの帰りを待ちあぐんでいました。まったく、諺にもあるように、仇《あだ》に報いるに徳をもってしてくれたのでございます。仕立屋は、わたしの顔をみるなり、「夜っぴて心配していたんだよ。獣におそわれたか、なにか災難にでもあったのじゃないか、と思ってね。さあ、アラーをたたえましょうや。無事に帰られたのだから」と申しました。わたしは相手の温い心づかいにお礼をのべてから、いつもの片隅にしりぞいて、わが身にふりかかったさまざまな出来事をつくづくと思案しました。そして、よせばよいのに、ばかなまねをして、理不尽《りふじん》にも、床の間を蹴とばしたことを思って、われとわが身を責めさいなんだりしておりました。

こんなふうに自分の非をあげつらっていると、とつぜん、仕立屋の友だちが顔を出して言いました。「ねえ、店さきにペルシャ人[60]の爺さんがきているよ。おまえさまに会いたいということだがね。おまえさまの斧や履物ももってござるよ。爺さんの言うにはね。勤行時報係《ムアッジン》がお寺で朝の祈禱の鐘を鳴らし出したころ、外へ出たら、ふとこれをひろったが、だれのものやらさっぱりわからない。そこで、樵夫たちのところへもっていったら、幸いおまえさまの物だとわかって、持主の住いを教えてくれたよ、とね。店に腰かけているから、出ていってお礼を言い、斧と履物を返してもらいなさい」

わたしはこれを聞いて、恐ろしさのあまりに真青になり、さながらぶちのめされたように、気が遠くなるのをおぼえました。正気に立ちかえるいともないうちに、なんと！ 部屋の床がふたつに割れて、そのあいだから現われ出たのはペルシャ人に化けた魔神です。魔神は例の女をさんざんに責めましたが、それでもなにも白状しないので、斧や履物を手にして言いました。「おれもイブリスの末裔《すえ》のジルジスだ。こいつ[61]の持主を探し出して、つれてきてやるぞ!」

それから、魔神はさっきお話ししたような口実を見つけて、樵夫のところへいき、わたしの住いを教えられて、店さきにきて腰をおろしているうち、事実をたしかめたというわけでございます。魔神は鷹が鼠をひっさらうようにして、いきなりわたしをわしづかみにすると、空高く舞いあがりました。が、やがて、舞いおりて、わたしをつかんだまま地中へ飛びこみ(わたしはそのあいだ気絶していました)、とうとう、わたしがこのうえなく楽しい一夜をすごした、例の地下室へひっぱりこんだのでございます。

見れば、そこには、あの女が一糸もまとわぬ裸となって、手足を四本の柱にしばりつけられたまま、横たわり、両の脇腹からは血があふれ出ておりました。このありさまに、わたしの目は涙でかきくもりました。けれども、魔神は女の体を衣服に包んでから、たずねました。

「こらっ、淫婦め、この男はおまえの恋人ではないか?」女はわたしを眺めて、答えました。「知りません。いままで一度だって見たこともありません!」「なんだと! これだけひどいめにあわせても、まだ白状しないか」「わたしは生まれてこのかた、こんな男を見たことはありません。アラーの前で、うそをつくなんてとんでもないことです」

「もし知らないというのなら」と、魔神は女にむかって言いました。「この刀をとって、頭をたたき落としてみろ(62)」女は刀を手につかんで、わたしのすぐそばへよってきました。わたしは眉を動かして、合図しましたが、涙が頰を伝うて流れおちました。女はわたしの心のうちを察して、同じように合図で答えました。「あなたはどうしてわたしにこんなわざわいをふりかからせたの?」そこでまた、わたしも同じように「どうぞお許しください」と返事しました。そして、口にこそ出しませんが、そのときのわたしの気持ちを声高く[63]歌ったのでございます。

わが瞳　動かぬ舌の
代弁者　胸に秘めたき
恋心　あらわに語りぬ。
顔あわせ　しとどに涙
落ちし時　無言のままに
わが瞳　恋を語りぬ。
かの女《ひと》も　口はきかねど、
瞳にて　合図送りぬ。
われ指の　合図送れば
かの女《ひと》は　意《こころ》悟りぬ。
この眉も　われらふたりの
ありとある　勤めはたしぬ。
口にこそ　出さねど、恋は
声高く　あらわに語りぬ。

ご主人さま、すると、この女は刀を投げすてて、「見も知らぬ方を、なんの恨みもない方の首を、どうして打ち落とせましょう？　そんなまねは、わたしの掟《おきて》では許されませんわ！」と言って、手をひきました。すると、魔神は「きさまは色男を殺すのが悲しいんだな。一夜の契《ちぎ》りを結んだので、これほど責め苦にあいながら、強情《ごうじょう》に口を割ろうとはしないんだな。いや、よくわかったよ、同病相憐《あわれ》むっていうやつだ」と言って、わたしのほうをふりむくと「おい、きさまもたぶん、この女を知らんのだろう」とたずねました。「いったいどういう方なのですか？　確かに、これまでいっぺんもお目にかかったことはありません」「それじゃ、刀をとれ」と魔神は言いました。「女の頭を切り落とせ。そうすれば、きさまがこの女を知らんという言葉を信じてやろうし、乱暴なまねをしないで、放してやるぞ」「やりましょう」とわたしは答えて、刀をとると、いきなり前に進み出、手をふりあげて打ちおろそうとしました。しかし、女は眉《まゆ》をうごかして、「わたしは恋のことであなたを裏切りましたか？　こんなお返しをなさるの？」女の目《ま》ざしがなにを語っているかわかりましたから、わたしもやはり目くばせで答えました。「あなたのため、このわたしの魂を捨てましょう」すると、口にこそ出ませんが、ふたりの心のうちには、つぎのような詩がきざまれたのでございます。

燃える思いにさそわれて

いかに多くの恋人が
睫毛《まつげ》用いてわが思い
恋する人に語りしか。
思いのたけを燃えさかる
瞳に託して示しなば、
恋する人の欲情を
乙女は悟らん、すみやかに。
たがいにじっとうちまもる
瞳はいともうるわしく、
飛びゆく視線はげに早く
狙いたがわず的《まと》を射る。
いざ、睫毛もて燃えあがる
思いのたけを綴るべし、
いざ、瞳もてありとある
思いのたけを読まんかな。

すると、涙がどっと目にあふれ、わたしは刀を投げ出して、言いました。「ああ、力ある魔神よ、英雄よ。知恵も信仰もない、ただの女がわたしの首をはねるのを無法だと言いますのに、どうして、この男のわたしが、いっぺんも見たことのない女の首をはねてよいものでしょうか？　わたしにはとてもそんなひどいまねはできません。たとえ、あなたに破滅の盃《さかずき》を飲まされても――」

魔神は「きさまらふたりは腹を合わせているんだな。いいか、そんなまねをするとどんなことになるか、いまに思い知らせてやるぞ」と言って、刀をとると、まず女の両手を四太刀で切り、それから、足を切ってすてました。わたしはこのさまを眺め、いよいよ女もこときれたと思っていましたところ、女は臨終《いまわ》のきわに、目で最後の別れを告げました。これを知った魔神は女にむかって、「きさまはよくも間男《まおとこ》をして、その目でおれを寝とられ亭主にしたな」とどなりつけて、刀をふりおろしたので、たちまち頭はふっ飛んでしまいました。

それから、わたしのほうをふりむいて言いました。「おい、この野郎、おれたちの掟ではな、女房が姦通したら、殺していいことになってるんだ。この女はな、十二のとき、婚礼の晩にかっさらってきたやつで、おれよりほかだれも男を知らなかったんだ。十日に一度、おれはここへやってきて、ペルシャ人の姿に化《ば》けて、晩はいっしょに寝たもんだ。間男をしておれの顔に泥を塗ったことが間違いないからこそ、殺してしまったんだ。しかし、きさまの場合は、この女とできて、おれに恥をかかせたかどうか、はっきりしちゃおらん。だからといって、おれはこのままきさまを放しやしないぞ。なんでもいいから、ひとつ望みごとを言ってみろ、かなえてやるから」

ご主人さま、そこで、わたしはたいそう喜んでたずねました。「どんな望みごとをお願いすればよいのでしょうか？」「こういう望みごとを頼むんだ。いいか、どんな姿にかえてやろうか？　犬か驢馬か猿か、どれになりたい？」

わたしは答えました（実は慈悲をかけてもらえるかもしれんと、内心期待しておりましたもので）。「アラーに誓って、ごかんべんください。あなたになにも仇をしたことのない人間を、回教徒を、お許しくだされば、アラーもあなたをお許しになりましょう」そして、わたしはすっかりへりくだって、魔神の前にたたずんだまま、申しました。「わたしはいろいろなことで、とても苦しんでいるのです」すると、相手は「ぐずぐず言うな、きさまの命はおれの手にあるんだ。しかし、殺さんで、好きなようにさせてやるぞ」「おお、魔神さま、妬《ねた》まれた男が妬んだ男を許してやったように、わたしをお許しくださるほうが、あなたさまには似つかわしいと存じますが」と、わたしが言うと、相手は「そりゃどういう話だ？」ときますので、つぎの話を始めました。

ねたみ深い男とねたまれた男の話

魔神さま、その話と申しますのはこうでございます。ある都にふたりの男がおり、壁ひと重《え》を隔《へだ》てて、隣りあって住んでおりました。ひとりの男はもひとりをねたんで、悪意のこもった目で眺め、なんとかして相手を傷つけてやろうと心をくだいていました。こんなふうに、しょっちゅう隣人をねたんでおりましたが、しまいにはいよいよ悪心がこうじて、楽しい夢路もたどれず、ご飯さえ、ろくろくのどを通らなくなりました。

しかし、ねたまれた男はただ栄えるいっぽうで、相手が傷つけようとたくらめばたくらむほど、ますます成金となって、いや栄えていきました。とうとう隣りの男が自分に悪心をいだいていることや、危害を加えようとたくらんでいることなどが、ご当人に知れてしまいました。すると、このねたまれた男は「神さまの大地は広いから、どこへいっても、住めよう」と言って、その近在から立ち去り、ほかの都へおもむいて、そこで、少しばかりの土地を買い求めました。

その地所には、荒れるにまかせ、水もかれた、古い釣瓶《つるべ》井戸(64)がひとつございました。ねたまれた男はここに社《やしろ》を建て、必要な品物を少しばかり備えつけ、自分もその中に住まって、ひたすら祈禱をし、全能のアラーをあがめておりました。行者《ファキル》や雲水《うんすい》は諸方からこの男のもとへ集まってまいり、その名声は都の内外へひろまっていきました。

やがて、この消息が例のねたみ深い、隣りの男の耳にはいり、相手が非常な幸運に恵まれ、都の貴人たちが門弟になっていることなどを知りました。そこで、この男は相手の都へ旅立って、聖者の庵《いおり》を訪れました。ねたまれた男はあいそよく、ねんごろに相手を迎え入れました。すると、ねたみ深い男が申しました。「わたしはひとことおまえさまに言いたいことがあったので、はるばるおうかがいしたようなわけなんです。いいことを知らせてあげたいから、おまえさまのお部屋までわたしを案内してくださいませんか」

そこで、ねたまれた男は立ちあがり、ねたむ男の手をとって、庵のいちばん奥へとはいっていきました。しかし、ねたみ深い男は言いました。「お坊さん方を自分の部屋へひきとらせてください。だれも聞こえないところでないと、話すわけにまいりませんから」そこで、ねたまれた男は行者たちに申しました。「みなさんは、めいめいご自分の庵室へおひきとりください」

言われたとおりに、一同が座を立ちますと、主人は客をつれて表に出、例の荒れはてた古井戸のところにさしかかりました。ふたりがその縁《ふち》にたたずんだとたんに、ねたみ深い男は相手をどんと突きとばしたので、主人はまっさかさまに井戸へ落ちてしまいました。だれも見ているものはありませんので、ねたみ深い男は相手を片づけてしまったものと思い、もとの道をひき返して帰りました。

ところが、偶然のことながら、この井戸には魔神族《ジャン》が棲《す》んでいて、その場のありさまを見ていましたから、つき落とされた男を受けとめると、少しずつ下へおろし、底につくと、大きな石の上に腰をかけさせました。魔神のひとりはさっそく仲間にたずねました。「おまえたちはこの方がだれだか知ってるかい？」「いいや、知らない」とほかの仲間が答えましたので、「この方はね」と話し手が言いました。「ねたまれた男といって、ねたみ深い男の手からのがれて、この都へ移ってこられたのさ。そして、ここに社を建て、連禱(65)をしたりコーランの訓《おし》えをといたりして、おれたちを教えてくださったのさ。ところが、ねたみ深い男が後からやってきて、いっしょになり、ふたりっきりになると、こざかしい計略をめぐらしてな、おれたちの住んでいるこの井戸の中へつき落としたんだ。だけど、このりっぱな方の名は今晩都の王さまの耳にもはいって、あすは姫のことで、王さまがじきじきに、ここへたずねていらっしゃるんだよ」

「姫がどうかしたのかい」とひとりがきくと、別の魔神が答えました。「悪霊《あくりよう》にとりつかれているんだよ。ダムダムの倅のマイムンというやつが王女にぞっこん惚《ほ》れこんじゃったのさ。でも、もしこの信心深いお方がなおし方をごぞんじなら難なく全快するはずだよ」「じゃ、その薬はなんだい？」

ひとりがたずねると、「社の中に、あの方は黒い牡猫《おすねこ》を飼っているだろう。あいつのしっぽにディルハム銀貨くらいの白い斑点があるんだ。そこの白い毛を七本ぬいて、そいつを焚《た》いて姫をいぶせば、悪霊は退散して二度ともどっちゃこないのさ。そうなれば、これからさき一生、気がふれることはないよ」と相手は答えました。さて魔神さま、こういう話がねたまれた男の聞こえるところでとり交わされましたので、この男は耳をすまして聞いていたのでございます。

夜がほのぼのとあけて、お日さまが照り出したころ、行者たちは庵主をさがしに出かけました。すると、庵主が井戸の石垣《いしがき》をよじ登っているのが目につきました。その姿が一同の目には神々《こうごう》しくうつりました(66)。

さて、庵主は必要な薬を与えてくれるのは黒い牡猫だと知りましたから、そのしっぽの白斑点から七本の毛をひきぬいて、大事にしまっておきました。太陽がのぼるかのぼらないうちに、王さまは大官連を従えて、この庵にはいってこられました。そして、ほかの従者は外で待っているようにおおせられました。ねたまれた男は心から王さまを款待《かんたい》し、かたわらの席をすすめて、たずねました。「どんなご用むきでお出ましになられたか、ひとつ当ててごらんにいれましょうか？」王さまが「よろしい、当ててみよ」と返事しましたので、庵主はつづけて申しました。「表むきは、ご参詣《さんけい》という名目でお出かけになられたのでしょうが、内実は姫君のことでわたしにおたずねになりたいのでございましょう」「そのとおりじゃ、庵主殿」すると、ねたまれた男は「姫君をおつれください。かならずとも、すぐになおしいたします（アラーのみ心もかくあられますならば！）」と言いました。

国王はたいへん喜んで王女を迎えにやりますと、当の王女は手足を縛られたまま、つれてこられました。ねたまれた男は垂れ幕の後ろに王女を坐らせて、猫の毛をとり出すとこれを焼いて王女をいぶしました。すると、王女の頭に巣くうていたものが悲鳴をあげて退散しました。王女はたちまち正気に返り、顔をおおって申しました。「どうしたのでしょう？ だれがこんなところへつれてきたのかしら？」

王さまはたとえようもないくらい喜ばれ、姫の目と聖者の手[67]に口づけしました。それから、重臣連をふりむいてたずねました。「どうじゃ？ わしの姫を癒やしてくれた方にどれだけお礼をさしあげようかの？」一同は答えました。「お姫さまをおめあわせなさるがよろしゅうございます」「もっともな言葉だ！」と王さまは答えて、姫を庵主にめとらせ、とうとうこのねたまれた男は王さまの婿《むこ》になりました。

しばらくして宰相《さいしょう》がみまかりますと、国王は「代わりにだれを宰相にしたらよかろう？」と言いました。「お婿さまがよろしゅうございます」と廷臣たちは答えました。そこで、ねたまれた男は宰相になりましたが、また、しばらくすると、王さまも亡くなられましたので、家臣たちは「だれを王さまにいただこうか?」とはかりました。みんなは「宰相を」と叫びましたので、宰相は国王《サルタン》の位につき、民草《たみくさ》のほんとうの統治者となりました。

ある日、王は馬にうち跨って、王者の威風も堂々と、領内の太守や大臣、さては貴顕高官などにとりかこまれて進んでいきますと、ふとねたみ深い例の隣りの男が目にとまりました。徒歩で道ばたにたたずんでいるのです。そこで、大臣のひとりをかえり見て申しました。「あの者をここへつれてまいれ。怖《お》じけさせてはならんぞ」大臣がその男をつれてきますと、王は「国庫から金貨千ミスカル(68)を出して与え、商売用の品を十頭の駱駝に積んでやり、あの男の町まで護衛をつけて送ってやれ」と命じました。それから、この仇敵に別れを告げて、はなしてやりました。これまでさんざん悪いことをたくらんだ男を許してやったのでございます。

おお、魔神さま、このねたみ深い男にかけた、ねたまれた男の慈悲のほどをごらんください。ねたみ深い男は初めから相手を憎み、はげしい恨みをいだいていて、会いさえすればいつも、相手に難儀ばかりかけていました。それにまた、相手を家から追い出し、しかも、井戸につき落として命さえ奪おうと、ただそれだけの目あてで、はるばる相手のところへ出かけたのでございます。それでも、ねたまれた男は仇《あだ》に仇を報いないで、許してやったうえ、贈物まで与えてやったのでございます。

話し終わって、ご主人さま、わたしは魔神の前で激しく泣きました。あれほど激しく泣いたことなどまだ一度もございません。それから、こんな歌を口ずさみました。

わが科《とが》を　許したまえよ、
ありとある　罪を許して
仇討《あだう》ちも　忘れはてるは
賢き人の　ならいなれば。
このわれに　げにありとある
過ちの　宿りたれば、
いざ、慈悲の　恵みをたれて
わが罪を　許したまえよ。
天上の　神の許しを
ひたすらに　求めるものは
現世《うつしよ》の　罪ある人に
情《なさ》けかけ　罪を許さん。

魔神は言いました。「これ以上くどくどいうな！　命をとるんじゃないから、安心しろ。だが、許してもらえるなどと思うなよ。おれの魔力から逃げるわけにゃいかんぞ」それから、足もとの閉じた大地からわたしをひっさらって、またしても、大空へとびあがりました。そのうち、下方の大地は大きな白雲か、海原のただ中に浮いたお皿のようになりました。

魔神はやがて、とある山の頂にわたしをおろし、泥を少し手に握って、その上になにやら呪文を唱え、わたしの体にふりかけながら「その姿を去って、猿の姿になれ！」と言いました。と、見る見るうちに、わたしは猿になりました。齢《よわい》百年もへた、しっぽのない狒々《ひひ》に変わったのでございます。

さて、魔神が立ち去ってから、醜い、ぶざまな姿になったわが身を眺めたとき、わたしはこの身が不憫《ふびん》でたまらず、涙を流して悲しみました。けれども、運命はどんな人にも公平ではなく、不変なものでもないことをよく承知していましたから、つれない時世と境遇に身をゆだねて、諦めたのでございます。

山をくだって、麓《ふもと》に出ますと、荒れはてた大きな曠野《こうや》が見渡すかぎりのび広がっていました。その曠野をひと月のあいだ歩きつづけて、やっとのことで塩からい[69]水のほとりに出ました。そこにしばらくたたずんでおりますと、沖合いに一隻の船が見え、順風に帆をあげて、こちらの岸のほうへ進んでくるではありませんか。わたしは浜辺の岩かげに身をかくして、船が近づくのを待ち、そばへくると、身をおどらせて船の中へとびこみました。

船には商人や乗客がいっぱい乗っておりましたが、その中のひとりが叫びました。「船長、こんな縁起《えんぎ》でもない獣がとびこんできちゃ、ろくなことはありませんよ！」ほかのひとりも「こんな縁起の悪い獣はおい出してしまえ」と言いますので、船長は「殺してしまおうじゃないか！」と申しました。「刀で切っちまえ」「海になげこめ」「弓で射とめろ」と三人め、四人めの人は口々に叫びました。

けれど、わたしはとびあがって、船長《ライス》(70)の服の裾にすがりつき、はらはら涙を流しました。船長はわたしをあわれんで申しました。「やあ、商人《あきんど》のみなさん！　この猿めは、わしに助けを乞いました。わしは保護してやるつもりです。これからさきはわしが預かるわけだから、どなたもいじめたり、悪さをしてはいけません。さもないと、おたがい同士仲違《なかたが》いになりますぞ」それから、船長はわたしをいたわってくれました。わたしのほうでもその言葉をよくきき分けて、ききたくも口が自由になりませんでしたが、どんな用事でも足してやり、召使のように仕えました。それで、しまいに船長はわたしを心から愛してくれるようになりました。

船は五十日のあいだ、順風に恵まれてどんどんさきへ進みました。そして、ついに大きな都の岩壁のかげに錨《いかり》をおろしました。この都には、アラーのほかだれも数えきれないくらい多くの人たちが、とりわけ、学問のある人たちが住んでおりました。船が到着すると、さっそくこの都の王さまからつかわされた白人奴隷《マメルク》の役人たちが訪れました。役人たちは船に乗りこんで商人に挨拶したり、安着の喜びをのべたりして、言いました。

「われらの国王はみなさんを歓迎し、この巻紙をよこされました。みなさんはめいめい、なにか一句これにしたためないといけません。と申しますのは、国王の大臣で、有名な書家がなくなられたので、国王はその方に劣らぬくらいの能筆家でないと、代わりの大臣にしないと堅く誓いを立てられたからです」そう言って、わたしどもに巻紙をさし出しましたが、その幅は一腕尺《キュビット》、長さは十腕尺もありました。

書法を知っている商人たちは、最後のひとりまで、みんな一句ずつしたためました。それが終わると、わたしは（やっぱり猿の姿のままで）立ちあがり、みなの手から巻紙をひったくりました。けれども、わたしが手まねで文字の書けることを知らせたので、みんなは「まだ字の書ける猿を見たことがない」と言いながらいぶかりました。すると、船長が叫びました。「書かせてみよう。もしぞんざいになぐり書きでもしたら、けとばして、殺してしまおう。しかし、きれいに、りっぱに書けたら、わしの養子にしてやる。だって、これほど賢い、行儀のよい猿を見たのは生まれて初めてだからね。わしのほんとうの息子が、こいつくらいに、利口で、作法がよければいいがなあ」わたしは葦筆《よしふで》(71)をとって腕をぐっとのばすと、墨にひたし、草書体で、つぎのふたつの対句をしたためました。

〈時〉はしるしぬ、偉人らに
与えられたる賜物を、
されど、ひときわすぐれたる
汝《な》が賜物をなに人も
書きてしるせし者はなし。
アラーの神に祈らまし。
なれ失いて、もろ人の

父なき孤児とならぬよう。
なれは恵みの母にして
慈愛の父にましませば。

それから、ラヤーニ書体(72)で、つまり線のやわらかい、ひときわ大きな文字でこう書きました。

なれはよろずの国々に
葦《よし》の筆をばたずさえぬ、
ひとたび筆をかるときは
なべてこの世は栄えなん。
わずか五本の指をもて
幸《さち》なき人を笑《え》ましむる
なれの恵みはいと深く
ナイルの川もおよぶまじ。

それから、スルス書体(73)でこんなふうにしるしました。

いかなる書家も滅亡の
さだめのがれる手段《すべ》あらじ、
されど、手をもて書きしるす
文字はのこらん、末長く。
さらば、しるせよ、いやはての
審《さば》きの日に会いしとき、
君の瞳にうつるまま
君に役立つ言葉のみ。

さらに、ナスフ書体[74]でも書きました。

〈運命《さだめ》〉のゆえに、わが恋が
悲しき別離を定められ、
遠くさかれて、せつなくも
別れて住まうそのときは、
矢立てをとりて口となし、
ふたりの悩みをのべんかな、
ものいう葦の筆とりて

思いのたけを告げんかな。

つぎは、トゥマル書体(75)で書きました。

盛者《じょうしゃ》必滅、世のならい、
君この真理《まこと》こばむとて、
そのかみありし、もろもろの
王者はいずこ、今いずこ？
位《くらい》につきて治める間《ま》、
いざ、仁政《じんせい》の木を植えよ、
よしや倒れて死するとも、
木々は語らん、君の功《いさおし》。

最後には、ムハカック書体(76)で書きました。

巨万の富と名声の
矢立てをとりてあけるとき、
心も広き墨につけ、

情《なさ》けも深き手に握れ。
筆とる力あるかぎり、
雄々しきいさお書きしるし、
剣《つるぎ》と筆の穂さきから
世の賞賛をかちうべし。

書き終わって、わたしは巻紙を役人に渡しました。一同がめいめいの詩句を書きつらねてしまうと、役人たちはこの巻紙を国王のところへもっていきました。王さまは巻紙をひらいて見ましたが、わたしの筆蹟よりほか意にかなうものはひとつもありません。そこで、一堂に集まった家臣に申しました。

「この詩句を書いた人をたずねあて、美しい礼服をまとわせ、牡騾馬(77)にのせて、楽隊を先頭にわしの前まで召しつれよ」

この言葉を聞いて、なみいる者たちは思わず失笑しましたので、国王は腹を立てて、叫びました。「下郎ども！　命令をくだしたのに、あざ笑うとはもってのほか！」「おお、王さま」と一同は答えました。「たとえわたしどもが笑いましても、王さまをお笑いしたわけではなく、また、いわれがないわけでもございません」「どういうわけだ？」と国王がたずねましたので、一同はそのわけを語りました。

「王さま、この詩句をしたためた者をおつれせよとのお言葉ですが、実はこれを書いた男と申しますのはアダムの子孫ではなく、船長の飼っている猿めでございます。尾のない狒々《ひひ》でございます」「そのほうたちの申し立てはうそではあるまいな？」「はい、王さまの慈悲深い主権に誓っても」と一同は答えました。国王はこの言葉を聞いて驚き、喜びに身をふるわせて言いました。「船長から、その猿を買いとろうぞ」

それから、国王は、「とにかく礼服をまとわせ、騾馬にのせ、楽隊を先頭に、護衛兵をつけて、つれてまいるがよい」と言いつけて、騾馬や衣装や護衛兵や楽隊といっしょに、使者たちを船へさしむけました。使者たちは船につくと、船長からわたしを受け取って、礼服を着せ、牡騾馬に跨らせ、威風堂々と街をねり歩きました。都の人々は目をまるくして、おもしろがり、口々に言いました。「おい、見ろ！　王さまは猿を大臣になさるつもりだぞ！」みんな大騒ぎをして、見物に集まってきました。都じゅうがわたしのためにどよめき、上を下への大騒ぎをしたのでございます。

使者にともなわれて、わたしは国王の前に伺候しました。王さまの前では三たび平伏し、侍従長や大官の前でも一度ずつ平伏しました。すると、王さまは坐るように、との言葉をかけましたので、わたしはかしこまって、膝を折って正座しました。(78) いならぶ人々は、中でも王さまは、わたしの礼儀正しいのに驚きました。そこで、王さまは側近の者をひきさがらせて、あとに王さまみずからと当直の宦官《かんがん》と小さな白人奴隷だけが残りますと、王さまはわたしの前に食卓をひろげさせました。そこには、ありとあらゆる鳥類のご馳走がのせてありました。その中には鶉《うずら》や雷鳥《らいちょう》のような、跳《と》んだりかけたり巣の中でつがったりする鳥どもがはいっていました。王さまはわたしに相伴《しょうばん》するように合図しましたので、わたしは立ちあがって平伏し、いっしょに席につくと、食事にかかりました。食卓がとり片づけられると、わたしは七つの水で手を浄め、矢立てと葦筆をとって、歌う代わりに、こんな対句《ついく》を書きました。

かゆ皿と小皿に盛られし、小さな鷓鴣《しゃこ》に涙をそそげ、
酒につけたる油揚げとシチュウの残骸《ざんがい》のために泣け。
カタ鶉鶏《じゅんけい》(79)の愛すべき、今は亡《な》き娘らを、われとともに、悼《いた》め、
また、美しきこげ茶の鳥を包みしオムレツを悼め。おお、わが胸に燃ゆる炎よ、
焼き立てのボッタラ焼(80)と菓子の上におかれし二尾の魚を目にとめしとき。
おお、管《くだ》そうめんよ！　君がため痛むは、この、わが胃袋！
われは思いぬ、君いまさではなべての味も喜びも無にならんと。
この玉子は責苦の火にあいて黄色き目をまわしぬ、
かの味よきこま切れと揚げものに添え、膳に出されるその前に。
焼いてあぶりし肉のうまさにアラーをほめたたえん！
ああ！　この豆も、油にひたせし煮こみの菜《さい》も、美味なるかな！
飢えも満ちて、われ肘《ひじ》をささえつ、肉饅頭《まんじゅう》(81)をつまみぬ。
その中に、輝きわたる美少女坐せば、われは胆をうばわれぬ。
われはなお、眠れる食欲ゆりおこしつつ、さながら遊び半分に、

花紋《かもん》飾り盆より菓子を、巧みをこらせし珍菓をつまみぬ。
いざ、わが心、よく耐えよ！〈歳月〉は傲慢《ごうまん》にして嫉妬強し、
きょうは暗く沈みてあれど、あすは明るい笑顔とならん(82)。

それから、わたしは立ちあがり、敬意を示して、玉座から離れて腰をおろしました。王さまはわたしの書いた文字を読むと、驚いて叫びました。「おお、なんという不思議だろう。猿がこんなに奥ゆかしい詩文を書き、こんなに素晴しい能筆の才に恵まれているとは！　まことに玄妙なことだわい！」

やがて、細口の硝子《ガラス》壜に入れて、選りぬきの酒が運ばれると、王さまはまずさきに飲んでから、その盃をわたしにさしました。わたしは床にひれ伏して、盃をあけると、その上にこう書きました。

火のように熱いお酒(83)に、舌の根ゆるみ
苦しみも忍ぶ心も手をとりあいぬ。
いざ、殿方《とのがた》よ、われに手をかし、高くもちあげ、
乙女ごの口よりすすらん、甘き露。

それからまた、こんな詩句もしたためました。

朝《あした》が夜に言いました。
「さあ、どけ、わしのお出ましだ」
朝だ、われらも酒のんで(84)
浮世の悩み忘れよう。
玻璃《はり》もうるわし、またとなく、
酒もこよなくよく澄みて、
玻璃のお酒か、お酒の玻璃か、
どちらがどうやら、わからない。

王さまはこの歌詞を読んで、溜息をつきながら、申しました。「こんな嗜《たしな》みが人間にそなわっていたら、当代随一の人物にもなれように！」それから、将棋盤《しょうぎばん》(85)をとり出させて「こりゃ、一番どうかな？」と言いますので、わたしは頭を縦にふって、お相手しましょうと答えました。前に進み出て、駒をならべ、二回勝負を戦わせましたが、どちらもわたしの勝ちになりました。王さまはあまりのことにものも言えませんでした。そこで、わたしは矢立てをとり出して筆をにぎり、その盤面にふたつの対句をしたためました。

ふたりのお客が勝負する、

日がなひねもす戦って、
勝負を争いつづけたが、
いっかな、けじめはつきませぬ。
いつしか、あたりは宵闇《よいやみ》に
すっぽり包まれ、暗くなり、
ふたりはいっしょに休みます、
ひとつ寝床に肩並べ。

王さまは狂喜しながら、この文句をくちずさみ、宦官《かんがん》(86)をかえりみて、言いました。「これ、ムクビル、姫のシット・アル・フスン(87)のところへいって、『たいへん不思議な猿を見せてあげるから、ここへくるように、と父が申している！』と伝えてくれ」宦官は出ていくと、まもなく王女をつれてもどりました。王女はわたしを見るなり、顔をおおって申しました。

「まあ、お父さま！　あなたは恥ずかしいというお気持ちがおありになりませんの？　これはどうしたことでしょう。わたしをよんで、見も知らぬ男にひきあわせて喜んでいらっしゃるなんて！」

「これ、シット・アル・フスン」と王さまは言いました。「ここにはだれもおらぬではないか。小姓と、おまえを育てた宦官と、父のこのわしよりほかに。それだのに、いったいだれにむかって顔をかくしたりするのかね？」「お父さまが猿だと思っていらっしゃるこの人は、実は若い殿方で、聡明《そうめい》で礼儀も正しく、学問も知識も広い王子さまですの。けれど、魔法がかかっているのです。イブリスの末裔《すえ》の、魔神ジルジャリスが自分の妻の、アブヌス諸島の君主イフィタムス王の姫を殺してから、この方に呪文をかけたのです」

王さまは姫の言葉に驚いて、わたしをふりかえってたずねました。「姫の言うことに間違いはないかね？」わたしはうなずいて「はい、間違いありません」と答え、さめざめと泣きました。すると、王さまは姫にききました。「この猿に魔法がかかっているのをどうして知ったのじゃ？」「お父さま、わたしの小さいころ、わたしは老婆といっしょにいたことがございます。悪賢い女で、おまけに、魔法使いでした。その女から魔術というものの理屈《りくつ》や使い方を覚え、いちいちこれを書きとめておくうち、すっかりものになりましたの。そして、百七十章の魔法の方式をそらんじて、今ではこれをちょっと使っただけで、この都の石をカフ山(88)や世界をとり巻く海へ移したり、都を深い海に変えて住民を魚にし、その中で泳がせることだってできますわ」

「これ、姫よ」と父は言いました。「後生《ごしょう》だから、ひとつこの若者の呪いをといてやってくれないか？　わしはこの男を大臣にし、おまえをめあわせたいと思うのだ。全くこの男は機才縦横、博学無類の若者だからね」「よろしゅうございますわ」と王女は答えると、ヘブライ文字でアラーの名を刻《きざ》んだ鉄の小刀を手にとり、大きな円を描きました。

――シャーラザッドは夜がしらみかかったのを知って、許された物語をやめた。

さて第十四夜になると

おお、恵み深い王さま、托鉢僧《たくはっそう》はこんなふうに話をつづけました、とシャーラザッドは語った。

ご主人さま、王女はヘブライ文字を刻んだ小刀を手にして、御殿の広間のまん中に大きな円を描き、その中にクファ文字で怪しげな名や呪符《まじない》を書きつらね、ぶつぶつと言葉や呪文を唱えました。中にはわたしどもにもわかる言葉がありましたが、その他のものはさっぱりわかりませんでした。とかくするうち、あたりは暗くなって、いまにも大空が頭上に落ちかかってきそうに思われました。と、どうでしょう！　正体をまるだしにした魔神が姿を現わしました。手は叉《また》の多い熊手に似て、脚は巨船の帆柱のように大きく、眼《まなこ》は赤々と燃える篝火《かがりび》の油壺にそっくりでした。わたしどもはその姿を眺めて恐ろしさにふるえあがりましたが、王女は魔神にむかって叫びました。

「出てきたね。挨拶などまっぴらだよ、この犬め！」すると、魔神は獅子の姿に身をやつして言いました。「やい、裏切ったな！　おたがいに裏切るまいと誓ったに、約束を破るとはいったいなにごとだ！」「畜生！」と王女は答えました。「わたしとおまえみたいなやつのあいだに、なんの約束ごとなどあろう！」すると、獅子は「身から出た錆《さび》だぞ」とほざいて、口をかっと開き、王女めがけて飛びかかりました。

が、そのとき早くそのとき遅く、王女は頭から一本の毛髪をひきぬいて、呪符を唱え、宙にふりますと、その毛髪はたちまち鋭い剣に変わり、一刀のもとに獅子をまっぷたつにしてしまいました。すると、ふたつの胴体が宙に飛んで、頭のほうが蝎《さそり》に変わりました。王女も大きな蛇となって、いまわしい蝎に襲いかかり、巻きつほぐれつ、一時《いっとき》のあいだすさまじい闘いをくり返しました。

つぎに蝎は禿鷹《はげたか》となり、大蛇は鷲となって、禿鷹におそいかかり、およそひと時もおいまくっておりましたが、やがて魔神は黒い牡猫に化けてのどをごろごろ鳴らし、歯をむき、唾をはきました。と、こんどは鷲は斑《ぶち》のある狼になって、この二匹の獣は長いあいだ宮廷の中でしのぎをけずりました。牡猫はいよいよかなわぬと知ると、虫けらとなって広間のまん中にある噴水のそばの大きな赤い柘榴《ざくろ》(89)の中へはいりこんでしまいました。すると、柘榴は空中で西瓜ほどの大きさにふくれあがり、御殿にしきつめた大理石の上におち、粉々にわれて、実はすっかりこぼれ、床《ゆか》一面に散らかりました。

そのとき、狼は体をゆすってまっ白い雄鶏《おんどり》になり、一粒もあまさじとばかり、柘榴の実をついばみはじめました。しかし、どうしたことか、運命のめぐりあわせで、ひと粒だけが噴水の縁へころがっていき、見えなくなりました。雄鶏はときをつくって羽ばたき、まるで「もうひと粒も残っていませんか?」と問いたげに、嘴《くちばし》でわたしどもに合図しました。が、わたしどもにはその意味がつうじません。雄鶏はわたしどもにむかって大きな鳴き声をたてましたので、今にも御殿が崩《くず》れおちるのではないかと思われました。それから床《ゆか》一帯をかけずりまわって、とうとう噴水の縁にころがっているひと粒を見つけ出し、必死になってかけよって、それをついばもうとしました。と、思いがけなく、そのひと粒は池のまっただ中へ飛びこみ、魚の姿に変わって、池の底へもぐってしまいました。

そこで、雄鶏もまた一匹の大きな魚になり、あとを追いかけて水へ飛びこみ、しばしのあいだ二匹とも姿を見せませんでした。すると、なんとしたことでしょうか！　かん高い金切り声と苦痛の叫び声が耳をうち、わたしどもはがたがた身をふるわせました。やがて、魔神は池からたち現われ、燃える炎となって、口や目や鼻の穴から炎と煙をはき出しました。つづいて、王女も池の中から出てきましたが、その姿は赤々と燃えさかるひと塊りの炭でございました。このふたつがひと時ばかり戦いをつづけましたが、しまいにめいめいの火がすっかりふたりを包んで、その煙が御殿いっぱいにもうもうと立ちこめました。

わたしどもは今にも息がとまりそうで、激しく喘《あえ》ぎました。焼きこがされて、命がなくなるのではないかと思い、池の中へ飛びこみたくなりました。王さまは叫びました。「栄えある偉大な神アラーのほかに主権なく、権力なし！　まことわれらはアラーのものにして、アラーに還らんとするものなり！　この猿めの呪いを姫にといてくれと勧めなければよかった。おかげでわしは、世界じゅうのどんな魔神もかなわない、あの呪わしい魔神を相手に戦うような、恐ろしい仕事を姫にやらせることになった。ああ、この猿に会わねばよかった。(90)アラーも猿の来た日を清めたまわず、呪いたまわなんだ！　アラーの目の前で猿に情けをかけ、魔法をといてやろうと思ったが、それがこの始末になり、苦しいめにあうことになったのきませんでした。

だ」しかし、ご主人さま、このわたしは口もきけずひとことも王さまにものを言うことができませんでした。

不意に、全く思いがけなく、魔神は炎の中から、鋭い金切り声をあげ、高座に立っているわたしどもへ近づくと、顔に火を吹きかけました。と、王女も魔神に追いついて、その顔になんども火炎をはきかけました。わたしどもの頭上には、王女と魔神からほとばしり出る火花が雨のようにふりかかりました。王女の火花は少しもさわりがありませんでしたが、魔神の火花はわたしの片方の目にあたったので、たちまちつぶれて、めっかちの猿になったのでございます。もひとつの火花は王さまの顔にあたり、下半分を焦がして、鬚や口髭を焼ききり、下の歯をみな落としてしまいました。また、もひとつは宦官の胸にあたって、その男はもろに死んでしまいました。

わたしどもはもはやこれまでと諦め、死を覚悟しました。その時、不意にこうくり返す声が聞こえました。「アラーは最高至上なり！　アラーは最高至上なり！　真理《まこと》を信ずるすべての者に救いと勝利あれ。モハメッドの教えと信仰の月を信じないすべての者に絶望と恥辱あれ！」声の主は魔神を焼き殺した王女で、魔神はひと塊《くれ》の灰になっていました。

王女はわたしどものほうへ近づいて「水を一杯ください」と申しました。持ってきますと、王女はわけのわからない言葉を水の上で唱え、それをわたしにふりかけながら言いました。「真理《まこと》の功徳《くどく》により、アラーのもっとも偉大な御名により、わたしはおまえにもとの姿に返ることを命ずる」すると、どうでしょう！　身をふるわせたとたんに、わたしはもとどおりの人間になったのです。ただ片方の目だけはすっかりつぶれておりました。

それから、王女は大きな声で叫びました。「炎が！　炎が！　わたしのいとしいお父さま、あのいまわしい魔神の矢にあたって、わたしは致命傷をうけました。魔物を相手に戦うことに慣れなかったせいですわ。あれが人間でしたら、最初にうち殺していたでしょう。例の柘榴がはじけて実《み》が散らかるまでは、少しも不安がありませんでした。けれど、わたしは魔神の命そのものがはいっている粒を見のがしました。それをついばんでいれば、相手はすぐ死んでいたでしょう。これも運命の定めでやむをえませんが、わたしにはその粒が見つからなかったのです。それで、魔神はわたしの虚をついて襲い、ふたりのあいだでしのぎをけずりあったのです。地の下、空の上、水の中で——。相手に新しい術[91]を使うたびに、相手も別のいっそう強い術を使い、しまいには、火の術までしかけました。火の術をかけられると、ほとんどだれも助かりません。けれども、運よくわたしの策略が敵の策略に勝ちました。アル・イスラムの教えに帰依《きえ》するように勧めたけれど、だめでしたので、わたしは焼きころしてしまったのです。でも、わたしは、わたしはもう助かりませんの。アラーよ、わたしの代わりに父上に償いをしてくださいますように！」

それから、王女は天の救いを求め、炎から逃れようと、しきりに祈ってやみませんでしたが、不思議や！　ぱっと黒い炎が衣をまとうた足から腿へと燃え移ったかと思うと、胸から顔へと、ひろがっていきました。炎が顔までくると、王女は泣いて申しました。「アラーのほかに神なく、モハメッドは神の使徒であることを証《あかし》します！」わたしどもが王女を眺めたときには、魔神の灰のかたわらに、ただひと塊の灰があるばかりでした。わたしどもは王女を悼みました。わたしは身代わりになって死ねばよかったと思いました。そうすれば、わたしをこんなにしあわせにしてくれた王女の美しい顔が灰になるのを見ないでもすんだでありましょう。しかし、アラーの御心に背いて、とやかく申すわけにはまいりません。

王さまは姫の恐ろしい死に方を見ますと、焼け残った鬚をひきぬき、顔をたたき、着物をひき裂きました。わたしも王さまがやったようにして、いっしょに王女のために涙をそそいだのでございます。おりしも、侍従や大官連がはいってきて、ふたつの灰の塊りと気を失っている国王を眺めて、仰天しました。一同はぐるりに集まってたたずんでいましたが、やがて王さまは正気に返って、魔神のため姫の身にふりかかった出来事を語ってきかせました。これを聞くと、一同はすっかり悲嘆にかきくれ、侍女たちも奴隷の乙女たちも、声をはりあげて泣き(92)、その泣き声が七日のあいだつづきました。

王さまは王女の灰の上に大きなまる天井の墓を建てるように命じ、その中にローソクや灯明をいくつもともさせました。しかし、魔神の灰は風に吹き散らし、一刻も早くアラーの呪いを受けるようにしました。そののち、王さまは病いの床につき、ひと月も生死のあいだをさまよいました。けれども、やがて健かになり、鬚もふたたびはえそろって、アラーのご慈悲でアル・イスラムに改宗すると、わたしをよびよせて申しました。

「おお、若者よ、おまえがここへやってくるまでは、運命に恵まれて、わしはこのうえないしあわせな日を送り、いろいろ浮世の災難や無常の嵐をまぬかれていた。ところが、おまえがきてからは、さまざまなわざわいがふりかかってきた。おまえに会わず、おまえのそのいやらしい顔を見なければよかったになあ。おまえを不憫《ふびん》に思ったばかりに、わしはなにもかも失ってしまったのだ。まず第一に、百人の男にも替え難い姫をなくし、第二に火のために災難をこうむって歯を失い、宦官の命までとられてしまった。わしはおまえを責めるのではではない。おまえの力ではどうにも防ぎようがなかったのだから。とにかくアラーの審判がわしにもおまえにもくだされたのじゃ。姫は自分の命をなくしたとはいえ、おまえを救ったのだから、全能の神に感謝しよう！　さあ、すぐと、このわしの都から出ていきなさい。たとえこれが宿命であろうと、おまえのためにわしらはわざわいをこうむったのだ。それだけで十分なわけだ。さっさと出ていきなさい。二度と顔をあわすようなことがあれば、わしは必ず生かしてはおかんぞ」そして、王さまはわたしにむかって声高くわめきたてました。

ご主人さま、わたしはさめざめと泣きながら王さまのご前からひきさがりましたが、自分の命を救われたことが夢のようでもありますし、また、どこへいってよいかもわかりませんでした。わたしはわが身にふりかかったすべての事柄を、仕立屋に会ったことから、地下の御殿の女に恋をしたこと、それからわたしを殺すつもりであった魔神の手からかろうじて逃れ、猿となってこの都にはいり、ふたたび人間となって都を去ろうとしていることなどを、あれこれとなく思い出しました。そして、アラーに感謝して、「目だけ失って、命は無事なのだ！」とひとりつぶやきました。そこを去るまえに、わたしは風呂にはいり、頭をまるめ、鬚も口髭も眉毛もそり落としてしまい、頭には灰をふりかけて、托鉢僧の着る毛織物の黒い粗衣をまとって旅に出ました。おお、ご主人さま、それからというもの、わたしは毎日自分にふりかかったいろいろなわざわいを考え、泣いてこんな対句《ついく》をくり返しているのでございます。

われは狂いぬ、神の慈悲わがもとにありて住めども。
どこよりきたるかわかたねど、わざわいはわが身にふりて。
われは忍ばん、忍従のわれにあき、諦むるまで、
とわに耐えなん、わが運命《さだめ》、主《しゅ》によりて満たされるまで、
とわに耐えなん、敗残のわれなれば、かこつことなく。
砂漠の海をわたりゆく日焼けせし男のごとく、
たえて忍ばん、蘆薈《ろかい》(93)おのずから、知らずして、われ許すまで。
苦《にが》き蘆薈になおまさる、いと苦きもの、なめるとも。
世に蘆薈より、忍従の心より、苦きものなし。
それにもまして苦きもの、そは忍従のふた心なり。
皺《しわ》をたたみしわが額こそわが悩み語りて証《あか》さん。
わが魂をまさぐりて、みそかごと探りいだせば。
山々とても、わが負いし重荷のもとにくずれ去るべし、
そは狂い立つ風しずめ、炎の舌もとくもみ消さん。

この世は楽し、という者は、いつの日か、悟りて知らん、
苦くて辛《から》き蘆薈よりいやさら苦きこの世をば。

それから、わたしはいろいろな国をめぐり、いろいろな都を見物しながら、バグダッドを目ざして旅をつづけました。この平和の館《やかた》(94)で忠良な者の大君に拝謁して、わが身にふりかかった一部始終をお話しいたそうと考えたからでございます。

今晩やっとここへ着いたばかりですが、偶然ながら、途方にくれてたたずんでおられるこの最初の坊さまに、アラーのご兄弟に、お目にかかりました。そこで「ご安泰を祈ります！」と言って、この方にご挨拶して、さまざまな話をしておりました。すると、やがてこの三番めの坊さまがやってこられて「ご安泰を祈ります！　拙者は旅の者ですが」と言われました。わたしどもも「旅の者で、今晩こちらへやってきたばかりです」と答えました。そういったわけで、おたがいの身の上などなにも知らずに、うちつれだって歩いてまいりますと、思いがけなくお宅の門のところへ出、あなた方にお目どおりすることになったのです。これがわたしの身の上話でございます。鬚《ひげ》や口髭をそり落とし、片目をなくした顚末《てんまつ》でございます。

この家の女主人は申しました。「おまえさんの話はほんとうに珍しいわ。頭をさすって、帰りなさい」けれども、ご当人は「つれの身の上話を聞くまでは帰りません」と返事しました。すると、三番めの托鉢《たくはつ》僧が進み出て、こう言いました。「おお、ひときわすぐれたご主

人さま、拙僧《せっそう》の話は仲間の坊さまのとはちがい、もっと素晴しい、ずっとずっと不思議な話でございます。この人たちの場合は、不幸な運命が思いがけなく訪れたわけですが、拙僧はわれとわが身に不運を招き、われとわが心にわざわいをふりかからせ、とうとう鬚をそり落として、片目をなくすようになったのでございます。どうかお聞きください」

三番めの托鉢僧の話

じつは、ご主人さま、わたしもまた国王の子で、名前はハージブの子アジブと申します。父がみまかって、わたしが王位を襲うと、政事《まつりごと》を行ない、善政をしき、あらゆる民草を差別なく公平に遇しました。わたしの都は海べにあり、前のほうには渺茫《びょうぼう》として海原がのびひろがっておりましたから、わたしは船旅をなによりの楽しみとしておりました。近くの海には、小砦《とりで》や要塞のある大きな島々もたくさん浮かんでいました。

船隊はと申しますと、五十隻の商船に、遊覧船が同じく五十隻、それに異端者相手の聖戦に備えた百五十隻の帆船がありました。たまたまわたしはいまお話しした島々に遊んでみたくなりましたので、十隻の船に家来をのせ、ひと月分の食料を積みこんで、二十日路《はつかじ》の航海に出ました。

ところが、ある夜のこと、むかい風が出て、大きな波がさか巻き、船は巨浪にもまれぬいたあげく、一寸さきも見えぬ闇にとざされました。一行の者はもはやこれまでと諦め、わたしは「この期におよんで見苦しいまねをする者はたとえ難をまぬかれても、称讃に値しないぞ」と申し渡しました。それから、わたしどもはアラーに祈りを捧げ、助けを求めました。しかし、荒れ狂う風はおさまるどころか、いつまでも吹きすさび、大きな浪が襲いかかってやみません。朝になると、やっと疾風はなぎ、海上も鏡のように静かになって、太陽が快くさんさんと照り輝きました。

やがて、とある島に着きましたので、一行はそこへ上陸し、食べ物を料理して腹いっぱいつめこみ、二日のあいだ休養をとりました。それからまた船出し、二十日のあいだ航海をつづけましたが、海はしだいにひろがり、陸はかすかに小さくなっていきました。まもなく、潮の流れが逆になり、いつのまにか変てこな海にはいっていることに気がつきました。船長は船の位置をすっかり見失ってしまい、この海にはいると全く五里霧中《むちゆう》で、途方にくれていました。そこで、わたしどもは見張り方に言いました。

「帆柱のてっぺんにのぼって、よく警戒しろ」

この男は帆柱によじのぼって見張りをしていましたが、やがて、大声で叫びました。

「おお、船長、右舷のほうになにか黒いものが見えます。水面に浮かんでいる魚のようです。左舷には海のまん中に、なにやらぼんやりしたものがあって、暗くなったり、明るくなったりしています」

船長は見張りの言葉を聞くと、自分のターバンを甲板《かんぱん》にたたきつけて、鬚《ひげ》をむしり、顔をたたきながら申しました。

「そりゃたいへんだ！　わしらはみんなお陀仏《だぶつ》だ。ひとりも助かりっこあるまい」

それから、声をあげて泣き出したので、わたしどもはみんな船長の泣き声にさそわれ、いよいよ最後がきた、とおもって泣きました。わたしはたずねました。

「これ、船長、見張り方が見たというのはいったいなにか？」

「おお、王さま」と相手は答えました。「実は、暴風のあった晩に針路を見失ってしまいました。ところが、その翌日から二日間はすっかりないで穏やかになりましたが、船はすこしも前へ進みませんでした。あの晩から数えて十一日間というものは、あてどなくさ迷っていたわけでございます。風のぐあいでまともな針路にもどれなかったのです。あすの日暮れどきまでには、磁石山という黒い石の山に流れつきます。いやでもおうでも、潮の流れでそこへおし流されていきます。その山かげにはいったら最後、船の胴体は裂け船板の釘はみんなとび出して山のほうへ吸いよせられてしまいます。それは、全能のアラーが不思議な力と鉄を好む性質をこの磁石山に与えられたからで、そのため鉄と名のつくものはことごとく山のほうへ吸いつけられるのです(95)。この山には神さま以外にごぞんじのないほどたくさんの鉄がありますが、それは大昔からそこで沈んだ、たくさんの船から吸いよせたものです。てっぺんに光っているのは、アンダルーシア産の黄色い真鍮の円蓋で、十本の円柱に支えられて、円天井《まるてんじょう》でおおわれています。その上には、真鍮の馬にまたがり、手に真鍮の槍を握った騎士が立っていて、その胸に名前や呪符を彫りつけた鉛の札がつりさがっています(96)」

そして、しばらくしてから、またこうつけ加えました。「王さま、人にわざわいするのは実はこの騎士で、馬から落ちないかぎりは、魔法はとけないでしょう」

それから、ご主人さま、船長は身も世もあらぬほど泣きに泣きました。わたしどもはみな、もはや助からない運命と諦めて、めいめい友に別れを告げ、もしかしたら相手が助かるかもしれないという気持ちから、遺言状をかわしあいました。その晩はだれもまんじりともしませんでした。

朝になると、その磁石山にぐっと近づいていて、猛烈な潮の流れにぐんぐん山のほうへおし流されました。船がぐっと山かげ近くへよりますと、船体は裂け、釘はとび出して、鉄という鉄は磁石山へ吸いよせられ、まるで網のように山へへばりついてしまいました。それで、わたしどもは日が暮れるころまで山のぐるりで、波に漂いながら、もがきつづけていました。幾人《いくたり》かは助かりましたが、たいていは溺れ死に、無事に助かった者も波に打たれ、風にたたかれて、頭が変になり、おたがいにだれであるかも区別がつきませんでした。

わたしはと申しますと、ご主人さま、アラーのおかげで（その名をほめそやさん！）命だけは助かりましたが、それもこれも、さきゆき、わたしに艱難辛苦や不幸やわざわいなどに会わせようという神さまの思召《おぼしめし》だったのでございます。わたしは船からはがれた一枚の板子にはいあがりましたが、風や波のために山の麓へうちあげられてしまいました。見れば、岩をうがってこしらえた踏み段があって、頂上へ小道が通じていました。わたしは全能のアラーの御名を唱えました。

――シャーラザッドは夜がしらんできたのに気がついて、許された物語をやめた。

さて第十五夜になると

シャーラザッドは語りつづけた。おお、恵み深い王さま、三番めの托鉢僧は女主人にむかってこんなふうに話をつづけました(ほかのつれは堅くいましめられて坐り、奴隷たちは一同の頭上に抜刀《ぬきみ》をふりかざしておりました)。

――全能のアラーの御名を唱えて一所懸命に祈りを捧げてから、わたしは踏み段や岩にきざんだ切りこみにしっかとしがみつきながら、必死に坂をよじ登っていきました。神さまのおかげで風はおさまり、無事に坂ものぼりきって、とうとう山頂にたどりつきました。そこには、円蓋のほか休み場とてありませんでしたから、無事に災難をまぬかれたことを大いに喜びながら、その円蓋にはいって沐浴《ウズ》[97]をし、二低頭[98]の祈りを唱えて、ご加護をたまわったことを神さまに感謝しました。それから、円蓋の下で夢路をたどりましたが、夢の中で不思議な声が耳にはいりました。

「こりゃ、ハージブの倅よ！　眠りから覚めたら、足もとの土を掘れ。そうすれば、真鍮の弓と、呪符や文字をきざんだ三本の鉛の矢が見つかるはずだ。その弓をとって、円蓋の頂に立つ騎士に矢を放ち、この痛ましい災厄から人類を救え。おまえが射れば、かの騎士は海へ落ち、馬もまたおまえの足もとに倒れよう。それから馬を弓のあった場所にうめよ。かくすれば、海はあら立ち、ついには大波が山の頂にも達しよう。そのとき一対の櫂《かい》を手にした真鍮の男（汝が射とめた男とは別人である）を乗せた一隻の小舟が現われ、おまえのもとへ近づくゆえ、その舟に乗るがよい。しかし、ビスミラーもしくは全能のアラーの御名を唱えぬように心せよ。くだんの男は十日のあいだ舟をこぎ、安泰の島と名づける島へおまえを伴おう。そこからはたやすく港に達し、おまえを故国へ送る人々が見つかるはずだ。アラーの御名を唱えぬかぎりは、すべてこのことは成就《じょうじゅ》される」

そこで、わたしは心をときめかしながら目を覚まし、急いで不思議な声の指図に従いました。弓も矢も見つかり、騎士を射ちますと、もんどりうって海へ落ち、馬もまたわたしの足もとに倒れました。わたしは、これを地下に埋めてしまいました。やがて、波がざわめき立ち、大波となって山の頂までとどきました。待つほどもなく、沖合から進んでくる小舟を認めましたので、わたしはアラーに感謝しました。小舟がそばにやって来ますと、中には真鍮の男が坐っていて、胸に呪符や文字をきざんだ鉛の札がぶらさがっております。わたしはひとこともものを言わずに、舟に乗り移りました。

漕ぎ手の男は一日、二日、三日と、つごう十日のあいだ、わたしをのせて漕ぎつづけましたが、とうとう安泰の島々が目にうつりました。わたしはあまりのうれしさに、思わず「アラーよ！　アラーよ！　アラーの御名において！　アラーのほかに神なく、アラーは全能なり！」と叫びました。

と、そのとたんに、小舟はひっくりかえり、わたしは海へ投げ出されました。それから舟はまっすぐつっ立って、海の底深く沈んでいきました。ところで、わたしは泳ぎが上手だったので、その日一日、夜まで泳ぎつづけました。もうその時分には腕も肩も疲れてしびれ、今にも息がとまりそうに感じました。そこで、わたしは死ぬほかはないと観念して、自分の信仰を証《あか》しました。

波はまだ猛烈な風をうけてさかまき、やがて山のような大波がおしよせてきて、わたしを空高くもちあげると、遠くひと投げして、陸にうちあげました。これも神の御心を成就するためだったのかもしれません。浜にはいあがると、着物をぬいで、日向《ひなた》にひろげて乾かしました。それから身を横たえて、その晩はぐっすり眠りました。夜が明けると着物をまとい、方角を知るため歩き出しました。ほどなく、低い雑木林へ出ましたので、その周囲をひとまわりして見ると、わたしのいる陸地は小さな島で、四方を海にかこまれた中洲にすぎないことがわかりました。そこで、わたしはひとりごとを言いました。「一難さってまた一難か!」しかし、自分の惨めな境遇をつくづく考えて、いっそのこと死んでしまいたいと思っておりますと、突然、はるか彼方から、一隻の船がこの島を目ざして進んでくるではありませんか。そこで、わたしは木によじ登って、枝のあいだに身をかくしました。

まもなく、その船は錨《いかり》をおろし、鉄鍬《てつくわ》や籠《かご》をかついだ黒人奴隷を十人陸にあげました。一行はどんどん進んで、島の中央までやってまいりました。ここで、一行は土を深く掘りさげました。やがて、金属の板が出てくると、みなはこれをもちあげました。つまり、揚蓋《あげぶた》をあけたわけなのでございます。それから船にもどって、パン、篩粉《ふるいこ》、蜂蜜、果物、透明牛酪《バター》(99)、飲料水のはいった皮袋、いろいろな什器類、それにまた家具、食器一揃い、鏡、毛皮の敷物、絨毯《じゅうたん》とか、住いの備えとして必要ないっさいがっさいを運びました。一同はいったりきたりして、揚蓋のところから下へおりていき、船にあるものを残らずこの住いへ移してしまいました。

この仕事が終わると、奴隷どもはふたたび船へ帰り、たいそう美しい衣装を運んできました。一行のまん中にはもう余命のいくばくもないような老いさらばえたひとりの男がまじっていました。長い年月辛酸をなめつくしたかのようで、残っているものといえば青地のぼろにつつまれた骨ばかりでした。風は東に西に、そのぼろ衣を吹きとおしてひゅーひゅーと鳴りました。詩人はこんなふうに歌っています。

ああ、われはおののく、歳月に、
あわれ、無慈悲な障害よ！
力あふれる若き日に
われは大地をのし歩き、
いかに遠く歩くとて
疲れを知らぬわれなりき。
さあれ、もはや歩かでも
疲れ知る身となりはてぬ！

しかも、この老爺《シャイフ》は、美の鋳型に入れてこしらえたような類い稀れな気品を備え、たおやかな容姿をしたひとりの若者の手をひいておりました。それはあまりにも眉目《みめ》うるわしい若者で、その美しさは世の語り草にもなるくらいでした。といいますのも、緑の細枝か、やさしい子鹿にまごうばかりで、その愛らしい顔だちに人の心はうっとりとなり、そのなまめかしさと色っぽい物腰に[100]、どんな魂もとろけてしまいそうでした。詩人がこう歌っているのは、こんな美少年のことでございます。

若き男にくらべんと
眉目よき女伴なえど、
佳人は恥じて面をふせ、
憂いの色をうかべたり。
「かほどの美男おわせしや？」
問われて、佳人答えらく。
「かほどの美男、われいまだ
会いしことなし、いずこでも」

ご主人さま、一行は歩みつづけて、とうとうみんなで揚蓋の戸口から下へおりていってしまい、一時間も、いえ、それ以上も、姿を現わしませんでした。そのうち、奴隷や老爺は若者をつれずに出てくると、鉄板をもとどおりにし、前のように戸板を念入りにとじて船にもどり、帆をあげて、いずこともなく去ってゆきました。

一行がその場から立ち去ると、わたしは木からおり、いましがた土をかけたばかりのところへいって、泥をかきのけました。辛抱づよくかきのけているうち、とうとうきれいに払いのけられ、木でこしらえた例の揚蓋があらわれました。大きさといい、かっこうといい、まるで碾臼《ひきうす》にそっくりです。この蓋をもちあげると、まがりくねった石段が見えました。

不思議に思いながら踏段をおりていきますと、おりきったところに美しい広間があって、さまざまな絨毯や絹物が敷きつめてありました。そして、ひとりの若者が背の高い寝椅子の上に坐り、扇を手にして、まるい小蒲団にもたれかかっておりました。若者の前には大小さまざまの馨《かぐわ》しい草や花の束がおいてありました(101)。若者はたったひとりきりで、この広い円蓋の中にほかにだれひとりいません。若者はわたしの姿を見かけると、さっと青ざめました。しかし、こちらは丁寧に挨拶してから申しました。

「ご安心なさい、こわがるにはおよびませんよ。なにも危害など加えはいたしません。わたしもあなたと同様に人間で、おまけに王子です。あなたの話し相手となって、つれづれをお慰めするのも、なにかの因縁でございましょう。ですが、どういうわけでたったひとり、こんな地の底に住んでおられるのか、ひとつ、その子細や身の上話をお聞かせください」

相手はわたしが人間で、魔神ではないと聞いて喜び、もとの美しい血色に返りました。そして、わたしをそばに招いて言いました。

おお、ご兄弟よ、わたしの身の上話は世にも不思議な話で、実はこうなのでございます。父は巨万の富を積んだ宝石商で、白人や黒人の奴隷をかかえていました。この奴隷どもは父のために船や駱駝で遠方に出かけて商売をしたり、たいへん遠い都を相手に取引きをしたりしておりました。ところが、父は子宝に恵まれず、子供がひとりもありませんでした。

さて、ある晩のことですが、夢の中で、子供はさずかるが、その子の寿命は短いというお告げがありました。朝になると、父は嘆き悲しみました。その翌晩に母は身籠《みごも》り、父は身籠った日を書きとめておきました。[102] やがて月満ちて、母はわたしを生み落としました。父はたいへん喜んで祝宴をはり、近所の人々をよび集めたり、行者や貧者を招いて、ご馳走をふるまいました。命数のつきるころになって子宝をさずかったからでございます。また、父は運星の在所《ありか》を知っている占星家や天文学者、それに妖術者や当代の賢人、天宮図や星占いなどに明るい人たちなどを招きました。[103] 一同はわたしの誕生にちなんだ天象図を描いてから、父に申しますには、「ご子息の寿命は十五年です。十五年めに不吉な相が出ています。これを安全に乗りきれば長寿を全うされます。ご子息の命をおびやかしているのは、ほかでもありません、わざわいの海に磁石山と呼ぶ山があり、その頂上に、真鍮の馬に跨り、胸に鉛の札をさげた黄色い真鍮の騎士がいます。この騎士が馬からころがり落ちて五十日すると、ご子息は落命なさるかもしれません。ご子息の命を奪う者は騎士を射落とした男で、ハージブ王の子アジブと呼ぶ王子でございます」

父はこれを聞いてたいそう嘆きました。けれども、十五になるまでは、下にもおかぬほど大事に育て、りっぱな教育もさずけてくれました。ところで、今から十日まえのこと、例の騎士が海へ落ち、射落とした男はハージブ王の子アジブだという消息が父の耳に伝わりました。父はわたしとの別離を悲しんで泣き、まるで魔神につかれたようになりました。けれども、わたしのことが死ぬほど心配になり、ここに地下室をこしらえてくれました。そして、これからさきのいく日かのため、必要なものはいっさいがっさい備えつけてくれ、ここへ船でわたしを運んできて、わたしを残したまま帰っていきました。はや十日はたっておりますから、あとの四十日が無事にすぎれば、父はここへ迎えにきて、わたしをつれもどすはずでございます。これもみんなアジブ王子が恐ろしいばっかりにやったことなのです。これがまあ、わたしの身の上話で、ひとり住いをしているいきさつなのです。

わたしはこの話を聞いて驚き、心の中で申しました。「そんなことをしたアジブ王子はこのわたしですよ。けれどアラーが共におられるかぎりは、まさかわたしはこの若者を殺しはしないはずだ！」そこで、わたしは申しました。

「もし、若さま、とんでもないこと。そんなわざわいごとがあなたの身にふりかかるようなことは決してありませんよ。くよくよなすったり、気をもんだりするにはあたりません。わたしはあなたの側にいて、召使として仕え、そのうえでお別れするつもりなのですから。四十日のあいだあなたのお相手をしてから、わたしはいっしょにあなたの故郷へお伴をしますが、その節はあなたの白人の奴隷を護衛にいくたりかお貸しください。そうすれば、わたしも自分の都まで無事に帰れましょう。全能の神さまはあなたに十分お報いになるでしょうよ」

若者はこの言葉を聞くと喜びました。わたしは立ちあがって大きなローソクに火をつけ、また、ランプや三つの提灯《ちょうちん》の芯《しん》を切ってこれにも火をともしました。それから、食べ物や飲み物、お菓子などを並べました。ふたりは食べたり飲んだりして、夜明け方まで四方山《よもやま》のことを語りあいました。若者が身を横たえると、わたしは夜具をかけてやって、自分も眠りにつきました。

あくる朝、わたしは寝床をはなれると、少しばかり湯をわかしました。それから、若者をやさしく抱きおこして、このお湯をもっていってやると、若者は顔を洗って申しました。

「おお、若いお方、天の神さまがあらゆるお恵みをあなたにさずけたまわんことを！　アラーに誓って、もしわたしがアジブ・ビン・ハージブ[*1]と名のる男から救われて、この災難をまぬかれましたら、父に申してあなたにあつくお礼をし、健やかに豊かにして、あなたを国もとへ送ってさしあげます。もしわたしが死ぬようなことがあれば、あなたに天の祝福をお祈りします」わたしは答えました。「あなたに不幸のふりかかるような日が訪れませぬように！　あなたの最期の日より先きにわたしの最期が訪れますように！」

それから、食べ物を若者の前に出していっしょにつまみました。わたしが広間に香をたきこめるしたくをしますと、若者は喜びました。そればかりか、わたしはマンカラー布[104]をこしらえ、ふたりで勝負をやりながら、お菓子をつまみました。なんどもこの遊びをやってうち興じているうち、夕暮れとなりましたので、わたしは座を立ってランプをともし、若者の前に食べ物を出しました。それからまた、夜が深々とふけるころまで、いろいろな話をして聞かせました。若者が寝ると、夜具をかけてやって、自分もまた眠りました。

ご主人さま、こんなふうにしていく日となくいく夜となくすぎていくうちに、いつしか若者への愛情が深くわたしの心に根ざし、自分の悲しみなどはうち忘れてしまいました。そして、ひとりごとをもらしました。「アジブ・ビン・ハージブの手で殺されるなどという占星家の予言は嘘っぱちだ。神かけて、この若者を殺しなどするものか」

そこで、三十九日のあいだあいも変わらず若者につかえ、話し相手になったり、酒をくみかわしたり、さまざまな物語を聞かせたりしておりました。四十日めの晩[105]に、若者はうれしがってこう申しました。「おお、兄弟よ、アラームドリラー！――アラーをほめたたえん――おかげでわたしは命が助かった。これも、あなたに祝福され、あなたがここへやってこられたからなのです。こうなれば、こんどはあなたが国もとへ無事にお帰りになられるよう神さまにお祈りします。では、沐浴《グースル》をしますから、すみませんが、お湯をわかしてください。どうか体を洗って着替えをさせてください」「承知いたしました」とわたしは返事して、さっそくお湯をたくさんわかして、若者のところへ持っていき、体じゅうを洗い流しました。つまり、はうちわまめ[106]の粉で健康の湯あみをしてやり、十分に体をこすってから着物をとりかえ、高い寝床をこしらえました。若者は湯あみをすると、眠気をもよおしたので、その上に身を横たえました。そして、わたしに申しました。「ねえ、西瓜を切って、少しばかり砂糖菓子で甘みをつけてくださいよ」そこで、わたしは物置にはいって、素晴しい西瓜をみつけ出し、これを浅い大皿にのせて、若者の前にさし出しました。「若殿、小刀をお持ちじゃありませんか？」と、わたしがたずねると、「そこにありますよ、わたしの頭の上の高い棚に」と若者は答えました。

わたしは急いで立ちあがると、小刀をつかみ、鞘をはらいました。しかし、おりようとしたとたんに足もとがすべって、小刀を握ったまま、若者の上に、どうとばかり倒れました。そして、人の命数を定めたあの日に、早くも書きしるされていた予言がたちまち現実となって、その小刀はまるでたたきこんだように、若者の胸に突きささったのでございます。

若者はたちまち死んでしまいました。わたしは相手が死んだのを見、しかも、自分の手で殺したことを悟ると、われ知らず鋭い悲鳴をあげて、頭をたたき、着物をひき裂いて、叫びました。「まことにわれらはアラーのもの、アラーへ還らんとするものなり！　ああ、回教徒よ！　アラーを愛する人々よ！　占星家や学問ある人たちが予言した恐ろしい四十日のうち、残ったのはたった一日だった。しかも、この眉目《みめ》うるわしい若者はわたしの手にかかって宿命的な最期をとげることになったのだ。西瓜など切ろうとしなければよかった。いったいなんという恐ろしい悲劇だろう！　わたしは否応《いやおう》なしに忍ばねばならないのだ。なんという災厄！　なんという苦しみ！　おお、わたしのアラーよ、わたしはあなたのお許しを乞い、この若者の最期になにも罪がないことを言明いたします。けれど、なにごとも神の御心のままに起こらしめたまえ(107)」

――シャーラザッドは夜がしらんできたのを知って、許された物語をやめた。

さて第十六夜になると

おお、恵み深い王さま、アジブは女主人に、こんなふうに物語をつづけました、とシャーラザッドは語った。

――若者を殺《あや》めたことをはっきり見きわめると、わたしは立ちあがって階段をのぼり、揚蓋をもとどおりにしめて、土をかけました。おりから、海のほうへ目をやると、例の船が波をけって、この島を目ざして進んでくるのが見えました。わたしは恐ろしくなって、言いました。「あの一行がやってきて、若者の死んでいるのを見たら、下手人はすぐこのおれだとわかって、すぐさま殺されてしまうだろう」そこで、わたしは高い木にのぼって、葉かげに身をかくしました。そうするかしないうちに、船は錨をおろして、奴隷どもは若者の父である老爺《シャイフ》といっしょに陸にあがり、まっすぐ、例の場所へとやってきました。一行は土をはらいのけようとして、柔らかいのでびっくりしました。それから、揚蓋を起こしておりていきますと、若者は長々と身をのばして横たわっていました。湯あみしたあとのつやつやした顔をし、綺羅《きら》をまとい、胸には深く小刀が突きささっておりました。このありさまを見て一同は悲鳴をあげ、大声で下手人を呪いながら、泣いたり顔をたたいたりしました。老爺は不意に卒倒しましたので、奴隷どもは息子より生き長らえることができないで、死んだのだと思いました。しまいに、一同は若者の死骸を衣服につつんで外へかつぎ出し、絹の経帷子《きょうかたびら》をかけて地上に横たえました。一行の者が船のほうへ歩みを運んでいるとき、老爺は息をふき返し、かたわらに長々とのびて横たわっている息子に目をとめると、がばと地面に身を投げて、頭に泥をふりかけ、顔をたたき、鬚《ひげ》をむしりとりました。年寄りのむせび泣きは、殺されたわが子を思うにつけ、ますます激しくなり、またしても、気を失ってしまいました。しばらくすると、ひとりの奴隷が絹の布をもってきて、この上に老爺を寝かせ、枕もとに坐りました。わたしは木の上からその一部始終をのこらず眺めていたわけでございます。髪毛も白くならないうち、わたしの心はすっかり老いさらばえてしまいました。つらい運命と、これまでなめてきたかずかずのわざわいと苦しみのためにそうなったのでございます。わたしは思わず口ずさみました。

アラーの神のみ心で
げに数多き喜びが
上なくさとき賢人の
眼《まなこ》かすめて飛び去りぬ。

朝《あした》とともに数々の
憂いは生まれいずるとも
日も暮れぬうちわが心
無上の歓喜にみたされん。
げに数々の喜びは
不幸のあとに訪れて
悲しき人の胸のうち
やがて歓喜におののかん。(108)

けれども、ご主人さま、老爺は日が沈むころまで、正気に返りませんでした。ようやく正気に返ると、死んだ息子をうち眺めて、すぎし昔のことどもや、かねがねおそれていたことが眼《ま》のあたりにおこったようすなどを思いおこし、顔や頭をたたいて、こんな対句を歌いました。

友と別れてわが心
悲嘆のあまりはりさけん、
わが瞼《まぶた》よりふたすじの
涙はしじに、たえもせで。

あわれなるかな、わが望み
涙とともに消え去りぬ、
いまや、手段《てだて》はつきはてて
なにをか言わん、なにをかなさん?
君が姿をこの目にて
見ぬこそよけれと思えども、
今となりては、道せまく、
いかなるすべもわれになし。
愛のあくがれわが胸に
かく荒々しく燃えるとき、
わがいたつきを健《すこ》やかに
癒やすはいかなる力ぞや?
われともどもに死の道へ
旅立ちたればよかりしを!
さすれば、つらき決別の
痛手もふたりは知らざらん。
アラーの神よ、慈悲深き
情けをわれらにかけたまえ。

ふたりの命結びあい
とわにふたりを結びたまえ！
楽しかりしよ、そのかみは
ひとつの屋根をいただきて
うれしきことも、悲しみも
ともども分かちて、暮らしたり。
されど、射られし運命の
矢柄にあたりて、西東
げに痛ましきこの苦悶
ああ、なに人がよくたえん？
滅亡の矢柄は落ちぬ
わがはらからのただ中に。
かくて朝に輝ける
真珠の玉は砕けたり。
われ泣き叫ぶそのまにも、
だれか叫びぬ「いとし子よ、
せめて死すべき運命の
ひと時なりとおそかりせば」と。

君を相見るいと易き
手段はありや、いとし子よ！
われはこの魂《たま》いさぎよく
君に与えて悔いざらん！
われ〈太陽〉と君呼ぶも、
はかなくも日は沈みゆき
われ君を〈月〉というとて
月も満ちてはかけるらん。
あわれ悲しき運命《さだめ》にて
君の住いはなに人も
知るものはなし、君めでる
われよりほかに、なに人も。
心乱して君の父
君の屍《しかばね》見ればとて
人の知恵にて宿命を
くつがえすすべたえてなし。
この日悪魔の眼《まなこ》にて
ついに呪いはかかりたり、

まぬかるすべもあらずして、
禍福《かふく》はめぐる世のならい。

それから、老爺はひとしきり嗚咽《おえつ》すると、その魂は肉体をとびさりました。奴隷どもは声高く「ああ、悲しや、旦那さま！」と叫んで、自分の頭に泥をふりかけ、いっそう激しく嘆き悲しみました。やがて、一行は死んだ息子といっしょに死んだ主人をかついで船にもどり、その地下室からなにもかも船に移してしまうと、帆をあげて立ちさりました。わたしは木から おりて揚蓋をあげ、地下室へはいっていきましたが、なにもかも亡《な》き若者の名残《なごり》をしのばせるものばかりでした。わずかしか残っていない若者の形見の品々をうち眺めて、こんな歌をくり返しました。

君の面影われ偲び
悶え苦しみ、あこがれぬ、
人々去りし炉《いろり》ばた
われはひたすら恋いこがる。
別離の運命《さだめ》さだめたる
神に祈らん、いつの日か
君つつがなくわがもとに

帰りきませと心から。[109]

ご主人さま、それから、わたしは揚蓋をくぐって外へ出、毎日この島のぐるりをさまよい歩いては、夜になると、地下室へ帰ってまいりました。こんなふうにして、ひと月たちました。

ある日、ふと島の西側に目をやりますと、一日一日と潮がひいて、そのあとには浅瀬が残り、二度と潮はあげてきません。そして、その月の終わりになると、その方角に、ひからびた陸が現われました。これを見て、今度こそは、ほんとに命拾いしたな、と思って喜びました。わたしは、ほとんど水のないところを渡り、やっと、本土にたどりつきました。ところが、そこには駱駝の足さえ膝まで埋まるくらいの、大きな、ゆるい砂山がございました。[110]しかし、わたしは勇を鼓《こ》してその砂山をかき分けて進んでいくうち、思いがけなく、はるか遠くにこうこうと輝いている明りをひとつ認めました。[111]そこで、ひょっとすれば、救い手が見つかるのではないかと考えながら、その灯《ともしび》を目ざして進みました。道々、思わずこんな歌もうたいました。

きっとわたしの運命は
手綱《たづな》をひいて向きを変え、
人をばねたむ歳月も

やがてしあわせ持ってくる。
望みは捨てず、待ちなさい、
よろずの困苦もわざわいも
やがてこよないしあわせで
報《むく》われますよたっぷりと。

いま申しあげた灯のほうへ近づいていくと、これはまたなんと！　それは磨《みが》きたてた銅の扉のついた宮殿ではありませんか。朝日がこれにあたるとぴかぴかきらめいて、遠くからは、まるで灯火のように見えたのでございます。わたしはこの宮殿を見てうれしくなり、門にもたれかかって坐ろうとしました。

おりしも通りかかったのは、綺羅を装った十人の若者でございます。どの男も左の目がつぶれ、さながらえぐり出されたように見えました。先頭に立っているのはたいへん年とった老人でしたが、わたしはただもう一同の身なりの美しいのと、そろいもそろってみんなが片目であるのにあきれておりました。若者たちはわたしをながめると、額手礼《サラーム》の挨拶をして、わたしの事情や身の上やらをたずねました。そこで、わたしはわが身にふりかかった一部始終を、ありとあらゆるわが身の不幸を、つぶさに語って聞かせました。一行はわたしの身の上話に驚いて、邸宅へ案内してくれました。中にはいると、広間のぐるりに青い褥《しとね》と青い生地(112)の小蒲団がついた十台の寝椅子が並べてあり、そのまん中には同じように、青いものばかりをのせたもっと小さな寝椅子がおいてありました。

若者たちは広間にはいると、めいめい自分の寝椅子に腰をおろし、老人は中央の小さい寝椅子に坐って、こう申しました。「のう、お若い方、床にお坐りなされ。しかし、わしどもの身の上や、片目のないいわれなどきいてはなりませんぞ」やがて老人は身を起こすと、若者の前にひとりびとり、大皿にもった食事と大盃についだ酒を並べ、わたしも同じようにもてなしてくれました。食事が終わると、わたしの冒険談やわたしの身にふりかかった出来事について、いろいろたずねました。わたしが自分の身の上を話しているうち、夜はたいそうふけてしまいました。すると、若者たちが言いました。

「もし、ご老体、いつもの物を並べてくださいませんか？　そろそろ時刻がまいりましたから」「よろしい」くだんの老人はそう答えて身を起こし、小部屋の中へ姿を消しましたが、まもなく青地の布切れをかけた十枚の盆を頭にのせてもどってきました。老人はそれぞれの若者の前に一枚の盆をおき、十本のローソクに火をともすと、これをひとつずつ、盆の縁[*2]に立てて、おおいの布をとりました。すると、これは意外、盆の上には、灰と炭の粉と釜の煤《すす》よりほかなにもないではありませんか。

それから、若者たちはみな袖を肘までまくりあげて、おいおいと泣き声をたて、顔から着物までまっ黒にし、額を打つやら胸をたたいて、ひっきりなしに叫びました。「おれたちゃ気楽に暮らしていたに、片意地はったばかりに苦労を招いた！」こんな調子で、夜明け近くまで騒いでいましたが、やがて老人は立ちあがると、一同のために湯をわかしました。若者たちは顔を洗って、さっぱりした別の着物に着替えました。

さて、ご主人さま、わたしはそのありさまを眺めて、あまりの不思議さに分別を失い、気は顚倒し、心も頭もさまざまな思いにみだされてしまいました。とうとう、前後のみさかいもなく黙っておられなくなり、どうしても、この奇妙なふるまいについてたずねてみなくてはという気持ちになったのでございます。そこで、みなにむかって言いました。「あれほど陽気に騒いでおられたのに、どうしてこんなまねをなさるのですか？　ありがたいことに、あなた方はみんなまともな、しっかりした方です。それだのに、これじゃまるで気違いか、悪魔につかれた人のするしぐさではありませんか。あなた方のいちばん大事なものに誓ってお願いしますが、ぜひともあなた方の身の上や目をなくした理由《わけ》、また、顔を灰や煤で黒く塗った子細をうち明けてください」すると、一同はこう申しました。「お若い方、若気の誘惑に耳をかさないで、わたしどもになんにもききなさるな」それから、一同は寝床にはいりましたので、わたしもみなといっしょに寝ました。目を覚ますと、老人はわたしたちに食事を運んできました。食べ終わって、皿や盃のあと片づけがすむと、一同は坐って語りあいましたが、夜になると、老人はローソクやランプに火をつけ、食事や飲み物をわたしたちの前に並べました。食べたり飲んだりしてしまうと、一同はまた夜がふけるまで仲良く話しあったり、騒いだりしました。が、その時刻になると、一同は老人に申しました。「いつものものを出してください。もうすぐ寝る時刻ですから！」

老人は立ちあがって煤や灰をのせた盆をもってきました。そして、まえの晩と寸分たがわずに同じことをくり返したのでございます。

わたしはこんな調子で、ひと月のあいだ若者たちのもとに滞在しておりましたが、一同は毎晩きまって顔を灰でよごしては明け方近くになると、顔を洗って着物を着替えました。わたしはますます驚きあきれるばかりで、しまいには疑念やら好奇心がこうじすぎて、食事や酒さえものどを通らないくらいになりました。わたしの心はおさえきれない、かくしきれない好奇の炎に燃えておりましたから、とうとう自分で自分がこらえられなくなったのです。そこで、言いました。「お若い方々よ、わたしの気苦労を楽にしてやってはくださいませんか。顔を黒く塗ったわけや、もとは気楽だったが、強情をはったばかりに苦労を招いたとおっしゃった言葉の意味をお聞かせ願えませんか？」

「それは秘密にしておくほうがいいでしょう」と一同は答えました。それでも、やはりわたしは若者たちの妙なふるまいに心をかき乱されて、飲んだり食ったりすることもできなくなりそうになったので、とうとう我慢ならずに申しました。「もうどうにもなりません。なぜそんなまねをなされるか、ぜひわけを聞かせてください」「わたしどもが秘密をうち明けないのは、実はあなたのためを思えばこそなんです。あなたの得心のゆくようにすれば、あなたの身にわざわいがふりかかり、わたしどもと同じに、片目になってしまいますよ」

けれども、わたしはもういちど頼みました。「いや、どうにもなりません。もし聞かせていただけなければ、あなた方とお別れしてわたしの国もとへ帰してもらい、こんなありさまを見ないですむようにさせてください。諺にもあります」

あなたはここに、わたしはさらば、
この目で見なきゃ、嘆きはしない。

すると、一同は申しました。「いいですか、お若い方、万が一にあなたが不幸なめにあわれても、わたしどもはもう二度とあなたをいっしょにおとめするわけにいきませんよ」そして、牡羊をつれてきてこれを殺しその皮をはぎとると、最後にわたしに小刀を渡してこう言うのです。「さあ、この皮の上に横になりなさい。わたしどもはあなたを包んで縫いこめますからね。そのうち、ルフ[113]という鳥がとんで来て、あなたを爪でひっつかみ、大空高く舞いあがって、やがて、ある山の上におろすでしょう。鳥がもう飛んでいないなと感じたら、この刃物で皮を切りひらいて外へ出なさい。鳥はたまげて逃げ、あなたがひとり、残されるわけです。それから、半日のあいだ、どんどん歩いていけば、やがて青空にそびえ立った見事な宮殿にたどりつくでしょう。この御殿はハランジ[114]や沈香《じんこう》や白檀《びゃくだん》などでこしらえたもので、燃えるような黄金を張り、印形付き指輪にしてもよいような、いろとりどりの翠緑玉《エメラルド》や高価な宝石をちりばめてあります。中へはいれば、なんでも望みどおり。わたしどももみんなその御殿へはいったんですからね。片目をなくしたり、顔を黒く塗ったのもそのせいです。いまいちいち身の上話をしていたら、ずいぶんと時間がかかるでしょう。ひとりびとりが勝手な冒険をやって左の目をなくしたんですからね」

わたしが若者たちの話を聞いて喜びますと、一同はいま言ったとおりのことをやってくれました。また、ルフという鳥もわたしをひっさらって山の頂におろしました。それから、わたしは皮を破って外へ出て、宮殿まで歩きつづけました。はいろうとすると扉は開いており、中にはいって見ると、りっぱな大広間があって、さながら馬場のように広々としておりました。そのぐるりに部屋が百あって、扉はどれもこれも白檀や沈香でできており、黄金を張ったり、敲金《たたきがね》の代わりに銀の鈴がとりつけてありました。

広間の奥に、つまり上端に、はなやかな装いをこらして、身をかざり、まるで月のように照り輝いた四十人の乙女がいました。その繭《ろう》たけた風情《ふぜい》といったら、いつまでも見あきることがないくらいでしたから、どんなに欲情を捨てた僧侶でも、乙女たちをひと目見ただけで、その奴隷になり、いいなりになったことでしょう。わたしの姿を目にとめると、一同のものはみんなわたしのほうへ近づいてきて、「これはようこそお越しくださいました。ご機嫌うるわしくてなによりでございます、わが殿さま！　このひと月、わたしたちはあなたさまのご訪問を心待ちにしておりましたの。わたしたちがあなたさまにふさわしいように、あなたさまもわたしたちにふさわしい方ですわ。こんな殿方をおつかわしになったアラーをたたえましょう！」それから、わたしを高い長椅子に坐らせて申しました。「きょうはあなたさまがわたしどもの殿さまで、ご主人ですわ。わたしどもは召使で、腰元ですから、なんなりとご用をお言いつけください」わたしは乙女たちの物腰にあっけにとられていました。

やがて、ひとりが立ちあがると、わたしの前に食事を並べ、乙女たちもいっしょに食べました。お湯をわかして、わたしの手足を洗い、着物を着替えさせてくれるものもあり、また、いっぽうでは、シャーベット水をこしらえて、飲ませてくれるものもありました。乙女たちはみんなわたしがやってきたことを喜んで、ぐるりに集まり、日が暮れるまで四方山《よもやま》の話をしました。夜になると、五人の乙女が立ちあがって、盆を並べ、花や、かぐわしい草、それに生《なま》の果物や乾した果物、お菓子などを山ほど盛りあげました。しまいには、きれいな酒の道具といっしょに、香りの高い古酒を運んできました。わたしたちは席について飲みはじめ、あるものは歌をうたい、あるものはルートや弦楽器や、笛そのほかの楽器を鳴らし、盃は手から手へ楽しくまわりました。わたしはすっかりうれしくなって、浮世の苦労などなにもかも忘れはててこう言いました。「これがほんとうに人生というものだ。人生が飛びさっていくのは悲しいな！」寝る時刻になるまで、わたしは乙女たちを相手に楽しくすごしました。頭に酒の酔いがまわってくると、乙女たちはこう言いました。「ねえ殿さま、わたしどものうちから、今晩、夜伽《よとぎ》をする相手をえらんでくださいまし。その代わり四十日しないと、同じ乙女といっしょに休むことはできませんよ」[115]そこで、わたしは眉目《みめ》うるわしく、容姿の端麗な、造化の手で[116]目にコール粉のくまどりをした乙女をえらびました。髪毛は長く、漆黒で、歯ならびはややすき、眉毛はせまって、ちょうど柔らかいすんなりした細枝か、さもなければ、人の心を動かし、かき乱す美しいめぼうきのか細い茎のようでありました。詩人はこんな乙女をこう歌っています。

乙女の姿、緑木の
細枝《さ》にくらぶも詮《せん》もなし。
されど、乙女のよき姿
子鹿にたとうも愚かなり。
かの愛らしき手足とて
子鹿にありとは思われず。
乙女の赤き唇は
蜜の露をばしたたらし、
ひと目その目を眺むれば
心奪われ焦れ死に。
瞳の矢柄につらぬかれ
あわれ、絶えなん玉の緒《お》も。
乙女の瞳にあざむかれ
われは返りぬ幼児《おさなご》に、
さもあらばあれ、恋人は
童《わらべ》に返りしものと知れ。

また、わたしはこんな詩人の言葉を口ずさみました。

わが眼《まなこ》楽しませるは
うるわしき　君の面影、
わが胸を　げにときめかす
幻は　君のほかなし。
くさぐさの　思いはなべて
恋いこがる　君のためこそ。
われ生きん　この恋ゆえに
われ死なん　この恋ゆえに。

わたしはその晩この乙女といっしょに枕をかわしました。これほど美しい女をこれまでついぞ知りませんでした。朝になると、女たちはわたしを風呂へ案内し、体を洗い流してから、またとなくきれいな着物をきせてくれました。それから、食事をととのえてくれましたので、わたしたちは食べたり飲んだりし、ぐるぐる盃をまわしました。やがて日が暮れると、わたしは乙女たちのあいだから、眉目《みめ》かたちもうるわしく、腰のなよやかな、優雅の典型《かがみ》といってもよい乙女をひとり選びました。詩人が歌っているのはまさしくこんな乙女であります。

うるわしき　乙女の胸に

われは見ぬ　乳房《ちぶさ》をふたつ、
恋人も　のぞくあたわず
封印をもて　堅くとざせば。
油断なく　乙女の瞳
矢のごとく　見張りてあれば、
なに人も　手をさし出せば、
その矢にて　胸をうたれん。

この女を抱いて、わたしは巫山《ふざん》の夢を結びました。さて、ご主人さま、手みじかに申しあげますと、わたしは乙女たちを相手に飲んだり食べたり、話し合ったりお酒をくみかわしたり、毎晩かわるがわるに乙女を抱いて寝たりして、人生の逸楽三昧《さんまい》を味わっておりました。ところが、年が改まるとそうそう、一同は涙をたたえてわたしのところへやってきて、泣いたり、すがりついたりしながら、別れの挨拶をいたしました。わたしはけげんに思ってたずねました。「いったいどうしたのですか？　ほんとに、こっちだって悲しくなりますよ！」一同は叫びました。「あなたとお近づきにならなければよかったのですけど。わたしどもはいろんな方とおつきあいをしましたが、あなたほどおもしろい、やさしい方にはまだいちどもお目にかかったことがございませんの」乙女たちはまた泣きはじめました。「さあ、もっとはっきり教えてくださいな」とわたしはたずねました。「この胆嚢が破れる[117]

ほどお泣きになるのは、いったいどういうわけですか？」すると、一同は「ああ、わが殿、ご主人さま、お別れしなければならないので、泣いているのでございます。涙を流していますのも、ただただあなたのためでございます。あなたがもしわたしどもの言葉をききわけてくださるなら、お別れしなくともすみます。でも、ききいれてくださらないと、永久にこれでお別れなのです。あなたにきいてはいただけないような気がして、実はこんなに泣きわめいているのでございます」と答えました。

「いったいどうしたわけなのですか？」「では、お聞きください、わが君さま、わたしどもはみんな王女で、以前は父上にこの御殿で会ったり、なん年もいっしょに暮らしたりしました。けれども、いまは毎年いちど、わたしたちが四十日のあいだ、家をあけなければなりません。四十日すれば、またもどってきて、あとの一年は飲んだり食べたりして、愉快に騒いで暮らせます。わたしたちはこのしきたりに従って、これから出かけるところでございます。それで、わたしたちの留守ちゅうに、あなたがわたしたちのいいつけをお守りにならないのではないかと案じているのでございます。では、御殿の鍵をおあずけいたします。これで四十の部屋があきますわ。でも、三十九まではおあけになってもかまいませんが、お気をつけあそばせ（アラーとわたしたち一同の命にかけてお願いしますわ）、四十番めの部屋だけはおあけにならないように。その中には永久にわたしたちの仲をひき裂いてしまうもの[118]がはいっていますから」わたしは言いました。「必ず開きはいたしません。その中にあなた方との仲を裂かれるようなものがはいっているんでしたら」

すると、ひとりの乙女がわたしのそばにより添ってきて、首にすがりつき、泣きながら、こんな詩を口ずさみました。

しばしの別れ、また会うならば、
つれない浮世もまたほほえもう。
君が面影、まなこにうつりゃ
すぎた仇《あだ》など、許しましょうよ。

わたしはつぎのような歌をうたいました。

かの日乙女は胸ふたぎ
恋にこがれて悩みつつ
別れを告げんとそば近く
来たりて苦衷を訴えぬ。
乙女の涙はぬれ真珠
わたしの涙は紅玉か。
ともに流れて川となり
乙女のうなじにふりかかる。

わたしはこの乙女が泣いているありさまを見て、申しました。「アラーに誓って、決して四十番めの戸はあけません。どんなことがあっても！」そして、別れを告げました。すると、一同は手を振って別れの合図をしながら、わたしひとりを御殿にのこして、小鳥のように飛びさっていきました。

夕暮れ近くに、最初の部屋の扉を開いて中にはいって見ますと、天国の花園にまごうばかりでした。それはみずみずしい緑の葉と、黄金色の熟れた果実とをつけた木々がおい茂っている庭園でした。小鳥はすみきった鋭い鳴き声をたててさえずり、小川は美しい大地をぬって、漣《さざなみ》をたてながら流れております。どちらもたいそうわたしの心を慰めてくれました。

わたしは木々の間をそぞろ歩いて、そよ風にのってくる花の香をかぎました。また、小鳥どもが万能の神をたたえて歌う、たいへん美しい連禱《れんとう》の妙音にも耳をかたむけました。赤く、黄色く色づいた林檎にも目をとめましたが、それはちょうど詩人が歌っているとおりです。

　リンゴの色は恋人の
　頬をいろどる紅《くれない》と
　幸《さち》なき乙女の青ざめし
　頬の色とをまぜしもの。

それから、まるめろをうち眺めて、麝香《じゃこう》も竜涎香《りゅうぜんこう》もくらべものにならないその芳香をかぎました。詩人もこう歌っております。

まるめろによろずの味は
つどいあい　果実の王者
かち得たる　栄誉はすべて
まるめろの　賜物《たまもの》と知れ。
その味は　ぶどうのみ酒
色どりは　清らな黄金《こがね》
その姿　満ちたる月ぞ。

それから砂糖入りのシャーベット水[119]をもしのぐ味をもった梨《なし》と、磨いた紅玉石のようで、あでやかなこと目もくらむばかりの杏を眺めました。わたしはそこを出ると、もとどおりに扉に鍵をかけました。

あくる朝、二番めの扉を開いて中にはいりますと、高い棗椰子《なつめやし》がおい茂り、せせらぐ小川に潤おされた、広々とした平原がひらけていました。川の両岸にはいばらや素馨《そけい》の繁《しげ》みが低くおいしげっていて、また、辺《へり》のところには、いぼたのき、のばら《エグランタイン》、雛菊《ひなぎく》、すみれ、百合《ゆり》、水仙、まよらな、紫羅欄花《あらせいとう》などが咲き匂っておりました。こういう匂いの高い草花の上を微風がそよぎますと、馥郁《ふくいく》とした香がそこかしこにまき散らされ、この世は馨《かぐわ》しくなり、わたしの胸は喜びでふくらみました。しばらくのあいだ、快い気分にひたってから、わたしは外へ出て、もとどおりに扉をとじました。

それから三番めの扉を開きますと、そこは天井の高い大広間で、斑染《ぶちぞ》めの大理石や高価な堅い石、そのほかの宝石などが飾りつけてあり、白檀や伽羅《きゃら》の木でこしらえた鳥籠もつるしてありました。その中には〈千鳴き鳥〉(120)、じゅずかけばと、つぐみ、雉鳩《きじばと》、ヌビア産の白子鳩などの、美しい調べをかなでる小鳥がはいっておりました。わたしの胸は喜びにあふれ、悲しみは消えさって、その晩は夜があけるまで、この小鳥の部屋で寝ました。

そのつぎには、四番めの部屋をあけましたが、そこには小部屋の四十ついた大広間があり、小部屋の戸は全部あいておりましたから、中へ足をふみ入れました。すると、とても筆や口ではつくせないような真珠、風信子石、緑玉石、翠緑玉、珊瑚《さんご》、柘榴《ざくろ》石などの、ありとあらゆる種類の宝石がいっぱいありました。この光景を見て、わたしはすっかり度胆をぬかれてしまい、ひとりごとを言いました。「これだけそろった宝石なんて、王者の中の王者の宝庫にはいらぬかぎり見られまい。世界じゅうのどんな君主だって、こんなに集めることはできまい！」心は浮きたって、悲しみはあとかたなく消えました。「今度こそほんとうに、おれは当代随一の君主になったんだ。アラーの恵みでこの無尽蔵の富が自分のものになったのだ。そのうえ、四十人の乙女を自由にし、おれのほかだれも女たちに手をふれる者はないんだ」

それから、わたしはつぎつぎに部屋をあけていき、とうとう三十九日がたちますと、どの部屋もみなあけてしまって、残ったのは王女たちがあけてはならないと言いつけた扉だけになりました。

けれど、ご主人さま、わたしの思いはただただこの禁断の四十番(121)めの部屋のことばかりで、悪魔《サタン》のやつも、わたしがわれとわが身を滅すように、しきりとあけるように勧めるのです。再会の約束をした日はもうあとわずか一日しか残っていないのに、わたしはとても辛抱しきれなくなりました。そこで、禁断の部屋の前にいって、ちょっとためらってから、黄金を張った扉を開いてはいりました。と、不意に、これまでついぞかいだことのないような芳香にうたれ、その香りがあんまり強烈だったので、五感はまるで強い酒に酔いしれたようになってしびれ、とうとう気を失って、床《ゆか》に倒れてしまいました。

たっぷりとひと時のあいだ、倒れていましたが、やがて正気に返ると、勇気をふるいおこして奥へ進みました。気がついてみると、いつのまにか、自分はある部屋の中にはいっているのです。床は蕃紅花《サフラン》をしきつめ、枝形の飾りがついた金の燭台や高価な油をたいたランプの灯であかあかと輝いており、その油は麝香や竜涎香《りゅうぜんこう》の匂いを放っていました。そこにはまた、大きな盃(122)ほどの香炉がふたつおいてあって、沈香《じんこう》や混合香料《ナッド・パーフューム》(123)や竜涎香に蜂蜜を入れた香料などの芳香をただよわせた煙が立ちのぼり、部屋全体がふくいくとした匂いに満ちあふれておりました。

ほどなくして、ご主人さま、わたしは烏羽玉《うばたま》の夜のようにまっ黒い駿馬《しゅんめ》を見つけました。鞍《くら》をおき轡《くつわ》をはめて（鞍は黄金作りでした）、ふたつの秣槽《まぐさおけ》の前に立っていましたが、槽のひとつは透明な水晶作りで、殻をはいだ胡麻《ごま》がはいっており、同じ水晶作りの別のには、麝香の匂いをただよわせた薔薇《しょうび》水がはいっていました。これを見て、わたしは不思議に思い、ひとりでつぶやきました。「きっとこの馬になにか素晴しい秘密があるにちがいない」悪魔めもわたしをそそのかすので、わたしは御殿の外へつれ出して、背中に跨りました。しかし、馬はてこでも動こうとはしません。わたしは、踵で脇腹を蹴りましたが、それでも動きません。そこで、手綱の鞭[124]をとってなぐりつけました。

　馬は鞭《むち》をあてられると、耳を聾《ろう》するばかりにすさまじくいななき、両の翼をひろげて[125]、人間の目もとどかぬくらいに大空たかく舞いあがりました。たっぷり一時間も空を翔《か》けてから、ある陸《ろく》屋根におり立ちましたが、そのとたんに背中からわたしをほうり出し、しっぽでぴしゃりと顔をなぐったからたまりません。左の目の玉はえぐり出されて、頬を伝わってころがりおちました。馬はそのまま飛びさっていきました。

　屋根からおりると、そこには青い布のおおいをした寝椅子に例の十人の片目の若者が坐っているではありませんか。一同はわたしを見るなり、叫びました。「あなたのおいでになるところじゃない！　きてもらっちゃ困るよ！　わたしらとて、またとないしあわせな生活を送り、いちばんうまいものを飲んだり食べたり、また、錦《にしき》や金襴緞子《きんらんどんす》の上に寝て、美人の膝を枕にして眠ったんだが、たった一日が待てないばっかりに、一年間の喜びをふいにしたわけだよ！」わたしは言いました。「ごらんなさい、わたしだってあなた方と同様、片目になりました。こうなったからには、わたしにも墨をいっぱい盛ったお盆を出していただき、顔を黒く塗って、あなたがたの仲間入りをしたいんですがね」「それはだめだ、断じて」と一同は申しました。「とめるわけにはいかないから、さっさと出ていってくれ！」そんなしだいで、わたしは追い出されてしまいました。

こんなふうににべなく断わられてみると、さきゆきいよいよつらいめにあうことははっきりとしていました。わたしは運命の神がわたしの額に書きしるした、数々の不幸を思い出しました。重い心をかかえ、目には涙をたたえて、若者たちのもとをさりながら、わたしはひとりごとを言いました。「おれは気楽だったのに、強情をはったばかりに難儀をまねいた」

それから、鬚《ひげ》や口髭や眉毛をそり落とし、世を捨てて墨染めの衣をまとい、アラーの大地を遍歴したわけでございます。幸い神さまの思召《おぼしめし》で、つつがなくバグダッドについたのが、きょう、この夕方のことでした。途方にくれてたたずんでおられるこのふたりの雲水に会いましたので、わたしは「旅の者ですが！」と挨拶しますと、「わたしどもも旅の者です！」というご返事でした。まったく運命の気まぐれで、似たもの同士、三人が三人とも托鉢僧で、左の目のない目っかちでございます。ご主人さま、これがわたしの鬚をそり、片目をなくしたいわれなのです。

すると、女主人は言いました。「頭をなでて、さっさとお帰りなさい」けれど、当人は「いいえ、ほかの方の身の上話をお聞きするまでは帰りません」と答えました。女主人はそれから教主とジャアファルとマスルールにむかって言いました。「これ、おまえさん方もめいめい身の上話をなさい！」そこで、ジャアファルは前に出て、はいってくるとき門番女に

話したとおりを語りました。女主人は三人の男が商人で、夜半の刻限がすぎて外出していたモスールの人々であることを聞きますと、「みんな命は助けてあげるから、お帰りなさい」と言い渡しました。

そこで、一同は外へ出ましたが、町に出ると、教主《カリフ》は托鉢僧たちに話しかけました。「おつれの方々よ、どちらへまいられるのかな？　まだ夜も明けぬが」「おお、旦那さま、どこへまいってよいやらさっぱりわかりません」「では、わしのもとで今夜はお明かしなさい」と教主は言い、ジャアファルにむいて「いっしょにつれて帰り、あしたわしの前につれてきなさい。この人たちの奇談《はなし》を年代記に書きとめようから」と申しました。ジャアファルは教主の言いつけどおりにし、こうして忠良な者の大君は王宮へ帰りました。けれども、三人の托鉢僧の王子の不幸を思ったり、女たちや二匹の黒い牝犬の身の上が知りたくて、その夜はまんじりともしないで明かしました。

教主は夜がしらむと、さっそく起き出て玉座につき、貴顕高官連が出仕するのを待って、ジャアファルにむかって申しました。「三人の女と二匹の牝犬と、三人の托鉢僧をつれてまいれ」そこで、ジャアファルは一同を教主の前にひきたててきました（女たちは面紗《かおあみ》をつけていました）。

すると、大臣は一同にむかって、教主の名代《みょうだい》で、申し渡しました。「おまえたちの不とどきな行ないや無礼なふるまいは、それよりまえの情け深い行ないに免じて許してつかわそう。おまえたちはわしらの身分を知らなかったからだ。しかし、今こそ知らせてやろう。おまえたちの前におわす方は、アッバスの五男ハルン・アル・ラシッド、すなわち、アル・マンスールの息、教主ムサ・アル・ハディのご兄弟で、王家の開祖アル・サファー・ビン・モハメッドのご兄弟モハメッドの末裔《まつえい》である。それゆえ、偽りない事実をのこらず申したてよ。よいか！」

忠良な者の大君についてのジャアファルの説明を聞くと、いちばん年嵩《としかさ》の女が前に進み出て「おお、まことの信者の王さま、わたしの身の上話は針師の手で目の片隅にでも彫りつけておきますれば、痛いめにあってもよい方々にとっては薬となり、他人のふりを見てわが身のふりをなおす方々にも、よい手本となるでございましょう」と申しました。

――シャーラザッドは夜がしらんできたのを知って、許された物語をやめた。

さて第十七夜になると

おお、恵み深い王さま、とシャーラザッドは語った。この女は忠良な者の統治者[*3]の前に進み出て、つぎのような物語をはじめたのでございます。

姉娘の話

わたしの話はまことに不思議な話でございます。どうぞ、お聞きください。

——あそこにいる二匹の黒い牝犬は両親を同じゅうするわたしの姉たちで、それからこちらのふたり、つまり、体に鞭《むち》の痕《あと》のある娘と三番めの雑用係とは腹違いの妹たちでございます。父がみまかると、姉妹はめいめい遺産を分配しました。しばらくして、母も、わたしや同腹の姉妹に三千ディナールのお金をのこして亡《な》くなりました。それで、わたしどもはおのおの千ディナールの分け前をもらいました。いちばん年下ではありましたが、わたしも同じように分け前をもらったのでございます。

そのうち、姉どもは、しきたりどおりのお祝いをして、婚礼をあげ、新郎と同居いたしました。その夫たちは妻のお金で品物を買いこみ、みんなそろって旅に出ました。そんなわけで、わたしはみんなに見はなされたのでございます。

義兄らは妻を伴なって、五年のあいだ、家をあけましたが、そのあいだにありったけのお金を使いはたして破産してしまい、あげくのはては、妻たちを異郷の見も知らぬ人々のあいだにおきざりにしたのでございます。五年たって、いちばん上の姉はぼろぼろの着物をまとい、ふるびた、きたない大面紗《イザール》(126)をかぶって、乞食《こじき》のようなかっこうでわたしのところへ帰ってきました。ほんとうに、みすぼらしい、みじめな風采《ふうさい》をしていました。最初は自分の姉とは気づきませんでしたが、しばらくして姉だとわかると「いったいまあ、なんというお姿なんですの？」とききました。「おお、妹よ」と姉は答えました。「いくらしゃべったところで、すぎたことはかえらないわ。運命の神さまはアラーのお決めになったことをいちいちお消しになっていかれたのだよ」

それから、わたしは姉を風呂に入れて、自分の着物に着替えさせたうえ、吸い物をわかし、上等な酒を出してやりました。「ねえ、お姉さま、あなたはいちばん年上で、わたしどもにとっては、今でもお父さまやお母さまの代わりです。お姉さま方と同じにわたしのいただいたあの遺産は、アラーのおかげで、だいぶんふえましたわ。安楽な暮らしむきですの。糸をつむいだり、絹物の洗濯をしたりして、どっさりお金をもうけましたから。ですから、わたしとあなたとで、この財産を半分に分けましょう」わたしは心をつくして姉をもてなしました。姉はまる一年、わたしのもとに同居していましたが、そのあいだ、わたしどもはいつもいまひとりの姉のことをあれやこれや案じておりました。すると、まもなく、この姉もまた、いちばん年上の姉よりもずっとみすぼらしく、痛ましいかっこうをして、家へもどってまいりました。わたしはいちばん上の姉につくしたよりも、もっと手あつくこの姉をもてなしてやりました。そして、めいめいに、わたしの資産を分けてあげたのでございます。

しばらくすると、ふたりはわたしに「ねえ、妹よ、わたしたちはもういっぺん結婚したいんだよ。だって、亭主ももたずにだらだら日を送ったり、だまされて、このまんま後家《ごけ》をとおすなんてことは我慢がならないわ」と言いますので、わたしはこう返事しました。「わたしの瞳よ[127]！　近ごろでは誠意のある、りっぱな殿方などめったにいませんから、あなた方もこれまで夫婦生活の楽しみなどあまりごぞんじないかもしれません。でも、もう、いちどは結婚なさって、失敗されたわけですから、わたしとしてはあなた方の目論見《もくろみ》が得策だとは思いませんわ」

けれども、姉たちはわたしの忠告などぜんぜん受けいれようとはしないで、わたしの承諾も得ないで、結婚してしまいました。それでも、わたしは自分のたくわえの中から、ふたりに、支度料や持参金などを出してやりました。姉たちはこうして夫といっしょに、わたしのもとを去りました。ところが、それもほんのつかの間で、ふたりの亭主どもは姉たちをだまし、手あたりしだいに物をかすめ、はては、姉たちを見捨てて、どこへともなく逐電《ちくでん》してしまったのです。そこで、ふたりの姉は恥じいって、情けない姿でわたしのもとにまいり、こんなふうにわびました。「わたしどもの不明を許しておくれ。怒らないでね。あなたは年こそ若いけど、分別にかけては、わたしたちよりずっと上だわ。これからさき、決して結婚のことなんか口にしないから、どうか召使として引きとって、口すぎだけさせておくれ」「ようこそいらっしゃいました。お姉さま方、わたしにとってはあなた方ほど大事なお方はありませんわ」とわたしは答えて、ふたりを中に入れ、まえにもまして心をつくしました。

こんなふうに仲よくまる一年というもの、姉たちといっしょに暮らしましたが、わたしは異国へ出て自分の品物を売ろうと思い、まずバッソラー行の船支度をすることに決心しました。それで、大きな船を一隻用意して、取引用の商品や貴重品をはじめ、食料とか、航海に必要なあらゆる品々を積みこみました。それから、ふたりの姉にこう言いました。「わたしの留守のあいだ、お家に待っていらっしゃいますか？　それともわたしといっしょに航海にいらっしゃいますか？」「わたしどももいっしょに旅をしますわ」と姉たちは、返事しました。「だってあなたとお別れするなんて辛抱できませんもの」

そこで、わたしは自分の所持金をふたつに分け、半分は身につけ、あとの半分は信用のおける人にあずけました。といいますのは、内心で「万が一に、船に間違いがあっても、わたしたちの命は助かるかもしれない。そんな場合には、帰ってから、りっぱに役にたとう」と考えたからでございます。

わたしはふたりの姉といっしょに、いく日もいく夜も、航海をつづけました。ところが、船長はうっかりして針路をあやまり、船はわたしどもを乗せたまま海上をさ迷い、とうとう目当てにしていた海とは全く別の海へ出てしまいました。しばらくのあいだ、一行は少しもこのことに気がつきませんでした。風は十日のあいだ順風で、十日たつと、見張人はぐるりのようすをうかがいに帆柱にのぼり、こう叫びました。「吉報だぞ！」それから、おりてきて言いますには「まるで鳩《はと》くらいの都らしいものが見えたぞ」これを聞いて、わたしどもはたいそう喜びました。それから、ひと時たたぬうちに、沖合に都の建物がくっきりと現われたので、わたしどもは船長に「あの都の名前はなんといいますの？」とたずねました。船長は「ぜんぜん知りませんね。今まで見たこともなければ、こんな海へはいったのも初めてですからね。だが、どうにか無事に騒ぎも終わったんだから、あなた方は商品を持って上陸なさりゃいいんですよ。儲りそうなら売って、あそこの品物を買いしめなさい。もし見こみがなけりゃ、二日間停泊して、食料を補給し、ここを出帆しましょう」と申しました。

そこで、船は港にはいり、船長は町のほうへ出かけていきました。しばらくすると、帰ってきて「さあさあ、町へ出かけて、アラーが自分のつくった人間どもをどんなになされたか見物しておいでなさい。だがね、アラーのお怒りにふれないように、お祈りをなさることじゃ！」

わたしたちが船をおりて都へはいっていきますと、門のところに桶板《おけいた》を握った男たちがいました。近くによって見ると、これはまたなんと、アラーの怒りにふれて姿が変わり(128)、石になっているではありませんか。それから、町中《まちなか》へはいっていきますと、町の人々はみんな黒い石に変わっていて、人の住んでいる家は一軒もなく、竈《かまど》の火を吹いている者も全く見かけませんでした。わたしどもはこのありさまを眺めて恐ろしくなりました。市場の通りを拾いながら進むと、品物も金銀もそのままおきざりにしてあるので、うれしくなってこう申しました。「きっと、これにはなにか子細があるわ」

それから、大通りのあたりで、わたしどもはめいめい分かれて、つれも仲間もそっちのけで、宝やお金や金めのものを夢中になってかき集めました。わたしはどうかと申しますと、要害堅固なお城に近づいて、黄金の門から王宮へはいりました。中には、金銀作りのいろいろなお皿類があり、国王みずからは侍従や太守、さては藩侯や大臣連にとりかこまれて、玉座に腰をおろしていました。一座の人たちは、みんな人工の巧みもおよばないくらい美しい衣装を着ておりました。近づいて見ると、国王は真珠や宝石をちりばめた玉座にかけ、その長い衣は、さながら星屑のようにきらきらと輝く、あらゆる宝玉を飾りつけた金襴の布でこしらえてありました。また、周囲には白人奴隷の兵隊が五十人もはべっていて、いずれも手に手に抜刀をひっさげ、色とりどりの絹物の衣を着ておりました。けれども、さらに近よって見ますと、まあ、どうでしょう！　みんな黒い石ではありませんか。

この異様なありさまを眺めて、わたしは気も転倒しました。が、なおも奥へ進んでいき後宮《ハリム》[129]の大広間にはいりました。壁には黄金の縞《しま》のある絹の綴錦《つづれにしき》がかかり、床には黄金の花を刺繍した絹の敷物がひろげてありました。ここには、みずみずしい若真珠[130]の縁どりのある衣装をつけて、王妃《おきさき》がながながと身を横たえておりました。頭には指輪にしても似つかわしい数々の宝石をちりばめた瓔珞《ようらく》をのせ、首のぐるりには首玉や首飾りがたれさがっていました。衣装も飾りも、みな自然のままでしたが、王妃だけはアラーの怒りにふれて、黒い石になっていたのでございます。

やがて、あけっ放しになった扉が目につきましたので、まっすぐそのほうへ進んでいきますと、扉のところまで、七段の階段が通じていることがわかりました。これをのぼりつめると、大理石を張り、金糸の絨毯《じゅうたん》や綴錦などをかけひろげた部屋へ出ました。そのまん中に杜《む》松《ろ》材で作った玉座がしつらえてあって、真珠や宝石をはめこみ、また翠緑玉を浮きあがらせてありました。奥まった壁には密室がついていて、真珠のはまったたれ布がさがり、そこから、かすかに光のもれ出ているのが見えました。

近よってみると、この光は密室のずっと奥の、象牙と金をかぶせた、小さな寝椅子の上にある駱駝の卵ほどの大きさの宝石から出ていることがわかりました。この宝石は太陽のように照り輝いて、あたりにくまなく光をなげておりました。寝椅子にもまた、絢爛《けんらん》として人の目を奪うような、ありとあらゆる種類の絹織物がかけてありました。わたしはこの場のありさまを眺め、とりわけ、まえからつけてあるローソクの灯《あかり》を見てびっくりしました。それで、心のうちでつぶやきました。「だれかがこのローソクをともしたに違いないわ」

それから、なお先きへ進んで、台所から食料室や宝物蔵へといき、どこまでも王宮の中を探りつづけて、あちこちと歩きまわりました。いろいろな物を眺めて、恐ろしさと驚きのあまりわれを忘れ、すっかり物思いに沈んでいるうちに、とうとう日暮れになってしまいました。けれども、さて表へ出ようとすると、出口がわからないので道に迷ってしまいました。そこで、ローソクの灯を目当てにくだんの密室へもどって、寝椅子の上に腰をおろしました。経典《コーラン》の文句を少しばかりくり返してから、掛け布にくるまって、いざ眠ろうとしましたが、気持ちが落ちつかないのでなかなか眠れません。

ところが、夜もだいぶふけたころ、とてもきれいな抑揚で経典《コーラン》を口ずさむ声が耳にはいりました。けれども、なんとなく弱々しい調子でした。わたしは身を起こして、静まりかえったあたりの空気が人声で破れたのを喜びながら、声をたよりに部屋から出ていきますと、ほんの少し扉が開いている小部屋に出ました。すきまからのぞいて、じっとその場のありさまを眺めると、まあ、驚くではありませんか！　それは祈禱室で、中に二本のローソクがともり、天井からランプのつりさがっている壁龕《へきがん》(131)がついていました。そして、礼拝用の絨毯が一枚しいてあって、その上に美しい若者が坐っていました。目の前の台(132)に一巻の経典《コーラン》をひろげて、読経しているのでございます。わたしは都の人々の中でただひとりこの若者だけが生き残っているのを見てけげんに思い、部屋にはいって挨拶しました。すると、相手の若者も顔をあげて、わたしの額手礼《サラーム》に答えました。

「ときに、あなたがお読みになっていらっしゃる、アラーの聖典の真実《まこと》にかけて、どうかわたしの質問に答えてくださいませ」とわたしは申しました。若者は微笑をうかべて、「おおアラーの侍女よ、まずあなたがここへやってこられたわけをお聞かせください。その代わりに、わたしは自分や都の人々の上にふりかかった出来事から、どうしてわたしばかりがみんなの運命をまぬかれたかもお話しいたしましょう」と言いますので、わたしは自分の身の上を語りましたが、若者はこれを聞いて驚きました。わたしが都の人々のことをたずねますと、若者は「ちょっと、ご辛抱ください！」と答えて、うやうやしく聖典をとじ、繻子《しゅす》の袋にこれをしまいました。それから、わたしをそばに坐らせましたが、若者をつくづく見ると、満月さながら、目鼻だちは美しく、容姿もたぐい稀れで、腰のあたりはなよやかにほっそりとし、身のたけも高からず低からずというあんばいでした。頰はなめらかに、明るく輝き、ひと口で申せば、お菓子か棒の砂糖のようで、詩人はこんな若者を対句《ついく》でこう歌っております。

　　星占いはあの日の夜

巧みに描きぬ、天象図。
いとも不思議や、その中に
現われいでし美少年。
土星は髪をも黒々と
うばたまのよう染めあげぬ。
さらに薔薇《しょうび》(133)のその頬に
麝香《じゃこう》のほくろを吹きつけぬ。
火星は真紅の色あいで
左右の頬をばいろどりぬ。
ついで射手座は瞼《まぶた》より
矢柄をあまた放ちたり。
さえて鋭きかの知恵を
さずけしものは水星ぞ。
熊座は悪しき眼《まなこ》ゆえ
生ぜしものをのぞきたり。
占い人は驚きぬ、
美貌の男子《おのこ》の誕生を、
みちたる月がぬかずきて

大地に口づけしたるとき。

ほんとうに、至上の神アラーはたいそう麗しい衣装をこの若者にまとわせ、その衣の縁飾りに類いなく美しい頬をおつけになったのでございます。詩人もちょうどこんなふうに歌っております。

われは誓わん、かぐわしき
香り放てる瞼にかけて、
すんなり細き腰[134]にかけても。
世にも稀れなる魔法にて
あごをつけたる飛ぶ矢にかけて。
げにやわらかき脇腹と
光宿せる眼《まなこ》にかけて。
まぶしき昼の光線と
髪毛に宿る暗闇の
ふたつそなわる額にかけて。
見る者の心かき立て
時には命じ、時には拒み

とわに憂いと喜びを
与えてやまぬ眉毛にかけて。
頰を色どるばらの色
むしたる苔[135]の天人花
口に宿れる風信子
笑いに宿る真珠にかけて。
げにうるわしき襟あしと
輝く表にふたつの柘榴《ざくろ》
仲よくあらわに並べたる
豊艶無類の乳房にかけて。
誇りも高く歩くとき、
さなくば世にも類いなき
柳の腰にいこうとき、
ふるいてやまぬ臀《いしき》にかけて。
繻子《しゅす》に見まごうにぎ肌と
汚《けが》れを知らぬ心にかけて。
光輝き優雅なる
すべてを宿す美にかけて。

物を惜しまぬ手にかけて
すなおにもの言う口にかけて、
祖先伝来ひきつぎし
高貴な血潮と身分にかけて。
麝香《じゃこう》とてこの若人より
香りを借りて吐き出せば、
竜涎香《りゅうぜんこう》も若人ゆえに
あたりに匂わんふくいくと。
かの日輪の輝きも
恋人ゆえに青ざめん。
わが恋人のなかりせば
爪のくずとも見ゆるらん。

わたしはたったひと目見ただけで、いくどもいくども吐息をつき、たちまち心はとりことなってしまいました。わたしが「おお、いとしい君よ、さきほどうかがった事柄をどうか教えてくださいませ」と申しますと、相手は返事しました。

「承知しましたとも！　実は、アラーの侍女よ、この都は父の首都で、父は国王ですが、あなたのごらんになったとおり、アラーの怒りにふれて黒い石に変わってしまいました。また、後宮でごらんになった王妃はわたしの母なのです。この都の者は、両親はじめみんなのものがマージ教[*4]の信徒で、全智全能の神をあがめる代わりに火をあがめ[136]、火や、熱や光やかげ、また昼夜の別なくめぐっている天体にかけて、誓いを立てるならわしでした。父は子宝にめぐまれず、やっと老後になってわたしをさずかりました。わたしが成長して、将来しあわせになることがわかるまで、大事に育ててくれました。ところが、たまたま、この御殿には、たいへん年とった、回教徒の老婆がおりました。この女は心のうちではアラーやその使徒を信じていましたが、表面《うわべ》はこの国の人民の信仰を奉じていたのです。父は信用のおける善良な女だということを知っておりましたから、この女になにもかもうちあけました。また、自分と同じ宗旨だと信じて、日ましに手あつくいたわっていました。そこで、わたしが大きくなりますと、父はこの老婆の手にわたしをゆだねて申しました。『おまえがひきとって教育し、わしらの宗旨を教えてやってくれ。いちばんりっぱな教育をさずけて、くれぐれも世話を怠らぬようにしてくれ』

そんなわけで老婆はわたしをひきとり、ウズの沐浴と一日五回の礼拝の儀式[137]といっしょに、回教《アル・イスラム》の教義を教えてくれました。それから、『全能のアラーのほかに仕えてはいけません！』となんどもくり返しては、経典《コーラン》を暗誦させました。わたしがこれだけの知識を修めてしまいますと、老婆は申しました。『さて、わが子よ、このことはお父さまにはかくしておいて、なにもおっしゃってはいけませんよ。さもないと、殺されますからね』

わたしは父にはなにもあかしませんでした。老婆が死んでからも、しばらくは、こんなふうにして暮らしつづけておりました。ところが、都の人々はまえにもまして不信心になり、驕慢になって、道にはずれた行ないが多くなりました。

ある日のこと、町の人々がいつものようにふるまっておりますと、にわかに、大きな恐ろしい轟音[138]が起こって、どこにいてもだれの耳にも聞こえないではいないような、雷《いかずち》のうなりのような声で、『こりゃ、町の衆よ、火の崇拝をやめ、慈悲深い王者アラーを崇拝せよ！』と叫ぶ者がありました。この声を聞いて、都の人々は仰天してちぢみあがり、わたしの父（都の王さまでしたから）のもとへ集まってきてたずねました。『わたしどもの耳にはいったあの恐ろしい声はなんでございましょうか？　恐ろしさのあまりふるえあがりましたが』すると、父は答えました。『たかが物音ひとつでこわがったり、堅固な道心をぐらつかせたり、正しい信仰に背いたりしてはならんぞ』

一同は国王の言葉に従ってあいかわらず火を崇め、最初の声が聞こえてからまる一年というもの、不遜にもさからっておりました。すると、ちょうど一年たってから、二回めの叫び声が聞こえ、三年めの初めに三回めが、それから毎年きまって一回ずつ聞こえたのです。それでもやはり、都の人々はよこしまな儀式をやめませんでしたが、ある日の夜明け方に、とつぜん天の審判[139]と怒りがまいくだり、アラーのご降臨とともに、すべての者は黒い石に化してしまいました。人も獣も牛もみんな――。

ちょうどその時、祈禱をあげていたわたしひとりを除くと、だれひとりこの天罰をまぬかれたものはありませんでした。その日からきょうまで、ごらんのようなありさまで、わたしはいつもお祈りをし、断食し、コーランの読経に一心ふらんになっております。けれど、話し相手がひとりもないので、実はさびしくてたまらなくなっていたところです」

そこで、わたしは若者に言いました(と申しますのも、ほんとうにこの人はわたしの愛をかちえて、わたしの命と魂をとりこにした若者でしたから)。「もし、あなた、わたしといっしょにバグダッドの都においでになり、オレマ*5や律令に明るい学者や神学博士などおたずねになって、知恵や分別を探め、神学をもっとお究めになろうとは思いませんか? それに、よろしゅうございますか、あなたの目の前に立っているこの女は、一家の主人で、家来や宦《かん》官《がん》はじめ、召使やら奴隷やらを抱えてはおりますけど、あなたの侍女にしていただきますわ。ほんとうに、わたしは偶然あなたにお目にかかってから、初めて生きがいを感じましたの。わたしの船は品物をたくさん積んで、この都についております。わたしがこの都に流れつき、こうした出来事を知るようになったのも、ひとえに運命の神さまのお取りはからいですわ。こうやってお目にかかれたのも、なにかのご縁ですものね」

わたしはどこまでも丁重にかきくどいて、あらゆる手だてをつくしましたので、相手の若者もとうとう承諾しました。

——シャーラザッドは夜がしらみかけたのを知って、許された物語をやめた。

さて第十八夜になると

おお、恵み深い王さま、この女はいっしょに町を去ろうと言って、若者をやさしくかきくどいたので、とうとう若者は承知して、「では、まいりましょう」と答えました。そして、女はその晩若者の足もとに身を横たえましたが、うれしさのあまり、自分がどこにいるやらも忘れておりました、とシャーラザッドは語った。

夜がほのぼの明けそめると、さっそく（と、女は教主《カリフ》にむかってそのさきを話しつづけました）わたしは寝床をはなれて、若者といっしょに宝物蔵にはいり、目方が軽くて値うちのある品を、手あたりしだいにかき集めました。それから、ふたりより添ってこのお城から町へと出ていきましたところ、わたしを探していた船長はじめ、姉や奴隷に出会いました。一同はわたしを見ると喜んで、どうして帰らなかったのかとたずねました。そこで、わたしはきのうから見てきたことや、若い王子の身の上、さては都の人々が天罰をうけて石に変わったことなどを語って聞かせました。話を聞いて一同はびっくり仰天しましたが、姉どもは（おお、忠良な者の大君さま！　実はこの二匹の牝犬なのでございます）若い恋人とうちつれだったわたしを見て、恋人ゆえにわたしを妬み、腹を立てて、よくないことをたくらみました。

わたしどもは順風を待って船に乗りましたが、いろいろと品物を手に入れていましたから、ただもううれしくて、飛んで帰りたいくらいでした。でも、わたしがいちばんうれしかったのは、この若者を得たことでございます。待つほどもなく追い風になりましたので、船は帆をあげて海上へ出ました。一同が坐って話をしていますと、姉どもはわたしにたずねました。「あなたはこの綺麗なお方をどうなさるつもりなの？」「夫にするつもりですわ！」とわたしは答えて、若者にふりむいて言いました。「ねえ、わたしの若殿さま、わたしはあなたに結婚の申し込みをしたいのですが、反対なさってはいけませんよ。ようございますか、生まれ故郷のバグダッドにつきましたら、神聖な婚礼をあげてあなたの腰元として、この身も心もささげますわ。あなたは旦那さま、わたしは花嫁」「承知しました！　あなたはわたしの恋人で、妻、あなたがなにをなさろうと、決していやとは言いません」という相手の返事に、わたしは姉たちに申しました。「この人はわたしが手に入れたのです。この若殿だけで十分ですから、わたしの財産をいくらかでも預っている方々は、ご自分の儲けとして、わたしの好意といっしょに収めてください」「おっしゃることも、なさることもりっぱね」とふたりの姉は答えましたが、お腹の中では悪だくみをめぐらしていました。

船は順風をはらんで航海をつづけ、ついには危い海を出て安全な海にはいり、それから四、五日もしますと、バッソラーの町につき、その建物が夕暮れ時の空にくっきりとうかびあがりました。けれど、わたしたちが寝床についてぐっすり眠っておりますと、ふたりの姉たちが起き出してきて、寝床ごとかつぎあげ、海の中へほうりこんでしまいました。若い王子も同じめにあいましたが、泳ぎができなかったため、おぼれて死にました。アラーは王子を崇高な殉教者の群れ[140]にお加えになったのでございます。

わたしのほうはどうなったかと申しますと、若い王子といっしょにおぼれてしまえばよかったのでございますが、アラーの思召《おぼしめし》で、命を救われたほうの組にはいったのでございます。気がついたときには海の中にいて、稲妻のようにす早く飛びさる船が目にとまりました。神さまはわたしのゆくてに一本の材木を授けてくれましたから、わたしはそれに跨って、波のまにまに漂いながら、流れていきましたが、とうとうある小島の汀《なぎさ》へうちあげられました。高い陸地で、そこには人っ子ひとり住んでおりませんでした。わたしは陸にあがって、その晩は夜どおし島を歩きまわりました。夜が明けると、アダムの子にはちょっと歩けそうにもない凸凹《でこぼこ》した道を見つけました。あとでわかったのですが、それは島と本土を結ぶ浅瀬のほうへ通じていたのです。お天道《てんとう》さまがのぼるとすぐ、わたしは日なたに着物をひろげて乾し、島の木の実を食べ、真水を飲みました。それから、くだんの道に沿って歩きつづけていますと、とうとう本土にたどりつきました。

もうあと都までわずか二時間の旅路というところまでやってまいりますと、驚くではありませんか！　棗椰子《なつめやし》ほどの大きさの大蛇があわてふためいて、こちらへ逃げてくるのです。左右に体をくねらせながら、すぐそばまでやってきましたが、その舌は一尺くらいだらりと垂れさがり、はいまわるたびに砂ほこりがあがりました。そして、大蛇の後ろから、槍二本分の長さもない、槍の柄のように体の細い竜が追いかけてまいりました。大蛇は恐ろしさに逃げ足をはやめ、あちこちとのたくりつづけましたが、とうとう竜に追いつかれ、その尻尾をつかまえられてしまいました。すると、大蛇は涙を流し、もだえぬいて舌をすっかり外へ吐き出しました。わたしは大蛇がかわいそうになりましたので、アラーの救いを念じながら、石をひろって竜の頭に力まかせに投げつけました。すると、竜はその場でたちまち死んでしまいました。大蛇のほうは両の翼を開いて、空へ飛びあがり、姿をかき消してしまいました。わたしはそのさまを見て、怪訝に思いながら腰をおろしているうち、くたびれていましたので、ついうとうとして、そのまま、しばらく眠ってしまいました。目を覚ますと、まっ黒い乙女が足もとに坐って、しきりとわたしの足をもんでいるのです。そして、そばには二匹の黒い牝犬（おお、忠良な者の大君さま！ それはふたりの姉でございます）がひかえていました。わたしは乙女の手前恥ずかしくなり(141)、身を起こしてたずねました。「まあ、娘さん、いったいあなたはどなたですか？」すると、相手の女は返事しました。

「あなたはほんとうに忘れっぽいお方！ わたしはさっきの大蛇ですわ。親切に助けていただき、ご恩をうけ、そのうえ敵まで殺してくださったではありませんか。あなたが神のお加護をえて、いましがた竜から救ってくださった大蛇です。ですが、じつはわたしは魔女神《ジニャー》で、相手の竜はわたしを憎んでいる魔神《ジン》でした。あなたよりほかだれも救ってくれませんでしたの。わたしは助けられるとすぐ風に乗って、ふたりの姉たちがあなたを海へ投げこんだあの船へ飛んでいき、船の中のものは残らずお宅へ運んでしまいました。それから家来の魔神《マリッド》たちに命じて、あなたの姉たちをこの黒い牝犬にしてしまったのです。というのも、あなた方のあいだに起こったことはなにもかも知っているからです。けれど、あの若い男のほうはほんとうにおぼれて死にましたわ」

そう言って、この乙女はわたしと牝犬をつれて空へ舞いのぼり、やがて、わたしの屋敷の平屋根におろしました。家にはいって見ると、船にあった財宝はみんなしまってあって、なにひとつなくなっているものはありません。

「ところで」（と、もとの大蛇は言葉をつなぎました）「ソロモン（安らかに瞑《めい》されんことを！）の印形付き指輪に刻まれたもの[142]に誓って、もしあなたがこの犬どもに毎日三百回ずつ鞭をくれないと、わたしがやって来て、あなたを永久に地の底にとじこめてしまいますよ」

「かしこまりました！」とわたしが答えると、大蛇は飛び去りました。けれども、そのまえにもう一度わたしに念をおして申しました。「ふたつの海[143]に水をあふれさせたもうた神に誓って（これが二度めの誓いですよ）、もしわたしの言葉に背くようなことがあれば、あなたの姿も姉たちのように変えてしまいますよ」

それからのちは、おお、忠良な者の大君さま、わたしはかならず約束の数だけ鞭をふたりに加えました。でも、しまいには、ふたりの血潮にわたしの涙がまざり、鞭をあてながらも、かわいそうでならなくなるのでございます。けれども、このふたりは鞭打たれるのもわたしのせいでないことをよくわきまえ、わたしの弁解《いいわけ》をききわけてくれます。これがわたしの身の上話でございます。

教主《カリフ》は姉娘の奇談にいたく感心しました。それから、ジャアファルに合図しますと、ジャアファルは二番めの娘の門番女にむかって「こんどはおまえの番だが、いったいおまえの体に鞭の痕《あと》があって、みみずばれになっているのはどうしたわけだ？」と問いました。そこで、門番の女はつぎのような物語を語り出しました。

門番女の話

おお、忠良な者の大君さま、実はわたしにも父がございましたが、寿命がつきまして、たくさん財産をのこしてあの世へみまかりました。わたしはしばらくのあいだ、ただひとりで暮らしておりましたが、まもなく当世にまたとないほどの大金持ちと結婚いたしました。つれそうてから一年たちますと、夫もまた他界し、神聖な遺産法(144)に従ってわたしは夫の遺産の中から金貨で八万ディナールを譲りうけました。こうして、わたしはたいへんな分限者になり、遠近にその名をうたわれるようになりました。それと申しますのは、ひとかさね千ディナールもする衣装を十枚もこしらえたりしたからでございます。

ある日、家にとじこもっていますと、ひょっこりひとりの老婆(145)がわたしのもとへやってまいりました。顎《あご》はこけ、頬はおちて、目はしわくちゃ、眉毛はぬけて赤くただれ、頭ははげて、毛が一本もありませんでした。歯は年のせいで抜けたりかけたりし、背は猫背で、首はがくがくし、顔にはあばたがあって醜く、洟《はなみず》はたれ流しで、髪は黒と白の斑のある蛇さながら[*6]といったありさま、まことにすさまじい形相をしていました。詩人もこんな女をつぎのようによんでいます。

不吉な鬼婆！　もろもろの

犯せし罪は消えまじく、
いまわの際《きわ》にも、慈悲深き
神の恵みはくだるまじ。
婆《ばば》の奸智に、千頭の
いとかたくなな騾馬《らば》とても、
逃げ出すすべもあらばこそ、
か細き糸にて右左。

また、別の詩人はこうも歌っています。

正邪のけじめつけもせで、
魔法を知恵と見る婆《ばば》、
わるさする餓鬼《がき》、鬼《おに》娘、
淫乱女で、とりもち婆(146)。

老婆は家にはいってくると、わたしに額手礼《サラーム》をし、床にぬかずいて申しました。
「実はわたしの家に親のない娘がおりまして、今晩はその婚礼で披露目《ひろめ》(147)をすることになっております。わたしどもは貧乏人で、この町のものでなく、知りあいとてひとりもございませぬので、心をいためておりまする。つきましては、お情けをもちまして、今晩の披露にお出かけくだされませぬか。天の神さまのお報いもありましょうほどに。あなたさまがおいでくださると聞けば、町の婦人方もおいでになりましょう。そうなりますと、あなたさまのおかげで娘の悩みもとけますにな。娘はすっかりしょげきっております。最高至上の神さまアラーのほかにおすがりする方がないのでござります」

それから、老婆は涙を流して、こんな対句をくちずさみながら、わたしの足に口づけしました。

侍《はべ》ってくださりゃ、福もくる、
誓いましょうぞ、あなたの前で、
あなたがいないと、だれひとり
代わってくれる者もない。

わたしはたいへん気の毒になりましたので、「よくわかりました。できれば、それ以上に、いくらかでもお役に立つようにしましょう。わたしの衣装や飾りや宝石をつけさせて、お婿《むこ》さんの前に出して進ぜましょう」と返事しました。これを聞いて老婆は喜び、足もとに額をすりつけて口づけすると、こう申しました。「アラーがあなたさまにご幸福をさずけられますように！　あなたさまがわたしの心を慰められたように、あなたさまのお心を安んじますように！　でも、ご主人さま、今すぐとご足労を願うわけではございませぬ。どうか夕飯時(148)までにお支度をなさっていてくだされませ。わたしめがお迎えにあがりますからに」

そう言って、老婆はわたしの手に接吻すると、立ち去りました。ところで、このわたしはどんな運命が待ちかまえているやらつゆ知らずに、真珠に糸を通して、金襴の衣装をつけたり、お化粧をしたりしはじめました。すると、とつぜん老婆がわたしの前にやってまいり、歯ぐきをむき出して、わざとらしい笑い方をしながら、申しました。「おお、ご主人さま、町のご婦人方がおいでになりました。あなたさまのお約束を知らせましたところ、たいそう喜んでお待ちになっておられます。あなたさまにおめにかかる光栄に浴したいと、首を長くしてお待ちになっておられます」

そこで、わたしは大面紗《マンテイラ》をかぶって、この老婆の後ろから侍女を従えて家を出ましたが、やがて、水を十分にまき、きれいに掃ききよめた通りに出ました。そよ風が涼しく、心地よくさらさらと鳴っておりました。わたしどもが足をとめたのは、とある門のかたわらで、このうえなく頑丈《がんじよう》な礎《いしずえ》の上にしっかとすえつけられた大理石の円蓋《えんがい》で、上のほうは弓形になっていました。(149)門のずっと奥には王宮があって、塀《へい》は堂々と高くそびえ立ち、尖塔の頂には雲がたなびいておりました。そして、入口にはこんな対句《ついく》がしたためてありました。

　こは喜びの館《やかた》、〈歓楽〉はとわにほほえみ、
この家あるかぎり、楽しみの故郷《ふるさと》。

庭さきに憂いも涙もかからぬ
清き泉ほとばしり流れて、
咲き匂うはヌーマン王(150)の花々、
天人花に水仙、かみつれの花。

黒い垂れ幕のかかった玄関のところまでくると、老婆はこつこつとたたいて、あけてくれました。中にはいりますと、絨毯をしきつめた控えの間があって、ぐるりにはあかあかともったランプがつりさがり、宝石や金銀の垂れ飾りのついた燭台《しょくだい》には、ローソクがたくさん立ててありました。ここを通りぬけて進みますと、客間があって、その華やかな美しさといったら、とてもこの世では見られないくらいでした。壁も床も絹地を張り、二列に並んだ枝形燭台や突き出し燭台、それに細いローソクなどがこうこうと輝いていました。客間の上端、つまり奥は廊下につらなっていて、そこには真珠や宝玉をちりばめた杜松《むろ》の木作りの寝椅子がおいてあり、その上に真珠の輪のついた繻子《しゅす》蚊帳《かや》を張った天蓋がかけてありました。この寝椅子に目をとめるかとめないうちに、天蓋の下からひとりのうら若い女が出てまいりました。おお、忠良な者の大君さま、その器量や容姿はと申せば、満月よりもすぐれ、暁より明るく、蕃紅花《サフラン》色の光に輝いていました。詩人もちょうどこう歌っております。

御殿歩めば、花の姿

キスラの帝王《みかど》の花嫁か！
頬におどるはばらの花、
ああ、竜の血のよな赤い頬！
腰はやさ腰、目はもの憂《う》げに、
とろりとするよな媚《こび》ふくめ、
額をよそおう冠《かんむり》は
輝く朝《あした》の上におく、
憂い悲しむ夜の闇。

このうら若い上臈《じょうろう》は高座からおりてきて、わたしに申しました。「ようこそおこしくだされました。お慕わしい、評判高いお姉さま、ご機嫌うるわしくてなによりでございます。ほんとにようこそいらっしゃいました！」それからこんな対句をくちずさみました。

わが家《や》の人は喜びましょう、
あなたのおとずれ知ったなら、
あなたが踏んだ土くれに
接吻《くちづけ》さえもいたしましょう。
もの言う壁なら言いましょう、

これはようこそ、恵みゆたかなご麗人！

それから、乙女は腰をおろして申しますには、「あの、お姉さま、じつはわたしに兄がひとりございまして、兄は婚礼の祝いやお祭で、たびたびあなたさまにお目にかかっているそうでございます、兄はわたしなどよりずっときれいな青年ですが、この兄が気も狂わんばかりにあなたさまを恋い慕っているのでございますの。と申しますのも、寛大な神さまがあなたさまに世にたぐいないご器量をお授けになられたからですわ。それで、兄はあの老婆にお鳥目《ちょうもく》をやって、あなたさまのもとへおうかがいさせたのです。老婆のほうでは、こんなふうに、わたしたちふたりを引きあわせる工夫をしたわけでございます。兄の話では、あなたさまがご一門の中でいちばん気高い方でいらっしゃるそうですが、兄とてその点では同じでございます。あなたさまとつれ添いたいばかりに、兄はこんな策略をめぐらして、わたしをあなたさまにお目にかからせましたの。兄はアラーや使徒の掟《おきて》に従って、あなたさまと結婚したいのです。掟に従った正しいことに、なんの恥ずかしいことがございましょう」わたしはこの言葉を聞いて、うまうまとかつがれて、この家へきてしまったことを知りましたが、「よくわかりましたわ」と返事しました。乙女はたいへん喜んで手をうち鳴らしました(151)。すると、戸がさっとあいて、美しい装いをこらした血気さかんな若者があらわれました。美男の典型とはこの若人のことで、みめ麗しく、容姿はよく調和がとれ、窈窕《ようちょう》とした風情《ふぜい》をしておりました。物腰には人をひきつけるやさしさがあり、眉毛は矢をつがえてひきしぼった弓もさながら、瞳は神さまの目にも正しい魔力で人の心をとりこにしないではおかないほどでございました。詩人もこのような青年をこんなふうに描いております。

新月の　顔のごとくに
輝ける　その顔《かんばせ》よ、
神の手に　しるされたるは
うるわしき　真珠の玉か(152)。

また、こう歌った詩人にもアラーのお恵みがありますように。

うるわしき人に幸《さち》あれ、
たぐいもまれな紅顔の
若き男をつくりたる
神の定めをたとうべし。
ありとある美の賜物を
わが身ひとつにかき集め、
なべてのものはそれゆえに
恋のやっことなりはてん。

〈美〉そのものが若者の
額にしるせし言《こと》の葉《は》は
「われは証《あか》す、かの人を
のぞきて美男はおわさじ[153]」と。

わたしは若者を眺めるなり心をひかれ、恋いこがれました。若者はわたしのそばに坐ってしばらくいっしょに話しあっていました。そのとき、若い乙女がまた手を鳴らしました。と、どうでしょう、かたわらの扉をおし開いて、四人の立会人を証人として従えた判官《カジ》がはいってまいりました。一同はわたしに会釈して坐り、ふたりの結婚契約書をとり出して、これに書き入れると、ひきさがりました。若者はわたしのほうをふりむいて「わたしたちの夜がしあわせであるように！」と言って、すぐまたこう言い足しました。「ねえ、妻よ、ひとつ約束してもらいたいことがあるんだが」「まあ、あなた、どんなことですの？」若者は立ちあがって一冊の聖典をもってくると、わたしのほうにさし出して申しました。「この本にかけて誓ってもらいたい。わたしのほかだれも見ず、わたしのほかだれにも体や心をまかせないと」わたしが喜んでこの誓いをたてると、若者はこおどりして喜び、わたしの首に手をまわしてかきいだきました。わたしの胸は若者を慕う恋情でいっぱいになりました。それから、食卓[154]が並べられたので、ふたりは心ゆくまで食べたり飲んだりしました。けれども、わたしは死ぬほど夜になるのが待ちどおしゅうございました。夜になると、若者はわたしを花嫁の居間へ案内し、ひとつ床にいっしょに寝て、夜が明けるまで口づけしたり、抱きかかえたりしました――あんなに楽しかった夜はこれまでついぞ夢にも見たことがありませんでした。

　わたしはまるひと月というもの、若者といっしょに、しあわせな楽しい日々を送りました。ひと月してから、わたしが市場へいって格別な布を買いたいのですが、と言って、夫の許しを求めますと、夫は承知してくれました。そこで、わたしは大面紗《マンティラ》をかぶり、例の老婆と小女の奴隷(155)をつれて、絹物商の隊商宿《ハーン》へ出かけました。わたしは若い商人の店さきに腰をおろしました。それと申しますのは、老婆が「あの商人は子供の時分に父親に死に別れましたが、たいへんな遺産をもらったのです。おまけに品物もどっさり譲りうけているんですよ。だから、あの商人のところへいきなさると、なんでもかでもお望みのものが手にはいります。この市場じゃ、あの店ほどえらくりっぱな品物をもってるところはひとつもありません」と言って、その店をすすめたからでございます。

　老婆は商人にむいて言いました。「この奥さまにおまえさんのところにあるいちばん上等な品物を出してお見せなさい」商人は「かしこまりました！」と返事しました。老婆はこのときわたしの耳もとでささやきました。「やさしいお言葉のひとつもかけておやりなさいよ！」けれども、わたしは「夫以外の男には口をきかぬ約束がしてありますからね」と言い返しますと、老婆はこの商人をさかんにほめはじめました。わたしはきっぱりこう言いました。「おまえのお世辞なんか聞きたくありませんよ。入用なものを買ったらさっさと家へ帰ればいいんです」商人はわたしの注文するものをみんな出してくれましたから、その代金を払おうとすると、相手はそれをさえぎって申しました。「きょうのところはお客さまへの贈物にさせてくださいませ！」そこで、わたしは老婆をふりむいて言いました。「もし商人《あきんど》が代金をとらないなら、品物は返しておしまい」「いいえ、アラーにかけても、てまえはひと品もいただきません。てまえは金や銀でお売りするんじゃございません。たったいちどでけっこうですから、わたしに接吻させてくださいませ。そうすれば、みんなさしあげます。店にある商品などよりも、接吻のほうがてまえにとっては大事なのでございます」老婆がききました。「口づけなどしてなんの儲けになるんだね？」それから、わたしのほうをむいてさやきました。「ねえ、若奥さま、この若い男が言うたことをお聞きなされましたか？ たったいっぺん接吻させて、その代わりにお望みのものを手に入れたところで、なにも悪いことはありませんでしょう？」「そんなまねは絶対にしませんよ！ 誓いを立てたことをおまえは知らないのかい？」けれども、老婆は「まあ、お静かに！ ちょっと接吻させるだけで、話しかけたりもたれかかったりしなければいいじゃありませんか。そうなれば、誓いも破らず、銀貨もなくさず、そのうえ、なんのわざわいもふりかかりはいたしますまい」と答えて、しつっこくわたしを口説き、こともなげに言いますので、とうとう、わたしの心にも悪魔が忍びこみ、みずから危いはめにおちいることになりました。いやよ、いやよ、と言っているうちに、うなずいてしまったのです。

そこで、わたしは目をつぶって、通りがかりの人に見られないように、大面紗の片端をつまみあげました。男は面紗《かおあみ》の下でわたしの頰に唇をあてましたが、接吻しながら頰に激しく嚙みついたので、頬の肉はむしりとられ、血がほとばしり出て、気が遠くなってしまいました。(156) 老婆はわたしを抱きかかえてくれましたが、気がついたときには、もう店はしまっていて、老婆がひとりわたしの体によりかかって泣いておりました。「これっきりで災難をまぬかれたことをアラーに感謝しましょう！」それから、わたしにこう申しました。「さあ、さあ、しっかりなさいまし。世間に知れて、恥ずかしい思いをしないうちに、家へ帰りましょう。無事に家についたら、病気だとおっしゃって横になり、蒲団《ふとん》をかぶっておしまいなさい。わたしが嚙み傷にきく粉薬や膏薬《こうやく》をもっていってさしあげますから。おそくとも三日たてばなおりますよ」

しばらくして、わたしは身を起こしましたが、なんともいいようのないほど悲しいうえに、すっかり恐ろしくなってしまいました。それでも、すこしずつ歩いて家に帰りつくと、病気を口実にして床《とこ》につきました。夜になると、夫がはいってきて申しました。「ねえ、おまえ、きょうは外出してどうかしたのかね？」「気分がすぐれませんの。とても頭が痛くて」とわたしが返事すると、夫はローソクをともし、わたしのそばにやってきて、顔をじっと見つめました。

「おまえの頬《ほっ》ぺたの、いちばん柔らかいところにある傷はどうしたのだい？」「きょうお許しを得て反物を買いにいきましたら、薪《まき》を積んだ駱駝がわたしにつきあたって、薪で面紗をひき裂かれたうえ、ごらんのとおり頬に傷をこしらえたんですの。ほんとにこの町の通りは狭いんですもの」「じゃ、あした」と夫は叫びました。「都督《ととく》のところへ談判にいって、バグダッドじゅうの薪売りをみんな絞首台にさらさせよう」「いいえ、どうかお願いですから」とわたしは申しました。「ほかの人を罪におとして、ご自分の心を苦しめるようなことはなさらないで。ほんとうは、わたし驢馬に乗っておりましたの。すると驢馬がつまずいてひっくり返り、地面に投げ出されたのです。その拍子に棒きれだか硝子の破片《かけら》だかに頬があたって、こんな傷をこしらえてしまったんです」「それじゃ」と夫は申しました。「あすは大臣のジャアファルのところへいき、この話をして、バグダッドじゅうの驢馬追いを片っぱしから殺させよう」「わたしの傷のためにその人たちをみんな殺そうとおっしゃいますの？」とわたしは言いました。「わたしが傷をこしらえたのもアラーと運命の思召《おぼしめし》ですのに」「そりゃしかたがないさ」と夫は答えて、すっくと立ちあがると、わたしにいろいろと質問をあびせて、こちらがどぎまぎして恐ろしくなるほど、せめたてました。しまいには、わたしの返事はとぎれたり、どもりがちになり、思うように言葉も出なくなりましたので「アラーの御心で怪《け》我《が》をしただけですわ」と答えました。

するとおお、忠良な者の大君さま、夫は事情を察して、「おまえは誓いに背いたな」と言って、すぐさま、かん高い叫び声をあげました。と、扉がさっと開いて、はいってきたのは七人の黒人奴隷でございます。夫はわたしを寝床からひきずり出し、部屋のまん中にほうり出すように命じました。それからまた、ひとりには、わたしの肘《ひじ》を縛って頭の上に馬乗りになるようにさしずし、もうひとりには、わたしの膝の上に坐って足をしっかとおさえつけるように命じました。夫はさらに刀をひきぬき、三人めの奴隷にわたして言いつけました。

「おい、サアド、この女を切りすてて、まっぷたつにしたうえ、めいめい半分ずつもってチグリス河になげこみ、魚どもの餌食にしてしまえ。誓いを破り、愛にそむいたやつの応報じゃ」そして、いよいよ猛《たけ》りたった夫はこんな対句《ついく》を歌いました。

恋する女をともどもに
楽しむ男ありとせば、
われはくびらん、かの女
たとえ恋ゆえ滅ぶとも。
おお、魂よ、死を選べ、
死よりも貴き道はなし、
ふたりの男にわけ与《あ》う
色恋ざたは悪しければ。

夫は奴隷にむかってもういちど、「こりゃ、サアド、切れ！」(157)と申しつけました。わたしの体に腰をおろしていた奴隷がその命令をかしこまって受けると、わたしのほうにかがみこんで言いました。

「もし、奥さま、信仰の告白をなさいませ。なにかやっておきたいことがおありなされば、今のうちに思い出してください。いよいよ奥さまのお命もこれまででございますから」「ありがとう」とわたしは答えました。「ちょっとお待ち。頭からどいておくれ。最後に言いのこしたいこともあるから」

わたしは頭をもたげて、わが身のおかれた立場や、高貴な身分からあさましい汚辱の中へ、あれほどしあわせだった人生から死の中へおちているありさまを見、また、みずから犯した罪のためわれとわが身に天罰をうけたことなどを悟りました。すると、とめどなく涙が流れて、わたしはさめざめと泣きました。けれど、夫は怒りのこもった目でわたしを眺め、こういう歌をくり返しました。

われらの恋を捨てさりて
あだなす女に告げたまえ、
古き恋をばふみにじり
新たな恋に酔う女《ひと》に――。
われらは泣かん、君がため
君よりさきにさめざめと。
すぎし昔の睦言《むつごと》は
ふたりの仲のなごりなれ。

これを聞いて、おお、忠良な者の大君さま、わたしは泣き泣き、夫を見やりました。そして、こんな対句をよみはじめたのでございます。

君はわが恋いとむごく
断ちても心動かさじ、
われは君ゆえ夜も寝ずに
かこちてあれど、詮《せん》もなし。
わが目と不眠を友とせし
君にてあれど、われいかで
涙おさえて忘れえん。
君このわれにわが真実《まこと》
誓わせたるはそもいくど、
されどひとたびわが肌を
かちえし後に裏切りぬ。
われは愛しぬ、恋知らぬ
幼児のごとひたすらに。
されば、主人《あるじ》よ、初恋の
幼きものを許せかし、
われみまかりぬその時は

神に誓ってわが墓に
しるしたまえよ、この者は
恋にめしいて他界すと。
他日、恋慕の火を宿す
悲恋の人がわがそばを
通りかからば、墓碑を見て
胸の悩みも消え去らん。

この詩を歌い終わると、また、涙がにじんできました。けれど、歌も涙もただ夫の怒りをいやますばかりでした。夫は歌いました。

いとしき女を捨てたるは
愛憎つきしゆえならず
いと重き罪を犯して
わが魂《たま》を傷つけしゆえ、
男ふたりに恋分かつ
不貞の女ゆえにこそ。
されど、わが一神教は

　　ふたつの神[158]をしりぞけん。

　夫が歌い終わると、わたしはまた涙にぬれて許しを求め、身をひれ伏して、やさしく話しかけました。それというのも、心のうちでこう思ったからでございます。
「いろいろ訴えて夫の心を動かそう。そうすれば、たとえわたしの持物を全部とりあげても、殺すことだけは思いとどまってくれるだろう」そこで、わたしは自分の苦しみをあれこれと訴えて、こんな対句をよみはじめました。

　　あなたがわたしの命なら
　　よもや命は召されまい、
　　けれど、ふたりの仲を裂く
　　別離の掟《おきて》は破れまい！
　　あなたは負わしたわたくしに
　　せつない恋のこの重荷、
　　悩みおとろえ胸衣《むなぎ》さえ
　　やっとまとった、わたくしに。
　　わたしの命も魂も
　　滅びさっても不思議でないが、

不思議でならぬはこの体
別れのつらさにたえるとは。

歌い終わって、わたしはまた泣きました。夫はわたしをじっと見つめて、きたない言葉(159)でののしり、こんな対句をくちずさみました。

おまえが惚れたはほかの方、
このおれさまじゃありません、
縁切り顔はおまえの面《つら》だ、
おれはその顔見たまでだ。
さきにおまえが出たからにゃ、
おれもあとから出ていこう。
おれも堪えよう、別れの痛手、
おまえがりっぱに堪えたから。
おまえがじゃまをしたように、
おれも別くち漁《あさ》ろうよ。
恋を殺したその罪は、
おまえのやったむごい業《わざ》。

歌い終わると、夫はふたたび奴隷にむかってどなりました。「一刀両断にして片づけてしまえ。こんな女に用はないぞ」おお、忠良な者の大君さま、奴隷はわたしに近づきました。わたしは詩を歌うのもやめ、もはや命はないものと覚悟し、全能のアラーになりゆきをまかせました。すると、そのとき、不意に例の老婆がかけこんできて、夫の足もとにひれ伏して接吻し、泣きながら申しました。「もし、若旦那さま、わたしがこれまであなたさまを育て、長いあいだお仕えしてきたことに免じて、どうか奥さまをお許しくださるよう願います。こんな運命をおうけあそばすようなことは、少しもなさってはいらっしゃいません。旦那さまは、まだお若い身そらです。奥さまを殺してその責めをとわれてはいけません。ことわざにも『殺すものは殺されん』といいます。この淫奔女《いたずら》は（旦那さまはそうお考えですが）家からも、旦那さまの心からも追い出して、忘れておしまいなさいまし」

老婆は泣きながら、しきりと口説いてやみませんので、夫はとうとう、怒りをしずめて申しました。「許してはやろうが、生涯体にのこるような印《しるし》をつけてやらにゃならん」夫は奴隷に命じてわたしをひきずってこさせ、すっかり着物をはぎとって長々と床の上にころがしました。⑯奴隷どもがわたしの上にのしかかって、身動きができなくなりますと、夫は榲桲《マルメロ》の鞭をとってそばに近寄り、背中といわず脇腹といわず、打ちつづけました。わたしは苦痛にたえきれないで気絶してしまい、もう最期だと思いました。それから、夫は奴隷どもに暗くなったらすぐ老婆に案内させ、わたしをひっかついでいって結婚まえに住んでいたわたしの家の床にほうり出してこい、と命令しました。奴隷どもは主人の言いつけどおりにし、もとの家にほうり出して立ち去っていきました。明け方になってやっと、わたしは息を吹き返し、膏薬などの薬を塗って、傷口の手当てをいたしました。こういうふうに手当てはいたしましたが、やっぱりわたしの脇腹や胸には、ごらんのとおり、鞭の痕《あと》が残っているのでございます。そののち、わたしは病床につき、もとの体にもどって、起きあがれるようになるまでには四月《よつき》かかりました。

四月してからこの出来事のあった家へいってみましたところ、そこには廃墟しかありませんでした。通りはそっくりとりこわされ、まえに建物があったところには、ごみ屑がうずたかく積んでありました。どうしてこうなったのやら、さっぱりわかりませんでした。それから、父方のこの姉のところへまいりましたが、その家にはこの二匹の黒犬もいたのでございます。姉に挨拶して一部始終を話しますと、姉は言いました。「ねえ、妹よ、〈歳月〉の怨《うら》みをまぬかれて安泰なものはひとりもいないのだよ。無事に助けてくださったアラーにお礼を言いなさい」それから、こんな歌をよみはじめました。

これが浮世だ、強い心で堪えなされ、

栄華の夢もはかなく散って、

手を翻《ひるがえ》して友は去る！

姉は自分の身の上話や、ふたりの姉の身に起こった事柄や、けっきょくどうなったかということなどをわたしに話してくれました。そこで、わたしどもはいっしょに住んでまいりましたが、ここ数年というもの、縁談などはいちどもわたしどもの口にのぼりませんでした。しばらくして、もひとりの姉妹の、雑用係の女もわたしどもといっしょに暮らすようになりました。この妹は毎朝外へ出かけて、その日の入用な品々を買ってくるのでございます。実はこんなぐあいにして昨晩まで暮らしてまいりました。きのうの朝も、妹はいつものように買物に出かけましたが、軽子をつれて家にもどったり、この三人の托鉢僧を中へ通したりしたため、あんなことになったのでございます。わたしどもはみなさんを手あつくもてなしておりましたが、夜半にならないうちに、風采の堂々としたモスールの商人《あきんど》方が三人、わたしどもに加わって、四方山《よもやま》の話を聞かせてくださいました。わたしどもは最初にひとつの約束をして語りあっておりましたが、みなさんがこの約束を破ったので、誓いに背いた人に似つかわしい取り扱いをして、めいめいに身の上話をさせたしだいでございます。みなさんはわたしどもの言いつけどおりにしましたから、背いた罪も許してあげました。みなさんはお帰りになりましたが、けさ思いがけなくあなたさまの御前に、わたしどもは召し出されたのでございます。わたしどもの身の上話はこれだけでございます！

教主はこの物語を聞いて驚き、年代記に書き残して、書庫にしまっておくように命じました。

——シャーラザッドは夜がしらじらと明けてきたのを知って、許された物語をやめた。

さて第十九夜になると

シャーラザッドは語りつづけた。おお、恵み深い王さま、教主《カリフ》はこの話をはじめ、姉妹や托鉢僧の身の上話も文書にしるして、書庫に保存させました。それから、女主人のいちばん年上の姉にむかってたずねました。「おまえの姉たちに魔法をかけた魔女神の居所を知っているか？」「おお、忠良な者の大君さま、魔女神はわたしに巻毛《まきげ》をくれて、『わたしに会いたいときはこの毛を二本燃しなさい。そうすれば、たとえわたしがコーカサスの山のむこうにいようとも、すぐさま、あなたのもとへやってきますよ』と言いました」と女主人が答えました。「その毛をここに出しなさい」と教主が申しましたので、女主人がこれをさし出すと、教主はその束《たば》をみんな火の中へ投げこみました。毛髪の焼けるにおいがあたり一面に漂ったかと思うと、御殿はゆれ動いて、なみいる人々は雷鳴のとどろく音や翼《つばさ》の羽ばたきに似た音を耳にしました。と、どうでしょう！　まえに大蛇であった魔女神が教主の面前に立ち現われました。姿を回教徒にやつし、教主に挨拶してこう申しました。「おお、アラーのご名代《みょうだい》の安らかならんことを！」教主が「おまえも無事であるように、アラーの慈悲と祝福があるように！」と答えると、魔女神はつづいて言いました。

「実は、この娘さんがわたしの命を助けてくれたり、敵を滅ぼしてくれたりして、わたしにいろいろつくしてくれましたが、まだわたしのほうでは十分な恩返しができません。わたしは、二人の姉のこの方に対する仕うちを見ていたので、仕返しをしてやらねばならないと考えたのです。最初は、ふたりを殺すつもりでしたが、この方を悲しませてはいけないと思い、牝犬の姿に変えてしまったんです。でも、もし呪いをとくようにとの思召《おぼしめし》でしたら、あなたさまやこの方の御意《ぎょい》に従ってといてあげましょう。わたしも回教徒ですから」教主は申しました。「といてやってくれ。そのあとで鞭うたれた女の件をよく調べ、慎重に考慮することにしよう。もしさっきの話が間違いないとわかったら、女を苦しめた男に返報(161)してやろう」

「おお、忠良な者の大君さま、わたしはさっそくふたりの呪いをといてやりましょう。それからこの女に笞刑《ちけい》を加え、苦しめたうえ、財産をとりあげた男がだれであるかもお教えしましょう。その男はあなたさまにもっとも近い方ですよ！」

そう言いながら、魔女神は一杯の水を手にし、その上になにやらさっぱりわからぬ呪文《じゅもん》や言葉を唱えました。それから、水を二匹の牝犬の顔にふりかけて「おまえのもとの人間の姿にかえれ！」と言いました。すると、たちまちふたりはもとの姿にかえり、造物主をたたえはじめました。ついで、魔女神が言いますのには、

「おお、忠良な者の大君さま、この女を鞭打った男は、実はあなたさまのご令息アル・アミンで、アル・マアムン(162)のご兄弟です。ご令息はこの女が美貌なことを伝え聞いて、計略を使い、法に従って結婚し、笞刑に値する罪（ほんとうに罪でございます）を犯したのです。けれど、実のところは、女を鞭打ったからとて、ご令息が悪いのではありません。と申します

のは、ご令息は女に約束ごとを誓わせ、女のほうもしかじかのことは絶対にしませんと堅く誓いを立てていたのに、女がその誓いを破ったからです。ご令息は殺してしまうつもりだったのですが、全能のアラーを恐れ、ごらんのとおりの笞刑を加えて、自分の家へつれもどすだけで我慢されたのです。これが二番めの女の来歴で、神さまはみんなごぞんじのことです」

教主《カリフ》は魔女神の話を聞いて、娘を鞭打った男の名を知り、たいそう驚いて申しました。

「最高至上の神、全能の神アラーをほめたたえよ。神の広大無辺な慈悲によって、わしはふたりの女を呪いと責苦から救い、いままた、この女の身の上の秘密を知ることができたのじゃ！　さて、アラーに誓っても、わしも死んだあとにも書きしるされるような善い行《よ》ないをしておきたい」

それから、令息のアル・アミンをよび、二番めの門番女について、ことの真偽をただしました。アル・アミンは間違いないと断言しましたので、教主は判官《カジ》から証人、三人の托鉢僧、最初の姉妹、呪いをかけられていた同じ父母の姉妹などまで御前によび出しました。そして、この三人の女を王子とわかった三人の托鉢僧にめあわせ、侍従に任用して、俸給や手当てその他の入用なものをすべて定め、バグダッドの宮殿に住まわせました。また、鞭打たれた女を子息アル・アミンの手へもどし、結婚の契約書を書き改めて、莫大な財産を与え、以前よりもっとりっぱな家を建ててやりました。

教主自身は雑用係の女を妻に迎えて、その晩いっしょにやすみました。あくる日になると、後宮《セラグリオ》の一室を新妻のためにさき、召使をはべらせて、毎日きまった手当てを与えました。人々は教主の寛大なさた、りっぱな善行、王者らしい知恵などに感嘆いたしました。また、教主はこうしたすべての物語を忘れずに年代記に書き残させました。

シャーラザッドが話し終わると、ドゥニャザッドは叫んだ。「まあ、お姉さま、ほんとうにおもしろくて、楽しいお話でしたわ。こんなお話をうかがったことは今までありません。まだ寝るまでにはだいぶ間がありますから、もうひとつほかの話をしてくださいませ」「王さまがお許しくだされば、よろこんでお話ししますわ」とシャーラザッドは答えた。シャーリヤル王は「話すがよい、さあすぐ話しなさい」と言ったので、シャーラザッドはつぎのような物語をはじめた。

【原注】

(1) モスル Mosul は、そこで『千夜一夜物語』が書かれたとある人々の想像するニネヴェ〔古代アッシリアの首府〕の有名な後つぎの名称で、元来はメソピライ *Μεδοπυλαι* (中央の門) である。というのは、四つの公道が交わるところに位していたから。アラビア語の Mausil (俗語ではモスル) もまたアッシリアとバビロニアの〈接合点〉を暗示する点で、意義深い。英語のマズリン muslin 〔日本ではモスリン、メリンス〕はこれから出ている。

(2) アラビア語のフフ Khuff だが、わたしは〈外出用の靴〉と訳した。これは踵をおおう、一種の紐なしの靴〔スリッパ式の〕で、ふつうは飾りがない。室内用の靴にはいろいろ飾りがほどこされるけれど

――。

(3) シャム Sham はシリア(十四世紀のアラビアの地理学者アブルフェダ Abulfeda の言によると)〈左の土地〉(東にむかって)で、〈右の土地〉のアル・ヤマンに対する。オスマニ Osmani は Turkish, Ottoman〔いずれも〈トルコの〉の意、オットマンは古名〕の意味である。アル・シャムはしばしばダマスクス市に適用され、その固有な名称ディミシュク Dimishk は書物だけに限られている。

(4) オマン Oman=東部アラビア、から。

(5) アラビア語のタマル・ハンナ Tamar Hanna は、字義どおりにいえば、ヘンナの実であるが、刈りたての乾草のように甘い匂いのする東洋のいぼたのき(*Lawsonia inermis*)にも適用される。染料としてヘンナが用いられることはイギリスでも知られている。本文中のてんにんか myrtle は香料(麻酔をとく薬とみられているから)あるいはまた、食用として用いられたのかもしれない。というのも、このアス〔てんにんかのこと〕の強烈な匂いのある実は、ぶどう酒とくにラキ(生のブランディ)の付香用と考えられているから。

(6) レイン(第一巻二一一ページ)は愉快な注釈をしている。「これらのお菓子の名はわたしの原典にずらりと並んでいるが、名前は省くほうがよいと考えた」(!)。ドジイ Dozy〔ラインハルト・ドジイはオランダの東洋学者、歴史家、一八二〇―八三〕は自分の任務をおろそかにはしていないが、辞書にない忘れ去られた言葉だけに、研究者にとって興味深いこれらの言葉を、あまりうまく解説していない。〈ザイナブの櫛〉というのは、たぶんエジプトやシリアで有名な上等なクナファー〔スパゲッティよりももっと細いもの〕をさしている。

(7) ラマザンの断食期が始まるから、あらゆる回教徒は新月を注視する。〔ラマザンは回教暦の第九月。〕

(8) ソロモンの印形付き指輪についてはすでに注釈した。

(9) 石のように固い乳房をもった、〈胸の高く張った〉乙女は、アラビアの講釈師たちのおはこ芸である。ファノ・バルッファ *Fanno baruffa*（彼らは大騒ぎをする）は外側へむいた堅い乳房に対するイタリア流の表現である。

(10) 大きな凹んだ臍は、ただ美しいと目されるばかりでなく、子供たちの場合には、健やかな成長を約束するものとみなされている。

(11) バベル Babel は〈神（エル）の門〉あるいは〈イル（神の名）の門〉。バビロニアの伝説は七つの悪霊によって魔術と魔法の中心そのものとなり、回教の中にも生き残っている。ふたりの堕落天使は井戸の中にとじこめられ、ニムロドは奇怪な鳥にひかれた魔法の車に乗ってバベルの塔から天国にはいろうと企てた等々。フランソア・ルノルマン Francois Lenormant 著『カルデアの魔術』*Chaldean Magic* 一一四頁参照。

(12) アラビア語のカマト・アルフィヤーは、垂直で、まっすぐな筆法〈アリフという文字のように〉の意。〔アリフはアルファベットの最初の字。〕

(13) 『千夜一夜物語』の特色であり、また無理なアル・サジャ＝〈押韻した散文〉の特色でもある、この驚くべき比喩の混乱をわたしは正そうとはしなかった。

(14) この名士については、もっとさきで説明する。

(15) 「ただではなにもやらない」という考え方は東洋の婦人の通念である。相手つまり男を対象とする場合には、欲のためというより、むしろ性的な〈面目〉のためである。

(16) 自分のもってきた酒に毒がはいっていないことを示すために、この女はまっさきに飲むわけで、東洋全体の習慣である。西洋文明の〈社交上の酒盃〉を全く無視する東洋人は、心から酔うために飲む。飲みすぎると荒遊び《ホース・プレイ》にふけり（ペルシャ語では、バドマスティ＝*le vin mauvais* 悪い酒癖）、ついには、喧嘩や流血ざたにおよぶ。

(17)〔本文中の楽園の処女 Houri はすでに英語と化している。〕アラビア語のフル・アル・アイン Hur al-Ayn で、字義どおりには〈生き生きとした白と黒の目をした乙女〉であり、転じて、信仰のあつい者にとつぐ楽園の処女をいう。わたしはわが国の通俗的なフアリ Houri という語を保留した。ただ、この語は、アラビア語では、女性名詞（"Huriyah"）に対する男性名詞であることを読者に注意しておこう。もっとも、ペルシャ語では、性別がないから、そのままでよい。

(18) 核（吉舌または陰核またはクリトリス）はアラビア語のザムブル Zambur で、その尖端は女性の割礼のさいに切りとられる。第四百七十四夜を参照。

(19) めぼうき Ccymum basilicum は、ボッカチオ第四日第五話の bassilico にあたる。

(20) つまり、みんなしてなぐる共同物、の意。

(21)〔〈旅人の宿〉と意訳したが、本文は Khan of Abu Mansur となっている。アブ・マンスルは人名であるが、バートンはなにも注していない。〕われわれにはキャラヴァンセライ Caravanserai〔英語化したペルシャ語〕や、インドの〈旅行者用軽便家屋《バンガロー》〉のほうがなじみ深い。なお、ハン（旅籠《はたご》）では、雨露はしのげても、寝台や食事はつかない。

(22) 陽根はアラビア語のズブ Zubb。もういちど注意すれば、この prickle にしても、その同意語〔pintle, pizzle など〕にしても、最低のアラビア語ズブに相当する言葉である。物語作者の明白な意図は、つぎの悲劇的な物語との対照を強めるところにある。

(23) つまり〈アラーの名において〉は、ここでは、人を追いはらう場合のていねいないい方。

(24) レイン（第一巻一二四ページ）〔一九一二年版第一巻一九三ページ注二二〕はこの場面に、しごくもっともながら憤慨している。この情景はみごとに語られた、みごとな物語の中の唯一の汚点である。しかし、このシーンでさえも、その卑猥さは、舞台のために書かれた古い戯曲（たとえばシェイクスピアの『ヘンリー五世』）にみられるほどに露骨ではない。舞台のために書かれたものと違って、『千夜一夜物語』のような物語は、男女両性を前にして読まれたり、あるいは朗読されたりしない。最後に、「このいかがわしいふるまいののちになにも起こらないのだ」ヨーロッパでならば、乱痴気騒ぎの結末は大いに違うところだ。これらの〈テレームの尼たち〉〔快楽主義の女、の意。ラブレーの『ガルガンチュア』に出てくる修道院の名から〕は肉体的には純潔で、彼女らの淫蕩《いんとう》は精神のそれで、肉体のそれではない。ガランは二匹の牝犬をふくめて、登場人物を五人にしている。

(25) サー・フランシス・ウォルシナム Sir Francis Walsingham〔エリザベス女王の顧問官、一五三〇頃—九〇〕の「なすべからざることをなす者は、聞くことを欲せざることを聞くべし」もこれと同じ。

(26) 〔本文はカランダル Kalandar〕古くはカレンダル calendar で暦のカレンダーを連想させておもしろい。マック版は Karandaliyah としているが、これはあさましい改悪で、イブン・バトゥター〔中世最大の旅行家、一三〇四—七七〕の Karandar も、トレンズの Kurundul も同断である。これらの乞食僧（事実そうであるから）については、わたしはその制度や創設者シャイフ・シャリフ・ブ・アリ・カランダル Kalandar（回教紀元七二三＝西暦一三二三・二四没）と共に、拙著『シンドの歴史』 *History of Sindhi*（第八章）にやや詳細に説いた。カランダルは一般に回教徒から承認されていない、というデルブロ D'Herbelot〔Barthélemy フランスの東洋学者、『東洋民族辞典』の著者。一六二五—九五〕の言葉は正しい。

(27) カランダルはいわゆる〈苦行〉を示すため、このように自分の体を醜くする。

(28) 異国者はアラビア語のガーリブ。軽子は、この語が〈かわいそうな男〉ことに〈故国を出た男〉を意味するから、怒ったわけである。

(29) ファキル Fakir は宗教上の乞食僧の総称。

(30) 回教徒の〈体面〉にとっては言語道断なことである。モハメッドによると、戸外に女の声がもれ聞こえると、その家は呪われるという。さらに隣人はこれに干渉し、騒ぎをやめさせる権利をもっている。

(31) ジャアファルもマスルールも、史上の実在人物であることはいうまでもあるまい。ジャアファルについては「ターミナル・エッセイ」でふれるつもり。

(32) アラビア語の〈サマアン・ワ・タマタン〉は、ふつうには "to hear is to obey"〔聞くことは従うこと、の原意〕と訳され、一般的な承諾文句である。ところによっては "Hearing (the word of Allah) and obeying"〔アラーの言葉を聞き、それに従う〕の意である。

(33) アラビア語のサワブは天国における報い。この語は（英語にはその同意語がないが）回教徒の使うあらゆる言語（たとえばヒンズスタニー語）に移植されている。

(34) 常時回教徒に禁じられている飲酒は巡礼の儀式に違背する。巡礼者は儀礼の法規を遵守《じゅんしゅ》する旨を誓う。

(35) 天界の館とはアラビア語のアル・ナイムで、くわしくいえば、ジャナット・アル・ナイム Jannat al-Naim は歓楽の園、つまり、白銀でこしらえた第五天国のこと。天（報復の場所）の一般的な名称はジャナットで、字義どおりには〈園〉である。

(36) フィルダウス〔楽園〕は明らかに、猟場を意味するギリシャ語のパラデイソス παραδεισος を経て、ペルシャ語から出たものである。

(37) しゅろの鞭はアラビア語のミクラアー。椰子の葉の中肋《ちゅうろく》を乾かしたもので、多くの目的に、とくに鞭打ちのため、用いられる。

(38) 原文は奇想や地口に満ちていて、英語に訳すのはむずかしい。

(39) 〔バートンは truchman〈通訳、仲介者〉の語を用いている。〕アラビア語のタルジュマン tarjuman にあたる。タルグム Targum（翻訳）、古典の Truchman、そして、イタリア語の tergomano を経て、英語の dragoman〔通訳〕が出た。ここでは〈伝達する者〉の意である。

(40) アラビア語のサル Sar（Thar）は、法律や習慣によって認められている復讐の権利。（『巡礼』第三巻六九ページ。）

(40)　ジャアファルはこんな場合には、いつも、よぎなく愚かしい騒ぎに加わった、賢い、分別ある人間の役割を演ずる。彼と教主《カリフ》とは著しい対照をなすわけで、教主は無鉄砲な暴君で、その時々の気まぐれがなんであろうと、反対されるのを好まない。しかしながら、東洋人はこんなことも〈王者らしさ〉の証拠とみなすならいだった。

(41)〔本文は and peace be with thee で、普通は〈ご無事を祈ります！〉の意。〕アラビア語のワル・サラムで、〈これでおしまい〉の意味。

(42)　これはよく用いられる調子のよい文句。イブラット ibrat〈針師〉とイブラット 'ibrat〈手本、訓戒〉で、語呂合わせになっている。

(43)　これは〈お辞儀をする〉こと。イギリスの農夫なら前髪をひっぱるところ。〈立ち去れ〉cut thy stick の意味で、他の個所にも出てくる。

(44)　これはわが国の家族墓地のような単独の建物で、たぶん円蓋《えんがい》でおおわれ、「黒い島々の王」〔第八夜参照〕の話に云々されているものに似ている。

(45)　石弓はアラビア語のカウ・アル・バンドゥクで、現代インドの球弓 pellet-bow である。乾いた粘土の球または石をはさむ一片の布でつないだ二本の弦でこしらえてある。〔ぱちんこに類するもの。〕主に小鳥をとるために用いられる。

(46)　東洋では、とくに相続者として無用な弟の王子の場合に、盲目にすることが一般の慣例だった。両眼の片隅を深く、まっすぐ切り開いておいて、瞼を返し、視神経と筋肉を切りとって、眼球をとり除いた。近世の教主たちは、まっ赤に焼けた刀の刃を眼窩《がんか》に近づけたり、あるいは眼球に針をあてて、犠牲者を盲目にした。

(47)　豚はアラビア語のヒンジル Khinzir（ヨーロッパ人はハンジルと発音する）、本来は野猪《のじし》。しかし、一般には、英語の〈この豚め！〉You pig！と同じように使われる。

（48）靴や煙管その他の同様な品物で人をなぐることは非常に無礼なことである。それというのは、笞《むち》や皮《かわ》鞭《むち》と違って、なぐるためにこしらえられたものではないからである。この点では、東洋と西洋とでは根本的におもむきを異にしている。「偶然に手にしていた道具類で負わした傷は人をはずかしめない」とはセルヴァンテス（『ドン・キホーテ』第一部第十五章）の言葉で、彼はさらに、もし靴屋が雛形か靴型で、他人をなぐるとしても、なぐられたほうはなぐられたと思ってはいけない、とさえいっている。

それに、回教法では、じっさいの傷よりも、傷をつくった器具が重視される。だから、杖や石が軽い武器である一方、刀や短刀、銃やピストルは凶器と見られている。

（49）近親相姦《そうかん》 incest は文明国の大都市の、人口の密な貧民地帯を除いては、どこでも言語道断な行為となっている。しかし、このような結合は、エジプト人（イシス Isis 神とオシリス Osiris）、アッシリア人、古代ペルシャ人のような、高度の古代文明をもった民族のあいだでは普通であり、合法的であった。〔イシスとオシリスはエジプトの主神で、イシスはオシリスの妹であり、妻であった。〕生理学的に見ると、両親が体質上の欠陥をもっていないかぎりは、有害でない。両親が健全であれば、いゆる下等動物のあいだでも同じだが、その児は育ちうるし、健康でもある。

（50）北温帯の住民には、太陽にやけた熱帯地方の塵風がどんなにすさまじいか、想像もつくまい。シンド〔インドの一地方〕で、われわれはしばしば昼間にローソクをともさざるをえなかった。卵もゆだるような太陽が砂塵《さじん》の上のほうにはのぼっているのに——。

（51）荒野のアラブ人はアラビア語のウルバン、現在では常に野蛮人のことをいう。フランス人はわれわれに野蛮人をベドイン族 *Les Bédouins* と呼ぶように教えたが、この Badw は荒原または砂漠の意味で、バダウィ Badawi（女性形は Badawiyah、複数形は Badawi と Bidwan）は荒原の人である。ヨーロッパ人もまたエジプト人を誤ってアラブ人と呼ぶように覚えたが、その差異はイギリス人とスペイン人くらいに大きい。本来のアラブ人は自分の種族をいろいろな族名に区分している。

アラブ・アル・アラバ（またはアル・アリバー。またはアル・ウルビヤト）〔アラビアのアラブ族〕は土着人で、有史以前の原始アラブ人で、すでに消滅している。たとえば、メッカにいて、破滅をまぬかれた少数のアド族 Adites〔既出〕は他の種族と混合した。

アラブ・アル・ムタアルリバー（アラビア化されたアラブ人）は、コライシュ（コレイシュ）〔仏語では Coraischites と綴《つづ》る。アラブ人の一種族〕のような、高貴な血筋によって代表された最初の外来人で、今もいくらか残存している。

アラブ・アル・ムスタアリバー（みずからアラブ人なりと称する種族で、制度上、帰化した、または認められたアラブ人）はシナイ族 Sinaites、エジプト人、マロック族 Maroccans〔マロックは北アフリカの一国〕のような、他の人種との雑婚によって生まれたアラブ人である。ここからわが国のモッサラビア族 Mossarabians やラブレー〔フランスの文人〕のマラベ族 Marrabais が出た（この語は〈マウルス Maurus とアラブ人からできた合成語〉ではない）。

また最後に、アラブ・アル・ムスタアジマー、つまり〈野蛮化されたアラブ人〉があり、これはメッカやアル・メディナの現在の住民などである。

これらのほかに起源のまだ判明しない別の種族がある。たとえばハズラマウトのマーラー族、オマン（マスカト）のアフダム（奴隷）族、アル・ヤマンのエブナ族などで、イブン・イシャクは、のちの種族は南アラビアからアビシニア人の侵入者をおいはらったアヌシルワン王〔既出〕のペルシャ兵から由来したものと想像している（『巡礼』第三巻三一ページなど）。〔ボーン版では第二巻七六ページ以下。〕

(52) 〈忠良な民草の大君〉または〈忠良な者の大君〉はアラビア語のアミル・アル・ムウミニン Amir al-Muuminin で、アミルは長、君主を、ムウミニンは信仰に忠実な人々を意味する。この称号を初めて用いたのは第二代教主オマルであった。

(53) これはまた古い改訂版その他の〈コーランの七つの版に従って〉という意味にもとれよう。

(54) アラビア語のサッド Sadd は壁、堤などの意味で、英印の〔つまり、東洋英語の、というに等しい〕bund または band〔埋め立てて高くした通り、海岸通りなど〕にあたる。したがって、ナイル河上のサッドは、流れを〈さえぎる〉wall ところの、水上に浮かんだ島々や草の堤である。

砂漠の砂嵐ほど恐ろしい光景はまず少ない。アラブ人はこれを〈ザウバアー〉と呼んでいる。高さ千フィートにも達する悪魔、つまり砂柱が、直角に、また傾斜して、平原を突進し、旋風にあおられて押し寄せる怒濤《どとう》のように、根元の砂をふきまくり、草をすっかり根こそぎにし、樹木をひき裂く。草木はまるで木の葉や棒ぎれのように宙に舞い、天幕や家などもさながら紙片のように、ふっとばされてしまう。最後には、いくつかの砂柱がてっぺんのところでいっしょになり、おそらく高さ三千フィートにもおよぶ、巨大な黄色い雲と化して、地平線ばかりか、ま昼の太陽さえもかき消してしまう。

こうした砂竜巻《たつまき》は旅行者たちの恐怖である。シンドやパンジャブ〔インドの二地方〕では塵風がおこると、その暗いこと、いちばん暗いロンドンの霧でさえその比でない。

(55) アラビア語のグーター〔低地〕は、ふつうは灌水の十分な土地をいう。ことに〔書物の上では〕、〈水や果樹が豊富〉なため、ダマスクス平野に適用される。グーター〔ダマスクス平野〕は地上の四大楽園のひとつで、他の三つはバスラー（バッソラー）とシラズとサマルカンドである。

(56) エボニイ〔黒い、または黒檀《こくたん》の〕Ebony 諸島。

(57) 多くの東洋人はこんなふうに筋をもんだり〈さすったり〉しなくてはほとんど眠れない。このもみ療治の衛生学的特性については目下イギリスで研究中である。

(58) 胸が広がることの逆が、うなだれることや〈裾をひきずった歩み方〉である。頭を高くもちあげ、胸をふくらますのとよく対照される。

(59) この刑罰は『コーラン』（第五章）にのべてあり、アラーやその使徒にそむく人々の上に加えられる。だが、罪人たちは最初に殺されてからつるし首になるのか、死ぬまで十字架につるされるのか、注釈家の意見は一致していない。ファラオ〔古代エジプト王〕は魔法使らを椰子の木にはりつけるといって脅かす（第二十章）。そこで、最初にはりつけの刑を行なった者と考えられている。

(60) アラビア語のアジャミは異国人、ことにペルシャ人をさす。ペルシャ人は『千夜一夜物語』の中ではたいてい悪者になっている。わたしはここで、アル・ヒジャズ〔アラビア半島の聖地〕におけるペルシャ人の下《げ》賤《せん》な境遇（すでに一八五二年に『巡礼』第一巻三二七ページでのべた）が一変したことを付言しておかねばならない。彼らはもはや〈アリやオマルに酷使される奴僕〉ではない。彼らはすでに団結の力を学び、今ではいじめられずに、かえっていじめるほうである。

(61) 斧と履物のこと。

(62) 字義どおりには「この男の首をうて」。

(63) これからもしばしば出てくる句。〔原文を直訳すると「わたしの身の上について、唖の舌は声高くしゃべった」。〕

(64) 輪鉄《わがね》に瓶や桶などをつけた有名なペルシャの水揚げ車。箱式その他種類が多い。〈泉の側にやぶれたつるべ〉（『旧約』伝道の書、第十二章六節）とはたぶんこのことであろうか。

(65) 連禱《れんとう》はアラビア語のジクル。文字どおりには、（アラーの名を）思いおこすこと、口にすることで、ここでは、祈禱式のための信者の集いをいう。ジッキルスたちZikkirs――ふつうそう呼ばれているが――はたいてい聖なる名を叫ぶあいだ、円を描いて立ったり、坐ったりしている。これらの祈禱はダルワイシュ、つまり乞食托鉢僧の非常に好むところで、ヨーロッパ人は彼らの祈り方で、〈踊るもの〉と〈ほえるもの〉に分かっている。レインは〔『近代エジプト人』を参照。拙訳ではこの部分を省いたが、踊るジクルの図版は同書一三一頁に掲げた〕ジクルスとジッキルスの問題について、多くの紙面をさいている。彼らを無教育な人間であると想像してはいけない。上流階級の人々はもっと人目をさけて祈禱を行なうのを好むけれども――。

(66) 彼らは、庵主が祈禱もしくは懺悔《ざんげ》のために井戸にはいった、と考えたから。

(67) これは、東洋で父が行なう挨拶としての接吻である。東洋では、接吻される部分についてなかなかやかましい。気がきいてはいるが、すこぶる卑猥なペルシャの書物に『アル・ナマー』〔アル物語〕というのがある。これはあらゆる疑問が〈アル〉（アラビア語の冠詞）ではじまるから、その名があるわけで、この中に、こんな問答がある。「アル・ワジブ・アル・ブジダン？」（なにがいちばん接吻に値するや？）「クス・イ・ナウ・パシュム」（若い毛つまり春草のはえた bobadilla）〔アラビア語のクスは女陰 vulva の意。どの辞書にも見あたらないが、ボバディリャもその意味であるにちがいない。〕

(68) 一ミスカルは金衡で、七一―七二英グレインの重さにあたる。ここでは、一ディナールに等しい。

(69) アラビア語のバールは海、川、水たまりなどを意味する。したがって、形容詞〔塩からい〕が必要とされるのである。

(70) アラビア語のライス Rais は船の長または頭（所有主ではない）。アル・ヤマン〔イエーメン〕では、この語は〈床屋〉の意味でもある。

(71) 別に注釈の必要もなかろうが、東洋人はわれわれの鵞ペンや鋼ペンの代わりに、葦を、カラムス Calamus〔ラテン語で葦の意〕（カラム Kalam は〈刈った葦〉だけに用いられる）を用いる。

(72) めぼうきの葉（ラヤン）に似ていると想像される、まがりくねった文字。

(73) スルス書体はモハメッドの墓石のキスワー（覆《おお》い）に刻まれているので有名。大きな、比較的堅苦しい書体で、正式に書く場合とか、壁文字として、現在なお用いられている（『巡礼』第二巻八二ページ）。〔ボーン版では第一巻三二二ページ脚注。〕

(74) ナスフ書体は模写体で、アラビア式かアジャミ式かのいずれかである。最近の一大発見によって、クファ文字 Cufic その他についての古い観念はことごとくくつがえされた。ベイルートのレイトヴェッド

Löytved 氏はハウラン地方の碑銘の中から、純粋なナスフ文字のものをひとつ発見したが、これは紀元五六八年すなわちヘジラ紀元〔＝回教紀元〕前五十年のもので、わたしの博学な友人チャールズ・クラーモント・ガノウ Ch. Clermont-Ganeau もこれを真正なものとして承認した（『古文書調査基金』Pal. Explor. Fund. 一九三ページ、一八八四年七月）。

(75)　トゥマル書体は大文字のアンシャル書体。〔アンシャル uncial とは紀元四世紀ごろから八世紀ごろまで用いられた書法で、〈大文字の〉という意。〕カアバー Kaabah の掛布に書いてある書体である。〔カアバーはメッカの本殿。詳しいことは、パーマー訳『コーラン』の序文一六、一七ページ参照。なお、ボーン版『巡礼』では第二巻二一五ページにあたる。〕（『巡礼』第三巻二九九―三〇〇ページ）。

(76)　ペイン氏（第一巻一一二ページ）によると〈宮廷書体〉。わたしはぜんぜん知らない。

(77)　アラビア語のバグラー Baghlah。牡（バグル）は荷物の運搬にのみ用いられる。どこでもこれが原則であるし、ぎょしにくいマチョ Macho〔スペイン語で、〈牡の騾馬《らば》〉の意〕ほど始末におえないものはない。牡騾馬はその気になれば、乗っている者をいつでもふり落とすことができる。〈バグラー〉から英印の土民の船〈バッガロウ〉Buggalow が出ている。

(78)　この姿勢はヨーロッパ人の脚にとっては恐ろしく苦痛である。白人で（そのしつけをうけていないかぎりは）ちょっとのまでも踵の上にうずくまりうるものはまずない。脚を組みあわせる〈仕立屋坐り〉〔つまり、あぐら〕は楽だと考えられている。

(79)　アラビア語のカタは *Pterocles Alchata* で、砂漠の有名な雷鳥。白い肉がほんのわずかにあるだけである。

(80)　ボッタラ焼はアラビア語のフブズ khubz で、わたしが〈ケーキ〉とか〈パン〉とかに訳さなかったのは、そういう言葉に訳すと、われわれの一塊《ローフ》が思い浮かぶからである。東洋の生命の糧は、窯《かま》もしくは焙盤《あぶりばん》で焼く、一種の薄い、偏平な、まるい生パンである。

それはスコットランドのスコウン scone〔ボッタラ焼に類する麦菓子〕、スペインのトルティーリヤ tortilla〔一種の揚煎餅〕、オーストラリアのフラップ・ジャック flap-jack〔一種の揚煎餅〕などに相当する。

(81) 肉まんじゅうはアラビア語のハリサーで、小麦（または米）を煮て糊状にし、こまかくきざんだ肉や香料や調味料を加えた、お得意のご馳走。

(82) この詩は第三百三十夜でいくらかの相違はあるが、くり返されている。なおついでながら、この詩はリムス・カルス *Rims cars* すなわち重押韻《ヴィ・ライム》を好んで用いている。

嘆き悲しむというのは、こういったすべての珍味佳肴が、バダウィ族の露営部落のように、打ちこわされて〔くい荒らされて〕しまったからである。

(83) 火のように熱い酒とは *vinum coctum*〈沸かした葡萄酒〉のことであって、今日でも、南イタリアやギリシャでは飲酒家の好物となっている。

(84) 東洋の大酒家は暁に飲むことを喜ぶ。このことについては、あとでもっと詳しくのべるはずである。

(85) 勝負事のへたなアル・マアムン教主〔アッバス朝七世〕はよくこう言った。「わしには世界の統治という仕事があり、この任務にはたえるが、二尺四方の空間を号令するのは難儀だ」当時の〈盤〉は〈よく仕上げた皮で作った四角な盤〉であった。

(86) ユダヤ律法博士《ラビ》は（新約マタイ伝第十九章十二節にならって）三種の宦官 Eunuch を数えている。(一) セリス・チャームマーは太陽の、つまり生まれながらの宦官、(二) セリス・アダムは人の手で作られた宦官、(三) セリス・チャマイムは天国のための宦官（すなわち宗教的な禁欲者）。セリス（去勢された者）あるいはアブド（奴隷）は、ふつうのヘブライ語の名称である。〔第三十九夜の「最初の宦官の話」には、もっと詳しい注がある。〕

(87) 〈美の婦人〉の意。

(88) カフはさきにのべたように、指輪が指にまきついているように、大地をとりまいている山。俗にわれわれのアルプやその形容詞アルパインと同じように用いられる。〈世界をとり巻く海〉はホーマーの〈海の流れ〉である。

(89) ここで柘榴が選ばれたのは、たぶんひとつひとつの実の中に、エデンの園の種がひと粒ずつはいっていると想像されているからである。

(90) つまり、神のゆえに——回教徒のおはこ文句。

(91) 術はアラビア語のバブ〔原意は門〕であるが、この語はまた（魔法や戦争などの）ある出来事を意味する。しかし、ここでは比喩的に用いられていて「わたしは新しい術をこころみた」の意。〔原文は I opened on him a *gate* となっているから。〕この情景は『マビノジオン』*Mabinogion* の中にもある。〔ウェールズの古代物語集で、一八三八年C・ゲスト女史の手で英訳された。〕

(92) わたしはアイルランド語の keen＝〈死者を悼んで泣く〉を使ったが、英語には praefica〔ラテン語で、雇った泣き男または女〕に相当する語がないからである。この慣習はアル・イスラムでは奨励されていないし、初代アブ・バクル教主は「まことに死骸は、生ける者の嘆きのため、煮え湯をふりかけらる」（いいかえると、死者は益ない嘆きをふせぎとめる手段を講じなかったために罰せられる）と言った。しかし、この慣習はネグロランド〔アフリカの黒人居住地帯〕から出て、エジプトに達した。そして、この土地の人々は〈泣き唄〉という妙な制度を育てたのである。わたしは拙著『中央アフリカの湖水地域』でこのことに言及した。ゾロアスター〔拝火〕教では、死者のために流した涙は地獄の、まっ黒くて冷めたい川になる（『ダビスタン』第九十七章）。北欧では今でも、死者は友だちの涙のために苦しむと俗に考えられている。

(93) これらの詩句はまず翻訳が不可能である。アラビア語のサブル Sabr は蘆薈《アロウ》をも〈忍耐〉をも意味し、そのため、あまり重要でない種々の洒落や二重の意味をおびるようになっている。ブルクハルトによると蘆薈は忍従の教訓として、墓地に植えられるという。また、乾した鰐《わに》と同様に、戸口につるして悪霊除けに用いられるという。

「こんなふうにつるして、土も水も与えなくとも」とレインはいう（『近代エジプト人』第十一章、拙訳では一九九頁参照）、「数年間は枯れずに、花を咲かせさえする。それゆえ（?）、忍従を意味する言葉はサブルと呼ばれる」しかし、サブルと同様にシブル（塊茎）も〈長いあいだの我慢〉を意味している。わたしはこのならわしはアフリカ奥地の多くの迷信のひとつだと思う。野蛮なガラ族 Gallas〔エチオピア東部と南部の種族〕は今日にいたるまで、墓地に蘆薈を植え、芽をふき出すと、死者はワック（創造の主）の園《その》へはいることを許されたのだ、と想像している。

(94) 東洋のあらゆる都には特殊な名称がついている。バグダッドにこの名〔平和の館または都〕がついているのは、治安を維持する力がすぐれていたためか、あるいはただ単に教主の首都であったがためである。チグリス川もまた、〈平和（もしくは安泰）の川〉と呼ばれた。

(95) この話はたぶん、東アフリカなどで、一日五十マイルも船の針路をそらせる潮流にもとづいているらしい。いちばん古くはプトレミー Ptolemy (vii, 2) の中にそのことが云々されている。すなわち、ガンジス川の外にあるインドのマニオライ諸島は、〈ヘラクレスの石 Lapis Herculeus（磁石《ロードストン》）のため、船の鉄釘をふっ飛ばすと。〔プトレミーは紀元二世紀の人でエジプト生まれの天文学者。ここに示唆された書は『地理学』であろう。〕

ラブレー Rabelais もこのことに言及し、磁力はスコルドン Skordon（にんにく）によって力を失うという通俗的な考え方をのべている。〔ラブレーは十六世紀フランスの諷刺作家、しかし、医学殊に解剖学にもつうじていた。〕マンデヴィルの磁石山も同様である。〔拙訳『東方旅行記』平凡社刊の第十八章と第三十章を参照されたい。〕わたしは、この架空話が東アフリカの海岸などで鉄釘を用いずにこしらえられる船から生じたのではないかとも思う。いずれさきでも、この伝説にぶつかる。このあたりの話の中にはジャバルという語（エジプトでは「ジェベル」）がひんぱんに出てくるが、アラブ人はこの語を高い土地、あるいは岩石の山に使う。したがって、必ずしも英語の山《マウンテイン》に等しいわけではない。この語はまた、ヨーロッパへも侵入し、たとえばジブラルタル Gibraltar の名を生んだ。〔ジブラルタルはイベリア半島の南端にあり、主要部は岩石の山である。原意は jebel-Tarik つまりベルベル人酋長タリックの山の意。〕

(96) ヌビアの地理学者プトレミーから学ぶところによると、往古のアラブ人は幸福諸島（ジャジラット・アル・ハリダット＝永遠諸島）もしくはカナリヤ群島を踏査したといい、その島々のひとつに、槍を西にむけた真鍮の馬と騎手が立っていたという。

(97) 手、顔、足の簡単な沐浴。第四百四十夜でもっと詳しく注釈するつもり。

(98) 平伏して頭をさげる回数によって、一日五回の祈禱がそれぞれ区別されるのである。

(99) アラビア語のサムン Samn で、ペルシャ語ではラウガーン Raughan という。東洋の〈唯一のソース〉である。新鮮なバターを火にかけ、浮きかすをすくい去って、革嚢や細口の大壜《デミジョーン》の中に入れて（必要とあらば百年間も）保存される。やがて、堅い黒い塊りとなるが、傷や疾病の万能薬とも考えられる。非常にもちがよくて〈腹にこたえるものである〉。不意にたくさんの客におしかけられた東洋人にむかって、ふざけてこう言うのもよい。「さあ、ご飯にラウガーンをまぜなさい」わたしはかつてヒンズー教徒の力士《バーラワン》のように、グル（粗糖）と牛乳とギー〔ヒンドウスタン語で、ラウガーンに同じ〕の混合したものをためしに食べてみた。が、その結果、一週間もしないうちに、胆汁異状で、盲目になりかけた。

(100) こういう美少年たちは常に女性に用いられるような用語で描写される。

(101) ブル版（第一巻四三頁）の本文は違っている。——わたしは第一の園、第二の園、第三、第四というふうに、三十九を数えるまで、まのあたりに見ました。どの園にも、言葉や筆ではとてもたたえられないほど美しい木や谷川や、果物や宝物がありました。いちばんしまいの端にくると、扉がひとつありましたので、わたしは独りごとを言いました。「ここには、いったいなにがあるのかしら？　ぜひともあけて、のぞいてみなくちゃ」そのとおりにしますと、すでに鞍をおき、馬勒《ばろく》をつけ杙《くい》につながれた一頭の馬がいるではありませんか。そこで、わたしは綱をといて馬上にまたがりました。馬はちょうど鳥のようにわたしを乗せて飛び、ある陸屋根の上におろしてくれました。そして、わたしをおろしたとたんに、尻尾ではたきましたので、片方の目が抉り出されてしまいました。けれども、馬はそのまま去っていきました。そこで、屋根からおりて見ますと、片目のつぶれた若者が十人いました。わたしを見ると、みんなはこう叫びました。「おまえさんにきてもらっちゃ困るよ！」わたしが「お家へ入れて、仲間に加えてくださるまいか？」とたずねると、一同は「いけません、アラーに誓って、おまえさんなんぞと一緒に暮らすのはいやだよ」そこで、わたしは泣いたり嘆いたりしながら、立ち去りました。しかし、アラーは飾りのある書板にわたしの無事を書きしるしていてくれましたので、わたしはつつがなくバグダッドにつきました。——これはブル版では作品がどんなに切りつめられているかの好個の例である。

(102)　アラビア人は月経の中止した時から懐妊を数える。胎児はその月経を食べて成長すると考えられている。『カリラーとディムナーの物語』の言葉によると、「胎児のへそは母のそれにつながり、これによって滋養分を吸う」と。

(103)　これはアル・イスラムの掟に反している。モハメッドは「カアバーの神霊に誓って、占星術者はうそつきである」と言明した。また、このモハメッドの言葉は、学問のあるなしを問わず、ほとんどあらゆる回教徒が知っている。だが、東へ（インドの方角へ）いけばいくほど、この種の慣行が尊重されていることを知るのである。

(104)　この遊戯についてはレインを見よ（『近代エジプト人』第十七章）。ふつうわが国のドラフト〔一種の西洋将棋〕のように盤上ではなく、碁盤縞の布の上で行なわれる。東洋人は駒をさしながら、食べたり飲んだり喫煙したりすることを好む。〔エヴリマンズ版三五一頁参照。なお、レインの同著は昭和三十九年末、拙訳で『エジプトの生活』と題して桃源社から刊行された。ただし、厖大な内容なので、全二十八章のうち、直接実生活に関係のない十一章を割愛した。」

(105) われわれなら〈三十九日めの夜〉というべきところ。

(106) アラビア語のディカックで、石鹸の代わりに、というよりむしろ皮膚をやわらかくするために用いられる。この粉末はふつうはうちわまめで作る。

(107) 運命《フェイト》、宿命《デスティニー》、運《ウイアド》などの定めが不可避的であるという、おびただしいアラブ的な事例のひとつ。この宿命的な状況はたいへん劇的であるし、またじっさいに『千夜一夜物語』はここで早くも民族的なドラマであることを示唆している。

(108) ペイン氏(第一巻一三一頁)は場所がらふさわしくないこの詩文を省略している。しかし、こういった不適当な引用文は東洋の物語の一特色である。

(109) こうした民族の哀調はアラビア詩の共通な要素である。

(110) わたしはダマスクス東方の砂漠に、こんな砂原のあることを耳にしたことがある。そこは、板にのるか、駱駝につけた道具にのらないかぎり横断できない。

(111) そこで、アラブ人の諺〈火の光ではなく、犬の鳴き声〉が生まれた。くたびれた旅人は犬の鳴き声で露営地が近いことを知るが、火の光はまだ非常に遠いことを示している。

(112) ローマ共和国でもかつてそうであったが、エジプトでも、濃い青は喪の色である。ペルシャ人によると、カイ・カウス(紀元前六〇〇年)が息子のシャウシュを悼んだとき、この色を初めて採り入れたという。そして、この色はムハラ月(一月にあたり、当時は春分を示した)十日にフサインが死んだときまで続き、その後は黒色に変わった。しかし、原則として、回教徒はこんな哀悼のしるしを用いない。

(113) もっと古くは、ロック Roc といった。「シンドバッドの話」のなかに詳しい。なお、ペルシャのシムルグ Simurgh (三十フィート)〔ペルシャ神話に出てくる怪鳥〕について知りたい方は『ダビスタン』

を見られたい。エジプトのベンまたはベンヌ（夜鳥）nycticorax について詳しいことはいまだにわからない。しかし、この語に冠詞 pi をつけてギリシャ語のフィーニックス phœnix が生まれた。〔不死鳥とも訳され、エジプト神話に出てくる鳥。〕

(114) たぶんフォルスカル Forskal（『エジプトおよびアラビアの植物誌』*Flor. EAgypt. Arab.* 九六頁）のハレジ *Haledj* のことか。「堅い木で、種類不明」〔P・フォルスカルは十八世紀のスウェーデンの博物学者〕

(115) これは〈うるんだ黒い目〉を意味しているのかもしれない。

(116) 前の二本の門歯（上だけ）のあいだが少しすいているのを、アラブ人は美しいと考える。なぜそうであるかは、変化に対する人種的好みというほか説明しにくい。

(117) つまり、死の苦悶をわたしになめさせるという意。

(118) 禁断の扉や部屋がお伽噺の中ではありふれていることは改めていうまでもない。『カタ・サリト・サガラ』にもあるし、われわれの子供時代には、『青鬚男』*Bluebeard*〔十七世紀フランスの文人C・ペロウ作の童話『青鬚物語』の中の主人公〕を通じて、よく知られていた。

(119) 杏のアプリコットはアラビア語のアル・バルクック al-Barkuk で、そこから、古代英語のアプリコック Apricock が出た。

(120) 一種の物まね鳥。

(121) いくつかの版には、扉の数を百としている。しかし、王女は四十人であった。この一致は――意味がないわけでなく、アラブ人の調和崇拝のために意味をもっているように見える――アラビアの物語ではありふれている。

(122) 〔mazer-bowl で、本来は楓製の大盃〕アラビア語のマジュル Majur、ここから、たぶん、英語の mazer が出たのであろう。

(123) 竜涎香、麝香および沈香の混合香料。

(124) 手綱のさきを鞭にして。

(125) 飛ぶ馬はペガサス〔詩神ミューズの乗馬の名〕であり、これはインドで発展したエジプト神話をギリシャ人が改作したもの。

(126) アラビア語のイザルで、肩掛布のリダに対して男子の腰布をいうが、また比較的貧しいエジプトの女たちが戸外で顔や手をおおうために着用する白キャラコの布のことである。富裕な女は黒絹のハバラーを好むが、貧乏人はなにもないときは、寝台用のシーツを用いる。〔拙訳『エジプトの生活』四四頁参照。〕

(127) すなわち〈わたしの愛する方々よ〉。

(128) アラビア語のマスフットで、たいがいは人間が魔法をかけられて猿になるときの、姿の変化をいう。俗語では(石その他の)像の意に用いる。アル・イスラムにおける変態の数はオヴィディウスが知っていたものよりずっと多い。〔Publius Ovidius Naso のことで、ローマの詩人、紀元前四三―紀元一六年。『変態』*Metamorphoses* と題する作品がある。〕

ペトラ Petra と呼ぶハウラン地方のギリシャ人の町や、北アフリカのローマ人の廃墟を見たことのある人々は、これらの物語がなににもとづいているかを容易に理解できよう。

(129) 古くからのハレム Harem (もしくは婦人部屋、ペルシャ語のゼナナー Zennanah、セラグリオ Serraglio)。ハリムはまた、代喩法によって、その中にいる者、とくに妻の代わりに用いられる。〔ハレムもハリムも同じ。〕

(130) 真珠は、東洋では、毎年一%ずつ、光と価値を失っていくと想像されている。

(131) アラビア語のミーラブ Mihrab で、回教寺院の壁の中に、メッカのほうにむいてこしらえてある円天井作りの壁龕《へきがん》。ここで、イマム(文字どおりには〈他の者の前に立つ者〉)つまり導師が人々に背中をむけ、カアバーすなわちメッカの四角な家のほうをむいて陣取り、低頭したり身をひれ伏したりして、会衆の音頭をとる。ユダヤ人はこの壁龕を無視したが、キリスト教徒たちは神像や祭壇のためにこれを保存した。

ヴェヌス（玉門）の象徴である壁龕と、プリアプス（陽根）の象徴であるミナレット（尖塔）は第十世教主のアル・ワリド（在位西暦一〇五―一一五）の時代に誕生しているので、ヒンズー教徒によれば、彼ら回教徒はこのふたつをヒンズー教徒のお気に入りの偶像リンガ・ヨニまたはクンヌス・ファルス〔いずれも男女の性器を意味する語〕から借用したという（『巡礼』第二章一四〇頁参照）。また、ヒンズー教徒は単刀直入に、壁龕をバーガつまりクンヌス（玉門）と呼んでいる。

(132) アラビア語のクルシは棕櫚の葉その他でこしらえた台で、X形をし、その前に坐って、本を読む。信仰のあつい回教徒は腰から下に聖典をおかないし、正式に身を清めてからでないと、これを開かない。東洋のイギリス人はこのことをよく銘記すべきである。コーランへの敬意（アダブ・アル・クラン）をなおざりにすると、たいへんな反感をかうからである。

(133) ペルシャの詩人たちはほくろをたたえた千を数えるほどの幻想をもっている。叙情詩人ハフィズなどはほくろのためならへサマルカンドとボハラ〉をやってもいいと歌った。

(134) アラビアの物語では美人は常に〈やさ腰〉で、なめらかな肌も、珍しいだけに、重んぜられる。

(135) 天人花は頬に生えたうぶ毛である。

(136) これはゾロアスター教徒を云々する場合の一貫したきまり文句。

(137) アラビア語のファライズ。『コーラン』中に明瞭に指示された命令のことで、永劫不変のものである。

(138) 〈恐ろしい轟音〉は予言者サリーと、サムッド Thamud という有史前の種族に関する伝説からとられたもので、この種族は不信心のために、地震と天界からの轟音によって、打ち滅ぼされた。〔サリーはザリーともいい、この辺の詳細は『コーラン』第七章七十一節以下を見よ。また、ザリーについては、パーマーは詳しい注をつけている。」ある注解学者によると、後の天界からくだった轟音は天使長ガブリエルが「汝らはことごとく滅びよ」と叫んだ声であるという（コーラン第七章、第十八章その他）。後の「円柱の多い都イラム」（第二百七十六夜）の中に、このことはもっと詳しく出てくる。〔イラムはアデンの砂漠地帯に建造されたという地上の楽園。異端者シェダッドがこれを占有するために出かけたが、途中天の声にうたれて、滅びたという。〕

(139) けれども、彼らは人の姿をとどめていた。ということは、この考え方がハウラン地方の廃墟に発見された玄武岩の人像から生まれたことを示している。モハメッドはなんどもシリアへいって、ギリシャおよびローマ人の移住部落の残骸を見たに違いない。

(140) 殉教者はアラビア語のシュハダ。回教徒によっても、他の宗教家によっても、大いに尊崇される。殉教者の範疇は広範にわたり、壁が落ちて死んだもの、悪疫や肋膜炎や妊娠の犠牲になったもの、普通の旅行中に溺死したり死亡したもの、〈失恋〉つまり消化器の障害で死ぬ純潔な恋人などもこの中に加えられる。彼らの魂はただちに緑の鳥の餌袋の中にとじこめられ、〈復活の日〉まで〈楽園の木の実を食べ、小川の水を飲んで〉その中にとどまっている。

(141) この姉娘は女に足をもませるような卑しいことをさせるのを恥じたのである。フランス語のマッサージ massage は明らかにアラビア語のマスー Mas-h から出ている。

(142) 最高至上の名、神の第百番めの名。〔ふつう回教徒が用いるアラーの別名は九十九ある。のちに詳説。〕

(143) すなわち、地中海とインド洋。

(144) すなわち、『コーラン』で定められた相続法。

(145) 老婆は醜ければ醜いほど、女衒《ぜげん》としてはりっぱなものになれると考えられている。アラビア語でアジュズ（老婆）といえば、非常に侮蔑した言葉で、年齢のいかんを問わず、エジプト人の女にこれを用いると、相手は猛烈に憤慨する。丁重ないい方はシャイバーである。

(146) 女の四つの年代。デモステネス Demosthenes〔ギリシャの雄弁家、紀元前三八四—三二二年〕が快楽のための淫売、奉公のための妾、子供を生むための妻、と三種の性格を認めたのにならったわけである。

(147) アラビア語のジラ Jila〔ひろめと訳出〕は、七回衣装をかえて新郎の前に花嫁を披露することで、この衣装はしばしば間にあわせの借り着である。この幸福な男、すなわち新郎は、花嫁の顔を見る前に〈拝顔料〉を支払わねばならない。

(148) アラビア語イシャは夜のファースト・ウォッチ〔むかし夜を first watch, middle watch, morning watch と三等分した。さらに後では四等分した〕のことで、薄明、夕食時、夕食などの意。回教徒は六時〔午前または午後の〕から六時までのローマ人の四区分を借用し、ユダヤ人の元来の三区分はもちろん、夜半や夜明け《コック・クロー》さえも無視している。（士師記第七章十九節〔中更《こう》の初めに……とある〕、出エジプト記第十四章二十四節〔暁の更に……〕）。

(149) アラビア語の通俗的な誇張法。

(150) アラビア語でシャカイク・アル・ヌウマン。美しいアネモネのこと。モハメッドと同時代の、ヒラーの暴君ヌウマン・イブン・アル・ムンジルはこの花を独占しようと企てた。

(151) ことわるまでもあるまいが、ベルを用いない東洋では、手をたたいて召使をよぶ。

(152) ここでは、ほくろを真珠にたとえている。この比喩は決して一般的でもなく、また、適切でもない。

(153) アラーの唯一性の証明《あかし》をへたにもじった句。

(154) 大きな金属製盆をのせた円形の木製の台をディナー・テーブル（食卓）という。このふたつをスフラー（またはシマト）と呼び、食事が終わると、ただちに片づけられる。

(155) 回教の東洋では、既婚でも独身でも、若い女はひとりで町を歩くことは許されない。これに違背すれば、警官は逮捕する権限をもっている。姦通などの防止策として、この措置は有効である。クリミア戦争〔一八五四―五六年〕中に、イギリス人、フランス人、イタリア人などの数百人の将校はコンスタンチノープルの裏表に通じるようになり、少なからざる者がトルコ婦人と首尾よく情交したと広言した。わたしはたった一件でもそんな事実があったとは信じない。〈征服された女〉はすべてギリシャ人、ワラキア人、アルメニア人、またはユダヤ人などであった。

(156) この男は女に惚れこんだので、女を自分のものにするため、しるしを残そうと決心したのである。

(157) かような刑罰は回教法に反するであろう。しかし、人々は不貞な妻の斬首または追放という懲罰を寛大にみるならいである。

(158) 神々をアラーとならべたり、あるいは結びあわせることである。多神教。殊にヒンズー教の三位一体 triadism、ゾロアスター教の二元説 dualism、キリスト教の三位一体論 Trinitarianism をさす。

(159) 一般には、とりわけ女性の陰部をほのめかした、このうえなく下劣な言葉で、アラビア語のシャトム。

(160) 東洋では女性に笞刑を加えるとき、思いやりから、着物の一部は残し、体になんばいもバケツの水をふりかける。その手をなぐるときは、カーテンの穴に手をつきこませて、刑をうける女が人に見られぬようにしたうえで、杭に体をしっかりと結びつける。

(161) アラビア語のサルだが、ここでは、不滅の同態復讐法 *lex talionis* つまり、あらゆる刑法学の基本を実行する意味のコーラン用語。その重大な欠陥は、当然の応報によって、犯罪がくり返されることである。〔ちなみに同態復讐というのは〈目には目、歯には歯を〉という原始的な報復である。〕

(162) このふたりのハルンの息子は、後の『千夜一夜物語』にみられるように、いずれも教主になった。〔つまり、アル・アミンは六世、アル・マアムンは七世教主になった。なお、ハルン・アル・ラシッド教主についての解説がないので、つぎに主として世界大百科事典（平凡社刊）に拠って、彼の略歴をかかげておこう。

ハルン・アル・ラシッド Harun al-Rasid（七六三ないし六―八〇九）はアッバス朝第五代の教主《カリフ》で、在位は七八六―八〇九年。三世のマーディを父とし、解放奴隷のハイズランを母として、ライに生まれた。異母兄ハーディの毒死後即位、妃は『千夜一夜物語』にもよく登場する美人のズバイダーであった。アル・ラシッド教主はバルマク家のヤーヤ・ビン・ハリドを、あとにはジャアファルを、宰相として政治上の実権をゆだねたので、バルマク家の一門は事実上時の支配者となった。そのためか、八〇三年教主はジャアファルを突然斬首し、バルマク家の一族郎党をみな殺しにして、みずから政権を握った。七九七年と八〇五年には東ローマ帝国と交戦して、小アジアに侵入し、遠くフランク王国のカール（シャルマーニュ）大帝とも協約を結び、もっぱら国勢の伸張につとめたが、その権勢はバグダッドを中心とする西アジア一帯にとどまった。ホラサンへの出征中にトウス付近の一部落で病死したと伝えられている。一説によると、性交中に腹上死をとげたという（エドワーズ、マスターズ共著『エロチカの発祥地』一九六三年刊）。

在位中、学芸の擁護につとめたので、宮廷には多くの文人や学者などが集まり、サラセン文化の黄金時代が開花した。彼のそうした功績は『千夜一夜物語』の中で随所にたたえられていて、特にジャアファルと剣士を従えての微行《しのびあるき》は有名である。」

【訳注】

＊1　ハージブの子アジブの意。

＊2　〈縁〉の一字挿入。

＊3　忠良な者の大君あるいは統治者その他の呼称はすべてカリフすなわち教主に冠するもので、大教主と意訳してもよいが、原文の味を出そうとしたためにわざと直訳した。

＊4　古代ペルシャの拝火教。さまざまな別称がある。

＊5　法律学者すなわち神学者のこと。

＊6　前後矛盾しているが、原文のまま。

三つの林檎の物語

おお、現世《うつしよ》の王さま、時世《ときよ》の大君さま、教主のハルン・アル・ラシッドは、ある晩のこと、大臣のジャアファルをよんで、こう申されました。

「わしは下町へ出て、政事《まつりごと》をあずかっている役人たちのふるまいをいろいろ人民にききだしてみたいと思う。人民がうらんでいる者は職を免じ、ほめている者は位をあげてやろう」ジャアファルは「かしこまりました！」と答えました。そこで、教主はジャアファルと宦官《かんがん》のマスルールをつれて町へ出かけました。町や市場を歩きまわって、やがて狭い路地を縫うようにして歩いていると、ふと、ひとりのたいへん年とった男に出会いました。この年寄りは魚網と小魚を入れる魚籠《びく》とを頭にのせ、手には杖《つえ》を握っていましたが、ゆるゆると歩きながら、歌を口ずさんでおりました。

　人はわたしに申します。
「おまえは物知り、人の世を

闇夜の月とおんなじに
照らしてくれて、ありがたい！」
わたしは答えて申します。
「冗談なんぞおやめなさい、
運が悪くちゃ知識など
あわれなもんじゃ役立たぬ！
財布の中のこの知恵と
書物や矢立てなにもかも
質屋に入れてみようとも、
貸しちゃくれまい一日の
食いものを買う銭《ぜに》さえも。
審《さば》きの日付で一覧表の
手形をもらうが関の山」
貧乏人はほんとうに
あわれじゃないか、おちぶれて
金もなければ、職もなく
乞食さながら死んでいく。
夏には食料《かて》が見つからず

冬は火鉢が唯一の
友となるとは情《なさ》けなや！
街の野良犬吠《ほ》えかかり
脚に嚙みつきゃ、ならず者
これまた吠えて嚙みつかん。
声はりあげて、うけた仇《あだ》
かこちてみても詮《せん》もなし、
たとえ正直無類でも、
情けをよせる者はない。
こんな嘆きやわざわいを
しのばにゃならぬこの身なら
大地の下の奥津城《おくつき》が
いちばん楽しいわが家か。

教主《カリフ》はこの歌を耳にすると、ジャアファルにむいて言いました。「あの貧しい男の風体《なり》を見て、歌の文句をよく聞いてみるがよい。どうも間違いなくこまっているようすだ」それから、教主は年寄りに近づいて、言葉をかけました。「これ、ご老人、おまえさんの商売はなにかね？」すると、年寄りは答えました。

「これはこれは、旦那さま、わっしは漁《りょう》をやって家族を養っておるものでございます。お昼からいまし方まで、仕事に出ておりましたが、どうしたことか、神さまは女房や子供に食べさせるだけでも恵んでくれません。といって、夕飯を買うためこの体を質に入れることさえかなわず、ほとほと生きておるのがいやになり、死んでしまいたいと思っております」教主が「どうかね、わしらといっしょにチグリス川の岸へとって返し、網をうってみては。わしの運をためしてみるんだ。なんでもいいから網にかかっていれば、金貨百枚で買いとってやるぞ」と言うと、老人は喜んで「よろしゅうございますとも！　ごいっしょに引返しましょう」と言いました。そして、みなといっしょに川へひき返して網をなげ、しばらくじっと待っていました。それから、網をたぐって岸へ引きあげて見ると、海老錠《えびじょう》のかかった重たい箱がはいっているではありませんか。教主は吟味をしてもちあげましたが、ずっしりと重とうございます。そこで、漁師には二百ディナールを与えて、その場を立ち去らせました。マスルールは教主の手を借りながら、その箱を王宮へ運んで、床《ゆか》におろすと、ローソクに火をともしました。

ジャアファルとマスルールがこれをこじあけると、中から赤い毛糸でくった椰子《やし》の葉の籠《かご》が出てきました。籠を切り開いてみれば、一枚の絨毯が上にかけてあるので、剝《は》ぎとると、その下には四つに折りたたんだ女の面紗《かおあみ》が現われました。そこで、さらに、それをとりのけると、意外も意外、箱の底にはひとりの若い女の死骸が横たわっていたのでございます。教主は女をうち眺めて、銀の塊《かたまり》のように肌の白い女で、体は十九片に切りきざまれていました。

「ああ、痛ましいのう！」と叫ぶと、両の頬に涙を流しながら、ジャアファルのほうにふりむいて、申しました。「こりゃ、うつけ者の大臣め！　わしの御代《みよ》に人を殺させ、川へほうりこませるとはなにごとじゃ。審《さば》きの日にわしのおちどや咎《とが》にしようというのか？　ぜがひでも、加害者を見つけ出し、極刑に処して、女のかたきをとってやらねばならぬぞ！」それからすぐとまた、つけ加えました。「わしもアッバスの末裔《すえ》(1)だ。もしおまえが女の遺恨をはらしてやるため、下手人をひっ捕えてこなければ、この王宮の門前で、おまえを絞首刑にしてやるぞ。おまえはもとより、おまえの一族同胞《はらから》四十人もだ」教主は烈火のように怒りました。「三日間のご猶予《ゆうよ》を願います」とジャアファルが申し出ますと、教主は「よし、許してやろう」と答えました。

そこで、ジャアファルは教主の前からひきさがると、悲しみにうち沈んで、「あの女を殺した下手人を探し出して、教主の前にひき立てることができるだろうか？　下手人でない別のものをつれていけば、神のおとがめをうけることになるし、ほんとうのところ、どうしていいか、わからんわい」とひとりごとを言いながら、わが家へ帰りました。ジャアファルは三日のあいだ家にひきこもっていましたが、四日めになると、教主の指図で、侍従のひとりがよびにまいりました。ジャアファルが伺候しますと、「あの女を殺した下手人はどうした？」とさっそくたずねられたので、「おお、忠良な者の大君さま、わたしは被害者の監督などやっておりませんから、女を殺した下手人などは存じません」とジャアファルは答えました。

教主はこの返事を聞くと、たいへん立腹して、王宮の門前で大臣を絞首刑にするように命じ、また触《ふ》れ役人には、バグダッド(2)の都じゅうに、「教主の大臣、バルマク家のジャアファルをはじめ、同じくバルマク家の一族縁者四十名が王宮の門前で処刑《おしおき》になるぞ、見物したいものは集まれ！」とふれ歩くように申しつけました。人民はその原因《わけ》は知りませんでしたが、ジャアファルとその一族の処刑を見物しようと、町じゅうから集まってまいりました。

絞首台が立つと、ジャアファル以下一族の者はその下に立って、処刑をうけるばかりになりました。ところが、だれも彼も教主の合図をいまかいまかと待ちかまえ、バルマク家のジャアファルとその一族を不憫がって涙を流していますと、これはまたなんとしたことでしょう！　眉目《みめ》うるわしく、さっぱりした服装《なり》をし、さんさんと光をふりそそぐお月さまのような顔だちをしたひとりの若者が群衆をかきわけて前へ進んでくるではありませんか。瞳は黒く明るく、額は花のように白く、頬はさながらばらのように赤くて、顎鬚《あごひげ》のはえるあたりにうぶ毛がはえ、竜涎香《りゅうぜんこう》の粒かと思うばかりのほくろがひとつついていました。やがて、若者は大臣のまん前までくると、「もし、太守をつかさどる君、貧しい者をお守りになる君よ、とんだ災難をおかけして申し訳ございません！　あの箱の中の女を殺した下手人はこのわたしです。どうかわたしを処刑にして、女の恨みをはらしてくださいませ！」

ジャアファルは若者の自白を聞いて、わが身が救われたことを喜びましたが、同時にこの美しい若者を不憫に思って悲しみました。ふたりが話をしているうちに、これはまたなんと、だいぶ年もふけた別の男が人々の波をかきわけて前へ進み出、ジャアファルと若者のところまでくると、会釈して申しました。

「あいや、ならぶ者なき大臣さま！　この若者の言うことなど、お信じになってはいけません。あの女を殺したのは、このわしに違いありません。さあ、すぐと女の恨みをはらしてやってくだされ。あなたさまがそうしてくださらねば、全能のアラーの前であなたさまに処刑を要求しますぞ」すると、若者は若者で、「もし、大臣さま、この老人は耄碌《もうろく》していて、自分でなにを言ってるのかわからないのでございます。下手人はこのわたしです。どうか女の恨みをはらしてやってください！」「のう、お若いの、おまえさんはまだ若いし、浮世の楽しみもしたいはず。ところが、わしときたら年はとるし、くたびれていて、この世にすっかり堪能《たんのう》しているんだ。わしはおまえさんはじめ、大臣さまやご一族の方々のために、罪の贖《つぐな》いとして命をさしあげるのさ。あの女を殺したのはだれでもない、このわしだ。どうか急いで処刑にしてくださいませ。女が死んだいまとなっては、わしの命はもはやないのも同然ですからのう」

　大臣はこの不思議な出来事にひどく驚いて、教主の前にふたりをひき立てました。そして、手を折りまげて、七度《ななたび》床にひれ伏してから、申しあげました。「おお、忠良な者の大君さま、女殺しの下手人をつれてまいりました！」「どこに？」と教主がたずねますと、ジャアファルは答えました。「この若者は、自分が下手人だと申したてますし、こちらの老人は若者の言うことは嘘《うそ》で、自分が下手人だと言っております。不思議なことに、あなたさまの前に下手人がふたりいるのでございます」

教主は老人と若者を見くらべて、「どちらがあの娘を殺したのじゃ？」とたずねました。若者が「このわたしでございます」と答えると、老人も「まったくのところ、女を殺したのはこのわたしめでございます」と答えました。そこで、教主はジャアファルに「ふたりともつれていって処刑せよ」と申しつけましたが、ジャアファルは「どちらかひとりが下手人ですから、そうでない者を処刑しますと、(3)罪を犯すばかりでございますと」答えました。「大空をさしあげ、褥《しとね》のように大地を広げた神さまに誓って」と若者は叫びました。「あの女を殺したのはわたしでございます」それから、殺したときのありさまから籠や大面紗や絨毯など、実際に教主の目にとまったすべてのものを、いちいち並べたてました。そこで、教主は若者が下手人に違いないと信じましたが、若者の申し立てが解《げ》せないので、たずねました。「なぜ女を殺すというような間違った行ないをしたのか。鞭も加えられないうちに、どうして殺害したことを自分から白状し、命を投げ出しにここへやってきたのか、それから、なぜまた女の恨みをはらしてくれなどと言うたのか？」

若者は教主の問いに答えて申しました。「はい、忠良な者の大君さま、実は、この女はわたしの妻で、子供まである身でございました。また、わたしの初従妹にあたり、父かたの伯父の、つまり父の兄弟であるこの老人の娘でございます。あの女といっしょになりましたときは、女はまだ生娘でございました(4)。アラーのお恵みで三人の男の子をさずかりましたが、妻はわたしを愛してよく仕えてくれました。わたしもまた妻をこのうえなく愛していましたから、なにひとつ不届きな行ないなどありませんでした。ところが、今月の一日《ついたち》に妻は重い病いにかかって床《とこ》につきました。医者をよんで介抱《かいほう》をしているうちに、少しずつよくなってまいりましたので、わたしは銭湯にいくようにすすめました。

すると、妻は『お風呂にいくまえにほしいものがひとつありますの。とてもほしくてなりません』と言いますから、わたしは『いいとも、それはいったいなんだね？』とたずねました。『林檎《りんご》がほしくてしょうがないのです。あの匂いをかいで、ひと口味わってみたくて』『たとえおまえにかぞえきれないくらいの望みがあっても、なんとかかなえてやろうよ』わたしはそう言って、すぐさま町へ出かけ、林檎を探しましたが、あいにくひとつも見つかりません。よしんば林檎ひとつが金貨千枚につこうと、ありさえすれば買ってやったはずでございます。

わたしはすっかり当惑して、家に帰ると、申しました。『ねえ、従妹《いとこ》よ、どうあってもみつからないんだよ！』妻はがっかりしました。たいへん体が弱っていたせいで、その晩は非常にぐあいが悪くなりました。このありさまを見て、わたしはびっくりしましたが、また、いっぽうでは心配でたまらなくなりました。それで、夜があけると早々に家を飛び出して、果樹園をひとつずつたずねて歩きました。が、どこにも、ひとつもありません。しまいに、ひとりの年とった園丁に出会ったので、林檎はないかとききますと、相手が申しますには『いや、その林檎なら、このへんじゃまずめったにありませんて。この節では、バッソラーの忠良な者の大君さまの果樹園にでもいかないかぎり、みつかりません。あそこなら、園丁が教主さまのお召しあがりになるように特別とっておくからね』

その日もとうとう不首尾に終わったので、気をくさらせながら、わが家へ帰りました。けれども、妻を愛し、いとしく思うにつけて、遠くまで旅をしても、林檎を探し出してやろうという気になりました。そこで、旅の支度をととのえて家を出、往復に夜昼十五日かかって、例の園丁から三ディナールで買った林檎を三つもって、わが家にたどりついたのでございます。ところが、妻のもとへいって、林檎をさし出しても、妻はうれしがりもせず、かたわらにころがしておくばかりでした。それと申しますのも、十日のあいだ衰弱や熱が激しくて重態がつづき、やっとそのころ、よくなりかけていたからです。
わたしは家を出ると、自分の店に坐って、商売《あきない》にかかりました。すると、お昼ごろ、ふと店さきを通りかかったのは、槍《やり》のように背が高く、腰掛のように太った、大柄な醜い黒人奴《ど》隷《れい》で、例の三つの林檎の中のひとつを手にして、いじくりながら、歩いていくではありませんか。そこで、わたしはたずねました。『これこれ、黒ん坊さん、てまえもそんなのがほしいんだが、どこでその林檎を手に入れたんだい？』相手はにやりとしながら、『これはね、情婦《いろおんな》からもらったんだ。おれはしばらくよそへいっていたんだけど、帰ってきてみると、女は病気で寝ていて、そのそばに林檎が三つあったんだ。女はおれに、うちの亭主の薄ばかがバッソラーまで出かけて三ディーナルで買ってきたんだよ、と言うじゃないか。そこで、いっしょに飲んだりくったりしたあげく、ひとつだけちょうだいしてきたっていう寸法さ(5)』
おお、忠良な者の大君さま、奴隷からこの話を聞くと、目の前の世界はまっくらになりました。そこで、すぐさま店をしめて、気も狂わんばかりに腹を立てて、家へもどってきました。林檎を探すと、なるほどふたつしかありません。『これ、従妹よ、もひとつはどうしたんだい？』と問いますと、妻はものうげに頭をもちあげて『存じませんわ、どこへいったか！』これを聞いて、さっきの奴隷の話はてっきり間違いないと信じこんだわたしは、短刀を手にとると、ものも言わずにやにわに背後から胸ぐらにとびかかり、のどをかき切ってしまいました。それから、頭を切り落とし、手足をばらばらにし、大面紗や絨毯の切れはしに包んで、いそいで縫いあわせると、箱づめにし堅く錠をおろしたうえ牝騾馬にのせて、この自分の手でチグリス川へほうりこんだのでございます。

　かようなしだいでございますから、おお、忠良な者の大君さま、どうかすぐとわたしを処刑《おしおき》にしてくださいませ。妻が復活の日[*1]に仇討ちを申し出たらたいへんでございますから。と申しますのも、実は、こっそり川に投げこんで、わが家へ帰ってまいりますと、いちばん上の倅が泣いているのでございます。わたしが母親をどんなふうにしたか、まだなんにも知らないはずですのに――。『これ、どうして泣いているんだい？』とたずねますと、『母ちゃんのそばにあった三つの林檎のうちからね、ひとつだけもち出して、横町で弟たちと遊んでいたんだ。そうすると、急に、でっかい黒ん坊が出てきて、ぼくの手から林檎をひったくって、どこで手に入れたんだ？　ときくからさ、父ちゃんが遠くまで出かけてバッソラーから、病気で寝ている母ちゃんのため、もうふたつといっしょに三ダカットで買ってきたんだ、と言ってやったんだ。あいつはぼくの言うことなんどてんで聞かないのさ。二度も三度も林檎を返してくれと言うのに、なぐったりけとばしたりして、もっていっちゃったんだ。ぼくは林檎のことで母ちゃんにしかられちゃいけないと思って、弟といっしょに、暗くなるまで町はずれへいっていたんだよ。ほんとに、母ちゃんがこわいんだもの。だから、ねえ、父ちゃん、なんにも言わないでておくれよ。母ちゃんの病気にさわるといけないから！』

わたしは子供の話を聞いて、従妹の妻をあしざまに中傷したのがさっきの奴隷であることや、自分がまちがって妻を殺《あや》めてしまったことを悟りました。身も世もなく嘆き悲しんでおりますと、まもなくわたしの伯父で、妻の父親であるこの老人がはいってきましたので、一部始終をうちあけました。伯父もわたしのそばに坐って涙を流し、ふたりで夜がふけるまで泣きつづけました。この五日間、わたしどもは妻のために悲しみ、罪もないのに殺された妻を思うては、心の奥底から嘆いたわけでございます。それもこれも、あの奴隷の、黒ん坊めの根も葉もない嘘から起こったことなのです。これが女を殺しましたいきさつでございます。そんなわけですから、あなたさまのご先祖の名誉にかけて、どうかすぐさまわたしを打ち殺し、女の恨みをはらしてやってくださいませ。妻が死んでは、わたしとしては生きがいもございません！」

教主《カリフ》は話を聞くと、驚いて申されました。

「アラーに誓っても、この若者に罪はない。絞首刑にしたいのは、ほかでもない、あのいまいましい奴隷めじゃ。わしのふみ行なおうとする道は、憂い悩んでいる者の心をやわらげ、栄えある神さまの思召《おぼしめし》にもかなうはずだ」

――シャーラザッドは夜がしらじらと明けてきたのを知って、許された物語をやめた。

さて第二十夜になると

おお、恵み深い王さま、教主は若者に罪はないから、黒人の奴隷を絞首刑にしようと誓いました、とシャーラザッドは語り出した。

そこで、教主はジャアファルをふり返って、「このようなわざわいの種をまいた、あのいまいましい奴隷をひき立ててまいれ。三日以内に召しつれないと、代わりにお主《ぬし》の命を申しうけるぞ」ジャアファルは泣きながら表に出ると、ひとりでつぶやきました。「これで二回めの死の宣告をうけたわけだ。河童《かっぱ》も今度は水におぼれにゃなるまい。こんな問題にひっかっては、知恵も分別も全く役にたたんわい。でも、いちど、神さまに命を救われたのだから、こんどもまた救うてくださらんともかぎらない。アラーにかけて、わしにはまだ三日の命があるから、そのあいだ家にとじこもろう。神さまの御意《ぎょい》のまま、真実《まこと》の主（その全き姿をほめたたえん！）の思召にまかせておこう」

そこで、大臣は三日間家にひきこもり、四日めに判官《カジ》や法律上の証人をよんで、最後の遺言状をこしらえ、泣きながら、子供たちに別れを告げました。するとほどなく教主の使者がやってきて申しました。「忠良な者の大君さまはことのほかにご立腹でございます。あなたさまを探してまいれとおおせられ、もし奴隷の犯人がつかまらぬとすれば、きょうはどうでも、あなたさまを絞首刑にしてしまうといきまいておられます」ジャアファルはこれを聞いて泣きました。子供たちも奴隷も、家じゅうの者がみんないっしょになって泣きました。ジャアファルは一同に別れの挨拶をしてしまいますと、あとにのこったいちばん末子の娘と最後のなごりを惜しみました。この小さな、きれいな娘を、日ごろほかの子供にまして愛していたからでございます。大臣は娘を胸に抱きよせて接吻し、別離をおしんで激しく泣きました。と、娘の懐に、なにやらまるいものがさわりました。「これかわいい娘よ、おまえの懐にはいったいなにがはいっているのだね？」「お父さま、これ、林檎よ。わたしたちの大君さま、教主さまのお名前が書いてありますの。奴隷のライハンが四日まえにわたしのところへもってまいりましたけど、なかなかくれないので、とうとう二ディナールやって買いましたの」と末娘は返事しました。

ジャアファルは奴隷と林檎の話を聞くと、たいそう喜び、娘の懐に手をさしこんで林檎をとり出しました。そして、問題の林檎であることがわかると、こおどりして「おお、わざわいを追いはらいたもう神よ[6]」と叫びました。それからくだんの奴隷をつれてくるように命じ、相手がやってくると、「やい、この野郎、ライハン！　きさまはどこでこの林檎を手に入れたんだ？」とどなりつけました。「おお、旦那さま、アラーに誓って」と相手は答えました。「嘘をついて罰をまぬかれることだってできましょうけど、それはいちどきりの話です。ほんとうのことさえ言えば、なんべんだって、りっぱに罰をまぬかれることができると存じます。わっしはこの林檎をあなたさまの御殿から盗んだわけでもなければ、忠良な者の大君さまのお庭からとってきたわけでもありません。実を申せば、いまから五日まえ、町に出てある路地を歩いていますと、子供たちが遊んでいて、そのひとりがこの林檎を手にもっていたのでございます。そこで、わっしはこれをひったくって、なぐってやりましたが、子供は『その林檎は母ちゃんのだよ。母ちゃんが病気で寝ているんだ。母ちゃんが林檎がほしくてたまらないというんで、父ちゃんはバッソラーまでいって、金貨三枚出して三つ買ってきたんだ。ぼくは玩具《おもちゃ》にしようと思ってひとつもちだしたんだよ』と叫んで、また泣きました。こちですが、わっしは子供の言うことなんぞにとりあわないで、もってきてしまいました。こちらへもって帰ると、お嬢さまがディナール金貨二枚で買ってくださいましたんで」

ジャアファルはこの話を聞いて、女殺しの一件をはじめ、あらゆる不幸な出来事がわが家《や》の奴隷ひとりのために起こったことを知ってたいへん驚きました。この奴隷が身内の者であることを悲しく思わないではありませんでしたが、いっぽうでは、自分の命が助かったのを喜んで、こんな歌をくちずさみました。

奴隷のゆえに不幸なら、
すぐと奴隷をほふるべし。
奴僕《どぼく》や奴婢《ぬひ》はたくさんいるが、
命はひとつ、またとない。

それから、大臣は奴隷の手をひっつかんで、教主の前につれていくと、一部始終を物語りました。教主はただもう驚きあきれていましたが、やがて、ひっくり返らんばかりに笑って、この話を書きとめて、民《たみ》のあいだに広く知らせるようにと命じました。けれど、ジャアファルは、

「おお、忠良な者の大君さま、こんな話は驚くにあたりません。エジプトの大臣ヌル・アル・ディン・アリとその兄のシャムズ・アル・ディン・モハメッドの物語ほど不思議な話はございません」と言いますので、教主は、

「話してみよ。だが、いまの話ほど不思議な話がまたとあろうか？」と申されました。「おお、忠良な者の大君さま、お話しはいたしますが、その代わりこの奴隷をお許しくださいませんか」とジャアファルが答えますと、教主はこう言いました。

「三つの林檎の話よりもほんとうに素晴しい話ならば、おまえに免じて命は助けてやろう。しかし、そうでなければ、きっと、奴隷は殺してしまうぞ」

そこで、ジャアファルはつぎのような物語を語りはじめました。

【原注】

（1） アッバス王朝の〈名祖で英雄〉のアッバスはモハメッドの父アブドゥラーの兄弟で、アル・イスラムでは有名な人物である。

(2) ヨーロッパでは、このバルマク家をバーミサイズ Barmecides と翻訳している。ペルシャ語のバルは〈あげる〉で、マキダンは〈なめる、吸う〉の意。巷間の伝説によれば、初代ジャアファルは自分自身の必要から毒を塗った指輪をはめて、アブド・アル・マリク教主(オミア朝またはウマイヤ朝)のご前に伺候した。すると、教主がそのために身に帯びていたふたつの石がふれあってかちかち鳴ったので、来訪者のジャアファルは自分を毒殺しにやってきたのではないかと言って咎めた。すると、ジャアファルはそうではないと言って弁解したが、その弁解の文句の中にペルシャ語のバルマカムという語がとび出した。これは〈わたしがそれをなめてしまう〉の意味にもとれるし、また〈わたしはバルマクだ〉という意味にもとれるのである。つまり、バルマクはゾロアスター教徒のあいだで有名な高僧であった。

(3) アラビア語のズルムで、君主の罪のうち最大の罪。モハメッドの言葉の中で、よく一般に引用されるのは、「王国は不信仰(アル・イスラムを信仰しないこと)を我慢するが、ズルムすなわち不正を容赦しない」という文句である。したがって、善良な回教徒は、カフィル族〔アフリカの異教徒〕の支配であろうと、英人のような不信仰者の支配であろうと、正しく回教法に従って統治するかぎりは、決して不平など言わない。

(4) このことはただ男の罪をいっそう重くするのである。もし女が寡婦であったりすれば、男に対し〈処女の要求権〉つまりボッカチオ(第十日、第十話)の Premio della verginita〔処女性の代価の意〕を求めもしないであろう。〔英訳『デカメロン』には a recompense for my virginity と訳され、離婚される女が処女性の代償として持参金のほか肌着を一枚要求する個所がある。〕

(5) 奴隷どもはこういう嘘をつかざるをえないものと考えられている。アラビアの物語本には、古今にわたってこの種の実例がたくさんあげてあり、中には〈滑稽本〉Joe Miller となっているものもある。それに、こういう奴隷の嘘言を気にとめすぎるということは、自由人として不面目なことだと思われている。したがって、この物語の中に出てくる悪党も罰せられないですむわけである。

わたしはまえに、これらのいわゆる〈人類の下司ども〉に対し淫蕩な女たちが異常な好みをもっていることを注釈した。〔「シャーリヤル王」の原注、「漁師と魔神」の原注参照。〕本文中の若者は、自分の妻がこの〈小さな移り気〉をみずから実行したものと邪推したのである。

（6）ジャアファルはアラーを頼み、その神頼みの正しいことが証明されたのである。

【訳注】

＊1　最後の審判の日と同じ意味。

ヌル・アル・ディン・アリとその息子バドル・アル・ディン・ハサンの物語

おお、忠良な者の大君さま、昔々エジプトの国に、正義の念にあつく、おおらかな心をもったひとりの王者《サルタン》があり、道心堅固な貧者を愛し、神学者《オレマ》や学問のある人々と交わりを結んでいました。この王さまには、聡明で年功を積んだ大臣《ワジル》がひとりいて、世事万般のことはもとより、経政のことにもなかなかよく通じていました。

ところで、この大臣はたいへん年寄りではありましたが、まるでお月さまのように、綺麗なふたりの息子を授かっていました。どちらも、器量といい、やさしい風情といい、並ぶ者とてありませんでした。兄のほうをシャムズ・アル・ディン・モハメッドといい、弟をヌル・アル・ディン・アリといいましたが、弟のほうが容貌も姿も兄にまさっていたので、遠い国々の人々までその名を伝え聞いて、はるばる姿を拝みにエジプトまで集まってきました。

そのうちに、父の大臣がなくなったので、王さまは深くその死を悼《いた》んで悲しみました。それから、ふたりの息子をよび寄せて、御衣[1]をたまわってから申しました。「心配するではない。おまえたちには、父の代わりにエジプトの大臣になって力を合わせてもらうからな」ふたりはこれを聞いて喜び、王さまの前にひれ伏しました。そして、父を悼んでまるひと月のあいだ喪の儀式[2]に服してから、大臣の椅子にのぼり、まえに父の手にあった権力をうけついで、一週間ずつ交替で政務をみることになりました。ふたりは同じ屋根の下に住み、なにごとにせよ意見を異にするようなことはありませんでした。そして、王《サルタン》さまが旅に出るときは、いつもかわるがわるお伴をしました。

たまたまある夜のこと、王さまがその翌朝旅に出る予定だったので、お伴の番にあたっていた兄は弟を相手に四方山《よもやま》の話をしていました、そのおり、兄はこんなことを言い出しました。「ねえ、弟よ、わたしたちはふたりとも姉妹をお嫁さんに迎えたいなあ。そして、同じ晩に床入りをするのさ」「兄さん、あなたのいいようにしてくださいよ」と弟は答えました。

「あなたのおっしゃることはもっとも千万ですから、わたしには少しも異存はありません」話がきまると、シャムズ・アル・ディンは言いました。「もしアラーのお定めで、ふたりの娘と結婚して、同じ晩にいっしょにやすんで、その日に身籠るようなことになり、同じ日に子供が生まれるとすればだね、そしてアラーの思召《おぼしめし》でおまえの家内が男の子を、わたしの家内が女の子を生み落とすようなことになれば、そのふたりは従兄妹《いとこ》同士だから、結婚させることにしようじゃないか」すると、ヌル・アル・ディンは「シャムズ・アル・ディン兄さん、あなたの娘にわたしの倅からどれだけ持参金[3]をさしあげればよろしいでしょうか?」とたずねました。「お金を三千ディナールと、遊園地を三つ、畑を三枚もらいたいね。それ以下で契約しては、花婿としてふさわしくあるまいからな」

ヌル・アル・ディンはこの途方もない要求を聞くと、「わたしの倅にそんなに大きな持参金を請求なさろうというのですか？　わたしたちが兄弟で、ふたりともアラーのお恵みで大臣になり同じ職務についていることをご存じないんですか？　婚姻の財産授与という取り決めなどなくったって、ほんとうなら倅にあなたの娘をくれていいはずですよ。そうもいかなければ、世間体《てい》を考えて、ただ名ばかりの金額にすべきだと思います。だって、あなたもご承知のように、男の子というものは女よりも値うちがありますし、わたしの子が男なら、わたしたちの死後の名声はあなたの娘じゃなくって、わたしの倅の手で後世に伝えられるわけですからね」「しかし、それじゃ、娘のほうはなんの得にもならんじゃないか」とシャムズ・アル・ディンが口をはさみましたが、ヌル・アル・ディンは語りつづけました。「娘などいたって、わたしたちの名はこの世の太守たちのあいだにいつまでも残りはしないでしょう。兄さんはこんな諺どおりにわたしを扱いたいんだ、『買い手をおどかしたいなら、高値をつけろ、うんと高く』でなければ、あなたのやり方はつぎの薄情な男そっくりです。ある男があるとき友人のもとへ[4]いって、困っているから少々貸してくれと頼みました。すると、友だちの返事は『ビスミラー、アラーの御名にかけて、なんでも頼みはきいてあげる。だからあした来てくれ！』と言うんですね。そこで、この男はこんな歌をうたって答えたというんですよ。

頼みを聞いて、あしたなら、

賢い人ならすぐわかる、
もらうも借りるもだめなこと。

シャムズ・アル・ディンは叫びました。「もういい！ おれの娘よりも自分の倅を重くみるなんて、おまえは兄に対する礼を欠いているじゃないか。おまえの心根が卑しいことも、態度がぶしつけなこともはっきりした。おまえは大臣の職務におれと同じについているというが、おまえを不憫《ふびん》に思えばこそ、おまえに恥をかかせたくないからこそ、職務を分けてやったんじゃないか。だが、そんなふうに言うのなら、おれは金輪際《こんりんざい》、娘をおまえの倅なぞにそわせるものか。断じてやらんぞ、娘の体の重さだけ金貨を積んだって、絶対にやらん！」ヌル・アル・ディンも兄の言葉を聞くと、怒って申しました。「わたしだって、絶対に息子をあなたの娘などといっしょにするもんですか。死の盃《さかずき》をなめたって、断じて」「おまえの倅など娘の婿にするものか。娘の爪《つめ》の切り屑ほどだって値うちはないんだ、これから旅に出るんでなかったら、おまえをうんとこらしてやるんだが。しかし、帰ってきたら、どれくらいおれの威厳が示せるか、名誉がとり返せるか、思い知らせてやるぞ。アラーはなんでも御心どおりになさるんだ(5)」ヌル・アル・ディンは兄のこの言葉を耳にすると、怒りに身をふるわせ、腹立ちのあまり気が転倒してしまいました。けれども、気持をおし殺して黙っていました。ふたりの兄弟はそれぞれ激しい怒りを心にいだいたまま、その晩は御殿で別々に夜をあかしました。

あくる朝になると、王さまはさっそくお伴の番にあたった大臣シャムズ・アル・ディンを召しつれて、威風堂々と御殿を出発し、カイロ[6]からギザー[7]を経て、ピラミッドへと進んでいきました。いっぽう弟のヌル・アル・ディンは腹立たしさのあまり、その夜はまんじりともしませんでしたが、朝日がのぼると、床から起き出て、暁の祈禱をすませました。それから、自分の宝物庫にはいってひと組の小さな鞍袋に黄金をつめこむと、兄の威脅や罵言を思い出して、こんな対句《ついく》を口ずさみました。

旅にでよ！　旧知に代わり
新しき友をかちえん。
苦労せよ！　この世の慰楽
汗してのちに手に入らん。
手をこまねいて栄誉なく、
落魄《らくはく》の身となりぬべし。
さらば故郷をあとにして
世界をさすらい歩くべし。
日ごろこの目でわれは見ぬ、
水はよどめば、臭くなり
たえず流れて止まらずば

清らにすみて水甘し。
月に満ち欠けあらずして
まるき姿のままならば、
空を仰ぎて十五夜の
月を眺める人はなし。
獅子はねぐらをいでてこそ
獲物を見つけて倒すべし。
弓矢も弦《つる》を離れずば
いかで的《まと》にあたりえん。
金の砂とて池の中に
埋もれてあれば、ただの砂、
沈香《じんこう》とても、そのままに
産地にあれば、ただの薪、
黄金《こがね》は山から掘り出され
初めて真価をあらわさん、
沈香とても、異国《とつくに》に
ありては金よりなお高し。

歌い終わると、ヌル・アル・ディンは小姓に言いつけて、ヌビヤ産の牝騾馬に鞍褥《くらしき》のついた鞍をおかせました。さて、この騾馬の毛色は連銭葦毛《あしげ》で、耳は葦筆のように立ち、脚は円柱のようで、背中は柱の上においた円天井のように高くて、頑丈でした。鞍は黄金の布、鐙《あぶみ》はインド産の鋼作りで、馬衣はイスパハーン[*1]産の天鵞絨《びろうど》、それにまた、王侯《コスロ》にもふさわしい馬飾りをつけ、婚礼の夜の花嫁のように美しく飾ってありました。そのうえ、ヌル・アル・ディンは騾馬の背に絹布の座蒲団と、祈禱用の敷物をおかせ、例の鞍袋はその下に入れました。これだけの支度がととのうと、召使や奴隷たちにむかって、「わしは都の郊外に出て、道々気ばらしをしながら、カルユブ[8]の町までいってくるつもりだ。三日間帰ってこないが、だれもついてきてはならん。どういうわけかうっとうしくてならんのだ」と言い残して、急いで騾馬に跨りました。旅さきの用意にいくらかの食料をたずさえてカイロを離れると、ぐるりに広々とひらけている未開地へ馬を進めました[9]。

昼ごろビルバイスの町につきましたので、馬からおりて、馬も自分もしばらく体を休めながら、食事をしたためました。それから、この町で必要な品々はもとより、騾馬の糧食も買いこんで、ふたたび荒野の旅をつづけました。夕刻近くには、サアディヤーと呼ばれる町にはいりましたので、馬からおりると、食物をとり出して食べ、砂原の上に絹布を敷いて、鞍袋を枕に露天で夜をあかしました。といいますのも、まだ腹の虫がおさまらなかったからでございます。夜がしらじらとあけると、ふたたび騾馬に乗って旅をつづけ、とうとう聖都エルサレムにたどりつきました。そこからさらに、アレッポにむかい、アレッポでは隊商宿で馬をおりて、三日間休養し、散策などいたしました。アラーのおかげでこれまで道中は無事でしたから、ヌル・アル・ディンはもっと遠くまで旅をつづけてみようと決心し、どこへというあてもなくまたまた旅に出ました。途中で二、三の飛脚と道づれになって、どんどんさきを急ぐうちに、いつのまにかなんという町かもわからないうちにバッソラーの市《まち》までやってきました。夜にはいって暗くなると、隊商宿に馬をつけ、祈禱用の敷物を広げました。そして、騾馬の背から鞍袋をおろすと、馬具をつけたまま門番の手にあずけて、そこらを曳いて歩くように命じました。門番は騾馬を曳いて立ちさり、言いつけられたとおりにしました。おりから、バッソラーの老大臣が宿のま正面にあたる屋敷の格子窓に腰をおろしながら、門番があちこちと曳いて歩いている騾馬に目をとめました。大臣はその高価な馬具を見てびっくりし、大臣はもとより国王の乗用としても恥ずかしくないほどりっぱな馬だと思いました。見れば見るほど、気になるので、とうとう召使のひとりに「あの門番をここへよんできてくれ」と命じました。

召使が門番をつれて大臣のところへもどって来ると、門番は手をおりまげて平伏しました。大臣が「あの騾馬の持主はどなたじゃ？　どんなお方だ？」とたずねると、門番は「はい、旦那さま、この騾馬の持主は物腰のしとやかな、顔だちの美しい若い方です。それに謹厳で上品で、きっと商人のご子息だろうと存じますが」大臣は門番の返事を聞くと、さっそく馬に乗って(10)隊商宿へ出かけ、ヌル・アル・ディンをたずねました。こちらは大臣が自分のほうへ近づいてくるのを見ると、すっくと立って前に進み出、挨拶をいたしました。大臣は、ようこそバッソラーへおいでなされた、と言いながら、馬からおりて相手をかきいだき、かたわらに坐らせると、「そなたはどこからおいでなされたのかな？　してまた、どんなご用がおありなのかな？」とたずねました。「おお、ご老人さま」とヌル・アル・ディンは答えました。「わたしはカイロのもので、父はかつてそこで大臣をつとめておりましたが、今ではこの世を去ってアラーのお恵みをうけているのでございます」それから、わが身の上に起こった一部始終を語って、「世界じゅうの都や国々をすっかり見物してしまうまで、家には帰らないつもりです」とつけ加えました。大臣はこの話を聞くと、「お若い方よ、血気にはやってはならんよ。身の破滅になるといけない。ほんとうのところ、多くの土地は荒野だし、さきざき運が変わって、不幸に見舞われないともかぎらないからのう」と言って、鞍袋や絹布や祈禱用の敷物を騾馬につませ、ヌル・アル・ディンをわが家へ案内して、快い部屋をあてがったうえ、あつくもてなしました。大臣はこの若者が好きになったからでございます。しばらくしてから、大臣は言いました。「のう、お若い方、わしはごらんのとおりの年寄りで、男の子がひとりもない。だが、幸いなことにアラーの思召で、おまえさんに劣らぬくらい美しい娘がひとりあるのだ。これまでずいぶんと、身分のある人や分限者から嫁に望まれたが、わしはみんな断わってきた。しかし、わしはすっかりそなたが気にいってしまったよ。だから、どうだね、娘の婿になってはくれんかな？　もし承知してくれるなら、いっしょにバッソラー(11)の王《サルタン》さまのところへ出むいて、そなたがわしの兄弟の倅で、甥だということにし、わしの代わりに大臣にしていただこう。アラーに誓って、のう、わしもだいぶ年はとるし、気力が衰えたから、家にひきこもって隠居ができるようにしてもらいたいのさ」

ヌル・アル・ディンは大臣の言葉を聞くと、遠慮深く頭をさげて、「承知いたしました！」と申しました。この返事に大臣はたいそう喜んで、召使どもに祝宴の用意を命じ、かねがね大公貴顕の婚礼に用いてきた大広間を飾りつけるようにと言い渡しました。それから知人をはじめ、当代の名士やバッソラーの商人などを招待し、一同が集まると、大臣は言いました。

「わたしにはエジプトの国の大臣であった兄がひとりあり、その兄はアラーの思召でふたりの息子を授かっていました。ところが、みなさんもごぞんじのとおり、わたしにはひとり娘がございますので、兄は自分の伜に娘をめあわせてくれと申してよこしました。わたしはこの申し出を承知しました。娘が婿《むこ》を迎える年ごろになりましたので、兄は伜のひとりを、今ここにおります若者を、よこしましたから、さっそく今晩契約書を作り、正式にひろめの宴をはって、娘と結婚させるつもりでございます。娘の相手はあかの他人などよりずっとわたしには縁の深い、かわいい若者ですからね。婚礼がすんだら、わたしといっしょに暮らすもよし、また故国《くに》へ帰りたいというのなら、父親の家まで嫁といっしょに送りとどけてやろうと思います」これを聞いていならぶ人々は口をそろえて「それはよいお考えです」と答え、新郎をつくづくうち眺めて、すっかり満足しました。そこで、大臣は判官や証人をよびにやり、結婚契約書をこしらえ、それがすむと、奴隷たちは客のために香をたき(12)、砂糖入りのシャーベット水を出し、薔薇水《しょうび》をふりかけました。客がみな帰ってしまうと、大臣は召使に命じて、ヌル・アル・ディンを風呂に入れ、自分の特別仕立てのいちばんりっぱな衣服から、手拭や口拭、さては手桶や香炉などまで、必要なものをいっさいがっさい与えました。風呂からあがってその衣装をつけると、若者の姿はまるで十四夜の満月のように綺麗でした。ヌル・アル・ディンは騾馬に乗って急いで屋敷へ帰ると、馬からおりて大臣のもとにいき、その手に口づけしました。大臣もやさしく若者を迎えました。

――シャーラザッドは夜がしらじらと明けてきたのを知って、許された物語をやめた。

さて第二十一夜になると

おお、恵み深い王さま、とシャーラザッドは語りつづけた。大臣は立ちあがって若者を迎え、「さあ、今夜はそなたの嫁のところへいきなさい。あすは王様《サルタン》のもとへつれていこう。どうかアラーの手でありとあらゆる幸福が授けられるように」と申しましたので、ヌル・アル・ディンは大臣のもとを去って、妻となった娘のところへはいっていきました。ヌル・アル・ディンの話はこれまでにしておき、兄のシャムズ・アル・ディンはどうしたかと申しますと、国王《サルタン》といっしょに長いあいだ留守をして、旅さきから帰ってまいりまする と、弟の姿が見あたりません。召使や奴隷にたずねると、「旦那さまが王さまとごいっしょに出立なされました日に、ご令弟は公儀の行列にでもいかれるようにりっぱに飾った騾馬に乗って出かけられました。そのときにこうおっしゃいました。わしは『カルユブの町までいってくる。一日か、せいぜい二日ぐらい家をあけるつもりだ。うっとうしくてたまらんからだ。だれもついてきちゃいかんぞ』それから、きょうまで、なんの消息もございません」という返事でした。

シャムズ・アル・ディンは弟がとつぜん姿をくらましたので、たいへん心配し、身も世もあらぬくらいに嘆いて、ひとりごとをつぶやきました。

「これは王さまといっしょに出立する前の晩に、おれが叱ったり、責めたりしたせいだ。たぶん弟は気を悪くして、旅に出たんだ。ぜひとも探し出してよびもどさにゃならん」それから、王さまのもとへ伺候して、これまでのいきさつをすっかり言上し、手紙や急信をしたためて、ありとあらゆる領内の名代《みょうだい》に飛脚を送って届けさせました。けれど、二十日間の兄の留守のあいだに、ヌル・アル・ディンは遠くバッソラーにきていましたから、使者たちはどんなに熱心に探しても、消息《たより》をつかむことができないので、ひきかえしてまいりました。「まったく、そこで、シャムズ・アル・ディンは弟の行方《ゆくえ》をたずねるのを諦めてしまいました。あんなことを言わなけりゃよかった！　それもこれもみんなあさはかで、不注意だったせいだ」

おれは子供たちの結婚について言わんでよいことを言ってしまったんだ。

その後まもなく、シャムズ・アル・ディンはあるカイロ商人の娘を妻に求め、(13)結婚契約書を作っていっしょになりました。偶然のことながら、シャムズ・アル・ディンが妻と妹背《いもせ》の契りを結んだその同じ晩に、ヌル・アル・ディンもバッソラーの大臣の娘を妻に迎えたわけでございます。これは全能のアラーのみ心によるもので、運命の定めを自分のつくった人間にあてがおうとなされたのでございます。そのうえ、はからずも、ふたりの兄弟が言ったとおりになりました。つまり、両方の妻がそろいもそろって同じ晩に身籠り、同じ日に産褥《さんじょく》についたのでございます。そして、エジプトの大臣シャムズ・アル・ディンの妻は女児を分娩しましたが、カイロじゅうを探してもこれ以上にきれいな子はありませんでした。また、ヌル・アル・ディンの妻のほうは男児を生み落としましたが、これまた、たぐい稀れなほど美しい子供でした。詩人のひとりはかような男児についてこう歌っております。

輝く額《ひたい》に黒い髪、
やさしい腰の幼児《おさなご》は、
あらゆるものに闇をなげ、
あるいは照らす、こうこうと。
頬にくすんだほくろあり、
ほのかに見えるが、咎《とが》めるな。
鬱金香《うっこんこう》の花はみな
ほくろの影を帯びるもの。(14)

別の詩人もまた歌っています。

君の香りは麝香《じゃこう》にて
頬はかぐわしばらの花、
その歯は真珠か、唇は
ぶどうの酒をしたたらす。
姿は剣《つるぎ》、ほっそりと、
臀《いしき》は重し、丘のごと、
髪毛は漆黒、夜の闇
顔は満月さながらに。

この子は、バドル・アル・ディン・ハサンと名づけられましたが、祖父になったバッソラーの大臣は孫をもうけたのでたいへん喜び、七日めには国王の嗣子《よつぎ》の誕生祝いにもふさわしいくらいの宴をはりました。それから、ヌル・アル・ディンをともなって国王のもとへ伺候しましたが、婿は王さまのご前に出ると、手を折りまげて平伏し、歌をくちずさみました。それといいますのも、ヌル・アル・ディンは、容姿が美しかったように、弁舌もさわやかで、気骨もあれば、心根もやさしい若者だったからです。

われは祈らん、またとなき
喜び永遠《とわ》に君にあれかし、

明けては暮れる日々《にちにち》の
つづくかぎりは永遠《とこしえ》に！
君の恩寵《めぐみ》と、〈歳月〉を
こおどりさせるわが君よ。

すると、王さまはふたりに栄誉をさずけるために席を立たれ、また、ヌル・アル・ディンの巧みな祝辞に礼を言って、大臣にたずねました。「この若者はだれじゃ？」「これはわたしの兄の倅でございます」と大臣は答えて、一部始終を物語りました。「だが、どういうわけでこの若者はおまえの甥になるのかな？　まだ、いちどもそんな話を耳にしたことはないが」「おお、わが君さま、わたしにはエジプトの国の大臣であった兄がひとりありましたが、ふたりの息子を残してみまかりました。兄のほうは父の跡目をつぎましたが、ここにおります弟のほうはわたしのもとへやってまいったのでございます。わたしはかねて、娘はこの甥よりほかの者にはめあわせまいと心に誓っていましたから、わたしのもとにまいると早々、娘といっしょにしたのでございます。ところで、この婿は血気さかんな若者ですが、わたしはだいぶ年も寄って、耳が遠くなり、思慮分別も情けないほど浅くなってしまいました。そういうしだいでございますから、わたしの代わりにこの者をおとり立てくださるよう、わがご主君の王様《サルタン》(15)にひとえにお願い申しあげます。この者はわたしの兄の倅で、婿ではございますし、思慮も深く、工夫の才にも富んでおりますから、大臣の職務をりっぱにはたしていけると存じます」王さまはヌル・アル・ディンを見て、たいそう気にいりましたので、さっそく大臣のいうとおりに正式に後継者の椅子につけてから、素晴しい御衣や自家用の牝騾馬を授け、俸禄のことから支給品のことまでとりきめました。ヌル・アル・ディンは王さまの手に接吻してから、義父とつれだって道々「倅のハサンが生まれてから、このおめでたつづきだ！」と言って喜びながらわが家に帰りました。あくる日、ヌル・アル・ディンは王さまの前に伺候すると、平伏して、こんな歌をうたいはじめました。

日ましに栄えよ、君の御世《みよ》
幸《さち》ある君のよき治世、
君の盛運隆々と
ねたみ心も歯は立たじ、
白日のごと君が世は
永遠《とわ》に明るく輝きて、
あだびとの世はうば玉の
夜のごと闇となれよかし！

王さまが大臣の席につくように命じたので、ヌル・アル・ディンは席について政務をとり、大臣としての役めがら、下々《しもじも》の民の実情や訴願のことなど調べました。王さまはその仕事ぶりを見ていて、相手の知恵や思慮分別、またその識見などに驚きの目をみはりました。そんなわけで、王さまは大臣を心から愛し、いよいよあつく用いました。いっぽう、大臣は会議が終わって家に帰ると、その日の出来事を残らず義父に語って聞かせました。すると義父はたいへん喜びました。

それからのちも、ヌル・アル・ディンは職務を巧みにさばいていったので、王さまは大臣がいなくては、夜も日もあけないくらいになり、俸禄や支給の品々もうんとふやしました。とかくするうちに、ヌル・アル・ディンはたいへんな資産家になって、白人奴隷兵や黒人奴隷はもとより、いく艘も船を買いこんで、自分の指図どおりに貿易を営ませました。また、地所をたくさん買ったり、ペルシャ式の水揚げ車をもうけたり、庭園を調べたりしました。息子のハサンが四つになったとき、老大臣がなくなりましたので、埋葬にさきだって、義父のため盛大な葬式をあげました。その後は、熱心に息子の教育にあたり、息子がしだいに成長して七つになると、ひとりのファキーを、つまり法律と宗教の学者を、わが家に迎えて、この教師の手でりっぱな教育と正しい礼儀作法をほどこしました。さらに、数年かかってコーランの暗誦[16]ができるようになると、この家庭教師は読み書きを教えたり、ありとあらゆる種類の有用な知識を学ばせました。少年は背丈ものびてますます美しくなり、体の均斉《つりあい》もなかなか見事になっていきました。詩人もこう歌っております。

　　顔のみ空に輝くは

うえなくまるき満月ぞ、
胸のアネモネ、赤々と
燃やして照らすは日輪ぞ。
よろずの〈美〉をば征服し、
ついにかちえぬ、もろもろの
人の魅力をひとつずつ。

教師は大臣の屋敷で、読み書きはもちろん、算数、神学、文学などまで教えこんで、ハサンをりっぱに育てました。祖父の老大臣は、ハサンがまだ四つのときに、鬼籍《きせき》にはいりましたが、自分の財産は全部孫のためにのこしていたのでございます。

ところで、ハサンは幼いときから一歩もわが家を出たことはありませんでしたが、ある日父の大臣ヌル・アル・ディンは、ハサンに晴れ着をまとわせ、いちばん綺麗な牝騾馬にのせて、王さまのもとへつれていきました。王さまはバドル・アル・ディン・ハサンを眺めて、その美しさに驚き、心からかわいく思いました。都の人々はどうかといいますと、父親とうちつれだってはじめて町を通っていくのを見て、その美しさに目をみはり、心ゆくまで若者のうるわしい容貌《かおかたち》やこのうえなく美しい容姿を眺めようと、道端に腰をおろして帰りを待ちもうけました。詩人もまさしくこう歌っております。

賢者が空の星屑を
子細に眺めてありし時、
美貌の若者ありありと
中空高く現われぬ。
キャノプス星はいと黒き
瞳を授け、こめかみの
巻毛を染めぬ、麝香の色に。
さらに火星は紅《くれない》の
頬をいろどり、射手座の星は
若者のその瞳より
きらめく矢柄放ちたり。
ヘルメス神は知恵授け、
(熊座の中に見えかくれ輝ける)
ソハなる星はありとある
凶悪の目を遠ざけぬ。
賢者はいたく驚きぬ、
わが身ひとつに数多き
幸《さち》を集めし若者に、

かくて月の女神《ルーナ》は若者の
足下にぬかずき、口よせぬ。(17)

人々は通りすがりのハサンを大声でたたえ、全能のアラーの祝福を祈りました。(18)王さまはことのほかこの若者を寵愛し、父親にむかって、「のう、大臣《ワジル》、ぜひとも毎日わしのもとにつれてまいれ」と申しました。「かしこまりました」大臣はそう答えて、毎日うちつれだって出仕しました。

わが家に帰りましたが、それからはハサンが二十歳《はたち》になるまで、息子をともなって出仕しました。大臣はそのころたまたま病いの床についたので、バドル・アル・ディン・ハサンを枕もとによんで言いました。「これ、倅よ、現世《うつしよ》というものは仮の住いで、来世こそ永遠の住家なのだ。わしは死ぬまえに、少し言いのこしておきたいことがある。わしの言うことをよく心にとめて、ゆめゆめ忘れるではないぞ」それから、隣近所とのつきあいを上手にやるにはどうしたらよいか、家事のきりまわしかたはどうすればよいかなどについて、最後の教えを与えました。それが終わると、兄や生家のことや、故国のことなど思いうかべて、最初に愛した人々と長いあいだ袂《たもと》を分かってきたことを悲しみました。やがて、涙をぬぐって息子をふりかえると、「これ、倅よ、最後の遺言をするまえに、聞いてもらいたいことがある。いいかね、わしには兄がひとりいるのだ。つまり、おまえの伯父さんになるわけだね。名前はシャムズ・アル・ディンといって、カイロの大臣《ワジル》をつとめている。わしはこの兄の意見にさからって家を出たのだ。では、紙を一枚もってきて、わしの言うことを書きつけなさい」

と申しました。

バドル・アル・ディン・ハサンは一枚の白紙をもってきて、父の言うとおりに書きはじめました。つまり、ハサンの父の身の上に起こった顚末《てんまつ》を、バッソラーに着いた日のことから、大臣と出会ったこと、大臣の娘と結婚したこと、息子が生まれたこと、ひと口にいえば、兄と言い争いをしてからの四十年にわたる生涯を書きしるしたのでございます。そして、最後に「これはわたしの口述筆記であって、わたしの亡き後は、全能のアラーがわが子とともにあらんことを祈ってやまない！」とつけ加えました。それから、父はこの紙を折りたたんで、封印すると、「これ、ハサン、倅よ、この書類を大事にしまっておきなさい。おまえの身もとや身分、血筋を明らかにしてくれるのはこの書類なのだからね。もしなにか思わしくないことが起こったら、カイロにいって、伯父さんをたずね、この書類を見せたうえ、父は血族の者から遠く離れた異境で、みなにひと目会いたいと言いながら死んでいった、と伝えておくれ」

バドル・アル・ディン・ハサンは書類を手にすると、折りたたんで蠟引《ろうび》き(19)の布ぎれに包み、お守りのように頭巾《ずきん》のあいだにぬいこんで、そのぐるりに薄いターバンをまきつけました。まだハサンは年端のいかない少年でしたから、父親との別離を思うと、胸がせつなくなり、父の体に身をなげかけて泣き出しました。やがてヌル・アル・ディンは不意に臨終のまえぶれのように、気を失ってしまいました。けれど、まもなく息をふき返すと、こう言いました。「これ、ハサン、倅よ、わしはおまえに最後に五つの訓戒を言いのこしておきたい。第一の教えは、だれともあまり親しくしすぎないことだ。あまりちょいちょい人をたずねたり、なれなれしくしてはいけない。そうしておけば、人さまの中傷などもうけないですむからな。身の安泰というものは思いをひそめて、仲間の交際からある程度遠ざかっているところにあるのじゃ。わしは詩人がこう歌っているのを聞いたことがある。

この世の中にゃ心から
たよれる人はいやしない。
困りぬいても、哀れんで
恵みをかける者はない。
だから、ひとりで生きなさい、
人の力にすがらずに、
これがわたしの忠告だ、
心にとめよ、忘れずに。

第二の教えはね、倅よ、だれにもむごいあしらいをしてはいけないということだ。運命のむごい仕うちをうけるといけないからだよ。この浮世の無常な運命は、きょうはおまえによくても、あすは悪くならんともかぎらないし、現世《うつしよ》の富などみんな、いつかは返さなければならない負債にすぎんのだ。わしはこんな詩を耳にしたことがある。

望みのものをかちえんと、
あせるは禁物、心せよ、
人の情けがほしいなら
人に情けをかけたまえ。
アラーの神の御手こそは
いかなる手よりもいと高く、
世の暴君はことごとく
非道の怒りを悔いるだけ！

第三の教えは、世間に出ては口をつつしみ、他人の欠点《あら》をとやかく言うまえに、自分の欠点をかえりみることだ。無言の中に平和が宿る、ともいうからね。こういう歌の文句がある。

遠慮は宝、無言は平和、
話をするときゃひかえめに、
言わずに悔いるが一度なら、
しゃべって悔いるは五度、六度。

第四の教えは、のう、倅よ、飲酒をつつしむことだ。酒というものは、わがままのもとで、人の思慮分別をうんと弱めてしまうものだ。だから、口にしないことだ。くり返して言っておくが、強い酒などまぜて飲んではいかんよ。詩人もこう歌っている。[20]

わたしは避けたい、ぶどう酒[21]を、
酒のさかずき握るまい、
酒をくむのは悪徳と
わたしはしんからそう思う。
酒を飲んでは世の人は
道に迷って救われず、
大手をふって門くぐり、
人をあやめる罪におつ。

第五の教えはね、倅よ、財産をむだにしないで大切にすることだ。そうすれば、財産のほうでもおまえを大切にしてくれる。金を大事にするんだな、そうすれば金もおまえを大事にしてくれる。浪費しちゃいかんよ、ひょっとしておちぶれて、つまらぬ者どもに恵みを乞わなきゃならんようになるからね。びた一文の金でも節約することだ。世の中のわずらいをなおすにはいちばん効きめのある薬だと考えることだ。詩人のひとりもこう歌っている」

銭《ぜに》がなければ、友だちの
情誼のきずなも断ちきられ、
銭がうなれば、ありとある
友は友誼をさしのべる。
富を使って散らすとき、
友はたくさん集まるが、
一文なしにはだれひとり
情けをかける者はない。

こんなふうに、ヌル・アル・ディンは息子のバドル・アル・ディン・ハサンにいろいろと言い聞かせているうち、とうとう臨終の時がやってきて、深い溜息をつくと、そのまま息をひきとってしまいました。悲嘆にくれて泣き悲しむ声が屋敷じゅうに満ち満ち、国王《サルタン》も高官たちも、ひとしく老大臣の死を悼んで嘆きました。やがて葬式もすみましたが、息子のハサンの悲しみはふた月のあいだつづき、そのあいだ一度も馬を引き出したり、会議に出たり、国王のもとに伺候したりしませんでした。そのためとうとう王さまは腹を立て、ハサンの代わりに侍従のひとりを大臣に任命すると、ハサンには逮捕令状を出し、ヌル・アル・ディンの屋敷も財産も地所もぜんぶ封印するように命じました。そこで、新任の大臣は、ハサンを召し捕えて、王さまのご前にひき立てようと、侍従や役人の一隊に、番兵や無頼の徒を従えて王宮を出ました。王さまは適当にハサンを処刑しようと考えていたのです。

ところが、従者の一隊の中に、亡き大臣のかかえていた白人奴隷兵《マメリューク》がひとりおりました。この男は王さまの命令を聞くと、大急ぎで馬をとばし、ハサンの家にかけつけました。申すまでもなく、昔の主人《あるじ》の息子が身を滅ぼすのを黙って見ているに忍びなかったからでございます。ハサンは門のところに腰をおろし、頭をうなだれていつものように父の死を悲しんでおりました。そこへ、白人奴隷兵がやってくると、馬からとびおりて、ハサンの手に口づけして申しました。「これは、わが君さま、若さま、わざわいのふりかからぬうち、早くお立ちのきのほどを！」ハサンはこれを聞くと、身をふるわせながらたずねました。「どうしたのだ？」「王さまがあなたのことで腹を立てて、逮捕令状を出されたのでございます。追手はすぐあとからまいります。さあ、お逃げください！」この言葉を聞くと、ハサンの胸は悲しみの炎に燃え、ばら色の頰はあおざめました。「ねえ、おまえ、家へはいって旅さきで入用な品を少しとってくる余裕はないかしら？」「いえ、若さま、すぐとお逃げなさい。この家を出ておいきなさい。今のうちに」と奴隷は答えて、こんな詩を口ずさみました。

圧制の魔手迫りなば、
命をかけてのがれ出て、
口なき館《やかた》に持主の

命運いかにと語らせよ！
君が求めてやまざれば、
代わりの国はみつからん、
老若とわず、生命に
代わる命はなけれども。
神の大地の平原は
広大無辺かぎりなし、
されば、異なこと、屈辱の
館に足をとどめるは！(22)

ハサンは白人奴隷兵の言葉に従って、着物の裾をまくって頭にかぶると、徒歩でわが家を後にしました。やがて、町はずれまでくると、人々がこんな噂をしているのが耳にはいりました。「王さまは亡くなったもとの大臣の屋敷へ新しい大臣をさしむけたんだよ。財産を封印させたうえ、ご子息のハサンを召し捕えて、死刑にするからひきたててこいというのさ」そして、みんな「あんなに綺麗な、美しいお方だのに、かわいそうになあ！」と叫びました。ハサンはこの噂を耳にはさむと、どこへという目当てもなく、めくら滅法にさきを急ぎました。そのうち、どうしためぐりあわせか、父の墓地へ出てしまいました。それで、中へはいって墓のあいだをぬいながら進んでいくと、ようやく父の埋葬所にたどりつきました。ハサンはそこに腰をおろして、長袖の着物の裾を頭から払いのけました。この着物は金襴の衣で、ふちには黄金の飾りがついていて、つぎのような対句《ついく》が刺繍してありました。

おお、君よ　君の額《ひたい》は
輝ける　東の国か、
青空に　ちりばむ星と
慈悲あふる　露をば語る、
汝《な》が誉れ　最後の日まで
いみじくも　とどめ残せよ、
歳月も　汝が栄光を
拒むなと　われは祈らん！

墓のかたわらにじっと坐っていると、ひょっこり、ひとりのユダヤ人が近づいてきました。この男は両替屋《シュロフ》(23)で、金のどっさりはいった鞍袋をひと組手にしていましたが、ハサンに会釈すると、手をとって接吻し、「もし、若さま、どちらへいかれるのですか？　もう日暮れも近いのに、そんな薄着をなさって。見たところ苦労にやつれていらっしゃるようですが——」とたずねました。「さっき家で寝ていると、夢の中に父が現われて、墓参《はかまいり》をしないじゃないかといってしかられたのさ。それでね、ふるえながら目を覚ますと、すぐとここへやってきたんだ。きょうじゅうにお参りしておかないと、いけないと思ってね」とハサンが答えると、ユダヤ人は「ねえ、若さま、あなたのお父さまは船をたくさん異国へお出しになっていますが、もうそろそろ帰ってくる船もあるはずです。そこで、わたしは港にはいってくる最初の船荷を買いたいと思います。この金貨千枚で」と言いました。ハサンが「よかろう」と答えると、ユダヤ人は金貨をいっぱいつめた袋をとり出し、金貨千枚を数えて、大臣の息子ハサンに渡しました。それから、「売渡し証を書いて、捺印《なついん》してください」と言いますので、ハサンは筆と紙をとって、つぎのような文句を二通したためました。「署名人、ヌル・アル・ディン大臣の息子ハサン・バドル・アル・ディンは父が所有している船舶のうち、最初に入港する船の積荷をことごとくユダヤ人アイザックに売却しました。その代金は一千ディナールで、前金として受領しました」ユダヤ人はその一通を受け取ると、財布にしまって立ちさりました。けれども、ハサンはついきのうまでわがものであった栄誉や繁栄を思うにつけ、悲しくてたまらなくなり、つい泣き出してしまいました。そして、こんな歌を口ずさみはじめました。

わが恋人よ、この家は
君いまさでは家ならず、
君去りてより隣人も
非情の人となりはてぬ。

わが慕いたる、そのかみの
友ももはや友ならず、
空の月とてわが目には
いと狂おしく映るなれ。
君去りゆけば、この世界
荒れてさびれし廃墟なり、
丘や野原の面《おもて》には
いと暗き影おおいたり。
悲しき別れのその朝《あした》
かあかあ鳴きしカラスめよ、
ねぐら失い、毛もぬけよ！
ついに忍耐きわまりて
君を失い、身は細り、
別れの涙に、いく枚の
面紗《かおあみ》裂きしかわかたねど、
ああ、いまいちど、そのかみの
楽しき夜を眺めたし、
さびしき家を団欒《だんらん》の

家庭にもどしてみたきもの！

それから、ひどく嘆き悲しんでおりましたが、やがて夜になったので、頭を父の墓石にもたせて眠りにおちました。眠りたまわぬ神に栄えあれ！　ハサンがこんこんと眠りつづけているうちに、月がのぼりました。いつしか頭は墓石からすべり落ちて、あおむきに大の字になり、明るい月の光を浴びて、顔は輝きわたっていました。ところでかねてからこの墓地には、昼といわず夜といわず、真実《まこと》の信者である魔神《ジン》どもが出没していましたが、やがて現われ出たのは、ひとりの魔女神でございます。魔女神はハサンが眠っている姿を見て、その美しさと愛らしさにうたれ、「神に栄えあらんことを！　この若者こそは楽園の少年《ウルダン》(24)に違いない」と叫びました。それからいつものように、くるくるまわって空のほうへ飛び去りましたが、途中で空を翔《か》けているひとりの魔神に出会いました。この魔神は魔女神に会釈を送りましたので、女は言葉をかけました。「どこからいらっしゃいましたの？」「カイロからさ」「わたしといっしょにいらっしゃって、あそこの墓場に眠っているきれいな若者をごらんになりませんか？」「では、いってみよう」というわけで、ふたりはまた空を翔けて、墓地のところへ降り立ちました。魔女神は相手に若者を見せてからたずねました。「これまでこんな美しい方を見たことがありまして！」魔神はじっと眺めていましたが、「たぐいない神をほめたたえよう！　だがね、おれがきょう見物してきたことを話してきかせてやろうか？」「なんですの？」「おれはエジプトの国でこの若者にそっくりな美人を見てきたのさ。大臣シャムズ・アル・ディンの娘でね、器量のいいこと天下一品さ。顔だちもよければ、姿もいいし、体のつりあいも物腰も申し分なしさ。この娘が十九[25]になったとき、エジプトの国王《サルタン》がその評判を聞いてね、父親の大臣をよびよせると、こう言ったのさ。『これ、大臣、おまえには娘があると聞いたが、王妃にもらいうけたいと思うが、どうじゃ』すると、大臣は、『わが君さま、どうかわたしの申しあげることをお聞きくだされ、わたしのせつない衷情をくんでくださいませ。ご存じでもございましょうが、以前わたしにはいっしょに大臣をつとめていた弟がありました。もう行方が知れなくなってから久しいことになりますが、いまだにはっきりした居所はわかりません。ところで、弟が家出をした原因と申しますのは、ある晩ふたりで妻や子供のことを語りあっているうちに、ふとしたことからいさかいになったからでございまして、弟はひどく腹を立てて、家をとび出してしまいました。けれど、わたしは、もうかれこれ十九年もの昔のことになりますが、母親があの娘を生んだ当日、弟の倅以外には嫁《とつ》がせまいと誓いを立てたのでございます。近ごろ人づてに聞くところによりますと、弟はバッソラーで亡くなったとかいう話で、その土地で弟は大臣の娘といっしょになって、男児をさずかったと申します。弟の菩提《ぼだい》をとむらうためにも、ぜひともその息子に嫁がせるつもりです。わたしはまたかねて結婚の日付けから妻の身籠った日、娘の生まれた日などを書きとめておきました。星占いで運勢を見ましても、娘の名は従兄《いとこ》の名と堅く結ばれているそうでございます[26]。わが君さまにとっては、女どもはありあまるくらいにいるわけでございまして』

国王は大臣のこのにべない返事を聞くと、烈火のように怒って叫んだのだ。『わしのような者がきさまのような者に娘を所望すれば、一家一門の名誉となるわけだ。それだのに、きさまはわしの申し出をはねつけ、たわけた口実を作って断わりおった！　それならよし、わしの命にかけても、きさまがなんと反対しようと、いちばん賤《いや》しい男にそわしてやるぞ！』ところが、たまたま王宮の中に、胸に瘤《こぶ》があって、背中はせむしになっている馬丁がいたのさ。ゴッボというやつさ。国王はさっそくこの男をよんで、否応《いやおう》なしに大臣の娘をめあわせ、盛大な婚礼の祝典をあげて、その晩すぐ花嫁と契りを結ぶようにと命じたんだ。おれはたった今カイロから飛んできたんだけど、例のせむしは、手に手に松明《たいまつ》をふりかざした王さまの家来の白人奴隷にとりかこまれて、風呂屋の入口に立っていたよ。大臣の娘はといや、腰元や衣装方の女にはさまれて、さめざめ泣いている始末さ。父親も娘のそばに近よれないことになっているからね。おれはあのせむしくらいみっともないやつを今まで見かけたことがないよ。それにくらべると、相手の娘はまるでこの若者と瓜《うり》ふたつだ。もっと綺麗なくらいだよ」

——シャーラザッドは夜がしらじらと明けてきたのを知って、許された物語をやめた。

さて第二十二夜になると

おお、恵み深い王さま、とシャーラザッドは語った。エジプト王がせむしの馬丁と、悲嘆にかきくれた美しい娘をそわせるため結婚契約書をこしらえたもようや、また、その娘が創造物の中でもずばぬけて麗わしく、この若者よりも美しいということなどを魔神が相手の魔女神に語って聞かせると、魔女神は大声で叫びました。「うそをおっしゃい！　いまどきこの若者ほど美しい人などいやしませんよ」魔神は、おまえさんのほうこそ嘘をついてるんだと言いながら、「アラーにかけても、おれの話している娘はこの若者より綺麗なんだ。だがね、あの娘にふさわしいのはこの若者よりほかにないな。兄妹みたいに、いや少なくとも従兄妹同士みたいによく似てるからね。さてさて！　あんなせむしに嫁《とつ》ぐなんて、かわいそうなことだわい！」すると、魔女神は言いました。「ではね、この若者をかつぎあげてカイロへつれていき、あなたのおっしゃる娘にくらべて見たうえで、どっちがきれいだか決めようじゃありませんか」「よし、そうしよう！」魔神は答えました。「うまいことを言うね。おまえさんの思いつきは実にいい。おれが運んでいってやるよ」そこで、魔神は若者を地面からかつぎあげ、空高く舞いあがって、鳥のように翔《か》けていきました。魔女神もおくれてはならじとばかり、かたわらによりそいましたが、やがてこの町にはいると、魔神は若者といっしょに地上におり、とある石の腰掛の上にすえて、目を覚まさせました。

若者は身を起こすと、自分のいる場所がバッソラーの父の墓地ではないので、右や左を見まわしました。やがて、見も知らぬ土地にきていることがわかると、思わず叫び声を立てようとしました。けれども、魔神にぴしゃりとなぐられて、しようことなしに口をつぐみました。魔神は綺麗な衣装をもってきて、若者に着せると、火のついた松明を握らせながらこう言いました。「いいかね、おれがおまえさんをここへつれてきたのは、アラーのためにおまえさんに親切をつくしてやりたいと思ったからだよ。だから、この松明をもって、風呂屋の入口に集まっている人たちのあいだにまぎれこんで、婚礼の祝いのある家までみんなといっしょについていくんだ。それから、胆玉を太くしてさきへ出て、ずかずか大広間にはいっていくがいい。だれもこわがることはないのさ。そして、せむしの花婿の右側に立ってな、腰元や衣装方の女や歌姫たちがおまえさんの近くへよってきたら[27]、そのたんびに、衣嚢に手をつっこむさ。いっぱい金貨がはいっているはずだからね。で、その金を出して投げてやるんだが、けちけちしちゃいけないよ。財布に指さきをつっこむたんびに、金はいつもいっぱいはいっているはずなんだからね。ひとつかみずつ祝儀をふるまうんだ。なにもこわがらんで、おまえさんをつくってくれた神さまだけを信じるがいい。というのはね、神さまのお定めがつぎつぎに人間どものうえに成就《じょうじゅ》していくのも、実はおまえさんだけの力じゃなくて、全能のアラーのお力によるんだからね」

バドル・アル・ディンは魔神の話を聞くと、心のうちで思いました。「いったいどういう意味なのかしら。なんでこんなに親切にしてくれるんだろう。わけを知りたいな！」とにかく、ハサンは人々の中にまぎれこんで、松明をもやしながら婚礼の行列といっしょに、さきへ進んでいきました。風呂屋にきてみると、例のせむしはもう馬に跨っておりました。それから、人々の群れをかきわけて中にはいりましたが、華かな衣装をまとい、頭巾《タルブシュ》[28]やターバンをつけたうえ、黄金の縁飾りのある長袖の衣をうちかけたハサンの姿はまことに素晴しいものでした。歌姫たちが足をとめて人々から祝儀をもらうたびに、ハサンもまた衣嚢の中へ手をつっこみ、金貨がいっぱいはいっているのを確かめると、ひとつかみとり出して平鼓《タンバリン》(29)の上にのせてやりました。しまいには、歌姫や衣装方の女たちにふるまった金貨が、平鼓に山ほど盛りあがりました。歌姫たちは若者の気前のよさに驚き、人々はその美しい顔だちやきらびやかな衣装にあっけにとられました。そうしているうちに、大臣（若者の伯父でしたが）の屋敷に着きました。侍従たちは群がる人々を追い払って、近よってはならんと申しつけましたが、歌姫や衣装方の女たちは黙っていません。「アラーに誓って、この若い方がはいらなければ、わたしどもも家にはいりません。だって、この方は祝儀を下さって、わたしどもを祝ってくださったんですもの。この方がおみえにならなければ、花嫁のご披露はやめますわ」

そう言って、女どもはハサンを婚礼の式場につれてはいり、せむしの花婿の気味の悪い目つきをよそに、席につかせてしまいました。太守から大臣、侍従、廷臣に至るまでの夫人連は二列に並んで、めいめい火のともった大ローソク(30)を手にし、だれもかれもいちように薄い面紗《かおあみ》をかけていました。この二列の行列が、花嫁の玉座から左と右にのび、花嫁の出てくる部屋につながった広間の奥までつづいておりました。夫人連はハサンを目にとめ、そのあでやかな姿や新月のように輝いた顔をうち眺めて、心ひそかに思いこがれました。歌姫たちはいならぶ人々にむかって言いました。「みなさん、じつは、この美しいお方は、わたしどもに金貨ばかりくだされたのです。ですから、この方には、女としてできるだけのことをしてさしあげなきゃなりませんわ。どんなお望みでも、おっしゃることはなんでも、かなえてあげてくださいまし」すると、女たちはみんな松明をふりかざしてハサンのぐるりに集まり、その眉目《みめ》麗わしい姿にみとれて、つくづく男ぶりのよさをうらやみました。だれもかれも、ひとときのあいだ、いや一年のあいだでも、喜んで若者の胸に身をまかせたいと思ったのでございます。婦人連は悩ましい思いに胸をかきむしられて、顔から面紗をはずして叫びました。「この若者につれそう女《ひと》はしあわせだわ！」そして、背中のゆがんだ新郎に、美しい処女をめとることになったせむし男に、呪いの言葉をはきちらしました。ハサンを祝福するたびに、せむし男を呪っては言いました。「ほんとだわ。この若者よりほか今夜の花嫁にふさわしい男《ひと》はいやしない。ほんとうにまあかわいそうなこと、こんないやらしいできそこないがこんなきれいな処女《むすめ》といっしょになるなんて！　この男はアラーの呪いがふりかかるといい！　こんな婚礼をとりきめた王さまにも呪いがかかるといい！」

　そのとき、歌姫たちは手鼓をうち鳴らし、歓呼の声をあげながら、花嫁が出てきたことを知らせました。大臣の娘は衣装方の女たちにとりまかれて、部屋へはいってきましたが、その姿は目もさめるばかりに鮮かでした。香をたきこめ、髪を飾り、大王コスロにもふさわしい衣装や飾りを身にまとっていましたが、中でもひときわ目立ったのは、ほかの着物の上からかけたゆるやかな打掛《うちかけ》でございます。獣や鳥の姿をかたどった模様を金でうかせ、目と嘴《くちばし》のところは、宝玉をはめ、爪には真紅のルビーと緑玉石がちりばめてありました。それから、首には、数千金にも値するヤマン作りの首飾りを巻いていましたが、いろいろな種類の大きなまるい宝石がはめこんであって、国王《カイサル》も、トッパの王㉛も一度も手にしたことのないような稀代の神品でした。花嫁は十四夜の満月のように妖艶で、広間にはいってくるときのようすは、さながら楽園の姫君《ファリ》にまごうばかりでした――かくも麗わしき処女をつくりたもうた神をほめたたえん！

婦人たちは、瞳をかこむ白味のように花嫁をとりかこみましたが、その群がりようはまるで星屑のようで、そのまっただ中に、花嫁は雲間をぬけ出た月のようにこうこうと照り渡りました。バッソラーのハサンが人々の注視をあびながら腰をおろしていますと、花嫁は足どりもゆるやかに、なよなよと進んできました。佝僂《せむし》の新郎は立ちあがって、花嫁を迎えようとしました。が、花嫁は男に背をむけてさきへ進み、とうとう叔父の息子の従兄にあたるハサンの前にきて、立ちどまりました。このありさまを見て、人々はどっと笑いました。婚礼の客人たちも花嫁がハサンに心をひかれているのを見ると、がやがやと騒ぎ、歌姫たちもあらんかぎりに声をはりあげて叫びました。そこで、ハサンは衣嚢に手をつっこんで、ひとつかみの金貨をとり出すと、平鼓の中へ投げこみました。歌姫たちは喜んで、「わたしどもの願いごとがかなうものなら、この花嫁はあなたさまにさしあげたい！」と申しました。これを聞いてハサンがにっこり笑うと、一同は松明を手にして、目の玉が瞳を包むようにぐるりに集まってきました。ゴッボの花婿は尾のない狒々《ひひ》のようなかっこうで、たったひとりとり残されて坐っていました。だれかがこの男のためにローソクの灯をともしてやっても、すぐ

ふっと消されてしまうので、暗がりの中にぽつねんと坐って、黙ってわれとわが身を見つめていたわけでございます(32)。

ハサンは暗がりにぽつねんと坐っている花婿を見、一座の客たちが手に手に松明やローソクをもって、自分のまわりに群がっているありさまを眺めると、すっかり面くらって、不思議に思いました。けれども、伯父の娘の従妹に目をとめると、胸がおどって深い喜びを感じました。ハサンはしきりと花嫁に会釈したいと思いながら、明るく輝いている女の顔をとみこうみしていました。すると、衣装方の女たちは花嫁の面紗を払いのけて、(33)真紅の繻子《しゅす》の、一番めの衣装をまとった花嫁姿を披露しました。ハサンは足どりもなよやかにいきつもどりつするその姿を見て、目もくらみ、気も転倒するばかりでした。この窈窕《ようちょう》とした花嫁姿に、男も女も、部屋じゅうの者はみんな狂おしくなりました。それもそのはず、一流の詩人が歌っているとおりの美しさだったのでございます。

かの乙女《おとめ》　砂山の　細枝にかかる
日輪か　緋《ひ》色なる　胸着《むなぎ》よそおい！
唇の　甘き露　われにふくませ
ばら色の　頬をもて　炎を消しぬ。

それから、着物を着替えさせると、こんどは藍色の綺羅《きら》をまとわせて、披露しました。その風情《ふぜい》は地平線から立ちのぼる満月のようで、髪はあくまで黒く、頬は白く柔らかで、歯なみはほのかな微笑に白くこぼれ、胸は高く張って、胴のあたりはふっくらとして、腰はこのうえもないほどまるみをおびていました。この二番めの衣装をつけた花嫁姿は、ちょうど幻想に富んだ詩匠の歌にあるとおりでございます。

処女《おとめ》のまとう藍衣《ごろも》、
み空のような紺青《こんじょう》の、
たぐいも稀れなその姿、
冬の夜に照る夏の月。

それからまたも、衣装を替えて、ふさふさとした髪で顔をおおい、愛嬌髪をたらしました。その黒いこと、長いこと、まるでまっ暗い闇さえしのぐくらいで、一座の人々の心は魔力のこもった瞳の矢に射ぬかれてしまいました。こうして三度めの衣装で披露が行なわれましたが、詩人もこう歌っております。

朝《あした》に乙女は黒髪で
顔をかくして訪れぬ。
されば、わたしは乙女ごの

悪戯を雲にたとえつつ、
「朝を闇でまっ暗に
おおいかくすも同じこと」
すると、乙女は「違います、
わたしはかけます満月に
かすかに黒い薄雲を！」

つぎには、四度めの花嫁姿が披露されました。若嫁はさしのぼる朝日のように輝きながら、前に進み出ると、しとやかに、小さな羚羊のように軽やかに、あちこちと蓮歩をはこびました。そして、なみいる人々の心を睫毛の矢で射ぬきました。ちょうどこんな美しい処女を、詩人のひとりはこう歌っております。

女《おみな》はうるわし、朝日の姿、
はにかむ処女の愛らしさ。
面《おもて》をあげてほほえめば、
朝日はまとう雲衣《くもごろも》。

五度めの衣装をつけて出てきた花嫁は、微風にそよぐ柳の枝か、乾いた森の羚羊《かもしか》にもまごうばかりに愛らしい姿をしていました。頬のあたりに蠍《さそり》のようにくいついた毛髪の房はくるくるとちぢれあがって、項《うなじ》は媚《こ》びをふくんでかしぎ、腰は歩くたびにふるえました。詩人はこんな姿の処女をつぎのように歌っております。

楽しき夜にかの乙女
満月のごと現われぬ。
腰はすんなり、眉目《みめ》かたち
魔力を宿しうるわしく、
その目《ま》なざしに男らは
心奪われ夢現《うつつ》。
乙女の頰に紅玉の
光はゆる、鮮かに、
また、黒髪は長くたれ、
乙女の臀《いしき》をつつみたり。
心すべきはかの巻毛
毒蛇の牙《きば》もてかみつけば。
柳の腰はやわけれど、
心は堅く、目に見えぬ

岩《いわお》のごとく非情なり。
くまどりしたるその目より
放てる矢柄はいと遠き
的《まと》さえみごとつらぬかん。
乙女の首かやさ腰に
わが手をかけていだくとき、
われにふれるはいと堅く
きりりとしまりし乳房なり。
げに美しき仇姿
いかなる美女もかのうまじ！
かすかにゆらぐ細枝《さえだ》さえ
乙女の姿におよぶまじ！

六度めに、装いをこらしてまとうた花嫁衣装は緑の衣でした。そのすらりとした体つきは榛《はしばみ》色の槍ですらかなわぬくらい、照り輝いた顔は満月のいちばん明るい光さえもほの暗く思わせ、やさしい物腰としなやかな身のこなし方には、垂れさがった柳の枝もおよびませんでした。三千世界をくまなく探しても見あたらぬほどの美しさで、人々は処女の臈《ろう》たけた姿にはらわたをかきむしられる思いでした。ちょうど詩人のひとりも歌っております。

衣装係の巧みなる
技《わざ》にて乙女は装いぬ、
そはさながらに日輪が
乙女の光を借りしごと。
緑の胸着《むなぎ》をまといたる
乙女はうるわし仇姿、
面を包みしその風情
葉かげにひそむざくろかや。
「その装いはいかにぞ」と
乙女に問えば、答えらく、
いと楽しげに、意味深く、
「この装いは断腸よ、
これで腸《はらわた》断ちきって
男心をとかすから」

最後に、花嫁は紅藍《べにばな》(34)とも蕃紅花《サフラン》色ともつかぬ七度めの衣装をまとって、披露目をしましたが、そのありさまは詩人が歌っているとおりでした。

薄いサフラン紅藍《べにばな》の
衣をまといしかの乙女、
麝香《じゃこう》に白檀《びゃくだん》、竜涎香《りゅうぜんこう》の
匂いもふんぷん漂わせ、
進みいずれば、若人は
「いざ、立ちて、肌をあらわに!」
されど、乙女のやさ腰は
「坐って! 君の鋭鋒《ほこさき》に
ようたえられぬ、このわたし」
かさねて、一儀を求むれば、
乙女の顔は「さあ、どうぞ!」
そのあと、はじらい「いや、いや」と
こばむ姿もいじらしや。

こんなふうにして、腰元や衣装方の女たちは、七たび花嫁の装いを変えて、ハサンの前で披露目をやって見せましたが、ゴッボのほうはだれもかまうものがなく、ただふさぎこんで坐っておりました。花嫁は目をみひらいて申しました。「おお、アラーよ、どうかこの方をわたしの夫にして、せむしの馬丁のわざわいからお救いくださいませ」この式事が終わると、付添いの女たちは婚礼の客人たちを退散させました。女も子供も残らず部屋を出ていってしまうと、ハサンとせむしのふたりっきりになりました。衣装方の女たちは花嫁を奥の間につれていき、着物を着替えさせると、花婿を迎える支度をさせました。

　このとき、せむしは、ハサンのもとに近づいて、「もし、今晩はようこそおこしくださいました。おかげさまで楽しくすごしました。あなたのご親切とご好意のほど身にしみてありがたく感じました。ですが、どうしてお帰りにならないのですか？」「ビスミラー」とハサンは答えました。「確かにそうでしたね」それから、身を起こして、戸口から外に出ました。すると魔神が出てきて、「おい、ハサン、もとのところにいるがいい。せむしが便所にいったら、そのすきに中にはいって、寝室に腰をおろすんだ。花嫁がやってきたら、こう言うさ。『わたしがあなたの花婿です。王さまがこんな策略をめぐらしたのも、あなたのため邪悪な目を心配したからです。あなたがごらんになったあの男は、うちの馬方のひとりで、別当つまり馬丁にすぎません』それからね、大胆に女のそばに寄って、面紗をとればいい。こんなおせっかいも岡焼《おかやき》から出たことさ」

　ハサンがまだ魔神と立話をしているうちに、馬丁は広間から出て、便所にはいり、台の上に腰をおろしました。そのとたんに、水をたたえている浄水桶[35]から鼠の姿に化けた魔神があらわれて出て、「チューーッ！」と鳴きました。せむしが「どうしたんだい？」と言いますと、鼠はだんだん大きくなって、まっ黒い猫に変わり、「ミーアオ！　ミーアオ！」とだみ声をたてました。それからまた、しだいに大きくなると、犬になって、「オウ！　オウ！」と吠えたてたのでございます。花婿は、このありさまを見てびっくりし、「悪魔め！　出ていきやがれ！」と叫びました。けれども、犬はふくれあがって驢馬の子になり、まむこうから鼻をならして鳴きました。「ハウク！　ハウク！」(36)せむしは身をふるわせて「助けてくれ！おーい、みんな！」とどなりました。が、なんと、驢馬の子はまた大きくなって水牛に変わり、せむしの前に立ちはだかって、アダムの子*2の声で言いました。「こりゃ、せむし、あなぐま、世にもけがらわしい馬丁め、きさまは呪われるがいい！」これを聞いて、馬丁は急に疝気《せんき》を起こし、歯の根をがたがたさせながら着物の中にたれた糞《くそ》の上にへたばってしまいました。魔神はさらに「おれの恋人よりほかにきさまの相手が見つからんほど浮世は狭いとでもいうのかい？」とたずねました。相手が口をきかないので、魔神はつづけて申しました。「返事をしなけりゃ、泥の中にうめてやるぞ！」「アラーに誓って」と佝僂《ゴッボ》は答えました。「水牛の王さまよ、これはわっしが悪いんじゃありません。みんなが無理にあの女をめとらせようとしたんですから。ほんとにわっしはなにも知りませんでしたよ、水牛のあいだにあの女の恋人がいたなんていうことは。でも、後悔しました、第一にはアラーの前で、第二にはあなたさまの前で」「いいか、朝日がのぼらぬうちにこのここから出たり、ひとことでもしゃべったりしたら、きっときさまの首をひねってしまうぞ。太陽がのぼったら、とっとと出てうせて、二度とこの家へ帰って(37)くるな」魔神はそう言いながら、ゴッボの花婿をつかまえて、さかさにして、雪隠《せっちん》の切口につるし、「こうしてはおくが、朝になるまで見張っているからな。そのまえに動いてでもみろ、足をひっつかまえて、頭を壁にたたきつけてしまうぞ。命が惜しけりゃ、じたばたするな！」と言い渡しました。

せむしのことはこれだけにして、ハサンはどうしたかといいますと、傴僂《ゴッボ》と魔神がいがみあっているのを後にして、家の中へはいると、寝室のまん中に腰をおろしました。と、年老いた婦人につきそわれて、花嫁がはいってきました。老女は閾《しきい》のところに立ちどまって、「おお、正しきものの父よ。さあ、神さまのお授けなさるものを受け取りなさい」と申しました。老女が立ち去ると、シット・アル・フスン、つまり美女と名づけられた花嫁は、悲しみにうち沈んで、寝室の奥へやってまいりました。そして、心のうちでは「アラーに誓って、わたしはあんな男に身をまかせるものか。絶対にいやだ、たとえ殺されても！」と思いました。

けれど、奥のほうへやってきますと、ハサンが目にとまりましたので、「いとしいおかたよ！　まだここにいらっしゃいましたの？　アラーに誓って、わたしはたった今思っておりましたの、あなたが花婿だったらよかったのにと。でなければ、せめてあなたとあのせむしがふたりともわたしの夫だったらと」と申しました。ハサンは「おお、美しい姫よ、どうして別当などがあなたのそばに寄っていいものですか？　どうしてあなたをわたしといっしょに妻にしていいものですか？」と答えましたので、花嫁はたずねました。「では、わたしの夫はいったいどなたですの？　あなたですか、あの男ですか？」「シット・アル・フスン、こんなまねをしたのは冗談《じょうだん》からではありませんよ。ただあなたを邪悪な目からふせいであげようと思って策略を使ったのです。それというのはね、衣装方や歌姫やお客たちがあなたのひろめを見物しているとき、悪魔に見こまれてはたいへんだというので、あなたの父上は例の馬丁を十ディナールとひと皿のご飯でやとい入れて、邪悪の目を払ってくださったのです。あの男は駄賃をもらうと、さっさと帰っていきましたよ」姫はこの言葉を聞くと、口をほころばせ、胸をおどらせて喜びながら、うれしそうに笑いました。そして、ハサンの耳もとにささやきました。「ほんとうにあなたのおかげで、今までわたしを苦しめてきた炎が消えてしまいました。さあ、わたしのかわいい黒髪の恋人よ、どうかひきよせて、あなたの胸に抱きしめてくださいませ!」それから、こんな歌をうたい出しました。

いざのせたまえ、君のみ足をこの胸に、
遠い昔のあこがれはただそればかり、
いざ、わが耳にささやきたまえ、睦言《むつごと》を、
歌の中でもなにより甘き恋の歌、
わが胸にのり身を横たうは君ひとり、
いざ、のりたまえ、いくたびとなく、いつまでも。

乙女は着物をぬぐと、肌着をさっとひらいて、首から下のほうを、玉門から丸い腰まで、すっかりあらわにしました。ハサンはこの素晴しい光景を見て、にわかに情欲をかき立てられ、自分も身を起こすと、着物をぬぎすてました。ユダヤ人から受け取った千ディナールのはいった財布は、袋ずぼん[38]に包んで、寝床のはしにつっこみました。それから、ターバンをとって、長椅子の上[39]の、ほかの着物の上にのせると、あとに着ているものはただ頭布と、金の縁どりした青絹の肌着ばかりでした。乙女はハサンを手もとにひきよせ、ハサンもおなじようにしました。そして、しっかり女を抱きかかえると、相手の足を自分の腰にまきつけ、あの砲筒[40]をむき出して、処女の堡塁をさんざんにうち破ってしまいました。この乙女はまだいちども糸を通したことのない無疵《むきず》の真珠で、ハサン以外の男をのせたことのない牝馬でした。ハサンは初鉢《あらばち》を破り、男盛りの青春の喜びを味わうと、やがて、鞘《さや》から刀をひきぬき、それからまた、あらためて戦《いくさ》にもどりました。そして、およそ十五回ほど猛烈に攻めたてて、戦闘が終わると、花嫁はその晩に身籠りました。ハサンは乙女の頭の下に手をおき、乙女もそのとおりにして、ふたりはひしと抱きあったまま、眠りにおちました。こんな恋人同士をある詩人はつぎのようにうたっています。

おたずねなさい、恋人を、
岡焼きなんぞ、気にせずに、
やぼな岡焼きゃ、身も魂《たま》も
捧げた男にゃ、いい顔しない。
ひとつ寝床で抱きあった

恋人同士の姿ほど♪
きれいな眺めはほかにない、
胸と胸とをおしつけて
まとうは快楽《けらく》の衣だけ、
たがいにさしかう手枕の
世にまたとない仇姿。
心と心おたがいに
甘いむつごとかわすとき、
ふたりの仲を裂く人は
犬にくわれて死ぬがいい。
慕って離れぬよい友を
見つけ出したら、胸に抱き
いついつまでも、友のため
ひたすら愛に生きなさい。
惚れた男女の恋仲を
とがめてなじる人々よ、
おまえさんにゃなおせまい、
こがれてわずろう恋心。

ハサンとその従妹シット・アル・フスンのことはこのくらいにして、魔神のほうはそれからどうしたかといいますと、ふたりが寝てしまうと、すぐ魔神は魔女神に申しました。「さあ、この若者をかつぎあげて、夜が明けないうちに、もとのところへつれていこうじゃないか。もうじき夜明けだからね」そこで、魔女神は近寄って、眠っている若者をすくいあげ、ほかの着物はそのままにして、青い肌着一枚のハサンを背にかつぎあげたのでございます。それから、どんどんさきを急ぐうちに（魔神も背をならべて競いながら、空をかけました）、夜が明けましたが、まだ半道しかきていません。勤行《ごんぎょう》の時を知らせる男が尖塔《ミナレット》から、「早く救いをうけよ！　早く救いをうけよ！」とどなりはじめました。そのとき、アラー(41)は魔神の姿を見て、天使の群れに流星の矢で射落とさせたので、魔神の姿はかき消えてしまいました。魔女神のほうはあやうく難をまぬかれて、ハサンといっしょに、魔神が焼け死んだ場所におりました。若者の身の上に間違いでもおこってはたいへんと考えて、バッソラーまでつれて帰らなかったのでございます。あらゆる物の運命をあらかじめ定めたもう神さまの思召で、ふたりが舞いおりたところはシリアのダマスクスでしたが、魔女神は都の城門に荷物をおろすと、そのまま飛び去りました。

朝日がのぼって、家々の戸があくと、表に出てきた人々は、地面に横たわっている美しい若者をみつけました、黄金の縁どりをした青絹の肌着と頭布(42)を身につけているだけで、昨夜の激しい営みに、休むいとまもなかったせいか、前後不覚にぐっすり眠っておりました。

人々はハサンを眺めて、口々に言いました。「この男といっしょに一夜をすごした女は楽しかったことだろうな！　だけど、あわててとび出さないで、着物でもひっかけたらよかったろうに」

「良家の息子もあわれなもんじゃ！　おおかた、なにかのつごうで酒屋を出たんだろうが、酒が頭にきていくさきもわからなくなり、さまよい歩いたすえに城門までたどりついたってわけか。門がしまっていたから、そのまま横になって眠ったんだろう！」人々があれこれと若者の身の上をおしはかっていると、不意に朝の微風がハサンの体に吹きつけて、肌着を胸のあたりまでまくりあげたので、お腹や臍《へそ》から、その下のもの(43)までまる見えになりました。足や腿は水晶のように清らかで、乳脂《クリーム》のようになめらかでした。

「こりゃ実にきれいな男だ！」と人々が叫びました。その叫び声にハサンは目を覚ましましたが、気がつくと城門のところに寝て、人々がぐるりに群がっているではありませんか。このありさまを見て、たいそう驚いたハサンはたずねました。「みなさん、ここはどこですか？　なんでわたしのまわりをとり巻いているんですか？　あなた方になんのかかわりがあるんですか？」そこで、一同の者は返事しました。「おれたちは朝の祈りの鐘が鳴っているとき、おまえさんがここで眠っているのを見かけたんだよ。それだけさ、おれたちの知ってるのは。して、おまえさんはいったいゆうべどこで寝たんだい？」「アラーに誓って、みなさん」とハサンは答えました。「わたしは昨晩、カイロで寝たんですよ」「おまえさんはきっとハシシ(44)を飲んだね」と言う者があるかと思うと、「こいつはばかだよ」とか「まぬけさ」

と言うものもありました。また、こんな質問も出ました。「気でも狂ったのかい？　カイロで寝て、朝になるとダマスクス町の城門で目を覚ますなんて！」ハサンは叫びました。「アラーに誓って、みなさん、わたしは嘘などつきはしません。ほんとうにゆうべはエジプトの国で寝ました。きのうの昼はバッソラーにいたんですが――」「おや！　おや！」「ほう！　ほう！」「やれ！　やれ！」と言う声がおこると、四番めの男は「この若者は気がふれているんだ、魔神にとりつかれているんだ！」と叫びました。そこで、みんな手をうち鳴らしてハサンを嘲笑し、おたがいに言いあいました。「ああ、かわいそうに、この若い身そらで。たしかに気じるしだ！　気違いという病いだけは相手を選ばず、えこひいきしないからな」それから、ハサンにむかって、「気をとり直して、正気にかえるんだ！　きのうの昼バッソラーにいて、きのうの晩はカイロにいき、おまけにけさはダマスクスで目をさますなんて、そんなばかな話があってたまるかい？」しかし、ハサンは言いはりました。「ほんとうですとも、ゆうべカイロで花婿になったんです」「おおかた夢でも見ていたんだろう。みんな夢の中で見たんだよ」ハサンはしばらく考えこんでからこう言いました。「アラーにかけて夢じゃありません。幻じゃないようです！　確かにカイロにいましたよ。わたしの前で花嫁のひろめがあったし、すぐそばには三番めのせむしの馬丁もちゃんとひかえていたんです。みなさん、アラーに誓って、夢じゃありません。もし夢だとすりゃ肌身離さずもっていた金貨のはいった財布はどこにあるというんです？　ターバンにしろ、着物にしろ、ずぼんにしろ、どこにあるというんです？」

それから、ハサンは立ちあがって町にはいり、大通りや横丁や市場の通りなどを歩きまわりました。人々はハサンの後からぞろぞろついてきて、嘲り笑いながら、叫びました。「気違いだ！　気違いだ！」しまいに、ハサンは腹立たしさのあまり、われを忘れ、料理人の店へ逃げこみました。

さて、この料理人は人なみ以上に賢い男でした。つまり、以前はならず者で泥棒だったのですが、アラーのおかげで前非を悔い、悪事をやめて、飲食屋をひらいていたのでございます。そのせいで、ダマスクスの市民はみんな、この男の大胆不敵な行ないやいたずらをひどくこわがっていました。そんなわけですから、やじ馬連中は若者がこの店にとびこむのを見ると、相手を恐れて、ちりぢりになって退散しました。

料理人はハサンを眺めて、その美しさや愛らしさに気がつくと、たちまち相手に惚れこんでしまい、こう申しました。「これ、若い方、どこからきたんだい？　すぐさま身の上をきかしてくんな。おまえさんはおれの魂より大事な人になったんだからな」そこで、ハサンはわが身にふりかかった出来事をあまさず語りました（けれども、同じ話をくり返すのは無益なことでございます）。料理人が「そうかい、そりゃ珍しい、不思議な話だ。だからね、アラーがおまえさんのわざわいを払いのけてくれるまで、昔のことはなにもかも隠しておくがいいよ。そのあいだおれのところにいりゃいいさ。おれには子供がひとりもないから、養子にしたいと思うんだ」と言いますと、ハサンは答えました。「おじさん！　あなたのいいようにしてください」

料理人は市場に出て、きれいな衣装を買ってくると、若者に着せました。それから、いっしょに判官《カジ》のところへいって、正式に養子に迎えました。そんなわけで、ハサンはダマスクスの市《まち》では料理人の息子として知られるようになり、いっしょに店さきに坐って、お金を受け取ったりなどして、しばらくこの家に滞在しておりました。

ハサンの話はそれまでにして、従妹の美女はどうなったかといいますと、夜が明けて目を覚ましてみると、ハサンの姿はそばに見えません。しかし、女はご不浄にでもいったものと考え、一時間そこら、今か今かと待っておりました。と、思いがけなく、エジプトの大臣をつとめている父のシャムズ・アル・ディン・モハメッドがやってまいりました。ところで、モハメッドは国王《サルタン》のおかげでわが身にふりかかった出来事をひどく悲しんでいました。国王はモハメッドをむごたらしくあしらって、その娘を下司《げす》の中でもいちばん賤しい男に、しかもせむしの馬丁というまぬけ者に、むりやりにめあわせたわけでしたから、大臣は心のうちで思いました。「もし娘が自分から進んであのいまわしい下郎に体をまかせていたら、わしの娘でも殺してしまおう」そこで、花嫁の寝室の戸口までやってくると、「これ！　シット・アル・フスン」と呼びました。「はい、お父さま、ここにおりますわ！」そう言って、娘はゆうべの苦しみと逸楽に疲れはてて、足もとをふらふらさせながら出てくると、父の手に接吻しました。娘の顔は、あの羚羊《かもしか》のような従兄の腕に抱かれて寝たため、いよいよ明るく、美しく輝いていました。父の大臣はこの様子を見てとると、たずねました。「こら、いまいましいやつじゃ。おまえはあの馬丁といっしょになって喜んでいるのか？」シット・アル・フスンはやさしくほほえんで、返事しました。「どうか、おからかいにならないで。きのうみんなに笑われただけでもたくさんですわ。わたしの夫の靴や上草履をぬがせるだけの値うちもない馬丁といっしょに並べるんですもの。あんな男は夫の爪《つめ》の切り屑ほども値うちがありませんわ！　神さまに誓っても、ゆうべほど楽しい晩をすごしたことは生まれていちどもありませんでした！　佝僂《ゴッボ》のことなど思い出させて、おからかいにならないでくださいませ」

父親はこの言葉を聞くと、たいへん腹を立て、白眼ばかりになるくらい目をむいて、じろりとにらみつけました。「いやらしい女だ！　そりゃまたなんという言葉だ？　おまえといっしょに一夜をすごしたのはせむしの別当じゃないか！」「どうぞ」と娘は言いました。「佝僂《ゴッボ》のことでわたしをいじめないでください。あの男の父親に神の呪いがふりかかりますように。わたしをからかうのはやめてください。だって、あの馬丁は十ディナールとご飯一杯で雇われ、駄賃をもらうと、さっさと帰っていきましたからね。わたしはどうかといいますと、花嫁の寝室にはいりましたが、そこにはほんとうの花婿が坐っていましたの。歌姫たちはその方にわたしを披露してくれたのです。その殿方は歌姫にも金貨をやって、一座の貧乏人たちはみんなお金持ちになりましたわ。それで、わたしは黒い瞳をし、眉毛のつながった[45]とてもかわいいお方の、わたしの大好きなお方の、胸に抱かれて一夜をすごしました」

父親はこの言葉を聞くと、目の前がまっ暗になり、娘にどなりつけました。「こら、姪姒《じごく》め！　なんという話だ？　気でも狂ったのか？」「お父さま」とシット・アル・フスンは言いました。「わたしはあなたのおかげで胸がはり裂けそうです。もうそんなにひどいことはおっしゃらないでください！　わたしが処女を捧げた夫はつい今しがたご不浄にまいりました。わたしはあの方のため身籠ったような気がしますの(46)」大臣はたいそう驚きながら、立ちあがると、便所にはいりました。と、そこには、佝僂《せむし》の馬丁が足を宙にうかせ、頭を穴の中につっこんで、さかさまになっておりました。このありさまを見て胆をつぶした大臣は、「こりゃせむしの野郎じゃないか！」と叫びました。そこで、「おい、せむし！(47)」と呼びかけました。ところが当のゴッボは魔神が話しかけているのだと思って「タグーム！　タグーム！」とつぶやきました。そこで、大臣は大声でどなりました。「はっきり口をきくんだ。さもないとこの刀で頭をはねるぞ」「おお、魔神の中のお頭《かしら》さま、アラーに誓って、わっしはここにおしこまれてから、いちどだって、頭をあげやしません。だから、どうか、後生です、不憫だと思って、お情けをかけてください！」大臣が「なにを言ってるんだ？　わしは花嫁の父親で、魔神じゃないぞ」というと、「もうたくさんだよ、まるで死ぬ思いをさせたんだからな」とゴッボは答えました。「わっしをこんなめにあわせた魔神がやってこないうちに、おまえさんはとっとと逃げるといいさ。水牛の思い女や魔神の情婦《いろおんな》じゃない女とおいらを結婚させることはできなかったんかい？　あの女にも、おいらをあの女といっしょにさせようとして、こんなみじめなめにあわせたあの男にも、アラーの呪いがかかりゃいい」

――シャーラザッドは夜がしらんできたのを知って、許された物語をやめた。

さて　第二十三夜になると

おお、恵み深い王さま、とシャーラザッドは語った。せむしの馬丁は花嫁の父にむかって、「おいらをこんなみじめなめにあわせたあの男にアラーの呪いがかかるといい！」と叫びますと、大臣は「とっとと、ここから出ていけ！」とどなりました。「魔神の許しをえないで、おまえさんといっしょに出ていくなんて、おれを気違いとでも思ってるのかい？　魔神はね、出ていくときに、『朝日がのぼったら、さっさとうせろ！』と言い残していったんだ。いったい、朝日はもうあがったのかね、どうかね？　朝日が出るまでは、てこでも動きゃしないよ」大臣が「おまえをだれがここへつれてきたんだ？」とたずねると、相手はこう答えました。「おいらはゆうべ大便がしたくなってさ。だれにも代わってもらうわけにゃいかないもんで、この便所にはいったのさ。すると、驚いたことにゃ、桶の中から鼠が一匹出てきて、ちゅうちゅう鳴いていたかと思うと、だんだん大きくふくらんで、しまいには水牛みたいに大きくなったのさ。それから、おいらの耳もとで、ちゃんと人間の言葉でものを言うと、こんなざまにしていっちまったのさ。あの花嫁にも、いっしょにさせようとしたあの男にも、アラーの呪いがかかりゃいいんだ！」

大臣が近寄って、落とし口から頭をひっぱり出してやると、馬丁は、朝日がのぼったなどとは信じかねて、命からがら逃げていきました。それから、大臣は国王《サルタン》のもとへ急ぎ、魔神のためひどいめにあった馬丁の話を、残らず言上いたしました。けれども、大臣は娘のことでひどく心を痛めながら、すぐ花嫁の部屋へひき返して、こう申しました。「これ、娘、どうも腑《ふ》におちんから、よく説明してくれ！」「なんでもないことですわ。昨晩、みんなは花婿にわたしをひろめしてくれましたから、その花婿といっしょに寝ましたの。処女を捧げて、その方の胤《たね》を宿したわけですわ。その方がわたしの夫です。わたしの言うことをお信じにならないなら、あの方のターバンがございますわ。しわくちゃになっていますけど、あの長椅子の上にね。短刀もずぼんも寝床の下につっこんでありますが、なんですか、わからないものが包んでありますわ」父はこれを聞くと、寝室へはいっていきましたが、なるほど、弟の倅のバドル・アル・ディン・ハサンが残していったターバンがあります。手にとってひっくり返しながら、大臣は「こりゃ大臣のつけるターバンじゃないか。モスールの地ではあるが」とつぶやきました。開いてみると、帽子にぬいこまれた護符らしいものがあるので、縁をほどいてぬき出しました。また、ずぼんをつまみあげると、千枚の金貨を入れた財布があり、中をあけて見ると、ここにも書きつけがはいっております。

大臣はこの書きつけを読みましたが、それはエジプト人ヌル・アル・ディン・アリの息子バドル・アル・ディン・ハサンの名でしたためた例のユダヤ人の売渡し証でした。千ディナールもちゃんとそこにありました。シャムズ・アル・ディンはこれを読み終わるか、終わらないうちに、大声をあげて気を失ったまま床に倒れました。正気にかえると、たちまちことの子細を悟って、いぶかりながら申しました。「アラーのほかに神なく、全能の神の力はあまねく万物におよぶ！　これ、娘よ、おまえは処女を捧げた夫がいったいだれであるか知っているかい？」「いいえ、存じません」「じつはわしの弟の倅だったのだ。甥だったのだ。この千ディナールはおまえへの持参金だよ。アラーをたたえよう！　こうなったいきさつを知りたいものだ！」

それから、ターバンにぬいこんであった護符を開くと、中には死んだ弟の、ハサンの父、エジプト人のヌル・アル・ディンがしたためた書類がはいっておりました。大臣はこの筆蹟を見ると、なんべんも接吻し、死んだ弟を悼んで涙を流しながら、即座にこんな歌をよみました。

水茎《みずぐき》の跡を見やれば、胸うずき、
むかしの団欒《まどい》しのばれて涙流るる、
別離の痛手加えたる神に祈らん、
いつの日かつつがなく帰りきませと。(48)

歌い終わって、巻紙を読んでいくと、その中には、弟がバッソラーの大臣の娘と結婚した日付けから、契りを結んだ日、身籠った日、ハサンを生み落とした日など、死ぬまでの弟の生涯の出来事がこまごまとしたためてありました。大臣はいたく驚くと同時に、喜びに身をふるわせました。それから、自分が結婚して妻と契りを結んだ日や、娘のシット・アル・フスンの誕生日などとくらべてみると、なにもかもぴったり符合することがわかりました。そこで、大臣はこの書面をもって、国王のもとに参上し、一部始終を物語りますと、王さまも不思議な縁《えにし》に驚き、さっそくこの事件を記録しておくように命じました。

大臣はその日一日、弟の息子が帰ってくるのを今か今かと待っていましたが、とうとうハサンはもどりませんでした。二日めも待ち、三日めも待って、七日めになりましたが、ハサンの消息は杳《よう》としてわかりません。そこで、大臣は「よし、それでは、だれもこれまでやったことのないことをやってみよう！」と言って、葦筆と墨をとると、一枚の紙の上に屋敷全体の見取図を描きました。これを見ると、寝室がどこにあって、帷《とばり》がどの個所にあり、家具はどのへんにあるかなど、部屋の中のありさまがいっさいがっさい手にとるようにわかりました。この見取図を折りたたむと、家具をみんな集めさせたうえ、ハサンの着物からターバンやトルコ帽、外衣、財布までもかかえて、全部を自分の住家へ運び、なくなった弟の息子で甥のハサンが帰ってくる日に備えて、鉄の海老錠《えびじょう》をかけ、その上に封印をして、厳重に保管しました。

その後、大臣の娘は月満ちて、満月のような男子を生み落としましたが、その美しさ、愛らしさといい、見事な容姿や申し分ない顔だちといい、父親のハサンにそっくりでした。みどり児は臍《へそ》の緒を切って、目を丈夫にするため瞼にコール粉を塗られると、乳母や保母の手にあずけられて、アジブ、つまり素晴しい子と命名されました。この子の一日はひと月のように、ひと月は一年のように、ぐんぐん生長し(49)、七年の月日がたつと、祖父はアジブを学校にあげ、コーランの読誦《どくじゅ》を教え、十分に教育を施すように先生に申しつけました。アジブは四年のあいだ学校に通っているうち、仲間の生徒をいじめたり、悪態をついたり、さんざんにうちのめしたりしはじめました。そして、「ぼくみたいなものがおまえたちの中にいるか? ぼくはエジプトの大臣の子だぞ!」と言って、いばり出しました。しまいに、生徒たちは一団となって助教員のもとにいき、日ごろアジブからひどい仕うちを受けているといって、訴えました。すると、助教員は「どうしたらいいかひとつ教えてやろう。あの子が学校へこれないようにする方法だよ。あすあの子が教室へはいってきたら、そのぐるりに集まって、だれかがほかの者にこう言うんだよ。『アラーにかけても、母さん父さんの名前が言えない者は、この遊びに入れちゃやらない。母さんや父さんの名前を知らないやつは私生児で、間男の子なんだから、いっしょに遊んじゃやらないよ』ってね」

朝になると、生徒たちは学校へやって来ました。アジブもその中にいました。やがて、一同の生徒はアジブのまわりに集まってきて「さあ、ひとつ遊戯をやろうよ。だけど、母さんや父さんの名前が言えない者は入れてやらない」「よし、いいとも!」みんな声をそろえて叫びました。ひとりが「ぼくの名はマジッド、母さんの名はアラウィヤー、父ちゃんの名はイッズ・アル・ディン」と言うと、つぎの子も、三番めの子も同じように両親の名を名のりました。そして、いよいよアジブの番になると、「ぼくの名はアジブ、母さんの名はシット・アル・フスン、父さんの名はカイロの大臣シャムズ・アル・ディンだ」と言いました。「おや、おや」と一同は叫びました。「大臣は君のほんとうのお父さんじゃないぜ」アジブが

「嘘じゃないぞ、大臣はぼくの父だぞ」と答えると、少年たちはいっせいに笑って手をたたいてはやし立てました。「あいつは自分の親父の名を知らないんだ。仲間に入れるな。親父の名をしらないやつなんかといっしょに遊んじゃやらないよ」

そういって、一同はアジブのぐるりから遠ざかって、あざけり笑いました。アジブは悲しみに胸をしめつけられる思いで、涙と口惜しさに息もつまりそうでした。すると、助教員がこう言いました。「大臣は君のお祖父さんで、お母さんのシット・アル・フスンのお父さんではあるが、君のお父さんじゃないのさ。君のお父さんのことは、君も知らないし、わたしたちも知らない。というのはね、王さまは君のお母さんをせむしの馬丁にとつがせたんだけど、魔神がやってきて、お母さんといっしょに寝たのさ。だから君のお父さんはわからないのだ。そんなわけだからね、ほかの生徒たちと君自身をくらべて、あんまり得意がらないほうがいいよ。君のほんとうのお父さんができるまではね。それまでは、みんなのあいだじゃ、間男の子としてしかとおらないんだからね。行商人の倅だって、自分の親父ぐらい知っているだろう? なるほど、君のお祖父さんはエジプトの大臣だ。だけど、君のお父さんについちゃわたしたちは知らないんだ。いや、実際のところ、君にはお父さんがないのさ。だから、少しは行ないをつつしむがいいよ!」

アジブは、助教員や生徒たちの口から、こうした無礼な言葉を聞くと、みんなが自分の上に加えた非難の意味ものみこめました。そこで、さっそく不平を訴えようと、母親のシット・アル・フスンのもとへ飛んで帰りました。けれども、ずっと泣きつづけていたので、涙のためしばらくは言葉も出ませんでした。母親は息子のすすり泣きを耳にし、流れ落ちる涙を見ると、いとしさのあまり、炎で焦げるように身内が熱くなりました。「これ、坊や、なぜ泣いているの？ どうぞアラーがおまえの目から涙をはらいのけてくださいますように！ さあ、どうしたわけか教えてちょうだい！」アジブは子供たちや助教員から聞いたことを残らず話し、最後にたずねました。「ねえ、お母さま、ぼくのお父さんはだれなの？」母親が「おまえのお父さまはエジプトの大臣よ」と言っても、アジブはききいれません。「嘘を言わないでよ。大臣はお母さんのお父さまだけど、ぼくのお父さまじゃないんだ！ いったいだれなの、ぼくのお父さまは？ ほんとうのことを教えてくれなきゃ、ぼくはこの短刀(50)で死んでしまうからいいよ」母親は、息子のアジブがしきりと父親のことをたずねるのを聞いているうちに、従兄のことや、従兄とすごした初夜の晩のこと、あの時あそこで起こったくさぐさの出来事などを思い浮かべて、涙を流し、こんな歌をよみました。

愛する人はわが胸に
恋の灯《ともしび》つけしまま
遠きところへ立ち去りぬ。
別れのきわの餞《はなむけ》に
恋の痛手をのこし去り、
別れとともに忍従の

心もさらばと去りゆきぬ。
わが喜びとともどもに
愛する人はのがれゆき、
永遠《とわ》に変わらぬわが魂《たま》も
あと追いかけて飛びゆきぬ。
瞼にあふれて流るるは
別離のゆえの涙なり、
別離の痛手深くして
涙のしずく消え難く、
めぐり会う日はいつの日か
激しく悶えて憐憫の
情けを求めるわれなれば。
心の奥に恋人の
影を求めていくほどに、
せつない思いの恋情は
いやまし激しくなるばかり。
ああ、君の名はこのわれに
衣のごとくまといつき、

君の思い出、肌着より
ひしとわが身をしめつけん。
恋する人よ、いつまでぞ、
われに冷たきこの仕うち、
いつの日までぞ、はにかみて
姿も顔も見せざるは？

それから、母親は声をあげてむせび泣きましたが、アジブもいっしょになって泣き叫びました。そこへ、不意に大臣がはいってきました。そして、母子がいっしょに嘆き悲しんでいるさまを見ると、大臣の胸のうちにも熱いものがこみあげてきました。「これ、なんで泣いているのじゃ？」シット・アル・フスンが息子と生徒たちのあいだに起こった出来事を話してきかせますと、大臣もまた弟のことや、ふたりのあいだの諍《いさか》い、娘の身に起こったこと、ことの真相がつかめなかったことなどを思い出して、涙を流しました。それから、大臣はすぐさま謁見室へ出かけ、王さまのご前に伺候して子細を話したうえ、東方のバッソラーの市《まち》まで出むいて弟の息子を探したいゆえ、なにとぞお許し願えますようにと懇請しました。また、甥であり、婿であるバドル・アル・ディン・ハサンを見つけしだい召し捕えることができるように、特許証を書いてくださるようにと王さまに嘆願しました。大臣は王さまの前でも泣きました。王さまは不憫に思って、あらゆる国や都の名代《みようだい》に宛てて親書をしたためました。大臣はすっかり喜んで、王さまの祝福を祈り、別れの言葉を告げて、わが家へもどりました。そして、さっそく、自分はもとより、養子のアジブにも、旅の支度をさせ、長い旅路に入用ないっさいがっさいのものをととのえたうえ、わが家を後にしました。第一日めも二日めも三日めも四日めもさきへさきへと旅をかさね、とうとうダマスクスの市《まち》にたどりつきました。この市はなかなか美しい都で、樹木も豊富なら、小川もあちこちに流れ、ちょうど詩人がうたっているとおりでした。

明けては暮れるダマスクス、
都の景色うるわしく
夜の憩いものんびりと、
朝《あした》の微笑に迎えられ。
枝にかかりし露の玉
西風《ゼフィル》にまろぶ真珠の玉か。
都の湖水は小鳥の本か、
読んだり見たりさえずって、
そよ風書けば、空の雲
いちいちこれに句読点。

大臣はアル・ハサ[51]と呼ばれる原っぱに野宿することにし、天幕を張ってから、召使たちに言い渡しました。「二日のあいだ、ここに滞在するぞ！」そこで、召使たちはいろいろな用事で町へ出かけました。物を売りにいく者もあれば、買い物に出かける者もあり、また風呂を浴びにいく者があるかと思うと、この世にまたとないハバヌ・ウマイヤー、つまりオミア朝の回教の大伽藍[52]を見物しにいく者もありました。アジブもまたつき添いの宦官といっしょに、気晴らしに都へ出かけました。この従僕は巴旦杏《はたんきょう》の木で作ったたいそう重い六尺棒を手にしていましたから、かりにこれでなぐったとしたら、駱駝でさえ足腰が立たなくなってしまったろうと思います。

ダマスクスの人々はアジブの美しい眉目《みめ》かたちや、またとなく優美な、つりあいのとれた姿を見て（全くのところ、その美しさといい、愛らしさといい、驚くほどで、そよ吹く涼しい北風よりもやわらかく、清水よりも甘く、病む人が求める健《すこや》かさよりもまさっていたのでございます）、おおぜいの人々がぞろぞろ後ろからついてきました。中にはさきへかけていって路端に坐り、よく見ておこうと、アジブの近づくのを待ちかまえる者もありました。ところで、前世の因縁でありましょうか、宦官は、ふとアジブの父のバドル・アル・ディン・ハサンの店さきに足をとめました。

さて、いわゆるバッソラーのハサンは十二年の年月がたつうちに、鬚《あごひげ》ものびて、分別ざかりの男になり、昔の悪党の料理人もとうになくなって、家財から店まですっかり相続しておりました。それというのも、ハサンは判官《カジ》や証人の前で、正式に養子に迎えられていたからでございます。息子と宦官が目の前にやってくると、ハサンはアジブをじっとみつめていましたが、そのあまりの美しさに、胸が高鳴ってふるえました。血は血を呼んで、自然に愛情がほとばしり出て、強く心をひかれたのでございます。おりからハサンは柘榴《ざくろ》の実の漬物に砂糖をまぶしていましたが、おのずとつたわった愛情が身内の中で動き出し、思わずわが子のアジブに声をかけました。「これは、坊っちゃん、おまえさまはてまえの心をすっかり虜《とりこ》にしてしまいました。心からいとしく思いますわい。さあ、いかがです、中におはいりになって、てまえの料理でも召しあがって、てまえの心を慰めてはくれませんか？」ハサンの目から涙があふれましたが、どうにもおさえることはできませんでした。それといいますのも、すぎ去った昔の身の上と、今のわが身を思いうかべたからでございます。

アジブもその言葉を聞くと、やはりハサンが好きになり、宦官《かんがん》をかえり見て言いました。「ねえ、おまえ、ほんとうにぼくはこの料理人が好きになったよ。息子さんをどこかよそへやっている小父さんみたいだね。はいっていっておもてなしをうけ、喜ばしてあげようじゃないか。そうすれば、たぶんアラーもお父さんに会わせてくださるよ」宦官はこれを聞くと、「いや、とんでもないこと。断じていけません！　人目もあるのに、大臣のご子息ともあろう方が、民家の飲食店で物をめしあがるなんて。わたしはあなたさまを人目につかせまいとて、この六尺棒でみんなを追いはらっているじゃございませんか。わたしはこの店にあなたさまをお入れするわけにはまいりません」バッソラーのハサンはこの言葉を聞くと、意外に思い、涙を頬に伝わらせて、宦官のほうをふりむきました。すると、アジブは言いました。

「ほんとうにぼくは小父さんが好きになったよ！」けれども、宦官は答えました。「つまらないことをおっしゃいますな。中へはいってはなりません」父親のハサンは宦官にむいて申しました。「旦那はどうしててまえの店にはいって、てまえを喜ばせてくださらんのですか？ あなたは栗の実と同じように、外は黒くても、中の心《しん》は白うございますて！ あなたのようなごりっぱなかたを、ある詩人はこう歌っております……」宦官は大声を立てて、笑うと、「なんと歌ったんだい？ さあ、早く言ってみるがいい」と言いました。そこで、バッソラー人のハサンはこんな歌をうたい出しました。

礼儀がなくて、分別なくば、
王家じゃだれも信用すまい。
さてハレムには、宦官《けらい》(53)がいるが
天使も仕えるりっぱなお方。

宦官はこの歌を聞いて、驚くとともに喜びました。そこで、アジブの手をとって、料理人の店にはいりました。バッソラー人のハサンは、素晴しくりっぱな柘榴《ざくろ》の実の漬物をしゃくって皿にもり、巴旦杏や砂糖をふりかけて申しました。「おつきあいくださいまして光栄に存じます。さあ、召しあがってくださいませ。おふた方の、ご健康とご幸福をお祈りいたします！」すると、アジブも父にむかって、「小父さんもおかけなさい。いっしょに食べまし

ょう。ひょっとすると、アラーの思召で、ぼくたちの探している人にめぐりあうかもしれないからね」と言いました。「これは、坊っちゃん、年歯もいかないのに、いとしいお方とお別れになって、苦しんでおられるのでございますか？」とハサンがたずねると、「そうですよ。小父さん。ぼくはね、大事な人をなくしたんで、とても悲しいんです。それはぼくのお父さんなんですよ。ぼくも祖父さんも、世界中を歩きまわっても、お父さんを探し出そうと思ってやってきたんです。かわいそうでしょう。ぼくはお父さんに会いたくってたまらないんだ！」と答えて、アジブは身も世もなく泣きました。父のハサンもアジブの泣くのを見て、涙を流しましたが、それといっしょに、遠い昔に親しい友や母と別れたことを思い出して、自分自身の離別をも悲しんだのでございます。宦官も同情の念にたえず、深く心を動かされました。それから、三人はいっしょに腰をおろして、心ゆくまで食べました。食べ終わると、アジブと奴隷の宦官は立ちあがって、店を出ていきました。

ハサンはまるで魂が体からぬけ出て、ふたりといっしょにどこかへいってしまったかのような気がしました。アジブがわが子ということは知る由もありませんでしたが、この少年の姿が見えるあいだはまたたきもせずに、後を追わずにはいられませんでした。そこで、ハサンは店をしまうと、急いでふたりの後を追いかけました。大急ぎで歩いたため、まだ西の門から出てしまわないうちに、ふたりに追いつきました。宦官がふりかえって「どうしたのかね？」とたずねますと、ハサンは「あなた方が店から出ていかれると、てまえの魂もいっしょに抜け出していったような気がしました。ちょうど城門の外に用事がありますもんで、お伴をしたいと思ったわけなんで。かたがついたらすぐひき返しますが」と答えました。宦官は腹を立てて、アジブにむかって言いました。「そら、言わんこっちゃありません！　ありがたいことじゃあったけど、あの縁起でもないものをひと口つまんだばっかりに、この男はこうやってうろうろわたしどもをつけてくるじゃありませんか。平民はやっぱり平民で、始末におえん」ふり返って見ると、料理人がすぐと後からついてきますので、アジブは顔をまっ赤にして怒り、従僕の宦官に言いました。「回教徒の公道だから、歩くのは勝手だけど、ぼくたちの天幕へいく脇道へ出てからもついてくるようだったら、うんといやみを言って、追っぱらっておくれ」

それから、アジブは頭をさげてどんどん歩きつづけ、宦官もその後を追っていきました。けれども、バッソラーのハサンはアル・ハサの野原までついていきました。天幕に近づいて、ふたりがふり返って見ると、ハサンはすぐ後ろにいるではありませんか。アジブはひどく腹を立てました。それというのも、宦官がきょうの出来事をなにもかも祖父の大臣に話してしまいはしないかと心配したからでございます。それにまた、飲食店にはいったため、料理人が後をつけてきたなどと言われてはたいへんだと思って、ますます腹立たしくなったのでございます。そこで、バッソラーのハサンをふり返りましたが、相手は目をすえて、じっと自分のほうを見ているではありませんか。この父親は魂のないもぬけの殻になっていたのですが、アジブには相手の目が怪しい目つきに見え、相手が賤しい男のように思われました。

それで、アジブの怒りはいよいよつのり、身をかがめて半ポンドもある石をつかむと、これを父親めがけて投げつけました。石は相手の額にあたり、眉間を割ったからたまりません。赤い血がさっとほとばしり出ました。ハサンは気を失って地上に倒れましたが、そのあいだにアジブと宦官は天幕へひきあげていきました。ハサンは正気に返ると、血をぬぐって、頭布をひきさいて、頭をしばりました。そのあいだも、われとわが身を責めて、「あの子に悪いことをした。店をしめて後をつけたりなどして。あんなまねをしたから、性のわるい人間だと思ったんだ」とひとりごとをもらしました。それから、わが家へ帰ると、お菓子を売ったりして、せわしく働きました。そして、バッソラーにいる母親がしきりと恋しくなって、涙を流しながら、こんな歌をうたいました。

そりゃむりなこと、世の中に
まともなことを望んでも、
だから、世間をとがめるな、
この世は正義と縁はない。
悲しいことはすぐ忘れ、
世間の出すもの受けりゃいい、
どうせ浮世は風しだい
今はよくても、あす悪い。

そんなわけで、バッソラーのハサンはわき目もふらず熱心に、お菓子の商売《あきない》にはげみました。いっぽう、伯父の大臣は三日間ダマスクスに滞在してから、エメサにむかって出発しました。この町を通りながらも、足を休めては、そこかしこでハサンの消息をたずねました。そこから、ハマーとアレッポを通って旅をつづけ、さらに道中、行方を探しながら、ディヤル・バクルやマリディン、モスールなどを経て、とうとうバッソラーの市《まち》にたどりつきました。宿をとるが早いか、大臣はすぐと国王のご前に伺候しました。王さまは自分の身分にふさわしい名誉と敬意を示して大臣をもてなし、来意の子細をただしました。大臣が自分の身の上を語って、大臣ヌル・アル・ディンが弟であったことを話しますと、王さまは「あの者にアラーの慈悲があらんことを！」と叫んで、「これは大人《サヒブ》(54)！　あのものは十五年のあいだわしの大臣をつとめてくれたよ。わしも大いに目をかけてやったが、そのうち、息子をひとり残して、死んでしまったのじゃ。息子は父親が死んでからひと月ばかり屋敷にいたが、その後、姿を消してしまい、なんの消息もない。しかし、母親はな、もと大臣の娘だが、現にわしらのもとで暮らしているぞ」とつけ加えました。大臣シャムズ・アル・ディンは甥の母親が達者で生きていることを聞くと、すっかり喜んで申しました。「王さま、ぜひともその母親にお目にかかりとうございます」

王さまはすぐさま母親をたずねる許可を与えました。そこで、大臣は弟ヌル・アル・ディンの屋敷におもむくと、家の内や、ぐるりのすべての物に悲しげな視線をなげて、閾《しきい》にまで口づけしました。それから、弟のヌル・アル・ディンのことを、縁者や友から遠く離れて異郷の土で死んだありさまを、思いうかべて、泣きながら、こんな歌を口ずさみました。

　われはさまよう、あちこちと
　ラウラ[*3]の壁の内側を、
　この壁、あの壁、そこはかと
　口づけしつつ、右左。
　わが心から愛するは
　壁にあらず、屋根ならず、
　この家《や》にありてまどらかに
　夢を結びし人々ぞ。

大臣が門をくぐって庭に出て見ると、このうえなく堅い黒花《か》崗岩《こうがん》でこしらえた円蓋づきの玄関があって、色とりどりの大理石がちりばめてありました。中にはいって屋敷の中をさまよいながら、あちこちと眺めまわしているうち、ふと壁の上に金文字でしるした弟ヌル・アル・ディンの名が目につきました。そこで、近寄ってこれに接吻し、ふたりが袂をわかつようになったいきさつや、永久に弟を失ってしまったことなどを思い出して涙を流し、こんな対句をうたいました。

朝日がのぼるそのたびに
わがたずねるは君のこと、
真昼の光輝けば、
またまたたずねる、君のこと。
思いはにがく、夜もすがら
眠れぬ夜もあればとて
いかでかこたん、わが悩み
苦しくにがきこの思い。
愛してやまぬ弟よ！
別離の悩みやまざれば、
わが身も魂《たま》も少しずつ
うつろいゆきて朽ちはてん。
ああ、願わくば、いつの日か
この目に君の面影を
映してみたし、他のものは
なべて見ずとも、君だけを。
わが魂を奪うもの、
ほかに思いをよするもの、

たえてなしと知りたまえ。

それから、ずんずんさきへ進んでいくと、とうとうバドル・アル・ディン・ハサンの母で、もと弟の妻であったエジプト女の部屋へ出ました。さて、この母親は息子が行方不明になってからは、昼となく夜となく、いつまでも嘆き悲しんでおりました。そして、歳月が流れて、だんだん生きているのもわずらわしくなってきますと、広間のまん中に大理石の墓碑をたてて、明けても暮れても、そこで泣きくらし、寝るときでさえも、そのそばを離れませんでした。大臣が部屋に近づくと、中から人声が聞えたので、扉のかげにたたずんでいますと、母親は墓石にむかって、こんな歌をうたっていました。

おお、奥津城《おくつき》よ、答えてよ、
かの美しき眉目《みめ》かたち
すべて消えうせ、帰らずや？
無常の力に、美のひな型も
うつろいはてて滅びしや？
おお、奥津城よ！　汝《なれ》こそは
土くれならず、空ならず、
されば、いかなるしだいぞや、

細枝《さえだ》と月が汝《なれ》の中
ふたつながらに映《うつ》れるは？

こんなふうに母親が嘆いているところへ、大臣は不意にはいってきて会釈をすると、自分はあなたの亡《な》き夫の兄である、と告げました。そして、一部始終の身の上話から、息子のハサンがまる十年前に自分の娘とひと晩寝て、朝になると姿を消したことなどまで話をしてきかせ、最後にこう言って、話をむすびました。「娘はあなたのご子息のため身籠り、男児を生み落としました。この子は現在わしのもとにおりますが、あなたの孫にあたるわけです」母親は息子のハサンがまだ生きているという便りを聞き、しかも、目の前に義兄の姿を見たので、体を起こしてそばに近より、その足もとにひれふして、接吻しました。そして、こんな詩をよみました。

うれしい便りをもらった方に
神の祝福ありますように！
わたしの耳はこれよりもっと
うれしい便りを求めはしない。
もしも破れた衣でさえも
お気に召すなら、あなたの肩に

そっと投げかけ、別れるときは
破《や》れた心をさしあげましょう。

それから、大臣はアジブをよびよせましたが、祖母は立ちあがって、アジブの首に抱きつくと、泣きくずれてしまいました。けれども、シャムズ・アル・ディンは言いました。「泣いている場合じゃありません。さあ、身支度をして、いっしょにエジプトの国へ旅立ちましょう。ひょっとすると、アラーの思召《おぼしめし》で、あなたの息子でわしの甥のハサンにめぐりあわぬともかぎりませんからね」「かしこまりました」母親はそう言って、すぐに立ちあがると、荷物や宝石類などをかき集めて、身支度をととのえ、奴隷女にも旅の支度をさせました。そのあいだ、大臣はバッソラーの国王に暇乞いを告げにまいりましたが、王さまはエジプトの国王《ソルダン》のためにいろいろ珍しい贈物を大臣の手に託されました。それから、すぐ一行は故郷へむかって旅立ちましたが、ダマスクスの都までくると、大臣はまえのところに馬をとめて、天幕を張り、家来たちに申しました。「当地に七日間滞在して、国王へさしあげるいろいろな土産物を買いととのえるつもりだ」

ところで、アジブはいつぞやのことを思い出して、宦官《かんがん》に言いました。「ねえ、ライク、ぼくはちょっと遊びにいきたいな。ダマスクスの大市場[55]へいってみようじゃないか。あの料理人はどうしたろう。あの男のお菓子を食べたり、頭をぶち割ったりしたけど。ぼくたちには親切にしてくれたね。こっちはひどいあしらいをしたんだが」宦官は答えました。「お伴いたしましょう」

そこで、ふたりは天幕から外へ出ましたが、血のつながりでアジブは父のほうへひきよせられたわけでございます。ふたりはバブ・アル・ファラディス[56]と呼ばれる門を通って町にはいり、どんどんさきへ歩みつづけて、やがて、例の飲食店の店さきにまいりました。すると、ちょうどバッソラーのハサンが戸口のところにつっ立っておりました。お昼の祈禱の時刻に近いころで、ハサンはいましがた柘榴の実のお菓子を砂糖でまぶしたばかりだったのです。アジブはそばによって、ハサンの姿を見ると、懐しさに胸がいっぱいになりました。月日がたって黒くなってはいましたが、額の傷が目にとまりましたので、さっそく声をかけました。

「やあ、小父さん！　ご機嫌よう。ぼくはいつも小父さんのことを思っていたよ」けれども、ハサンは自分の息子を眺めると、体じゅうがせつなくなり、胸の動悸《どうき》がはげしくなりました。顔をうつむけて、思いを言葉に出そうとしても、なかなか舌がまわりません。やがておずおずと、嘆願するようにアジブのほうへ顔をあげて、こんな対句を口ずさみました。

君を慕いしわれながら
顔あわせれば、恥ずかしく
言葉も出ずに眼《まなこ》ふせ
こわさに深くうなだれて、
わが愛情をかくせども、

いかにかくせど益もなし。
なじるつもりで数々の
不平不満を胸のうち
ひそかに用意はしつれども、
顔あわせれば、ひとことも、
思い出せぬは情けなや。

それから、ふたりにむかって、「この傷ついた気持ちを慰めて、てまえの作ったお菓子を召しあがってくださいませ。いや、どうも、あなたの姿を見ると、気がそわそわしていけません。先日はほんとに、あなた方の後をつけたりして、申し訳ありません。すっかりとり乱していたものですから」

と言いますと、アジブは答えました。「小父さんはぼくたちをほんとうに愛していてくれるんだね！ せんだってては小父さんにお菓子をご馳走になったのはいいけど、あとで後悔したよ。だって、ぼくたちの後をつけてきて、恥をかかしたんだもの。だからきょうは、つけたり、つきまとったりしないという約束をしてくれないと、なにもいっしょに食べないよ。それどころか、こんどの逗留中も、二度と小父さんのところへたずねてこないからね。ぼくたちはここに一週間滞在して、そのあいだに、祖父さんが王さまにさしあげるお土産を買うことになっているんだ」

バッソラーのハサンが「お約束しましょう」と言いましたので、アジブと宦官は店の中にはいりました。父親のハサンはさっそくふたりの前に柘榴の実の漬物を皿に盛ってさし出しました。「小父さんも坐っていっしょにおあがりよ。ひょっとすると、アラーはぼくたちの悲しみを追いはらってくれるかもしれないよ」とアジブが言いますと、バッソラー人のハサンは喜んで腰をおろし、いっしょに食べました。ですが、ハサンの瞳はじっとアジブの面《おも》にそそがれていました。なにせせつないほど、アジブに心をひかれていたからでございます。とうとうアジブはたまらなくなってハサンに言いました。「だからぼくが言ったじゃないか、小父さんはほんとにしょうのない老いぼれじじいだって。そんなにぼくの顔をじろじろ見ないでおくれよ！」バッソラーのハサンは息子のこの言葉を聞くと、こんな文句をうたいました。

君は人の心をば
しっかととらえる妙技あり、
まか不思議なるその秘術
人目にふれず、隠されて。
空に輝く月さえも
はじろうばかりのその器量、
さふらん色の旭日も

競うてかなわぬその容姿。
君の美貌はとこしえに
ほろびることなき神殿か、
いやがうえにも美を加え
天上天下にその比なし。
われはエデンの額ゆえ
飢えて死すべき運命か、
かのカウサル(57)の唇を
求めて死すべき運命か。

ハサンは、時にはアジブの口に、時には宦官に、お菓子をつまんでやったりしましたが、やがて、どちらもお腹がいっぱいになりました。ふたりが立ちあがると、料理人のハサンはふたりの手に水を注ぎ(58)、絹の前掛けをはずして水を拭きとると、今度は、かたわらの香水壜をとって薔薇水《しょうび》をふりかけました。それから、外へ出ていくと、まもなくひと瓶のシャーベット水を持ってもどりました。これは薔薇水を加え、麝香の香をつけて、雪で冷たくしたものでございます。ハサンはふたりの前にこの飲物をさし出して、「さあ、これでおしまいです。どうか召しあがってください！」と申しました。アジブは瓶をとって飲むと、宦官にまわしました。こんなふうにやりとりしているうちに、ますますお腹がくちくなって、ふだんより度をすごしたふたりはすっかり堪能してしまいました。そこで、ふたりは店を出ると、急いで天幕へひき返しました。アジブはすぐに祖母のところへいきましたが、祖母はアジブに接吻すると、息子を思い出して、声高く呻《うめ》いたり泣いたりして、こんな歌をよみました。

いまいちど　君の姿を
見んものと　望みてあれど、
いつまでも　君いまさずば
人の世も　かげりて暗し。
われはただ　君よりほかに
なに人も　愛することなし、
魂の　秘めごと知れる
神かけて　われは誓わん。

それから、祖母はアジブにむかって、「これ、坊や、おまえはどこにいっていたの？」とたずねました。「ダマスクスの市《まち》へいったんです」とアジブが返事すると、祖母は身を起こして、ボッタラ焼のパンをひと切れと、柘榴の実の漬物（ぜんぜん甘みが足りませんでしたが）をひと皿出して、宦官にも、「若旦那といっしょにお坐り！」と申しました。宦官は心の中で、「ちっとも食べたくないな。パンの匂いもいやだなあ」と思いましたが、とにかく腰をおろしました。アジブもまた、ついいましがた食べたり飲んだりしてお腹がいっぱいでしたけれど、席につきました。それでも、アジブはパンをひと切れつまんで、柘榴の実の漬物にひたし、どうにかこうにか口に入れました。けれども、お腹がくちいので、少しもおいしくはありません。「へっ！ なんだー、味もそっけもないじゃないか？」

祖母は叫びました。「これ、坊や、この料理がまずいと言うの？ これはね、わたしが自分でこしらえたんですよ。おまえのお父さまハサンは別だけれど、わたしほど上手に料理ができる者はいませんよ」「お祖母さま」とアジブは申しました。「なんていったって、このご馳走はまずいや。ぼくたちはさっきバッソラーの市《まち》＊4である料理人と会ってきたんだけど、この人は柘榴の実のまぶし方がとてもうまいんですよ。匂いをかぐだけでも胸にこたえるし、その味をいっぺん味わったら、大人《おとな》だっていつまでも忘れられないなあ。あの人のにくらべりゃ、問題にもなりゃしませんよ」祖母は孫の言葉を聞くと、たいへん腹を立てて、従者をにらみつけました。

——シャーラザッドは夜がしらんできたのを知って、許された物語をやめた。

さて第二十四夜になると

シャーラザッドは語った。おお、恵み深い王さま、アジブの祖母はこの言葉を聞くと、まっ赤になって怒り、従者をにらんで申しました。「たわけ者！　おまえはわたしの坊や[59]をやくざものにして、町の食べ物屋へつれこんだりするんだね？」宦官はびっくりして打ち消しました。「いえ、わたしどもは店にはいったのではございません。ただ店のそばを通ったばかりです」「アラーにかけて」とアジブは叫びました。「ぼくたちはほんとにはいって食べたんだ。この鼻の穴から出てくるくらいにどっさり食べたのさ。祖母さまの作ったのよりずっとおいしかったよ」

祖母は出ていって、義兄《あに》にこのことを知らせました。義兄は宦官に腹を立てて、すぐさまよび寄せると、たずねました。「なぜおまえは倅を飲食店などへつれていった？」宦官はおじけづいて答えました。「わたしどもは店にははいりません」けれども、アジブは「ぼくたちは実際に中へはいって、柘榴の実の漬物をたらふく食べました。それに、あの料理人は雪でひやした砂糖入りのシャーベット水まで飲ましてくれました」と言いますので、大臣はますます怒って、この閹人《カストラト》を問いつめました。ところが、相手はなおもこばみつづけるので、大臣は言いました。「もしおまえの言うことが嘘でないなら、わしの目の前で食べてみろ」宦官は前に出て食べようとしましたが、のみこめないで、はき出してしまいました。「旦那さま！　実はきのうからお腹がいっぱいでございます」このありさまに、大臣は宦官が飲食店で物を食べてきたのは間違いないと見てとり、奴隷たちに命じて床《ゆか》の上におし倒しました。[60]それから、奴隷たちはその上にのしかかって、肋骨のあたりに鞭《むち》を加えました。宦官は、焼けつくような痛みを覚えると、しまいにはアラーのご慈悲と助けを求め、「おお、旦那さま、もうこれ以上鞭を加えないでください。ほんとうのことを申しあげますから」と叫びました。

この言葉を聞いて、大臣は笞刑を中止させました。「では、ありのまま白状せよ」

「実は、わたしどもはある料理人の店にはいりました。ちょうど主人が柘榴の実の漬物をまぶしておりましたので、わたしどもの前にそのお菓子を持ってまいりました。全くのところ！ 生まれてこのかた、あんなにおいしいものを食べたこともなければ、ここに出ているお菓子ほどまずいものを口にしたこともございません」(61)と宦官が言いますと、ハサンの母は怒って申しました。「ではね、料理人のところへひき返して、店にある柘榴の実の漬物をお皿にいっぱい買ってきなさい。旦那さまにお目にかければ、どちらがりっぱでおいしいか、決めてくださるだろうからね」「ではそのようにいたしましょう」と宦官は答えました。

そこで、祖母はすぐお皿と半ディナールを出してやりましたので、宦官はかの店にひき返して、料理人に言いました。「おい、料理人の頭《かしら》(62)、たった今、ご主人の家でおまえの腕前のことで賭《かけ》をしたんだ。家にも柘榴の実の漬物があるからね。だからね、半ディナールだけおくれ。よく選《え》ってくれよ。おれはね、おまえのりっぱな腕前のおかげで、さんざん鞭をくってきたばかりだから、もうなにもいらないよ」

バッソラーのハサンは笑って、答えました。「アラーに誓って、このお菓子をちゃんとまぶせるのは、てまえとお袋《ふくろ》だけでさあ。お袋はいま遠い国にいるんですがね」(63)それから、皿いっぱいすくって盛りあげると、麝香と薔薇水をかけて仕上げをし、布に包んで封印をしてから、宦官の手に渡しました。宦官はこれをもって、大急ぎで天幕へもどりました。

ハサンの母親はひと口食べて、その豊かな風味とすぐれた腕前を知ると、たちまちこれをまぶした料理人の正体に気がつき、甲高い叫び声をあげて、気を失ってしまいました。大臣はあわてふためいて、薔薇水をふりかけていましたが、しばらくすると、母親は正気に返って言いました。「もし倅がまだこの世に生きているとすれば、この柘榴の実の漬物をまぶしたのは倅以外にありません。この料理人はたしかに息子のバドル・アル・ディン・ハサンです。不審なところは少しもございません。決して思い違いでもございません。だって、このお菓子の作り方を知っているのはふたりだけのことですし、このわたしが倅に教えたのですもの」

大臣は母親の言葉を聞くと、夢中になって喜びました。「ああ、弟の倅を見たいものだ！　いつになったらめぐり会えるかしら！　いずれにしても、全能のアラーにおすがりするほかはない、めぐり会えるかどうかは――」

大臣はすぐさま、従者の一行のところへいって、申しました。「さあ、おまえたちのなかから五十人ばかり、鞭や棒をもって、料理人の店までいってこい。店をたたき壊して、料理人はターバンで腕をうしろ手に縛ってつれてこい。あのけがらしい柘榴の実の菓子をこしらえたのはきさまだな！　と言ってやれよ。力ずくでひっぱってきてかまわんが、怪我《けが》をさせちゃならんぞ」「かしこまりました」と一同が答えると、大臣はただちに王宮へ馬を駆《か》り、ダマスクスの副王に面会して、国王の訓令書を見せました。副王は注意深くこれを読んでから、書簡に接吻し、頭の上におしいただいて、大臣に申しました。「あなたにふらちなまねをしたというのは何者ですか？」「料理人です」と大臣が答えると、副王はさっそく部下の執行吏たちを店へさしむけました。が、かけつけてみれば、とうに店は壊されて、中の品物は粉々にうちくだかれておりました。それといいますのも、大臣が宮殿に馬を駆っているあいだに、家来の者どもは言いつけられたとおりにしてしまったからでございます。

家来どもは謁見室に出かけた大臣の帰りを待っていましたが、捕えられたバッソラーのハサンのほうは「こんなことになるなんて、いったい柘榴の実の漬物になにがはいっていたのかしら[64]？」と言いつづけておりました。大臣は副王を訪れて、犯罪人を捕縛し、拘引してもさしつかえないという正式な許可をもらいうけると、一同のもとへ帰ってきて、天幕にはいるなり、料理人をつれてくるように命じました。一同はターバンでうしろ手に縛られたハサンを引き立ててきました。ハサンは伯父の大臣を見ると、激しく泣いて、申しました。「もし、ご主人さま、てまえはあなたさまにどんな罪を犯したというのでございますか？」「柘榴の実の砂糖漬をこしらえたのはおまえか？」と大臣がたずねると、相手は「はい！　その中になにかはいっていたので、てまえの首をはねようとおおせられるのですか？」と返事しました。「その程度の罰ならたいしたこともない！」「おお、ご主人さま、てまえの犯した罪を教えてくださいませんか。柘榴の実の漬物がどうしたのでございますか？」「そのうちに教えてやろう」と大臣は答えて、大声で従者をよびました。「駱駝をひいてまいれ」

そこで、一同は天幕をたたみ、大臣の命令どおりに、ハサンを箱の中に入れて、海老錠をおろすと、駱駝の背に積みました。こうして、一行は出発し、日が暮れるまでどんどん旅をつづけました。夜になると一行は足を休めて食事をとり、ハサンにも箱から出して食物をあたえましたが、またすぐと、箱におしこんで錠をかけました。それからさらに、旅をつづけていくうちに、キムラーに到着しました。ここで、ハサンは箱から出され、大臣の前に引き立てられました。「柘榴の実の砂糖漬をこしらえたのはおまえだな？」「はい、ご主人さま！」「では、この者に足枷《あしかせ》をかけよ！」と大臣は申しつけました。一同はハサンに足枷をかけて、箱に入れると、ふたたびさきを急ぎました。やがて、カイロにつくと、一行はアル・ライダニヤー(65)と呼ばれる野営地で馬をおりました。大臣はハサンを箱からひき出すように命じ、ひとりの大工をよびよせて、こう申しました。「こやつのため木像(66)をひとつこしらえてくれ！」ハサンは叫びました。「それで、どうなさるおつもりですか？」「おまえをその上に磔《はりつけ》にし、釘をうちつけて、市《まち》じゅうをねり歩かせるつもりだ」「どうしてそんなめにあわせるのですか？」「柘榴の実の漬物のこしらえかたがけしからんからだ。胡椒《こしょう》も入れずに、こしらえて売るとはなにごとじゃ？」「胡椒が入れてないために、あなたさまはこんなめにあわせるのですか？　もう十分ではありませんか。店をめちゃくちゃにし、品物を台無しにし、おまけにてまえを箱づめにして、一日一回の食事しかくれないで」「胡椒が足りなさすぎたのだ！　胡椒が足りなさすぎたのだ！　この罪は磔の刑でつぐなうほかにしかたがないわい！」ハサンはあまりのことにびっくりし、自分の命もこれまでと思って、泣き出しました。すると、大臣(67)はたずねました。「なにを思い出したのだ？」「おまえさんの頭のような妙ちくりんな頭だよ！　だってそうだろう、一匁ばかりの分別でもあったら、まさかてまえをこんなめにあわしゃしないだろうからね」「二度とあんなまねをしないように、こらしめてやるのはわしの義務《つとめ》じゃ」「実をいうと、おまえさんはこれまでてまえをずいぶんいじめたが、てまえの罪なんざあ、とっくの昔につぐないができてるはずだ。柘榴の実の漬物もくそもあるもんか。あの時にこしらえてなきゃよかったんだ。くそいまいましい！　こんなめにあうくらいなら、とっくの昔に死んでりゃよかったよ！」「どうにもしかたがない。わしは胡椒のはいっていない柘榴の実の漬物を売ったやつを磔にする以外にないのだ」

そのあいだじゅう、大工は木像をけずっていました。ハサンはこれをぼんやり眺めていましたが、やがて夜になったので、伯父はハサンを箱の中へおしこめて、言いました。「あす磔にしてやるぞ！」それから、ハサンが眠るのを待って、大臣は馬に跨り、箱を自分の前に積んで市《まち》にはいると、まっすぐわが家へむかいました。家へつくと、馬をおりて、娘のシット・アル・フスンに申しました。「とうとうおまえは夫に、おまえの叔父さんの息子にめぐり会えたぞ。アラーをほめたたえよう！　さあ、すぐと、初夜の晩のように家の中を作りなおすのだ」

そこで、召使どもは起きあがって、ローソクの火をともしました。大臣は花嫁の寝室の見取図をとり出して、なにかと指図しながら、なにもかももとどおりにさせました。こうして、だれが見ても、あの婚礼の晩と寸分違わないような部屋ができあがったのでございます。

それから、大臣はハサンが自分の手でおいたようにターバンを長椅子の上におかせ、また袋ずぼんや財布も、同じように、寝床の下に入れさせました。これが終わると、婚礼の晩と同じように、娘の着物をぬがせて、寝床へはいらせてから、言いました。「叔父さんの息子がやって来たら、こう言いなさい。『ご不浄でぐずぐずしていらっしゃったのね』とな。それからそばにきてやすむようにいって、夜が明けるまで語りあかすさ。あすの朝になったら、なにもかもすっかり話してきかせてやるから」

大臣は箱の中からハサンを出させたうえ、足枷《あしかせ》をはずし、婚礼の晩に着て寝た青絹のシャツだけにして、着ているものはすっかりぬがせました。ですから、ずぼんもはかずに、ほとんどまっ裸に近い姿になったわけでございます。そのあいだも、ハサンは正体なく眠りつづけておりました。

ふと、ハサンは寝がえりをうった拍子に目が覚めました。見ると、いつのまにか灯のついた控えの間に横たわっているので、「きっと夢の中で迷い子になったに違いない」とつぶやきました。そこで、立ちあがって少しさきへ進み、奥の戸口までやってくると、中をのぞきこみました。と、なんと！　それはかつて花嫁が自分に披露めをしてくれた同じ部屋ではありませんか。花嫁の寝床も、長椅子も、自分のターバンも、着物もそっくりそのままではありませんか。このありさまを見て、胆をつぶしたハサンは、片足で進もうとすれば、片足が後ずさりして、進むことも退くこともかないません。「いったい夢か現《うつつ》か、どっちなんだろう？」と言って、額をこすりはじめました。また（すっかり気も心も転倒していたので）、こんなひとりごとをもらしました。「アラーにかけても間違いなしだ。こりゃたしかに、おれの前でひろめをした花嫁の寝室にちがいない！　いったい全体、おれはどこにいるんだ？

今の今まで、箱の中にはいっていたはずだが！」こんなひとりごとをつぶやいていると、不意にシット・アル・フスンが寝室の帳《とばり》の片隅をもちあげて、言葉をかけました。「旦那さま、おはいりになりません？ まあ、ずいぶん長いご不浄ですこと」ハサンはこの言葉を聞き、相手の顔を見ると、急に笑い出しました。「ほんとうに、こりゃ夢の中の夢魔に違いない！」

それから、溜息をつきながら中にはいり、わが身に起こったことをつくづくと考えて、思い悩んでいました。けれども、自分のターバンや袋ずぼんはあるし、衣嚢《かくし》をさぐると、金貨の千枚はいった財布もあるので、いよいよもって訳がわからなくなりました。そこで、じっとつっ立ったまま、つぶやきました。「アラーはなにごとも知っておいでだ！ おれはきっととんでもない夢を見ているんだ！」すると、美女のアル・フスンが申しました。「どうなさいましたの、うかぬお顔つきをなさって？」それから、「ひと晩もしないうちにすっかりお変わりになったわ！」とつけ足しました。ハサンは笑ってたずねました。「どのくらい帰ってこなかったかね？」「とんでもない、なにをおっしゃいますの。アラーがあなたをお守りくだされ、アラーの聖きお名がいつもあなたのそばを離れませぬように！ たった一時間にしかなりませんわ、用足しにいってもどってこられるまで。気でも狂ったのじゃございませんの？」ハサンはこれを聞いて笑いました。[68]「いや、おまえの言うことはほんとうだよ。でもね、部屋から出ていって、ご不浄にはいったところ、しばらく正気を失ってね。ダマスクスで料理人になって十年間も住んでいたような夢を見たのさ。ところがある日、さる貴人の息子の少年がやってきたんだよ。宦官をつれてね」ここで、ハサンは額を手でなでましたが、例の傷口にさわると、叫びました。「アラーに誓って、ねえ、おまえ、こりゃやっぱり嘘じゃなかったんだよ。その少年はわたしの額に石をなげつけて、眉間《みけん》を割ったんだ。ほら、ここに傷あとがある。とすると、夢じゃなかったわけさ」それからまた、つけ加えました。「でも、おおかた、おまえとわたしが抱きあって眠りこんだときに、そんな夢を見たのかもしれないな。というのは、ターバンもずぼんもつけないで、はるばるダマスクスまでいき、その市《まち》でひとりまえの料理人になったようだからね」

それからまた、途方にくれて、しばらく考えこんでから、言いました。「たしかに柘榴の実の砂糖漬をこしらえ、胡椒《こしょう》の入れ方が少なすぎたようにも思ったが。いやきっと、便所の中で眠って、なにもかも夢で見たに違いない。それにしても、長い夢だったなあ！」「どうか話してくださいな」とシット・アル・フスンは言いました。「そのほかに、どんなことをご覧になりましたの？」

そこで、ハサンは一部始終を語ってきかせたうえ、やがて、こう言いました。「きっと、もし目が覚めなかったら、わたしは木像に磔《はりつけ》になっていただろう！」「どうしてなの？」「柘榴の実の漬物に胡椒の入れ方が足りなかったせいでね。あいつらは店をこわすし、鍋《なべ》や釜は粉々にするし、なにもかも台無しにしたうえ、箱の中へおしこんだんだよ。それから、大工をよんできて木像を作らせ、わたしを磔にするつもりだったんだ。だけど、アラームモディリラー！*5 アラーのおかげで、それもこれもみんな夢の中の出来事で、現実に起こったわけじゃなかったんだね」

シット・アル・フスンは笑ってハサンを胸に抱きしめると、ハサンもおなじように堅く相手を抱きました。しばらくすると、ハサンもまた思い出して言いました。「アラーに誓って、夢だとすれば、そんなこともあり得なかったはずだな。いや、まったく、どう考えていいかさっぱりわからん」それから、ハサンは横になりましたが、夜っぴて、わが身の上を思っては途方にくれて、思いまどっておりました。「おれは夢を見ていたんだ!」と言うかと思うと、「おれはちゃんと目が覚めていたんだ!」と言い出したりしました。

そのうち夜が明けると、伯父の大臣シャムズ・アル・ディンがやってきて、ハサンに挨拶しました。ハサンは相手を見るなり、言いました。「おや、おや、あなたは、わたしの手をうしろ手にしばり、店をこわし、柘榴の実の漬物に胡椒《こしょう》が足りないといって、磔にしろとおっしゃった方じゃありませんか?」

そこで、大臣はハサンにむかって言いました。「これ、よくお聞き。真実《まこと》のことが明らかになり、隠れていたことがあらわれたのだ! (69) おまえはわしの弟の倅だ。わしがああいうまねをしたのも、ほんとうにおまえがあの晩、娘と妹背の契を結んだ本人であるかどうか、確かめたかったからだよ。おまえがこの部屋をはじめ、ターバンやずぼんやお金、それにおまえの書いた書きつけや、おまえの父、つまりわしの弟が書いたものに見覚えがあるかどうかがわかるまで、わしとしては確かでなかったからね。わしはそのまえにおまえを一度も見たこともなし、おまえのことをなにも知らなかったわけだ。それから、おまえのお母さんはだね、納得させてバッソラーからこちらへおつれしたよ」

そう言って、大臣は甥の胸にわが身をなげかけて、うれし泣きに泣きました。ハサンも伯父の言葉を聞くと、このうえなく驚き、伯父の首にとびついて、これまた、うれしさのあまり涙を流しました。やがて、大臣は言いました。「こんなことになったのも、みんなわしとおまえの父親とのあいだに起こった諍《いさか》いのためなんだよ」そして、ハサンの父親がバッソラーへいくようになったいきさつから、ふたりが離ればなれになったことのしだいを語ってきかせました。最後に、大臣はアジブをよびにやりましたが、父親はひと目見るなり、叫びました。「石をわたしに投げつけたのはこの子だ！」「これはおまえの倅だよ！」大臣が言いますと、ハサンはアジブに身を投げかけて、こんな歌を口ずさみました。

ふたりは別れた西東《にしひがし》、
別れを嘆いていく年か、
悔いの涙はこの目から
あふれ流れた、とめどなく。
ふたたび会う日があるならば、
〈別離〉の言葉はひとことも
わが舌さきにのせまいと、
かたく誓ったいじらしさ。

今、喜びにみちあふれ、
歓喜の情はかぎりなく
思わず瞳《ひとみ》に涙ぐむ
涙のしずくはうれし泣き。
おお、わが瞳よ、この涙
日ごろのわれの習性《さが》なれば、
うれしいときも、すすり泣き(70)、
悲しいときも、すすり泣く。

歌い終わったところへ、母親がはいってきて、ハサンに身をなげかけると、こんな歌をうたいました。

会えば嘆いたその昔、
憂いに悩んだふたりの心。
使者《つかい》の言葉の悲しみは
いまだに苦い思い出か。

それから、母親は涙を流して、ハサンが家出をしてからあと、わが身にふりかかった出来事を語りますと、ハサンもまた、これまでなめてきた辛酸《しんさん》労苦のかずかずを物語って、ふたりはともども無事にめぐりあったことを全能のアラーに感謝いたしました。

帰国してから二日しますと、大臣のシャムズ・アル・ディンは国王のもとへ伺候して、手を折りまげて平伏し、王者にふさわしい挨拶の言葉を申しのべました。国王は面を輝かして大臣の帰国を喜び、そば近く坐らせて(71)、旅行中に見聞したことや、往復のあいだに起こった出来事などをすっかり物語ってきかせよとおおせられました。そこで、大臣が一部始終を語ってきかせますと、国王は「おまえが無事に本望を達して、子供たちや家族の者たちのもとに帰ってきたことをアラーに感謝しよう！　ところで、おまえの弟の子息、バッソラーのハサンとやらにぜひとも会いたいから、あす謁見室へつれてくるがよい」と申しましたので、シャムズ・アル・ディンは答えました。「神さまの思召でございますれば、必ずともあす王さまのご前につれてまいります」大臣は王さまに暇乞いをしてわが家に帰りますと、甥のハサンに国王が会いたいというおもむきを伝えました。これを聞くと、かつてのバッソラー人ハサンは「王さまの御意《ぎょい》のとおりにいたします」と答えました。

そんなわけで、そのあくる日、ハサンは大臣のシャムズ・アル・ディンに伴われて謁見室へ参上し、国王に会釈をして、いとも慇懃《いんぎん》にうやうやしくお辞儀をしてから、そくざにつぎのような詩をつくってよみました。

高き位《くらい》の貴人さえ

君がみ前にぬかずかん。
さすれば、なべての願望も
たちまちかないて成就せん。
君こそはげに誉れの泉、
君の御意さえ得る者は
うえなき誉れを手に入れん。

国王はほほえんで、ハサンに坐るように合図しました。そこで、ハサンが伯父のそば近く腰をおろしますと、王さまは名前をたずねました。「あなたさまの賤《いや》しい下僕《しもべ》はバッソラーのハサンという名でございまして、朝な夕ないつも王さまのご長寿を祈っております」この返事は国王の御意にかないました。そこで、国王はハサンの学識や教養のほどをためしてみたいと思って、「頬のほくろをたたえた詩をなにか覚えているかな？」とたずねました。ハサンは「存じています」と答えて、こんな詩をよみはじめました。

わが愛と　つらき別離を
思うとき　悩みあらたに
涙わき　しじに流れる。
美しき　顔のほくろに

思いいず　黒き瞳と
胸中の　黒きしずくを[72]。

国王はこのふたつの対句《ついく》をほめそやしてから、「今度はなにか別の詩をよんでみよ。おまえの父にアラーの祝福があるよう、またおまえの口が疲れぬように祈ろうぞ！」とおっしゃいました。そこで、ハサンはうたい出しました。

頬のほくろを人々は
麝香《じゃこう》の粒になぞらえぬ、
げにすばらしき喩《たと》えかな。
いざ、ほめそやさん、ひと粒の
ほくろあるため、あでやかな
色香加えし顔《かんばせ》を。

国王は喜びに身をふるわせて[73]、「もっとうたうがよい。おまえの身の上にアラーの祝福があるように！」と申しました。

頬にほくろを宿したる

君を思えば、はしなくも
赤きルビーの上にのる
麝香のひと粒しのばれん。
君のみ心ゆるせかし！
心を石としたもうな！
心の髄に君宿り
そを養うは君なれば！

「これはうまい喩えだ。のう、ハサン！ よくぞうたった！ 諸芸万般の身嗜《みだしな》みがあることがよくわかった！ ではひとつ、アラビア語のハール Khāl つまりほくろには、いくとおりの意味があるか、説明してくれぬか？」「おそれながら申しあげます。七十五とおりございますが、なかには言い伝えによって、五十と申すものもございます」「そのとおりじゃ」と国王は言って、またすぐつけ加えました。「美人の条件について知っておるか？」「はい、美人の条件と申しますは、顔が明るく、色が澄んで、鼻の形がよく、目もとがやさしく、口もとが愛らしいほか、言葉使いが丁重で、容姿がすらりとし、あらゆる特性がすっきりしていなければなりません。けれども、美の極致はなんといっても、その毛髪でございます。聖地のアル・シーハブも、ラジャズ調(74)の悪詩の中で、こういった点をすっかりあげております。こんな詩でございます。

肌は〈にぎ肌〉眉目《みめ》かたち
〈とても綺麗〉と言うならば、
いくらしげしげ眺めても、
決して文句は出ないはず。
美人の要件、第一に
形よい鼻もてはやされる、
それに劣らず大きくて
やさしく明るい目も大事、
また、愛らしき唇も
人々たたえてほめそやす、
(その口ゆえにわが熟睡《うまい》
さまたげられるは詮《せん》もなし)
弁舌さわやか、背の丈は
高くてすんなり端麗で
世にも稀れなる才芸と
うまくつりあいとれること。
とはいえ、髪毛は美の極み、

さらば、わが歌ききたまえ、中には異議もあろうけど。

国王《サルタン》はハサンの応答ぶりに心を奪われて、友だちのように親しく扱いながらたずねました。

「『シュライーは狐よりも賢い』という諺があるが、どういう意味かな？」すると、ハサンは答えました。

「おお、王さま（全能のアラーのお加護がありますように）、実は昔、法官のシュライー(75)は悪疫が流行しているあいだ、アル・ナジャフに参詣するならわしでございました。ところが、お祈りをしようとして立ちあがるたびに一匹の狐が現われて、目の前に立ちはだかり、お祈りのしぐさをまねて祈禱のじゃまをいたしました。しまいに、シュライーもしゃくにさわってなりませんので、ある日のこと、シャツをぬぐと杖の上にかけ、袖《そで》をいっぱいに広げて、さきのほうにターバンをかけ、腰に布切れをまきつけました。それから、いつも祈禱をする場所にこれを突き立てました。やがて、例のとおりに狐がかけよって、その姿の前に立ちはだかったので、シュライーは後ろから忍び寄って、狐をつかまえてしまいました。そんなわけで、諺にも『シュライーは狐よりも賢い』というのでございます」

国王は、この説明を聞くと、伯父のシャムズ・アル・ディンにむかって、申しました。

「お主《ぬし》の弟のこの倅は、ほんとうに申し分ないほど奥ゆかしい教養を備えているぞ。これほどの者はカイロ広しといえども見あたるまい」これを聞いて、ハサンは王さまの前に出て平伏し、白人奴隷兵が主人の前に坐るように、ふたたび着座しました。国王はハサンの奥ゆかしい身嗜みや態度を知り、また、貴人にふさわしい諸芸や詩歌に通じていることがはっきりとすると、このうえない満悦の色を浮かべ、素晴しい御衣をたまわって、身分をますます高める[76]ようにと、高い役柄に推挙しました。バドル・アル・ディン・ハサンは立ちあがって、王さまの前にひれ伏すと、万代までも御稜威《みいつ》のつづくようにと祈って、伯父といっしょに退出の許しを乞いました。王さまの許しが出ると、ふたりはうちつれだって家に帰りました。家では、食膳の仕度がとっくにできていて、ふたりはアラーから授けられたものを食べました。食事が終わると、ハサンはすぐ妻の居間へおもむき、自分と国王とのあいだに起こった出来事を逐一話してきかせました。すると、妻は、「王さまはきっとあなたを盃相手になさり、どっさりご祝儀をくだされ、そのうえ、山と積むほどのご恩寵をかけてくださいますわ。そうなれば、アラーの祝福のおかげで、あなたの人徳はお日さまの光のように、海に陸にどこへお出になっても、輝き渡ることでございましょう」と申しました。ハサンはそれに答えて、「王さまがますます深くわたしをご寵遇くださるように、カシダーという頌詩を作って捧げようと思っているよ」「それはけっこうなお考えですわ。よくご思案なすって、言葉使いにお気をつけなさいませ。きっと王さまはまたとないご寵愛をかけてくださると思いますわ」そこで、ハサンは一室にとじこもって、しっかりした詩法にもとづいて、深い雅致にあふれた、つぎのような連句を作ってから、たいへん風趣のある筆蹟でこれを写しました。それは、こんな詩でございました。

君こそは高潔至善の
道をふみ、最高至上の
栄誉えし天下の帝王《みかど》。
正義あまねく四海におよび
万民なべてつつがなく、
傲岸《ごうがん》不遜の敵勢に
守りは堅し鉄の門。
不敵の獅子も英雄も
はたまた聖者も王侯も
君と競いて優劣の
けじめはまことつけ難し！
貧者は君に嘆願し、
君の情けにうるおえば、
君をたたえる筆舌の
いかなる言葉もたらざらん。
君は平和の世にありて
紅《くれない》もゆる朝日なり、

されど、戦《いくさ》の庭にては
咫尺《しせき》わかたぬ闇夜なり。
君の英資に民草は
ひとしく頭を深くたれ、
君は帝王《みかど》にふさわしく
誉れも高き地位につく。
神よ、なにとぞ、わが君の
宝算のばして、ありとある
不幸な惨禍をはらいたまえ！

ハサンはこの詩句を写し終わると、伯父の奴隷にもたせて、国王《サルタン》のもとに届けさせました。国王はこれを読むと、たいへん気に入りましたので、いならぶ臣下の者たちに読んできかせたうえ、口をきわめて、ほめちぎりました。そこで、この詩を書いたハサンをさっそく自分の居間によんで、こう申されました。「きょうより以後、おまえをわしの盃相手としよう。また、先刻与えたもののほかに、月々一千ディルハムの俸給をつかわそう」ハサンは立ちあがっていくたびも王さまの前に平伏してから、御稜威《みいつ》と武運の長久と、やんごとなき身の安泰を祈ってやみませんでした。かようなわけで、バッソラー人のバドル・アル・ディン・ハサンはしだいに重く用いられて、その令名は多くの国々にひろがっていきました。そして、寿命がつきて、ついに鬼籍にはいるまで、伯父や一族の人々といっしょにたいそうしあわせな、楽しい余生を送ったということでございます。

教主ハルン・アル・ラシッドはバルマク家の大臣ジャアファルの口からこの物語を聞くと、たいへん驚いて申しました。「この話は、金文字で綺麗に書きしるしておかねばならんわい」それから、例の奴隷の罪を免じたうえ、自分の妻を殺した若者には、安楽に暮らしていけるだけの扶持を月々与えることにしました。それにまた、ご自分の奴隷女のあいだから妾を選んで与えたりして、この若者はとうとう教主の盃相手のひとりになりました。

「でも、今の話にくらべますと」とシャーラザッドは語りつづけた。「仕立屋とせむし男と、それからユダヤ人と料理頭とナザレ人などの身の上話はもっとおもしろうございますわ」

「それはどういう話じゃ?」とシャーリヤル王がたずねたので、シャーラザッドはこんなふうに語りはじめた。(77)

【原注】

(1) アラビア語のヒラアー Khila'ah はがんらい体からはぎとるものを意味し、一般には名誉の贈物に用いる。わが国の騎士道物語などに出てくる〈御下賜の衣〉以上のものである。というのは、馬、剣(しばしば黄金のつかのついた)、黄金の縁飾りがついた黒いターバン(アッバス王朝のあいだで用いられる)、紫色の外套、腰巻き、金の首輪、靴のしめがねなどもその中に含まれているからである。

(2)回教徒の東洋では、その期間が長く、恐ろしいくらいに退屈である。

(3)アラビア語のマール Mahr で、結婚前に男が女に贈与する金。これがなくては結婚契約も無効である。ふつうはその金額の半分が結婚の当日に支払われ、後の半分は夫が死亡するか、妻を離婚する場合に支払われる。しかし、仮に女のほうから離婚するとすれば、これをもらう権利を失うわけである。淫奔な夫、殊にペルシャ人はしばしば女の肉体を不自然に扱って、女のほうから離婚を要求させるようにしむける。

(4)ここでは、ビスミラーは〈そりゃいいともさ〉くらいの意。

(5)このただし書きの一文は威嚇をいっそう強めている。ふたりの兄弟のあいだに起こったこの場面の描写には、アラブ人特有のユーモアがこもっている。真に迫っているのである。イギリスでは、男は六時に夕食を食べたいと言い、妻は六時半に食べたいと言うので、この妻が離別されたという話を聞いたことがある。

(6)カイロはアラビア語ではミスル Misr（俗語でマスル）という。古代のある家名から出たこの語は、オスマンリ・トルコ人によって征服された当時（回教暦九二三＝西暦一五一七年）、現在の首都に用いられた。

(7)アラビア語のジザー Jizah＝縁、端である。現在の部落は、〈ギーザー Ghizah 碑銘〉が証明しているように（ブルグシュ著『エジプト史』第二巻四一五頁）、古代エジプトの都市があった場所である。〔ブルグシュは Heinrich Karl Brugsch のことで、ベルリン生まれのエジプト学者、一八二七—九四年。〕

(8)現在のアレキサンドリア—カイロ線にある停車場。

(9)わたしが初めてカイロを見た一八五二年ごろまでは、この都市の周辺は荒地で、風土は素晴しかった。今日では、民家の壁の間際まで耕地になっている。いっぽう、マームディヤー運河、街路の植樹、過剰灌水などで町は非常にそこなわれた。昔のカイロの雰囲気を懐しく思う人々はテーベ地方 Thebes〔古代エジプトの首都であった土地、今はカルナク、ルクソルの両都市がある〕へいかねばならない。

(10) エジプトの白人奴隷兵 Mameluke Beys の時代には、身分のある者は、街を横ぎるにも、徒歩で歩かなかった。〔白人奴隷兵については、本巻の「漁師と魔神」原注(61)を参照。〕

(11) バッソラーはアラビア語ではバスラーという。現在衰亡の途上にあり、ユーフラテス渓谷鉄道の敷設をみるまでは再起できないこの都は、回教紀元一五年に、オマル教主の手でチグリス川の支流アイラー河畔に創建されたものである。アル・ハリリ Al-Hariri〔著名なアラビア詩人〕によると、この地には〈鯨や蜥蜴《とかげ》が集まる〉といい、また、川には潮がさすので、

流れはさしつ、ひきつ、偉観を呈す

とある。内外にその名をうたわれた市場アル・マルバッドでは、昔はよく詩歌が吟誦された。また、同市は回教寺院、聖徒寺院、美人、さらにクファー Kufah と覇《は》を競った古典文法学校などで有名であった。〔クファーはイラク(メソポタミア)の都名で、西紀六三六年に創建、学問の中心地となり、長くバグダッドの教主がここに住居した。〕しかし、早くもアル・ハリリ(回教紀元四四六=西暦紀元一〇三〇年生まれ)の時代に、バグダッドはその人口の多くを奪っていた。

(12) この燻香(ブフール)は今でも行なわれている。土製または金属製の蓋のない香炉(ミブハラー)に少量の香料、もしくは香木を燃やし、人々のあいだにまわすわけで、客はめいめいこれを受けとると、ちょっとのあいだ鬚の下におく。香料の産地であるソマリ地方では、男も女も、性交後に全身を香でいぶす。レイン(『近代エジプト人』第八章)はミブハラーの挿図を掲げている。〔拙訳『エジプトの生活』では一一五頁参照。〕

(13) 『千夜一夜物語』の読者は、商人がしばしば豪商であって、貴顕高官たちと交際したり、縁を結んだりすることに気づかれたであろう。軍人と政治家と法律家の種族であるローマ人の間でさえも、規模の

大きい〈商業〉mercaturaを「誹謗してはならなかった」。ボッカチオ（第十日第九話）〔むろん『デカメロン』のことであるが、原文に十九とあるは九の誤植〕では、商人は清潔で優美な男たちnetti e delicati uominiである。〔英訳では、はっきり服装としての形容詞になっているが。〕

イギリスはたぶん商売〔貿易〕で富を作った唯一の国であろう。もっとも、リヴァプールやブリストルを建設した奴隷貿易のように、多くは不当な貿易ではあった。しかもなお、この国は商売人を侮蔑するか、侮蔑するようなそぶりをする。しかし、つまらぬ偏見はさきの世代とともに消滅しつつあり、かつては牧師補や旗手、弁護士、騎兵《キャラビン》などとして半ば飢えることも辞さなかった人々が、今では、喜んで商人になりたがっている。

(14)　この詩はカルク版とブル版にあって、すでに第七夜に出てきた。わたしは変化をつけるため、トレンズ訳を引用した。

(15)　スルタンSultan（その転訛はソルダンSoldan）は語原学上からいうと、君主、覇者、支配者、統治者などの意である。アラビアではしばしば固有名詞として用いられる。また称号としては、多くの群小の王侯によって使用されている。

アッバス朝の教主たち（すでに言及されたアル・ワシックのごとき）〔アッバス朝Abbasidesについては、モハメッドの伯父アッバスを名祖とし、紀元七五〇年から一二五八年までは、その歴代教主はバグダッドで統治にあたり、その後は一五一七年まで、エジプトで支配した〕は正式に摂政としてのスルタンをつくった。

アル・タイ・ビラー（即位、回教紀元三六三＝九七四年）はこの職位を、有名なサブクタジンSabuktaginに授けた。サブクタジンの息子で、回教紀元三九三＝西暦一〇〇二年のガーズナブ王朝の有名なマームッドMahmudは、ハルン・アル・ラシッドの没後およそ二百年してから、初めて独立した称号としてスルタンを採用した。〔ガーズナブ王朝Ghaznavite dynastyまたはGhaznevideはトルコ人の王朝で、二世紀のあいだペルシャとヒンドスタンの一部を支配した――西紀九九〇―一一九一年。マームッドはアフガンの君主となり、インドとイランを征服した。九六七―一〇三〇年。〕古い著述には、エジプトのソルダン、ペルシャのソウダン、バビロンのソウダン Sowdan などが出てくるが、三つとも同じ語の変形である。〔『デカメロン』には Soldan が多く使用されている。〕

(16) つまり、『コーラン』の全文を暗記するハフィズ Hafiz になったわけ。これは困難な仕事で、早くから始めなければならない。わたしは最後の「ジュズウ」(つまり第三十部)を暗記したが、もうそれだけでうんざりした。

(17) ここでまた、カイロ版は第十七夜にすでに出ている、六連句をくり返している。わたしはトレンズ(一六三頁)から引例した。

(18) この素朴な両性の美の讃美はわれわれの騎士道時代の特徴でもあった。今日では、かような讃美は、いわゆる女性 fair sex の〈専門的な美〉にほとんど限られてしまっている。

(19) アラビア語のシャッシュ Shash で、ふつうモスリンでこしらえた軽いターバン。〔邦訳では、便宜上ターバンの下にかぶる skull-cap を〈頭巾〉としておいた。〕

(20) この詩句は有名なアル・ムタナッビの手になるものと考えられている。わたしは拙著『巡礼』(第三巻六〇―六二頁)の中でこの詩人についてやや詳しくのべた。彼はいくらか盲目的な愛国主義的色彩を帯びてはいたが、真正な詩人としての生涯を送り、難に遭遇しても逃げずに、回教紀元三五四＝西暦九六五年に殺害された。〔ボーン版では第二巻九六―七頁。〕

(21) アラビア語のナビズ Nabiz は乾しぶどうまたは棗椰子を原料とする酒、いろいろな発酵酒などを意味する。棗椰子酒(実から発酵させたもので、タディすなわち茎の汁、英語の棕櫚酒 toddy ではない)はファジフ Fazikh と呼ばれる。これからアル・メディナーのマスジッド・アル・ファジフ Masjid al-Fazikh の名〔マスジッドは回教寺院の意であるから〈棗椰子酒の寺院〉となる〕が起こった。同市の助役 Ansar たちがそこで盃を手にして坐っていたとき、飲酒を禁ずる天啓があったので、彼らは酒を地上に棄てた（『巡礼』第二巻三二三頁）。〔ボーン版では第二巻四五頁。〕

(22) この詩文は第十一夜の「最初の托鉢僧の話」の中にすでに出てきた。わたしは変化をつけるため、許しを得てペイン氏の訳文を引用する。

(23) アラビア語のサルラフ Sarraf で、ここから英印語の両替屋 shroff が出ている。

(24) 楽園の少年 Wuldan of Paradise はギールマンとも呼ばれ、楽園の真の信者につかえるため任用された美しい若者を意味する。『コーラン』（第五十六章九節その他）に「永遠に青春を失わざる若人が信者たちをめぐりて侍り、大小の盃はじめ、溢れる酒盃を捧げん」とある。〔パーマー訳では十六節。〕

モハメッドはアラブ人であって（生まれながらの男色家ペルシャ人ではなかった）、非常に女を溺愛したから、稚児愛などをうけいれる余地はなかった。

しかし、藁《わら》の騎士たち Chevaliers de la Paille〔「巻末論文」には、ミラボウ Mirabeau の言を引用してアンリ三世当時にルーブルの柱廊の下で人々はさかんに挑発しあった〝——les hommes se provoquaient mutuellement sous les Portiques du Louvre——〟ことが云々され、バートンはこの〈人々〉les hommes に注をつけて、「藁の騎士と呼ばれた。というのは、符牒として各人は口の中に藁をくわえていたから」と説明している〕はコーランのこの文句やその他の文句から、少年の利用が酒の利用と同様に、現世では禁ぜられていても、天国では許されるという勝手な暗示を得た。

(25) ついでながら、十九といえば、エジプトでは年のふけた老嬢の年齢である。イギリスに比較して、エジプトでは思春期が早いというのは大きな疑問だと思う。われわれの祖母たちは十四歳で結婚しているから。しかし、東洋人は、女性の特別な悪行の期間が最初の月経と二十歳の間にあることを知っている。だから、東洋人は賢明にも結婚させ、いわゆる〈悲嘆の塊り〉〈家庭のわざわい〉である娘を早くかたづけてしまう。彼らの間では、娘を自分の玩弄物として家庭におしとどめるため、娘の女性的欲望をおさえるといったイギリス婦人の利己主義や残忍さを一度も耳にしたことはない。家庭の〈老嬢〉、殊にでぶでぶ肥満した老嬢は〈尊敬すべき〉女とは考えられていない。古代の処女はほっそりとやせていたことによって有名であるが、たぶんこの鑑定は正しかろう。

(26) この問題を研究されたい方は、『クアムーン・エ・イスラム』*Quamoon-e-Islam* すなわち『インド回教徒の習俗』*Customs of the Mussulmans of India* の第十四章その他を参照されたい(ジャッフル・シュルレーフ Jaffur Shurreeff 著で、マドラスの医学博士ハークロッツ G. A. Herklots の手で翻訳された)。このすぐれた著述は一八三二年に発表され、レインの『近代エジプト人』(一八三三—三五年)に進むべき方向を示唆した。

(27) そうした女たちの習慣なのである。彼女らは好ましい男が坐っているのを見ると、この上なく挑発的な動作で、男の膝にまたがることを習慣上許されている。男が金を出して追い払うまではやめない。これらのガーワジ Ghawazi〔舞姫〕はおおかた自称回教徒のジプシー女である。彼女らは従来、多くの旅行家たちによって、アルマー Almah つまり本来の回教徒の踊子と混同されてきた。彼女たちが自分たちをバルマク家の一門と呼んでいるのは、ペルシャ出身を装うためにすぎない。土地の法律によってたえずカイロから追放されながら、またすぐまいもどってくるといった調子である。〔ガーワジとアルマーの詳しい違いについては、レイン著拙訳『エジプトの生活』二四三頁以下を参照されたい。〕

(28) トルコ帽の説明はほとんど必要あるまい。その故郷にちなんでフェズとも呼ばれている。しかし、昔は、ターバンの下につける頭巾で、さらに、この下に白い頭巾(タキヤー)をかぶって頭の汗をふせいだ。今日では、どちらもかぶらずに、じかにトルコ帽を着用する。

(29) 平鼓はアラビア語のタル。この風習は今でも行なわれている。レイン(『近代エジプト人』第十八章)はこのたがで巻いた太鼓 hoop-drum を説明し、その形状を描いている。〔エヴリマンズ版三七三頁。

拙訳『エジプトの生活』では二三六頁参照。〕
(30) 披露目が行なわれているあいだ、花嫁が坐っている鳴り響いた地方、寝椅子。
(31) トッバの王とはかつて富と奢侈をもって鳴り響いた地方、アラビア・フェリックス Arabia Felix〔幸福なアラビアの意で、仏語では Arabie Heureuse という。いずれもアル・ヤマンのこと〕のアル・ヤマンに栄えたイスラム前の王朝。ここからヤマン製品などが云々されるようになった。隊商は首都のサナア Sana'a から中国へ壺の模型を運び、できあがった陶器を三年めの終わりに持ち帰るならわしであった。多くの収集家を当惑させたのはこの種のものに刻まれたアラビア文字である。
トッバ朝、あるいはその後継者たちは、古代のヒミャル諸王 Himyarite kings で、ファラオ Pharaoh〔古代エジプト王〕、キスラ Kisra（ペルシャ）、ネグシュ Negush（アビシニア）、ハカン Khakan またはハン Khan（だったん人）などと同じように、王朝の名であった。そして、このトッバ朝はサマルカンドまで征服の手をのばし、中国にも戦争を挑んだという。同朝の人名や事蹟については、アラビア史を参照されたい。なお、アラブ人によると、トッバ（または Tubba）という名称は現在でも、古いヒミャル地方で用いられているということである。
(32) つまり、ひそかに胸中にかくしていた怒りに燃えていたのである。
(33) ヒンズー教徒はこのなよなよとした足どりを、左右に体をゆすりながら進む象の歩き方に比較する。〔邦語の〈蓮歩〉がこの歩み方に相当しよう。〕
(34) べにばな safflower の種子は砕いて油をとり、花はもっぱらアラビア南部や東アフリカで染料に利用されている。これを摘むのは処女でないと、色があせるという。
(35) 大小便のあとには、回教徒は陰部を洗うか、砂でふくかしなければならない。だが、まず最初に、三つの小石、または瀬戸片、または土塊をおしあてるべきである。ここから、〈清めを好む人々〉という『コーラン』（第九章）の引喩が生じた。予言者モハメッドが、回教寺院を建立してやったクバ Kuba

の人々にいろいろ質問をしていたとき、正式な洗浄、特に排便後の洗浄についての質問が出た。すると、彼らは洗うまえに三つの石を用いると答えた。回教徒も、ヒンズー教徒も（泥のまじった水を選ぶくらいで）、不潔で不衛生な紙の使用を嫌う。インドの民衆はヨーロッパ人の便所を、悪罵のつもりで、紙便所と呼んでいる。けれども、古い英印人の大部分は水の使いかたを心得ている。

(36) われわれなら〈ヒーホウ！〉Heehaw! というべきところ。ブレス版は猫の鳴き声を〈ナウ！ナウ！〉とし、驢馬の子のそれを〈マヌ！ マヌ！〉としている。わたしはこのような擬声語はアラビア語のままとした。擬声語というのは妙なもので、不明瞭な音に対するさまざまな聞きとり方の中にも、一致がみられる。

(37) ふつう大理石の石板で、前に長細く裂け、後ろに円い穴があいている。

(38) アラビア語のサラウィルで、ペルシャ語のシャルワルの転訛。俗にはリバスという。

かっこうではなく、常識によって衣服が左右される東洋では、突起物をかくさねばならない男は股なしの袴《はかま》をはき、女はずぼんをはく。女性の被服は、たいていだぶだぶしているが、時には、インドのようにぴったりしたものがある。

被服の中で、なかば神聖な部分といえば、リンネル紐やテープなどで、しばしば真珠や宝石などのふさのついた非常に見事なものである。そして、〈ずぼんの紐のゆるみ〉はこの上なくふしだらな行ないを指す。

(39) 尊敬の念から、ターバンは地面におかない。〔拙訳『エジプトの生活』三四頁参照。〕

(40) この物語の近代的な年代、もしくは近代風化を示唆している。

(41) これらの流星はあまりに天国に近づきすぎる悪霊にむかって放たれる飛箭である。この観念は八月と十一月に降りそそぐ流星（ペルセウス星座と牡牛星座）から起こったものに違いなく、天界における激戦を暗示している。キリスト教国もまた流星については独自の迷信をもち、八月の流星を〈セント・ローレンス Saint Lawrence の火の涙〉と呼んだ。その祭典は八月十日にあたる。〔ローレンスはスペイン生まれ、二五八年ごろに死刑に処された。伝説によると、ローマの教会で宝物係をつとめていた彼は、ある時、その貴重品を役人に見せるように命令されたが、宝物の代わりに、数多の乞食を見せたという。そのため、炮烙の刑にあったのである。〕

(42) この頭巾はアラビア語のタキヤー Takiyah で、ペルシャ語のアラク・チン Arak-chin。トルコ帽の下にかぶるずきん。前にものべたように、今日ではすたれ、赤い毛の帽（たいていヨーロッパ製）をじかにかぶるわけで、不潔な習慣である。

(43) すなわち、彼は人々が臆測したように、宦官ではなかった。

(44) ハシシとは、とくに Cannabis Sativa の若葉や小花で作った飲料を意味する。この語は、文字どおりには〈乾し草〉あるいは〈草〉を意味する。この麻酔剤は恍惚状態をおこすもので、〈自己を神化し、魔神や精霊から尊崇をうけるため〉魔術師たちが好んで利用する。

(45) アラビアでは非常な美とされているが、デンマーク、ドイツ、スラヴ系の国では、正反対で、狼になった人間あるいは吸血鬼のしるしとなっている。ギリシャでもまたブルコラック Brukolak つまり吸血鬼を示すものである。

(46) これは生理学的にみて正しくない。花嫁は初夜にはらむことはめったにないし、また、はらんだことを知るわけは絶対にない。それに、新郎が行なった性交回数はかえって妊娠を妨げるだろう。俗間では、若夫婦は夜やったことを朝台無しにするといわれる。

(47) トレンズはガームガーマという語についてフライシャーの言葉を引用している（『ハビヒトの用語批評論』*Diss. Crit, de Glossis Habichtianis*)。この語をドゥムドゥマやフムブマに比較して擬声音であると断じ、〈いわば歯と唇のあいだにひっかかった、理解し難い、曖昧なつぶやき〉といっている。〔ハインリッヒ・レーベレヒト・フライシャー Heinrich Leberecht Fleischer はドイツの東洋学者。一八三六年以来終生ライプチヒ大学教授。アラビア語やペルシャ語に造詣が深かった。一八〇一—八八年。ハビヒト博士の千夜一夜チュニス稿本編纂が同博士の死去（一八三九年）によって中絶されたとき、フライシャーがこれを完成した。しかし、この稿本は間違いだらけである。詳細は「巻末論文」の注参照。なお、トレンズについては、本巻の〈まえがき〉を参照。〕この種のもののひとつがタグーム Taghum であり、現今では用いられない。わたしは拙著『巡礼』の中でもうひとつフャス Khyas! という語に言及した。古代のエジプト人やカルデルヤ人は、巫術の実演のため、勝手にこの種の言葉を多くこしらえた。

(48) イギリスの読者にとっては、この詩文はいっこうにぴんとこないだろう。しかし、東洋人には東洋人独特の言語の使い方があって、バダウィ族的な離別〔つまり砂漠で住居をたえず移すことなど〕をにおわせる言葉はすべて効果的であり、心を動かすものである。アラビア都市の文明化された詩人たちは、砂漠の風景、ひとこぶ駱駝、蜃気楼、井戸などから借りた幻想で、自分の詩に砂漠の魅力をそえている。アラビア詩を十分に感得するためには、砂漠そのものを知らなければならない。

(49) 他の子供が一カ月かかって太るくらいに、一日で太るという意。

(50) ペルシャ語から出たアラビア語のハンジャル Khanjar である。わたしはハンジャルにわが国の愚かな語〈短刀〉hanger の語原をみとめる。シュタインガス Steingass 博士は、この語を、ドイツ語のフェンゲル Fänger〔角〕たとえば Hirschfänger〔鹿の角〕に結びつけた。

(51) 〈小石の原〉は今でもダマスクスではそう呼ばれている。同市西方の広々とした空地。

(52) 〔本文のオミアまたはウマイヤ朝 Ommiades もしくは Ommeyads について一言すると、これはアッバス朝の前のアラビア王朝で、ダマスクスで統治した。紀元六六一—七五〇年。だが、アッバス朝の開祖アブル・アッバスに王位を奪われると、スペインにのがれて第二の王朝を樹立した。〕あらゆる旅行案内書は、『マレイ』*Murray* でさえも、回教寺院に変じたこのキリスト教会を詳しく説明している。

〔マレイはイギリスの有名な出版社名で、各種の旅行案内書を刊行している。〕

(53) アラビア語のハディム Khadim。文字どおりには〈下僕〉の意で、去勢された者に用いられる丁寧な言葉。この人種は口汚く〈タワシ〉=宦官と呼ばれると、猛烈に怒る。

(54) アラビア語のサヒブ Sahib で、字義どおりには、仲間をいう。また、友の意でもあり、とくにモハメッドの〈伴侶たち〉に用いる。なお本文では、このサヒブは大臣の尊称になっているが、現代のインドでは紳士のことで、たとえばサヒブ・ロッグ（サヒブの人々）は白人の征服者たちを意味する。ついでながら、白人はたいてい誤って、この語をサブ Sab と発音している。〔したがって、インドではふつう旦那さまというときにこの語を使う。〕

(55) ダマスクスの大市場は中世紀には有名であった。たぶん今でもなお、非ロマンティックなボンベイの〈最下層区域〉すなわち〈ベーンディ市場〉についで、旅行者にとって最も興味深いところであろう〔最下層区域 Sentina Gentium は最下層つまりカンヤル Kanjar という、インド教による四種姓の最下層人がここに集まっているからであろう。ちなみにこの市場は土民街にある。〕

(56) 北方の城壁にある〈花園の門〉。ふつうの堅固な構造をもったローマ式な拱道《アーチウェイ》。

(57) カウサルは楽園の川で、詩人が好んで用いる（『コーラン』第百八章）。その水は牛乳または銀よりも白く、蜜よりも甘く、クリームよりもなめらかで、麝香よりもかぐわしい。その両岸は橄欖石でできており、川べりに星屑のようにぎっしりと並んだ銀のコップで、その水を飲む。二本の管が予言者の池までひいてあるが、その池は正方形で、周囲をまわるのに一カ月かかる。カウサル Kausar は、酒のように、アルコール性の水で、〈サルサビル〉Salsabil は澄んだ蜜のように甘く、〈柔和の泉〉はミルクのようで、〈慈悲の泉〉は水晶のような水である。

(58) 回教徒はヨーロッパ式に洗盤を用いない。というのも、よごれた皮膚にふれた水は不純になるからである。そこで、水差しから水を手にふりかけ、その水は透細工《すかし》の蓋のついた盤へ落ちる。

(59) 〈孫〉の代わりに用いたもの。このほうが、いっそう愛情がこもっている。

(60) これは背中に加えられる簡単な笞刑で、足の裏を鞭打つところのより正式な刑罰ではない。とはいえ、エジプト人の我慢強さは驚くべきものがある。白人奴隷兵（マメリューク・ベイ）の時代に用いられた鞭の中には、人の手首ほど太いものもあった。

(61) 心ひそかに祖母の感情を害してやろうという宦官のめめしい意地悪さ。

(62) カイロ人のありふれたひやかし文句。

(63) 毒を警戒するのに必要な処置。

(64) ブレス版（第二巻一〇八頁）はこの情景をもっとくわしく描写している。

(65) ブル版は誤ってザブダニヤーとしている。ライダニヤーはカイロ北方の野営地であった。

(66) 〔原文の a cross of wood に対して〕アラビア語のラアバトすなわち玩具、人形、人体木像である。回教徒によると、古代エジプト王 Pharaoh がこの痛ましい、恥ずべき刑罰を発明したという（『コーラン』第七章）。〔同章一二三、一二四節に「汝を全く磔にせん」とある。〕

(67) ここでは、高貴な血筋の男が、窮地に追いつめられて、大胆不敵な言葉使いをしている。けれども、概していうと、どんなに賤しい、おとなしい東洋人でも、絶体絶命になると、抑圧者にむかって野良猫のようにとびかかっていく。ペルシャのファス・アリ・シャーがまず陰嚢からはじめて陰茎をそり落として死にいたらせた犯罪者の中には、短刀が内臓に達して、もはや口がきけなくなるまで、アリ・シャーの母を罵ったものもあった。

(68) なんべんもくり返されるこの笑いは、ハサンの心の苦悶を証拠だてるものである。高貴なアラブ人たちはめったに〈奥歯をあらわさない〉から、彼らが大笑すると、伝記作家は記述の価値ある事柄だと考えるわけだ。

(69) これは一般によく用いられる句で、「真理はあらわれ、虚偽は消滅す。けだし虚偽は生命短ければなり」という『コーラン』の文句（第十七章）から出ている。『エスドラス』*Esdras* 第四章四十一節の「真理は偉大にして世に行なわれん」"Magna est veritas et praevalebit" という文句に相当する。〔正式には『エスドラスの書』で、旧約経外典の二書。つまり、エスドラス上は旧約のエズラ、ネヘミア、歴代志略上下と本質的に同じ内容のもので、エスドラス下は黙示録である。〕

(70) 第七十五夜では、この詩が形を変えて出てくる。

(71) 常に用いられる文句。玉座に近ければ、それだけ名誉が大きいわけである。

(72) 天使長ガブリエルがモハメッドの胸を開いてとり去ったという、人間の心臓の中にある黒い雫《しずく》状のものを示唆している。

(73) さきにものべたが、この句はしばしば出てくる。これは戦慄を暗示している。つまり、インド人の寓話でも、アラブ人のそれでも、非常な喜びの徴候である、身慄いあるいは雁膚のことである。ボッカチオの pelo arriciato〔波立つ毛〕（第五日第八話）や、ドイツ語の Gänsehaut〔粟肌〕も同じである。

(74) ラジャズ Rajaz とは、アラビアの韻律学における十六種のバール（韻律）の中の第七番めの韻律である。もっとも自由がきくので、いちばん易しい。したがってまた、教訓的、説教的、箴言的な題目にさかんに使われる。がんらいは駱駝追い《キャミリャ》の荒々しい唄に用いられた言葉である。ド・サシ De Sacy〔いわゆるガラン訳『千夜一夜』をあらたに改訳したフランスの東洋学者〕はこの悪詩を、〈詩人の驢馬〉と呼んでいる（トレンズ、注二十六）。ペルシャ語の韻律では、ラジャズは十九種の中の第七番めにあたり、六つの異なる変形をもっている（グラッドウィン Gladwin 著『修辞学論』*Dissertations on Rhetoric* 七九―八一頁、カルカッタ、一八〇一年）。

(75) 七世紀のクファーで〔既出〕判官であった名士。

(76) ふつうはあらゆる種類の不当な搾取、強奪行為、賄賂、買収などによって。支配者の座右銘は不正を行なうべし、天が落ちるとも。Fiat *injustitia*, ruat Coelum.

であった。〔これは有名な文句、Fiat justitia, ruat Coelum. をもじったもので、「正義を行なわしむべし、天を落下せしむべし」。いいかえると、「たとえ天が落ちるとも、正義を行なうべし」の意。バートン版にはコンマがないから、訳者が挿入した。〕

トルコの農夫、あるいは兵卒ほど正直なものはいない。だが、兵卒が伍長に昇進すると、堕落の過程がはじまり、パシャにいたって絶頂に達する。しかも、職務上の不正は社会状態につきものだからといって、世論によって許容されている。金で地位を買い、長官連に贈賄して、その地位を保つわけである。したがって、その出費をなんとかして工面しなければならないわけで、たいていは貧民を誅求し、寡婦や孤児をいためつけて、その金を得る。

(77) つぎの物語はユーモアと筋の展開の点でもっとも秀逸な物語のひとつである。

【訳注】

＊1　イスパハーンはイラン中西部の古都。

＊2　つまり、人間。

＊3　災厄の意。

＊4　ダマスクスの市で、とあるべきところ。

＊5　邪悪の目をさけるための呪文。

せむし男の物語

おお、恵み深い王さま、むかしむかし、今を去る大昔のこと、支那①のある町に、ひとりの気前のいい仕立屋が住んでおりましたが、この男は遊びごとやばか騒ぎが大好きで、おりおり女房といっしょに出かけては、いろいろな遊びにうち興じて、うさ晴らしをするならわしでございました。

ある日のこと、ふたりは夜が明けるといっしょに家をとび出しましたが、日暮れにわが家《や》へ帰ってくる途中、ひょっこり、ひとりのせむしに出会いました。その珍妙な風態を見ては、憂いに沈んでいる人もふき出したでございましょうし、絶望におちいっている人でさえ、恐ろしい思いをしばしうち忘れたことでございましょう。ふたりはそばに近よって、からかい半分、とみこうみしていましたが、やがて、飲みながら四方山《よもやま》の話をしたいから、今晩いっしょに遊びにこないか、と言って誘いました。せむしはうなずいて、夫婦のあとからついていきました。そこで、仕立屋は（まだ日が暮れたばかりでしたから）市場へ足をむけ、魚の揚げ物やパンやレモン、それに食後の果物などを買いこみました。家に帰ると、せむしの前に食事をひろげて、仲よく食べましした。ほどなく仕立屋の女房は大きな魚の切り身をひと口とって、せむしの口におしこむと、片手で相手の口をふさぎながら、言いました。「さあ、いいかえ、ぐっと、ひとのみにのみこんでおしまい。噛んだりしちゃいけないよ」せむしはひと口に鵜呑《うの》みにしました。ところが、その中には堅い骨がはいっていたので、のどに突きささり、寿命がつきて、そのまま往生してしまいました。

――シャーラザッドは夜がしらみかけたのを知って、許された物語をやめた。

さて第二十五夜になると

シャーラザッドは語った。おお、恵み深い王さま、仕立屋の女房がせむしにひと口の魚をつまんでやったところ、せむしはそのために寿命がつきて、たちまちあの世へいってしまいました。このありさまを見て仕立屋は大声で叫びました。「アラーのほかに主権《ちから》なく、権力なし！　なんてかわいそうなやつだろう。おれたちの手にかかって、こんなばかげたくたばりかたをするなんて！」すると、女房は言いました。「くだらないおしゃべりなんかやめなさいよ。こんな歌があるのを知らないのかい？」

なにをぐずぐず泣きなさる、

嘆いていては日が暮れて、
しまいにゃ友もいなくなる
涙を分かつ親友も――。
炎の消えない火の上に
どうして眠れるものかいな、
炎の上で眠るとは
さぞかしつらいことだろう！

亭主が「こいつをどうしよう？」とたずねると、女房は答えました。「さあ、そいつを両手に抱いて、絹の布をかぶせておくれ。今晩これからすぐ出かけるから。おまえさんもついてくるんだよ。もし人に出会ったらこう言うのさ。『こいつは倅でして、今、母親とてまえがお医者さんにみてもらいにつれていくところなんです』とね」そこで、仕立屋は身を起こすと、せむしを両腕に抱きかかえて、女房の後からついて、通りに出ました。女房はひっきりなしに「ああ、倅や、神さまがお守りくださいますように！　どこが痛いの？　疱瘡《ほうそう》(2)にとりつかれたのはどこなの？」と叫びました。そのため、三人の姿を見かけた人たちはみんな申しあわせたように、「子供が疱瘡にかかったんだ」と言いました。(3)

医者の家はなかなかみつかりませんでしたが、通りがかりの人々に教えられて、やっとユダヤ人の医者の家にたどりつきました。門をたたくと、黒ん坊の奴隷が出てきて戸を開きましたが、赤ん坊をかかえた男と、そばにつき添っている女を見ると、「どうなさいました？」とききました。仕立屋の女房は「子供をつれてきたんですけど、先生にみてもらいたいんです。この四半《よん》のディナール金貨を先生にさしあげてくださいまし。どうか先生におりてきていただいて、この大病人の倅をみてやってくださいまし」奴隷女が主人にこのことを伝えるため、二階へあがっていきますと、仕立屋の女房は控え間にはいりこんで、亭主に言いました。「そのせむしをここにおいて、一目散に逃げるんだよ」そこで、仕立屋は死骸を階段の上まで運び、壁にもたせかけてまっすぐ立てると、女房といっしょに逃げ出しました。

奴隷女のほうはユダヤ人のところへいって、言いました。「玄関に病人の子を抱いた夫婦づれがきております。先生にみていただいたうえ、処方してもらいたいからといって、四半のディナール金貨をくださいました」ユダヤ人の医者はお金の顔を見ると、急にうれしくなり、欲にかられて立ちあがると、急いで暗がりの中へとび出していきました。けれど、とび出した拍子《ひょうし》に死骸につまずいて、これを蹴倒してしまったので、死骸はごろごろころがって、階段の下まで落ちました。医者は下女にすぐ灯《あかり》をもってこい、とどなりました。灯がくると、階段をおりて調べましたが、せむしは石のように硬くなって死んでいるではありませんか。そこで、医者は大声でわめきました。「おお、エスドラス(4)よ！　モーゼよ！　アーロンよ！　ヌンの息子ヨシュアよ！　おお、十戒よ！　病人にけつまずいたので、病人は階段からころがり落ちて、死んでしまった！　わしが殺したあの男を、どうしたら家から運び出せるかしら？　おお、エスドラスの驢馬の足に誓って！　どうすればいいんだ？」医者は死体をかかえて、家の中に運びこむと、細君にことの子細をうちあけました。すると、細君は「なぜじっと坐っていらっしゃるの？　あすの朝まで家のなかに死骸をおいておいたら、わたしたちの命はありませんよ。さあ、ふたりで陸《ろく》屋根へ運んで、隣の回教徒の家んなかへほうりこんでやりましょうよ。ひと晩あそこにおいておけば、犬どもが隣近所の陸屋根からかぎつけてきて、きれいに平らげてしまいますからね」

さて、この隣の主人と申しますのは、国王の台所を監督している料理頭で、よく油や脂肪や肉切れなどをどっさりかかえて、もどってまいりました。けれども、猫や鼠どもにしょっちゅう食い荒らされたり、さもなければ、犬どもが、肥った羊の尻尾などかぎつけようものなら、すぐ近くの屋根からおりてきて、食い散らしたりしました。そんなわけで、料理頭が家に持ち帰ったものはとっくの昔に、たいてい犬や猫の餌食になっていたのでございます。ユダヤ人とその細君はせむしを屋根にかつぎあげ、手足をにぎって、通風口[5]のところから料理頭の家へおろし、壁にもたせて立たせると、そのまま立ち去りました。と、いれかわりに、料理頭が帰ってきました。コーランの読誦《どくじゅ》を聞いて、友だちといっしょに夕刻のひとときをすごしていたのでございます。

料理頭は戸をあけて、ローソクの灯をたよりに中へはいっていきますと、アダムの息子が通風口の下に立っているではありませんか。このさまを見て、料理頭は「へえっ！　こりゃ驚いた！　食い物を盗んだやつはこの野郎にちげえねえ」そこで、せむしにむかって「肉や脂を泥棒するのはきさまだな！　おれはまた犬か猫かと思って、このへんの犬や猫をなぐり殺し、あぶなく罪な殺生をするとこだった。とんだ見当違いさ。きさまが屋根の風通しからはいりこんでいやがったんだな。よし、このおれの手で返報《しかえし》をしてやるから、覚悟しろ！」とどなりつけると、やにわに重い金槌をひっつかんでうちかかり、ちょうど相手の胸のところに、一撃を加えました。せむしはその場に倒れました。料理頭が相手の体を調べると、死んでいるので、てっきり自分の手で殺したものと思って、恐ろしさのあまり大声をあげました。「栄えある、偉大な神アラーのほかに主権なく、権力なし！」

料理頭は自分の命が心配になってきて、つけ足しました。「油も肉も脂肪もくそもあるもんか！　羊の尻尾にだってアラーの呪いがかかりゃいい！　この野郎はまたなんの因果で、おれの手にかかって死にやがったんだろう！」それから、死骸をじっと見つめていましたが、せむしだということがわかると、また言いました。「きさまはせむしだけでたくさんなはずじゃないか？(6)　まごうかたないこそ泥にまでなりやがるとは！　おお、なにごとも秘めかくす神さま！　どうかあなたさまのおおいの布でわたしをおかくしください！」

料理頭は死体を肩にかつぎあげると、夜明けもまぢかでしたが、家を出て市場のいちばん近いはずれまで運びました。そして、暗い路地の奥にある一軒の商家の壁に、その死体を立てかけて、そのまま家へ帰りました。しばらくすると、国王《サルタン》の仲買人をつとめているナザレ人(7)がやってまいりました。この男はしたたか酔っぱらっていましたが、酔いのせいで、「まこと朝の勤行《ごんぎょう》もせまれり」という囁《ささや》きを耳にしたので、風呂屋へ出かけようとしていたのでございます。千鳥足でよろめきながら、歩いてきましたが、せむしのそばまでくると、しゃがみこんでそっちにむかって小便をしました。(8)そして、なにげなくあたりを見まわしているうち、ふと、壁にもたれた人間の姿に目がとまりました。

さて、このキリスト教徒は宵《よい》のうちにだれかにターバンを剝ぎとられましたので、(9)すぐ鼻さきにせむしがつっ立っているのを見ると、こいつもターバン泥棒だなと思いました。で、拳《こぶし》をかためて、相手の首をなぐりつけ、地面にぶっ倒すと、市場の番人を大声で呼びながら、酔った勢いで相手の体にしがみつき、死骸をなぐったり、絞めつけたりしておりました。そのうちに番人がやってきて、ナザレ人が回教徒の上に乗ってたたきつけているさまを見ると、たずねました。「この男がどうしたのかね？」仲買人が「この野郎はおれのターバンをひったくろうとしたんだ」と返事すると、「さあ、どいた」と番人が言いましたので、ナザレ人は身を起こしました。せむしに近よって見ると、相手が死んでいるので、番人は叫びました。「こりゃ大変だ！　キリスト教徒が回教徒を殺しやがった！」それから、番人は仲買人を捕え、手を後手《うしろで》に縛りあげて、総督の屋敷へ(10)ひき立てていきました。そのあいだじゅう、ナザレ人はぶつぶつひとりごとを言っていました。「おお、救世主《メシア》さま！　マリアさま！　どうしてこの野郎を殺すようなことになったんでしょう？　たったいちどぶんなぐったばかりで往生するなんて、この野郎もずいぶんあわてて息の根をひきとったもんだなあ！」そのうちに酔いがさめてくると、こんどはとても悲しくなってきました。

仲買人と死骸は、そんなわけでその晩は総督の屋敷にとめおかれましたが、あくる朝になると総督が出てきて、殺人犯らしいというこの男を絞首刑に処するように命令し、死刑執行人(11)には判決文を読みあげよと申しつけました。一同のものは絞首台を立て、その下にナザレ人を立たせました。絞首刑吏の松明《たいまつ》持ちはナザレ人の首に索《つな》をまいて、片はしを滑車に通し、いましもつるしあげようとしておりました(12)。おりから、そこを通りかかった料理頭は、今にもくびられようとしている仲買人の姿を見て、見物人の群《む》れをかき分けて前に進み出ると、死刑執行人にむかって、大声で叫びました。「待て！ 待ってくれ！ せむしを殺したのはおれだ！」総督が「どうして殺したのだ？」とたずねると、料理頭は答えました。「ゆうべ家に帰ると、こいつが品物を盗むため通風窓から忍びこんでいたんです。だから、わたしはこいつの胸に金槌をくらわせると、すぐ死んでしまいました。それで、こいつをかついで市場へつれていき、これこれの路地のこれこれの場所に、壁にもたせかけておきました」そして、さらに、こう言いたしました。「キリスト教徒まで殺さなくったって、回教徒を殺しただけでわたしの罪は十分じゃございませんか？ だから、このわたしを処刑《おしおき》してください」

総督はこの話を聞くと、仲買人を放してやって、松明持ちに言いました。「本人の自白により、この男を処刑せよ」そこで、松明持ちはナザレ人の首から索をほどき、料理頭の首に結ぶと、絞首台の下に立たせて、いまにもつるしあげようとしました。と、意外なことに、ユダヤ人の医者が人垣を押しわけて出てくると、執行人にむかって、叫びました。「待った！ 待った！ せむしを殺したのはこのわしだ！ 昨晩家にいると、男と女がふたり病人の佝僂《ゴッボ》をかついで門をたたき、女中に四半分のディナール金貨を一枚さし出して、その手数料をわしに渡し、おりてきて診察してもらいたいという話でございました。ところが、女中がいないすきに、この男と女はせむしを家の中へ運びこみ、階段の上において逃げてしまいました。まもなくわしは部屋を出ましたけれど、暗がりで気がつかなかったため、相手につまずいてしまいました。そのはずみで、せむしは階段の下までころがり落ち、たちどころに死んでしまったというわけでございます。それから、家内とわしは死体をかついで平屋根にのぼり、この料理頭のお宅が隣だったもんで、通風口から死体を中へおろしました。料理頭は家に帰ると、せむしが忍びこんでいるので、泥棒と勘違いして金槌でなぐったのですが、せむしがぶっ倒れたので、てっきり自分が殺したのだと思いこんだのでございます。故意にやったわけじゃありませんが、回教徒をひとり殺したわけですからわしの罪は十分ではありませんかな？　承知のうえでまた、ひとり回教徒をしめ殺して、とがめを重くするまでもないことでございます」

総督はこの話を聞くと、死刑執行人に、「料理頭を放して、このユダヤ人を処刑せよ」と申しました。命令をうけて、松明持ちはユダヤ人を捕え、首のまわりに索をまきつけました。そのとたんに、仕立屋が群衆をおしわけてきて、執行人に叫びました。「待ってくれ！　待ってくれ！　このてまえです。せむしを殺したのは！　そのいきさつはこうなんでございます。てまえはきのう遊びに出ておりましたが、夕飯にもどってくる途中で、佝僂《ゴッボ》に出会いました。この男は酔っぱらっていて、手太鼓をどんどん鳴らしながら、その音にあわせてさかんに歌っておりました。それで、てまえは言葉をかけて家につれていくと、魚を買って食事の席につきました。やがて、女房は魚の切り身をとってひと口手にすると、これをせむしの口の中へおしこみました。[13] ところが、なにかがのどにつっかえたのか、それともはいりどころが悪かったせいか、あっというまに死んじゃったんでございます。で、てまえと女房はその死体をかついで、ユダヤ人の家へつれていきますと、奴隷女がおりてきて、戸をあけてくれましたんで、てまえはこう申しました。『先生に伝えておくれ、ふたりで病人をつれてきてみてもらいたいと言っているってね』この女にてまえは四半分のディナールを一枚やると、女は主人に用むきを伝えるため、二階へのぼっていきました。そのすきに、てまえはせむしを階段のいちばん上まで運び、壁に立てかけておいて、女房といっしょに逃げ出したんでございます。ユダヤ人はおりようとして、死体にけつまずき、自分で殺したのだと思ったわけなんでございます」

総督がユダヤ人に「ほんとうか？」とききますと、ユダヤ人は「間違いありません」と返事しました。仕立屋はまた、総督にむかって「ユダヤ人を許して、てまえを処刑《おしおき》にしてください」と申しました。総督は仕立屋の話を聞いて、せむしにまつわる出来事をたいへん不思議に思い、「これは書物に書きのこしておくべき奇談だ！」と叫びました。それから、執行人に「ユダヤ人を放して、本人自身の自白により仕立屋を処刑せよ」と申し渡しました。執行人は仕立屋を捕縛し、その首のまわりに索をまわしながら、「こんなのろくさい仕事はこりごりだな。こいつをひっぱり出すかと思うと、あっちととりかえ、とどのつまりは、まだだれひとりくびっちゃいないんだ！」とつぶやきました。

ところで、問題のせむしでございますが、この男はシナの国王《サルタン》がかかえていた道化師だということで、王さまはこの男がいなくては、夜も日も、あけなかったのでございます。そこで、道化師が酔っぱらったあげく、晩になっても、あくる日の昼になっても、姿を現わさないので、王さまが近習の者にその理由をたずねますと、一同は答えました。「おお、わが君さま、じつは総督があの者の死体を発見し、下手人を絞首刑にするように命じました。けれども、執行人がつりさげようとすると、第二、第三、第四の犯人が現われ、めいめいが『せむしを殺したのはこのわたしです！』と言って、道化師を殺した動機《わけ》や模様を詳しくのべたのでございます」

王さまはこの話を聞くと、家令にむかって、大声で命じました。「総督のもとへおもむいて、四人ともみんなつれてまいれ」家令がさっそく刑場へ駆けつけて見ると、松明持ちがいまにも仕立屋をくびろうとしていますので、「待て！　待て！」とどなりました。それから、家令は総督に王さまの命令を伝えて、仕立屋からユダヤ人、ナザレ人、料理頭にいたるまでひとり残らず（せむしの死体は家来たちがかついで）王さまの前へひき立てました。家令はご前に出ると、ひれ伏して、これまでの一部始終を王さまに語りましたが、それはここにくり返すまでもないことで、諺にも「話も三度じゃ役立たず」といっております。

王さまはこの話を聞いて驚くとともに、ひどく興をそそられ、この物語を金文字で鮮かに書きしるすように命じました。そして、一座の者にむかって、「おまえたちはこのせむしの話ほどおもしろい話を聞いたことがあるか？」とたずねました。すると、ナザレ人の仲買人が進み出て、「おお、時世《ときよ》の王さま、はばかりながら、わたしの身の上話をお話し申したいと存じます。せむしの話などよりもずっとおもしろく、不思議で、愉快な話でございます」

「ではその話をしてみよ！」と王さまが申しましたので、ナザレ人はつぎのように話し出しました。

ナザレ人の仲買人の話

おお、時世の王さま、わたしはこの国へ商品をもって商売《あきない》にまいりましたが、どうしたご縁か、ご当地に長く滞在するようになりました。けれども、生まれはエジプトのカイロでございまして、そこで大きくなったのでございます。わたしはまたコプト人で、父は仲買人をやっておりました。わたしが一人前の男になると、父は他界しましたから、その商売をひきついだわけでございます。ある日店に坐っていますと、思いがけなく、ひとりの若者がやってまいりましたが、それはそれは美しい若者で、きれいな驢馬[14]にまたがり、身には綺羅《きら》をまとっておりました。

　若者はわたしの姿を見ると、会釈しましたから、こちらも立ちあがって、会釈を返しました。すると、相手は胡麻《ごま》の見本を包んだ布切れをとり出し、「これは一アルダッブ[15]でどれくらいするかね？」ときくので、わたしは、

「百ディルハムです」と答えました。すると、「それじゃ、あす、荷担《にかつ》ぎと計算人《はかりにん》をつれて、

凱旋門のそばのハン・ヤル・ジャワリまできてくれ。わたしはそこにいるから」と言って、若者は布切れに包んだ胡麻の見本をのこして、立ち去りました。わたしは得意さきをひとまわりして、一アルダッブが百二十ディルハムになることをたしかめました。あくる日、四人の計算人をつれて、隊商宿へ出かけましたが、若者はちゃんとわたしを待っておりました。こちらの姿を見ると、相手はすぐと立ちあがって、倉庫をあけました。そして、倉の荷が空になるまで胡麻を計ると、全部で五十五アルダッブあり、その代金は銀貨五千枚になりました。すると、若者は申しました。「一アルダッブにつき十ディルハムはおまえさんの手数料として、その値段で、四千五百ディルハムをおまえさんの手もとにおいてあずかっておくれ。倉庫のほかの品物を売りさばいてから、おまえさんのところへ出むいて、代金を受けとるつもりだからね」「はい、承知しました」わたしはそう返事して、相手の手に口づけすると、その日一日で一千ディルハムの金儲けをして家に帰りました。

若者はひと月、顔を見せませんでしたが、ひと月すると、店へまいりまして、「例のお金はどうした？」とたずねました。わたしは挨拶してから、答えました。「家にお寄りになってなにか召しあがりませんか？」しかし、相手は「金を用意していてくれ。すぐもどってきて、もらうつもりだから」と言って、その申し出を断わりました。それから、立ち去りましたので、わたしはお金を用意して、若者のやってくるのを待っていました。だが、とうとう、ひと月のあいだもどってきませんでした。ひと月すると、また店さきに姿を現わして、「お金どうしたかね？」とききました。わたしが挨拶をして、「お寄りになって、なにか召しあがりませんか?」と言いますと、若者はやっぱり頭を横にふって、「金を用意していてくれ。すぐもどってきてもらっていくから」と言いながら、立ち去りました。で、わたしはお金を出して待っていました。ところが、若者はひと月のあいだ店にまいりませんので、こちらは「全く気前のいいのにもほどがあるなあ」とひとりごとをもらしました。三月めの終わりになると、若者は牝驢馬にまたがり、見事な衣装をきて、店さきに現われました。満月さながらの麗わしさで、まるでお湯からあがりたてのように、頬はばら色に輝いていました。また、額は花のように白く、ほくろは竜涎香《りゅうぜんこう》の粒かと思われるばかりで、見る目にも快い風情《ふぜい》でした。ちょうど詩人もこのような若者をこんなふうに歌っています。

ひとつ館《やかた》に満月と
日輪ともどもさえ渡り、
うえなく明るきその光
この世に幸《さち》はみなぎりぬ。
幸ある光輝にありとある
人の心も変わりゆき、
いざ、迎えなん、心から
天の祝福ことほぎて。
色香も気品も比類なき

完全無欠の鑑《かがみ》なり、
されば、なべての人々は
とく奪われぬ身も魂《たま》も。
げにめずらかな主《しゅ》の業《わざ》と
至上の神の御心《みこころ》を
いざ、高らかにほめそやせ！

若者の姿が目にとまると、わたしは立ちあがって相手を迎え、神の祝福を祈ってから、きました。

「これはようこそ、若旦那さま、代金をお持ちになりませんか？」「急ぐことはないさ。用事をかたづけてしまうまで、待ってくれ。かたづいたら、帰ってきてもらうからね」

そう言って、ふたたび若者は去りましたので、わたしはひとりごとを言いました。「アラーに誓って、こんど見えたら、必ずお客に招くことにしよう。おれはあの人のお金で商売し、しこたま儲けたんだからな」

その年の暮れに、若者はふたたび、まえよりもいっそう綺羅を飾って、店さきに現われました。わたしが福音書にかけても、ぜひ家にお寄りになって、ご馳走を食べていってください、と頼みますと、相手は言いました。

「よろしい。けれどね、わたしのために使う出費は、おまえさんの手もとにあずけてある代金からさし引いてもらわないと困るよ」「では、そういたしましょう」とわたしは答えて、若者を席に坐らせました。それから、わたしは肉でも飲みものでも、必要なものはなにもかも買いととのえ、「ビスミラー！」(16)と言いながら、若者の前にお膳を出しました。すると、若者はお膳のそばに近よって、左手を出して、(17)わたしといっしょに食事をしました。右手を使わないのが不審に思われました。食べ終わると、わたしは若者の手に水をかけ、手ふきの布をさし出しました。そして、席にもどると、お菓子を出したうえで四方山《よもやま》の話をはじめましたが、そのおりに、わたしはたずねました。
「ねえ、若旦那さま、おさしつかえなくば、どうして左手でお食事をなすったかおきかせくださいませんか？　おおかた右のほうはお加減が悪いのでございましょう？」相手はこの言葉を聞くと、こんな詩をよみました。

愛する友よ、わが胸に
燃える思いを問うなかれ、
世にまたとない、火のごとき
苦悶に身を焼くわれなれば。
ライラに代わりサルマ(18)の愛を
用いるつもりはなけれども、
やむをえざれば、せんもなし！

そして、若者は袖の下から右手を出しましたが、なんと、指はそっくり切りとられて、手首だけではありませんか。わたしはあまりのことに、あっけにとられてしまいました。けれども、若者は「驚かんでもいいさ。慢心や高慢な気持ちから、左手をつかって食べた、と思わないでくれよ。やむをえないで使ったのだからね。右手を切られたのも、実に妙ないきさつからだよ」「どういうわけですか?」とわたしがたずねると、若者はこんな話をいたしました。

――実はね、わたしはバクダッドの生まれで、父はその市《まち》の貴族だった。大きくなって、巡礼や旅行者や商人などがエジプトの国についていろいろ話をするのを聞いているうち、そういった話がいつしかわたしの心に深くきざみこまれてしまったのさ。で、父が死ぬと、莫大なお金を手にして、商売用としてバクダッドやモスルの品物を買いこんで、これを梱《こり》に包み、あてどない旅にのぼったというわけだ。この都につくまでは、アラーのおかげでなにごともなかったんだがね。それから涙を流して歌いはじめました。

かすみ目は穴を避け、
猫の目は穴に落ち、
ただのひとこと賢者を殺し、
ただのひとこと凡夫を救う。

回教の徒は食料《かて》に飢え、
異郷の徒は宴《うたげ》はる。
人の巧みや業《わざ》などは
なんの役にもたちゃしない、
浮世はすべて神まかせ！

若者は歌い終わると、また話をつづけました。――そこで、わたしはカイロの都にはいって、荷物をおろすと、アル・マスルールという隊商宿《ハーン》に品物をあずけた。それから、召使いに銀貨二、三枚渡して、食べものを買わせ、しばらく横になって眠った。目が覚めると、バイン・アル・カスラインという町――ふたつの御殿のあいだにはさまれているんだがね――へ出てみたが、すぐ帰ってきて、その晩は宿で明かした。あくる朝になると、梱をあけて、少しばかりの品物をとり出して、ひとりごとを言ったものだ。「少し市場をまわって、商売のぐあいを見てこよう」

二、三人の奴隷に品物をかつがせて出かけ、やがて、カイサリヤー、つまりジャハルカスの取引所(19)についた。わたしがやってくるのを伝え聞いていた仲買人たちは、さっそく迎えに出てきてくれたよ。仲買人たちは品物を手にして大声でせり売りをしはじめたが、なかなかいい値がつかないのさ。このありさまに当惑していると、仲買人の親方が、

「ねえ、若旦那、品物で儲けるのには、どうしたらいいか、教えてあげましょう。商人《あきんど》がや

っているように、一定の期間信用で商品をお売りになるんですね。むろん、公証人の手でこしらえた、正式の証人の署名のある契約書を作るわけです。そうしておいて、毎週月曜と木曜に、両替屋でもお雇いになって、集金なさるのです。一ディルハムについて、二ディルハム以上の儲けになりますから、カイロやナイル川でもご見物なさって、気晴らしをしなされ ばいいわけです」「いや、これはりっぱなお心添えで、恐縮しました」とわたしはお礼を言って、仲買人たちを宿へともなって帰った。

一同はわたしの品物を受け取ると、取引所へいって、売値を書いた証書をとって、うまいぐあいに売りさばいてくれたよ。こちらは、その証書を金融業者の両替屋に委託して、受取証をもらうと、宿にもどってきた。わたしはまるひと月、ここに逗留して、毎朝の食事には、一杯のぶどう酒を傾け、昼や晩は鳩の肉や羊肉、お菓子などを食べてすごしていたが、やがて、証書の期限が切れるものがぼつぼつ出てきたのだ。そこで、月曜と木曜には取引所へ出かけたり、あちこちの商人の店さきに、腰をおろしたりしたものさ。いっぽう、公証人や両替屋は商人のところを駆けまわって金を集め、正午の祈禱の時刻がすぎるころになると、わたしのところへお金を持ってきてくれた。わたしはこの金を勘定して、袋に封をすると、それを持って宿に帰ったというわけさ。

ある日のこと、ちょうど月曜日のことだったが、わたしは風呂に出かけてまっすぐ宿にもどると、自分の部屋(20)で一杯傾けながら朝食をとり、それから、しばらく眠った。目が覚めてから、鶏肉を食べ、体に香を焚《た》きこめて庭師(21)のバドル・アル・ディン・アル・ボスタニという商人の店へ出かけた。この人にあいそよく迎えられて、ふたりで、市場の門があくまで、いろいろ話しこんでいたところ、そこへ、思いがけなく、りっぱな風采《なり》をしたひとりの婦人がやってきたのさ。このうえなく華やかな頭飾りをつけ、素晴しい香りをただよわせて、しとやかに歩みを運んできたのだ。そして、わたしの姿を見ると、大面紗《かおあみ》をもちあげて、その美しい黒い瞳をちらっとのぞかせた。それから、バドル・アル・ディンに挨拶をすると、主人は女の会釈にこたえ、立ちあがっていっていっしょに話をはじめました。わたしはこの女の声を耳にしたとたんに、心から惚れこんでしまったのさ。

やがて、その女が主人に「お店には純金の糸で織った布切れがございますか？」とたずねると、主人はわたしから買った反物をとり出して、値段は一千二百ディルハムだと言った。「では、この品をいただいてまいりますが、お金はあとでお届けしますわ」と女が言うと、「いや、奥さん、そりゃいけません。この品物の持主がいまここにきていらっして、利益をお分けしなければなりませんので」という商人の返事だ。「いやなかたねえ、おまえさんは」と女は叫んだ。「おまえさんのお店で高い反物をいくつも買って、お金を届けたうえ、ずいぶん儲けさせてあげたじゃありませんか」「はい、ですが、じつはきょうは格別で、どうしてもそのお金が入用なのでございます」これを聞くと、女は反物を手にとり、相手の膝にたたき返して、「ばか！　人を見くびるなんて、ろくでなしだわ！」と叫ぶと、そのまま身をひるがえして立ち去ろうとしたのだ。わたしは女といっしょに自分の魂がぬけ出すような気がしたので、立ちあがって呼びとめたのさ。「もし、奥さん、どうかお願いですから、もういちどおひき返しになってください」女は微笑をうかべてふり返ると、「あなたのお言葉ですから、ひき返しますわ」と言って、わたしとむかいあって、店さきに腰をかけた。わたしはバドル・アル・ディンにむいて、言ってやったよ。「この反物の仕入れ値はいくらだったんです？」「千百ディルハムでした」「じゃ、はしたの百ディルハムはおまえさんの儲けにしてあげよう。紙を一枚くれませんか。この支払いがすんだことを書いてあげるから」それから、わたしは自分の筆蹟で受取証をしたためてやり、女には反物を渡してやったわけだ。「さあ、お持ちください。できれば、このつぎの市《いち》の日に代金をわたしのところへ持ってきてくださいませ。でなければ、贈物として受け取っていただければ、なおけっこうでございます」「アラーのお恵みのありますように」と女は答えた。

「あなたさまがわたしの夫になって、わたしの持ちものをなにもかも、ご自由になさいますように(22)！」女の祈りはアラーの思召《おぼしめし》にかなったのだろう。わたしも天国の門がさっと目の前に開いたように思ったので、こう言ったのさ。「ねえ、奥さん、この反物はあなたにさしあげますし、よかったらまだ別のものをいつでもさしあげますよ。ただ、ちょっとひと目だけ、お顔を拝見させてください」すると、女は面紗《かおあみ》をあげた。わたしはその顔を見ると、千度も溜息をもらし、身も心も恋のとりこになって、分別をすっかり失ってしまったのさ。

　女は面紗をおろすと、反物を手にし、「殿方よ、あなたさまにお目にかかれないと、わたしさびしゅうございますわ！」と言って、姿を消してしまった。わたしは午後の祈りの時刻まで、取引所に腰をおろしていたけれど、恋の囮《とりこ》になったわたしは仕事もなにもうち忘れてしまったのだ。おさえてもおさえきれない恋情にかられて、商人に女のことをいろいろたずねると、「あれはお金持ちのご婦人で、ちかごろなくなったさる太守の娘さんです。えらい遺産をおもらいになったのでございます」という返事だった。

　商人に別れを告げて、宿にもどると、夕食を出してくれたが、女のことで胸がふさがり、食べ物もろくろくのどを通らない始末だった。寝ようと思って横になっても、少しも眠れない。眠れぬままに夜があけると、わたしは起きあがって、衣服を着替え、ぶどう酒をのんだ。それから軽い朝食をとって、商人の店へいくと、挨拶をしてそばに腰をおろした。すると、やがていつものように[*1]、きのうの女がひとりの奴隷女をともない、まえよりもずっとみごとな衣装をつけて、姿をあらわしたのだ。女はバドル・アル・ディンには気もとめないで、わたしに会釈し、澱《よど》みのない、きれいな声で（あんなやさしい、美しい声を聞いたのは生まれて初めてだった）言った。「どなたかあの反物のお金の千二百ディルハムをとりによこしていただけませんか」「なぜそんなにお急ぎになるんですか？」「あなたさまにしじゅうお目にかかれますように！」と女は返事して、わたしにその代金をくれた。[23]いっしょに坐って話しているうち、わたしが身ぶりで合図すると、相手は体を求められていると悟って、不機嫌なようすで、大急ぎで立ちあがった。こちらは諦めきれないから、市場を出て、その後をつけていったんだよ。と、不意に黒ん坊の奴隷女がわたしのゆくてをさえぎって、こう言うじゃないか。「もし、旦那さま、わたしの主人に会って話をしてくださいませ」わたしはびっくりして、「このへんでわたしを知っている者はだれもいないはずだが」と言うと、「おや、旦那さまはずいぶん忘れっぽいこと！　主人といいますのはね、いましがたあの商人の店にいた女の方ですよ」

そこで、わたしはこの女といっしょに両替店の店へいくと、くだんの女がわたしをかたわらにひきよせて、「おお、いとしい方、あなたの面影が心に焼きついて離れませんの。恋のやっこになってしまいましたわ。初めてお目にかかった瞬間《とき》から、夜寝ても、食べたり飲んだりしても、ちっとも楽しくはありません」と言うので、わたしもこう言った。「あなたの二倍もわたしは苦しんでいますよ。でも、身のほどを考えて愚痴《ぐち》をこぼさないでいるんです」すると、女が「ねえ、いとしい方、あなたさまのお宅にしますか、それともわたしの家にしますか？」と言った。「わたしは旅の者ですから、宿のほかにお迎えするところがありません。どうか、あなたのお宅にさせてください」「ではそういたしましょう。でも、きょうは金曜日[24]の晩になりますから、あすお祈りがすんでからでないといけませんわ。お寺にいらして、お祈りをなさいませ。それから、驢馬にお乗りになって、穀物商街《ハッバニャー》をたずねておいきなさいませ。その町に出たら、世間で長官アブ・シャ・マーと呼んでいる、アル・ナキブ[25]・バラカットの屋敷をお探しください。わたしはそこに住んでますの。お待ちしていますから、おくれないように」

わたしはこの言葉を聞いて、こおどりして喜んだ。別れを告げると、さっそく宿へもどったが、その晩は一睡《いっすい》もしなかったよ。夜があけるかあけないうちに、起きあがって着物を着かえ、香油やかぐわしい匂いの香料を体にしみこませて、五十ディナールをハンカチに包むと、隊商宿のマスルールを後にした。ズワイラーの門[26]までくると、驢馬に乗って、その持主に「ハッバニヤーまでつれていってくれ」と言った。またたくうちにダルブ・アル・ムンカりという通りに着いたので、こんどは「どこかへいって、長官の屋敷をたずねてこい」と命じた。馬子《まご》はしばらく姿を見せなかったが、帰ってくると、「おりてくだされ」と言うので、「その屋敷まで案内してくれ」と言ってから、わたしはさらにつけ加えた。「夜があけたら、すぐ迎えにきてくれよ」「承知しました」そこで、わたしが四半分のディナール金貨を一枚やると、馬子はそれを受け取って、帰っていった。

扉をたたくと、ふたりの白人の女奴隷が出てきたが、どちらもうら若い女で、月のように美しく、胸の高く張った処女だった。「さあ、どうぞおはいりくださいませ。ご主人がお待ちかねでございます。ゆうべはあなたさまがいらっしゃるとかでお喜びのあまり、いつまでもお休みになりませんでしたわ」

わたしは控えの間を通りぬけて、七つの扉のある客間にはいっていった。床《ゆか》は斑色の大理石で、ぐるりには色のついた絹布の窓掛や、掛布がつりさがっていた。天井は黄金で区切られ、蛇腹のところに群青《ぐんじょう》で描いた文字[27]が飾ってあった。また、壁はスルタニ石[28]膏で化粧漆喰《しっくい》がほどこしてあったから、鏡のように顔が映った。この客間の周囲には、格子窓がついていて、ありとあらゆる果実のみのった庭園に、のぞんでいた。庭の小川はさらさらとせせらぎ、小鳥どもは声高くさえずっていた。それからまた、広間のまん中には噴水があって、その四隅のところに、真珠や宝玉をちりばめた黄金作りの小鳥がとまっていて、口から水晶のようにきれいな水を噴き出していた。わたしがはいって腰をおろすと……

——シャーラザッドは夜がしらんできたのを知って、許された物語をやめた。

さて第二十六夜になると

おお、恵み深い王さま、若い商人はなお話しつづけました、とシャーラザッドは語り出した。

——部屋にはいって腰をおろすと、例の女はすぐ真珠と宝石の瓔珞《ようらく》(29)をかぶってはいってきたよ。顔には藍のほくろをかき、眉毛にはコール粉をひき、手足はヘンナで赤く染めていた。女はわたしを見ると、にっこりとほほえんで、両腕に抱いて、ひしとばかり胸にしめつけ、それから、わたしの口に口をよせて、舌を吸った(30)(わたしもおんなじようにしたよ)。「いとしい恋人よ、あなたがわたしのところへいらっしゃるなんて、夢じゃないかしら?」それから、また、つけ加えて言った。「ようこそいらっしゃいました! アラーに誓って、わたしはあなたにお目にかかってからこのかた、楽しい夢も結べないし、食事も少しもおいしくありませんの」「わたしだって同じことです。わたしはあなたの奴隷ですよ。黒ん坊の奴隷です」

ふたりは腰をおろして四方山《よもやま》の話をしたが、こちらは恥ずかしいので、下ばかりをむいていたのさ。やがて、女はたいそう見事なご馳走を盛ったお盆を出してくれた。肉漬酒につけた肉や蜂蜜にひたしたバタ揚げ、砂糖とふすたしうの実をつめこんだ鶏肉《とりにく》などで、わたしたちは腹がいっぱいになるまで食べた。すると、召使たちが手洗い桶《おけ》と水差しをもってきてくれたので、わたしは手を洗った。ふたりは麝香のはいった薔薇《しょうび》水を体にふりかけて、また坐って語りあったが、女はこんな対句をうたいはじめた。[31]

　あなたの来るのがわかっていたら、胸の奥底、
　瞳の玉も、ひろげて見せる心意気。
　あなた迎えて、わたしの頬は床のしとねになりましょう、
　瞼《まぶた》も広げ、ふまれましょうよ、あなたの足に。

女が恋にとらわれた身の上を嘆くと、わたしもわが身の上を悲しんだが、とにかく、女を恋いこがれる気持ちで胸はあふれ、富も財産も、この女にくらべれば、一文の値うちもないように思われたのだ。それから、ふたりは戯れたり、探りあったり、口づけしたりしはじめた。日が暮れると、召使たちは食事を並べ、酒の道具をすっかりととのえてくれた。わたしたちはま夜中まで飲んだり騒いだりしてから、いっしょに寝床にはいったが、生まれてからこのかた、あの晩ほど楽しい夢を結んだことはいちどもないよ。朝になると、わたしは絨毯《じゅうたん》の寝床の下へ金貨を包んだ例のハンカチをほうりこんで、別れを告げたが、出がけに、女は

泣いて言うのさ。「ねえ、あなた、その美しいお顔にお目にかかるのは、今度いつでしょうか？」「夕方にはやってまいりますよ」とわたしは返事して、外へ出ると、きのうわたしを乗せてきた馬子が門口のところで待っていた。そこで、わたしは驢馬に跨ってマスルールの宿に帰り、馬子に半ディナールをやって「夕方きてくれ」と言うと、馬子は「承知しました」と答えた。

それから、朝飯を食べて、品物の代金を受け取りに出かけたが、帰ってくると、小羊の焼肉とお菓子を買って、軽子をよび、笊《ざる》の中にこれを入れて、駄賃を払ったうえで女のもとへ届けさせた。(32) それからまた、商売をしにもどったが、夕方には馬子が迎えに来たので、ハンカチに五十ディナール包んで、女の家へ出かけていった。大理石の床はきれいにはき清められ、真鍮《しんちゅう》はぴかぴか磨きたててあり、また枝状燭台のローソクもとうに火がついていて、食事の用意もできていれば、酒も漉《こ》してあったというわけだ。

女はわたしを見るなり、首に抱きついて、叫んだ。「あなたがいらっしゃらないあいだ、とてもさびしかったわ」それから、食卓を並べて、たらふく食べた。奴隷女たちはお膳をさげると、酒肴の用意をしてくれたので、ふたりは盃をかわしながら、夜ふけまで飲んだ。十分に酒がまわって体が温まると、寝室にはいって朝まで寝たが、わたしは寝床を出ると、まえと同じように五十ディナールを残して、表に出ていったのさ。門口では、馬子が待っていたので、すぐ宿に帰り、しばらく眠った。目が覚めると、夕食の品々を買いに町に出たが、胡椒《こしょう》入りのふた皿のご飯にのせた、肉汁ソースのかかったひと番《つがい》の鵞鳥を買ったり、コロカシャ(33)の根を揚げて蜜につけさせたり、あるいはまたローソク、果物、漬物、胡桃《くるみ》、巴旦杏、かぐわしい花などを求めて、これをみんな女のもとへ届けさせた。日が暮れると、またハンカチに五十ディナール包んで、いつものように驢馬に乗り、女の屋敷へ出かけた。そして、食べたり飲んだりしていっしょに寝たが、朝になると、わたしはお金入りのハンカチを女に与えて(34)宿にもどった。こんなふうな生活をつづけているうち、ある朝、楽しい巫山《ふざん》の夢を結んで、目を覚まして見ると、乞食《こじき》のように、びた一文もない身の上になっていることを知ったのだ。そこで、「これもみんな悪魔の仕業《しわざ》だ」と思って、こんな対句《ついく》をうたい出した。

昔は富を誇っても、
銭《ぜに》がなくなりゃ、日かげの身、
いましも沈む太陽が
黄色い暮色をはなつよう。
去るもの日々に疎《うと》しとか、
数ある友にも忘れられ、
多勢の中にはいるとも、
仲間はずれで相手にゃされぬ。
市《いち》を歩けば、人目さけ、
顔までかくし、情けなや。

人には知れず、涙して
わが身の苦境泣くばかり、
身よりの縁者のただなかで、
人はよくとも、貧乏人は
困苦につかまりゃ、他人と同じ。

わたしは宿を出て、御殿の中通りを歩いていくうち、やがて、ズワイラー凱旋門のところへ出た。人々がひしめきあっていて、門は通れないくらいにふさがっているじゃないか。そのとき、ふとしたはずみに、ひとりの騎兵に体がぶつかって、なにげなくわたしの手が相手の胸の衣嚢《かくし》にさわり、中に財布らしいものがはいっているのを感じた。なおよくみれば、衣嚢から緑色の絹紐がたれさがっているので、財布にちがいないと思ったのさ。雑沓《ざっとう》はしだいにひどくなったが、ちょうどそのとき、薪《まき》をつんだ一頭の駱駝が通りかかって、くだんの騎兵を反対側におしやった。この男は服が破れないように身をかわそうと、くるりと体をねじったが、その拍子に、悪魔にみいられたのだろう、わたしは紐をつかんで、青絹の財布をひき出してしまったんだ。ちりんという音をたてて、お金らしいものが鳴った。ところが、兵隊は急に衣嚢が軽くなったのに気がついて、胸に手をあてた。が、なにもない。そこで、わたしのほうをふりかえって、鞍の前輪から鎚矛《つちほこ》をひっつかむと、はっしとばかり、わたしの頭にたたきつけた。わたしが地面へぶっ倒れると、人々がわたしたちのぐるりに集まってきて、騎兵の牝馬の馬勒《ばろく》をつかまえて言った。「押されただけで、この若者をこんなにひどくなぐりつけたんだな！」すると騎兵は大声で、「こいつは泥棒なんだ！」とどなった。その声に正気づいて、わたしは起きあがったよ。人々はわたしを眺めていたが、「なんだ、かわいい若衆じゃないか。人のものなど盗《と》るものか」と言った。わたしの肩をもつものもあれば、そうでないものもいたが、言葉のやりとりはだんだん騒々しく、激しくなっていった。人々はわたしをかばって、騎兵の手から救い出してくれそうだった。ところが運悪く、おりもおり総督《ワリ》と警備頭と役人がズワイラーの凱旋門をくぐってやってき、わたしと兵隊のぐるりに人だかりがしているのを見ると、総督は「なにごとだ！」ときいた。「おお、総督さま、アラーに誓って」と騎兵が言った。「こいつめは泥棒なんでございます！　衣嚢の中に金貨が二十枚はいった青絹の財布を入れておきましたところ、押しあっているうち、この男が盗んだのでございます」総督が「その時、だれかほかにおまえのそばにいなかったか？」ときくと、兵隊は「おりませんでした」と返事をしたので、総督はすぐと警備頭をよんで、わたしを捕えさせた。こんなふうにして、神さまのご守護もとうとうわたしから遠ざけられてしまったのだ。

「着物をはいでしまえ」と言う総督の命令に、一同の者がわたしを裸にすると、着物の中から財布が出てきた。総督が財布をあけて数えてみると、兵隊の言ったとおり、中には二十ディナールはいっているじゃないか。そこで、非常に立腹して、護衛兵に、わたしを目の前にひき出すように命じた。総督はわたしにむかって、「こら、若造、ほんとうのことを申し立てよ。おまえはこの財布を盗んだのだな？[35]」と言うので、わたしは頭をたれて、心の中で、思ったのさ。「盗らないと言ったら、恐ろしいめにあうことだろう」で、頭をもたげて、「はい、わたしが盗りました」と言った。総督はわたしの言葉を聞いて驚き、証人を呼び集めると、証人らは前に進み出て、わたしの自白を証言した。

この出来事はみんなズワイラーの凱旋門で起こったことなんだ。総督は松明《たいまつ》持ちにわたしの右手を切り落とすように言いつけると、松明持ちはそのとおりにした。そのあとで、わたしの右足も切り落とすつもりだったようだが、兵隊は気持ちがなごむと、わたしを不憫に思い、総督に対して、命を助けてやってほしい、ととりなしてくれたのだ[36]。そこで、総督はわたしを残して、立ち去ったが、群衆はやっぱりわたしのぐるりを囲んだままで、だれかがぶどう酒を一杯ついできて、飲ませてくれた。くだんの騎兵はどうしたかというと、わたしにその財布をおしつけて、こう言うのだ。「おまえはかわいい若衆だな。泥棒するなんて似合わないぞ」そこで、わたしはこんな歌をよんだ。

アラーにかけて、このわたし
泥棒などではありません、
それにわたしは生まれつき
手癖が悪いわけじゃない。
ふとしたはずみに運悪く

人の財布を手にしたが、
おちぶれはてて銭もなく、
足すべらせた悪の道。
わたしが矢を射たわけじゃない、
アラーの放った矢があたり
わたしの頭の王冠は
落ちてころんだ泥の中。

兵隊はわたしに財布を渡して、立ち去った。わたしもまた片手をぼろ布に包んで、懐《ふところ》につきこむと、その場を去った。わたしの姿はすっかり変わりはて、わが身にふりかかった汚辱と苦痛のために、顔色も黄ばんでいた。それでも女の屋敷に足をむけた。たどりつくと、かき乱された心の不安がつのって、思わず絨毯の寝床の上に身をなげ出してしまった。女はこのありさまを見ると、「どうなさいましたの？　顔色もたいへん悪いようですが、どうしたわけですの？」とたずねるので、わたしは「頭が痛むんだよ。どうもかげんが悪くて」と返事したのさ。すると、女は途方にくれて、わたしの身を案じていたが、やがて、こう言った。「ねえ、あなた、わたしを苦しめないでください。さあ、起きて顔をおあげになって、きょうどんなことがあったかお話ししてきかせてください。だって、あなたのお顔にちゃんと書いてありますもの」「黙っておくれ」だが、女は泣いて言うのだ。「あなたはあたしにあいそをつかしたようですわ。いつもとまるっきり違うんですもの」

それでも、わたしはなんとも言わなかった。女のほうは日が暮れるまで、返事ひとつしないのに、しゃべりつづけていた。それから、目の前に食べ物を出してくれたが、左手で食べるのを見られるのがこわかったから、わたしは断わって、こう言った。「今のところ少しも欲しくない」「きょうどんなことがあったか教えてくださいな。なぜそんなに悲しいご様子をなさって、沈んでいらっしゃるのですか？」「もうしばらく待っておくれ。あとでゆっくり話すから」すると、女は酒をもってきて言った。「さあ、お飲みあそばせ。悲しいお気持ちも晴れましょうから。ぜひお飲みになって、きょうの出来事をお聞かせください」「どうしても聞かせなきゃならないかしら？」「ええ、どうしても」「もしぜがひでもそうしなければならないというんなら、ひとつ、お酒を飲ましてもらおうか」女は盃にみたして自分で飲むと、[37]二度めに酒をついでさしだしたので、わたしは左手でこれを受け取った。そして、瞼《まぶた》の涙をぬぐうと、こんな歌をうたい出した。

禍福は神の思召《おぼしめし》、
耳あり、目あり、才あれば、
神はその耳ふさぎとめ
その目をつぶして盲目にし
毛を抜くように才を抜く。

神の御心成就すりゃ
ふたたび才をもどすけど、
これからさきの世渡りは
もっと用心せにゃならぬ。

歌い終わって、わたしが泣くと、女はかん高い声をあげて、叫んだ。「どうしてなんかお流しになりますの？ あなたのことを思うと、胸がはりさけるようですわ！ 左の手で盃をおとりになるなんて、どうなさいましたの？」「実は右手におできができたのさ」とわたしが言うと、「では、出してごらんなさい。開いてあげますから」と女は言った。「まだ口をあけるのには早すぎるよ。もうなにも言わんでくれ。この場で繃帯《ほうたい》をといて、みせたくないからね」それから、わたしは盃をのみほしたが、女はしきりと盃をしいるので、しまいに酔いつぶれたわたしは坐ったまま寝こんでしまったのだ。すると女はわたしの右手を調べて、手首からさきがないことを知ったわけさ。また、わたしの体を綿密に調べると、金貨のはいった財布と、ぼろ布《きれ》に包んだ手首[38]も出てきたんだ。このありさまを見て、女はいいようのない悲しみにうたれ、夜が明けるまで、わたしの身を案じて嘆きつづけていた。

目を覚ますと、女はとうから四羽分の鶏肉でこしらえたスープをわたしのために用意していて、酒といっしょにこの料理を運んできてくれた。食事を終わると、わたしは財布をおいて、表へ出ていこうとした。すると、女が「どちらへ？」ときくので「用事のあるところへ」と返事したが、女は「いらっしてはいけません。おかけなさいませ」とひきとめた。わたしが腰をおろすと、女はまた言葉をつづけた。「このわたしを愛してくださるあまりに、あなたはご自分の財産をすっかり使いはたしたうえ、お手までおなくしになったのですか？　あなたはもとよりアラーも証人になっていただいて、わたしは決してあなたのおそばを離れないと誓いますわ。いえ、それどころか、あなたの足もとで死んでもよろしゅうございます。じきに、わたしの言葉に嘘《うそ》いつわりのないことを知っていただきますわ」

それから、女は判官《カジ》と証人をよびよせて言った。「このお若い方との結婚契約書を書いてください。持参金[39]を受け取ったことも証明してください」書類ができあがると、女はかさねて言った。「この箱にはいっているわたしのお金全部と、わたしのかかえている奴隷や召使、またそのほかの財産もすべてこの方に授与したということを証明してください」判官はそのとおりに証書をしたためて、結婚の権利によって所有権をわたしに移したうえ、手数料をもらって、立ち去った。妻はわたしの手をとって小部屋へ案内し、大きな箱を開いてから、「中になにがはいっているか、ごらんなさいませ」と言うから、わたしが中をのぞくと、なんと、ハンカチが箱いっぱいつまっているではないか。「これはあなたからいただいたお金です。みんなあなたからちょうだいしたハンカチで、五十ディナールはいっていますわ。わたしはお金を包んだまま、この箱へ投げこみましたの。さあ、ご自分のものを収めてくださいませ。あなたの手にふたたび返るわけでございますから。きょうから、あなたはりっぱなご身分になられたのです。運命のためつらいめにお会いになって、とうとう、わたしのため右手までおなくしになされたのですから、とてもわたしには償いきれるものではありません。いえ、たとえこの命をすててみたところで、それは取るにたりないことで、やはりわたしのほうに負債があるのです」そして、「ご自分の財産を保管なさいませ」と言い足した。わたしは相手の箱の中味を自分の箱にうつし、まえに女に与えた自分の財産を妻の財産に加えることになったわけで、苦悶も悲しみも消えてしまった。

そこで、立ちあがって、妻に接吻し、お礼の言葉をのべると、妻は「あなたはわたしに対する愛のため、片手をお捨てになりました。それに相当するものを、どうしてさしあげることができましょう？ アラーに誓って、たとえあなたの愛のためこの命を捧げましょうとも、それはほんのささいなことで、あなたの愛情に報いきれるものではありません」と言って、着物から金や真珠の飾り物、家財道具、畑などまで、持物を全部、証書どおりにわたしに譲ってくれたんだよ。そして、その晩は床《とこ》にもつかないで、ただわたしの悲しみを思って嘆き悲しんだ。それで、こちらも、とうとう、わが身に起こった一部始終の出来事を話してきかせて、いっしょに夜をすごしたというわけだ。

しかし、それから、ひと月もいっしょに暮らさないうちに、妻は重い病気にかかり、病勢はしだいに悪くなっていった。それもこれも、わたしが片手をなくしたことを嘆き悲しんだせいだったのさ。床について五十日もたつかたたないうち、とうとう息をひきとって亡《な》き人の数に加わった。そこで、わたしは母なる大地の下に死骸《なきがら》を葬り、妻の霊を慰めるためコーランを読誦《どくじゅ》させ、多額なお金を喜捨した。それをすませて、墓地からわが家に帰ったが、調べてみると妻は現金はもとより、奴隷、屋敷、農地、領地などずいぶんたくさんな財産をのこしてくれていたのだ。また、倉庫の中には、おまえさんに少しお分けした胡麻の倉もひと棟《むね》あった。わたしはね、残りの手持ちの品を売ってしまうまでは、おまえさんからもらう分を勘定する暇もないし、そんな気もしなかったのだ。いや、現に、わたしはまだすっかり集金もすんでいない。いいかね、わたしの言うことに逆らってもらっちゃこまるよ。わたしは二回おまえさんの食事をご馳走になったんだから、おまえさんの手もとにあずけてある例の胡麻の代金は、お礼にさしあげたいと思う。まあとにかく、右手を切り落とされ、左手で物を食べた理由《わけ》というのはそんなしだいなのさ。

「ほんとうに」とわたしは申しました。「あなたはめずらしいほど思いやりが深く、気前がいいんですね」すると、相手はたずねました。「わたしはカイロやアレキサンドリアの品物を持って故国《くに》へ帰ろうと思うんだが、おまえさんもお伴をしないかね？　どうだい、いっしょにいくかい？」「まいりましょう」わたしはそう答えて、その月の初めにお伴をすることにしました。わたしは自分の持物を売り払って、ほかの商品にかえました。それから、若者とふたりで旅にのぼってこの国へまいったのでございます。若者は思惑《おもわく》の品々を売ると、こちらの商品を仕入れて、またエジプトへむかって旅をつづけました。けれど、なにかのご縁で、わたしは当地に滞在するようになり、見知らぬ旅さきで、ゆうべのような出来事がもちあがったのでございます。おお、時世《ときよ》の王さま、この話はせむしの物語よりもずっと不思議ではございませんか？」「いや、そうでない」と王さまは申しました。「わしにはそうは思えんぞ。おまえたちはひとりのこらず絞首刑《こうしゅ》にするよりしかたがないわい」

——シャーラザッドは夜がしらんできたのを知って、許された物語をやめた。

【原注】

（1）他の諸版には〈バッソラーに〉となっており、ブレス版（第二巻一二三頁）では〈バッソラーとカジカル（カシュガール）に〉となっている。わたしがシナとしたのは、この国がはるか遠方で、ありそうもない事柄をなおさら珍しく思わせるからである。

（2）天然痘はアラビア語のジュドリ Judri で、字義どおりには〈小さい石〉のことで、小膿疱の硬くて、砂利のような感じから出たもの。天然痘は、今日なお猖獗している中央アフリカから出て、モハメッドの生まれたころ、アラビアへ伝わったものと一般に想像されている。キリスト教徒アブラハトのひきいるアビシニア軍が、〈焼いた泥の石〉を豆のように頭上からふりまいた燕のために滅ぼされた時の、あの〈象の戦い〉（『コーラン』第百五章）はふつう天然痘のためと説明されている（『巡礼』第二巻一七五頁）。〔ボーン版『巡礼』では第一巻三八四頁。なお、パーマー訳の『コーラン』によると、この第百五章は「汝は汝の神が象に乗った者どもをどのように扱ったかを知らないのか？　神は彼らの作戦を迷わせ、彼らの上に群れなす鳥を舞いくだらせて、焼けた泥の小石を投げ落とさせ、あたかもくいちぎられた草の葉のごとく彼らをなしたもうたではないか？」と訳してあり、さらにこの象に乗った者どもに注をつけて、パーマーはつぎのように説明している。「アビシニアのキリスト教徒で、イエメンのサナアの副王アブラハト・エル・アスラムというものがモハメッドの生まれた年に、大軍をひきい、象を駆って、本山カアバーを破壊せんものとメッカに攻め入った。しかし、敗北して、その軍隊はとつぜん全滅してしまった。その敗北があまりに急であったので、本文にあるような伝説を生むにいたった。想像するところによると、天然痘が彼らの間に発生したものらしい」。〕

中央熱帯アフリカにおける天然痘の脅威や、種痘（これは聖地のバダウィ族にも知られている）そのほかの詳細は、『中央アフリカの湖水地方』*The Lake Regions of Central Africa*（第二巻三一八頁）〔バートン著〕を参照されたい。ヒンズー教徒は危険を恐れずに天然痘ととりくみ、大胆にもシットラ（天然痘）を破壊繁殖の女神バーワニの権化というべき女神としてまつっている。中国では天然痘の発生は紀元前一二〇〇年にさかのぼると信じられているが、中国の年代記にはなお検討の余地がある。

（3）ヨーロッパでならば「そして、町の人々はみんな、とくに女たちは、逃げ去った」とでもつけ加えるべきところ。けれど、東洋人の精神に生来備わっている宿命観のため、このようなえらいくい違いが生じている。

（4）〔ちなみに、この原文O for Esdras! O for Moses! etc. は、「エスドラスもきて助けてくれ！」とか、「エスドラスもきて見てくれ！」とかいった意味で、とにかくふつうの呼びかけと違って、強い願望を示している。〕エスドラスは一種のリップ・ヴァン・ウィンクルであった。〔アーヴィング作『スケッチ・ブック』の中に出てくる今様浦島太郎。〕彼はカルデヤ人のために破壊されていたエルサレムの廃墟を馬で通っていたが、アラーがこの廃墟を再興してくれるのかしら、と疑った。すると、その場で息が絶え〔神の怒りで〕百年たってから息をふき返した。無花果をいれた籠と酒壺はもとどおりであったが、驢馬は骨だけしか残っていなかった。しかし、エスドラスが眺めているうち、驢馬は生き返って、たちまち鳴きはじめた。以上がエスドラスにとっての教訓であった。〔つまり、神が万能であることを知ったの意。〕（『コーラン』第二章）〔パーマー訳第二章二百六十二節。脚注もついている。〕

（5）近東でふつうに見かける陸《ろく》（または平）屋根の上につけた木製の風とおし。

(6) アラビアでも南ヨーロッパでも同じであるが、せむしは一般人によって恐怖と嫌悪の情をもって眺められる。その理由は、たいてい隣人よりも才智が鋭いからである。

(7) ナザレ人はアラビア語のナスラニで、ナザレの神の信奉者の意。この語は、紀元四三年ごろアンチオク Antioch で、初めて用いられた〈キリスト教徒〉よりも古い呼称である(使徒行伝、第十一章二十六節)。〔ちなみに、この節にはこの「アンチオクで初めて、弟子たちがクリスチャンと呼ばれるようになった」とある。〕

(8) 東洋では、小便をする場合に、女は立ち、男はしゃがむのである。もっとも、このしゃがみ方はなれないヨーロッパ人には、とてもまねができない。この風習は古いものである。ヘロドトス(第二部三十五節)は「小便をする時、女は立つが、男はすわる」といっている。牧師ローリンスンがあまりに上品で、その翻訳中に、この文句を入れておくことができなかったということはちょっと信じられまい。〔イギリスの古代史家 George Rowlinson のことで、カンタベリの兄となったゆえ、牧師と呼んだのである。翻訳というのは、彼の兄の東洋学者 Sir Henry Rowlinson といっしょに訳した『ヘロドトス』四巻のこと。〕

この風習がアル・イスラムによって長く踏襲されたのは、その姿勢になると、小便が衣服にかからずにすむし、また、正式にいうと、不浄にならないですむからである。たぶん、これはゾロアスター教徒から借用したものであろう。『ダビスタン』〔既出〕には、「直立の姿勢で小便をするのは不適当である。したがって、うずくまり、アヴェスタ Avesta を心の中でくり返しつつ、すこし遠くへ放尿する必要がある」と書いてある。〔アヴェスタは古代ペルシャの聖書で、ゾロアスター教経文を集大成したものをいう。ここでは、経文くらいの意らしい。〕

(9) これは今でもよくあるかっぱらいである。ターバンはしばしば上等の布地で作ってあるから、かっぱらってもひきあうのである。

(10) アラビア語のワリ Wali＝Governor で、この語は、ムハフィズすなわち地方長官 district-governor に対し、今日なお一州の総督 Governor-General の意に用いられる。東部アラビアでは、ワリといえば、アミルすなわち軍司令官に対する民政長官 Civil Governor の意である。教主の統治時代には、ワリはまた警務長官 Prefect of Police をも兼ねていた。そして、みずから親しく巡回するのが義務であった。かんてらと棍棒をもった〈番兵〉は今でもダマスクスの市場を警護している。

(11) 絞首刑執行人を兼ねた篝灯（マシュアル）の持ち手。英印では、比較的賤しい従者を呼ぶ名になっている。レイン（『近代エジプト人』第六章）はメシュアルと呼んで、図説している。〔拙訳『エジプトの生活』では一三八頁参照。〕

(12) 説明するまでもないだろうが、文明国の〈踏台〉drop は東洋では知られていないから、罪人はあたかも帆桁の端につるすような、つるされ方をするのである。これがため、苦悶はいちじるしく長びく。

(13) 素朴な風習をとどめた東洋人の間では、飯米その他をひとつかみとって、これをまるめて、知人の口におしこんでやるならわしが今でもすたれていない。

(14) これが聖書にも出ている古い慣行であることはいうまでもあるまい。馬が戦争や旅行に、騾馬が荷物の運搬に、ひとこぶ駱駝が砂漠の旅行に、用いられるように、驢馬は都内の仕事に利用される。しかし、バダウィ族はインド人と同じように、乗用獣類を軽蔑し、こう歌っている。

馬の背こそ貴き座、
騾馬《らば》は不名誉、驢馬は恥！

バダウィ族が売っている純白の驢馬（しばしば十三手《ハンド》の高さ）〔一ハンドは約四インチ〕は百ポンド以上の高値をよんでいる。わたしはメッカからジェッダまで（四十二マイル）、ひと晩小さなのに乗っていったが、わたしを乗せてらくらく目的地にはいった。

(15) 一アルダッブ Ardabb はおよそ五ブッシェルの乾量（カイロ）。正統な発音はイルダッブで、二十四サア（ガロン）あり、一サアはひろげた手に四回もりあげた量である。

(16) ここでは〈さあ、めしあがれ！〉に対する丁寧な同意語である。

(17) 左手は東洋全体をつうじて洗浄用に使われ、不潔だと見なされている。左手をさし出すことはこのうえなく無礼なことで、だれも左手で鬚をなでたり、食べたりしない。おそらく、そのせいで、回教東洋には、どこにも、左ききがいない。

(18) ふたつとも女性の名前である。

(19) カイサリアー〔取引所〕は一種の高級な市である。本文のそれはカイロの主要街路の東方に立っていて、サーカシアの一太守により回教暦五〇二年（＝一一〇八―〇九年）に建造された。

(20) 旅行者がワカラー Wakalah、ハン Khan もしくはカラヴァンセライ Caravanserai〔以上いずれも隊商宿くらいの意〕でどんなふうに宿泊するかを知りたい読者は、拙著『巡礼』第一巻六〇頁を参照されたい。〔ボーン版では第一巻四一頁。〕

(21) その家の元の職業によってこうした名が与えられたわけで、わが国でも同様である。

(22) 買い物をする際には、たしなみのある婦人にさえ、日常的な〈揶揄〉または冗談が許されている。そして、この冗談のうちに、多くの真実の言葉も口にされるわけである。

(23) これはやや単刀直入な言いより方であるが、東洋人はこういう場合には、率直に要点にふれ、だらだらと最大級の恋情をのべることを好まない。

(24) これはわが国の木曜日の晩であろう。つまり正式な清浄の状態にある場合にだけ行なわれうる公の祈禱日の前日である。したがって、多くの回教徒は木曜日に浴場へいき、金曜日の夜まで、妻と性交を行なわない。

(25) ナキブは隊商頭、長、親方の意である。父方の名《パトロニミック》にせよ、もしくは母方の名《マトロニミック》にせよ、別名は回教徒のあいだでは必要である。彼らの氏名はすべて、多少なりとも宗教に関連していて、非常に種類が少ないからである。そのため、旅行家バッキンガムはアブ・キドル（料理鍋の父っさん）として、巡礼者アブドゥラー〔バートンの変名〕はアブ・シャワリブ（ヒゲの父っさん）として、知られていた。

(26) もっと正確には、バブ・ザウィラー〔ザウィラーの門〕といい、北アフリカの一種族名から出た名。この門は東の門あるいは砂漠の門、すなわちバブ・アル・ナスル（西暦紀元一〇八七年）と同時代のもので、今なお大いに人々から嘆賞されている。ジョマール氏（『解説』第二巻六七〇頁）もこれにふれている。〔ジョマール Edme François Jomard はフランスの地理学者、考古学者。エジプト遠征に参加し、『エジプト解説』*Description de L'Egypte* の編纂を行なう。彼の執筆にかかるものは、別に四巻として、一八三〇年に刊行された。一七七七―一八六二年。〕

(27) この飾りは、今でも、ダマスクスの比較的古い客間で見うけられる。刻まれた文字はふつう宗教上の文句で、『コーラン』などからとったもの。字体はアンシャル字体。この種の飾りはわれわれのフレスコ壁画に代わるもので、芸術作品として一般にすこぶるすぐれている。

(28) 磨いた大理石のように輝く最高級の石膏。アレキサンドリア大王の創建にかかるアレキサンドリア市の壁の化粧漆喰《スタコウ》は非常に素晴しい練れぐあいで、また、美しく磨いてあったので、人々は目がつぶれはしないかと思って面《マスク》をかぶらざるをえないくらいだった。

(29) このイクリル Iklil〔小輪のこと〕は複雑な飾りで、今日ではすたれている。それにとって代わったのが、クルスつまり黄金板で、直径五インチばかり、宝石その他がちりばめてある。レイン（『近代エジプト人』付録A）はこの飾りものを描いている。〔拙訳『エジプトの生活』の口絵参照。〕

(30) シェイクスピアがいっているように〈内唇で接吻すること〉Kissing with th' inner lip。フランス語の langue fourrée〔皮でつつまれた舌〕、サンスクリットのサムプタ〔小箱接吻〕などである。接吻に関する問題は東洋では広範多岐にわたっている。『アナンガ・ランガ』*Ananga-Ranga* つまり『インド人の愛の技巧』*The Hindu Art of Love*（アルス・アモリス・インディカ Ars Amoris Indica。これは

A・F・FとB・F・Rによってサンスクリットから翻訳され、注釈を加えられたもの）には、十種の接吻のしかたが正しく解説されている。この問題はまた、爪のおし方（七種）、咬み方《モーシケイション》（七種）、髪のいじり方と、指や掌によるたたき方（八種）とも関連している。〔小箱接吻《サムプタ》は『愛経』の〈腔内接吻《サンプタム》〉に相当する。また、頭文字のA・F・Fは、F・F・アーバスノット、B・F・Rは、リチャード・フランシス・バートン卿のことで、訳者は昭和三十六年にこれを訳出して出版した。同邦訳書の三三六頁以下参照。また、接吻一般については拙著『せっぷん千一夜』を見られたい。〕

(31) この詩は第十二夜に出た。変化のため、わたしはトレンズの訳文を引例する。

(32) 彼はこの点では女の恩義にしばられないように食物を贈ったのである。また、女のほうでは、それを受け取って、それによって男の雅量ある気質を判断したのである。

(33) 一種の海芋《かいう》もしくはやまいも。馬鈴薯と同じように、煮て食べる。

(34) 最初は金をそっと寝床の下へ忍ばせたが、こんどはおおっぴらに与え、女のほうも、理由があって、これを受け取っている。

(35) 回教法は犯人の自白があるまで、決して満足しない。この法律はまた情況証拠を全く無視するが、それにはもっともな理由があるからである。つまり、非常に智能の鋭い人々のあいだで、この証拠を認めると、きりがないくらいに濫用されるおそれがあるから。かつて、あるインド総督にこの単純な事実を知らせたところ、彼は大いに驚いた。

(36) 右手を切り落とすのは、四ディナールすなわち約四十フランの品物を盗んだ者に対するコーランの刑罰（第五章）である。再犯に対しては、左足が踵のところから切断される。しかし、死罪は改悛の余地のない、因業な犯人のために保留される。現今ではこの慣行はすたれ、窃盗は笞刑、罰金または投獄によって処罰される。古代のゾロアスター教徒〔ペルシャの拝火教徒〕も同じように峻厳であった。一ディルハムのものを盗んでも、彼らは二ディルハムの罰金をとり、両の耳朶を切り、十回の笞刑を加え、一時間の監禁を行なったうえ、犯人を釈放した。再犯になると、その刑罰は倍加された。それ以上になると、盗んだものに応じて、右手が切断されるか、死罪に処せられた。

(37) 東洋における一般的な慣習。その目的は元来、盃の酒に毒がはいっていないことを示すためだった。

(38) 彼は適当にそれを埋めるつもりであった。これは、回教徒が常に、毛髪や爪の切り屑のような肉体の残骸に対してまでもはらう尊崇の念にほかならない。拝火教徒のあいだでは、爪の切り屑はかき集められて山に捨てられた。要するに、こうした屑が悪魔または魔法使の手にはいることをおそれて、この風習がさかんになったのである。

(39) 持参金なくしては結婚は法律上有効でなかった。また、男が金額をきめずに結婚するとすれば、女は床入り後、最低額の支払いを男に強制することができる。

【訳注】

＊1　原文どおり。

訳者のあとがき

『千夜一夜物語』は、女性に対する不信憎悪から毎日一夜妻殺しを演ずるシャーリヤル王に物語の端を発して、ついにはシャーラザッドの千一夜におよぶ千態万様の物語を聞いて、この暴君が翻然としておのれの非を悟り、彼女を正妻に迎えるというハッピイ・エンドになり、けっきょく女性が男性に凱歌をあげることになるのだが、そのあいだには、悲劇あり喜劇あり、史話あり、寓話ありといったふうで、まことに変幻万化、けんらん無比の東洋的叙事詩がくりひろげられている。

ところで、妻の姦通を扱ったこの素晴しい緒話 Story of King Shahryar and his Brother は、バートンによると、さすがにあらゆる稿本MSS、印刷本、あらゆる原典訳に載せてあるということだが、それでも、ディテイルにいたってはかなり相違し、ペイン訳、レイン訳、バートン訳を比較すれば、それがよくわかるという。ペイン訳はとにかくとして、レインの緒話は、たとえば姦通場面を暗示するだけにとどめているため、非常に迫力の乏しいものとなっている。

「商人と魔神の物語」Tale of the Trader and the Jinni はだいたい架空話と見なしてよいもので、豊かな空想の世界を展開し、挿話「賢人ズバンの話」Tale of the Wazir and the Sage Dooban はそのはげしい復讐によって読者を戦慄させるであろう。また「魔法にかかった王子の話」Tale of the Ensorcelled Prince（挿話）の妻の、醜悪な黒人を相手とする激しい愛欲は、淫蕩な女の下淫本能をむき出しにしたもので、人生の一大悲劇を示唆している。

しかし、本巻の白眉はなんといっても、「バグダッドの軽子《かるこ》と三人の女」The Porter and the Three Ladies of Baghdad である。らんちき騒ぎから、急に一転して、哀愁をおびた暗い、悲しい調子へ移るコントラストの強さは、注目すべき構成上の妙味であるとともに、サスペンスも、ユーモアもあり、また、東洋的な雰囲気を出している点で異色がある。そのうえ、本編中には、『千夜一夜物語』の中でも稀れな〈歓楽のための歓楽〉ともいうべき享楽主義的な場面があり（これがますます後編の悲劇的な調子《トーン》を強めるわけだが）、レインは「アラビアの高等淫売婦のようにふるまうアラブ婦人を描いている」と不当な酷評をくだしている。

だが、バートンは、レインの存命中にも、カイロの上流階級では、こういったオブシーンなばか騒ぎが行なわれた事実をレインも知っていたはずだ、と痛烈に応酬している。レインはどこまでも道学者的モラリストであり、バートンは徹底したリアリストなのである。わたしをしていわしめれば、この場面も、要するに、ナイーヴで、天衣無縫のアラビア的生活の一面の自然な露出にほかならない。なお、この物語は、文体や性格の変化、古くさい表現法などからおして、ラウイ、すなわち職業的な物語作者の手になるものらしい。

「三つの林檎の物語」The Tale of the Three Apples は、極端な嫉妬による悲劇をあつかうもので、アラブ女と黒人の情事（本巻の「シャーリヤル王」八五頁原注5参照）が顕著な事実であることを考えあわせれば、この嫉妬心の性質も十分にうなずけるはずである。

「ふたりの大臣」という簡単な題名で一般に知られている「ヌル・アル・ディン・アリとその息子バ

ドル・アル・ディン・ハサンの物語」Tale of Nûr al-Din Ali and his Son Badr al-Din Hasan はその劇的なすじがきに異色があり、バートンによれば「この東洋的な、鮮かな筋だての発明は、スペインやイタリア文学を除いて、あらゆるヨーロッパ文学といちじるしい対照をなすものである」「せむし男の物語」The Hunchback's Tale 以下のバートンの〈不朽不滅の〉床屋の話は、『千夜一夜物語』全編の中でも珠玉のように光っている。おしゃべり床屋の性格の展開に興味をひかれるだけでなく、その単純な性格と事実の矛盾からかもし出されるユーモアは秀逸無類で、バートンによれば、「床屋の場面全体はまことに素晴しく、アラブ人のユーモアのすぐれた見本であり、しかもカリカチュア化されすぎていない……この物語は世界中に普及し、ヨーロッパの津々浦々まで反響をおよぼした」

十八世紀イギリス文壇の巨匠アディスンは「アル・ナシュシャルの話」を英訳し、また全世界の人々はバルマク家の饗応 Barmecide's Feast という故事を知ったのである（第六番めの兄シャカシクまたはシャカバック Shacabac がバルマク家の主人から無の饗応をうけたことから、空虚なことをいう）。

従来わが国では「シンドバッド」や「アリ・ババ」「アラジンのランプ」などの比較的低俗なものが一般化されて、案外右のような、ほんとうにおもしろい、すぐれた物語が軽視されてきたようであるが、このさい『千夜一夜物語』に対する従来の鑑賞や認識は改める必要があろう。

『千夜一夜物語』はだれが読んでもおもしろいという点では、正に古今無類であり、J・G・フレイザーの「あらゆる崇高な文学と同じように、これは人の心を喜ばせ、高め、慰める力をもっている」

という聖書に対する有名な評言は、正しく『千夜一夜物語』にもあてはまる。しょせん偉大な文学は〈おもしろさ〉をもたねばならず、また実際にもっているはずである。考えさせることや高めることもはなはだ結構であるが、文学としてはまず喜ばせ、慰めることが第一義で、本質的におもしろくない文学は生命が短いのではないだろうか。

わたしは最近聖書やシェイクスピアを読みなおし、この『千夜一夜物語』を訳しつつ、ことさらこの感慨を深くしているのである。

（昭和四十一年十一月十日刊『バートン版 千夜一夜物語』第1巻〔全8巻〕より）

・本作品（ちくま文庫版全十一巻）は、一九六七年五月―十月に、河出書房より全十巻で刊行されました。
・大場正史訳『バートン版 千夜一夜物語』のなかには、今日の人権意識に照らせば不当・不適切と思われる表現を含む文章もあります。しかし、本書の時代背景および原著作の雰囲気を精確に伝えるため、また、全訳を遺された訳者が故人であることなどに鑑み、あえてそのままとしました。

失われた時を求めて（全10巻）　マルセル・プルースト　井上究一郎訳

二十世紀文学の最高峰——一万枚に近い長篇小説の個人全訳初の文庫化。訳注を大幅加筆。

フランス名詩集　井上究一郎訳

プルーストの名訳で知られる稀有な文章家による馥郁たる香りの訳詩集。ロンサールからマラルメ、ランボーまで11人の名詩を収める。（保苅瑞穂）

ボードレール全詩集Ⅰ　シャルル・ボードレール　阿部良雄訳

詩人として、批評家として、思想家として、近年重要度を増しているボードレールのテクストを世界的な学者の個人訳で集成する初の文庫版全詩集。

ランボー全詩集　アルチュール・ランボー　宇佐美斉訳

束の間の生涯を閃光のようにかけぬけた天才詩人ランボー——稀有な精神が紡いだ清冽なテクストを、世界的ランボー学者の美しい新訳でおくる。

ロートレアモン全集（全1巻）　ロートレアモン（イジドール・デュカス）　石井洋二郎訳

高度に凝縮された反逆と呪詛の叫びと静謐な慰藉の響き——24歳で夭折した謎の詩人の、極限に紡がれたテクストを一巻に編む、初の文庫版全集。

ローデンバック集成　ジョルジュ・ローデンバック　高橋洋一訳

死と霧と憂愁漂う短篇集『霧の紡ぎ車』、名作『死の都ブリュージュ』、エセーなど、世紀末ベルギーを代表する文学者の主要作品を集成。

文読む月日（上）　トルストイ　北御門二郎訳

一日一章、一年三六六章。古今東西の聖賢の名言・箴言を日々の心の糧となるよう、晩年のトルストイが心血を注いで集めた一大アンソロジー。

文読む月日（中）　トルストイ　北御門二郎訳

キリスト・仏陀・孔子・老子・プラトン・ルソー……総勢一七〇名にものぼる聖賢の名言の数々はまさに「壮観」。中巻は6月から9月までを収録。

文読む月日（下）　トルストイ　北御門二郎訳

「自分の作品は忘れられても、この本だけは残るに違いない」（トルストイ）。訳者渾身の「心訳」による「名言の森」完結篇。略年譜、索引付。

素粒子　ミシェル・ウエルベック　野崎歓訳

人類の孤独の極北にゆらめく絶望的な愛——二人の異父兄弟の人生をたどり、希薄で怠惰な現代の一面を描き上げた、鬼才ウエルベックの衝撃作。

賢い血　フラナリー・オコナー　須山静夫訳
《キリストのいない教会》を説く軍隊帰りの青年――。南部の町を舞台にした真摯でグロテスクな生と死のコメディ。アメリカ文学史上の傑作。

コスモポリタンズ　サマセット・モーム　龍口直太郎訳
舞台はヨーロッパ、アジア、南島から日本まで。故国を去って異郷に住む〝国際人〟の日常にひそむ事件のかずかず。珠玉の小品30篇。（小池滋）

カポーティ短篇集　T・カポーティ　河野一郎編訳
妻をなくした中年男の一日を、一抹の悲哀をこめ、ややユーモラスに描いた本邦初訳の「楽園の小道」他、選びぬかれた11篇。文庫オリジナル。

魔法の庭　イタロ・カルヴィーノ　和田忠彦訳
アルプスの自然を背景に、どこか奇妙な青年警官、若い犯罪者、無能の猟師など、大人社会の〈はみ出し者〉をユーモラスに、寓話的に描いた11篇。

マイケル・K　J・M・クッツェー　くぼたのぞみ訳
内戦下の南アフリカを舞台にさすらう一人の男を描く異色の小説。二〇〇三年にノーベル文学賞を受賞した著者の初期の話題作。

チェコスロヴァキアめぐり　カレル・チャペック旅行記コレクション　カレル・チャペック　飯島周編訳
こよなく愛し、また童話の舞台となった故郷の風景と人々を、変わりゆく時代を惜しみつつ丹念に描くエッセイ。イラスト多数。

バベットの晩餐会　I・ディーネセン　桝田啓介訳
バベットが祝宴に用意した料理とは……。一九八七年アカデミー賞外国語映画賞受賞作の原作と遺作「エーレンガート」を収録。（田中優子）

トーベ・ヤンソン短篇集　トーベ・ヤンソン　冨原眞弓編訳
ムーミンの作家にとどまらないヤンソンの作品の奥行きと背景を伝える短篇のベスト・セレクション。「愛の物語」「時間の感覚」「雨」など、全20篇。

エレンディラ　G・ガルシア＝マルケス　鼓直／木村榮一訳
大人のための残酷物語として書かれたといわれる中・短篇。「孤独と死」をモチーフに、大著『族長の秋』につらなるマルケスの真価を発揮した作品集。

幸福な無名時代　G・ガルシア＝マルケス　旦敬介訳
一九五八年、革命のベネズエラ。特派員・マルケスはニュースを送り続ける。ジャーナリストから作家へと変貌するマルケスがここにいる。

品切れの際はご容赦下さい

ちくま文庫

バートン版《ばん》千夜《せんや》一夜《いちや》物語《ものがたり》 1 （全11巻）

二〇〇三年十月八日　第一刷発行
二〇一一年十月十日　第八刷発行

訳　者　大場正史（おおば・まさふみ）
挿　画　古沢岩美
発行者　熊沢敏之
発行所　株式会社　筑摩書房
東京都台東区蔵前二―五―三　〒一一一―八七五五
振替〇〇一六〇―八―四一二三
装幀者　安野光雅
印刷所　株式会社精興社
製本所　株式会社積信堂

乱丁・落丁本の場合は、左記宛にご送付下さい。
送料小社負担でお取り替えいたします。
ご注文・お問い合わせも左記へお願いします。
筑摩書房サービスセンター
埼玉県さいたま市北区櫛引町二―六〇四　〒三三一―八五〇七
電話番号　〇四八―六五一―〇〇五三

ISBN4-480-03841-8 C0197